人民艺术家·王蒙 创作70年全稿

小说编

中篇小说

（一）

· 15 ·

人民文学出版社

王　蒙

目　录

组织部来了个年轻人 …………………………………（ 1 ）
布礼 …………………………………………………（ 36 ）
蝴蝶 …………………………………………………（101）
杂色 …………………………………………………（162）
如歌的行板 …………………………………………（206）
湖光 …………………………………………………（271）
相见时难 ……………………………………………（330）
莫须有事件 …………………………………………（452）

组织部来了个年轻人

一

　　三月,天空中纷洒着的似雨似雪。三轮车在区委会门口停住,一个年轻人跳下来。车夫看了看门口挂着的大牌子,客气地对乘客说:"您到这儿来,我不收钱。"传达室的工人、复员荣军老吕微跛着脚走出,问明了那年轻人的来历后,连忙帮他搬下微湿的行李,又去把组织部的秘书赵慧文叫出来。赵慧文紧握着年轻人的两只手说:"我们等你好久了。"这个叫林震的年轻人,在小学教师支部的时候就与赵慧文认识。她的苍白而美丽的脸上,两只大眼睛闪着友善亲切的光亮,只是下眼皮上有着因疲倦而现出来的青色。她带林震到男宿舍,把行李放好、解开,把湿了的毡子晾上,再铺被褥。在她料理这些事情的时候,常常撩一撩自己的头发,正像那些能干而漂亮的女同志们一样。

　　她说:"我们等了你好久,半年前就要调你来,区人民委员会文教科死也不同意,后来区委书记直接找区长要人,又和教育局人事室吵了一回,这才把你调了来。"

　　"可我前天才知道。"林震说,"听说调我到区委会,真不知怎么好。咱们区委会尽干什么呀?"

　　"什么都干。"

　　"组织部呢?"

"组织部就做组织工作。"

"工作忙不忙？"

"有时候忙，有时候不忙。"

赵慧文端详着林震的床铺，摇摇头，大姐姐似的不以为然地说："小伙子，真不讲卫生。瞧那枕头布，已经由白变黑；被头呢，吸饱了你脖子上的油；还有床单，那么多褶子，简直成了泡泡纱……"

林震觉得，他一走进区委会的门，他的新的生活刚一开始，就碰到了一个很亲切的人。

他带着一种节日的兴奋心情跑着到组织部第一副部长的办公室去报到。副部长有一个古怪的名字：刘世吾。在林震心跳着敲门的时候，他正仰着脸衔着烟考虑组织部的工作规划。他热情而得体地接待林震，让林震坐在沙发上，自己坐在办公桌边，推一推玻璃板上摞得高高的文件，从容地问：

"怎么样？"他的左眼微眯，右手弹着烟灰。

"支部书记通知我后天搬来，我在学校已经没事，今天就来了。叫我到组织部工作，我怕干不了，我是个新党员，过去当小学教师，小学教师的工作与党的组织工作有些不同……"

林震说着他早已准备好的话，说得很不自然，正像小学生第一次见老师一样。于是他感到这间屋子很热。三月中旬，冬天就要过去，屋里还生着火，玻璃上的霜花融解成一条条的污道子。他的额头沁出了汗珠，他想掏出手绢擦擦，在衣袋里摸索了半天没有找到。

刘世吾机械地点着头，看也不看地从那一摞文件中抽出一个牛皮纸袋，打开纸袋，拿出林震的党员登记表，锐利的眼光迅速掠过，宽阔的前额下出现了密密的皱纹。他闭了一下眼，手扶着椅子背站起来，披着的棉袄从肩头滑落了，他用熟练的毫不费力的声调说：

"好，好，好极了，组织部正缺干部，你来得好。不，我们的工作并不难做，学习学习就会做的，就那么回事。而且，你原来在下边工作得……相当不错嘛，是不是不错？"

林震觉得这种称赞似乎有某种嘲笑意味,他惶恐地摇头:"我工作做得并不好……"

刘世吾的不太整洁的脸上现出隐约的笑容,他的眼光聪敏地闪动着,继续说:"当然也可能有困难,可能。这是个了不起的工作。中央的一位同志说过,组织工作是给党管家的,如果家管不好,党就没有力量。"然后他不等问就加以解释:"管什么家呢?发展党和巩固党,壮大党的组织和增强党组织的战斗力,把党的生活建立在集体领导、批评和自我批评与密切联系群众的基础上。这些做好了,党组织就是坚强的、活泼的、有战斗力的,就足以团结和指引群众,完成和更好地完成社会主义建设与社会主义改造的各项任务……"

他每说一句话,都干咳一下,但说到那些惯用语的时候,快得像说一个字。譬如他说"把党的生活建立在……上",听起来就像"把生活建在登登登上",他纯熟地驾驭那些林震觉得相当深奥的概念,像拨弄算盘珠子一样灵活。林震集中最大的注意力,仍然不能把他讲的话全部把握住。

接着,刘世吾给他分配了工作。

当林震推门要走的时候,刘世吾又叫住他,用另一种全然不同的随意神情问:

"怎么样,小林,有对象了没有?"

"没……"林震的脸刷地红了。

"大小伙子还红脸?"刘世吾大笑了,"才二十二岁,不忙。"他又问:"口袋里装着什么书?"

林震拿出书,说出书名:"拖拉机站站长与总农艺师。"

刘世吾拿过书去,从中间打开看了几行,问:"这是他们团中央推荐给你们青年看的吧?"

林震点头。

"借我看看。"

"您还能有时间看小说吗?"林震看着副部长桌上的大摞材料,

惊异了。

刘世吾用手托了托书，试了试分量，微眯着左眼说："怎么样？这么一薄本有半个夜车就开完啦。四本《静静的顿河》我只看了一个星期，就那么回事。"

当林震走向组织部大办公室的时候，天已经放晴，残留的几片云现出了亮晶晶的边缘，太阳照亮了区委会的大院子。人们都在忙碌：一个穿军服的同志夹着皮包匆匆走过，传达室的老吕提着两个大铁壶给会议室送茶水，可以听见一个女同志顽强地对着电话机子说："不行，最迟明天早上！不行……"还可以听见忽快忽慢的哐哧哐哧声——是一只生疏的手使用着打字机，"她也和我一样，是新调来的吧？"林震不知凭什么理由，猜打字员一定是个女的。他在走廊上站了一站，望着耀眼的区委会的院子，高兴自己新生活的开始。

二

组织部的干部算上林震一共二十四个人，其中三个人临时调到肃反办公室去了，一个人半日工作准备考大学，一个人请产假，能按时工作的只剩下十九个人。四个人做干部工作，十五个人按工厂、机关、学校分工管理建党工作，林震被分配与工厂支部联系组织发展工作。

组织部部长由区委副书记李宗秦兼任，他并不常过问组织部的事，实际工作是由第一副部长刘世吾掌握，另一个副部长负责干部工作。具体指导林震工作的是工厂建党组组长的韩常新。

韩常新的风度与刘世吾迥然不同。他二十七岁，穿蓝色海军呢制服，干净得抖都抖不下土。他有高大的身材，配着英武的只因为粉刺太多而略有瑕疵的脸。他拍着林震的肩膀，用嘹亮的嗓音讲解工作，不时发出豪放的笑声，使林震想："他比领导干部还像领导干部。"特别是第二天韩常新与一个支部的组织委员的谈话，加强了他给林震的这种印象。

"为什么你们只谈了半小时？我在电话里告诉你,至少要用两小时讨论发展计划！"

那个组织委员说:"这个月生产任务太忙……"

韩常新打断了他的话,富有教训意味地说:"生产任务忙就不认真研究发展工作了？这是把中心工作与经常工作对立起来,也是党不管党的一种表现……"

林震弄不明白什么叫"中心工作与经常工作对立起来"和"党不管党",他熟悉的是另外一类名词:"课堂五环节"与"直观教具"。他很钦佩韩常新的这种气魄与能力——迅速地提高到原则上分析问题和指示别人。

他转过头,看见正伏在桌上复写材料的赵慧文。她皱着眉怀疑地看一看韩常新,然后扶正头上的假琥珀发卡,用微带忧郁的目光看向窗外。

晚上,有的干部去参加基层支部的组织生活,有的休息了,赵慧文仍然赶着复写"税务分局培养、提拔干部的经验",累了一天,手腕酸疼,在写的中间不时撂下笔,摇摇手,往手上吹口气。林震自告奋勇来帮忙,她拒绝了,说:"你抄,我不放心。"于是林震帮她把抄过的美浓纸叠整齐,站在她身旁,起一点精神支援作用。她一边抄,一边时时抬头看林震,林震问:"干吗老看我？"赵慧文咬了一下复写笔,笑了笑。

三

林震是一九五三年秋天由师范学校毕业的,当时是候补党员,被分配到这个区的中心小学当教员。当了教师的他,仍然保持中学生的生活习惯:清晨练哑铃,夜晚记日记,每个大节日——五一、七一、十一——之前到处征求人们对他的意见。曾经有人预言,过不了三个月他就会被那些生活不规律的成年人"同化"。但不久以后，许多教师夸奖他也羡慕他了，说："这孩子无忧无虑，无牵无挂，除了工作，就是工作……"

他也没有辜负这种羡慕，一九五四年寒假，由于教学上的成绩，他受到了教育局的奖励。

人们也许以为，这位年轻的教师就会这样平稳地、满足而快乐地度过自己的青年时代。但是不，孩子般单纯的林震，也有自己的心事。

一年以后，他经常焦灼地鞭策自己。是因为社会主义高潮的推动、全国青年社会主义积极分子会议的召开，还是因为年龄的增长？

他已经二十二岁了，记得在初中一年级时写过一篇作文，题目是《当我××岁的时候》，他写成《当我二十二岁的时候，我要……》。现在二十二岁，他的生命史上好像还是白纸，没有功勋，没有创造，没有冒险，也没有爱情——连给某个姑娘写一封信的事都没做过。他努力工作，但是他做得少、慢、差。和青年积极分子们比较，和生活的飞奔比较，难道能安慰自己吗？他订规划，学这学那，做这做那，他要一日千里！

这时，接到调动工作的通知。"当我二十二岁的时候，我成了党的工作者……"也许真正的生活在这里开始了？他抑制住对小学教育工作和孩子们的依恋，燃烧起对新的工作的渴望。支部书记和他谈话的那个晚上，他想了一夜。

就这样，林震口袋里装着《拖拉机站站长与总农艺师》，兴高采烈地登上区委会的台阶。他对党的工作者（他是根据电影里全能的党委书记的形象来猜测他们的）的生活，充满了神圣的憧憬。但是，等他接触到那些忙碌而自信的领导同志、看到来往的文件和同时举行的会议、听到那些尖锐争吵与高深的分析，他眨眨那有些特别的淡褐色眼珠的眼睛，心里有点怯……

到区委会的第四天，林震去通华麻袋厂了解第一季度发展党员工作的情况。去以前,他看了有关的文件和名叫《怎样进行调查研究》的小册子,再三地请教了韩常新,他密密麻麻地写了一篇提纲,然后飞快地骑着新领到的自行车,向麻袋厂驶去。

工厂门口的警卫同志听说他是区委会的干部,没要他签名,信任地请他进去了。穿过一个大空场,走过一片放麻袋的露天货场与机器隆隆响的厂房,他心神不安地去敲厂长兼支部书记王清泉办公室的门。得到了里面"进来"的回答后,他慢慢地走进去,怕走快了显得没有经验。他看见一个阔脸、粗脖子、身材矮小的男人正与一个头发上抹了许多油的驼背的男人下棋。小个子的同志抬起头,右手玩着棋子,问清了林震找谁以后,不耐烦地挥一挥手:"你去西跨院党支部办公室找魏鹤鸣,他是组织委员。"然后低下头继续下棋。

林震找着了红脸的魏鹤鸣,开始按提纲发问了:"一九五六年第一季度,你们发展了几个人?"

"一个半。"魏鹤鸣粗声粗气地说。

"什么叫'半'?"

"有一个通过了,区委拖了两个多月还没有批下来。"

林震掏出笔记本记了下来。又问:

"发展工作是怎么样进行的,有什么经验?"

"进行过程和向来一样——和党章的规定一样。"

林震看了看对方,为什么他说出的话像搁了一个星期的窝窝头一样干巴?魏鹤鸣托着腮,眼睛看着别处,心里也像在想别的事。

林震又问:"发展工作的成绩怎么样?"

魏鹤鸣答:"刚才说过了,就是那些。"他好像应付似的希望快点谈完。

林震不知道应该再问什么了。预备了一下午的提纲,和人家只谈上五分钟就用完了,他很窘。

这时门被一只有力的手推开了,那个小个子的同志进来,匆匆忙忙地问魏鹤鸣:"来信的事你知道吗?"

魏鹤鸣无精打采地点了点头。

小个子的同志来回踱着步子，然后撇开腿站在房中央："你们要想办法！质量问题去年就提出来了，为什么还等着合同单位给纺织工业部写信？在社会主义高潮当中我们的生产迟迟不能提高，这是耻辱！"

魏鹤鸣冷冷地看着小个子的脸，用颤抖的声音问："您说谁？"

"我说你们大家！"小个子手一挥，把林震也包括在里面了。

魏鹤鸣因为抑制着的愤怒的爆发而显得可怕，他的红脸更红了，他站起来问："那么您呢？您不负责任？"

"我当然负责。"小个子的同志却平静了，"对于上级，我负责，他们怎么处分我我也接受。对于我，你得负责，谁让你是生产科长呢！你得小心……"说完，他威胁地看了魏鹤鸣一眼，走了。

魏鹤鸣坐下，把棉袄的扣子全解开了，喘着气。林震问："他是谁？"魏鹤鸣讽刺地说："你不认识？他就是厂长王清泉。"

于是魏鹤鸣向林震详细地谈起了王清泉的情况。王清泉原来在中央某部工作，因为在男女关系上犯错误受了处分，一九五一年调到这个厂子当副厂长，一九五三年厂长调走，他就被提拔成厂长。他一向是吃饱了转一转，躲在办公室批批文件下下棋，然后每月在工会大会、党支部大会、团总支大会上讲话，批评工人群众竞赛没搞好，对质量不关心，有经济主义思想……魏鹤鸣没说完，王清泉又推门进来了。他看着左腕上的表，下令说："今天中午十二点十分，你通知党、团、工会和行政各科室的负责人到厂长室开会。"然后把门砰地一带，走了。

魏鹤鸣嘟哝着："你看他怎么样？"

林震说："你别光发牢骚，你批评他，也可以向上级反映。上级绝不允许有这样的厂长。"

魏鹤鸣笑了，问林震："老林同志，你是新来的吧？"

"老林"同志脸红了。

魏鹤鸣说:"批评不动!他根本不参加党的会议,你上哪儿批评去?偶尔参加一次,你提意见,他说:'提意见是好的,不过应该掌握分寸,也应该看时间、场合。现在,我们不应该因为个人意见侵占党支部讨论国家任务的宝贵时间。'好,不占用宝贵时间,我找他个别提,于是我们俩吵成了现在这个样子。"

"向上级反映呢?"

"一九五四年我给纺织工业部和区委写了信,部里一位张同志与你们那儿的老韩同志下来检查了一回。检查结果是:'官僚主义较严重,但主要是作风问题。任务基本上完成了,只是完成任务的方法有缺点。'然后找王清泉'批评'了一下,又鼓励了一下我开展自下而上的批评的精神,就完事了。此后,王厂长有一个来月对工作比较认真,不久他得了肾病,病好以后他说自己是'因劳致疾',就又成了这个样子。"

"你再反映呀!"

"哼,后来与韩常新也不知说过多少次,老韩也不搭理,反倒向我进行教育说,应该尊重领导,加强团结。也许我不该这样想,但我觉得,也许要等到王厂长贪污了人民币或者强奸了妇女,上级才会重视起来!"

林震出了厂子再骑上自行车的时候,车轮旋转的速度就慢多了。他深深地把眉头皱了起来,他发现他的工作的第一步就有重重的困难,但他也受到一种刺激,甚至是激励——这正是发挥战斗精神的时候啊!他想着想着,直到因为车子溜进了急行线而受到交通民警的申斥。

四

吃完午饭,林震迫不及待地找韩常新汇报情况。韩常新有些疲倦地靠着沙发背,高大的身体显得笨重,从身上掏出火柴盒,拿起一根火柴剔牙。

林震杂乱地叙述他去麻袋厂的见闻,韩常新脚尖打着地不住地说:"是的,我知道。"然后他拍一拍林震的肩膀,愉快地说:"情况没了解上来不要紧,第一次下去嘛,下次就好了。"

林震说:"可是我了解了关于王清泉的情况。"他把笔记本打开。

韩常新把他的笔记本合上,告诉他:"对,这个情况我早知道。前年区委让我处理过这个事情,我严厉地批评过他,指出他的缺点和危险性,我们谈了至少有三四个钟头……"

"可是并没有效果呀,魏鹤鸣说他只好了一个月……"林震说。

"一个月也是效果,而且绝不止一个月。魏鹤鸣那个人思想上有问题,见人就告厂长的状……"

"他告的状是不是真的?"

"很难说不真,也很难说全真。当然这个问题是应该解决的,我和区委副书记李宗秦同志谈过。"

"副书记的意见是什么?"

"副书记同意我的意见,王清泉的问题是应该解决也是可能解决的……不过,你不要一下子就陷到这里边去。"

"我?"

"是的。你第一次去一个工厂,全面情况也不了解,你的任务又不是去解决王清泉的问题。而且,直爽地说,解决他的问题也需要更有经验的干部,何况我们并不是没有管过这件事……你要是一下子陷到这个里头,三个月也出不来,第一季度的建党总结还了解不了解?上级正催我们交汇报呢!"

林震说不出话。

韩常新又拍拍林震的肩膀:"不要急躁嘛!咱们区三千个党员,百十个支部,你一来就什么问题都摸还行?"他打了个哈欠,有倦意的脸上的粉刺涨红了:"啊——哈,该睡午觉了。"

"那,发展工作怎么再去了解?"林震没有办法地问。

韩常新又去拍林震的肩膀,林震不由得躲开了。韩常新有把握地说:"明天咱们俩一齐去,我帮你去了解,好不好?"然后他拉着林震一同到宿舍去。

第二天,林震很有兴趣地观察韩常新如何了解情况。三年前,林震在北京师范上学的时候,出去当过见习教师,老教师在前面讲,林震和学生一起听,学了不少东西。这次,他也抱着见习的态度,打开笔记本,准备把韩常新的工作过程详细记录下来。

韩常新问魏鹤鸣:"发展了几个党员?"

"一个半。"

"不是一个半,是两个,我是检查你们的发展情况,不是检查区委批没批。"韩常新纠正他。又问:"这两个人本季度生产计划完成得怎么样?"

"很好,他们一个超额百分之七,一个超额百分之四,厂里黑板报还表扬……"

谈起生产情况,魏鹤鸣似乎起劲了些,但是韩常新打断了他的话:"他们有些什么缺点?"

魏鹤鸣想了半天,空空洞洞地说了些缺点。

韩常新叫他给所举的缺点提一些例子。

提完例子,韩常新再问他党的积极分子完成本季度生产任务的情况,他特别感兴趣的是一些数字和具体事例,至于这些先进的工人克服困难、钻研创造的过程,他听都不要听。

回来以后,韩常新用流利的行书示范地写了一个"麻袋厂发展工作简况",内容是这样的:

……本季度(一九五六年一月至三月)麻袋厂支部基本上贯彻了积极慎重发展新党员的方针,在建党工作上取得了一定的成绩。新通过的党员朱××与范××受到了共产党员的光荣称号的鼓舞,增强了主人翁的观念,在第一季度繁重的生产任务中各超额百分之七、百分之四。广大积极分子围绕在支部周围,

11

受到了朱××与范××模范事例的教育,并为争取入党的决心所推动,发挥了劳动的积极性与创造性,良好地完成或者超额完成了第一季度的生产任务(下面是一系列数字与具体事例)。这说明:一、建党工作不仅与生产工作不会发生矛盾,而且大大推动了生产,任何借口生产忙而忽视建党工作的做法是错误的。二、……但同时必须指出,麻袋厂支部的建党工作,也仍然存在着一定的缺点……例如……

林震把写着"简况"的片艳纸捧在手里看了又看。有一刹那,他甚至于怀疑自己去没去过麻袋厂,怀疑自己上次与韩常新同去时睡着了,为什么许多情况他根本不记得呢?他迷惑地问韩常新:

"这,这是根据什么写的?"

"根据那天魏鹤鸣的汇报呀!"

"他们在生产上取得的成绩是、是因为建党工作么?"林震口吃起来。

韩常新抖一抖裤脚,说:"当然。"

"不吧?上次魏鹤鸣并没有这样讲。他们的生产提高了,也可能是由于开展竞赛,也许由于青年团建立了监督岗,未必是建党工作的成绩……"

"当然,我不否认。各种因素是统一起来的,不能形而上学地割裂地分析这是甲项工作的成绩,那是乙项工作的成绩。"

"那,譬如我们写第一季度的捕鼠工作总结,是不是也可以用这些数字和事例呢?"

韩常新沉着地笑了,他笑林震不懂"行",他说:"那可以灵活掌握嘛……"

林震又抓住几个小问题问:

"你怎么知道他们的生产任务是繁重的呢?"

"难道现在会有一个工厂任务很清闲吗?"

林震目瞪口呆了。

五

　　初到区委会十天的生活，在林震头脑中积累起的印象与产生的问题，比他在小学呆了两年的还多。区委会的工作是紧张而严肃的。在区委书记办公室，连日开会到深夜。从汉语拼音到预防大脑炎，从劳动保护到政治经济学讲座，无一不经过区委会的忠实的手。林震有一次去收发室取报纸，看见一份厚厚的材料，第一页上写着"区人民委员会党组关于调整公私合营工商业的分布、管理、经营方法及贯彻市委关于公私合营工商业工人工资问题的报告的请示"。他怀着敬畏的心情看着这份厚得像一本书的材料和它的长长的题目。有时，一眼望去，却又觉得区委干部们是随意而松懈的，他们在办公时间聊天，看报纸，大胆地拿林震认为最严肃的题目开玩笑，例如，青年监督岗开展工作，韩常新半嘲笑地说："嚯，小青年们，脑门子热起来啦……"

　　林震参加的一次部务会议也很有意思，讨论市委布置的一个临时任务，大家抽着烟，说着笑话，打着岔，开了两个钟头，拖拖沓沓，没有什么结果。这时，皱着眉思索了好久的刘世吾提出了一个方案，大家马上热烈地展开了讨论，很多人发表了使林震惊佩的精彩意见。林震觉得，这最后的三十多分钟的讨论要比以前的两个钟头有效十倍。某些时候，譬如说夜里，各屋亮着灯：第一会议室，出席座谈会的胖胖的工商业者愉快地与统战部长交换意见；第二会议室，各单位的学习辅导员们为"价值"与"价格"的关系争得面红耳赤；组织部坐着等待入党谈话的激动的年轻人，而市委的某个严厉的书记出现在书记办公室，找区委正副书记汇报贯彻工资改革的情况……这时，人声嘈杂，人影交错，电话铃声断断续续，林震仿佛从中听到了本区生活的脉搏的跳动，而区委会这座不新的、平凡的院落，也变得辉煌壮观起来。

在一切印象中，最突出和新鲜的印象是关于刘世吾的：刘世吾工作极多，常常同一个时间好几个电话催他去开会，但他还是一会儿就看完了《拖拉机站站长与总农艺师》，把书转借给了韩常新。而且，他已经把前一个月公布的拼音文字草案学会了，开始在开会时用拼音文字做记录了。某些传阅文件刘世吾拿过来看看题目和结尾就签上名送走，也有的不到三千字的指示他看上一下午，密密麻麻地划上各种符号。刘世吾有时一面听韩常新汇报情况，一面漫不经心地查阅其他的材料，听着听着却突然指出："上次你汇报的情况不是这样！"韩常新不自然地笑了。刘世吾的眼睛捉摸不定地闪着光，但他并不深入追究，仍然查他的材料，于是韩常新恢复了常态，有声有色地汇报下去。

赵慧文与韩常新的关系也被林震看出了一些疑窦：韩常新对一切人都是拍着肩膀，称呼着"老王""小李"，亲热而随便。独独对赵慧文，却是一种礼貌的公事公办的态度。这样说话："赵慧文同志，党刊第一百零四期放在哪里？"而赵慧文也用顺从包含着警戒的神情对待他。

……四月，东风悄悄地刮起，不再被人喜爱的火炉蜷缩在阴暗的贮藏室，只有各房间熏黑了的屋顶还存留着严冬的痕迹。往年这个时候，林震就会带着活泼的孩子们去卧佛寺或者西山八大处踏青，在早开的桃李与浑浊的溪水中寻找春天的消息。区委会的生活却不怎么受季节的影响，继续以那种紧张的节奏和复杂的色彩流转着。当林震从院里的垂柳上摘下一片多汁的嫩芽时，他稍微有点怅惘，因为春天来得那么快，而他，却没做出什么有意义的事情来迎接这个美妙的季节……

晚上九点钟，林震走进了刘世吾办公室的门。赵慧文正在这里，她穿着紫黑色的毛衣，脸儿在灯光下显得越发苍白。听到有人进来，她迅速地转过头来，林震仍然看见了她略略突出的颧骨上的泪迹。他回身要走，低着头吸烟的刘世吾做手势止住他："坐在这儿吧，我们就谈完了。"

林震坐在一角，远远地隔着灯光看报，刘世吾用烟卷在空中划着圆圈，诚恳地说：

"相信我的话吧，没错。年轻人都这样，最初互相美化，慢慢发现了缺点，就觉得都很平凡。不要有不切实际的要求，没有遗弃，没有虐待，没有发现他政治上、品质上的问题，怎么能说生活不下去呢？才四年嘛。你的许多想法是从苏联电影里学来的，实际上，就那么回事……"

赵慧文没说话，她撩一撩头发，临走的时候，对林震惨然地一笑。

刘世吾走到林震旁边，问："怎么样？"他丢下烟蒂，又掏出一支来点上火，紧接着贪婪地吸了几口，缓缓地吐着白烟，告诉林震："赵慧文跟她爱人又闹翻了……"接着，他开开窗户，一阵风吹掉了办公桌上的几张纸，传来了前院里散会以后人们的笑声、招呼声和自行车铃响。

刘世吾把只抽了几口的烟扔出去，伸了个懒腰，扶着窗户，低声说："真的是春天了呢！"

"我想谈谈来区委工作的情况，我有一些问题不知道怎么解决。"林震用一种坚决的神气说，同时把落在地上的纸页拾起来。

"对，很好。"刘世吾仍然靠着窗户框子。

林震从去麻袋厂说起："……我走到厂长室，正看见王清泉同志在……"

"下棋呢还是打扑克？"刘世吾微笑着问。

"您怎么知道？"林震惊骇了。

"他老兄什么时候干什么我都算得出来。"刘世吾慢慢地说，"这个老兄棋瘾很大，有一次在咱这儿开了半截会，他出去上厕所，半天不回来，我出去一找，原来他看见老吕和区委书记的儿子下棋，就在旁边支上招儿了。"

林震把魏鹤鸣对他的控告讲了一遍。

刘世吾关上窗户，拉一把椅子坐下，用两个手扶着膝头支持着身体，轻轻地摆动着头：

"魏鹤鸣是个直性子，他一来就和王清泉吵得面红耳赤……你知道，王清泉也是个特殊人物，不太简单。抗日胜利以后，王清泉被派到国民党军队里工作，他当过国民党军的副团长，是个呱呱叫的情报人员。一九四七年以后他与我们的联系中断，直到解放以后才接上线。他是去瓦解敌人的，但是他自己也染上国民党军官的一些习气，改不过来，其实是个英勇的老同志。"

"这样……"

"是啊。"刘世吾严肃地点点头，接着说，"当然，不能以这为他辩护，党是派他去战胜敌人而不是与敌人同流合污，所以他的错误是应该纠正的。"

"怎么解决呢？魏鹤鸣说，这个问题已经拖了好久。他到处写过信……"

"是啊。"刘世吾又干咳了一会儿，做着手势说，"现在下边支部里各类问题很多，你如果一一地用手工业的方法去解决，那是事倍功半的。而且，上级布置的任务追着屁股，完成这些任务已经感到很吃力。作为领导，必须掌握一种把个别问题与一般问题结合起来，把上级分配的任务与基层存在的问题结合起来的艺术。再者，王清泉工作不努力是事实，但还没有发展到消极怠工的地步，作风有些生硬，也不是什么违法乱纪。显然，这不是组织处理问题而是经常教育的问题。从各方面看，解决这个问题的时机目前还不成熟。"

林震沉默着，他判断不清究竟怎样对。是娜斯嘉的"对坏事绝不容忍"对呢，还是刘世吾的"条件成熟论"对。他一想起王清泉那样的厂长就觉得难受，但是，他驳不倒刘世吾的"领导艺术"。刘世吾又告诉他："其实，有类似毛病的干部也不只一个……"这更加使得林震睁大了眼睛，觉得这跟他在小学时所听的党课的内容不是一个味儿。

后来,林震又把看到的韩常新如何了解情况与写简报的事说了说,他说,他觉得这样整理简报不太真实。

刘世吾大笑起来,说:"老韩……这家伙……真高明……"笑完了,又长出一口气,告诉林震:"对,我把你的意见告诉他。"

林震犹豫着。刘世吾问:"还有别的意见么?"

于是林震勇敢地提出:"我不知道为什么,来了区委会以后发现了许多许多缺点,过去我想象的党的领导机关不是这样……"

刘世吾把茶杯一放:"当然,想象总是好的,实际呢,就那么回事。问题不在于有没有缺点,而在于什么是主导的。我们区委的工作,包括组织部的工作,成绩是基本的呢,还是缺点是基本的?显然成绩是基本的,缺点是前进中的缺点。我们伟大的事业,正是由这些有缺点的组织和党员完成着的。"

走出办公室以后,林震有一种奇怪的感觉:和刘世吾谈话似乎可以消食化气,而他自己的那些肯定的判断,明确的意见,却变得模糊不清了。他更加惶惑了。

六

不久,在党小组会上,林震受到了一次严厉的批评。

事情是这样:有一次,林震去麻袋厂,魏鹤鸣说,由于季度生产质量指标没有达到,王厂长狠狠地训了一回工人,工人意见很大,魏鹤鸣打算找些人开个座谈会,搜集意见,准备向上反映。林震很同意这种做法,以为这样也许能促进"条件的成熟"。过了三天,王清泉气急败坏地到区委会找副书记李宗秦,说魏鹤鸣在林震支持下搞小集团进行反领导的活动,还说参加魏鹤鸣主持的座谈会的工人都有历史问题,最后说自己请求辞职。李宗秦批评了他的一些缺点,同意制止魏鹤鸣再开座谈会,"至于林震,"他对王清泉说,"我们会给予应有的教育的。"

批评会上，韩常新分析道："林震同志没有和领导上商量，擅自同意魏鹤鸣召集座谈会，这首先是一种无组织无纪律的行为……"

林震不服气，他说："没有请示领导，是我的错。但是我不明白为什么我们不但不去主动了解群众的意见，反而制止基层这样做。"

"谁说我们不了解？"韩常新跷起一只腿，"我们对麻袋厂的情况统统掌握……"

"掌握了而不去解决，这正是最痛心的！党章上规定着，我们党员应该向一切违反党的利益的现象作斗争……"林震的脸变青了。

富有经验的刘世吾开始发言了，他向来就专门能在一定的关头起扭转局面的作用。

"林震同志的工作热情不错，但是他刚来一个月就给组织部的干部讲党章，未免仓促了些。林震以为自己是支持自下而上的批评，是做一件漂亮事，他的动机当然是好的。不过，自下而上的批评必须有领导地去开展，譬如这回事，请林震同志想一想：第一，魏鹤鸣是不是对王清泉有个人成见呢？很难说没有。那么魏鹤鸣那样积极地去召集座谈会，可不可能有什么个人目的呢？我看不一定完全不可能。第二，参加会的人是不是有一些历史复杂别有用心的分子呢？这也应该考虑到。第三，开这样一个会，会不会在群众里造成一种王清泉快要挨整了的印象因而天下大乱了呢？等等。至于林震同志的思想情况，我愿意直爽地提出一个推测：年轻人容易把生活理想化，他以为生活应该怎样，便要求生活怎样。作为一个党的工作者，要多考虑的却是客观现实，是生活可能怎样。年轻人也容易过高估计自己，抱负甚多，一到新的工作岗位就想对缺点斗争一番，充当个娜斯嘉式的英雄。这是一种可贵的、可爱的想法，也是一种虚妄……"

林震像被打中了似的颤了一下，他紧咬住了下嘴唇。

他鼓起勇气再问："那么王清泉……"刘世吾把头一仰："我明天找他谈话，有原则性的并不仅是你一个人。"

七

星期六晚上,韩常新举行婚礼。林震走进礼堂,他不喜欢那弥漫的呛人的烟气和地上杂乱的糖果皮与空中杂乱的哄笑,没等婚礼开始他就退了出来。

组织部的办公室黑着,他拉开灯,看见自己桌上的信,是小学的同事们写来,其中还夹着孩子们用小手签了名的信:

林老师:您身体好吗?我们特别特别想您,女同学都哭了,后来就不哭了,后来我们做算术,题目特别特别难,我们费了半天劲,中于算出来了……

看着信,林震不禁独自笑起来了,他拿起笔把"中于"改成"终于",准备在回信时告诉他们下次要避免别字。他仿佛看见了系蝴蝶结的李琳琳、爱画水彩画的刘小毛和常常爱把铅笔头含在嘴里的孟飞……他猛地把头从信纸上抬起来,看见的却是电话、吸墨纸和玻璃板。他所熟悉的孩子的世界和他的单纯的工作已经离他而去了,新的工作要复杂得多……他想起前天党小组会上人们对他的批评。难道自己真的错了?真的是莽撞和幼稚,再加几分年轻人的廉价的勇气?也许真的应该切实估量一下自己,把分内的事做好,过两年,等到自己"成熟"了以后再干预一切?

礼堂里传来爆发的掌声和笑声。

一只手落在肩上,他吃惊地回过头来,灯光显得刺眼,赵慧文没有声响地站在他的身边,女同志走路都有这种不声不响的本事。

赵慧文问:"怎么不去玩?"

"我懒得去。你呢?"

"我该回家了。"赵慧文说,"到我家坐坐好吗?省得一个人在这儿想心事。"

"我没有心事。"林震分辩着,但他接受了赵慧文的好意。

赵慧文住在离区委会不远的一个小院落里。

孩子睡在浅蓝色的小床里,幸福地含着指头。赵慧文吻了儿子,拉林震到自己房间里来。

"他父亲不回来吗?"林震问。

赵慧文摇摇头。

这间卧室好像是布置得很仓促,墙壁因为空无一物而显得过分洁白,盆架孤单地缩在一角,窗台上的花瓶傻气地张着口。只有床头小桌上的收音机,好像还能扰乱这卧室的安静。

林震坐在藤椅上,赵慧文靠墙站着。林震指着花瓶说:"应该插枝花。"又指着墙壁说:"为什么不买几张画挂上?"

赵慧文说:"经常也不在,就没有管它。"然后她指着收音机问:"听不听?星期六晚上,总有好的音乐。"

收音机响了,一种梦幻般的柔美的旋律从远处飘来,慢慢变得热情激荡。提琴奏出的诗一样的主题,立即揪住了林震的心。他托着腮,屏住了气。他的青春,他的追求,他的碰壁,似乎都能与这乐曲相通。

赵慧文背着手靠在墙上,不顾衣服蹭上了石灰粉,等这段乐曲过去,她用和音乐一样的声音说:"这是柴可夫斯基的《意大利随想曲》,让人想到南国,想到海……我在文工团的时候常听它,慢慢觉得,这调子不是别人演奏出的,而是从我心里钻出来的……"

"在文工团?"

"参加军事干部学校以后被分配去的,在朝鲜,我用我的蹩脚的嗓子给战士唱过歌,我是个哑嗓子的歌手。"

林震像第一次见面似的又重新打量赵慧文。

"怎么?不像了吧?"这时电台改放"剧场实况"了,赵慧文把收音机关了。

"你是文工团的,为什么很少唱歌?"林震问。

她不回答,走到床边,坐下。她说:"我们谈谈吧,小林,告诉我,你对咱们区委的印象怎么样?"

"不知道,我是说,还不明确。"

"你对韩常新和刘世吾有点意见吧,是不?"

"也许。"

"当初我也这样,从部队转业到这里,和部队的严格准确比较,许多东西我看不惯。我给他们提了好多意见,和韩常新激动地吵过一回,但是他们笑我幼稚,笑我工作没做好意见倒一大堆,慢慢地我发现,和区委的这些缺点作斗争是我力不胜任的……"

"为什么力不胜任?"林震像刺痛了似的跳起来,他的眉毛拧在一起了。

"这是我的错。"赵慧文抓起一个枕头,放在腿上,"那时我觉得自己水平太低,自己也很不完美,却想纠正那些水平比自己高得多的同志,实在自不量力。而且,刘世吾、韩常新还有别人,他们确实把有些工作做得很好。他们的缺点散布在咱们工作的成绩里边,就像灰尘散布在美好的空气中,你嗅得出来,但抓不住,这正是难办的地方。"

"对!"林震把右拳头打在左手掌上。

赵慧文也有些激动了,她把枕头抛开,话说得更慢,她说:"我做的是事务工作,领导同志也不大过问,加上个人生活上的许多牵扯,我沉默了。于是,上班抄抄写写,下班给孩子洗尿布、买奶粉。我觉得我老得很快,参加军干校时候那种热情和幻想,不知道哪里去了。"她沉默着,一个一个地捏着自己的手指,接着说:"两个月以前,北京市进入社会主义高潮,工人、店员还有资本家,放着鞭炮,打着锣鼓到区委会报喜。工人、店员把入党申请书直接送到组织部,大街上一天一变,整个区委会彻夜通明,吃饭的时候,宣传部、财经部的同志滔滔不绝地讲着社会主义高潮中的各种气象。可我们组织部呢?工作改进很少!打电话催催发展数字,按前年的格式添几条新例子写写总结……最近，大家检查保守思想，组织部也检查，拖拖沓沓开了三次会，然后写个材料完事……哎，我说乱了，社会主义高潮中，每一声鞭炮都刺着我，当我复写批准新党员通知的时候，我的手激动得发抖，可是我们的工作就这样依然故我地下去吗？"她喘了一口气，来回踱着，然后接着说："我在党小组会上谈自己的想法，韩常新满足地问：'难道我们发展数字的完成比例不是各区最高的？难道市委组织部没要我们写过经验？'然后他进行分析，说我情绪不够乐观，是因为不安心事务工作……"

"开始的时候，韩常新给人一个了不起的印象，但是，实际一接触……"林震又说起那次写汇报的事。

赵慧文同意地点头："这一二年，虽然我没提什么意见，但我无时无刻不在观察。生活里的一切，有表面也有内容，做到金玉其外，并不是难事。譬如韩常新，充领导他会拉长了声音训人，写汇报他会强拉硬扯生动的例子，分析问题他会用几个无所不包的概念，于是，俨然成了个少壮有为的干部，他漂浮在生活上边，悠然得意。"

"那么刘世吾呢？"林震问，"他绝不像韩常新那样浅薄，但是他的那些独到的见解，精辟的分析，好像包含着一种可怕的冷漠。看到他容忍王清泉这样的厂长，我无法理解，而当我想向他表示什么意见的时候，他的议论却使人越绕越糊涂，可除了跟着他走，似乎没有别的路……"

"刘世吾有一句口头语：就那么回事。他看透了一切，以为一切就那么回事。按他自己的说法，他知道什么是'是'，什么是'非'，还知道'是'一定战胜'非'，又知道'是'不能一下子战胜'非'。他什么都知道，什么都见过——党的工作给人的经验本来很多。于是他不再操心，不再爱也不再恨。他取笑缺陷，仅仅是取笑；欣赏成绩，仅仅是欣赏。他满有把握地应付一切，再也不需要虔诚地学习什么，除了拼音文字之类的具体知识。一旦他认为条件成熟需要干一气，他就一把把事情抓在手里，教育这个，处理那个，俨然是一切人的上司。

凭他的经验和智慧,他当然可以做好一些事,于是他更加自信。"赵慧文毫不容情地说道。这些话曾经在多少个不眠的夜晚萦绕在她的心头。

"我们的区委副书记兼部长呢?他不管么?"

赵慧文更加兴奋了,她说:"李宗秦身体不好,他想去做理论研究工作,嫌区委的工作过于具体。他当组织部长只是挂名,把一切事情推给刘世吾。这也是一种相当普遍的不正常的现象,有一批老党员,因为病,因为文化水平低,或者因为是首长爱人,他们挂着厂长、校长和书记的名,却由副厂长、教导主任、秘书或者某个干事做实际工作。"

"我们的正书记——周润祥同志呢?"

"周润祥是一个非常令人尊敬的领导同志,但是他工作太多,忙着肃反、私营企业的改造……各种带有突击性的任务。我们组织部的工作呢,一般说永远成不了带突击性的中心任务,所以他管得也不多。"

"那……怎么办呢?"林震直到现在,才开始明白了事情的复杂性,一个缺点,仿佛粘在从上到下的一系列的缘故上。

"是啊。"赵慧文沉思地用手指弹着自己的腿,好像在弹一架钢琴,然后她向着远处笑了,她说:"谢谢你……"

"谢我?"林震以为自己听错了。

"是的,见到你,我好像又年轻了。你天不怕地不怕,敢于和一切坏现象作斗争,于是我有一种婆婆妈妈的预感:你……一场风波要起来了。"

林震脸红了。他根本没想到这些,他正为自己的无能而十分羞耻。他嘟哝着说:"但愿是真正的风波而不是瞎胡闹。"然后他问:"你想了这么多,分析得这么清楚,为什么只是憋在心里呢?"

"我老觉得没有把握。"赵慧文把手放在自己的胸前,"我看了想,想了又看,我有时候想得一夜都睡不好,我问自己:'你的工作是事务性的,你能理解这些吗?'"

"你怎么会这样想?我觉得你刚才说得对极了!你应该把你刚才说的对区委书记谈,或者写成材料给《人民日报》……"

"瞧,你又来了。"赵慧文露出润湿的牙齿笑了。

"怎么叫又来了?"林震不高兴地站起来,使劲搔着头皮,"我也想过多少次,我觉得,人要在斗争中使自己变正确,而不能等到正确了才去作斗争!"

赵慧文突然推门出去了,把林震一个人留在这空旷的屋子里,他嗅见了肥皂的香气。马上,赵慧文回来了,端着一个长柄的小锅,她跳着进来,像一个梳着三只辫子的小姑娘。她打开锅盖,戏剧性地向林震说:

"来,我们吃荸荠,煮熟了的荸荠!我没有找到别的好吃的。"

"我从小就喜欢吃熟荸荠。"林震愉快地把锅接过来,他挑了一个大的没剥皮就咬了一口,然后他皱着眉吐了出来,"这是个坏的,又酸又臭。"赵慧文大笑了。林震气愤地把捏烂了的酸荸荠扔到地上。

临走的时候,夜已经深了,纯净的天空上布满了畏怯的小星星。有一个老头儿吆喝着"炸丸子开锅!"推车走过。林震站在门外,赵慧文站在门里,她的眼睛在黑暗中闪光,她说:"下次来的时候,墙上就有画了。"

林震会心地笑着:"而且希望你把丢下的歌儿唱起来!"他摇了一下她的手。

林震用力地呼吸着春夜的清香之气,一股温暖的泉水从心头涌了上来。

八

韩常新最近被任命为组织部副部长。新婚和被提拔,使他愈益精神焕发和朝气勃勃。他每天刮一次脸,在参观了服装展览会以后又做了一套凡尔丁料子的衣服。不过,最近他亲自出马下去检查工作少了,主要是在办公室听汇报、改文件和找人谈话。刘世吾仍然那么忙。

一天,晚饭以后,韩常新把《拖拉机站站长与总农艺师》还给林震,他用手弹一弹那本书,点点头说:"很有意思,也很荒唐。当个作家倒不坏,编得天花乱坠。赶明儿我得了风湿性关节炎或者犯错误受了处分,就也写小说去。"

林震接过书,赶快拉开抽屉,把它压在最底下。

刘世吾坐在另一边的沙发上正出神地研究一盘象棋残局,听了韩常新的话,刻薄地说:"老韩将来得关节炎或者受处分倒不见得不可能。至于小说,我们可以放心,至少在这个行星上不会看到您的大作。"他说的时候一点不像开玩笑,以致韩常新尴尬地转过头,装没听见。

这时刘世吾又把林震叫过去,坐在他旁边,问:"最近看什么书了?有没有好的借我看看?"

林震说没有。

刘世吾挪动着身体,斜躺在沙发上,两手托在脑后,半闭着眼,缓慢地说:"最近在《译文》上看了《被开垦的处女地》第二部的片段,人家写得真好,活得很……"

"您常看小说?"林震真不大相信。

"我愿意荣幸地表示,我和你一样爱读书:小说、诗歌,包括童话。解放以前,我最喜欢屠格涅夫。小学五年级,我已经读《贵族之家》,我为伦蒙那个德国老头儿流泪,我也喜欢叶琳娜,英沙罗夫写得却并不好……可他的书有一种清新的、委婉多情的调子。"他忽地站起来,走近林震,扶着沙发背,弯着腰继续说,"现在也爱看,看的时候很入迷,看完了又觉得没什么。你知道,"他紧挨林震坐下,又半闭起眼睛,"当我读一本好小说的时候,我梦想一种单纯的、美妙的、透明的生活。我想去当水手,或者穿上白衣服研究红血球,或者当一个花匠,专门培植十样锦……"他笑了,他从来没这样笑过,不是用机智,而是用心。"可还是得当什么组织部长。"他摊开了手。

"为什么您把现在的工作看得和小说那么不一样呢?党的工作不单纯,不美妙,也不透明么?"林震友好而关切地问。

刘世吾接连摇头,咳嗽了一会儿又站起来。靠到远一点的地方,嘲笑地说:"党的工作者不适合看小说……譬如,"他用手在空中一划,"拿发展党员来说,小说可以写:'在壮丽的事业里,多少名新战士参加了无产阶级的先锋行列,万岁!'而我们呢,组织部呢,却正在发愁:第一,某支部组织委员工作马大哈,谈不清新党员的历史情况。第二,组织部压了百十个等着批准的新党员,没时间审查。第三,新党员须经常委会批准,而常委委员一听开会批准党员就请假。第四,公安局长参加常委会批准党员的时候老是打瞌睡……"

"您不对!"林震大声说,他像本人受了侮辱一样难以忍耐,"您看不见壮丽的事业,只看见某某在打瞌睡……难道您也打瞌睡了?"

刘世吾笑了笑,叫韩常新:"来,看看报上登的这个象棋残局,该先挪车呢还是先跳马?"

九

魏鹤鸣告诉林震,他要求回到车间当工人,他说:"这个支部委员和生产科长我干不了。"林震费尽唇舌,劝他把那次座谈会搜集的意见写给党报,并且质问他:"你退缩了,你不信任党和国家了,是吗?"后来魏鹤鸣和几个意见较多的工人写了一封长信,偷偷地寄给报纸,连魏鹤鸣本人都对自己有些怀疑:"也许这又是'小集团活动'?那就处罚我吧!"他是带着有罪的心情把大信封扔进邮箱的。

五月中旬,《北京日报》以显明的标题登出揭发王清泉官僚主义作风的群众来信。署名"麻袋厂一群工人"的信,愤怒地要求领导上处理这一问题。《北京日报》编者也在按语中指出:"……有关领导部门应迅速做认真的检查……"

赵慧文首先发现了,她叫林震来看。林震兴奋得手发抖,看了半天连不成句子,他想:"好!终于揭出来了!还是党报有力量!"

他把报纸拿给刘世吾看,刘世吾仔细地看了几遍,然后抖一抖报纸,客观地说:"好,开刀了!"

这时,区委书记周润祥走进来,他问:"王清泉的情况你们了解不?"

刘世吾不慌不忙地说:"麻袋厂支部的一些不健康的情况那是确实存在的。过去,我们就了解过,最近我亲自找王清泉谈过话,同时小林同志也去了解过。"他转身向林震:"小林,你谈谈王清泉的情况吧。"

有人敲门,魏鹤鸣紧张地撞进来,他的脸由红色变成了青色,他说,王厂长在看到《北京日报》以后非常生气,现在正追查写信的人。

经过党报的揭发与区委书记的过问,刘世吾以出乎林震意料之外的雷厉风行的精神处理了麻袋厂的问题。刘世吾一下决心,就可以把工作做得很出色。他把其他工作交代给别人,连日与林震一起下到麻袋厂去。他深入车间,详细调查了王清泉工作的一切情况,征询工人群众的一切意见。然后,与各有关部门进行了联系,只用了一个多星期的时间,就对王清泉做了处理——党内和行政都予以撤职处分。

处理王清泉的大会一直开到深夜。开完会,外面下起雨,雨忽大忽小,久久地不停息,风吹到人脸上有些凉。刘世吾与林震到附近的一个小铺子去吃馄饨。

这是新近公私合营的小铺子,整理得干净而且舒适。由于下雨,顾客不多。他们避开热气腾腾的馄饨锅,在墙角的小桌旁坐下来。

他们要了馄饨,刘世吾还要了白酒,他呷了一口酒,掐着手指,有些感触地说:"我这是第六次参加处理犯错误的负责干部的问题了,

27

头几次,我的心很沉重。"由于在大会上激昂地讲过话,他的嗓音有些嘶哑,"党的工作者是医生,他要给人治病,他自己却是并不轻松的。"他用无名指轻轻敲着桌子。

林震同意地点头。

刘世吾忽然问:"今天是几号?"

"五月二十。"林震告诉他。

"五月二十,对了。九年前的今天,'青年军'二〇八师打坏了我的腿。"

"打坏了腿?"林震对刘世吾的过去历史还不了解。

刘世吾不说话,雨一阵大起来,他听着那哗啦哗啦的单调的响声,嗅着潮湿的土气。一个被雨淋透的小孩子跑进来避雨,小孩的头发在往下滴水。

刘世吾招呼店员:"切一盘肘子。"然后告诉林震:"一九四七年,我在北大当自治会主席。参加'五二〇'游行的时候,二〇八师的流氓打坏了我的腿。"他挽起裤子,可以看到一道弧形的疤痕,然后他站起来:"看,我的左腿是不是比右腿短一点?"

林震第一次以深深的尊敬和爱戴的眼光看着他。

喝了几口酒,刘世吾的脸微微发红,他坐下,把肉片夹给林震,然后歪着头说:"那个时候……我是多么热情,多么年轻啊!我真恨不得……"

"现在就不年轻,不热情了么?"林震用期待的眼光看着。

"当然不。"刘世吾玩着空酒杯,"可是我真忙啊!忙得什么都习惯了,疲倦了。解放以来从来没睡够过八小时觉,我处理这个人和那个人,却没有时间处理处理自己。"他托起腮,用最质朴的人对人的态度看着林震,"是啊,一个布尔什维克,经验要丰富,但是心还要单纯……再来一两!"刘世吾举起酒杯,向店员招手。

这时林震已经开始被他深刻和真诚的抒发所感动了。刘世吾接着闷闷地说:"据说,炊事员的职业病是缺少良好的食欲,饭菜是他们做的,他们整天和饭菜打交道。我们,党的工作者,我们创造了新生活,结果,生活反倒不能激动我们……"

林震的嘴动了动,刘世吾摆摆手,表示希望不要现在就和他辩论。他不说话,独自托着腮发愣。

"雨小多了,这场雨对麦子不错。"过了半天,刘世吾叹了口气,忽然又说:"你这个干部好,比韩常新强。"

林震在慌乱中赶紧喝汤。

刘世吾盯着他,亲切地笑着,问他:"赵慧文最近怎么样?"

"她情绪挺好。"林震随口说。他拿起筷子去夹熟肉,看见了他熟悉的刘世吾的闪烁的目光。

刘世吾把椅子拉近他,缓缓地说:"原谅我的直爽,但是我有责任告诉你……"

"什么?"林震停止了夹肉。

"据我看,赵慧文对你的感情有些不……"

林震颤抖着手放下了筷子。

离开馄饨铺,雨已经停了,星光从黑云下面迅速地露出来,风更凉了,积水潺潺地从马路两边的泄水池流下去。林震迷惘地跑回宿舍,好像喝了酒的不是刘世吾,倒是他。同宿舍的同志都睡得很甜,粗短的和细长的鼾声此起彼伏。林震坐在床上,摸着湿了的裤脚,眼前浮现了赵慧文的苍白而美丽的脸……他还是个毛头小伙子,他什么也没经历过,什么都不懂。他走近窗子,把脸紧贴在外面沾满了水珠的冰冷的玻璃上。

十

区委常委开会讨论麻袋厂的问题。

林震列席参加。他坐在一角,心跳、紧张,手心里出了汗。他的衣袋里装着好几千字的发言提纲,准备在常委会上从麻袋厂事件扯出组织部工作中的问题。他觉得麻袋厂问题的揭发和解决，造成了最好的机会，可以促请领导从根本上考虑一下组织部的工作。时候到了！

刘世吾正在条理分明地汇报情况。书记周润祥显出沉思的神色，用左拳托着士兵式的粗壮而宽大的脸，右腕子压着一张纸，时而在上面写几个字。李宗秦用食指在空中写画着。韩常新也参加了会，他专心地把自己的鞋带解开又系上。

林震几次想说话，但是心跳得使他喘不上气。第一次参加常委会，就作这种大胆的发言，未免过于莽撞吧？不怕，不怕！他鼓励自己。他想起八岁那年在青岛学跳水，他也一边听着心跳，一边生气地对自己说："不怕，不怕！"

区委常委批准了刘世吾对于麻袋厂问题提出的处理意见，马上就要进行下面一项议程了，林震霍地举起了手。

"有意见吗？不举手就可以发言的。"周书记笑着说。

林震站起来，碰响了椅子，掏出笔记本看着提纲，他不敢看大家。

他说："王清泉个人是作了处理了，但是如何保证不再有第二、第三个王清泉出现呢？我们应该检查一下区委组织工作中的缺点：第一，我们只抓了建党，对于巩固党没给予应有的注意，使基层的党内斗争处于自流状态。第二，我们明知有问题却拖延着不去解决，王清泉来厂子整整五年，问题一直存在而且愈发展愈严重。……具体地说，我认为韩常新同志与刘世吾同志有责任……"

会场起了轻微的骚动，有人咳嗽，有人放下了烟卷，有人打开笔记本，有人挪了一下椅子。

韩常新耸了一下肩，用舌头舔了一下扭动着的牙床，讽刺地说："往往听到一种事后诸葛亮的意见：ّ为什么不早一点处理呢？'当然是愈早愈好啰！高、饶事件发生了，有人问为什么不早一点，贝利亚也有人问为什么不早一点。再者，组织部并不能保证第二、第三个王清泉不会出现，林震同志也未尝能保证这一点。……"

林震抬起头,用激怒的目光看着韩常新。韩常新却只是冷冷地笑。林震压抑着自己说:"老韩同志知道缺点的存在是规律,但他不知道克服缺点前进更是规律。老韩同志和刘部长,就是抱住了头一个规律,因而对各种严重的缺点采取了容忍乃至于麻木的态度!"说完,他用手抹了抹头上的汗,他也不知道自己怎么敢说得这样尖锐,但是终究说出来了,他有一种如释重负的感觉。

李宗秦在空中划着的食指停住了。周润祥转头看看林震又看看大家,他的沉重的身躯使木椅发出了吱吱声。他向刘世吾示意:"你的意见?"

刘世吾点点头:"小林同志的意见是对的,他的精神也给了我一些启发……"然后他悠闲地溜到桌子边去倒茶水,用手抚摸着茶碗沉思地说:"不过具体到麻袋厂事件,倒难说了。组织部门巩固党的工作抓得不够,是的,我们干部太少,建党还抓不过来。麻袋厂王清泉的处理,应该说还是及时而有效的。在宣布处理的工人大会上,工人的情绪空前高涨,有些落后的工人也表示更认识到了党的大公无私,有一个老工人在台上一边讲话一边落泪,他们口口声声说着感谢党,感谢区委……"

林震小声说:"是的,正因为这样,我才觉得我们工作中的麻木、拖延、不负责任,是对群众犯罪。"他提高了声音,"党是人民的、阶级的心脏,我们不能容忍心脏上有灰尘,就不能容忍党的机关的缺点!"

李宗秦把两手交叉起来放在膝头,他缓缓地说,像是一边说一边思索着如何造句:"我认为林震、韩常新、刘世吾同志的主要争论有两个症结,一个是规律性与能动性的问题,……一个是……"

林震以不知从哪儿来的勇气对李宗秦说:"我希望不要只作冷静而全面的分析……"他没有说下去,他怕自己掉下眼泪来。

周润祥看一看林震,又看一看李宗秦,皱起了眉头,沉默了一会儿,迅速地写了几个字,然后对大家说:"讨论下一项议程吧。"

散会后,林震气恼得没有吃下饭,区委书记的态度他没想到。他不满甚至有点失望。韩常新与刘世吾找他一起出去散步,就像根本没理会他对他们的不满意,这使林震更意识到自己和他们力量的悬殊。他苦笑着想:"你还以为常委会上发一席言就可以起好大的作用呢!"他打开抽屉,拿起那本被韩常新嘲笑过的苏联小说,翻开第一页,上面写着:"按娜斯嘉的方式生活!"他自言自语:"真难啊!"

他缺少了什么呢?

十一

第二天下班以后,赵慧文告诉林震:"到我家吃饭去吧,我自己包饺子。"他想推辞,赵慧文已经走了。

林震犹豫了好久,终于在食堂吃了饭再到赵慧文家去。赵慧文的饺子刚刚煮熟。她穿着暗红色的旗袍,系着围裙,手上沾满面粉,像一个殷勤的主妇似的对林震说:"新下来的豆角做的馅子……"

林震嗫嚅地说:"我吃过了。"

赵慧文不信,跑出去给他拿来了筷子,林震再三表示确实吃过,赵慧文不满意地一个人吃起来。林震不安地坐在一旁,一会儿看看这,一会儿看看那,一会儿搓搓手,一会儿晃一晃身体。

"小林,有什么事么?"赵慧文停止了吃饺子。

"没……有。"

"告诉我吧。"赵慧文目不转睛地看着他。

"昨天在常委会上我把意见都提了,区委书记睬都不睬……"

赵慧文咬着筷子头想了想,她坚决地说:"不会的,周润祥同志只是不轻易发表意见……"

"也许。"林震半信半疑地说,他低下头,不敢正面接触赵慧文关切的目光。

赵慧文吃了几个饺子,又问:"还有呢?"

林震的心跳起来了。他抬起头,看见了赵慧文的好意的眼睛,他轻轻地叫:"赵慧文同志……"

赵慧文放下筷子,靠在椅子背上,有些吃惊了。

"我很想知道,你是否幸福。"林震用一种粗重的,完全像大人一样的声音说,"我看见过你的眼泪,在刘世吾的办公室,那时候春天刚来……后来忘记了。我自己马马虎虎地过日子,也不会关心人。你幸福吗?"

赵慧文略略疑惑地看着他,摇头,"有时候我也忘记……"然后点头,"会的,会幸福的。你为什么问它呢?"她安详地笑着。

林震把刘世吾对他讲的告诉了她:"……请原谅我,把刘世吾同志随便讲的一些话告诉了你,那完全是瞎说……我很愿意和你一起说话或者听交响乐,你好极了,那是自然而然的,……也许这里边有什么不好的,不合适的东西,马马虎虎的我忽然多虑了,我恐怕我扰乱谁。"林震抱歉地结束了。

赵慧文安详地笑着,接着皱起了眉尖儿,又抬起了细瘦的胳臂,用力擦了一下前额,然后她甩了一下头,好像甩掉什么不愉快的心事似的转过身去了。

她慢慢地走到墙壁上新挂的油画前边,默默地看画。那幅画的题目是《春》:莫斯科,太阳在春天初次出现,母亲和孩子一起到街头去……

一会儿,她又转过身来,迅速地坐在床上,一只手扶着床栏杆,异常平静地说:"你说了些什么呀?真的!我不会做那些不经过考虑的事。我有丈夫,有孩子,我还没和你谈过我的丈夫。"她不用常说的"爱人",而强调地说着"丈夫"。"我们在五二年结的婚,我才十九,真不该结婚那么早。他从部队里转业,在中央一个部里当科长,他慢慢地染上了一种油条劲儿,争地位、争待遇,和别人不团结。我们之间呢,好像也只剩下了星期六晚上回来和星期一走。我的看法是:或者是崇高的爱情,或者什么都没有。我们争吵了……但是我仍然等待着……他最近出差去上海,等回来,我要和他好好谈一谈。可你说了些什么呢？"她又一次问,"小林,你是我所尊敬的顶好的朋友,但你还是个孩子——这个称呼也许不对,对不起。我们都希望过一种真正的生活,我们希望组织部成为真正的党的工作机构,我觉着你像是我的弟弟,你盼望我振作起来,是吧？生活是应该有互相支援和友谊的温暖,我从来就害怕冷淡。就是这些了,还有什么呢？还能有什么呢？"

林震惶恐地说："我不该受刘世吾话的影响……"

"不。"赵慧文摇头,"刘世吾同志是聪明人,他的警告也许并不是完全没有必要,然后……"她深深地吐一口气,"那就好了。"

她收拾起碗筷,出去了。

林震茫然地站起,来回踱着步子,他想着、想着,好像有许多话要说,慢慢地,又没有了。他要说什么呢？本来什么都没有发生。生活有时候带来某种情绪的波流,使人激动也使人困扰,然后波流流过去,没有一点痕迹……真的没有痕迹吗？它留下对于相逢者的纯洁和美好的记忆,虽然淡淡,却难忘……

赵慧文又进来了,她领着两岁的儿子,还提着一个书包。小孩已经与林震见过几次面,亲热地叫林震"夫夫"——他说不清楚"叔叔"。

林震用强健的手臂把他举了起来。空旷的屋子里顿时充满了孩子的笑闹声。

赵慧文打开书包,拿出一叠纸,翻着,说："今天晚上,我要让你看几样东西。我已经把三年来看到的组织部工作中的一些问题和自己的意见写了一个草稿。这个………"她不好意思地摸了一下一张橡皮纸,"大概这是可笑的,我给自己规定了一个竞赛的办法,让今天的自己和昨天的自己竞赛。我画了表,如果我的工作有了失误——写入党批准通知的时候抄错了名字或者统计错了新党员人数,我就在表上画一个黑叉子,如果一天没有错,就画一个小红旗。

连续一个月都是红旗,我就买一条漂亮的头巾或者别的什么奖励自己……也许,这像幼儿园的做法吧?你觉得好笑吗?"

林震入神地听着,他严肃地说:"不。我尊敬你对自己的……"

临走的时候,夜已经深了。林震站在门外,赵慧文站在门里,她的眼睛在黑暗中闪着光,她说:"今天的夜色非常好,你同意吗?你闻见槐花的香气了没有?平凡的小白花,它比牡丹清雅,比桃李浓馥。你闻不见?真是!再见,明天一早就见面了,我们各自投身在伟大而麻烦的工作里边。然后晚上来找我吧,我们听美丽的《意大利随想曲》。听完歌,我给你煮荸荠,然后我们把荸荠皮扔得满地都是……

林震靠着组织部门前的大柱子好久好久地呆立着,望着夜的天空。初夏的南风吹拂着他——他来时是残冬,现在已经是初夏了。他在区委会度过了第一个春天。

他做好的事情简直很少,简直就是没有,但他学了很多,多懂了不少事。他懂了生活的真正的美好和真正的分量,他懂了斗争的困难和斗争的价值。他渐渐明白,在这平凡而又伟大的、包罗万象的、担负着无数艰巨任务的区委会,单凭个人的勇气是做不成任何事情的……从明天……

办公室的小刘走过,叫他:"林震,你上哪儿去了?快去找周润祥同志,他刚才找了你三次。"

区委书记找林震了吗?那么不是从明天,而是从现在,他要尽一切力量去争取领导的指引,这正是目前最重要的……

隔着窗子,他看见绿色的台灯和夜间办公的区委书记的高大侧影,他坚决地、迫不及待地敲响了领导同志办公室的门。

发表于《人民文学》1956年第9期,
发表时题为《组织部新来的青年人》

布　　礼

一

一九五七年八月

　　奇热的天气。P城气象台预报说,这一天的最高气温是摄氏三十九度。这是一个发烧、看急诊的温度,一个头疼、头晕、嘴唇干裂、食欲减退、舌苔变黄而又畏寒发抖、颜面青白、嘴唇褐紫、捂上双层棉被也暖和不过来的温度。你摸一摸桌子、墙壁、床栏杆,温吞吞的。你摸一摸石头和铁器,烫手。你摸一摸自己的身体,冰凉。钟亦成的心,更冷。

　　这是怎么回事?忽然,一下子就冻结了。花草、天空、空气、报纸、笑声和每一个人的脸孔,突然一下子都硬了起来。世界一下子降到了太空温度——绝对零度了吗?天空像青色的铁板,花草像杂乱的石头,空气液化以后结成了坚硬的冰块,报纸杀气腾腾,笑声陡地消失,脸孔上全是冷气。心,失去血色,硬邦邦的了。

　　事情是从七月一日开始的。七月一日,多么美好,多么庄严,多么令人热血沸腾的日子!在这一天以前,中共P城市中心城区委员会的青年干部、办公室调查研究组的组长钟亦成,正像在解放后的历次政治运动中一样,积极热情,慷慨激昂,毫无保留地参加着反右派斗争,他还是办公室领导运动的三人小组的成员呢。然而,七月一日,首都出版的一家报纸上,刊登了一位文艺评论界的新星写的批判

文章,这篇文章批判了钟亦成发表在一个小小的儿童画报上的一首小诗。小诗的题目是《冬小麦自述》,总共不过四句:

  野菊花谢了,
  我们生长起来;
  冰雪覆盖着大地,
  我们孕育着丰收。

  可怜的钟亦成,他爱上了诗。(有人说,写诗是不会有好下场的,不论拜伦还是雪莱,普希金还是马雅可夫斯基,不是决斗中被杀就是自杀,要不也得因为乱搞男女关系而坐牢。)他读了、背诵了那么多诗,他流着泪,熬着夜,哭着,笑着,叨念着,喊叫着,低语着写了那么多那么多诗,就是这首《冬小麦自述》也写了那么多那么多行,最后被不知是哪一位学识渊博、德高望重、近视度数很深的编辑全给砍掉了。截至这时为止,钟亦成发表出来的诗只有这四句,而且是配在一幅乡村风景画的右下角。然而这也光荣,这也幸福,这是大地的一幅生生不已的画面,抖颤的小黄菊花,漫天遍地的白雪,翠绿如毡的麦苗和沉甸甸的麦穗……这四句也蓄积着他的许多爱,许多遐想。他在对千千万万的儿童说话。读了他的诗,一个穿着小海军服的胖小子问他的妈妈:"什么叫小麦?小麦比大麦小多少?""我的孩子,小的不见得比大的小啊,你明白吗?"烫头发的、含笑的妈妈说,她不知道该选择怎样的词句。还有一个梳着小辫子的小姑娘,读了他的四句诗,她就想到农村去,想看一看田野、庄稼、农民、代谢迭替着的作物,还有磨坊,小麦在那里变成了雪白的面粉……多么幸福,多么光荣!

  然而它受到了评论新星的批评。那是一颗新星,正在红得透紫。评论文章的题目是《他在自述些什么》。新星说,这首诗发表在一九五七年五月,正是反党反社会主义的右派分子向党猖狂进攻的时刻,他们叫嚣要共产党"下台"、"让位",他们要"杀共产党",他们用各种形式,包括写诗的形式发泄他们对党和人民的刻骨仇恨、变天的梦想、反攻倒算的渴望。因此,对于《冬小麦自述》这首诗,必须从政治斗争的全局加以分析,切不可掉以轻心,被披着羊皮的豺狼、化装成美女的毒蛇所蒙骗。"野菊花谢了",这就是说要共产党下台,称共产党为"野",实质上与美国驻联合国代表奥斯汀污蔑我们党毁灭文化遥相呼应。"我们生长起来",则是说资产阶级顽固派即右派要上台,"我们"就是章罗联盟,就是黄世仁和穆仁智、蒋介石和宋美龄。"冰雪覆盖着大地",表达了对我们社会主义祖国的强大的无产阶级专政的极端阴暗、极端仇视、极端恐惧的即将灭亡的反动阶级的心理,切齿之声,清晰可闻,而且作者的影射还不限于此,"我们孕育着丰收",其实是号召公开举行反革命叛乱。

载着这篇文章的报纸下午才运到 P 城,临下班以前来到了中心城区委员会。文章像炸弹一样地爆炸了,有的人惊奇,有的人害怕,有的人发愁,有的人兴奋。钟亦成只看了几句,轰的一声,左一个嘴巴,右一个嘴巴,脸儿烫烫地发起烧来了,评论新星扭住了他的胳臂,正在叭、叭、叭、叭左右开弓地扇他的嘴巴。你怎么不问问我是什么人呢?怎么不了解了解我的政治历史和现实表现,就把我说成了这个样子呢?钟亦成想抗议,但是他发不出声音,新星已经扼住他的脖子。新星的原则性是那么强,提问题提得那么尖锐、大胆、高超,立论是那么势如破竹、不可阻挡,指责是那样严重、那样骇人听闻,具有一种摧毁一切防线的强大火力、具有一种不容讨论的性质。文艺批评是可以提出异议的,政治判决,而且是军事法庭似的从政治上处以死刑的判决,却只能立即执行,就地正法。

然而他不能接受,他非抗议不可。一辆汽车横冲直撞,开上了人行道,开进了百货商场。一个强盗大白天执斧行凶,强奸幼女。挖一个三十米深的大坑,把一座大楼推倒在坑里。抱起一挺重机枪,到小学课室里扫射。即使发生了这样的事,也不见得比这篇批判文章更令钟亦成吃惊。白纸黑字,红口白牙,我们自己的报纸上怎么会出现这样的弥天大谎？所有的那些吓死人的分析，分析的是他和他的小小的诗篇吗？他听见了自己的骨头碎成渣的声音，那位评论新星正把他卷巴卷巴放到嘴里，正在用门齿、犬齿和臼齿把他嚼得咯吱咯吱作响。

他去找区委书记老魏，老魏的家就在区委会的后院，老魏的妻子也在这个区工作，但是老魏多数情况下仍然住在办公室。灯光下，老魏拿过了那张报纸，越看，眉头就皱得越紧，没有听完钟亦成的激动的申辩，他就说："你这个同志呀，不要紧张嘛，要沉得住气嘛，要经得起考验嘛。好好工作！有什么想法，可以谈嘛。"

区委书记的话，主要是区委书记的态度，使他安心多了。但当他从走廊走过的时候，无意中看到办公室主任、三人小组组长宋明正在认真阅读评论新星的文章，手捏着红铅笔，圈圈点点。宋明同志，不知为什么一想起他来钟亦成就有点发怵。宋明长着一副小小的却是老人一样的多纹路的面孔，戴着一副小小的、儿童用品一样的眼镜，最近刚与老婆离了婚，从早到晚板着面孔，除去报刊和文件上的名词他似乎不会别的语言。给钟亦成印象最深的是一年以前，钟亦成发现，在宋明的工作台历上和密密麻麻的"催××简报""报××数字""答复××询问事项""提××名单"等事项并列的还有"与淑琴共看电影并谈话"（淑琴是他妻子的名字，当然，那时候他们还没有离婚）以及"找阿熊谈谈谎事"（阿熊是他的儿子的名字，现年六岁）。现在，评论新星的文章引起了宋明的注意，肯定，他的工作台历上将要出现新的项目，如"考虑钟亦成《自述》一诗"之类，这令人未免发毛。

钟亦成找了自己的恋人凌雪。凌雪说："这简直是胡扣帽子！是赤裸裸的陷害和诽谤，是胡说八道！"又说："也不能他说什么就算什么啊，不用理他！别发愁，劳驾，走，咱们上街喝一杯冷牛奶！"

凌雪的话使钟亦成的心活动了些，抬起头，天没有塌下来，跺跺脚，地没有陷下去。钟亦成还是钟亦成，爱情还是爱情，区委会还是区委会。但他觉得凌雪把问题看得简单了，她怎么体会不到，新星的咄咄逼人的架势和语言后面，隐藏着多么巨大的危险！

什么危险？他不敢想。他可以想象自己生命的终止，可以想象太阳系的衰老和消亡，却不能想象这危险。但从七月一日这一天他产生了一种如此令人懊恼又令人羞辱的心理：他非常注意旁人对他的态度，注意别人的眼和脸。可能是他神经过敏，也可能确是事实，他觉得绝大多数人在这一天以后程度不同地对他改变了态度——他知道，这是新星的文章的效应。有人见了他习惯地一笑，但笑容还未完全显露出来就被撤销了，脸部肌肉的这种古怪的运动可真叫人难受！有人见了他照例伸出了手，匆匆地一握——眼睛却看着别处。有些特别熟悉的同志，见了他不好不说几句话，但说的话颠三倒四，显然是心不在焉。只有宋明，见了他以后态度似乎比往日更好一些，宋明的彬彬有礼和从容不迫后面包含着一种自负、一种满足，却绝没有虚伪。

八月，形势急转直下。先是上级批评了这个区的反右运动，说是这里的运动有三多三少：声讨社会上的右派多，揪出本单位的右派少；揪出来的人当中留用人员多，混在革命队伍内部的，特别是党内的少；基层揪出来的多，区委领导机关里揪出来的少。接着宋明在各种会议上发动了攻势，并贴出了大字报，指出这里的运动所以迟迟打不开局面，是由于老魏手软、温情，领导人本身就右倾，还能搞好反右派斗争吗？例如，首都某报纸已经对钟亦成的反党诗进行了严厉的批判，区委这里却按兵不动，甚至还让钟亦成继续混在办公室的三人小组之中，这难道不能说明老魏在政治上已经堕落到了何种地步了吗？果然，在上级和宋明的夹攻之中，老魏做了一次又一次的检讨，钟亦成也被"调"出了"三人小组"。紧跟着，各部门的运动进入了新阶段，呼啦呼啦地揪出了许多人。揭发钟亦成的大字报一张又一张地出现了。真奇怪，一个好好的人只要一揭就会浑身都是疮疤。钟亦成曾经嘲笑过某个领导同志讲话啰嗦，钟亦成曾经说过许多文件、简报、材料无用，钟亦成曾经说过我们的党群关系有问题……越揭越多,使钟亦成自己也完全懵了。终于,在奇热的这一天,他被叫去谈话,和他谈话的主要领导人是宋明,老魏也在场。

从此,开始了他一生的新阶级,而一切的连续性,中断了。

一九六六年六月

红袖章的火焰燃烧着炽热的年轻的心。响彻云霄的语录歌声激励着孩子们去战斗。冲呀冲,打呀打,砸烂呀砸烂,红了眼睛去建立一个红彤彤的世界,却还不知道对手是谁。

但是有标签。根据标签,钟亦成被审问道:

"说!你是怎么仇恨共产党的?你是怎样梦想夺去你失去的天堂的?"

"说!你过去干过哪些反革命勾当?今后准备怎样推翻共产党?"

"说!你保留着哪些变天账?你是不是希望蒋介石打回来,你好报仇雪恨,杀共产党?"

集体念语录:

"在拿枪的敌人被消灭以后,不拿枪的敌人依然存在……"

"革命不是请客吃饭,不是做文章……"

嗖,一皮带。嗡,一链条。喔噢,一声惨叫。

"说,说,说!"

"我热爱党!"

"放屁!你怎么会热爱党?你怎么可能热爱党?你怎么敢说你热爱党?你怎么配说你热爱党?你这是顽固到底!你这是花岗岩脑袋!你这是向党挑战!你这是不肯认输,不肯服罪!你这是猖狂反扑!我们就是要把你打翻在地再踏上……"

嗖和嗡,皮带和链条,火和冰,血和盐。钟亦成失去了知觉,在快要失去知觉的一刹那,他看到了那永远新鲜、永远生动、永远神圣而且并不遥远的一切。

二

一九四九年一月

一九四九年一月十一日，人民解放军向 P 城发动了总攻击。两天之后，P 城党的地下市委通知各秘密支部：决定性的时刻已经到来，为了防止国民党军灭亡前的疯狂破坏，防止地痞流氓、社会渣滓利用新旧历史篇章迭替中可能出现的空白页进行抢劫和其他犯罪活动，各支部要按照近两个月来反复研究和制定了的迎接解放的部署，立即付诸行动。

P 城省立第一高中的学生、三个平行支部之一的支部书记、入党已经两年半的十七岁的候补党员钟亦成，在接到上级联系人的通知以后，打破秘密工作的常规，连夜把他所联系的四名地下党员（其中有一名是年逾五十的数学教师）、十三名民主青年联盟盟员召集到一间早已弃置不用的锅炉房地下室里，在闪烁着微弱的光焰的蜡烛照明之下（发电厂早就不发电了），传达了上级的指示，然后用短促有力的话语为这十七个人分配了任务。十七个人第一次聚在一起，为党员和盟员队伍的壮大兴旺而欢欣鼓舞，为有钟亦成这样干练、这样聪明、这样富有忘我精神的指挥员而感到放心和自豪。回到宿舍，正是午夜沉沉的时刻，他们叫醒了北斋所有的住校生，钟亦成说道：

"同学们，现在，解放大军已经攻进了城，国民党反动派的罪恶统治就要结束了！中国的几千年的人吃人的历史就要结束了！天亮了！繁荣、富强、自由、平等、人民当家做主的新中国，就要诞生了！根据华北学联的要求，我们要组织护校、护城、防止破坏，保护国家名胜古迹和人民的生命财产……凡愿意参加的，到这边来领袖标……"

钟亦成亮出了早已准备好的学联的旗帜和袖标，同学们各自的脸上分别呈现出了惊喜、诧异、迷惘、恐惧的表情。学生当中本来还有少数的特务分子和从解放区逃出来的反动地富的子弟,他们已在前不久被"剿总"招到"自救先锋队"里,准备和共产党决一死战去了。这样,学生宿舍里剩下的大多还是比较正派的学生。很快,在秘密党员和盟员的带动之下,在"国家兴亡,匹夫有责!""我们是新时代的主人,新社会的先锋!"等豪言壮语的鼓动之下,除了少数几个嘴唇哆嗦的胆小鬼以外,大多数同学都响应了号召,他们佩戴上了红袖标,他们撬开了体育室的门(学校行政负责人已经不知去向),每人拿了一根"童子军"军棍做武器,列队向校外走去。至于那位党员教师,他以教联的名义组织在校的教职员工护校。

天色微明了,冷风料峭,炮声停止了,枪声还在时紧时慢地鸣响着,有远处传来的炒豆般的劈劈啪啪的声音,也有近处子弹划破空气所发出的尖利的"啾""啾"声,四处充满了硝烟的气味。街道上阒无一人,所有的商店都关紧了门窗,上着厚重的木板。日常行驶在大街上的仅余的几辆破破烂烂、叮咣作响的有轨电车和改装成烧木柴的、烟气刺鼻的公共汽车根本没有出场,洋车(黄包车)、三轮和排子车也失去了踪迹,连在这个一切都日渐紧缩和衰败的城市唯一急速膨胀、扩大着的乞丐队伍也不知道收缩到哪里去了。只有街头堆置的散发着刺鼻的腐臭气味的五颜六色的垃圾,使你还能想起这个城市的居民,想到他们的正在腐烂、正在死亡、正在沉沦、正在蜕变和正在新生的生活。

钟亦成带领着一个由三十多个年轻的中学生组成的队伍走过来了。他们当中,最大的二十一岁,最小的十四岁,平均年龄不到十八岁。他们穿得破破烂烂,冻得鼻尖和耳梢通红,但是他们的面孔严肃而又兴奋,天真好奇而又英勇庄重。他们挺着胸膛,迈着大步,目光炯炯有神,心里充满着只有亲手去推动看得见、摸得着的历史车轮的人才体会得到的那种自豪感。

路是我们开哟,
树是我们栽哟,

摩天楼是我们亲手造起来哟!
好汉子当大无畏,
运着铁腕去消灭旧世界,
创造新世界哟,创造新世界哟!

钟亦成的耳边似乎响起了他最喜爱的这首歌的雄强有力的合唱。"跟紧!""站齐!""向左转!"钟亦成神态凛然地指挥着队伍,向他们负责保卫的金波河石桥进发。在接近这座古老的、成为连接河东河西两岸的交通要冲的石桥的时候,十字路口的南侧又出现了一支由女中的学生组成的队伍,她们衣着朴素,面黄肌瘦,好像生在贫瘠干旱的山坡的树苗一样长得都不怎么舒展,但一个个也是神采奕奕,动作迅速而且整齐,俨然是一支训练有素的女兵队伍。钟亦成立即认出了带队的女孩子——凌雪。

凌雪是私立静贞女中初三的学生,圆脸,窄额头,短发,长着一双目光非常沉稳和善的眼睛,一个端正、秀美、光泽和神气的鼻子,一张总是带着笑意却又常常是闭得紧紧的嘴。一九四七年,在五个大学的学生自治会联合举办的反内战、反饥饿营火晚会上,一九四八年抗议伪参议会主使屠杀东北流亡学生的游行中,以及后来在苏联对外文化协会举办的一些电影晚会上,他们见过几次面而且交谈过。今天,在这个历史转折的时刻,在即将属于人民所有的城市的街头邂逅,而且各自带着一支队伍——这说明了他们的即将公开的政治身份,两个人脸上都显出了明朗的、会心的笑容,一种比爹娘、比兄弟姐妹还亲的革命感情暖热了他们的心胸。"天亮了!"钟亦成向凌雪扬起手,喊道。

凌雪正要回答钟亦成的招呼,一阵枪声传来,沿着干涸了的旧河道,仓惶逃过来两个国民党败兵,有一个显然是腿部负了伤,绿裹腿被血迹染得殷红,一跛一拐。另一个是个大个子,满脸络腮胡子,手里端着步枪,像个凶神。钟亦成连思索都没思索,大喝一声"站住!"就从两米高的桥端向着这个大个子扑了过去,他和大个子一起摔倒在地上,他闻到了大个子身上的哈喇和霉锈的气味,他举起了"童子军"军棍,又喝了一声:"缴枪,举起手来!"这时,男学生和女学生也都冲了过来,形成了一个包围圈。

两个国民党败兵慌忙举起了手,那个跛子还跪到了地上。败兵们根本没有分析他们的对手的实力,他们没有想到抵抗也无法抵抗,正像年轻的孩子们没有想到危险也并不存在危险。革命正在胜利,他们也正在胜利,就连从两米高跳下来的钟亦成,不但没有摔坏,甚至也没有磕碰着一块皮肤。"押到那边去!"他下令说,像战场上的指挥员。"祝贺你!一来就成功了。"凌雪笑着走过来,像大人那样地与钟亦成握了一下手,然后集合起自己的队伍,转身前进了。

"你们负责哪里?"望着女学生们的背影,钟亦成发问说。

"鼓楼。"凌雪回过头来答道,她又高高举起右手,向钟亦成挥了一挥,她喊道:

"致以布礼!"

什么?布礼?这就是说,布尔什维克的敬礼,康姆尼斯特——共产党人的敬礼!钟亦成听说过,在解放区,在党的组织和机关之间来往公文的时候,有时候人们用这两个字相互致意,但是在现实生活中,这还是头一次从一个活着的人、一个和他一样年轻的好同志口里听到它。这真是烈火狂飙一样的名词,神圣而又令人满怀喜悦的问候。布礼!布礼!黄钟大吕般的声音在耳边响起……

一九六六年六月

他苏醒过来了。

他看见了戴红袖章的青年们。绿军装,宽皮带,羊角一样的小辫子,半挽起来的衣袖……他们有多大年纪?和我在一九四九年一样,同样是十七岁吧?十七岁,这真是一个革命的年岁!一个戴袖标的年岁!除了懦夫、白痴和不可救药的寄生虫,哪一个十七岁的青年不想用炸弹和雷管去炸掉旧生活的基础,不想用鲜红的旗帜、火热的诗篇和袖标去建立一个光明的、正义的、摆脱了一切历史的污垢和人类的弱点的新世界呢？哪一个不想移山倒海，扭转乾坤，在一个早上消灭所有的自私，虚伪和不义呢？十七岁，多么激烈、多么纯真、多么可爱的年龄！在人类历史的永恒的前进运动中，十七岁的青年人是一支多么重要的大军呀！如果没有十七岁的青年人，就不会有进化，不会有发展，更不会有革命。

"亲爱的革命小将们！"他喃喃地说。

"放屁！你竟敢拉拢我们，快闭住你的狗嘴！"

又是一阵疼痛和晕眩。为什么这样灼热呢，难道他们点起了一把火，把他投到了火焰里？难道在他身上浇了汽油，要点燃他的身体？他们那样热情，那样富有献身精神，那样相信革命的号令，他们本来可以做多少事情！

"致以布礼！"再一次失去知觉的时候，钟亦成突然这样喊了一句，带血的嘴角上现出了发自内心的笑意。

"什么？他说什么？置之不理？他不理谁？他这条癞皮狗敢不理谁？"

"不，不，我听他说的是之宜倍勒喜，这大概是日语，是不是接头的暗号？他是不是日本特务？"

"报告，他醒不过来了。他是不是——死了？"

"不要慌。一个敌人。一条癞皮狗。革命无罪，造反有理！"

一九七〇年三月

在"清队"学习班。宣传队的一位刚刚长出了一圈黑胡子的副队长，斜叼着烟，乜着眼，用含混不清的（他认为大舌头、结巴、沙哑和说话不合语法乃是老资格和有身份的表现）语言，对钟亦成说道：

"你的历史，彻头彻尾的伪造，不老实，你的问题很严重。本来，像你这样的，交给公安局专政，条件蛮够，比你轻的都有枪毙的。一群什么样的牛鬼蛇神，乌龟王八蛋，你们自己清楚。什么十五岁入党,十七岁候补党员当支部书记,骗谁？你填表了么？谁批准的？在哪里宣的誓？为什么只有一个介绍人……"

"那是在地下,特殊情况……"

"什么特殊情况！我看那是假共产党！"

"您不能这么说,您怎么能这么说！"

"你老实点！"

"我……"

"我们打败了日本侵略者,我们消灭了蒋介石的八百万中央军,你一个小小的钟亦成,还敢不老实吗？"

"……"

三

一九四九年一月

这是一个濒于死亡的城市。古老的历史,悠久的文明,昔日的荣华,留下的只有灰色的虚影。矗立在你眼前的却是大街小巷直到闹市路口上的成山的垃圾。穷人的孩子整天蠕动在垃圾山上,用特制的粗铁丝耙子扒拉着,刨着,寻找还有什么宝贝能被自己捡起——一块没有烧透的煤核,一团菜叶,一把蚕豆皮或者是一堆招惹了无数绿头苍蝇的鱼头。报纸上多次报道过吃了腐坏的鱼头的贫民家庭,全家中毒,"大小十三口一时毙命"之类的消息,但是穷孩子们还是视之如珍宝。"行好的老爷太太,有剩的给一口吃吧！"到处都是这样的凄婉的行乞哀嚎,组成了这个城市的主旋律。与之相呼应的,则是警笛、吵架、斗殴、哑声叫卖耗子药和千奇百怪的像叫春的猫和阉了的狗的合唱一样的流行歌曲。三岁的小孩在那里唱"这样的女人简直是原子弹",二十岁的大小伙子唱"我的心里两大块"……冬天,赤身露体的叫花子为了激起一些人的怜悯,故意用大砖头照着自己的凹陷的胸肋拼命砸下去,还有的干脆用一把利刃割破颜面上的血管,

47

把鲜血涂得满脸都是。就在他们的身边，从著名的饭馆珍馐楼的明光闪闪的玻璃门里，走出来脑满肠肥的官员、富商和挽着他们的胳臂的身穿翻毛皮大衣、嘴唇涂得血红的女人……

但就在这个腐烂的、散发着恶臭的躯体里，生长着新的健康的细胞，新的活力。它就是党，党的地下组织，许多地下党员，以及党的外围组织——民主青年联盟的盟员们。这些在敌人的心脏里，在军、警、宪联合组成的有权就地处决"匪谍"的执法队的刺刀尖下，在牛毛般的特务的追踪之下，在监狱、大棒、老虎凳的近旁进行革命活动，配合解放军的作战的革命家们当中，有许多年轻人，有许多像钟亦成这样的年龄甚至比他更小的严肃的孩子。他们是孩子，他们不带任何偏见地去接受生活这个伟大的教师的塑造。他们来到世间以后上的第一课是饥饿、贫困、压迫、侮辱和恐怖，他们学到手的自然就是仇恨和抗争。我们党的城市工作——地下工作干部在这些孩子们的充满仇恨和抗争的愿望的心灵上点燃起了革命真理的火炬。一开始用邹韬奋和艾思奇的著作，用新知书店、生活书店和读书出版社的社会科学小册子，用香港和上海出版的某些进步书籍来启发他们的思想，使他们看到了光明，听到了另一种强有力的、符合人民的心愿的、召唤着他们去斗争、去争取自己的自由和幸福的声音。然后，他们进一步得到了在《老残游记》《金粉世家》的书皮下面的新华社电讯稿、陕北广播记录稿、《土地法大纲》直到《论联合政府》和《新民主主义论》。于是他们变得严肃了，长大了，他们自觉地要求为埋葬旧王朝和创造新世界而献出自己的力量。他们严肃地考虑了参加革命活动所冒的危险，他们有牺牲的决心和牺牲的准备，他们在还不到十八岁的时候就入了党（钟亦成入党的时候只有十五岁）。而由于秘密工作的特点，在一个单位要组成几个互相毫无所知的秘密支部，这样的平行支部多了，才不容易被破坏。这样，在党的组织获得较快的发展的时候，甚至候补党员也充当了支部书记。他们还孩子气，他们对革命、对党的了解还不免肤浅和幼稚，然而，他们又是毫不含糊的、英勇无畏的、认真负责的共产党员。

解放P城的战斗结束后第三天,钟亦成接到通知去S大学礼堂参加全市的党员大会。严寒的天气,钟亦成上身穿的棉袄是四年以前他十三岁时母亲给他缝的,已经太小了,冻青了的手腕露在外面,胳肢窝紧巴巴的,举动不便。他的下身,御寒的只有一条早已掉光了绒毛,搋成了一个个小疙瘩的绒裤。除了上衣口袋里有一支破钢笔和一个小本子以外,他的样子并不比沿街行乞或者趴在垃圾堆上拾煤核的孩子们强多少。但是,他的浓而短的眉毛像双翅一样地振起欲飞,他的脸上呈现着由衷的喜悦和骄傲,他的动作匆忙而又自信:我们胜利了,我们已经是这个城市的和全中国的全权的主人。他走在顺城街上,看到沿街颓败的断垣和旧屋,他想:我们要把这一切翻个个儿。他还看到一辆又一辆的军车在抢运垃圾。战斗一停止,军车就昼夜二十四小时不停地投入了这场清除垃圾的战斗,眼看就要把秽物全部、彻底、干净地消灭了,而P城的垃圾问题,曾经被国民党的伪参议会讨论过三次,做过三次决定,收过无数次"特别卫生捐",拨过许多次"特别卫生费",最后还由伪中央政府的监察院前来调查了多少次,其结果却是官员们吞没费用而垃圾在吞没城市。现在呢,刚解放三天,垃圾已处于尾声,丧失了它的全部威力,这是我们把它消灭的,钟亦成想。他又看见了几个瘦骨伶仃的孩子在寒风中瑟瑟地发抖。别忙,我们会使你们成为文明的、富裕的、健康的有用人材。他走近S大学,他看到了胸前佩戴着"中国人民解放军"、臂上佩戴着"P城卫戍司令部"的标志的战士,他迫不及待地远远地就掏出上级发给他的红色入门证,向警卫战士挥动:"我是党员!"入门证是会说话的,它在向战士致敬:"致以布礼!"战士怀着敬意向年轻的秘密党员微笑了。"我们会师了。"这笑容说道。"我们再不怕逮捕和屠杀了,因为有了你们!"钟亦成也报之以感激的笑容。这次党员大会要谈什么呢? 走近礼堂的时候钟亦成想,会不会会后组织一部分人去台湾呢? 要知道,我们是饶有经验的地下工作者了,以我的年龄，更便于隐蔽和秘密活动。那就又会看到国民党军、警、宪的刺刀，又要和 C.C. 和中统打交道……那更光荣，我一定第一个报名。

他走进了礼堂，倏地，他惊呆了。

原来有这么多的共产党员，黑压压的一片，上千！P 城有二百万人口，上千名党员，这在日后，在共产党处于公开的执政党的地位以后，也许是太稀少了。然而，在解放以前，在敌人的鼻子底下，在无边的黑暗里，每一个党员，就是一团火，一盏灯，一台播种机，一柄利剑，培养和发展一名党员，其意义绝不下于拿下敌人的一个据点和建立我们自己的一个阵地。在严酷斗争的年月，每个党员都是多么宝贵，多么有分量！习惯于单线联系的钟亦成，除了和上级一位同志和本支部的四名党员（这四名党员在四天以前彼此从不知晓）个别见面以外，再没有见过更多的党员。如今，一下子看到了这么庞大的队伍，堂堂正正地坐在大礼堂里，怎么能让人不欢呼、不惊奇呢？他好像一个在一条小沟里划惯了橡皮筏子的孩子，突然乘着远航的大轮船行驶到了海阔天空、风急浪高的大洋里。

何况，何况悲壮的歌声正在耳边激荡：

　　起来，饥寒交迫的奴隶，
　　起来，全世界的罪人……

一个穿军服的同志（当然，他也是党员！）大幅度地挥动着手臂，打着拍子教大家唱《国际歌》。过去，钟亦成只是在苏联小说里，在对布尔什维克就义的场面的描写中看到过这首歌。

　　快把那炉火烧得通红，
　　你要打铁就得趁热……

这词句，这旋律，这千百个本身就是饥寒交迫的奴隶——一钱不值的罪人——趁热打铁的英雄的共产党员的合唱，才两句就使钟亦成热血沸腾了。他还从来没有听到过这样悲壮、这样激昂、这样情绪饱满的歌声，听到这歌声，人们就要去游行，去撒传单，去砸烂牢狱和铁锁链,去拿起刀枪举行武装起义,去向着旧世界的最后的顽固的堡垒冲击……钟亦成攥紧了拳头,满眼都是灼热的泪水。泪眼模糊之中,台上悬挂的两面鲜红的镰刀锤子党旗,党旗中间的党的领袖毛泽东同志的巨幅画像,却更加巨大、更加耀眼了。

礼堂其实也是破破烂烂的。屋顶没有天花板,柁、梁、檩架都裸露在外面,许多窗子歪歪扭扭,玻璃损坏了的地方便钉上木板甚至砌上砖头,主席台下面生着两个用旧德士古油桶改制的大炉子,由于煤质低劣和烟筒漏气,弄得礼堂里烟气刺鼻,然而所有这一切,在鲜红、巨大、至高无上的党旗下,在崇高、光荣、慈祥的毛主席像前,在雄浑、豪迈、激越的《国际歌》的歌声当中,已经取得新的意义、新的魅力了,党的光辉使这间破破烂烂的礼堂变得十分雄伟壮丽。

解放P城的野战部队的司令员、政委们,在地下市委的基础上刚刚充实起来的新市委的第一书记和第二书记们,原地下的学委、工委、农委的负责人们,早在战斗打响以前便组建起来的中国人民解放军P城军事管制委员会的主任、副主任们……坐满了主席台。他们穿着草绿色的旧军装或者灰色的干部服,服装都是成批生产的,穿着并不合身,而且由于从来顾不上浆洗熨烫,都显得皱皱巴巴的。他们一个个风尘仆仆,由于熬夜,眼睛上布满了血丝,他们当中最大的不过五十岁,大部分是三四十岁,还有一些是二十岁刚过的领导人(这在钟亦成看来已经是一些德高望重的长者了),大都是身材精悍、动作利索、精力充沛,没有胖子,没有老迈,没有僵硬和迟钝。从外表看,除了比常人更精神一些以外并无任何特殊,但他们的名字却是钟亦成所熟悉的。其中几个将领的名字更是不止一次出现在国民党的报纸上,那些造谣的报纸无聊透顶地刊登过这些将领被"击毙"的一厢情愿的消息。现在,这些在国民党的报纸上被"击毙"过的将领,以胜利者、解放者、领导者的身份,在战斗的硝烟刚刚散去的P城的讲台上,向着第二条战线上的狙击兵们,开始发表演说了。

一个又一个的领导同志做报告。湖南口音,四川口音,山西口音和东北口音。他们讲战争的局势，今后的展望，国民党对于 P 城的破坏，我们面临的困难和克服困难的办法……每个领导人的讲话都那么清楚、明白、坦率、头头是道、信心十足，既有澎湃的热情、鼓动的威力，又有科学的分析、精明的计算；像火线宣传一样的激昂，又像会计师报账一样的按部就班、巨细无遗；却没有在刚刚逝去的昨天常常听到的那些等因奉此的老套，陈腐不堪的滥调，哗众取宠的空谈，模棱两可的鬼话和空虚软弱的呻吟。这不再是某个秘密接头地点的低语，不再是暗号和隐喻，不再是偷偷传递的文件和指示，而是大声宣布着的党的意志，详尽而又明晰的党的部署，党的声音。钟亦成像海绵吸水一样地汲取着党的智慧和力量，为这全新的内容、全新的信念、全新的语言和全新的讲述方式而五体投地、欢欣鼓舞，每听一句话，他好像就学到了一点新东西，就更长大了、长高了、成熟了一分。

不知不觉，天黑了，谁知道已经过了多少个小时？电灯亮了。多么难能可贵，由于地下党领导的工人护厂队的保护，发电厂的设备完好无损，而且在战斗结束四十几个小时以后，恢复了已经中断近一个月的照明供电。多么亮的灯，多么亮的城市！但是，随着灯亮，钟亦成猛然意识到：饿了。

可不是吗，中午，为了赶来开会，他饭也没有来得及吃，只是在小铺子里买了两把花生米，现在，已经这么晚了，怎么能不饥肠辘辘呢？

好像是为了回答他，主持会议的军管会副主任打断了正在讲话的市委领导，宣布说，市委第一书记最后还要做一个较长的总结报告，估计会议还要进行三个小时左右，为了解决肚子里的矛盾，刚才派出了几辆军用吉普去购买食品，现已买回来了，暂时休会，分发和享用晚餐。

于是满场传起了烧饼夹酱肉，大饼卷果子，螺丝转就麻花，还有窝眼里填满了红红的辣咸菜的小米面窝头和煎饼卷鸡蛋。笸箩、提篮、托盘、口袋，五花八门的器具运送着五花八门的来自私商小店的食品，看样子买光了好几道街的小吃店。钟亦成的座位靠近通道，这些食品他看得清楚,馋涎欲滴,烧饼油条之类对于生活穷困的他来说也是轻易吃不着的珍品啊。但他顾不上自己吃,而是兴高采烈地帮助解放军同志(大会工作人员)传递大饼麻花,远一点的地方他就准确合度地抛掷过去,各种简单而又适口的食物在刚刚从"地下"挺身到解放了的城市的共产党员们的头上飞来飞去,笑声,喊声——"给我一套!""瞧着!""还有我呢!"响成一片,十分开心。革命队伍,党的队伍在 P 城的第一次会餐,就是这样大规模地、生气勃勃地进行的,它将比任何大厅里的盛宴都更长久地刻印在共产党员们的记忆里。像战士一样匆忙、粗犷,像儿童一样赤诚、纯真,像一家人一样和睦、相亲相爱……共产主义是一定要实现的,共产主义是一定能实现的。

可是,钟亦成是太兴奋了,食物一到手他立即传送给别人,似乎快乐就产生在这一收一递里,结果,他却没有留给自己。接连三个柳条编的大笸箩都见了底,第四批食品却不见来,原来,食品已经分发完毕了。由于饿,也许更多的是由于高兴,人们狼吞虎咽,风卷残云一样地速战速决,全歼了食物,人们开始掏出手绢擦嘴擦手了,可钟亦成还在饿着。芝麻、面食和肉食的余香还在空气中摇曳,胃似乎已经升到了喉咙处,准备着冲出他的身体,向着远处一个细嚼慢咽的同志手里的半块烧饼扑去。

就在钟亦成被饥饿搅得头昏眼花、狼狈不堪,但又觉得十分可喜可乐的时候,从他的座位后面伸过来一只手,人还没看清,却已经看到了那只手里托着的夹着金黄色的油条的烧饼。

"拿去。"

"你?"

她就是凌雪。她笑着说:"我坐在你后面不远,可你呢,俩眼睛光注意看前边了。后来看你高兴得那个样儿,我寻思,可别忘了自己该吃的那一份……"

"那你呢?"

"我……吃过了。"

显然不是真话,推让了一番以后,两个人分着吃了。钟亦成觉得好像有些羞愧,可又很感激,很幸福。他每嚼一下烧饼,都显得那么快活,甚至有点滑稽,凌雪笑了。

麦克风发出尖厉的啸声,人们安静下来,凌雪也回到自己的位子。钟亦成继续聚精会神地听报告,他没有回过头,但是他感到了身后有一双革命同志的友爱的眼睛。

……不知过了多少时间,反正已经是深夜了,散会,外面正下着鹅毛大雪。出大门的时候,有一位部队首长看到了钟亦成的不合身的小棉袄和露在袖口外面的细瘦的手腕,"小同志,你不冷吗?"首长用洪亮的声音说,同时,脱下自己身上的、带着自己的体温的长毛绒领的崭新的棉军大衣,给钟亦成披到了身上。快乐的人流正推拥着钟亦成向外走,他甚至没有来得及道谢一声。

一九五七年——一九七九年

在这二十余年间,钟亦成常常想起这次党员大会,想起第一次看到的党旗和巨幅毛主席像、第一次听到的《国际歌》,想起这顿晚餐,想起送给他棉大衣的、当时还不认识、后来担任了他们的区委书记的老魏,想起那些互致布礼的共产党员们。有些记忆随着时间的流逝而逐渐褪色,然而,这记忆却像一个明亮的光斑一样,愈来愈集中、鲜明、光亮。这二十多年间,不论他看到和经历到多少令人痛心、令人惶惑的事情,不论有多少偶像失去了头上的光环,不论有多少确实是十分宝贵的东西被嘲弄和被践踏,不论有多少天真而美丽的幻梦像肥皂泡一样地破灭,也不论他个人怎样被怀疑、被委屈、被侮辱,但他一想起这次党员大会,一想起从一九四七年到一九五七年这十年的党内生活的经验,他就感到无比的充实和骄傲,感到自己有不可动摇的信念。共产主义是一定要实现的,世界大同是完全可能的,全新的、充满了光明和正义(当然照旧会有许多矛盾和麻烦)的生活是能够建立起来和曾经建立起来过的。革命、流血、热情、曲折、痛苦,一切代价都不会白费。他从十三岁接近地下党组织,十五岁入党,十七岁担任支部书记,十八岁离开学校做党的工作,他选择的道路是正确的道路,他为之而斗争的信念是崇高的信念。为了这信念,为了他参加的第一次全市党员大会,他宁愿付出一生被委屈、一生坎坷、一生被误解的代价,即使他戴着各种丑恶的帽子死去,即使他被十七岁的可爱的革命小将用皮带和链条抽死,即使他死在自己的同志以党的名义射出来的子弹下,他的内心里仍然充满了光明。他不懊悔,不伤感,也毫无个人的怨恨,更不会看破红尘。他将仍然为了自己哪怕是一度成为这个伟大的、任重道远的党的一员而自豪、而光荣。党内的阴暗面,各种人的弱点他看得再多,也无法遮掩他对党、对生活、对人类的信心。哪怕只是回忆一下这次党员大会,也已经补偿了一切。他不是悲剧中的角色,他是强者,他幸福!

四

一九五〇年二月

　　钟亦成听老魏讲党课。头一天,钟亦成年满十八岁了,支部通过了他转为正式党员。

　　老魏在党课中讲道:

　　"一个共产党员,要做到真正的布尔什维克化,要获得完全的、纯洁的党性,就必须忘我地投身到革命斗争中去,还必须在党的组织的帮助下面,运用批评和自我批评的武器,改造思想,克服自己身上的个人主义、个人英雄主义、自由主义、主观主义、虚荣心、嫉妒心等等小资产阶级的以及剥削阶级的思想意识。

　　"……以个人主义为例,无产阶级是没有个人主义的,因为他自身一无所有,失去的是锁链而得到的是全世界,为了解放自己必须首先解放全人类,他的个人利益完全融合在阶级的利益、全人类的利益之中，他大公无私，最有远见……而个人主义，是小私有者、剥削者的世界观，它的产生来自私有财产和阶级的分化……个人主义和无产阶级的政党的性质是完全不相容的……一个个人主义严重而又不肯改造的人，最终要走到蒋介石和杜鲁门或者托洛茨基和布哈林那里去……"

"太好了！太好了！"钟亦成几乎喊出声来。个人主义是多么肮脏，多么可耻，个人主义就像烂疮、像鼻涕，个人主义者就像蟑螂、像蝇蛆……

区委书记老魏继续讲道：

"共产党员是无产阶级的先锋战士，是摆脱了一切卑污的个人打算和低级趣味的人。他有最大的勇敢，因为他把为了党的事业而献身看做人生最大的幸福。他有最大的智慧，因为他心如明镜，没有任何私利物欲的尘埃。他有最大的前途，因为他的聪明才智将在千百万人民的斗争事业中得到锻炼和成长。他有最大的理想——在全世界实现共产主义。他有最大的气度，为了党的利益他甘愿忍辱负重。他有最大的尊严，横眉冷对千夫指。他有最大的谦虚，俯首甘为孺子牛。他有最大的快乐，党的事业的每一点每一滴的进展都是他的欢乐的源泉。他有最大的毅力，为了党的事业，他不怕上刀山、下火海……"

党课结束以后，钟亦成和凌雪一起走出了礼堂。钟亦成迫不及待地告诉凌雪说：

"支部已经通过了，我转成正式党员了。在这个时候听老魏讲课，是多么有意义啊。给我提提意见吧，我应该怎样努力？我已经订好了克服我的——个人英雄主义的计划，我要用十年的时间完全克服我的非无产阶级意识，做到布尔什维克化，做一个像老魏讲的那样的真正的无产阶级先锋战士。帮助我吧，凌雪，给我提提意见吧！"

"你说什么？小钟。"凌雪眨了眨眼，好像没怎么听懂他的话，"我想，做一个真正的合格的共产党员，这是需要我们努一辈子力的,十年……行吗?"

"当然要努力学习,努力改造终身,但总要有一个哪怕是初步实现布尔什维克化的目标,十年不行,就十五年、十六年……"

一九五七年十一月

七年以后,钟亦成被定为反党反社会主义的资产阶级右派分子。

经过了三个多月的大量的工作,经过了一个漫长的、其结果却是早已注定了的政治的、思想的、心理的过程。其中包括宋明同志的耐心的、有时候是苦口婆心的推理与分析;钟亦成的一次比一次详尽、一次比一次上纲上得高、一次比一次更难于自拔的检讨;群众最初并无恶意的但在号召之下所做的揭发批判,当然其中也有人为了表现自己的革命性而加大了嗓门和挑选了最刺人的词句;到后来,由于宋明的深文周纳的分析和钟亦成的连自己听了也会吓一跳的检讨,更由于周围政治气温的极度升高,这种揭发批判变成了无情的毁灭性的打击、斗争,最后,做出了上述结论。

定右派的过程,极像一次外科手术。钟亦成和党,本来是血管连着血管、神经连着神经、骨连着骨、肉连着肉的,钟亦成和革命同志、和青年、和人民群众,本来也是这样血肉相连的。钟亦成本来就是党身上的一块肉。现在,这块肉经过像文艺评论的新星和宋明同志这样的外科医生用随着气候而胀胀缩缩的仪表所进行的检验,被鉴定为发生了癌化恶变。于是,人们拿起外科手术刀,细心地、精致地、认真地把它割除、抛掉。而一经割除和抛掉,不论原来的诊断是否准确,人们看到这块被抛到垃圾桶里的带血的肉的时候,用不着别人,就是钟亦成本人也不能不感到厌恶、恶心,再不愿意用正眼多看他一眼。

对于钟亦成本人,这则是一次胸外科手术,因为,党、革命、共产主义,这便是他的鲜红的心。现在,人们正在用党的名义来剜掉他的这颗心。而出于对党的热爱、拥护、信任、尊敬和服从,他也要亲手拿起手术刀来和术者一道挖,至少,他要自己指划着:"从这儿下刀,从这儿……"

当这个手术完成以后,当钟亦成从镜子里看到一个失去了心的人的苍白的面孔的时候,他……

天昏昏!地黄黄!我是"分子"!我是敌人!我是叛徒!我是罪犯!我是丑类!我是豺狼!我是恶鬼!我是黄世仁的兄弟、穆仁智的老表!我是杜鲁门、杜勒斯、蒋介石和陈立夫的别动队!不,我实际上起着美蒋特务所起不了的恶劣作用!我就是中国的小纳吉!我应该枪毙!应该乱棍打死!死了也是不齿于人类的狗屎!成了一口黏痰!一撮结核菌……

坐上无轨电车,我不敢正眼看售票员和每一个顾客,因为我理应受到售票员和每一个顾客的憎恶和鄙夷。走进邮局,当拿起一张印有天安门的图案的邮票往信封上贴的时候,我眼前发黑而手发抖,因为,我是一个企图推翻社会主义、推翻中华人民共和国、推倒五星红旗和光芒四射的天安门的"敌人"!走过早点铺,我不敢去买一碗豆浆。我怎么敢、怎么配去喝由广大热爱党热爱社会主义的农民种植出黄豆,由广大热爱党热爱社会主义的工人用这黄豆磨成,而又由热爱党热爱社会主义的店员把它煮熟、加糖、盛到碗里、售出的白白的香甜的豆浆呢?我看到了报纸上刊出了我国人民银行发行硬币的消息,看到了人们怎样快乐而又好奇地急于去搜罗、保存、欣赏和传看一分、二分和五分的镍币,人们欢呼国民经济的繁荣、社会主义的优越、物价的稳定、货币值的有保障和硬币的美观、喜人、耐用。我也得到了一枚五分钱的硬币,我也喜欢,观赏着硬币上的国徽、五星红旗、天安门、麦穗、年号,爱不释手……但是,突然,在反光的硬币上,我似乎看到了自己的癞皮狗的形象……我有什么资格、有什么权利为了社会主义中国的经济成就而欢欣鼓舞呢?我不是共和国的敌人、社会主义的蛀虫吗?我和祖国的矛盾,不是不可调和的、对抗性的、你死我活的敌我矛盾吗?不是说不把我揪出来,斗倒斗臭,就会使中华人民共和国灭亡吗?我不是只能和汉奸、特务、卖国贼为伍吗?汉奸、特务和卖国贼难道也欢呼中华人民共和国发行硬币吗?

毛主席啊,这究竟是怎么回事?究竟是怎么了?这都是真的吗?真的?

钟亦成整夜整夜地不睡,他吃得很少,喝得也很少,但他不断地小便,不断地出汗,每二十分钟他就小便一次。五天以后,他的体重由一百二十四斤降到八十九斤,他脱了形,变了样。宋明同志见他这个样子,鼓励他说:"脱胎换骨,脱胎换骨,你现在不过刚刚开始!"

一九六七年三月

群众组织举行对老魏的批斗大会,老魏撅在中间,右边是钟亦成,左边是宋明陪斗,钟亦成被按倒,"跪"在台上,以示与老魏和宋明有别,体现了区别对待的"政策"。

革命造反派说:"魏××,借讲党课为名,大肆放毒,为刘少奇的黑《修养》摇旗呐喊,宣传驯服工具论、公私溶化论、吃小亏占大便宜论……他,走资派,一贯包庇和重用假党员、真右派钟亦成,一贯包庇和重用反革命修正主义理论家宋明……"

"坚决打倒魏××!打倒宋明!钟亦成永世不得翻身!"

"砸烂魏××的狗头!宋明不老实就严厉镇压!"

"只准左派造反,不准右派翻天!钟亦成想翻案就让他尝一尝无产阶级专政的铁拳头!"

钟亦成痛苦、不安,因为他知道,抄家的时候抄走了他一九五一年听老魏讲党课时详细记录的笔记。为了抢这本笔记,革命造反派与无产阶级革命派打得头破血流,重伤一个,轻伤七名。最后,召开了这次批斗会,作为"反面教材"的就是他的这本始终珍爱的笔记。由于痛苦和不安,他不由得扭动了身躯,这使抓着他的头发的手,更加狠狠地把他的头抓紧、下按、再提起、再下按。

这天晚上,宋明同志自杀了。他长期患有神经衰弱症,手头有许多安眠药片。这件事,给钟亦成留下了十分痛苦的印象。他坚信宋明不是坏人。宋明每天读马列的书、毛主席的书、读中央文件和党报党刊直到深夜,他热衷于用推理、演绎的方法分析每个人的思想,把每粒芝麻分析成西瓜,却自以为在"帮助"别人。一九五七年,他津津乐道地、言之成理地、一套一套地、高妙惊人地分析钟亦成所说的每一句话或者试写过的每一句诗,证明了钟亦成是彻头彻尾的资产阶级右派。"不管你自觉不自觉,不管你主观上意识到还是没有意识到,你的阶级本能的流露,你的言行举止的实质,其客观的不依人们的主观意志为转移的性质,是反党反社会主义。"他说。他举例:"譬如你很喜欢问别人:'今天会不会下雨?'你的一首诗里有一句:'不知明天天气是晴还是阴?'这是什么意思呢?这是典型的没落阶级的不安心理……"宋明的分析使钟亦成瞠目结舌、毛骨悚然而又五体投地。然而,就在进行这种分析的同时,宋明从生活上仍然关心和帮助着钟亦成,下雨的时候借给钟亦成雨衣,在食堂吃饺子的时候给钟亦成倒醋,"处理"完了以后真诚地、紧紧地握住钟亦成的手:"你是有前途的,但要换一个灵魂。祝你在改造自己的道路上前进到底,把屁股彻底地移过来。""彻底地忘掉小我,投身到革命的烘炉里去吧!"他说了许多热情而真挚的,而且,以钟亦成当时的处境,他觉得是很友好的话。但宋明自己却原来是那样软弱,他选择了一条根本用不着那样的道路,文化大革命的风暴只是轻而又微地触动了一下他,他就受不了了——愿他安息。

一九七九年

一个灰影子钻到了钟亦成的卧室。灰影子穿着特利灵短袖衬衫、快巴的确良(一种流行的化纤混纺面料)喇叭裤,头发留得很长,斜叼着过滤嘴香烟,怀抱着夏威夷电吉他。他是一个青年,口袋里还装有袖珍录音机,磁带上录制了许多"珍贵的"香港歌曲。不,他不年轻,快五十岁了,眼泡浮肿,嘴有点歪,牙齿、舌头和手指被劣质烟草熏得褐黄,嘴里满是酒气,脸上却总是和善的笑容。也许他只有四十多吧,大眼睛,双眼皮,浑身上下,一尘不染,笔挺笔挺,讲究吃穿,讲究交际,脸上一副目空一切的神气,眼神里却是一无所长的空虚。或者,她只是一个早衰的女性,过早地白了头发,絮絮叨叨,唉声叹气。或者,他又是另一副样子。总之,他是一个灰影,在七十年代末期,这个灰影常常光临我们的房舍。

灰影扭动舌头,撇着嘴说:"全他妈的胡扯淡,不论是共产党员的修养还是革命造反精神,不论是三年超英,十年超美还是五十年也赶不上超不了,不论是致以布礼还是致以红卫兵的敬礼,也不论是衷心热爱还是万岁万岁,也不论是真正的共产党员还是党内资产阶级,不论整人还是挨整,不论'八一八'还是'四五',全是胡扯,全是瞎掰,全是一场空⋯⋯"

"那么,究竟还有什么真实的东西呢?究竟是什么东西牵动你,使你不愿意死而愿意活下去呢?"钟亦成问。

"爱情,青春,自由,除了属于我自己的,我什么都不相信。

"为了友谊,干杯!其实,我早就看透了,早就解脱了。五七年也让我去参加鸣放会,给他个一言不发!二十多年了,我不读书,不看报,照样领工资⋯⋯

"生为中国人就算倒了霉。反正中国的事儿一辈子也好不了,干脆来个大开放。

"我的女儿在搞第三十四个对象了,但是,不行,不顺我的心,不能⋯⋯"灰影子说。

"好吧,我们先不讨论你们的要求是否合理。"钟亦成说,"我只是想知道,为了国家,为了人民,或者哪怕仅仅是为了你个人,为了你的爱情和自由,为了你的友人和酒杯,为了你能活着混下去,能够大言不惭地讲什么开放,也为了你的女儿⋯⋯不,应该说是你自己找到理想的女婿,你们做了些什么?你们准备做什么?你们有能力做什么?"

"……傻蛋！可怜！到现在还自己束缚着自己，难道你的不幸就不能使你清醒一点点？"灰影子生气了，转守为攻。

"是的，我们傻过。很可能我们的爱戴当中包含着痴呆，我们的忠诚里边也还有盲目，我们的信任过于天真，我们的追求不切实际，我们的热情里带有虚妄，我们的崇敬里埋下了被愚弄的种子，我们的事业比我们所曾经知道的要艰难、麻烦得多。然而，毕竟我们还有爱戴、有忠诚、有信任、有追求、有热情、有崇敬也有事业，过去有过，今后，去掉了孩子气，也仍然会留下更坚实更成熟的内核。而当我们的爱，我们的信任和忠诚被踩躏了的时候，我们还有愤怒，有痛苦，更有永远也扼杀不了的希望。我们的生活，我们的心灵曾经是光明的而且今后会更加光明。但是你呢？灰色的朋友，你有什么呢？你做过什么呢？你能做什么呢？除了零，你又能算是什么呢？"

五

一九五八年三月

"但是，我相信党！我们的伟大的、光荣的、正确的党！党，擦干了多少人的眼泪，开辟了怎样的前程！没有党，我不过是一个在死亡线上挣扎的可怜虫。是党把我造就成了顶天立地的共产党员，革命干部。我了解我们的党，因为即使说是混入吧，我毕竟在党内生活了十多年，用我的不带偏见的孩子的眼睛，我看了、观察了十多年。我阅读党刊，我做党的机关工作，我参加党的会议，我接触过许多党的干部，包括领导干部，他们都喜欢我，我也爱他们。我知道，中国共产党是由民族和阶级的精华，由忧国忧民、慷慨悲歌、大公无私、为了民族和阶级的解放甘愿背十字架的人组成的。你读过方志敏烈士的《可爱的中国》吗？你读过夏明翰烈士的就义诗吗？我们都读过的，我们知道这都是真的，我们相信的，因为我们相信自己在那种情况下，也会像方志敏、夏明翰那样去做的。我们知道，党除了阶级的利益、民族的利益、人民的利益再没有别的利益。正因为这样,党有权利也有义务严格要求它的队伍里的每一个人,党员之间,也有必要、有可能互相提出极为严格的、毫不留情的、毫不含糊的要求。我从小入党,这并不能成为怜悯、宽容或者庇护的理由,而只能成为更加严格要求的根据。而且,党对我的批判并不是由于哪一个个人的恶意,没有任何个人的动机。为了共产主义的事业,为了英特纳雄耐尔,为了同国际资产阶级和国内的资产阶级、同国际修正主义和中国的修正主义作殊死的斗争,党铁面无私!党伟大坚强!哪怕我只是下意识地说过不利于党的话,写过不利于党的文字,哪怕我只是在梦中有过片刻的动摇,党也应该采取果断的措施,该清除出党的就清除出党!该划右派的就划右派!该施行无产阶级专政就施行无产阶级专政!该枪毙的就枪毙!就像匈牙利枪毙伊姆雷·纳吉一样。中国如果需要枪毙一批右派,如果需要枪毙我,我引颈受戮,绝无怨言!虽然划了右派,我仍然要活下去,我仍然能活下去,就因为我有这个坚定不移的信念,坚如磐石,重如泰山!"

　　这是一九五八年三月八日,下午五点钟,在金波河石桥的桥下面。天下着小雨,一阵阵的风把雨斜吹到钟亦成和凌雪的脸上、衣服上和他们脚下的暂时还是干涸的河道上。寒气彻骨生凉,行人很少。自从钟亦成被批判以来,他一直躲避着凌雪,又赶上凌雪到外地出差几个月,他们好久也没见面了。这次,是他主动约了凌雪,他打算和凌雪进行一次最后的谈话。最痛苦的时刻已经过去了,虽然否定和消灭自己是痛苦的,但是,他仍然有力量去经受这种不可思议的困难和痛苦,因为他的最根本的信念——对于党的信念并没有丝毫的削弱或者动摇,相反,随着他个人的被清洗,他更增加了对党的崇高的敬意和难以言喻的热爱。这样,在这个凄风苦雨的春日黄昏,在这个风景依旧而人事全非的金波河石桥洞下(其实,除了石桥本身,周围的风景也变了——盖起了多少幢新楼),虽然当年英勇保卫石桥的青年——少年共产党员如今已变成了"分子",虽然他肝肠寸断、心如刀绞,但是,解放这个城市,解放这座桥梁的党仍然存在着,不仅在市委和区委,在工厂和农村存在着,而且仍然崇高而又庄重辉煌地存在于钟亦成的心里,即使手术刀可以剜出他自己的心脏,却挖不出党的形象、党的光焰。所以他对凌雪所说的话,仍然是大义凛然、惊天动地。他继续说:

"我自己想也没有想到,原来,我是这么坏!从小,我的灵魂里就充满了个人主义、个人英雄主义的毒菌。上学的时候总希望自己的功课考得拔尖,出人头地。我的入党动机是不纯的,我希望自己做一番轰轰烈烈的事业,名留青史!还有绝对平均主义、自由主义、温情主义……所有这些主义到了社会主义革命的严重关头就发展成为与党与社会主义势不两立的对立物,使我成为党内的党的敌人!凌雪,你别忙,你先听我说。譬如说,同志们批判说,你对社会主义制度怀有刻骨的仇恨,最初我想不通,想不通你就努力想吧,你使劲想,总会想通的。后来,我想起来了,前年二月,咱们到新华书店旁边的那个广东饭馆去吃饭,结果他们把我们叫的饭给漏掉了,等了一个小时还没有端来……后来,我发火了,你还记得吧?你当时还劝我了呢。我说:'工作这样马虎,简直还不如私营时候!'看,这是什么话哟,这不就是对社会主义不满吗?我交代了这句话,我接受了批判……啊,凌雪,你不要摇头,你千万别不相信,千万别怀疑,更不要对党不满。哪怕是一点一滴的不满,它会像一粒种子一样在你的心里发芽、生根、长大,这样,就会走到反党的罪恶的道路上。我就是坏,我就是敌人,我原来就不纯,而后来就更堕落了。你应该毫不犹豫地抛开我,和我划清界限,仇恨我!我欺骗了你的爱情,玷污了你的布尔什维克的敬礼!在我被清除出党的队伍的同时,让我也被你从你的心中永远清除出去吧!"

钟亦成说不下去了。一种又苦、又辣、又像火一样烫人的气体郁结在他的喉头,他的声音呜咽了,泪水哗哗地涌流到他的脸上,他连忙转过头去。他本来可不打算流露任何悲伤。在被批判的日子里,他也多次想过凌雪,想过自己和凌雪共同走过的每一条街,共同吃过的每一顿饭,共同看过的每一个电影画面,共同唱过的、小声哼哼过的每一首歌。他们的爱情建筑在互致布礼和互相提意见上。他写过一首爱情诗,这诗也许会受到后人嘲笑和不理解,但他写得真诚而且深情。情诗的题目是《给我提点意见吧》,诗是这样的:

给我提点意见吧,
让我们更加完美和纯净;
给我提点意见吧,
让我们更加严肃和聪明。

我们没有童年,我们
把童年献给了暴风;
我们效法那勇敢的海燕,
展翅,向着电闪雷鸣。

我们没有自己,我们
把自己献给了革命;
我们效法先烈,刘胡兰
和卓娅使我们惭愧而又激动。

为了国际歌,镰刀和斧头,
为了一个共产党员的忠诚,
为了我们任重道远的事业,
提点意见吧,请批评!

在沉沉的黑夜里,
意见就是灯;
在茫茫的天空上,

意见就是星；
　　在干涸的土地上，
　　意见就是雨；
　　在待发的帆船旁，
　　意见就是风。

　　在我的心里呀，亲爱的同志，
　　你的意见就是爱情，爱情！

多么真挚的情诗！让后人去嘲笑、去怀疑、去轻视吧，让他们认定我们不懂诗，不懂人情、教条主义和"左"吧，即使在成了"分子"以后，这首诗的温习，带给钟亦成的仍然是善良而又美好的、充实而又温暖的体验。

然而这一切已经不属于他，一切已经完结，基础已经挖掉，釜底已经抽薪，互致布礼已经不可能，同志式地互提意见也已无从说起。他只能决定，毫不犹豫地结束他们的来往，坚决彻底，刻不容缓。他必须做得十分决绝，非这样不足以使凌雪同意，任何伤感都只能使凌雪恋恋不舍，使凌雪痛苦，藕断丝连，结果使自己的恶名、自己的丑行玷污和亵渎那样纯正无瑕的凌雪，那将是极大的、不容饶恕的罪行。所以他绝对不能哭。他深信自己根本不会哭。因为他的眼泪已经哭完，他的反动思想和反党罪行已经证明他早已就毫无心肝。然而，想象和现实却并不一致。想象中的决绝完全合乎逻辑，完全没有困难，三言五语就可以办齐。而今天下午呢，当他看到凌雪那熟悉的面孔，那熟悉的、柔软的、带有一点药皂气味的黑发，那富有光泽和神采的端庄的鼻子，那朴素而优雅的穿着；听到她那口齿清楚的、平静的、好听的声音，感到她的呼吸和温热；当他按照早已在肚子里周而复始地酝酿了不知多少遍的腹稿说完了他要说的话的时候，他哭了，哭得一塌糊涂，本来就是凄风苦雨，现在更是天昏地暗。布礼，布礼，布礼，好像在遥远的天边还鸣响着这样的欢呼、这样的合唱，还衍射着这样的霞光、这样的彩虹,而他呢,却是下坠着,下坠着,下坠到深渊的无底,下坠到漆黑的虚空。他张开嘴,泪水和雨水,咸水和苦水一起流到了他的肚里。

"不,不!你不要这样说,你不要这样说!"凌雪慌乱地围着钟亦成转,寻找着钟亦成的正在躲避她的目光,不顾一切地抓住他的手,抚摸着他的头发和脸蛋,扳转他的头颈,让他正眼看着自己。"你怎么了?你怎么了?你如果犯了错误,那就检讨吧,那就改正吧,那又要什么紧?你为什么要说那么多不沾边的话?我不懂,事情怎么会是这个样子的呢,我完全糊涂了,我不信,说你是敌人,我不能相信。我只能相信那确实存在、确实叫人相信的东西,我不相信那些分析出来的东西……你不要夸张,不要感情用事,不要言过其词,不要听见什么就是什么。对《冬小麦自述》批判,胡批!把你定成右派,这也不对,这也是搞错了!人家怎么说你,这有什么了不起,你自己什么样,你自己不知道?你不知道,我知道你。你不相信,我相信你!如果连你都不相信,连自己都不相信,那我们还相信什么呢?我们还怎么活下去呢?至于别的,我不知道,我不懂。不仅银河外的事情我们不知道,不仅两万年以前和两万年以后的事情我们不知道,就是我们现在的生活里,我们的党的生活里,也还有一些我们还不知道、还不懂的东西,不知道就是不知道,不懂就是不懂。然而,不可能老是这样子,这太严重了,这不能不认真想一想,这又太荒唐了,实在叫人没有办法认真想。小钟,原谅我,过去你就不爱听这话,然而这是真的:你太年轻,太年轻,我要说,是太小了啊,你太单纯也太热情,太爱幻想也太爱分析。如果说不符合党的事业的要求,正是这些,而不是别的。你想得太多也太玄了,哪有那样的事情?黑怎么能说成白,好人怎么能说成坏蛋,让他们说去吧,你还是钟亦成!你是党的,你是我的,我也是你的……让我们、让我们结婚吧!七八年了,我们在一起,让我们永远在一起吧,让我们一起去受苦吧,如果需要受苦。让我们一起去弄懂那些还没有弄懂的东西吧……也许,这只是一场误会,一场暂时的怒气。党是我们的亲母亲,但是亲娘也会打孩子,但是孩子从来也不记恨母亲。打完了,气会消的,会搂上孩子哭一场的。也许,这只是一种特殊的教育方式,为了引起你的警惕,引起你的重视,给你一个大震动,然后你会更好地改造自己……也许,下个月就要复查的,你的事情会重新考虑的,运动当中过火一点,'不过正就不能矫枉'嘛,矫完了枉呢,事情还会回到正常的轨道……没什么,没什么,让我们……在一起! 七八年了,你也太苦自己……"

她的话语,她的声音,她的爱抚,产生着一种奇妙的力量,钟亦成好像安稳多了。世界还是原来那个光明和美好的世界,金波河桥还是那座坚固而又古老的桥,人还是那些纯洁而真挚的人。被恶毒和污秽的语言,被专横和粗暴的态度,被泰山压顶一样的气势压扁了、冻硬了的心灵,在她的从容,她的信赖,她的像春天的阳光一样的爱里开始复苏,开始融解。"布礼! 布礼! 布礼!"这欢呼,这合唱。这霞光和彩虹重又成为对他的被绞杀着的灵魂的呼唤,成为对他的正在漂游下坠的心的支持。这世界上不会有痛苦,因为有凌雪。这世界上不会有背叛、冤屈、污辱,因为有凌雪。他把头埋在凌雪的胸前,忘记了一切,沉浸在这被威胁、被屈辱然而仍然是无玷的、饱满的爱情里。

一九五一年——一九五八年

我们是光明的一代,我们有光明的爱情。谁也夺不走我们心中的光,谁也夺不走我们心中的爱。

当我们幼小的时候,我们在黑暗中挣扎,当我们从孩子变成青年的时候,我们从黑暗走向光明。夜是太黑了,太暗了,所以,早晨,我们看到的是一片光辉,是万丈光芒。我们欢呼跳跃着奔向光明,拥抱光明。我们不知道还有阴影的存在,我们以为阴影已经随着黑夜而消逝,我们以为头顶上永远是八九点钟的太阳。

于是我们爱了,爱党,爱红旗,爱《国际歌》,爱毛主席,爱斯大林,也爱金日成、胡志明、乔治乌·德治、皮克和世界所有的国家的共产党和工人党的领袖,爱每一个共产党员、每一个领导人、每一个支部书记和党小组长。我们爱每一个劳动者,爱劳动者所创造出来的一切,我们爱新落成的百货公司和电影院,新出厂的拖拉机和康拜因,新安装的路灯和电线,新修建的街道和楼房。我们爱孩子们胸前的红领巾,爱挽着手臂行进的年轻人的笑声和歌声,爱春天的柳枝上的嫩芽,爱冬天踏着新雪的沙沙声,爱水,爱风,爱小麦和野菊花,爱丰收的田野。所有这些都属于党,属于人民政府,属于新生活,属于我们自己。

爱使光明更加光明,光明使爱成为更深、更强的爱。

于是我们相爱了,从听老魏同志讲共产党员的修养那个晚上起。听完党课,我们没有上汽车,我们本来想,走上一站再上车,结果,却走过了半个城市。我们在路灯下走着,我们的影子一会儿短,一会儿长,一会儿在后,一会儿在前。我们的心潮也是这样的起伏不定。我们走了很长的时间,夜风使我们瑟缩了,但我们的心却更热。"能不能用十年的时间实现布尔什维克化呢?""十年不行就十五年。""怎么样才能更快、更彻底地消灭个人主义呢?""我们永远听党的话,做一个好党员。""可那天我为什么对××急躁呢,'同志',这是一个多么珍贵的称呼……可是我……""我要树立一个目标,就是老魏,我要像老魏那样质朴,那样成熟,又那样耐心……什么时候我才能像他那样呢?""你能,你能,你一定能!""难道除了做一个真正合格的共产党员,除了更好地完成党的任务,我们还有别的心思吗?为了党,我们甘愿抛头颅、洒热血,难道反倒舍不得丢掉自己的缺点吗?""是啊,是啊,就怕自己认识不到,自己不自觉,如果认识到了,我一定改,我一定丝毫也不宽容自己。如果认识到这是缺点,却又不肯改,这又算是什么共产党员呢?""但是,改造自己也是并不轻松的事,这需要主观的努力,也需要群众的监督。""那你就先监督吧,就给我提点意见吧……""我的意见嘛……""呵,你真好,你真好,你提的多么好啊,我一定接受你的意见。现在,我也给你提一点……"

给我提点意见吧,这就是爱情。可笑吗?教条吗?但是爱情之所以被珍惜,不正是因为它具有使人们、使生活变得更加美好、更加完满的强大的力量吗?这是从心底升起的追求光明、奔向光明的原动力。为什么柳条是那样浓密而又温柔?为什么槐树是那样沉稳而又幽深?为什么梧桐是那样谦和而又雍容?为什么天那么蓝,旗那么红,灯那么亮?为什么你、我和他,我们的脸上都呈现着幸福而又崇高的笑容?为了让世界美好,首先得让人们自身变得更美好些。为了让自己能够爱和值得被爱,首先要让自己变得更可爱些。为了能了解我们的事业,我们的斗争,我们的人生的真谛,首先要让自己的心灵更光明一些。所以,我们如饥似渴地互相征求着意见,互相鼓励着克服自身的缺点。甚至在我们互相通信的时候,我们在"吻你"的位置上写的却是"布礼!"是孩子气吗?"左"派幼稚病吗?令后人觉得格格不入吗?然而,既然我们是吸吮党的乳汁而长大成人的,既然主宰我们的头脑的是党的钢铁的信念,我们身上流着的是随时准备为了党而喷洒的热血,我们的眼睛是为党而注视,我们的耳朵是为党而谛听,我们的心脏是为党而跳动。既然斯大林同志说共产党员是特殊材料制成的,既然我们努力要做一个名副其实的特殊材料制成的共产党员,既然没有党就没有你和我,就没有我们的人生,就没有我们在人生路程上的相会和相互的无条件的信任,(为了这相会和相互信任,让祖先和后人永远羡慕我们!)我们相互之间怎么能不用党的方式来问候呢,我们怎么能不为这特殊的问候语言而骄傲、而欢乐、而爱得更深呢?

我们常常因为工作,因为党的任务而不能相会,或者约会好了却不能守约。有一次,我们当中的一个人在电影院的门口等着另一个人。我不说是钟亦成还是凌雪,因为,在这些体验上我们两个人互为自我。那时候,另一个人却因为取缔一贯道的事务而不能按时前去,打电话也已经来不及了。一个半小时以后,这个人才跑到电影院。那个人正在那里等着,仍然忠实地等着,一点也不着急。"对不起!对不起!"这个人慌不迭地说。"可又有什么对不起的呢?你没来,我就知道你忙,你有任务,我在这里站着等你,你在那里忙碌,并不因为我等着你而急躁马虎,这有多好!"电影散场了,他们和看电影的人走在一起,别人看着,他们比最欣赏电影、最理解电影的人还满足,还高兴呢。

还有一次,一个人等了另一个人七个小时。利用七个小时他读了毛主席的好几篇著作。七个小时,天,从亮变得昏黄、变得黑了。下午已经变成了夜晚,太阳已经变成了星星。每一扇门的响动都使得这个人觉得是那个人在到来,每个细小的声音都像是爱人的自远而近的脚步。这个人焦躁了,他拿出了党章,他学习:"中国共产党是中国工人阶级的先锋队……是有组织的部队……阶级组织的最高形式……"第二天才知道,另一个人临时接到通知去市委开会了,因为毛主席要到这里来视察工作。当第二天得知了这个消息,七个小时的焦灼的和平静的等待之后,是欢呼和跳跃……

我们一起走过了城市的每一条街,我们一起走过了解放以来的每一个年代,我们每每惊异,我们为什么竟然这样幸运地生活在这样伟大的党里,有了党的"介绍",我们那么快地互相发现了,没有一点犹豫,没有一点疑虑,不懂得衡量条件,不懂得对别人有什么要求,不懂得有什么保留,好像生来就该如此。我们从来没想过我们的生活会是别的样子。

人们发明了语言,用语言去传达、去描述、去记载那些美好的事物,使美好更加美好。但也有人企图用语言,用粗暴的、武断的、杀人的语言去摧毁这美好,去消灭一颗颗美好的心。在这方面,有人得到了相当大的成功。然而,并没有完全成功,埋在心底,浸透在血液和灵魂里的光明和爱,是摧毁不了的。我们是光明的一代,我们有光明的爱情。谁也夺不走我们心中的光,谁也夺不走我们心中的爱。

一九五八年四月

　　五一节的前夕。这是一个新鲜、美好的时令。经过漫长的冬季的委顿,阳光重又变得明丽辉煌了。柔软的枝条和新绿的树叶,已经日趋繁茂,已经遮住了城市街道两旁的天空,却仍然那么鲜活,那么一尘不染,好像昨天才刚刚萌发出来似的。树下到处是卖草莓的姑娘,嫩红、多汁、甜中带酸,更带有一种青草的生味儿的草莓,正像这个节令、这个城市一样的生动而且诱人。人们在换装,古板的老者还没有脱下大头棉鞋,孱弱的病人仍然裹着厚厚的毛绒围巾,年轻人呢,已经用他们的五颜六色的毛线衣甚至用轻柔而又洁白的单装来呼唤生活、呼唤盛夏了。就在这样一个青春的季节的晴朗的日子,钟亦成和凌雪结婚了。

　　世界是光明的,斗争是伟大的,生活是美好的。钟亦成更加坚定、更加执着地相信着这一点。凡是人制造出来的,人就受得住。只有人享不了的福,没有人受不了的罪。从小,他的父亲的穷朋友们就爱引用这句名言来互相砥砺,互相安慰。可不是吗,批呀,斗呀,划"分子"呀,宣布是"死敌"呀,揭露"丑恶面目"呀,清除出党呀,一关又一关,他都过来了。疼痛是难忍的,但是单因为疼痛却死不了人。凌雪说得对,关键在于自己的信心。自己不垮,谁也无法把你整垮,整死了也不垮。他可能确实犯下了严重的错误——或者叫做"罪行",他可能犯的错误并没有那么严重,他可能确已被"批倒批臭",他可能实际上并不臭,这些情况他自己还有点判断不清楚。但是有一条是肯定的,他仍然要活下去,要革命,要改造思想,要做一个真正的共产主义战士。他能这样,因为他强烈地、比什么都强烈地要求这样。

　　所以他恢复了,恢复了健康、热情和乐观的生活态度。筹备婚事的一个多月,他和凌雪一起照了许多相片。他现在不用参加那么多会了,他现在是"听候处理",他有了恋爱的时间了,任何一次约会都不会失约。他知道了按时赴约,和凌雪在一起多呆会儿是多么幸福。

有一张相片是这样照的:爬山之后,他热了,他脱掉了制服上衣,用一只手在肩上抓着垂在身后的衣服,另一只手叉着腰,夕阳照在他的脸上,清风吹拂着他的头发,背景是山下的纵横阡陌。这张相片洗出来以后使钟亦成自己都感到惊奇,可以说是震惊,在目前的处境下,他的相片为什么竟是这样神采飞扬、潇洒自豪、蓬勃向上、喜气盈盈?

他应该是这样的。他本来就是这样的。他是搏击暴风雨的海燕。他是向着高天飞翔的鹰。他是沐浴在阳光里的一朵欢乐的春花。无论施行怎样精巧的整容术,他的脸上无法出现符合"地、富、反、坏、右"的排列的惧怕混杂着虚伪、谄媚,混杂着猥琐的表情。他无法做一个合格的右派,即使这使他感到抱歉也罢。

但他不敢把相片出示给别人,他也不敢让其他人知道他每个星期天和凌雪去照相,他必须偷偷摸摸地去做一个光明正大的人。

……这天晚上,他们结婚。除了几个近亲,他们没有邀请什么人。就是近亲,也有好几个托词不来。而且,就在这一天的早上,凌雪所在的工厂的一个领导人(凌雪初中毕业以后上了中等专业学校,现在担任一个工厂的技术员),对凌雪进行了最后一次"挽救"。因为她硬是与钟亦成划不清界限,在运动中,她没有能立场坚定地奋起揭发钟亦成;而现在,在钟亦成头上的冠冕还牢牢实实、还崭新刺目的时候,她竟在一个月内五次打报告要与钟亦成结婚。凌雪拒绝了最后的挽救,于是,领导不得不迫不得已采取了纪律措施,就是这一天的下午,召开了支部大会,通过了把凌雪开除出党的决议。

凌雪不接受这个处分,表决的时候,她不举手。签署本人意见的时候,她毫不含糊地写上了"不"字。为此,她受到了警告,说她"态度恶劣""还要加重处分"。

两个小时以后,她换了一件紫地带绿色花点的衬衫,套上一件黄色的毛线衣,穿上一件灰色哔叽裤子,半高跟黑皮鞋,然后,她坐上公共汽车,把自己"嫁"出去了。

这是一个十分冷落的、应该说是冷落得可怕的婚礼。除了双方的母亲（他们都没有父亲了）和年幼的弟妹，除了两位在街道上打零工的邻居以外，再没有别的客人。一盘瓜子，一盘水果糖，一盘果脯，几杯茶，这便是全部的招待。而且，凌雪把早上和下午发生的事情告诉了钟亦成。她并不认为这仅仅是对他们的结合的一个打击，相反，这似乎增加了他们的结合的意义。在天塌地陷的时候，他们挽起了手。钟亦成的脸白了一下，眉头也皱了一下，虽然他自己经受了许多，但是落在凌雪身上的打击比落在他身上的还让他难受。但是，凌雪的倔强的嘴角上呈现着的是笑容而不是哀伤，凌雪的眼睛里流露着的是令人销魂的温柔而不是怨怼，凌雪的一举一动里，都包含着欢乐，包含着那么饱满的幸福，而不是寂寞和悲凉。于是，钟亦成也笑了。七年了，他们在一起，却又不在一起，这有多么苦！现在呢，他们将永远在一起了，他感谢命运，感谢凌雪的真情，感谢太阳、月亮、地球和每一颗星。

到晚上九点，屋子里就没有人了。但还有收音机，收音机里播送着鼓干劲的歌曲。凌雪关上了收音机，她说："让我们共同唱唱歌吧，把我们从小爱唱的歌从头到尾唱一遍。你知道吗，我从来不记日记，我回忆往事的方法就是唱歌，每首歌代表一个年代，只要一唱起，该想的事就都想起来了。""我也是这样，我也是这样。"钟亦成说。"从哪一年唱起呢？""一九四六年。""一九四六年唱什么呢？""唱《喀秋莎》，这个歌我是一九四六年学会的。""好，唱完这个，我们就唱'兄弟们，向太阳，向自由'。""一九四七年，一九四七年呢？""一九四七年我最爱唱的是这个歌，这是我入党的时候最爱唱的歌……"

    路是我们开哟，
    树是我们栽哟，
    摩天楼是我们亲手造起来哟……

"那时候，我唱着这个歌走过各条街巷，我觉得，整个旧世界都在我的脚下……""一九四八年,一九四八年我们唱'天快亮,更黑暗,路难行,跌倒是常事情'……""一九四九年呢?""一九四九年的歌儿可太多了,'没有共产党就没有新中国''大旗一举满天红啊'……""一九五〇年唱'五星红旗迎风飘扬''我们要和时间赛跑'……""一九五一年唱'雄赳赳,气昂昂''长白山一条条……'记得那时候我们都要求到朝鲜去吗……"他们唱起来了,嘹亮的歌声填补了被剥夺的一切,嘹亮的歌声里充满了青春的动人的光明和幸福。他们就这样回忆着、温习着那纯洁而激越的岁月,互相鼓舞,互相慰藉着那虽然受了伤却仍然是光明火热的心。

他们唱得太高兴了,甚至没有听见敲门声,也没有听见门被推开的声音。及至听到了"小钟""小凌"的招呼和脚步声,他们转过头来一看,客人真好比是从天上降落到了他们的面前。三个人:区委书记老魏和他的多病的妻子,他的汽车驾驶员小高。

经过运动,老魏也瘦了,下眼皮似乎略有浮肿,嘴角上的纹路也更明显了。老魏的妻子是一个农民出身的妇女工作干部,黑瘦黑瘦的,在对钟亦成进行"批斗"的过程中,她没有说过一句话,而且,她总用一种大惑不解的、同情和安慰的眼光看着他,这使钟亦成铭记不忘。批斗的日子里,谁给钟亦成倒过一杯水,谁见面的时候向他点过头、微笑过,谁发言的时候用了几个稍许有分寸一点的词汇,都被钟亦成牢牢地记在心里,终生感激。老魏夫妻俩带着友谊,带着和善的笑容出现了,只有汽车驾驶员,年轻的小伙子,踮着一只脚,嗑着牙花,显出一种不耐烦的样子。

"好你个小钟,你们竟然向我封锁消息。"老魏大声说,他的关心和慈爱的态度使钟亦成回想起一九四九年初第一次党员大会上送给他军大衣的情景。老魏招招手,妻子拿出了礼物:一对刺绣的枕套,一本相片册,两本精装的美术日记。

"拿酒来,让我们为你们俩的幸福干一杯!"他喊道。

"可是,可是……"钟亦成尴尬了,手足无措了,"我们没有酒啊。"他小声说,声音是颤抖的。

"什么,什么?"老魏好像听不懂他的话,"为什么没有酒?这是喜酒啊,我们可是来喝喜酒的啊!"

"没有就算了,天也晚了。"老魏的妻子温和地说。

"我不喝。"驾驶员简短地声明。

"但是我要喝,我一定要喝你们的喜酒。"老魏似乎是负气地说,"为什么没有酒?为什么没有酒啊?"他大喊道,他的声音里充满了悲怆,他的眼睛是湿润的,钟亦成、凌雪、老魏的妻子,连驾驶员都不由得被触动了。

"小高,你给我买酒去!"他看了看表,用战争中下达军令的不容商讨的坚决态度说,"半个小时内完成任务。他们不招待,我们敬他们,我们将他们的军!"他笑了起来。

小高从书记的神色里知道这确实是一个不能打折扣的任务,他匆匆地走了。二十多分钟以后,小高气喘吁吁地回来了,"真糟糕,商店早就关了门,火车站附近的昼夜售货部偏偏又赶上月底结账,停止营业一天。"他说。"咱们家就没有一点酒吗?"老魏带着质问、带着莫名的怒火问他的妻子。"没有。"他的妻子抱歉地说,似乎喝不上喜酒是由于她的过错,"你又不喝。医生也不让你喝……对了,咱们还有一瓶料酒,那是炒菜用的。""料酒能不能喝?当然,要喝也不会被禁止。"老魏自问自答,下令说,"把房门钥匙给小高,就把那瓶料酒取来!"

小高走了以后,他说这、说那,只是不说那分明刚刚发生过的事,没有说那刚刚开始的苦难。一瞬间,钟亦成也忘记了这些荒谬绝伦的事情,从老魏到来的那一刻起,他好像有了依靠,有了主心骨。好像在睡梦中被魇住以后听到了醒着的人的呼唤,只要一活动,一睁眼,所有的恐怖和混乱就会丢到冥冥之中去了……

小高回来了,拿回来的不是料酒,而是一瓶尚未启封的茅台——小高拿来了自己家的"储备"。

"为了钟亦成同志和凌雪同志的新婚,为了他们的幸福,为了他们一定能克服前进道路上的困难,为了……总会……干杯!"

老魏庄严地举起了杯,钟亦成和凌雪也举起了杯,他们喝下了这暖人肺腑的喜酒,杯中半是茅台,半是热泪。

六

一九五八年十一月

列车在一望无垠的冬日的原野上飞驰。青纱帐撤去了,视线没有遮拦,世界显得更是无边地辽阔了。初冬,还没有积雪,田野上秋收作物的茬子和虽然略有瑟缩却仍然没有褪尽绿色的冬小麦清晰可见。"孕育着丰收"的冬小麦啊,结果却孕育了苦难。不可思议吗?事出有因吗?在劫难逃吗?赶上"点"了吗?还是党的一种特殊的教育自己的儿女、考验自己的儿女的方式呢?不论是什么,作为党的一个忠诚的战士,他要从积极方面接受这一切。老魏出席了他的婚礼,许多的同志也仍然是友好地、正常地对待他。"划清界限",这本是暂时在一种压力下才发生的,待到压力稍稍放松,"界限"就不那么严酷了。还有凌雪,她那么体贴,那么痴情,用十倍于往昔的温存温暖着他那颗受了伤的心。

别的"右派"早就下乡"在劳动中改造自己"去了(钟亦成不爱说"劳动改造",因为那四个字叫人联想到囚犯),但是老魏通知钟亦成"等一等",说他的问题可能还要复查。这给他带来多少希望,他不敢想象这样的幸福,正像原来不敢想象这样的灾难。他梦见机关支部书记找他谈话,支部书记通知他,对他的处分改为留党察看二年了。虽说仍然是严厉的处分,然而他感激得哭醒了,醒来,枕巾已经湿了一大片。半年过去了,每天早晨他都充满了希望,每天晚上他都祝祷着明天。到了明天,乌云就会散去了,一切就都会好了;到了明天,所有的冤屈,所有的愁苦,将会变成一个宽厚而又欣慰的微笑了。

但是，最后，通知他："这次运动一律不搞复查。"真是奇怪，所有的运动都有复查，"三反""五反"时候打的那么多"老虎"经过复查都解脱了，唯独这次运动，不准复查。"过去的事情已经过去了，希望你今后好好努力，只要自己努力改造思想，总有一天还会回到党的队伍。"临下乡前，在办公室，老魏对他这样说。这样说也给他带来无限的温暖啊！

现在，他坐在列车上了。他的眼前仍然浮现着站台上送行的凌雪的努力含笑的脸。"一路顺风！"车开动之后，凌雪用抖颤的声音喊道。这声音的抖颤使钟亦成感到那么悲怆。"凌雪！我对不起你，我对不起你呀！"他想哭……

汽笛长鸣，车轮铿锵，车头粗重地喘气，烟囱放出浓烟。车过桥梁时大地猛烈地颤抖，车过隧道时车厢一片漆黑（乘务员忘记了打开灯）。车厢喇叭里响彻了大跃进的豪言壮语和"超英赶美"的气壮山河的歌声，各车厢正在举行红旗竞赛。列车员除了不停地打扫、送水以外，还要说快板、读报、进行政治宣传，用自己的声带和广播喇叭比赛。这一切都像鼓槌一样地敲打着钟亦成的心房，使他渐渐地把对城市、对凌雪的依恋之情暂时放在一边，过去的让它永远地过去吧，生活仍然是这么强健、这么红火、这么吸引人。我才二十六岁嘛，时间在前面，未来在前面，唯有一心向前！他自言自语说。其实，早在上火车之前他就多次对自己这样说过，但只是现在，在车厢的嘈杂和明明暗暗的多变的光照之中，在他贪婪地隔着车窗注视着正在掠过、正在飞旋的田野、道路、池塘、房屋的时候，他才当真是又痛苦、又兴奋、又快乐地感到了："过去的过去了，新生活正在开始！"

他还年轻，有力量，身体健康，四肢和头脑都好用，革命和生活都还在他的前面，像是一朵花，才刚绽开花蕾，甚至还是含苞待放的时候，突然来了一阵毁灭性的狂风暴雨。然而，花的本性是芬芳，花的本色是万紫千红，花的本来面目是开放，特别是，如果它有很好的根，很好的蕊，如果它有对太阳、对土壤、对空气和水的天然的亲和爱，那么,你用火烤,用烟熏,用刀锯,用沸汤浇,它总还会有一点根、有一点花心活下去,它活着,接受阳光和雨露,吸收大地的滋养,重新抽出枝条、长出绿叶。看吧,尽管他的眼角上已经过早过密地出现了鱼尾纹,尽管他的额头上也有那么几道悲哀的、深深的纹路,尽管他的嘴角上的纹线给人一种惧怕和痛楚的感觉,这一点当他咧嘴笑的时候就更加明显。但是,他的眼睛仍然是明亮的乐观的,他的鼻子仍然是坚毅的稳定的,他的头颅仍然是昂扬的;随着列车的行进,随着"鼓槌"的敲击,他的目光中更飞出了兴高采烈的火花来。

车到站了,在经过了一个又一个隧道,一块又一块蓝天之后,在一个三面环山、一面近傍着大河的险要的地方,火车停下来了。

钟亦成像士兵一样地背着行李包,手里拄着一根刚刚撅下来的助步的粗树枝,攀登在崎岖的山路上。雄鹰在头顶盘旋,油松和核桃树在山坡上伫立,青石在道路旁虎踞,激流在山谷里跳跃,钟亦成不知哪里来了那么大的劲,飞快地走着,走着。由于他是等待复查而最后下去的一个"分子",没有人和他同行。但他感到有一股巨大的力量在催促着、驱赶着他。他不能停,在改造的道路上他必须快马加鞭。国家在跃进,再过几年就要取消三大差别、进入共产主义了,中国即将成为全世界第一个繁荣、富裕、先进、一大二公的国家了,他难道还能停留在"资产阶级"的泥坑里?到了全国实行共产主义的时候,他们这些"资产阶级",不是太滑稽、太不合时宜、太有碍观瞻了吗?他不灰心,他不怕,看,他能一口气走上三个小时、五个小时的山路,虽然早已是汗流浃背,他的耻辱只有用汗水来冲洗了,出汗,这才刚刚是序幕呢。青春是无价的财富和无穷的力量,青春什么都不怕,就算过去二十六年全错了,白活了,全是罪过,那又要什么紧呢?今后不还有五十年的时间给他重新生活、重新革命、重新做一个共产主义的战士的机会么?五十年的时间难道不能做许多许多有益于党、有益于人民的事情么?五十年的时间难道不够他重新塑造自己之用么?他已被清洗,他无法做党务工作了,那就——譬如让他去学建筑或者数学去吧,他本来也很喜爱数理功课,只是因为党的事业的需要他才转移了自己的心。但是不行,他得先改造,先取得一个公民、一个人的资格,那就到山区来吧,在山区他也要献出自己的青春,放出自己的热。

汗水淹没了全身,连睁眼都困难了。裤角上沾满了牛蒡子、刺草叶。鞋面上盖满了红的、黄的、黑的和白色的尘土。钟亦成爬过了正在开采马牙石的琥珀色和白色的山,爬过了核桃、大枣、桃、梨、杏、柿、山楂满坡的花果山——只有个把橙红如火的柿子还挂在枝头。又爬过了乌黑如墨的煤山,穿着单裤、赤着上身的矿工推着小矿车从简易的坑口走出来,使钟亦成觉得分外亲切。又走过了灰黄色的石灰石山和依然碧绿的松山,终于,他登上了制高点——雁翅峰。

凉风习习,热汗淋淋,视线一下子开阔,千山百岭都已在他的脚下。大河如同一道银带,辗转蜿蜒,尽收眼底。远处的地平线上,烟气飘飘,氤氲渺渺,树木和村庄隐隐约约,好像是在大海里出没着的船。脚下近处呢,是炊烟袅袅的房舍,是阡陌纵横的田亩,是正在施工的筑路队的帐篷、工棚。回首来路,几个小时的奔波已经不仅使城市而且使平原远远地被抛在后面。俯视眼前呢,山川历历,天地悠悠,豁然开朗,心旷神怡。他放眼四极,忽然吃了一惊,这风景,这地面,这高山与流水,树木与田野,村舍和工地,怎么如此熟悉,似曾相识,竟像是过去来过、见过一样呢?明明他是生平第一遭到这儿来,不但是初次到雁翅峰来,而且是初次上山下乡来,为什么这风光景物竟使他觉得这样亲切、熟悉、心心相印呢?莫非他在哪一本小说中看到过这样的描写?莫非他在哪一部电影里看到过这样的画面?莫非他曾在梦中到此一游?莫非他多年来所寻找、所期待、所要求的正是党给他安排的这样一个宽广的天地?

我来了,新生了,过去的永远过去,新的里程从兹开始。他想欢呼,想高歌,想长啸,但他想到了应该克服这种小资产阶级的狂热性,过分的激情只会带来灾难……他想起了临行前凌雪对他提的意见:

"劳驾,别那么激动。有许多事情我们还不懂,我们需要思考,需要理解。作为一个共产党员,不仅要有火一样的热情,还要有冰一样的头脑……"虽然钟亦成提醒她正视现实——难道还用提醒么?奇怪,为什么一个女同志会这样执拗,凌雪仍然在用党员的感情、党员的目光、党员的语言来看问题、想问题、说问题……批下来了,凌雪也被开除了党籍。一个从小做过童工,从小参加革命,一个本来没有任何辫子的好同志,只因为忠于他们的互致布礼的爱情,也被从政治上判处了死刑……布礼,布礼,布礼!突然,泪水涌上了他的眼睛。

一九七九年

灰色的影子说:你真可怜!你怎么到那个时候还看不透,你怎么会像个傻瓜似的欢欣鼓舞地去劳动改造?看穿一点吧,什么也不要信……

然而灰色的朋友,你有什么资格说看透,说不相信呢?你只不过是在生活的岸边逡巡罢了,你下过水吗?你到生活的激流中游过泳、经历过浮沉吗?没有下过水的人有什么资格评论水、抨击水、否定水呢?你那么聪明,又那么爱惜自己,于是,你冷眼旁观,把自己的生命闲置起来,白白地浪费掉,于是你衰老了,白了头发,落了牙齿,你絮絮叨叨,发出盲肠炎急性发作的病人才能发出的呻吟。你的一生,不过是一场误会,一场不合时宜的灾难,一声哀鸣罢了,你怎么看不透你自己呢?你何必活下去呢?

一九七九年

你说什么?你热爱党?你热爱党为什么注销了你的党票?注销了你的党票你还能热爱党吗?

多么天才的逻辑,真是高屋建瓴,势如破竹!但什么叫党票呢?难道我们的国家除了有粮票、肉票、布票、油票以外,还又发行了党票吗?党票可以换来什么?在黑市又是以多少钱一张的价格买卖的呢？

你说什么？你热爱党,热爱党为什么给你戴帽儿？你这就是翻案！这就是反攻倒算！

奇怪,多一个敌人究竟对国家有什么好处？能提高钢铁的产质量吗？能提高农民的粮食定量指标吗？否则,为什么要千方百计地塑造一个定型的敌人呢？

赎罪？你赎了什么罪？你是老账未完又加新账,对你要老账新账一起算,罪恶滔天,死有余辜！

祥林嫂！为什么生活在社会主义新中国的一个共产主义者,一个朝气勃勃、赤诚无邪的年轻人的命运竟然像了你？中华民族呀,多么伟大又多么可悲！

好吧,先把你的问题挂起来……

把什么挂起来？钟亦成是什么？一顶帽子吗？一件上衣吗？一个装酱油的瓶子吗？

先通通轰下去,然后,就地消化……

他们是什么？是一块窝头,一碟切糕？还是一盘需要好胃口的莜面卷？消化以后变成什么东西呢？尿吗？大便吗？一个打出来的嗝或是一个放出来的屁吗？

清队结论:钟亦成,男,一九三二年出生于 P 市,家庭出身:城市贫民。本人:学生……该钟自幼思想极端反动,怀着不可告人的个人野心,于一九四七年未经履行应有的手续,混入刘少奇及其代理人控制下的党组织……一九五七年,利用写诗向党猖狂进攻……至今拒不服罪,拒不揭发刘少奇的代理人大搞假共产党的滔天罪行……实属没有改造好的资产阶级右派分子……

年代不详

黑夜,像墨汁染黑了的胶冻,黏黏糊糊,颤颤悠悠,不成形状却又并非无形。白发苍苍、两眼圆睁得像两口枯井一样的钟亦成拄着拐杖走在胶冻的抖颤中。呼啸着的狂风,来自无边的天空,又滚过了无垠的原野,消逝在无涯的墨海里。是闪电吗?是地光吗?是磷火还是流星?它偶尔照亮了钟亦成在一个早上老下来的皱缩的、皮包着骨的脸颊。他举起手杖,向着虚无敲击,好像敲在一个老旧的门板上,发出哪、哪、哪的木然的声音。

钟亦成,钟亦成,钟亦成!

他发出的声音苍老而又遥远,紧张而又空洞,好像是俯身向一个干枯的大空缸说话时听到的回声。

钟亦成,钟亦成,钟亦成!

黑夜在旋转,在摇摆,在波动,在飘荡;狂风在奔突,在呼号,在四散,在飞扬。桅杆在大浪里倾斜,雪冠从山顶崩塌,岩浆从地下喷涌,头颅在大街上滚来滚去……

钟亦成,钟亦成,你怎么了?

钟亦成,钟亦成,他死了。

闪电之后是彻底的黑暗。

寂静无声。暗淡无光。凝定无波。

多么微小,好像一百个小提琴在一百公里以外奏起了弱音,好像一百支蜡烛在一百公里以外燃起了青辉,好像一百个凌雪在一百公里以外向钟亦成招手……

布礼,布礼,布礼……你对我有什么意见?

他要追逐这布礼,他要去追逐这意见,他要抬起这难抬的、被按着的头,他要睁开眼,极目远望……

又是一道闪电,他看见钟亦成了,钟亦成就在凌雪的身边,戴着袖标,举着火炬。不,那不是火炬,那是一颗痛苦的、燃烧的心。

一九七八年九月

钟亦成的日记:

今早写了申诉,二十一年来,第一次向党说了那么多心里话。多么令人惋惜，每个人的生活都只有一次。人们经历的一切，往往都是在事先没有准备、没有经验的情况下就打响了的遭遇战。假如一切能重新开始一次，我们将会少多少愚蠢……然而，回顾二十余年的坎坷，我并无伤感，也不怨天尤人。我也并不感到空虚，不认为这是一场不可思议的噩梦。我一步一步地走过了这二十一年，深信这每一步都不会白白走过。我唯一的希望是，这些用血、用泪、用难以想象的痛苦换来的教训将被记取，这些真相，将恢复其本来面目并记录在历史上……

七

一九五八年十一月——一九五九年十一月

劳动，劳动，劳动！几十万年前，劳动使猿猴变成了人。几十万年后的中国，体力劳动也正发挥着它净化思想、再造灵魂的伟力。钟亦成深信这一点。他的对祖国山川和人民大众的热爱，他的献身的愿望，他的赎罪的狂热，他的青春的活力，他的不论在什么处境之下都无法中断的、不断从生活中获得补充和激发的诗情，全都倾注在山区农村的笨重的、应该说是还相当原始的体力劳动里。

他背着满满的一篓子羊粪蛋上山，给梯田施肥，刚起步两分钟，就像做豆腐的最后一道工序——用石板压一样，汗水像豆腐水一样从四面溢了出来。他爬梁越坡，沿着蜿蜒崎岖的山径前行。他的腰背弯成七十度，尽力学着老农的样子，两腿叉开，略略拳曲以利于维持平衡。两只手是自由的，有时甩来甩去，觉得上肢轻松得令人飘飘然。有时交插手指放在胸前，一副虔诚的样子。有时用两手拢成一个圆环，这是一个练气功的姿势，为了跋涉陡坡，必须气运丹田。每走一步他都觉得腿在长劲，腰在长劲，他确实是脚跟站稳，脚踏实地，在把自己的体力和热情，把饱含着农作物所需要的氮、磷、钾和有机质的肥料，献给哺育着我们的共和国的农田。

他淘大粪。粪的臭味使他觉得光荣和心安。一挑一挑粪稀和黄土拌在一起,他确实从心眼里觉得可爱,拌匀了,发酵了,滤细了,黄土变得黑油油的了,黏土也变得疏松,然后装上马车,拉到地里,撒开。风把粪渣送到嘴里,他觉得舒畅,因为,他已经被大地妈妈养活了二十多年,如今第一次把礼物献给大地妈妈……

春天了,他深翻地,目不斜视,耳不旁听,全部肌肉和全部灵魂的能力都集中在三个动作上:直腰竖锹,下蹬,翻土;然后又是直腰竖锹……他变成了一台翻地机,除了这三个动作,他的生命再没有其他的运动。他飞速地,像是被电马达所连动,像是在参加一场国际比赛一样地做着这三位一体的动作。腰疼了,他狠狠心,腿软了,他咬咬牙。腿完全无力了,他便跳起来,把全身的重量集中到蹬锹的一条腿上,于是,借身体下落的重力一压,扑哧,锹头直溜溜地插到田地里……头昏了,这只能使他更加机械地、身不由己地加速着三段式的轮转。忘我的劳动,艰苦而又欢乐。刹那间,一个小时过去了,三个小时过去了,十二个小时也过去了,他翻了多么大一片土地!都是带着墒、带着铁锹的脖颈印儿的褐黑色土块。你想数一数有多少锹土吗?简直比你的头发还多……人原来可以做这么多切实有益的事。这些事不会在一个早上被彻底否定,被批判得体无完肤……

夏天,他割麦子,上身脱个精光,弯下腰来把脊背袒露在阳光下面。镰刀原来是那么精巧,那么富有生命,像灵巧的手指一样,它不但能斩断麦秸,而且可以归拢,可以捡拾,可以搬运。他学会用镰刀了,而且还能使出一些花招,嚓嚓嚓,腾出了一片地,嚓嚓嚓,又是一片地。多么可爱的眉毛,每个人都有两道眉毛,这样的安排是多么好,不然,汗水就会糊住眼睛。直一下腰吧,刚才还是密不透风的麦田一下子开阔了许多,看见了在另一边劳动的农民,看到山和水。一阵风吹来,真凉快,真自豪……

秋天,他打荆条,腰里缠着绳子,手里握着镰刀。几个月没有摸镰刀了,再拿起来,就像重新造访疏于问候的老友一样令人欢欣。他登高涉险，行走在无路之处如履平地，一年的时间，他爱上了山区，他成了山里人。如同一个狩猎者，远远一望，啊，发现了，在群石和杂草之中，有一簇当年生的荆条，长短合度，精细匀调，无斑无节，不嫩不老，令人心神俱往，令人心花怒放。他几个箭步，蹿上去了，左手捏紧，右手轻挥镰刀，嚓的一声，一束优质荆条已经在握了，捆好，挂在腰间的绳子上。再一抬头，又发现了目标，他又攀登上去了，像黄羊一样灵活，像麋鹿一样敏捷，身手矫健，目光如电……

除了和农民、和下放干部们一起劳动以外，他和几个"分子"还主动地或被动地给自己加了成倍的额外任务。夜里三点，好像脑袋才刚挨枕头，就起来"早战"了，把粪背到梯田上，把核桃、枣、甘薯、萝卜背下去。在星空下走小路，星星好像就在人的身边，随手都可以抓到。中午嘴里还啃着咸菜和窝头，就又开始"午战"了。晚上喝完两大碗稀粥，又是"夜战"。夜战的时间长了，有时候也犯迷糊，分不清早战和夜战了。除了星宿的位置有些不同，别的区别很少能觉察到。人真是有本事，把加班说成什么什么"战"，马上就增加了一层非凡的革命的色彩，原来他们是在战，在打仗，在向资产阶级、向自己思想中的敌人开火，不是你死，就是我活，谁能懈怠呢？干就干吧，还要竞赛，还要批评表扬，一得空就要评比，还要按劳动和遵守纪律的情况划分类别，改造得较好的——一类，一般的——二类，较差的——三类，继续反党、反社会主义的准备带着花岗岩脑袋见上帝的——四类。这种评比可真有刺激的力量！所以农民反映："分子"们劳动是拼命，像"砸明火"一样气急败坏，看着他们干活我们都害怕——他们重载上山的时候是跑步，下山的时候是跳跃，喘气的声音二里地外都听得见。这还不算，一有空他们还得考虑自己的罪行，考虑通过这种"砸明火"的劳动如何进一步认识自己的丑恶面目，进一步感谢党的挽救……

钟亦成出身城市贫民，从小家境不好。在他发育成长的关键时期——十一岁至十四岁的时候，正是家里吃了上顿没有下顿的时候，所以，他身材瘦小，手腕和脚踝特别细。解放后的繁忙的会议、工作之中，他也没有年轻人应有的娱乐、体育锻炼和足够的休息。来山区后营养又差，农民还可以从供销社买点点心吃，但他们的纪律是不准买任何吃的东西。但不知道是一股什么样的内在的、神奇的力量，支持着钟亦成，使他在如此严酷沉重的劳动中没有垮下来——许多比他们干活少得多的下放干部这个住了院，那个请了假，有的一回城就半年不见影子——他咬紧牙关，勇往直前，在严酷的劳动中体味到新的乐趣，新的安慰。他甚至觉得，以往不从事体力劳动的岁月全是浮夸，全是高高在上、虚度年华。而如今，他的四肢，他的肠胃，他的身体和精神都得到了解放。一切的清规戒律，什么饭后不要立即从事重劳动啊，什么一天应该睡八小时啊，什么刚出过大汗不要下凉水啊，全都打破了。有一天吃面条——这是罕有的改善，小小的钟亦成一顿吃了六碗——一斤半干面出的条儿。这种出色的、努力认真的、傻气的劳动沟通了他和农民的感情。农民说："你刚来时我真怕一阵大风把你吹跑了。谁知道，你还真豁着命干。"农民一再爱惜地劝导说："悠着点劲儿，别那么卖死力气，伤着身子一辈子的事儿！"还有的农民悄悄邀请他："甭听他们的限制，上我家喝两盅儿，我给你煮两个鸡蛋，瞧你瘦成了啥样子！"农民的热情使钟亦成五内俱热，然而，他是一个罪人啊，他有什么颜面接受农民父老的这种关心和爱护呢？

有一个小名叫老四的农家孩子，才十三岁，对钟亦成特别好，一会儿递给钟亦成一把红枣，一会儿抓一个蝈蝈叫钟亦成去看，好像钟亦成是他的同龄的伙伴似的。家里烤好两个土豆，他也要趁热给钟亦成拿一个吃，他还给钟亦成的背篓缝上了一层棉垫，这样背起来就不那么硌腰，老四无微不至的帮助使钟亦成感激而又惶恐，他对老四说："你还小呢，你倒老替我操心！"老四说："我看着你们几个人实在太苦。"说着，眼泪在眼眶里打转。"不，我们不苦，我们有罪！"钟亦成慌忙解释说。"你们不是改好了吗？你们思想要不好，能这么劳动,这么老实吗?""不,我们改造得不好……"钟亦成继续嗫嗫嚅嚅地,自己也不知所云地解释着。

说是每个月休假四天,但是对于"分子"们,两个月也不见得放一次假,宣布放假也是突然袭击,早晨吃完早饭,正擦着铁锨,有关负责人把"分子"们叫去了:"今天起你们休息,按时回来,不得有误……"这样临时通知,据说有利于改造。钟亦成更来了个彻底的,通知休假的时候,他一咬牙,申请说:"我不休了……"

凌雪来了好多信,并没有责备他不该放弃休假,却是说:

"……知道你健康,劳动得好,我很高兴。可你为什么不写诗了呢?为什么你的信里没有诗了呢?你不是说山区的生活十分可爱吗?我相信它一定是十分可爱的。我相信不管有多么苦(你当然不说苦了),它仍然是甜的。你不是说常常想念我吗?那就写一首关于山区、关于劳动的诗,寄给我吧。干脆写一首给我的诗也行。别忘了,我永远是你的诗的第一个和最忠实的读者。现在,我也许是你唯一的读者了。将来呢,也许你有很多很多的读者……

"为什么不征求我的意见了?我的意见就是要你——写诗。不要气馁,不要悲伤,哪怕一切从零做起,我相信你……"

凌雪的信给钟亦成带来了自信和尊严。战胜这一切,体味着这一切,他时而写一首短的或相当不短的诗,寄给凌雪,并从凌雪的回信里得到意见,得到新的启发。

一九五九年十一月二十三日

一年的时间过去了,最初的参加劳动、净化自己的狂喜和满足已经过去了。钟亦成已经习惯了农村的劳动和生活。他黑瘦黑瘦,精神矍铄。他学会了整套的活路——扶犁、赶车、饲养、耘草、浇水、编筐和场上的打、晒、垛、扬,他也学会了在农村过日子的本领——砍柴、摸鱼、撸榆钱、挖苣荬和野韭菜、腌咸菜和渍酸菜、用榆皮面和上玉米面轧饸饹……虽然他从小生长在城市,虽然他干起活来还有些神经质,虽然他还戴着一副恨不能砸掉的眼镜,但他的举止愈来愈接近农民了。同时,随着时间的流逝,那种劳动和改造的热情似乎逐渐淡了下来,体力紧张的后面时或出现精神的空虚。他们不要命地改造,可谁又过问他们的改造情况呢?他们想主动汇报个思想也没人听。下放干部的带队人,除了监督他们干活时不要偷奸耍滑和下工后不要偷偷去供销社买核桃酥以外,不问其他。也没法问,他哪里知道他们是由于思想上出了什么差错而堕落成"分子"的呢?反正他们的脸上已经盖着右字金印,他们和人民的矛盾是对抗性的敌我矛盾,所以对他们是只准规规矩矩,不准乱说乱动,管严一点,莫要丧失立场就是了。

　　钟亦成有时觉得纳闷,不管领导运动的"五人小组""三人小组""运动办公室"也好,整个机关和全体同志也好,以及他个人也好,费了九牛二虎之力,鸡飞狗跳,死去活来,好不容易查清了他的面目,好不容易透过共产党员、革命干部、自幼参加革命、一贯对党忠实的表面现象分析出了他的反动本质,并且周到地、严密地、逐一地、反复地、深入地、头头是道地把他批了个体无完肤,他自己也好不容易前后写了十几篇检讨,累计达三十多万字,比他在办公室工作八年执笔写的简报还多,最后,他终于写出了一篇连宋明同志也认为"态度还好,开始有了转变"的检讨,检讨中对他出生以来的每一句话、每一个举动、每一个念头还有梦中的每一个细节都进行了把一根头发劈成七瓣似的细密的分析,难道费了这么多时间、这么多力量、这么多唇舌(其中除了义正词严的批判以外也确确实实还有许多苦口婆心的劝诫、真心实意的开导与精辟绝伦的分析),只是为了事后把他扔在一边不再过问吗?难道只是为了给山区农村增加一个劳动力吗?虽然根据劳动和遵守纪律的情况划分了类别,但这只是为了督促他们几个"分子"罢了,并没有人过问他们的思想。他们是因思想而获罪的,获罪之后的思想却变成了自生自灭的狗尿苔(一种野生菌类)。好比是演一出戏,开始的时候敲锣打鼓,真刀真枪,灯光布景,男女老少，好不热闹，刚演完了帽儿，突然人也走了，景也撤了，灯也关了。这到底是什么事呢？是为什么呢？不是说要改造吗？不是说戴上帽儿改造才刚刚开始嘛，怎么没有下文了呢？

但是，事情在发展，只是这发展与钟亦成的估计有些不同。钟亦成原来认为，所以费这么大力气批判，还不是为了弄清是非，还不是为了下一剂猛药，让他们回头，重新回到党的怀抱和革命的队伍？批得严，是因为期待得殷切，恨铁不成钢，党对自己的儿女，不是经常抱这种态度的吗？但是，一年过去了，他愈来愈感到回到党的怀抱的前景是多么渺茫，而报刊和文件上正式出现了"右派分子是帝国主义和蒋介石的代理人"的提法和"地、富、反、坏、右"的排行。后来，到了五一、十一前夕，钟亦成他们被叫去与村里的地主一起去听公安人员的训话……

抽象地分析自己脑子里有些什么主义、什么观点、什么情绪，分析这些主义、观点、情绪代表了一种什么样的思潮，具有什么样的严重得吓死人的危害性，这毕竟是容易做到的。不管有多么苦、多么涩、多么噎人，这毕竟是一个形体不那么固定的，可塑性很强的果子，虽然它的体积太大、简直无法吞咽，但是连拉带拽，连按带送，果子终于被点滴不漏地吞下去了。下吞的时候还有一种很有效的润滑剂，那就是钟亦成坚信党决不会把自己毁掉，决不会把一个痴诚的党的孩子毁掉。但是，许多的日子过去了，处境却一天恶劣于一天，现实的政治待遇，这就是另外的事了。他这个从儿童时候就怀着不共戴天的仇恨去与蒋介石国民党政权作殊死的斗争的孩子，到底是从哪一天起、为了什么、怎样代理起帝国主义和蒋介石的业务来了呢？帝国主义和蒋介石，又是从哪里来的那么大本事，是怎样在解放了的中国大陆，在英勇坚强、令一切反动派胆寒的中国共产党内部招募了，或是聘请了、任命了那么多大大小小的代理人呢？如果他们的代理人当真是如此之多，如此隐蔽而无孔不入，一九四九年何至于垮得如此迅速而且彻底？

算了吧,反正想也想不清楚。他苦笑了。劳动的最大好处就是使你没有时间也没有精力去胡思乱想。哪一个劳动了十几个小时,一顿吃了三个大眼窝头、半碗咸菜又喝了好几碗凉水的人还有兴致进行这种政治推理和玄学遐想呢?铁锨、镰刀、窝头、咸菜……他的头脑已经为这些东西所充实。农民就是这样,他们委实与知识分子不同,他们倾其全力,首先还是为了维持生活,他们的思想总是围绕着"怎样才能活下去","怎样才能活得稍好一点",稍一懈怠就有饥寒之危。而知识分子的境遇再不济,往往还是在维持生存的水平线之上,所以他们要考虑一些稀奇古怪的问题:"活着干什么?""我将如何活得更有意义?"所以要这样自寻烦恼,推其主要原因,还是吃得太饱,简单归结来,两个字:撑的。

他这样想着,就再什么也不想了。他的眼皮已经像铅块一样沉重干涩,他的四肢已经像被拧上螺丝一样动弹不得。"算——了——吧。"他只来得及再苦笑了一下,还没等收起这个苦笑的表情,就睡着了。

算了吧,苦笑,香甜的安睡……这对于钟亦成来说,完全是一种新的精神状态,一种新的体验。也许,这里头包含着一种新的动向,新的契机? 也许,这却是消沉和沦落的开始!

……大风,深秋的暗夜里突然狂风怒吼,飞沙走石,把钟亦成惊醒了。他迷迷糊糊地下床去关紧窗子,看到窗前一亮。

他一惊,定睛一看,在离他的住地半里路的地方,在筑路工程队的厨房方向,正有火光和烟雾在风中一闪一闪。"不好!"钟亦成喊了一声。他知道,厨房旁边就是筑路队的仓库,里面不仅堆放着木材,而且还新运来一批炸药和雷管。如果灶火没有压实,如果大风把火吹到了炉灶之外,如果火苗在大风中飞舞,那么几分钟之内筑路队就会变成一片火海,筑路工人的生命财产、国家的修路材料就会被火焰所吞噬,并会引起全村的大火,而且,在这样的大风里,进一步引起邻村和山林的失火也是完全可能的。

钟亦成又喊了一声，不顾同宿舍的其他"分子"是否醒来，他跌跌撞撞地向着冒火的方向奔去。火光愈来愈大，厨房已经从里面着起来了。"火！火！火！"钟亦成失声大叫，惊醒了熟睡的筑路队工人，人们喊叫着、吵闹着，叮叮当当，敲钟的敲钟，拿洗脸盆的拿洗脸盆。厨房的门还锁得紧紧的，烟气从厨房中溢出，呛得人喘不过气来。钟亦成第一个冲到门前，顺手抄起一根圆木，"通"的一声砸开了门，火和烟噗地向外一蹿，钟亦成的脸上、身上全都火辣辣的，他顾不得自己，去扑打，去踩，去到火和煤渣上打滚……随后大队的人端着水盆，端着盛满沙土的篮筐，拿着唯一的一个灭火喷雾器跟上来了。一场混战，总算迅速地把火扑灭了。

直到把火彻底扑灭之后，钟亦成才感到钻心的疼痛，他这才发现，头发烧掉了一多半，眉毛已经全烧光了，脸上、背上、手上、腿上，到处都是火伤，到处都挨不得碰不得了，不，连站也无法站了，他的脚也烧坏了。他脸上出现了一个痛苦的、歪扭的表情，没等呻吟出声来就失去了知觉。

第二天

"那天晚上，你跑到筑路队去干什么？"

由于严重烧伤，钟亦成被送到公社医院。他躺在病床上，看到病房的门打开了，下放干部的副队长、筑路队的一名保卫干部和公社的公安特派员向他的床位走来，他心里感到无限的熨帖和温暖，他勉为其难地挣扎着坐了起来。然而，三个人走到他的床边，脸色是铁青的，肌肉是高度收缩着的，目光是呆板的，声音是冷冷的，他们张口了，说出来的不是对于受伤者的问候，不是对于灭火者的感激，他们开口提的是一个审案式的问题。

钟亦成谦和地回答了提问，"我看到了火光……"他说。

"你几点钟看到了火光？"

"不记得了，反正已经过半夜了。"

"过了半夜你还不睡觉吗？不睡觉你又干了些什么呢？"

"……我睡了的,刮起了风……"

"刮起了风怎么别人没醒你却醒了呢？"

"……"

"你为什么不请示领导就往筑路队的仓库跑呢？那里有许多要害物资,你不知道吗？"

"……"

"你砸开厨房的门的目的是什么？"

"……"

"从昨天晚上六点到现在,这二十四个小时你都到了什么地方,说了什么话,做了什么,证明人是谁,你详细地谈一谈。不要回避,不要躲躲闪闪……"

问题一个接着一个。开始,怀着一种习惯的对领导和对同志的亲切、忠实和礼貌,钟亦成尽管全身疼痛,一天没有正式吃饭,体力和脑力都感不支,但他还是一一做了尽可能准确和详尽的回答。但是,问题仍是不停地提出来,一个比一个问得离奇,一个比一个问得莫名其妙,而且,明明他已经清清楚楚地回答过的问题,隔了一会儿又从另一个人的嘴里从另一种角度、用另一种方式问一遍,所有的答话都被详细地记录,而且在挖空心思从他的答话里找矛盾,找碴儿……突然——多么迟钝,多么愚鲁——他明白了这些提问后面的东西,这是即使天能翻身、地能打滚、黄河能倒流也叫人想象不到的东西。他的两眼发黑,他的额头、鼻尖和脖颈上沁满了虚汗,他的嘴唇在哆嗦,鼻翼在扩张,手脚在发冷,但他终于还是喊出了声:

"你们问这些干什么？你们怎么能这样怀疑人？毛主席呀,您老人家知不知道……"

"不要忘记自己的身份!"三个人异口同声发出了警告。然而,钟亦成已经听不见这警告了。天地在旋转,头脑在爆裂,身体在浮沉,心脏在一滴又一滴地淌血。他知道,他死了。

一九七九年

灰色的影子:活该!

钟亦成:那么,按你这个聪明人的意思,你将眼见着起火而不管吗?你将任凭工人、农民、村庄、财产被火灾所毁灭吗?呸!

一九七五年八月

钟亦成被再次遣送到农村"就地消化"已经又有五年了。下乡,劳动,和农民们共同吃一口铁锅里贴出来的饼子,这对钟亦成不但没有什么困难,而且是在这动乱和颠倒的年月里使他得以正常地活下去的重要的精神支柱。过去的事大致被冻结了,有个别人问起来时,他淡淡地一笑说:"那是上一辈子的事了。"二十多年来的坎坷,他的体形、神态、举止都有变化。严酷的事实打开了他的眼睛,除去害怕肉体上的折磨以外,那种精神上负罪的感觉,已经完全没有了。在农村,他学农、学医,而且悄悄地写了许多诗。但是,不管他多么不愿意,不管他怎样努力抵抗,特别是在经过最后十年的再批判,或者像某些人残酷地说的"炒回锅肉"之后,他真的老了,虽然他内心里维护着自己的尊严,他在和旁人接触时,已经不自觉地习惯于一种赔着笑脸的谦卑的表情,说什么话,也都习惯于一种诚惶诚恐的音调,生活比愿望更强,岁月比青春更有力。这又有什么可说的呢。

然而,他还保留着二十多年前的一个老习惯:关心国家大事。他看起报、听起广播来往往忘记了吃饭。透过谎言和高调的迷雾,他努力寻找关于祖国、关于世界的真实信息,并且每每忧心如焚,夜不能寐……

一九七五年以来,他接连几次收到老魏的爱人的信,信上说老魏被株连到一个什么"二月兵变"的案子里,自一九六八年以后到外省坐了七年多监狱,最近才放出来。"他身患不治之症,他常常说起你而且非常想见你……"

钟亦成三次请假，好不容易获准在麦收以后给假十天。于是，八月份的一个下午，他出现在 P 城的一间只有十二平方米的小房子里。

老魏面色灰白，他得的是血癌，这两天刚刚发作了几次，时而昏迷，时而清醒。他见了钟亦成，枯瘦的脸上显出了一种安慰的表情。他说：

"你总算赶上了。在这个世界上，有件事始终挂在我的心上，就是关于你五七年的事……"

"过去的事了。"钟亦成的脸上显出了淡漠和宽厚的笑容。

"不，不能就这样错下去。我希望你写一个申诉……"

"我活腻了吗？我才不找这个不肃静。"钟亦成仍然笑着。

"你少来这一套！"老魏发怒了，他闭上眼睛半天说不出话来。

"可这怎么可能呢？铁案如山，已经快二十年了。光我自己写的检讨就有三十万字……"

"是的。"老魏用微弱的声音说，"我当时就反对划你的右派，但是宋明拿出了你自己的检讨。真蠢！但是，不论是二十年的时间、三十万字的检讨和哪怕是三百万字的定案材料，只要是不公正，只要是不真实，那么哪怕确实是如三座大山，我们也要用愚公的精神把它挖掉。人民信任我们。但是我们，我们却用夸大了的敌情，用太过分了的怀疑和不信任毒化着我们的生活，毒化着我们的国家的空气，毒化着那些真诚地爱我们、拥护我们的青年人的心……这真是一个大悲剧呀！你怨党吗，小钟？"

在这个问题上，钟亦成曾经充满了火热的希望。从那个时候起，许多的黑夜和白天，许多的星期，许多的月，许多的年都过去了。每过一天他就把希望埋得更深一点，最后，深得他自己都看不见了。近年来，他更是筑起了厚厚的硬壳，他只表示低头认罪，至多表示到往者已矣，来者可追，表示对再谈它已经毫无兴味，正像木乃伊难以复活一样。他已经死过不止一次了，他再不愿也不敢认真地稍微思考一下五十年代的旧事，再不愿揭开这块已经结了钢板似的厚痂的创口。他的这种心情和这种态度，甚至也骗了他自己，有时他自己也真心相信他已经是对这件事再无兴趣、再无意见了。这种心境使他既觉得心安也觉得恐怖。然而今天，在行将离开人间的老上级的床边，当他听到近二十年来从没听到过的率真而信任的言语的时候，他哭了。他说：

"不。我只怨我自己。如果当时我自己脚跟站得稳一些，检查思想实事求是一点，也许本不至于如此。而且，说实话，我要对您坦白地说，如果当时换一个地位，如果是让我负责批判宋明同志，我也决不会手软，事情也不见得比现在好多少……当时可真是指到哪里打到哪里，说什么信什么呀！至于您，我知道您其实几次想保护我……您想重新介绍我入党，也没能实现……现在还说什么呢，您最后连自己也没有能保护住……"

"我们这些人也可怜。"老魏断断续续地说，"说了归齐，我们太爱惜乌纱帽了。如果当初在你们这些人的事情上我们敢于仗义执言，如果我们能更清醒一些，更负责一些，更重视事实而不是只重视上面的意图，如果我们丝毫不怕丢官，不怕挨棍子，能挺身而出，也许本来可以早一点克服这种'左'的专横。当一个人被宣布为'敌人'以后，我们似乎就再不必同情他，关心他，对他负什么责任……现在呢，报应了，我们自己也被宣布是走资派、黑帮，我们又成了地、富、反、坏、右的代理人，正像当年你们成了蒋介石的代理人一样……"

"您怎么能这样说，您能有什么责任……"

老魏困难地摇了摇头，示意钟亦成不要和他争辩。"在我主持城区区委工作的时候，"他继续说，"一开始全区只揭发批判了三个有右派言论的人。但后来有了指标，全区应该揪出三十一点五个右派。于是出现了强大的政治压力，最后，连我们也控制不住了，一共定了九十多个右派分子，株连处分得就更多，其实大部分是错的。这件事不办，我死不瞑目。我已经给党写了报告……总有一天，你将可以将它连同你的申诉一起交给党……我有责任。作为一个郑重的党,作为一个郑重的党的一分子,我们必须在人民的面前把责任承担起来……但我也骄傲,看,人民是多么拥戴我们,即使那些受了委屈的同志,他们仍然一心向着党。古今中外,任何别的党能赢得这样多、这样深的人心吗?这是一个伟大的党,这是一个很好的党,这是一个为中国人民做了远远更多得多的好事的党。虽然即使是这样的党也会犯错误,但我仍然觉得一辈子没有白活……不要记恨我们的亲爱的党吧……"

他的声音愈来愈微细了,终于,他的心脏停止了跳动。他的妻子跪下了,伏在了他的身上。

钟亦成摘下了帽子,露出了早白的头发,他肃立着,默默地垂下了头——

致以布礼!

钟亦成怀里揣着老魏写的报告,像揣着一团火。有了这个报告,叫人更难安生,更难苟活了。他将再也无法将错就错地闭上眼睛,听凭命运的摆布了。但他又能怎么样呢?去做一些事,这是困难的和无效的;去强迫自己不做什么,只是熬着、等着、盼望着,这就更痛苦了。时间在一分钟一分钟、一秒钟一秒钟地流逝,头发和胡须在一根一根地变白。一九五七年过去是一九五八年,从一九五七年到一九五八年就有三百六十五天,然后是六十年代,然后现在已经是一九七五年了,多少个三百六十五天已经过去了,还有三百六十六天的年份呢。

他把老魏的报告给凌雪看,不加什么评论,而只是说:"要想个办法藏好,千万不能让别人知道。"

然而凌雪提高了声音:"对那一年的事,我从来就没有承认过。到底谁才是真正的共产党员,到底谁有罪,还需要历史来做结论呢!"

"至少组织上是开除了嘛,至少你已经十八年没有交党费了嘛。"

"我不信。我们被扣的那些工资,难道不是党费吗?我们的眼泪和汗水,我们的青春,难道不是党费吗?"

有什么办法呢?女性的执拗……

凌雪又说:"既然物质不灭和能量守恒的法则对于整个宇宙、对于全部自然界都是适用的,那么,我常想,在社会生活当中,在政治生活当中,不灭和守恒的伟大法则究竟意味着什么呢?事实真相和良心,难道是能够掩盖、能够消灭的吗?人民的愿望、正义的信念、忠诚,难道是能够削弱、能够不守恒的吗?"

"然而这法则起作用似乎起得太慢了……"钟亦成摆摆手。

"冬天之后一定是春天,三角形的三个内角之和是一百八十度,不会更长或是更短,更多或是更少。我想,当谎言和高调、讹诈和中伤过多地放在历史的天平的一端的时候,就会发生倾斜,事情就会得到扭转……"

"我当然也相信这一点,所以,我不止一次写信对你说,如果我死了,只可能是被害,却绝不会是自杀……然而我们还要好好地活下去,因为在我们党内,还有许多老魏这样的人。"

一九五九年十一月二十七日

然而,他没有死,他活了。恍惚中,有一只温暖的、精心护理的手,给他喂食,给他饮水,给他翻身,帮他解手。只是他看不见,也说不出话来。不过,他的心里愈来愈明白。

于是,在三位审问者走了之后的第三天,他缓缓地睁开了眼睛,在一片褐黑色的云雾之中,他看到了一个穿着白衣服、戴着白帽子的护士,这护士的背影好像在哪里见过似的。

"护士同志!"他轻轻叫了一声。

护士走过来了,护士把脸凑近了他,他惊叫起来:"凌雪!"

凌雪把食指竖在嘴边,示意他不要说话。她告诉他,是区委书记老魏通知她前来护理钟亦成的。她告诉他,老魏知道了这里的情况,并在前一天亲自来看他来了。由于他还在昏迷,就没有惊动他。许多的农民,许多的筑路工人都为他鸣不平,他们向老魏提出要求,要表扬他,要奖励他。老魏告诉凌雪,他准备回区委后在常委会议上提出提前给钟亦成摘帽子与重新发展他入党的问题。

老四扶着他的爷爷来了。拄着拐杖的贫农老大妈来了。许多筑路工人也来了。他们带来了鸡蛋、水果、花生、板栗、蜂蜜……"我们都知道了,你是好人。"他们说。这就是钟亦成受到的人民的最大的褒奖。

"然而,做一个好人是太难了。"他说,"救火这件事打开了我的眼睛,使我知道我的处境有多么险恶……"

"但同样是这件事,不也带来了希望了么?"凌雪说,"总有一天,我们的忠诚将得到党的认可。虽然,很可能我们的面前还有数不清的考验,很可能还有许许多多意想不到的打击落在我们的头上,很可能通向这一天的道路还十分十分漫长。然而,这一天是会来的,总有这一天!"

一九七九年一月

这一天终于来了!

尽管岁月是无情的,尽管在岁月后面还有比岁月更无情的试炼,尽管钟亦成已经花白了头发而凌雪也已经并不年轻,尽管他们夫妻十分冷静地接受了平反昭雪、恢复党籍的书面结论,就像接受四季的转换和三角形的三个内角和的值一样平静,但是,从P城的党的机关走出来以后,他们不约而同地手拉手走上了钟鼓楼。在这个楼顶上,可以鸟瞰全城,可以看到城郊的山、水和田,更可以目送直达北京的特快列车开出车站,在山水之间飞驰。

他们不约而同地把目光集中到正在飞奔的火车上,在白雪覆盖的大地上,火车像一条热气腾腾的黑色的龙。他们的心正随着这火车向北京奔去,他们站了老半天,看了老半天,没有说话。但他们心里的语言是相通的和共同的,他们心里的声音是可以听得到的。他们流着热泪说:

"多么好的国家,多么好的党!即使谎言和诬陷成山,我们党的愚公们可以一铁锨一铁锨地把这山挖光。即使污水和冤屈如海,我们党的精卫们可以一块石一块石地把这海填平。尽管'布礼'这个词已经逐渐从我们的书信中和口头上消失,尽管人们一般已经不用、已经忘记了这个包含着一个外来语的字头的词汇,但是,请允许我们再用一次这个词吧:向党中央的同志致以布礼!向全国的共产党员同志致以布礼!向全世界的真正的康姆尼斯特——共产党人致以布礼!

"二十多年的时间并没有白过,二十多年的学费并没有白交。当我们再次理直气壮地向党的战士致以布尔什维克的战斗的敬礼的时候,我们已经不是孩子了,我们已经深沉得多、老练得多了,我们懂得了忧患和艰难,我们更懂得了战胜这种忧患和艰难的喜悦和价值。而且,我们的国家,我们的人民,我们的伟大的、光荣的、正确的党也都深沉得多、老练得多、无可估量地成熟和聪明得多了。被革命的路上的荆棘吓倒的是孬种,闭眼不看这荆棘,甚至不准别人看到这荆棘的则是自欺欺人或是别有居心。任何力量都不能妨碍我们沿着让不灭的事实恢复本来面目、让守恒的信念大放光辉的道路走向前去。

"团结起来到明天,英特纳雄耐尔就一定要实现!"

发表于《当代》1979年第4期

蝴　　蝶

　　北京牌越野汽车在乡村的公路上飞驰。一颠一晃,摇来摆去,车篷里又闷热,真让人昏昏欲睡。发动机的嗡嗡声时而低沉,时而高亢,像一阵阵经久不息的、连绵不断的呻吟。这是痛苦的、含泪的呻吟吗?这是幸福的、满足的呻吟吗?人高兴了,也会呻吟起来的。就像一九五六年,他带着快满四岁的冬冬去冷食店吃大冰砖,当冬冬咬了一口芳香、甜美、丰腴而又冰凉爽人的冰砖以后,不是曾经快乐地呻吟过吗?他的那个样子甚至于使爸爸想起了第一次捉到一只老鼠的小猫儿。捉到老鼠的小猫,不也是这样自得地呜呜叫吗?

　　汽车开行的速度越来越快了,一个又一个的山头抛在了后边。眼前闪过村庄、房屋,自动列成一队向他们鼓掌欢呼的穿得五颜六色的女孩子,顽皮的、敌意的、眯着一只眼睛向小车投掷石块的男孩子,喜悦地和漠然地看着他们的农民,比院墙高耸起许多的草堆,还有树木、田野、池塘、道路、丘陵地和洼地,堆满了用泥巴齐齐整整地封起了顶子的麦草的场院,以及牲畜、胶轮马车、手扶拖拉机和它所牵引的斗子……光滑的柏油路面和夏天的时候被山洪冲坏了的裸露的、受了伤的沙石路面,以至路面上的尘土和由于驭手偷懒、没有挂好粪兜而漏落下来的马粪蛋,全都照直向着他和他的北京牌扑来,越靠近越快,刷的一下,从他身下蹿到了他和车的身后。指示盘上说明越野小车的时速已经超过了六十公里,车轮的滚动发出了愤怒而又威严的、矜持而又满不在乎的轰轰声。车轮轧在地面上的时候,还有一种敏捷的、轻飘飘的沙沙声，这种沙沙声则是属于青春的，属于在冰场上滑冰，在太液池上划船，在清晨跑步的青年人的。他仍然在坚持长跑，穿一身海蓝色的腈纶秋衣秋裤。该死的汽车，为什么要把他和地面，和那么富有、那么公平、那么纯洁而又那么抵抗不住任何些微的污染的新鲜空气隔离开来呢？然而坐在汽车上是舒服的，汽车可以节约许多宝贵的时间。在北京，人们认为坐在后排才是尊贵的，驾驶员身旁的那个单人的座位则是留给秘书、警卫人员或者翻译坐的，他们时时需要推开车门，跳下去和对方的一位秘书、对方的警卫人员或者对方的翻译联系，而作为首长的他，则呆呆地坐在车后不动。甚至当一切都联系好了的时候，当他的秘书或者别的什么人打开后车门探进头来，俯着身向他报告的时候，他也是懒洋洋的、没有表情的、疲倦的和似乎是丝毫不感兴趣的，有时他接连打两个哈欠。许多时候他要等秘书说了两遍或者三遍以后才微微地点点头或摇摇头，"嗯"一声或者"哼"一声，这样才更像首长。倒不是装模作样，而是他实在太忙。只有行车的时候他才能得到片刻的解脱，才能返身想一想他自己。同时也还有这样的习惯：所有的小事情他都无需过问，无需操心，无需动手甚至无需动口。

　　那是什么？忽然，他的本来已经粘上的眼皮睁开了。在他的眼下出现了一朵颤抖的小白花，生长在一块残破的路面中间。这是什么花呢？竟然在初冬开放，在千碾万轧的柏油路的疤痕上生长？抑或这只是他的幻觉？因为等到他力图再捕捉一下这初冬的白花的时候，白花已经落到了他乘坐的这辆小汽车的轮子下面了。他似乎看见了白花被碾轧得粉碎。他感到了那被碾轧的痛楚。他听到了那被碾轧的一刹那的白花的叹息。啊，海云，你不就是这样被轧碎的吗？你那因为爱，因为恨，因为幸福和因为失望常常颤抖的，始终像儿童一样纯真的、纤小的身躯呀！而我仍然坐在车上呢。

　　他稳稳地坐在车上，按照山村的习惯，他被安排坐在与驾驶员一排的单独座位上。现在他在哪里都坐最尊贵的座位了，却总不像十多年以前那样安稳。离开山村的时候,秋文和乡亲们围着汽车送他。"老张头,下回还来!"拴福大哥捋着胡须,笑眯眯地说。大嫂呢,抹着眼泪,用手遮在眼眉上,那样深情地看着他。其实,并没有刺目的阳光,她只是用那手势表示着她的目光的专注。秋文的饱经沧桑,仿佛洞察一切的悲天悯人的神情上出现了一种他从来没有见过的期待和远眺的表情。他们的分别是沉重的,他们的分别是轻松的。这样,如秋文说的,他们可以更勇敢地走在各自的路上。路啊,各式各样的路!那个坐在吉姆牌轿车上穿过街灯明亮、两旁都是高楼大厦的市中心的大街的张思远副部长,和那个背着一篓子羊粪,曲背弓腰,咬着牙行走在山间的崎岖小路上的"老张头",是一个人吗?他是"老张头",却突然变成了张副部长吗?他是张副部长,却突然变成了"老张头"吗?这真是一个有趣的问题。抑或他既不是张副部长也不是老张头,而只是他张思远自己?除去了张副部长和老张头,张思远三个字又余下了多少东西呢?副部长和老张头,这是意义重大的吗?决定一切的吗?这是无聊的吗?不值得多想的吗?

　　秋文说:"好好地做官去吧,我们拥护你这样的官,我们需要你这样的官,我们期待着你这样的官……心上要有我们,这就什么都有了。"她缓缓地、微笑着说,她的声音里听不出一丝悲凉,她说得那样平稳,那样从容,那样温存又那样有力量,一刹那间,她好像成了张思远的大姐姐,她好像在安慰一个因为没有放起自己制作的风筝而哭哭啼啼的小弟弟,其实,她比老张要小好几岁呢!其实,老张已经是快六十岁的人了。快六十的人了,在他那个圈子里却还算做"年轻有为"。古老的中国,悠久的中华!这些年,青年人的年龄上限正像转氨酶实验阳性反应的上限一样,大大地放宽了。过去,转氨酶一百二就可以确诊肝炎,现在呢,转氨酶二百还不给开病假条呢!

　　离开山村,他好像丢了魂儿。他把老张头丢在了那个山乡。他把秋文,广义地说,把冬冬也丢在了那边。把石片搭的房子,把五股粪叉,把背篓和大锄,草帽和煤油灯,旱烟袋和榆叶山芋小米饭……

全都丢下了。秋文和冬冬,是照耀他这个年轻的老年人的光,秋文便是照耀他的无限好的夕阳。他把夕阳留在了长满核桃树的云霞山那边,夕阳对他招着手,远去了。一步一远啊,这是文姬归汉时所唱的歌词。而有了北京牌越野汽车,车轮的旋转使变远的速度大大加快了。冬冬呢?冬冬什么时候才能理解他呢?冬冬什么时候才能来到他的身边呢?为了冬冬的母亲——海云,那颤抖的、被碾碎了的小白花,这一切报应都是应当的。然而他挂牵着冬冬,冬冬还只是一颗在地平线上闪烁、远远没有升起来的小星星,这颗星星总会照耀他的。他完全知道,所有的老年人对于下一代的过分的关心、过分周到的安排、给下一代提供的过分优越的条件和为了防范下一代而画地为牢的一切努力不仅注定是徒劳的,而且往往是有害的。然而他仍然默默地祝福着冬冬,这个连他的姓都不肯姓的他的唯一的儿子。他为冬冬的思想的偏激而忐忑不安,虽然他知道要求青年人毫不偏激无异于要求青年不要是青年,何况这一代青年成长在颠倒和错乱的年代,他们受了太多的骗,他们有太多的怀疑和愤怒。但是,冬冬是太过分了。他希望他的孩子能够了解历史,能够了解现实,能够了解中国,能够了解占中国人口绝大多数的农民。他希望他的儿子不要走上歧路。他希望儿子的可以原谅一部分的偏激不至于向害己害人害国的破坏性方面发展。

天晴了。明亮的夕阳有点儿晃眼。他把车内的褐色的遮光板放了下来。透过褐色的遮光板,他看到的是乡间的薄暮。然而他的身上有阳光,他的上衣和膝盖头上的阳光变幻着。路旁的树枝切割着夕阳,把光的碎屑不断地洒向他的全身,这给他一种捉摸不定的行进的感觉。他沐浴在这瞬息万变的光网里,渐渐地觉得舒适和满意。随着这嗡嗡声、轰轰声和沙沙声,随着指示盘上的红字的旋转和黑字的跳动,他离山乡越来越远,离北京越来越近,离老张头越来越远,离副部长越来越近。正在工作忙的时候,他竟然请了十几天的假。他甚至告诉部长,他要解决他的生活问题,接一个老伴来,把爱情说成是解决生活问题或解决个人问题,似乎这样说才合法,才规范。如果他说他要去看看他的心上人,那么人们马上会认为他"作风不好",认为他感情不健康或者正在变"修"。把爱情叫做"问题",把结婚叫做解决问题,这真是对祖国语言的歪曲和对人的感情的侮辱。但他还是要从俗,他还是用这种刻板的、僵硬的语言请了假。他离开了他的工作岗位,离开了一系列紧张而繁忙的事务,这使他十分不安。离开一个本来属于他的,他在里面过得很舒服、很适宜、很习惯了的办公室和住宅,这好像是不那么愉快的。但是老年人也是充满了想象的。那种想象使他激动得喘不过气来。于是他悄悄地走了。他坐了硬卧火车。他坐了长途汽车。夜间休息的时候四十二个人住在一间大房子里。烟气、汗气和臭气熏天。六盏四十瓦的荧光管灯终夜不关。他也坐过专门给他这个级别的领导干部派的小汽车,坐上这样的柔软而轻便的车,连侧视镜里映出的他的影像都像刚刚沐浴过,刚刚擦过油和吹过风一样的鲜亮。坐上这样的车,他美好得像一块新出炉的面包,带着小麦、牛奶、蛋黄和砂糖的芳香,烘烤得红扑扑的。下了这样的车,他住进只供外宾和高级干部住的宾馆。新安装的空调设备,开动起来就像野蜂在花的原野上飞舞。洁白的浴盆。小巧而方便的电加热淋浴喷头。然而这一切与他是没有多少关系的。这一切并不决定于他本身,他自己。他自己毋宁说是更适合那个遥远的山乡。他到那里去寻找秋文,寻找冬冬,寻找那还没有失去的老张头,寻找一个被农民所信赖、所关照的不幸的幸运的人。现在,他离去了。高级宾馆的一夜以后是四个小时的飞行。然后是他的吉姆车,秘书到机场来迎接,使他确认了自己的副部长的身份。又是繁华的街道,雪白的快行线,又是红灯。人口和车辆都增加了很多,一到十字路口,就要耽搁。再拐两个弯,汽车减慢了速度,停下了。握手、道谢,他邀请驾驶员上去坐一坐,驾驶员谢绝了。秘书从他手中抢去了所有的本来也不多的东西。明亮的电梯间,烫发的女服务员向他问好。他又回到了一个凡是知道他的职务的人都向他微笑的地方。

钥匙插在锁孔里,他没有把钥匙给秘书,而是自己开的门。他不愿意在每一件小事上劳动别人。门开了,灯亮了,高分子化合物的墙壁和地面仍然是一尘不染,就像天天有人用洗涤剂刷洗过似的,他回来了,他坐到了沙发上。

海 云

  这是昨天刚刚发生过的事吗?海云的声浪还在他的耳边颤抖吗?她的声音还在空气里传播着吗?即使已经衰减到近于零了也罢,但总不是零啊,总存在着啊。还有她的分明的清秀的身影,这形象所映射出来的光辉,又传播在宇宙的哪些个角落呢?她真的不在了吗?现在在宇宙的一个遥远的角落,也许仍然能清晰地看见她吧?一颗属于另一个星系的星星此时此刻的光被人们看见,还要用上几百年的时间,她的光呢?不也可能比她自身更长久么?
  然而这毕竟是遥远的往事,是上辈子的事了。这是一种老年人的心理吧,每当他想起那三十年代、四十年代、五十年代的事,便觉恍若隔世。会不会在一百年以后,二百年以后,五百年以后,有人会回忆起海云或类似海云来呢?他的那么多甜的、苦的、酸的和灼热的回忆,会不会在五百年以后隐隐约约地出现在那时的幸福而公正的社会(但也绝不会是天堂)的一个小伙子的心灵里呢?
  上辈子,上辈子,是不是他与海云在上辈子见过面?一九四九年,解放区的天是明朗的天,打得好来打得妙呀打得妙,打得好来打得热闹真热闹,年轻人,火热的心,跟随着毛泽东前进,人们就是唱着这些歌解放全中国的。战争的严酷,行军的艰苦,转移、撤退、暂时的失利、牺牲、流血、负伤、饥馑、化装进城,宪兵的钢盔和闪亮的刺刀尖,碉堡的阴森森的眼睛,"剿匪总司令部"的布告,三整三查的紧张空气,一次又一次的检讨,在中国共产党人付出了人类所能付出的最大的代价以后,解放军摧枯拉朽,坦克、骑兵、炮兵与红绸舞、腰鼓队、秧歌队一起行进。一进城就先扭秧歌,一进城就响彻了腰鼓。人们甩着红绸解放了全中国,人们扭着秧歌可以扭到天堂,而一敲腰鼓,仿佛就会敲出公正、道义和财富。他那时二十九岁,唇边有一圈黑黑的胡髭,穿一身灰布干部服,胸前和左臂上佩戴着"中国人民解放军××市军事管制委员会"的标志。在他的目光和举止里,洋溢着一种给人间带来光明、自由和幸福的得胜了的普罗米修斯的神气。他每天可以工作十六个小时、十八个小时到二十个小时。他不知道疲劳。他有扭转乾坤的力量。他正在扭转乾坤。他比一切年轻人都更年轻,因为他前途无量。他比一切老年人更有经验,因为他是只占居民人口的千分之几的凤毛麟角的"老"革命家。他担任这个中等规模的城市的军管会副主任,他每天接待地下党组织的负责人、驻军领导、工会和学联代表、科技人员、资本家和国民党军政起义人士。他的话,他的道理,连同他爱用的词汇——克服呀、阶段呀、搞透呀、贯彻呀、结合呀、解决呀、方针呀、突破呀、扭转呀……对于这个城市的绝大多数居民来说都是破天荒的新事物。他就是共产党的化身,革命的化身,新潮流的化身,凯歌、胜利、突然拥有的巨大的——简直是无限的威信和权力的化身。他的每一句话都被倾听、被详细地记录、被学习讨论、被深刻领会、被贯彻执行,而且立即得到了效果,成功。我们要兑换伪币、稳定物价,于是货币兑换了,物价稳定了。我们要整顿治安、维护秩序,于是流氓与小偷绝迹,夜不闭户,路不拾遗。我们要禁毒禁娼,立刻"土膏店"与妓院寿终正寝。我们要什么就有什么。我们不要什么,就没有了什么。有一天,他正在对市政工作人员讲述"我们要……"的时候,雪白的衬衫耀眼,进来了一位亭亭玉立的大姑娘。现在想起来,那只不过是一个小小的女孩子。就像小时候走也走不完的长街,长大了以后一看,原来是一条小巷。

她那时是多少岁呢?十六岁,实足年龄只有十六岁,比他小十三岁。瘦瘦的,两只热情、轻信而又活泼的大眼睛。她进来了,她说话的时候两眼紧盯着你,她那么愿意看你,因为,你就是党。她当时是一个教会学校的学生,学生自治会的主席。(后来把自治两个字去掉了,不知为什么。)她的同学们因为参加欢庆解放的军民联欢游园活动和讨论社会发展史,同校董事会和几名外国修女发生了冲突。海云激动地向他诉说事件的始末,说得他也热血沸腾起来……等到这个事情以中国青年人的彻底胜利而结束以后,海云又来了,"我们全体同学都希望您去做一个报告,讲一讲我们的斗争的胜利的意义。""全体同学?那么你自己呢?"他问。他为什么要这样问呢?他这样问可没有什么别的意思。但是,这个不大不小的姑娘闯进他的办公室使他觉得愉快,就像白鸽使蓝天变得亲切而鱼儿使海水变得活泼。他对这个姑娘的明亮的眸子产生了一种好感。"我自己更不用说了,我愿意天天听您讲话。"海云回答。她为什么这样回答呢?这难道不是爱吗?当然是爱,然而爱的是党。叮叮当当,蓝色的火花打响在头顶上,他和海云坐在有轨电车里。那时候还没有那么多小汽车,那时候他并不注意出门的时候要小车,那时候小汽车远没有日后那么大的意义。有轨电车的司机叉着腿,用脚踩着铃铛,刚把手柄放开,刷的一下又关掉了电门。他们没有座位,他们各自握着一个悬挂在皮带上的赛璐珞白环。就这样海云也不住嘴地说了许多。"我们班有两个特务,她们现在很惊慌。她们造谣说蒋介石的空军把上海给炸平了。我们组织了斗争会,在这场斗争里有四个同学申请入团。""我们组织了讨论,什么是共产主义的人生观。'人最宝贵的是生命,生命对于人只有一次而已……'我们把保尔·柯察金的话抄在了壁报上。"他进入了礼堂,女学生们拼命鼓掌,鼓掌的声音像潮水一样。所有的眼睛都乌黑,晶亮,闪烁着崇敬和喜悦的泪光。麦克风坏了,先是发不出声音,后来又嗡嗡地响个不住。等待麦克风的修理就用了半个钟头。海云站到了台上:"同学们,咱们唱个歌儿好不好?""好!"回答的声音比上课还齐。"你们那一角是第一部,顺序往这边是第二部、第三部……"她一挥手就把学生分了四部,韩信当年指挥军队也不会这么利索。

民主政府爱人民哪,爱人民……
共产党的恩情,恩情……
说不完哪……说不完……不完……
呀呼咳咳依呼呀呼咳,呀呼,呀呼
……咳咳!咳咳!咳咳!咳咳!……

全礼堂都在"咳咳咳咳咳咳",好像在抬木头,好像在砸石头,好像在开山,好像在打铁。是的,打铁。

我们大家,都是熔铁匠,
锻炼着幸福的钥匙……
快把那铁锤,高高举起,
打呀打呀打……

和声部分开始了,只有从充满了热情、欢乐和神圣的革命目标的少女的心灵里,才能唱出这么动人的歌。海云指挥着,她的头发舞动如火焰,张思远看到了激情在怎样使她的年轻的身体颤抖。她就是刘胡兰,她就是卓娅,她就是革命的青春。麦克风终于修好了,他开始做报告。"青年团员们!"鼓掌。"同学们,向你们问好!向你们致以革命的、战斗的敬礼!"鼓掌。"你们是新社会的主人,你们是新生活的主人,先烈的鲜血冲开了光辉而宽阔的道路,你们将在这条道路上,从胜利走向胜利!"点头称是,一字不漏地往小本子上记,但仍然不影响频频地鼓掌。"中国的历史,人类的历史,开始了崭新的篇章,我们再不是奴隶,再不是任凭命运摆布的可怜虫,我们再不用悲叹,再不用流泪……我们要用我们自己的双手来铸造我们的未来,一切失去了的,我们都要夺回来!一切还没有的,我们都要创造……在消灭了剥削,消灭了压迫,消灭了一切自私、落后和不义之后,我们失去的只有锁链,我们得到了全世界……"更加热烈的鼓掌。他看见了海云的激动的泪花。泪花在女学生们的睫毛中间滚动,泪光里闪耀着红旗、灯塔、军号和水电站。那一次,他怎么那样口若悬河,热情澎湃？他讲了许多空洞的、幼稚的话。但是，他是真诚的。他是相信的，她们都是相信的。过去的一切都已经被革命的烈火烧成了灰烬，而新的生活、新的历史，就像那洁白、光滑、浑圆的电车上的赛璐珞环一样，掌握在她们自己的手心里……

然后是通信、打电话、见面、散步、逛公园、看电影、吃冰棍和冰激凌，他和海云在一起。然而主要的并不是公园、电影和冰棍，主要的是政治课，是海云提问和他进行解答、辅导。他像全能的上帝一样，可以准确无误地回答海云关于世界、关于中国、关于人生、关于党史、关于苏联、关于青年团支部的工作的一切问题。海云用那样虔诚、热烈而庄严的目光看着他。他实在控制不住自己了，他突然把海云搂到自己的怀里，吻了她。她没有一点儿抵抗，没有一点儿对自己的保护，没有一点儿疑虑，甚至连羞怯也没有了。她只是爱慕他，崇拜他，服从他。他不是同样觉得她亲近吗？他不是从第一眼起就觉得她已经是自己的亲人了吗？上级和同事的一切劝告对他都没有起作用，就像海云的父母的激烈反对对海云没有起作用一样。他们结婚了，他三十岁，海云虚岁十八。爱情和革命都在洒满阳光的大道上迅跑。为了他们的婚姻，海云中学都没有上完，她到一个党委机关做打字员去了。

一九五〇年，他们有了第一个孩子。就在这第一个孩子降生的时候，朝鲜战场的局势发生了重大的变化，中国人民志愿军出国参战，而在这个城市出现了一起反革命破坏事件。为了支前，为了宣传，更为了和反革命分子作斗争，他一个多月之内竟没有回一趟家，虽然他家离他的办公地点不过三公里。那天，在一个重要的会议上，他接到了海云的电话，说是孩子发高烧，很危险。"我正忙啊！"他说，电话挂上了，他似乎听见了海云的哭泣，他的心动了一下，他有点儿责备自己。"散了会我要回去一下。"他对自己说。其实他如果真的想回去他早就回去了，但是，大家都在忙，连科长和干事也是每天开夜车，一连多少天不回家，不但每个星期六和星期天，就连新年和春节也在忙工作。革命无常规！常规非革命！多加一分钟的班,世界革命就能提前一分钟取得胜利,纽约的贫民窟就会早一分钟照上太阳,而朝鲜代表在保卫和平大会上讲的那些苦难就会早一分钟消失。那一天开完会是深夜一点四十分。他有意识地提前结束了会议。一个和外国间谍有牵连的反革命集团被侦破了,很快撒下了天罗地网,两个小时后开始行动。抓个空子他回了家,进门的时候他还在看手腕上的表。然而……

孩子,他和海云的第一个孩子已经死了。

海云在发呆,她的茫然如洞的两只眼睛使张思远倒吸了一口冷气。他问,他劝,他安慰,她却始终木然。他检讨自己,他哭了,他甚至想跪在死了的孩子和呆了的小母亲面前,她仍是木然。"可你不能只想到自己,海云！我们不是一般的人,我们是共产党员,是布尔什维克！就在这一刻,美国的B-29飞机正在轰炸平壤,成千的朝鲜儿童死在燃烧弹和子母弹下面……"他忽然激动起来了,他说了许多过后看来是冠冕堂皇的和不近人情的、在当时却是非常严肃和认真的话。到时间了,警卫员来催他,他匆匆地走了。

从此他和海云互相变得陌生了。海云还是一个未经事的,没有得到足够的改造和锻炼的小资产阶级知识分子。他们的思想往往是空虚的,他们的行动往往是动摇的。她既平庸而又琐碎,而他在海云的眼里呢,也许愈来愈显得冷酷、自私、夸夸其谈。他意识到自己的责任,他谴责自己破坏了海云的学业,甚至海云的幸福。经过他的努力,海云到上海的一个名牌大学学外国文学去了——是海云自己最喜爱的专业。在火车站上,当汽笛鸣叫了三声,当广东音乐《娱乐升平》的曲调响起,当机车沉重地喘了几声粗气,当学生打扮、穿着朴素、用一根橡皮筋束起了头发的海云从车厢里探出头来,向他挥手的时候,他看到了海云的笑脸上的光辉。恋爱、婚姻,压缩到最小最小的家庭生活,孩子的生和死,所有这一切好像并没有当真发生过,海云仍然是教会女子学校的学生自治会主席,到了上海的大学,她将仍能指挥上千名学生高唱"解放区的天是明朗的天",而他呢,仍然是一个年轻的老革命,一个忘我地工作的领导干部。他们之间的关系,仍然是那么质朴,那么纯洁,那么高尚。正像没有不期而遇便没有友谊和爱情一样,没有离别也就没有感情的留恋。海云走了,他们通着信,他想念海云,想得很苦,很苦。正是沸腾的岁月,"三反五反"、打"老虎",他领导运动的几个单位一共揪出了十四个贪污数字过亿(旧币)的大老虎,虽然后来经过复查,真正能够成立的只有两个人,他仍然充满了胜利的喜悦。肃反,大家结合学习《"关于胡风反革命集团的材料"的按语》进行揭发、检举、交代、追查和斗争。搞出了枪,搞出了电台,搞出了一个又一个的反革命分子。又查清了一大批人的历史。运动接踵而来,他们正在荡涤旧世界的污泥浊水。一九五六年,他被任命为这个市的市委书记。他的一举一动,一言一行都影响到全市三十万人,就连他的皱眉或者微笑,他的表情和手势,他的目光和步伐,都受到各方面的注意。他就是城市,他就是市委,他就是头脑、心脏、决策。他殚精竭虑把全市的工作做好,不论是打苍蝇还是盖工厂,他们的工作都走在前面。他成为一架辉煌的、巨大的机器的一部分,在这机器的运转中,他感受到自己的觉悟、智慧、精力、责任心,感受到自己的分量,他的生存的意义。没有市委,没有他对于市委的指挥,也就没有他。

  但是和海云的事情还是弄不好。海云上大学一个学期,寒假中回来了,离别唤醒了他们的爱情,他们一起谈论福楼拜和莫泊桑,他对于法国文学就像海云对于党委领导工作一样无知,他的问题和话语使海云哈哈大笑,海云完全明白他是为了讨自己的欢心才不怕谬误百出的。为了报答他,海云也关心起这个市的普选和财政预算。他们还一起烧了一次鱼,他发现海云的烹调技术胜过饭店的特级厨师。浇鱼的汤汁到底是用什么做的,始终是一个谜。春节的饺子以后是灯节的元宵。然后海云又走了,临走的时候因为一个重要的会议他没有能够去车站。海云来了信,她又怀孕了。他皱起眉来让海云去做流产,这激怒了海云,一连四个月不给他写信。放暑假的时候,大着肚子的海云办好了休学手续回到了家。"我们已经失去了一个儿子。"海云的忧郁的目光在埋怨。他也感到内疚,生产以后不但找了很好的保姆,而且新成立的儿童医院的主治大夫成了书记家里的常客。本来说是休学半年,实际休了一年,海云离不开他们的第二个也是唯一的儿子。张思远认为既然这样海云就不必再去上学,上不上大学对她来说已经是无关紧要的了。上不上大学她也会得到足够的尊敬和足够良好的工作条件。但是不,海云一定要上,而且换个本市的学校也不行。这么坚决,却又在临行前夜把眼泪流在快满一周岁的冬冬头上……

　　风和风打架。水和水冲突。人和人矛盾。自己也跟自己过不去。这个充满矛盾的世界和人生!月亮缺了,还会复圆。你果真能断定,这复圆了的月亮,便是当初那缺了、窄了、暗淡了的月亮吗?蚕蛾僵了,又出现了许许多多赶忙吃桑叶的蚕宝宝,你当然知道,这蚕已经不是那蚕。江河流水,一个浪头跟着一个浪头,后浪和前浪,它们之间的区别,它们之间的联结,又在哪里呢?

　　海云,海云,我了解你么?你了解我么?你为什么不原谅我?你又怎么能原谅我!

　　风言风语。好心的,恶意的和居心叵测的。张思远大发雷霆。难道我管得了一个城市的几十万人,却管不了你一个吗?他的内心里甚至发出了这样强梁跋扈的呐喊……但是为什么,当海云出现在他的面前,当他发现海云穿的都是她自己的旧衣服,而他给她买的一切讲究的服装都被丢弃了的时候,他是那样空虚,连一句硬话都说不出来了呢?"为了我们的孩子……"在那里请求的竟是你自己。海云沉默着,她哭了一场,退了学,答应和那个男同学断绝关系。虽然没有毕业,海云到本市的一个师范专科学校当助教去了,不久,她还被任命为系党总支的副书记。于是,张思远放心了,何况,海云上下班也是由市委的车子接送……

晴天霹雳。在一九五七年的反右斗争中海云被揪出来了。"我实在没想到你会堕落到这一步,你怎么竟然去为那些反党的小说喝彩?你是什么人?我是什么人?你忘记了吗?"他背着手,踱来踱去,立场坚定,铁面无私。"只有低头认罪,重新做人,革面洗心,脱胎换骨!"他的每个字都使海云瑟缩,就像一根一根的针扎在她身上,然后她抬起头。张思远打了一个冷战,他看到她的冰一样的目光。……一个月以后,海云提出离婚,他仍然想挽回,但是各方面的情况都说明离婚是不可避免的了。在他最后一次见到已经办好离婚手续的海云的时候,他甚至发现了海云脸上的喜气,这曾经使他大为恼怒。"堕落了,确实是堕落了。"他对自己说。

枝头的树叶呀,每年的春天,你都是那样鲜嫩,那样充满生机。你欣悦地接受春雨和朝阳。你在和煦的春风中摆动着你的身体。你召唤着鸟儿的歌喉。你点缀着庭院、街道、田野和天空。甚至于你也想说话,想朗诵诗,想发出你对接受你的庇荫的正在热恋的男女青年的祝福。不是吗,黄昏时分走近你,将会听到你那温柔的声音。你等待着夏天的繁茂,你甚至也愿意承受秋天的肃杀,最后飘落下来的时候,你甚至没有一声叹息。因为你已经生活过了,尝过了,爱过了。你虽然只是一片小小的叶子,却为大树、为鸟儿、为情人做了你所能做的一切。但是,如果你竟是在春天,在阳光灿烂的夏天刚刚到来之际就被撕撸下来呢?你难道不流泪吗?你难道不留恋吗?虽然树上还有千千万万的树叶,虽然第二个春天会有同样的千千万万的树叶,虽然这棵大树在可以预见的将来也许永远不会衰老,然而,你这一片树叶却是永远不会再现的了。地老天荒,即使这个地球消失了,而宇宙间的星云又重新结合成一个又一个的新的地球,你却永远不会再接受到阳光和春雨的爱抚了,你也永远不能再发出你的善良的絮语了。

然而汽车在奔驰,每小时六十公里。火车在飞驰,每小时一百公里。飞机划破了长空,每小时九百公里。人造卫星在发射,每小时两万八千公里。轰隆轰隆,速度挟带着威严的巨响。

美 兰

　　美兰是一条鱼。美兰是一只雪白的天鹅。美兰是一朵云。美兰是一把老虎钳子。

　　海云才走,美兰就来了。很可能这出自许多关心他的人的通力安排。他们早就不赞成一个市委书记和一个学生娃娃式的女人共同生活。美兰浑身放着光泽和香气。美兰有一张大白脸。美兰那样坚定地来填补海云留下的空缺,好像这一切都是注定了的。她来接任书记夫人的职务就像他接受书记的职务一样充满信心和不容怀疑。她有时候凝神沉思,脸上显出一种难以捉摸的表情,前额上会出现两道显得有点儿凶恶的竖纹。然而只要一看到张思远,这竖纹便立即消失了,露出迷人的微笑。她的到来使张思远的生活发生了极大的变化。衣、食、住、行,一切都出现了飞跃。"为了你的工作……"美兰把这句话挂在嘴上,使他觉得名正言顺、心安理得。旧沙发换了新沙发,金黄色的缎子面闪闪发光。他软瘫在上面,舒适而又疲乏。他恍惚有一个印象,美兰动不动就找行政处交涉什么。他抗议说:"不要随便提什么要求。生活上不要太讲究。原来的沙发就很好,换什么?"美兰嫣然一笑:"瞧你说的!你忙得忘记了一切,你忙得未老先衰了,你难得回家休息那么一小会儿,难道就不应该把条件搞好一点儿么?"他没说什么。他正在横下一条心搞炼钢,许多家庭把锅都砸了。反右,反右倾,反保守,形势逼人,他的神经长期处于紧张之中。一个新的发光的柔软的沙发,正像一个新的发光的温柔的夫人一样,对于他来说决不是什么奢侈。只是在偶然的情况下,他模糊地感觉到自己的生活要听从美兰的安排,有时简直是被美兰牵着鼻子走。这使他有些不快。在更偶然的情况下,一个娇小的、瘦弱的、纯洁的海云的影子在他眼前一闪,他心头蓦地一动,他睁开眼,什么也没有。

好像一株小树从车窗外面掠过,他定睛看时,小树早已经被车轮抛在远远的后面了,他没有工夫怀恋,他没有工夫叹息。

变　异

　　处境和人,这二者的关系是怎样的呢?坐在黄缎面的沙发上,吸着带过滤嘴的熊猫牌香烟,拉长了声音说着"啊——喽——这个,这个——"每说一句话就有许多人在旁边记录,所有的人都向他显出了尊敬的——可以说,有时候是讨好的笑意的,无时无刻——不论是坐车、看戏、吃饭还是买东西——不感到自己在生活中的特别尊贵的位置的张书记,和原来的那个打着裹腿的八路军的文化教员,那个为了躲避敌人的扫荡在草棵子里匍匐过两天两夜的新任指导员张思远,究竟有多少区别呢?他们是不同的吗?难道艰苦奋斗的目的不正是为了取得政权、掌握政权、改造中国、改造社会吗?难道他在草棵子里,在房东大娘的热炕上,在钢丝床或者席梦思床上,不都是一样地把自己的身心、自己的力量,自己的每一天和每一夜献给同一个伟大的党的事业吗?难道他不是时时怀念那艰苦卓绝的岁月,那崇高卓越的革命理想,并引为光荣么?那种小资产阶级的无政府主义,那种视胜利为死灭的格瓦拉式的"革命",究竟与我们的现实、我们的人民有什么相干呢?他们是相同的吗?那为什么他这样怕失去沙发、席梦思和小汽车呢?他还能同样亲密无间地睡在房东大娘的热炕头上吗?

　　他怕失去他的领导职务,绝不仅仅因为生活上的优厚条件,他自己辩解说。他怕失去党,失去战斗的岗位,失去在这个伟大的队伍中的重要的位置。位置,位置,位置好像比人还要重要。这些年,他主持一个又一个的运动,他亲眼看见了那些失去了位置的人的狼狈相。揪出来,定性,这是比上帝的旨意、比阎王爷的勾魂诏、比任何人和多少人的愿望、意志和情感更强大一千倍的自在的和可畏的力量。他当过市委书记,他自以为是全市的主宰,但是,当海云被"揪出来"和"定下来"以后,他毫无办法可想。他亲手经办了一个又一个的揪出来和定下来的事情。一夜之间,一个神气活现的领导干部便成了人人所不齿的狗屎,扬起的眉毛塌下来,刺人的目光变得可怜巴巴,挺直的腰身弓下去,焕发的容光变得毫无血色。人们对这种挨斗的脸色有一种粗野的比喻,叫做像被屁熏过一样。这简直是一种魔法,一种丝毫不逊于把说谎的孩童变成驴子、把美貌的公主变成青蛙、把不可一世的君王变成患麻风病的乞丐的法术。

但是他没有想到这个法术会施行到他的身上。历次运动中,他经常给下级、给群众讲:"无产阶级在斗争中体会到的是胜利的喜悦,斗争对于我们是得心应手的事情。只有没落阶级,才对斗争充满灭亡前夕的恐惧和感伤。"那么,一九六六年为什么他一听见红卫兵的锣鼓声就心跳呢?

事后他经常回忆,这一天是怎么到来的。当"五一六通知"刚刚下达的时候,他仍然像历次运动一样,紧张中又有点儿兴奋。他知道这样的运动既是无情的又是伟大和神圣的。但这次势头好像特别猛。大风大浪也不可怕,他只有迎着风浪上。而且他深信这一切是为了反修防修,是用革命手段来改造社会、改造中国、创造历史的必要。他知道又要有一批领导干部倒下去,但是为了党的利益他不能温情,他毫不犹豫地举起了阶级斗争之剑。他批准了对报纸副刊主任的批判,这种批判实际上是政治上的乱棍。接着又把文联主席作为黑帮头子抛了出来。报纸上一个劲儿地提醒人们警惕走资派舍车马保将帅的诡计,一个文联主席是太小了,于是他横下心抛出了市委宣传部长。然后是分管文教工作的副书记。黑帮、牛鬼蛇神越抛越多,越抛越把他自己裸露到了最前线。终于,水到渠成,再往下揪就该轮到他自己了。

但他仍然觉得突然,觉得不可思议,觉得是另一个张思远被揪了出来,被辱骂,被啐唾沫,被说成是走资派、叛徒、"三反"分子。他觉得还应该有一个张思远才是他本来的面目,那个张思远坐在市委小楼(专为常委以上领导干部办公用的)的书记办公室,小楼门口有武装警卫。办公室有两间,外面一间比较大,铺着略旧了的地毯,墙上挂着市区平面图、城市规划图、绿化图和郊区水利工程图。一张一头沉办公桌,桌上有电话分机,还有一套沙发。他的秘书坐在一头沉的后面,细心、负责、一丝不苟。里间屋是他用的,有讲究的吊灯和台灯,有崭新的地毯,有黑漆硬木的大写字台,有皮面的旋转软椅,还有一张铜栏杆的钢丝床,供给他在中午或会议的间隙小憩之用。他看文件,他写批语,他画圈和打钩,他打电话,他沉吟、苦思,他毅然决断,然后告诉秘书去办。按他的级别,省辖市的书记本来不应配秘书,但是办公室还是派了一个秘书来,多年来,别人、他自己和秘书本人都认为那就是他个人的秘书。除去全市的工作,他没有个人的兴趣和个人的喜怒哀乐。他几乎整整十七年没有休过假,甚至于在看他自幼喜爱的地方戏的时候他也不得安宁,有些急件要送到剧场,有些电话转到了剧场来。离开了领导工作,就不存在什么张思远。同样,他也从来没有想象过市委能离得开他。

　　然而现在又出现了一个张思远,一个弯腰缩脖、低头认罪、未老先衰、面目可憎的张思远,一个任凭别人辱骂、殴打、诬陷、折磨却不能还手、不能畅快地呼吸的张思远,一个没有人同情、不能休息和回家(现在他多么想回家歇歇啊)、不能理发和洗澡、不能穿料子服装、不能吸两毛钱以上一包的香烟的罪犯、贱民张思远,一个被党所抛弃、一个被人民所抛弃、一个被社会所抛弃的丧家之犬张思远。这是我吗?我是张思远吗?张思远是黑帮和"三反分子"吗?我在仅仅两个星期以前还主持着市委的工作吗?这个弯着的腰,就是张思远书记——就是我的腰吗?这个灌满了稀糨糊的棉衣(红卫兵把大字报贴到了他的背上,顺手把一桶热糨糊顺着脖领子给他灌进去了)是穿在我身上吗?这个移动困难的、即使上厕所也有人监视的衰老的身躯,就是那个形象高大、动作有力、充满自信的张书记的身躯吗?

这个像疟疾病人的呻吟一样发声的喉咙,就是那个清亮的、威风凛凛的书记的发声器官吗?他一次又一次地向自己提出这样的问题,百思不得其解。他得出结论:这只能是一场噩梦,这是一个误会、一个差错,简直是在开一个恶狠狠的玩笑。不,他不相信自己会成为党和人民的敌人,不相信自己会落得这样下场。我们应当相信群众,我们应当相信党,这是两条根本的原理。这个活着还不如死了好的癞皮狗一样的"三反分子"、黑帮张思远并不是他自身,这是一个莫名其妙的躯壳硬安在了他的身上。标语上说:张思远在革命小将的照妖镜下现了原形,不,那不是原形,是变形。他要坚强,要经得住变形的考验。

但是,冬冬的几个嘴巴把他的精神支柱摧垮了。

冬 冬

父亲对于孩子的感情和母亲是不同的。从呱呱坠地的那一刻起,不,从生命的信息突然发生在自己的肚子里,孩子的一哭一笑、一动一止、一声一息都牵动着母亲的心。而张思远在开始的时候竟然感觉不到那个软软的、抱也抱不起来、身上带着尿臊味儿、哭起来没完、哭起来就闭上眼睛不肯睁开的小生命和自己有什么不可分割的关系。由于第一个儿子的夭亡,他对一九五二年冬天来到他和海云的生活里的冬冬,抱着一种特别的小心翼翼的加意保护的态度。这是一种责任感,这是一种习俗——父亲都应该爱儿子。然而,这不是爱。有爱也暂时还只是对于海云的。他知道海云是怎样牵肠挂肚、如呆如痴地爱着孩子,在海云坐月子的头一个星期,张思远为了海云甚至需要做出非常喜欢冬冬的样子,这使他觉得羞愧、不自然。

十个月以后,海云休学完毕,走了。冬冬已经能站立,能扶着墙挪动一下步子,能用含糊不清的声音叫"叔叔"了。冬冬总是把父亲叫成叔叔,使张思远略感不快。那时的冬冬已经长出了八个牙,能吃饼干,甚至有一次流着眼泪嚼完了一根大葱。这一切使冬冬像一个人了。一个新的人来到了张思远的身边,他将是他人生路上的又一个伴侣。这种想法使张思远嗓子里热乎了一下。在工作忙的时候,他有时会打个电话问问孩子情形。

这以后传来了海云和班上一个男同学关系"不正常"的消息。一种最庸俗、最卑劣的令人恐怖的念头一闪而过:冬冬是我的吗?讨厌!我哪有时间管这些。我要管的是三十万人的命运。他忙得没有时间正眼看冬冬一眼了。

但是他原谅了海云,因为他是一个登高望远的领导者,更因为,他爱海云。有爱就有宽恕,什么都能宽恕。他看不得海云的孩子般的面孔上缀满泪珠。他宁愿自己受辱。但如果他的爱恰恰是海云的不幸的根苗呢?呵,呵,呵!海云的泪珠,荷叶上的雨滴,化雪时候的房檐,第一次的、连焦渴的地面也滋润不过来的春雨!一九五四年春天,隔着雨丝他一眼就看到了冬冬的紧贴着玻璃窗的脸,压扁了的鼻头青、白,丑得可爱。到处是清凉、湿润、对焦渴的心灵的慰藉。永远不老的春天,永远新鲜的绿叶,永远不会凝固、不会僵硬、不会冻结的雨丝!小冬冬爬到桌子上,把脸贴到玻璃窗上,目不转睛地看着这大自然的奇观:到处悬挂着亮晶晶的雨丝,新鲜、好奇、迷恋而又困惑。这是一个人有生以来的第一次赏雨。像蚕儿忙碌在桑叶之中一样忙碌在会议和文件之中的张思远被冬冬赏雨的画面深深地打动了,他心潮汹涌。春天,绿叶,雨丝,这是为了新生者而存在的。只有年幼者才能看到他所看不到的那些惊人的美丽,只有第二代才能懂得他所不懂的生活的魅力。生生不已,这世界才不会霉朽在锈垢里。他没有惊动自己的亲儿子。亲儿子,亲儿子!这甚至使他回想起或者根本不是什么回想,他只是模模糊糊地感觉到,正是他自己,在他两岁的时候,在三十一年以前,也用同样的姿势压扁了鼻子,欣赏这人生的第一遭春雨。冬冬和他,不就是一条生命之线上的两个点吗?他走了,为了千千万万幼小的孩子,他愿意背负起所有的重担,他愿意把一切心力献给自己从幼小时就参加了的人类最宏伟也最艰巨的事业。冬冬长大了,他们的生活会比我们这一代人好得多!祝你幸福,儿子!

从此,他一有空闲就愿意与儿子在一起。当他拉着儿子的手,缓缓地(儿子已经在小跑)走在大街上的时候,在他的身旁,不就是一个和他一样,或者即将和他一样的男子汉吗?当他把儿子抱到冷食店的乳白色的藤椅上的时候,他不是平等地在和另一个独立的人——现在是他的客人呢——"共进冷饮"吗?当儿子把脸伏在一块北冰洋牌大冰砖上,快乐地发出呜呜的声音,他又是怎样的幸福,怎样的惬意啊!等冬冬吃完了,他把儿子高高地举起来,举得远远高过了自己的头颅,看,儿子比我还高呢!父与子的爱,男性的爱,与其说是血缘的亲密,不如说是友谊!

然而这友谊遭到了风暴,原因当然是孩子的母亲。一九五七年,海云居然在系里宣扬几篇以反官僚主义为名向党进攻的小说。这几篇小说是二十年以后张思远才看到的。为什么我当时竟想不起来找小说看一看呢?然而即使有空去看小说也是没用的,因为那是一个看重信仰和热情远远胜过现实和理性的年代。于是海云变成了反党反社会主义的右派分子、企图从内部攻破堡垒的帝国主义的代理人、披着羊皮的豺狼、化装成美女(我的天!)的毒蛇、睡在身边(!)的敌人,她起的是蒋介石所不能起的危险和恶劣的作用。而结果呢,自然是海云要求离婚,他尽最大的力量做最后的努力,没有效果。我可是仁至义尽了,办离婚手续前后他一再自己对自己说,正是这种对自己无咎的坚信和一再提醒,使他意识到自己有一点底虚,正像大声唱着歌走夜路的人,声音越大,说明他越虚弱。

冬冬怎么办?他们没有谈很多。"我仍然是他的父亲,你仍然是他的母亲。"这是不言而喻的,共产党人是共产主义者,不会像划分私有财产一样地划分孩子。孩子一开始住在他这里,很快他也认识到没有母亲的孩子便是没有人穿的衣服,而没有父亲的孩子至多是没有衣服穿的人。孩子后来住到了海云那里,他有空的时候,便派汽车去接。然而冬冬是太懂事了,不论是北冰洋的冰砖、粉红色的草莓冰激凌还是高级西餐馆里装在高脚银杯里的菠萝三得,已经不能使他快乐,使他呜呜地叫,甚至也不能使他展眉一笑了。

然后美兰占领了他的全部空白,虽然他们没有孩子。他也逐渐适应了、喜欢了美兰给他安排的舒适而又合理的生活。美兰一定学过运筹学,她的生活的第一准则绝不是享乐,而是合理。早晨喝茶而晚上喝酒,早上用较凉的水洗脸而晚上用温热的水洗浴,坐着伏尔加牌汽车去看电影的时候还要让司机在电影开演以后开上车去菜市场买鲜笋,一切都透着合理。然而这样合理又这样美满的生活,仍然使张思远激动不起来。她带来的只是舒服,是令人困倦的幸福,是一种酒醉饭饱的无差别境界。而这境界又是乏味的。他几次找已经上了小学的冬冬,没有找来。于是,一九六四年的一天他自己乘车去郊区的一个小学看望冬冬。他不愿意见海云,他不能去海云家。尤其是海云也已经结婚,对方正是大学期间的那个同学。海云的这种行为更证明了他的高尚无瑕,他的良心获得了一种解脱。

一九六四年的冬冬瘦弱、苍白,显然营养不良。一九六〇年困难时期,张思远曾经打发人给冬冬送过几次高价的奶油点心与高级巧克力,奶油点心与巧克力并没能使儿子壮实起来。而且张思远觉得,在送过点心与巧克力之后,儿子与他更疏远了。一九六四年的这次见面,冬冬一再强调:"爸爸待我很好。"他管继父叫做爸爸而称生父张思远父亲,而且全部称呼都是"您"。他才十二岁,他那种客气而又提防的表情使张思远想起自己的某个下属。又加上美兰得知他去看望冬冬以后给他施加的无形的压力——一切如常,只是美兰的额头显出了那两道竖纹,而且笑声特别不自然。这种笑声使他觉得脊背上冒冷气。于是,他不再去看冬冬了。一九六五年春节,他又派人往学校给冬冬带去了花蛋糕。谁想得到,花蛋糕被原封退了回来。附有冬冬的一个字条:父亲,谢谢您。不要再给我送吃的了,请您不要生气。他生气了,他已经越来越习惯把人分成上级和下级,下级对他都是毕恭毕敬的,他轻易地向下级发脾气而不会有任何不良后果,而且,脾气是威严、是权势的一个不可或缺的部分。而冬冬(当然不会是他的上级)却这样对待他,真是岂有此理!

将来等他大了,他会明白这一切的,他会自己来找我的,他会懂得,有一个老革命的爸爸,有一个市委书记的爸爸是多么荣耀和福气!张思远这样想。

两年以后,他弯腰撅腚,站在台上挨斗。打倒大叛徒大特务张思远!张思远不投降就让他灭亡!砸烂张思远的狗头!只有不要脸的人才说不要脸的话。顽固派……只能变成不齿于人类的狗屎堆。呼噜咕咚呜隆,好像在开锅,好像在刮风,好像耳朵聋了什么都没有听见。头发根被揪得发麻,腰弯得好像变成了两截。但这一切总会过去,他被斗已不是第一次。就在这时候,忽然冲上来一个少年,他正好抬起眼皮偷看了一眼,天呀,冬冬!嗖地抡起了巴掌,第一下打在他的左耳朵上。这真是咬牙切齿的狠狠的一击,只有想杀人、想见血的人才会这样打人,只一下就打得张思远从两个扭住他的胳臂的小将手里跳了起来,连脑袋都嗡地一响,像通了电,耳膜里的刺心的疼痛使他半身麻木,恶心得想要呕吐。那抡起的手臂又用手掌背反打了他的右耳,这一下比较轻,感到的疼痛却更加分明,等挨了第三个巴掌以后,他已经不省人事了。

昏迷中,他听到了那个打他的少年——他就是冬冬,没错!好像哭出了声。

阶级报复!只有用阶级斗争的观点才能说明这一切。海云是已经定性、已经做了板上钉钉的正式结论的阶级敌人。而张思远,尽管目前在受群众的审查,但他的职务是省委正式任命并在中央组织部备了案的。他的身份仍然是一个城市的党的委员会的领导人。革命群众要打倒他,给他提出了许多罪名,但这一切没有做结论,没有定性。他的问题与海云有着本质的差别,阶级的差别。冬冬顽固地站在他的妈妈的反动立场上,也许是接受他妈妈的指使,对张思远实行阶级报复,谋杀!不是说"只准左派造反,不准右派翻天"么?不是说在"史无前例的无产阶级文化大革命"中,难免鱼龙混杂,泥沙俱下,难免有各式各样的牛鬼蛇神跳出来么?冬冬的行为就是右派翻天,就是牛鬼蛇神跳了出来。需要找个机会,向看管自己的革命群众把这个问题谈一谈,提醒他们要密切注意阶级斗争的新动向,提醒他们对于社会上的真正对党对社会主义怀有刻骨仇恨的人,绝对不能手软。

然而他自己先软了。没过几天,他得到了海云自缢身亡的消息。几乎与此同时,他得知美兰已经正式贴出了造反声明,要与他彻底划清界限。这后一个消息对他却几乎没有产生什么影响。

审 判

我请求判我的罪。

你是无罪的。

不。那有轨电车的叮当声,便是海云的青春和生命的挽歌,从她找到我的办公室的那一天起,便注定了她的灭亡。

是她找的你。是她爱的你。你曾经给她带来幸福。

我更给她带来毁灭。我没有照顾好我的第一个儿子,到现在我甚至于想不起他的小脸是什么样子。我得罪了冬冬,我现在才明白,我送去的巧克力和花蛋糕只能提醒他注意到我和他最亲爱的妈妈的处境的差别。在她流泪的时候,我本应该用手绢,不,用手指揩干她的泪水。但是我没有这样做,我向她打了一番官腔。但最主要的还不是这些。如果没有我,她会安心上大学,她会成为教授、专家,她会毫无负担地在完成学业、取得一定的成就以后找一个年龄、性格、地位更合适的伴侣。由于有了我,这一切都成为不可能了。这使她郁郁寡欢,这使她在一九五七年说了一些带情绪的话。

但是你爱她。真的吗？

我们都有一死。我希望在我离开这个世界前的一刹那再说一句：海云，我爱你！但如果我真的爱她，我就不应该在一九五〇年和她结婚，我就不应该在一九四九年和她相爱。我们不相信魂灵，但我假设我们还有一千个一万个来世，我愿意一千次一万次地匍匐在海云的脚下，请她审判我，请她处罚我。

你是人，你的地位并没有剥夺你的爱的权利，更不能剥夺你回答一个少女的爱的召唤的权利。

然而我更成熟，我应该理智一些，我应该负起责任。我不应该闯入一个如此纯洁而幼小的灵魂。

在一九四九年，你就不纯洁吗？你就不幼小吗？那是我们的共和国的童年，也是我们大家的童年。

但我为什么竟没有想到去保护她？豁出命我也应该在她的身边。

然而后来是她不爱你了，她太轻浮，她有毛病。在大学，她有了自己的情人，该责备的只能是她而不是你。

我的痛苦就在这里。竟没有人能够惩罚我。

有。

谁？

冬冬。

山　村

庄生梦见自己变成了蝴蝶，轻盈地飞来飞去。醒了以后，倒弄不清自身为何物。庄生是醒，蝴蝶是梦吗？抑或蝴蝶是醒，庄生是梦？他是庄生，梦中化作一只蝴蝶吗？还是他干脆就是一只蝴蝶，只是由于做梦才把自己认做一个人，一个庄生呢？

一个有趣的故事。一个有趣的，听来却有点悲凉的想象。原因是他有一个有趣的，简直是美妙的梦。能够做这样的梦的人有福了。如果梦中不是化为蝴蝶，而是化为罪囚，与世隔绝，听不到任何解释，甚至连审讯都没有，没有办法生活，又没有办法不活，连死的权利都没有。再仔细一看，监狱竟是自己在任时监造的，是自己视察过的，用来关阶级敌人的……他又将想些什么呢？

就是这样的铁一样的令人窒息的梦也醒了。张思远在一九七〇年突然被释放了，就像前三年突然"升级"关进单人监狱一样莫名其妙。更使他清醒的是他的家，他的家已经没有了，在他监禁期间，美兰已经去法院正式办理了离婚手续，带走了他尚存的全部家产。这样的消息对于一个出狱者，真像山泉沐浴一样爽心明目、安神败火。

也是一只蝴蝶，却不悠游，上不着天，下不着地。"你的事情现在还排不到日程上。"专案组长对张思远说。一个钻山沟的八路军干部，化作了一个赫赫威权的领导者、执政者，又化作了一个被革命群众扭过来、按过去的活靶子，又化作了一个孤独的囚犯，又化作了一只被遗忘的，寂寞的蝴蝶。我能不能经得住这一切变化呢？

他不像有些被拉下马来的可怜虫，把生活的意义、生存的目的放在定一个"人民内部矛盾"的结论上。中国共产党的老党员、市委书记需要一个"人民内部矛盾"的结论？天大的笑话。他需要活下去，需要思考，需要找到他的儿子。

于是，在一九七一年的初春，他来到冬冬插队的一个边远的山村。山下一片杏花如云，山谷里溪流旋转，奔腾跳跃，叮咚作响，银雾飞溅。到处都是生机，就连背阴处的薄冰下面，也流着水，也游着密密麻麻的小鱼。向阳的地方更不用说了，一片葱绿。从草势来看，即使在冬天，这草也没有停止生长。顽皮的松鼠在枝上跳来跳去。大青石上是松鼠嗑掉的杏核皮，嗑得干干净净。小花蛇在枯叶里钻进钻出。野兔跑起来就像一溜烟。记得有一次张思远到郊区去视察，夜间行车，一只小灰兔闯进了越野小汽车前灯的光柱里。它一下子那么惊慌，左右都是一片漆黑，后面是疾驶着的、紧紧追赶着它的可怖的怪物——汽车。它只有向前一条路,它只有沿着车灯光柱的方向拼命跑。司机哈哈大笑起来,踩踩油门,加快了速度。当时张思远真想命令司机停住车,关上灯,让灰兔走掉,但他不好意思这样婆婆妈妈。眼看汽车就要轧到灰兔了,张思远看到了小兔的颤抖的长耳朵。忽然,小兔不知道怎样来了一股勇气,转身一蹿,得救了。张思远长出了一口气。

山径崎岖。人生的道路更加崎岖。但山还是山,人还是人。尽管祖国的大地承受着太多的苦难,春天仍然是祖国的春天,山的春天,人的春天。他真希望自己变成一只蝴蝶,从积雪的山峰飞向流水叮咚的山谷,从茂密的野果林飞到梯田。一组青年在梯田上犁地,为首的小伙子斜披着黑色的小棉袄,打着口哨。忽然,他高声唱起了山歌:

  天大的冤屈你告诉哥哥,
  妹妹呀你莫要想不开,
  莫要投河……

海云没有投河,她把脖子伸到绳环里。张思远感到了在蹬倒凳子以后的一刹那,绳索像铁钳一样咯吱一声勒断喉咙的痛苦。一想到这儿,他就半天半天说不出话来,他的发音器官出了毛病。他就是以此为理由请求不去"五七干校"而去他儿子插队的地方的。

他是作为"白丁"来到山村的。没有官衔,没有权,没有美名或者恶名,除了赤条条的他自己以外什么都没有。就像五十年前他来到这个诱人而又恼人的世界上一样。人出生的时候不是一无所有,甚至连遮掩身体的裤衩都没有吗?一无所有的他住到了山村里,儿子却立即转到了另一个村落。我们会慢慢了解的,他冷静地住了下来。他并没有很快了解他的儿子,他首先了解、首先发现的乃是他自己。

在登山的时候,他发现了自己的腿,多年来,他从来没有注意过自己的腿。在帮助农民扬场的时候,他发现了自己的双臂。在挑水的时候他发现了肩。在背背篓子的时候他发现了自己的背和腰。在劳动间隙,扶着锄把、伸长了脖子看着公路上扬起大片尘土的小汽车的时候,他发现了自己的眼睛。过去,是他坐在扬尘迅跑的小车的软座上,隔着车窗看地头劳动的农民的。

他甚至发现了自己仍然是一个不坏的、有点魅力的男人。不然,那些结过婚的女社员,那些壮年妇女为什么那样喜欢和他说说笑笑呢?已婚的男女农民们互相开那么重的玩笑,说那样的粗话,让他简直受不了。但这也是可以原谅的,难道休息的时候还不能自己拿自己开开心吗?他们开心的事够少的了,总不能歇地头的时候也念"凡是敌人反对的……"或者高唱什么"冲云天""冲霄汉"啊。他们巴望着土里多出点东西,他们不想跑到云天或者霄汉上去。倒是他张思远,过去常常坐着"安-24"或者"伊尔-18"在云天和霄汉上飞行。

他甚至在这里发现了自己的智慧,自己的觉悟,自己的人望。十七年当中,他到处受到尊敬。但这尊敬在一夜之间变成了诬陷、强暴、摧残,连美兰和他的儿子也离开了他。他恍然大悟,这尊敬不是对张思远而是对市委书记的。他失去了市委书记便失去了这一切。但是现在不同了,农民们同情他,信任他,有什么事都来找他,不是因为别的,而是因为他确实正派,有觉悟,有品德,也不笨,挺聪明也挺能关心和帮助人。

然而在冬冬面前不行。他第一次去看冬冬的时候,冬冬正在缝鞋,拿起一块皮子,噗噗噗噗往上喷一些唾沫,然后是锥子引针。他看得出,冬冬在努力表现出自己是一个缝鞋的老手,完全具有在城市的十字路口摆鞋匠摊的经验和水平。但正因为他太努力了,他并不真像一个会缝鞋的人。

"你为什么不说话……"他问冬冬。

"没什么可说的,您何必到这儿来?我连姓都改了,我不姓张。"

"那随你。但是毕竟只剩下了我们两个,我除了你,你除了我,再没有别的亲人。"

"如果您官复原职,您是要先杀一批的吧?林副统帅教导我们说:政权便是镇压之权。我不是第一个该杀的吗?"

"别……淘气!胡说八道!"

"您为什么不说您恨我呢?那天您没有认出我来吗?那天是我打的您。说老实话,您当时是怎么想的?阶级斗争,阶级报复……是吧?"

张思远战栗了。

"这样倒好一点儿。我需要的是诚实。诚实的恨对我来说比虚假的爱还要好。"冬冬激动了,他的锥子扎破了左手的无名指。他把那个指头放到嘴里,嘬着、咽着自己的血。他的这个姿势活像他的母亲。张思远新婚的时候,不,大概还是结婚以前呢,海云给他钉扣子的时候也扎破过自己的手。

"你能不能告诉我一点儿你母亲最后几天的事情?"

"我不知道。"

"你说什么?"

"那天我打了你,就被送到了公安局。只许左派造反,不许右派翻天。这是你们提出来的口号。"

又是战栗……那绳索勒断脖颈的痛苦,咯吱,残酷的一声响,"咯,咯……"

"您怎么了?"

"咯……咯……"

冬冬把他扶到了床上,而且给他倒了一杯水。

"你……为什么……躲着我?"张思远的嗓子劈啦劈啦的,像在拉一个破风箱,像在转动一架旧风车。

冬冬听懂了他的话,半天没言语,然后反问了一句:

"您能原谅我吗?"

"也许,应该请求原谅的是我呢。"

"您说我为什么要……打……您?"

"为了你母……"

"不,不是的!"不等父亲说完冬冬就打断了他,他生怕父亲说出那荒唐而可怖的话,"我打您……真真正正是为了革命造反,我们那一派的头头鼓励我……恰恰相反,在您揪出来以后,母亲多次跟我说,您不是大字报上所说的那种人……母亲的死,和我不听她的话也许不是没有关系,当然,主要是她被打得皮开肉绽,她受不了了。我……"

热泪切割着皮肤。悲痛切割着心。他们和解了。

他们没有和解。在张思远和他的儿子慢慢建立了比较密切的来往关系以后,有一次,他看到了儿子写的一篇日记。日记写得灰暗,简直是颓废,什么"够了,这谎言和伪善,这高调和欺骗",什么"人是最自私也最卑劣的",什么"生活便是错误,生活便是痛苦"。看着看着,张思远的手抖了起来。难道我们这一代艰苦奋斗,流血牺牲,鞠躬尽瘁,夜以继日,就是为了让你们搞这种渺小卑微的无病呻吟吗?他激动地责备了冬冬,冬冬也激动起来。

冬冬说:"立场,立场,您说我站在什么立场?你们当然是站在党的立场,你们牺牲,你们从党那里得到的东西并不比你们献给党的少!就是现在您坐了监狱,您委委屈屈,你们每月的收入也比农民一年的收入多。而且,你们当然充满信心,不是今天就是明天,你们又会坐在市委书记的宝座上!"

"住口!"张思远动怒了,"你可以尽管骂我,却不能诬蔑我们的党,不能诬蔑我们整整一代革命者!李大钊,方志敏……是为了人民而抛头颅、洒热血……"

"为了我们?为了让我们受罪吗?"

"你这样说太危险!太反动!"

"您要送我进监狱吗?本来您建造监狱也不是为了关自

己的呀!"

"你……"张思远气得说不出话来。如果是五年以前,他听到这样的言论,不论是谁,他都要和他决裂,他都要全力给以回击、给以打击、给以镇压。他听到这种话简直要爆炸了,他压低了声音,含糊地骂了一句,拂袖而去。

在回自己住处的路上,碰上了雷雨。闪电就在树梢上放光,雷声炸响在头顶。雨声哗哗,真像是千军万马在奔跑,在呐喊,在厮杀。雨水在脚下流淌,走在山路上,就像蹚过溪水一样,鞋变得又重又湿。这个时候,张思远多么渴望自身也变成一声沉雷,一道闪电,他多么渴望自己也能发光,能爆炸呀!他甚至想,触雷该是多么痛快的事啊!

他滑了一跤。

复 职

> 不知道为了什么,
> 忧愁它围绕着我,
> 我每天都在祈祷,
> 快赶走爱的寂寞……

一首香港的流行歌曲正在风靡全国。原来他并不太知道。他只是恍惚听说许多青年在转录香港的歌曲。那时他只是轻蔑地一笑。对香港的文化,他从来没有放到眼里。只是在他没有暴露自己的身份,悄悄地动身去他作为老张头曾经劳动过六年,流过六年汗、心里头更是流过六年血的地方,在他转车之前住到了一个一般干部住的招待所里,他才从同室的一个贸易公司采购员所携带的录音机那儿,仔仔细细地、一遍又一遍地听到了这首歌。

怎么说呢?他不是音乐家。在部队,他学会了识简谱,学会了打拍子。八路军战士都爱唱歌。一个初到边区的人,头一个印象便是歌声多。有一个歌的头两句就是"解放区的天是明朗的天,解放区的人民好喜欢",然后底下两句是"解放区的太阳永远不会落,解放区的歌声永远唱不完"。解放战争时期,只要听一听蒋管区流行的《疯狂世界》,再听一听解放区流行的《我们是民主青年》,便可以知道中国的未来是属于谁的了。

然而现在呢?现在是怎么回事?三十年的教育、三十年的训练、唱了三十年的"社会主义好""年轻人,火热的心",甚至还唱了几年"老三篇不但战士要学,干部也要学"之后,"爱的寂寞"征服了全国!

他想砸掉这个采购员的录音机,他站起来,转了一圈,拳头握得指甲刺痛了手心。这是彻头彻尾的虚假!这是彻头彻尾的轻浮!那些在酒吧间里扭动着屁股、撩着长发、叼着香烟或是啜着香槟的眉来眼去的少爷们和小姐们,那些一听到外国、一听到香港甚至一听到台湾(!)就垂涎三尺而又不读书、不流汗、不开夜车,却又整天梦想着电冰箱、流线型家具和席梦思的混蛋们,他们难道真正懂得什么叫爱情、什么叫忧愁、什么叫寂寞吗?所有这一切,不过是在三等照相馆里照相时候的令人作呕的装腔作势!

一首矫揉造作的歌。一首虚情假意的歌。一首浅薄的甚至是庸俗的歌。嗓子不如郭兰英,不如郭淑珍,不如许多姓郭的和不姓郭的女歌唱家。但是这首歌得意洋洋,这首歌打败了众多的对手,即便禁止——我们不会再干这样的蠢事了吧?谁知道呢?——也禁止不住。

甚至是一首昏昏欲睡的歌。也许在大喊大叫所招致的疲劳和麻木后面,昏昏欲睡是大脑皮层的发展必然?

但是不,张思远副部长不能昏昏欲睡。从一九七五年四月复职以来,张思远夜夜都不能踏踏实实地合上眼睛。

一九七五年四月,张思远正在山村他和儿子合住的那一间用石头砌墙、用石片盖顶子的小屋里择韭菜。由于女医生秋文的帮助,他和儿子已经和解很久了。现在他择菜,打算等儿子回来吃一顿饺子,他还想邀请秋文和她的女儿一道来吃晚饭。经过了一冬的萝卜白菜之后,拿起一把哪怕是沾满了泥土和马粪的碧绿的韭菜,也顿时觉得石屋里充满了春光,充满了春的生机。白茎绿叶的韭菜,是和阔别好几个月的和暖的风、和小鸟的啁啾、和融化着的一道一道的雪水、和愈来愈长了的明亮的白天、和返青的小麦、和愈来愈频繁的马与驴的嘶鸣、和大自然的每个角落里所孕育着、萌动着的那种雄浑而又微妙的爱的力量不可分离地扭结在一起的。所有这些都敲打着每个人的心灵,即使创痛使某个心灵变成了裂了纹的鼓,也总会发出一点儿声息,给人一点儿希望。何况是张思远,贫穷和压迫熔铸了他的童年,血与火染红了他的青春,党与领袖指引着他的路,人民的尊敬、信赖与期待推动着他的步履,他已习惯于乐观和充满希望。在这个春天,他又重新充满了对于某种转机的预感。总不能老是一个样子,连小孩子都分得清的是非,党能够弄不清吗?回顾一生,回顾上下左右,回顾历史和现实,回顾中国的昨天和今天,展望明天,党毕竟是伟大的党,光荣的党,而且终将是正确的党。

这当真是预感吗?抑或只是事后才自以为是预感?不是从一九六六年他被"揪"出来的第一天起他就不相信那正在发生的事情,而期待着对已经发生的事情的否定吗?他不是觉得昨天比今天更真实,而明天既杳然又带来向昨天靠拢的希望吗?还有这个"揪"字,什么叫揪呢?查一查《辞海》,它当抓住、扭住解。这是一个具体而又形象的动作。而现在所说的"揪"出来,又代表着一种多么明晰而又含混的意思!特殊的政治产生了特殊的政治术语。这几年人们简直是在向语言法则挑战,斯大林关于语言的稳定性的论述到底还灵不灵呢?我们的后代能够理解今天流行的这些花样翻新的词汇吗?他们能够理解"炮轰"和"油炸"、"靠边站"和"砸烂"、"站队"和"帽子拿在群众手里"吗?

所以他需要转机,他像赛前的跑马一样迫不及待。因为这一切都是他的事情,他与这一切息息相关。但是山村的生活又明明改变着他,他为在春天择一把韭菜而衷心喜悦,正像他不畏刺目的阳光抬起头来去寻找盘旋歌唱的云雀,为这春天的第一只鸣禽而衷心欢喜一样。他细心地从韭菜中剔除枯叶和杂草,他着重取掉靠近根部的不洁的鳞片,他闻到了新鲜的韭菜的辣而芳香的气息。他拿不定主意去请还是不请秋文,并为这拿不定主意而觉得懊恼。

有一种声音。不是牛的声音,不是风的声音,不是乡村孩子们的声音。拖拉机和柴油机吗?为什么声音愈来愈近?是汽车?哪一辆汽车迷了路?坐汽车的人既受人尊敬又脱离群众,但总要有人坐小汽车。"砰砰砰",这么早就剁起肉来了吗?哪里来的肉啊?放两个鸡蛋就行了,金黄的鸡蛋,油绿的韭菜。然而用鸡蛋做馅子费油,农村里供油的标准太低了。"砰砰砰",却原来是敲门。

一个年轻的小伙子。草绿色的军服,闪闪的红星。立正,一个军礼。韭菜落到了地上,站起身来的时候碰翻了小板凳,咣当。

张思远同志:

  请于四月二十五日前来省委组织部报到。

  此致

革命敬礼!

这是什么意思?同志,承认我是"同志"了吗?组织部,这个机密而又重要的部门,总是由最可靠、最有经验、最沉着的同志掌管的。此致敬礼,所以伟大的长城的一员把手举到了帽檐前,图章却是革委会政工组党的核心小组(代)。谁也闹不清这种组织机构的名称和内涵,弄不清党的机构是何时何人为了什么取消的,弄不清为什么革委会的党的核心小组变成了党委,弄不清现在让他去报到的组织部是不是原来意义上的、他所熟悉的掌管党员和干部的党委的一个要害部门。

但毕竟是要他去组织部。至今,他的党的组织生活还没有恢复。但他按月寄去党费,既然没有给他什么处分,他就有权利——义务变成了权利——缴纳党费,而不论是政工组还是核心组,无法拒绝。而且,他是按照他原有的级别和工资缴纳的,虽然他现在每月的生活费不足他应领工资的三分之一。这也是他的一个挑战,我仍然是高级干部,我的工资的三分之一也并不比你们少!

"快坐下。"他热情而又客气地请前来接他的军人同志坐下。他的口气,他的笑容,他的弓曲的腰和背更像山区的老农。这几年,他已经惯于仰视那些在新生的红色政权里工作、支左的人。那些人的工资比他少一半也罢,却有着十倍、百倍于他的威风。仰视红色政权的他便会平视农民、"五七战士"和再教育青年,这是令人痛快的。年轻的、刚刚长出一圈黑胡子的解放军同志却没有坐下,他说:"外面有车。张思远同志能不能料理一下,下午就动身?×主任说是愈快愈好……"年轻人的口气既缓和又礼貌,这种口气使张思远想起了昨天,想起了他有过的秘书和司机们,想起了他的党龄和职位。"这个——"他把"个"字拉长了声音,声音拉的长短和职务的高低常常成正比。他已经有九年没有这样拉长声音说话了,当明天具有了向昨天靠拢的希望的时候他的声音立即拉长了,完全并非有意。他的脸刷地一红。

九年来他的心好像一个平静的湖泊。尽管湖泊的深处有旋涡,有波动,甚至有火山的爆发和死灭,然而湖面是愈来愈平静了。平静的湖面是美丽的,每个人都可以从湖面上看到自己的倒影,而且,倒影往往比活人更有魅力。

来接他的军人和汽车只不过是向湖泊吹了一口气。湖面上呈现了浅浅的同心圆。于是湖的自我感觉在发生变化,不管湖泊承认不承认。

他回到了自己的城市。他回到了市委小楼。他被任命为新生的红色的市委的第二把手了。"可我的组织生活还没有恢复呢!"他提出。"先上任去!"有关领导回答他。还是那条路。还是那座楼。粉刷和油漆遮盖了九年的疮痍。镶木地板和白晃晃的大吊灯在最初的一刹那竟使他热泪盈眶了。幸好,谁也没有看见。失去的天堂,他想起了这一句实在不应该想起的话。九年来,他已经忘记镶木地板和大吊灯了。五年来,他只知道崎岖的、石头铺成的山径,掩映的树木,石块和石片搭成的房子。室内的地也是土质的,要适当地洒一点儿水,洒少了起尘土,洒多了和泥。夜间照明靠煤油灯,关键在于把罩子擦净、擦亮。最初他用呵气的方法,向着玻璃罩子呵一口气,然后用柔软的手绢擦过来擦过去。有一次把玻璃擦碎了,险些扎破了手。后来他学到了一条经验,用白酒把手绢沾湿,果然擦得晶亮异常,照得石窟就像白昼一样。何况,晴天有满天星斗,乡村的星星比城市多得多,而且,由于山比地面更靠近天,所以星星离山村的农民比离城市居民近得多。但是他怕阴天,怕下雨。那次如果没有秋文医生他也许就没命了。

他现在不怕阴天,不怕下雨,也不怕黑夜了。城市无夜晚。汽车里无阴雨。拥有暖气设备的办公楼和宿舍无冬天。但是,没有夜晚就没星星,没有阴雨就没有雨过天晴的重生的欢欣,没有冬天就没有洋洋洒洒的漫天飞雪的纯洁。有一得必有一失。

许多的老同志、老朋友、老下属、老同学来找他。正像他当初一下子变成了形影相吊、孑然一身、不可接触一样,他一下子又成了人们的希望,人们注目的中心。"我早就想去看你了,这中间我打听过好几次。"有人说,显然不是假的。"我犹豫了半天。现在人家官复原职了,找的人也多,别去打搅吧……可咱们毕竟是老关系了。张书记还能把咱们忘了吗?"如此这般。特别是市委的老人,更是把希望寄托在张思远身上。张思远重返市委领导岗位,是他们各自回到体面的昨天里去的先声。

然而,被今天毁坏了的昨天却不可能在明天照原样恢复。不仅某一派的"警惕走资派复辟还乡"和温柔一点的"穿新鞋走老路我们不答应"之类的标语在时时敲打着他。而且,在他熟悉的一切后面他发现了格格不入的陌生。公共汽车堆积在终点站上不肯发车,汽车站上等车的人一群一群,翘首相望。据说司机围拢在一起打扑克,谁被"抠"了"底",谁开行一次。到处都是标语、口号、大批判、热烈欢呼。甜食店成立革命领导小组也说那是"毛泽东思想的伟大胜利"。黄纸红字(这两种颜色代表喜庆,白纸黑字代表声讨、共诛之)十分醒目的大标语下面是没有扫尽的垃圾和伸手乞讨的儿童。清洁工也不好好干活了,而乞丐正与空话一起增长。到处是喝酒,请客,"哥俩好,八仙寿"。据说"批林批孔"的时候有一位左派提出划拳行令中的用语有儒家思想,另一位左派便设计了新的拳经:"一元化呀,三结合呀,五星红旗呀,八路军呀……"荒唐变成现实,现实变成梦魇。莫非好几亿人都把脚气灵或者痔瘘膏当做补药咽到了肚子里?

　　市委也不是原来的市委了。每天上班进市委的门的时候,他的心都要动一下,我没有走错吧?我真的又来这里了吗?这是什么地方呢,我不是去挨打的吧?市委的牌子换得更讲究——据说原来的牌子被不知谁拿去做大立柜了,五合板嘛,市场上缺——所以增加了警卫,戒备森严,这当然是必要的。连团市委和妇联门口也站着带枪的人。有一次张思远无意中听到了两个不在哨位上的警卫排战士模仿样板戏的对话,"……两件什么宝?""好马快刀。""马是什么马?""吹牛拍马。""刀是什么刀?""两面三刀。"

　　"新鲜事物"还多着呢。小汽车增加了三倍还不够用,因为副职增加了五倍。组织科四个科长只有一个干事,到处是谣言、小道消息、传说:梅花党,长江大桥擒匪,美人鱼,棺材里的死人诈尸……公开的山头和宗派。完全取消了党的组织生活,更不可能进行什么批评和自我批评。公事私办,私事公办,来联系工作的人还要拿上私人的介绍信,为了私事可以巧立出差名目。明目张胆地伸手要党票,要官,要权……

　　这样下去,我们的党,我们的国家不是要完蛋吗?想到这里,就像发了寒热病,张思远一会儿冻得浑身打颤,牙齿咯咯地响,一会儿七窍生烟,忧心如焚。何况,他的头顶上又出来了一位第一书记,一位除了抓辫子搞阴谋仍然只会抓辫子搞阴谋的新贵。

美兰也来凑热闹了,她要求复婚。几次来信,张思远没有回复。电话约谈,张思远回答说:"不必了。"他挂上电话,不顾耳机里传来的吱哟乱叫。一天下班,我的天,美兰已经坐在他的房里,她大概是拧开了锁,而别人不敢拦阻。完全是"复辟"后的全权的女主人,床单拽下来准备洗涤,卧室里新添了两束塑料花。张思远什么话都没说,回到了办公室。这时他由衷感谢市委大门戒备的森严。他拿起一叠文件,全是"大批促大变",也许是促大便吧?什么反潮流,什么法权,什么全面专政,什么唯生产力论,什么教育革命的形势大好不是小好而且愈来愈好。他漾起了酸水。他的胃在收缩,贲门在收缩。各种新名词连同小道消息,连同革命拳经,连同美兰的大白柿饼子似的面孔一起旋转,如刀如炸弹,如雾如烟,如风如电,如商标如膏药如济公活佛的蒲扇。

回到昨天是不可能的。他的余生是为了明天。必须抢救明天。

秋 文

那次他在雷雨中跌了一跤。醒过来后,张思远发现自己是躺在公社医院的病房里。远近驰名的大夫秋文亲自在护理他。这一跤,不仅摔坏了他的腰椎,而且,淋雨的结果是上呼吸道感染继发肺炎。

张思远到山村来没有几天就知道了秋文,上海医科大学毕业,四十多岁,高身量,大眼睛,长圆脸,头发黑亮如漆。她把头发盘在脑后,表面上像是学农村的老太太梳的纂儿,然而配在她的头上却显得分外潇洒。衣服总是一尘不染,走在山路上,健步如飞。这在"文化大革命"期间的农村,本来是一个显得很各色的人物,但她偏偏非常随和,和农村的男女老少都说得来,接过农民让过来的烟袋就吸,接过农民让过来的酒杯就喝。

听说她和丈夫离了婚,独自带着一个女孩子生活在山村。这种独身女人本来是很难在农村生活的,偏偏她和这里的男男女女交往,却没有人在背后说过她的半个不字。

开始,张思远觉得她有点儿神秘,同时直觉地不那么喜欢她,虽然他承认她本来应该说是相当漂亮的。他觉得她有点咋咋唬唬,每天说的话、走的路、抽的烟和喝的酒都超过了应有的限度。但是,她的医术好,和农民的关系好,所以张思远每次见到她也都礼貌地招呼一番。后来他又了解到,冬冬倒是常到秋文医生那里去,说是为了找一点儿医书看。生活总不会把一切门窗堵死。

"您说了许多胡话。"秋文医生说,轻轻地,音调完全不同于她日常的说笑,"可能您想的事太多了,大干部嘛。"隔着口罩,张思远好像看到了秋文医生嘴角的笑容。她的眼睛也在微笑着。这微笑里充满了理解,充满了悲哀,充满了凝结着悲哀的清冷的自信,好像是雪天里的篝火、天与海的尽头的白帆、月光下的一株老胡桃树。那个带几分男人气质的、饶舌的、随波逐流的大夫退到哪里去了呢?

"其实把你们拉下来当当老百姓也不赖。"另一次她这样说,丝毫不顾忌同病室的其他人,"要不,别看报纸上喊什么下乡、蹲点喊得那么凶,你们躲在自己的小楼里才不愿意下来呢。您说对不对?老张头!"

张思远想抗议,他并没有什么小楼。他现在连家都没有了。但是老张头的称呼使他觉得温暖,就像小时候母亲叫他"小石头"一样。张思远的名字(乡下管这种名字叫"官名儿",可见,这种名字是为了做官才起的)才像石头一样硬。人需要母亲,需要亲昵,需要照料、理解和同情。所以每当秋文医生说"好好吃下这些药,多喝开水,你会很快好的"的时候,他都觉得特别熨帖。

冬冬每天来给他送饭,挂面、荷包蛋、山药汤、小米粥。"您不要那样生气。"冬冬说,"我不过是在日记本上发发牢骚罢了,爱发牢骚的人其实倒不会怎么样。那天是我不对,对李大钊和方志敏,我永远崇敬他们。我最近常想,生活压根儿就不像我小时候想的那样美好,所以生活压根儿也不像我现在所想的那样不好。"

"你,你转变了?"张思远惊喜交加。

"谈不上转变。我大概总不会完全了解您,就像您不会完全了解我。人和人的隔膜,是永远也无法消除的。于是发展到不是你吃掉我,就是我吃掉你。"

"那你为什么又天天给我送饭来呢?"

"秋文阿姨让我来的。她说,"冬冬迟疑了一下,好像不知道该不该把底下的话说出来,"秋文阿姨说,你爸爸也不容易……"

"你和她谈过我?"

"谈过。"

"谈过你的母亲?"

"谈过。"

"还谈过什么?"

"什么都谈过。怎么?违反保密条例么?"冬冬的语气又是那样刻薄了。

"不。我说,那很好。"

张思远——不,老张头从冬冬那里了解了一点儿秋文的事情。秋文原来的丈夫是一九五七年划的"极右",现在还在劳改农场。冬冬认为,只是为了女儿的前途,秋文才与丈夫离了婚,实际上,她在等待着那人的自由。一九六四年"四清"时候的工作队,和一九七〇年"清队"时候的宣传队开始都瞧着她不顺眼,准备立案专门审查,但是所有的社员和基层干部都向着她。她主动到工作组和宣传队去谈自己的一切,谈笑风生,全无禁忌,反而打消了别人对她的猜疑。

她有一层保护色吧?她分明是一株异地移植的树,既善于适应水土,又保留着自己的与这里的植物群全然不同的个性。她的随和后面是清高,饶舌后面是沉思,嬉笑乐天(带点傻气)后面是对十字架的背负。

但那些又不仅仅是保护色,清高后面确有一种由衷的利他主义,沉思后面确有拿得起放得下的丈夫气,而背负着十字架的她仍然时时感受到生活的乐趣。想想她对村里的少男少女的婚姻恋爱的关切吧,她都快成了新式的、可靠的、不怕受累、不怕落埋怨的媒婆了。如果仅只是为了保护自己,她的笑声能那样真诚、那样傻气么?

但是她显然用另外的调子与张思远谈话,"好好了解了解我们的生活吧,官复原职以后,可别忘了山里人!"

张思远挥挥手,表示对"官复原职"丝毫不感兴趣。但是秋文不饶人:"甭挥手,我如果是你就争取早点儿回去。一个月挣着那么多钱跑到这儿来摸锄把子?不但官复原职,而且会官运亨通!"

"越说越不着边际了。"张思远更摇头了。

"当然。自然死亡再加上穷整,真正有经验、有水平又能干事的领导干部现在是越来越少!不光你们越来越少,就连我们这样的大学毕业生也越来越少。再搞上十年教育革命,等到中国人都成了文盲,小学毕业的就是圣人!而你们这些大干部呢,更成了打着灯笼也讨唤不着的宝贝!反正说下大天来,你既不能把国家装在兜里带走,也不能把国家摸摸脑袋随便交给哪个只会摸锄把子的农民!中国还是要靠你们来治理的,治不好,山里人和山外人都会摇头顿足地骂你们!"

张思远只觉得眼前一亮,心头一亮。治国治党,这是他们义不容辞的任务。事情总会发生变化,总会走向自己的反面。想不到秋文还是一位政治家呢。但是我能等到那一天吗?不是整天说离了谁地球也照样转吗?不是我已经被抛出社会生活的轨道有许多年了吗?

秋文的话应验了,没有用很久。一九七五年,张思远正择着韭菜就被接回了市委。一九七七年,粉碎"四人帮"后,张思远升任省委的副书记。一九七九年,张思远又调到北京,担任国务院的一个部的副部长。

上　路

他终于暂时离开了质地讲究的"部长楼"。这一幢高层建筑是为副部长以上的干部提供住房的，老百姓称之为部长楼。经常有许许多多小汽车停在楼前。有警卫，所以一般人不走近它。住惯了部长楼，离开它竟不是那么容易的。虽然张思远这次的重返山村之行已经计划了许久了，已经下决心许久了，但他还是挪不动自己的脚步。一想到他要离开自己的惯常的和应有的生活轨道，他就觉得不安，甚至有点烦恼。就像一个坚持按时每日三餐的人，突然让他改成一天吃两顿饭或者四顿饭，就像一条鱼忽然准备去陆地上观光。今晚我躺在这里，明晚，后天晚上，以及后天以后的诸晚，我将躺在哪里呢？出发前夕，张思远辗转反侧，一直有一个声音在劝阻他，在拉着他的手，拉着他的腿，拉着他的衣角。别折腾了，你现在不是很好吗？你已经快要六十岁了，你担负着党政要职，热情、想象和任性对于你不但是不必要的，而且是一种不能原谅的罪过。你何必自找苦吃呢？

但他终于离开了部长楼，而且，他坚持没有坐飞机和软席卧铺，坚持不准他的秘书预先挂长途电话通知当地各级领导准备接待。秘书几次企图说服他，暗示他的这种坚持不但是幼稚的、无意义的，而且是不近人情的、不正常的。秘书只差问他一句话了：您的神经是不是出了毛病？

他用沉默压倒了秘书。现在，火车在《祝酒歌》的歌声中开动了。秘书，司机和他坐惯了的黑色吉姆车都离开了他。汽笛发出了刚亮的愉快的叫声，机轮的声音也是铿锵有力的，金属的撞击令人焕发精神。李光羲的"朋友啊请你干一杯"之中夹杂着女列车员的吐字急促的问话："这是谁的行李？"张思远闭了一下眼睛，有一位脾气大的母亲打了她的淘气的孩子的屁股蛋，于是孩子和李光羲展开了咏叹比赛。张思远睁开眼睛，阳光洒满车厢。风吹动了他的花白的头发。有人打开了车窗。他轻松而自由。我又是一只蝴蝶了么？

"把票给我！"女列车员向他伸出手，下令说。铁路员工的蓝色制帽下是一张年轻的、不耐烦的脸。如果在软卧，她就会用另一种口气说话。这挺有意思。张思远掏出了自己的车票。铁路制服，还有解放军的军服，似乎都应该改进一下了，这两年人们穿得愈来愈好，而制服与军服却依然旧貌。本来，这种制服，尤其是军服，应该有一种强大的吸引力……

一个红鼻头、敞着怀的大胖子摇摇摆摆地坐到了他的旁边，大胖子的不寻常的分量使卧铺吱地一响。"玩两把百分吧？"大胖子说话是胶东半岛的口音，嘴里喷出辛辣的生葱味儿。如果在软卧……

如果在软卧车厢会比这儿好得多。当然。但这一类的想法只不过微弱地一闪。他的眼睛里闪烁着阳光。他喜欢这一节车厢。喜欢脸孔绷得紧紧的列车员姑娘，瞧，她又来拖地板了，多辛苦！他喜欢他头上的中铺和上铺的解放军战士，他们一开车就睡着了，年轻人的睡眠是多么香甜呀！他喜欢对面的吸着两毛钱一包的香烟的干部，这位干部死乞白赖地向他让烟，他怎么推也推不出去。为什么把烟和酒的作用看得那样阴暗呢？这位同志的让烟就丝毫不意味着托他办事之类。还有带孩子的母亲和在车厢里跑来跑去，给陌生的"叔叔"表演节目的孩子。有了孩子，生活就变得好过多了。冬冬爱说人和人之间的隔膜，但是人和人也是可以相亲相爱的呀。

是的，从一九七五年恢复工作到现在又是四年多了。艰难的，令人惶惑失望、摇摇欲坠的头一年；绝处逢生的、狂喜又狂哭的第二年；麻烦的，纠缠不休的，明明又是扎扎实实地迈步前进的这两年。回顾昨日，他不能不为已经发生的变化的巨大和迅速而惊叹。面对百废待举的现实，他又为某些人的因循麻木而心急火燎。他很忙。他很少有机会与这些坐硬卧车厢的普通人坐在一起。即使到基层去，到群众中去，他的位置也与别人不同。但是他不能那样重访山村，他不能前呼后拥，气宇轩昂地以高干的姿态出现在冬冬和秋文的面前。

如果他那样做，他就是欺负人，他就是自己把自己从冬冬和秋文身边拉开。虽然他知道，坐小汽车绝不是他的或任何人的过错，住"部长楼"，进软席车厢也决不是应该责备的事情。平均主义从来都是不切实际的幻想。但是，他不能，他不愿，他不敢，他也不应该以高于普通劳动者的任何方式重返山村。

　　细想起来，就连硬席卧铺也不能使平均主义者安宁。更多的人坐着硬座，从起点站到终点站要运行七十几个小时，有不少的人就这样坐七十几个小时。中国人的耐性、韧性、吃苦耐劳真是举世无双。但为什么还有这么多人连硬卧都坐不起呢？三十年了，你不觉得脸发烧吗？你能不加倍努力工作吗？看看每个车站上，挑着箩筐，背着大包袱，扶老携幼，上车下车的百姓们！

　　那就是老张头，老李头，老王头和老刘头们。他又有两个星期可以做老张头了。恢复工作以后，他常常回忆在山村的老张头的生活。他有时候自问，可能不可能有另一个张思远，另一个自身，即那个被唤做老张头的我仍然生活在那个遥远的、美丽的、多雨又多雪、多树又多草、多鸟又多蜂蝶的山村呢？当他低头踏进吉姆车的时候，那个老张头不是正在鸟鸣中上山拾柴吗？当他在会议上发言，拉长了啊——啊——啊——的声音的时候，那个老张头不是正在地头和歇息的农民、农妇们说笑话吗？他完全不是装腔拿调地拉长了啊的声音，他在对非常复杂的工作、思想、认识问题发表意见，他的话语应该清晰、准确，他必须对他说过的每个字和每个标点符号负责，他要一边用心思考一边说，他还要使听他的发言，他的讲话或者被称做张副部长的指示的人有领会、温习、思索、消化的时间，这一切都说明啊的拉长是必要的也是很自然的。另一个张思远——老张头就从来不把啊拉长。说起话来又快又巧妙，那个老张头比张副部长要年轻一些，健壮一些。当张副部长出席一个招待外宾的宴会的时候，当他衣着整齐、彬彬有礼地为外宾布菜的时候，当五星啤酒和北冰洋汽水、通化红葡萄和贵州茅台、崂山矿泉水和绍兴黄酒被任意选用，任意啜饮的时候,另一个"我"不正在烟气未尽的石板小屋里,在煤油灯的光焰照耀下,在热烘烘的锅灶旁边,在钉得一条腿有点歪斜的小板凳上,端着山区人民喜爱的粗瓷大海碗,就着老腌咸菜,大口大口地喝着暖人心脾的,掺杂着诱人的红小豆、白芸豆、绿豆和豇豆的稠稠的包谷糁子粥吗?老腌咸菜是以"老"而自豪的,拴福大哥说他的那一缸咸菜汤还是民国十八年的底子。从民国十八年腌了那一缸咸菜,每年夏天都要熬一次汤,每年秋天都要加菜、加盐、加水,一直到如今。当张副部长正在为处理一个人事问题(如今人事问题占用了他那么多精力,简直令人难以忍受)而在斟酌词句、而在搜索枯肠寻找一个既要坚持原则又要照顾关系、既要有利工作又要挡住从某个方向攻来的明枪暗箭的方案的时候,那个老张头是不是正在饶有兴趣地倾听拴福大哥叙讲自己的腌菜汤的悠久历史呢?

现在呢,他又把张副部长留在北京了。让张副部长去开那些开不完的会,看那些看不完的文件去吧。经过十年的动乱,张副部长正在按照党心民心进行紧张的工作。他并没有忘记使自己的工作对人民、对山村、对老张头和拴福大哥更为有利。不管有多少缺陷,他想不出有比现在的政策更好的政策,他想不出有比现在的做法更对人民有利的做法,如果张副部长要和老张头谈谈,他并不感到不安。

他接受了对面的同志让给他的有点儿呛人的纸烟。他有点儿不好意思地掏出了自己的带过滤嘴的"中华"。这并没有引起惊奇,因为现在即使是学徒工出门在外也要带两包好烟,这叫做甩牌子。硬卧下铺的空间位置已经决定了他在社会上的位置,不会有人怀疑。他接受了口里发出葱味的胖子的玩扑克的邀请。对家、横甩、抠底、满分升级。只是在戴上了叛徒、三反分子的帽子以后他才学会了打百分,下象棋。他也像每个无事可做的旅客一样,努力领会和钻研列车运行时刻表,好像这一次旅行以后他就要调到铁路运输部门担任调度员似的。他拦住跑来跑去的小孩子,给他们吃糖,和他们逗着玩。他本来计划在火车上读点儿书,但拿起书来常常被打搅。也好。

老张头与众人平等，与众人一样并无更多的责任因而也并无急迫感。拴福大哥讲过一个理论：人总是要死的，急急忙忙地做事情，也就等于急急忙忙地去死，不慌不忙地做事情，也就等于慢慢腾腾地去死。真是高论。老张头虽然轻松而又自由，率直而又天真，然而却又可能在历史的长河中随波逐流，无所事事。有一得必有一失，这失去的代价未免太大。

还有许多细小的，无足挂齿却又相当讨厌的代价要付。老张头必须事事排队：进站、上车要排队；去餐车吃饭要排队；上厕所和去洗脸池洗脸刷牙都要排队。作为老张头应该完全适应和完全习惯的排队，却引起了张副部长的抗议。他还必须忍受不礼貌的对待和恶劣的条件。有一个胖乎乎的男孩子，看样子不过五六岁，常常横冲直撞地在车厢里穿过来走过去。老张头拦住了他，给他一块糖，无非是想逗他玩一玩，男孩子却小霸王一样地打掉他的糖，而且出口不逊，"×你妈！"这一句粗话引得所有听到的旅客哈哈大笑，笑声中充满了赞赏，好像是听到了侯宝林在相声中甩出来的一个"包袱"。张思远，多半也是张副部长霎时间血往上冲，脸大概都红了，黑帮听到詈骂只能低头认罪，但是副部长却无法忍受这种侮辱。"你怎么骂人？"他责问了一句，稍微有点严肃。五六岁的小胖子威风地扬起了头："就骂！就骂！待会儿告诉我爸爸，不给你开饭……"原来，小胖子的爸爸是餐车上的炊事员。旅客们又哄然笑了起来，一边笑一边分析："好小子，这么点儿个儿就懂得了'权'的厉害！"

还有比这更难堪的。下了火车要坐两天长途汽车，汽车司机对待旅客就像对待一群猪猡。中途停车时他看也不看大家，蛮横而又含混地发一个令：尿尿！吃饭！休息！下车！快上！那种腔调简直令人发指。这且罢了。第一天停车休息，他住进的是一间四十二个人同住的大房间，烟气汗气臭气熏天。六盏四十瓦功率的荧光灯管，终夜不关。半夜里旅店工作人员前来查铺，看有没有没开票就住下的，又查了个鸡飞狗跳。他一夜根本没有合眼。他简直后悔这次出行,后悔自己太不现实,本应该听秘书的话。如果当地省委派小车来接,这两天的路程只要多半天就够了。他毕竟已经老了,已经不是那两年的老张头……

但是第二天他精神还好。上车的时候他觉得自己是打了一个胜仗。他觉得自己是一个坚强的人,是一个没有失去普通劳动者的本色的人。但是他隐隐地觉得自己的微笑后面仍然有一种无法排除的优越感,他隐隐地预先听到了一个声音:这几天的生活,对于张副部长来说,不过是客串罢了……他皱起了眉。

但是有一件事他实在忍不住了。当第二天中午他排着长队等候买票在交通食堂就餐的时候,有一个留着长发、穿着登山服、大约有一米九高的大个子,偏偏在他快要排到窗口的时候横着走了过来,用胳膊肘把他往后一捣,插到了他的前面。问题不在于不排队、加塞儿,问题在于这个大个子在食堂卖票的窗口站了一会儿,偏偏等到张思远过来时加了进来,这明明是看到张思远老弱可欺,这是专门针对张思远的欺负、侮辱。"同志,你为什么不排队?"张思远的声音颤抖了。根本不予理睬。"后面排队去!"张思远大喝一声,而且动手去拉那个大汉。大汉纹丝不动,回过头来,轻蔑地看了张思远一眼,"少他娘的废话!"他威胁地举起了拳头,"谁说我没排队?我就是排在你前头的!""大家说,他排队了没有?"张思远问,并无畏惧,他相信蛮不讲理的无赖定会受到公众的舆论制裁。然而,多么惊人,多么气人,多么恼人啊!没有一个人言声,有的人还故意掉转了头。"我看,是你没有排队!"大汉一拨拉,差点儿没把张思远推倒在地,他把张思远推出队外,而且摆出一副要打人的架势。你难道能和这样的人动手打架吗?张思远在这个时候多么希望自己的秘书、警卫员、司机在身旁啊!他想象着当自己的身份公布出来,当警卫员掏出手枪,当秘书打电话叫来了公安人员之后这个无赖将怎样的恐惧、面如土色、赔罪求饶,说不定会跪到地上。而周围的群众又怎样地拍手称快……现在,这一切都是不可能的。如果动手,无异于以卵击石。如果在"黑帮"时期我碰到这样的事,我会这样生气吗?张思远问自己,这个自问像一阵清凉的风,吹过了他的身体。

行路难。在家千日好,出门一日难。当老百姓并不是一件轻松的事情,正像当"高干"也绝不是一件轻松的事情。这个故事不应该是庄生梦见自己成了蝴蝶或者蝴蝶梦见自己成了庄生,它应该是一条耕牛梦见自己成了拖拉机或者一台拖拉机梦见自己成了耕牛。在生活里飘飘然和翩翩然的飞翔实在少见。六岁多为了躲土匪,爸爸曾经带着他奔逃,晚间睡在大车店的牲口棚里。他到六十岁也还记得那静夜里马吃夜草的沙沙声,静夜的寒气袭人,这是童年给他留下的最深的印象。抗日战争时期呢,他们常常睡在青纱帐里,夏夜可以听到玉米地里叭叭的声音,乡亲说,那是玉米在拔节,那是一种不可压制的生命的力量、生长的力量,来自泥土、雨水和天空的力量。甚至在长途行军中他走着路也能打盹,前面喊了立正,后面的人把头撞在前面的人的背上。

发牢骚是一件最容易的事情。发牢骚不需要培训,而且时髦。七十年代末期的某些中国人,似乎觉得不发牢骚就不得天黑。他这一路就有许多牢骚俯拾即是。可惜他不是个作家,否则光是交通食堂和交通旅馆的肮脏就够他洋洋洒洒地写一篇文章,再加上两个人物一点儿情节、一点儿感叹和两句尖锐刺激的话,就能做成一篇勇敢地揭露阴暗面的小说。说不定他还能"红"起来,能够参加作家协会,成为一个指手画脚、骂骂咧咧、高人一等、比谁都正确的英雄。写文章咒骂一个交通食堂总比办好一个交通食堂容易得多也痛快得多。然而这究竟能解决什么问题呢?难道把我们的岁月、我们的生命湮没在牢骚和怨言里么?一个没有恪尽己责的、一个丧失了公民的责任感的人的牢骚,究竟值几分钱呢?他在部里给干部讲话的时候曾经提过这么一个建议:我建议每天八小时工作制改为四小时发牢骚四小时工作,前四个小时大家一起发牢骚,跺着脚骂娘也可以,发完牢骚以后一句牢骚话也不许说,都老老实实做好自己的工作,这种四小时工作制也许对于某些涣散的单位比八小时工作制效率还高。当然，这是激愤之语。

所以，他渐渐地不再有牢骚。他想的是自己的责任，每一个人的责任。不管有多少粗野和贫穷，火车在前进，汽车在前进，车轮的旋转使他和别的乘客们时时到达新的地点，车轮的旋转是通向他们的目的地的。正是在旅途中，时间的推移意味着空间的推移，时间的行进成为有形的，成为催赶人的一股可以触摸的力量。

枣 雨

到了，到了，真的到了！到达目的地的快乐便是对于旅途的艰辛的最好的报偿，正像成功便是对于一切艰苦奋斗的报偿。再转过一个山头，再绕过两块圆圆的、非人间所能有的巨大的磨盘似的石头，就是山村的汽车站。老乡们说，这两块石头是当年二郎神担着它追赶太阳的时候，中途撂到这里的。谁也不知道这两块石头已经在这里存留了多少年和将要继续存留多少年。反正张思远离去的这四年多石头并没有丝毫变化，它仍然那样沉着、持重而又永远不老地迎接着远道而来的张思远，它的欢迎的姿势与那几年张思远去邻村办事、买东西，或者看病归来的时候毫无二致，就像张思远压根儿没有离开过，没有当上什么书记或者副部长一样。停车的时候冬冬和冬冬头上的高压线他是同时看到的。冬冬好像又高了，肩膀也宽了，他早已经调到县里担任小学教员。他们在信上说好了，冬冬来这里迎接父亲。"有电了么？"张思远问，这是他下车后问的第一句话。有电了，并且正在用电灯代替煤油灯，用电磨代替石碾子，用电动弹花机、脱粒机、榨油机、舂米机和粉碎机武装粮棉加工……这是冬冬的回答。父子两人向前走了几步就来到了老杏树下，老杏树依然是流出了那么多树胶，像是多感的老年人的泪水，叫人心疼。树胶的颜色、多少、部位和形状完全和四年前一样，昨天老张头还在这棵杏树底下抽旱烟。父亲递给儿子一根过滤嘴"中华"，儿子接过去的时候嘴角微微地一撇。杏树旁边是一个泉眼，为了保持清洁，泉的源头盖着两块青石板。弄脏了清水泉就不是好姑娘，这是波兰玛佐夫舍民间歌舞团演唱的一首歌里的歌词。海云最爱唱这首歌的。初冬的太阳照得他们暖烘烘的，这是一个避风的地方。看，泉眼边的杂草，黄叶中竟又长出了新绿的芽儿。初冬的太阳，没有风，不也和初春的太阳相似吗？那新萌发的小小的草芽儿，可知道它的面前并不是明媚的春天吗？他推开石板掬起清泉喝了两口，还是一样的清冽甘甜。抬起头，他看到了这次重访第一个遇到的山里人。是一个裁缝，一个他在山村期间最少打交道的人。圆圆的老式的花镜，好像与两块巨石一样历史悠久。然而裁缝一眼认出了他，他也一眼认出了裁缝。这不是张书记吗？您怎么又来到了这个小山沟？来来来我给您提着包。好好好我们大家都好，有党中央的英明领导。您这回来是视察还是蹲点？这可是对我们山区人民的最大鼓舞，最大关怀……此一时也，彼一时也，官腔官调，应付长官，多么令人悲哀！

　　幸好这是第一个也是唯一的一个改变了对他的态度的山里人。拴福大哥就不是这样，"张！"老远就大喊了一声，他的习惯是只称呼姓，这个习惯倒有点像外国人。大嫂见了他竟咧开嘴哭了。真想不到你还能到这里来！真想不到大嫂活着还能再一次见到你！真想不到这两年日子一下好了许多！我们养了三头猪和五头羊，还有十五只鸡。本来是二十五只，本来有两只公鸡，天天你啄我我啄你，啄得冠子上全是血，只好把战败的那个宰掉了，谁让你没本事？又有九只母鸡串了瘟。这九只是后买的，那十四只是先买的。秋文医生给那十四只扎过针，用蘸水钢笔把鸡瘟疫苗注射到鸡翅膀上。秋文医生连鸡病、猪病也治，其实公社有兽医站。粮价也提了。核桃、杏仁、枣和蜂蜜的收购价都提了不少。电灯也亮了，广播喇叭也响了。只是粮站工作人员老是压低粮食的等级，农民钱拿多了就好像他们的屁股里被塞进了草。有电但常停电，煤油灯还不能丢，却又减少了煤油的供应。我们年终分了四百多块钱,买了一套二十四个花瓷碗。你现在高升?平安?到了北京?见过中央的那些领导人吧?可干部怎么不下来了呢?过去每年冬天都要来人,虽说有几次也乱整一气,但是我们还是想这些干部们,让他们来嘛,给山里人说说,世界上又出了什么能人,出了什么新鲜事?

十五只鸡马上变成了十三只。年近七十的瘦小的老太婆抓鸡的时候其灵活程度不亚于一个排球运动员。她跳起来把已经起飞的鸡抓到屋里,于是鸡毛上天而鸡肉上了案板。过油的时候鸡丁哧啦哧啦地响,于是白面馍馍入笼和出笼,于是夏秋晾下的干蒜苗、干豇豆、干茄子和腌猪肉也出场。没等到饭熟,乡亲已经来了许多。当场有五家对张思远提出了在这同一天举行洗尘饮宴的邀请,而且不容许不答应。张思远一一点头,不过前后错开,安排了一下时间。张思远再一次后悔没有随身带上秘书和工作台历。这项安排日程的繁重工作只好临时分配给了冬冬。

多么好啊多么好!就像他从来没离开过山村。一样的乡音,一样的乡情,一样的人心!一样的推推哪家的门都可以进,拿起哪家的筷子都可以吃,倒在哪一家的炕头都可以睡!甚至连那几条老狗也没有忘记他,摇着尾巴向他跑来,伸起前爪扑他的腿,从湿湿的狗鼻子里发出撒娇的声音。他实在抱歉,倒是想到了给乡亲们带来一点糖果、圆珠笔、画片,却忘了给这些友好的狗带几块骨头。于是他只好抛出了酸梅糖,用这种东西来款待它们可实在不够意思。有一只黄狗不认识他,凶恶地吠叫,它大概是在他离去这段时间出生和成长起来的。狗的主人把黄狗狠狠批评了一顿,"你是怎么回事?怎么连自己人,连咱们的老张头也咬?你想找死?"骂得黄狗垂头丧气,诚惶诚恐,灰溜溜地退到一旁,深刻反省自己为什么犯了这么大的过失,其实它的出发点却是忠于职守和立功受奖。

虽然也有不少的乡亲问起他的官职,并咋舌惊叹,还一致认为他的升官是一件好事、一件可喜可贺的事,但谁也没有把他当做"上级"看待。他说话既不拉长声，也没有那么多词儿，既不摇头摆尾，也不倒背着手踱来踱去，既不用事前斟词酌句，也不用事后为哪句话不当而追悔。无官一身轻！无官暖人心啊！没有平等，就没有友谊，正像没有土地就没有庄稼，没有核桃树就没有核桃果。还有山里的红枣呢，每一颗枣都像张思远的童年一样久远、古老、鲜甜。张思远小的时候，在他还不是张思远，当然更不会是张教员、张指导员或是张书记，在他只是石头，或者像母亲称呼的那样——小石头的时候，他们家也有一株枣树。打枣，这就是童年的节日，童年的欢乐的不可逾越的高峰！劈里啪啦，竹竿在上面打，稀里哗啦，枣子往地上掉。许多相好的和不那么相好的小朋友都来了，一边吃、一边捡、一边装、一边找、一边喊。有的枣滚到了渠沟里、草丛里、瓦片底下，凡是企图隐藏自己的枣子也正是最甜、最饱满又绝对没有虫子的枣儿，这样狡猾的枣子的每一颗的发现都会引起自己和同伴的欢呼。连土都是甜的，连风都是香的，这童年的喧闹和喧闹的童年！这满脸是土，满脸是汗，满脸是鼻涕和眼泪，满脸是带口水的枣皮和欢笑的童年！也许，对于平等、质朴、友情以及像枣雨一样地洒落地上的社会财富的向往，对于共同的公正而富足的生活的向往，就埋藏在这些喧闹的小小拾枣者的心里？也许，马克思、恩格斯和李卜克内西、列宁、斯大林和斯维尔德洛夫，毛泽东、周恩来、刘少奇和朱德，他们的一生，他们的事业和学说的力量正来自这些喧闹的小小的拾枣者的心底？

现在，须发花白的张思远，身居高位的张副部长，又回到这童年般的喧闹中来了。重新造访的第一天，走到哪里都被山村的男女老幼所包围，被七嘴八舌的问候、说笑、祝福和诉说所包围。我们企盼过的，我们应允过的，我们拖欠过的，我们损害过的，终于我们要渐渐地兑现了。我们总算学会了一点儿东西。乡亲们，鲜红的甜枣，普落如雨！

第一天他来不及和冬冬以及和秋文谈什么。秋文也把自己的音波汇入到欢呼枣儿洒地的儿童似的喧嚣之中。当他的目光与在人群中的秋文的目光相遇的时候,他像孩子一样地兴奋、期待、欢喜。与他对看着的是这一生从来没有看到过的那种看透了一切悲哀的明朗,是那种负责打枣的大孩子看到闹闹嚷嚷的小孩子时候的满意,是照耀着落光了树叶的枣树的月光的沉寂,他微微战栗。

晚上他和儿子,和老农睡在一起。肉、酒、喧闹、温情充塞着他的一夜。于是这一夜的梦概括了他的一生,来自他五十九年的生活经历的压缩复制。放羊娃和地主崽子的打架。穿棉袍的乡村教师的垂青。高唱着《三大纪律八项注意》的队伍的到来。枪林弹雨,第一枚手榴弹没有拉弦就扔了出去。红旗下举手宣誓。他不怕牺牲,他渴望献身,他深信迈过这一步便是幸福的红枣降落到每一个家庭的餐盘里。

夏天。洁白的短袖衬衫。两根宽宽的肩带连结着蓝色的裙子。4583,她们学校的电话。拨动字盘,然后电话机里传来怯生生的声音。接电话的人不问也知道是谁打的。洁白的身影在眼前一闪。什么,她也到了山里?在哪个公社,哪个大队,哪个村子?原来那些传闻都是假的,原来你还在,你不要走,不要死,让我们再谈两句。平反昭雪的通知你怎么没有拿到手?4583,怎么没有人接电话?咣咣,把电话机砸坏了。哭声,是我在哭么?囚徒,自由,吉姆车在王府井大街奔驰。软席卧铺车厢在京汉线上行驶。波音飞机在蓝天与白云之间飞行。上面的天比宝石还蓝。下面的云比雪团还白。又关闭了一个发动机。枣落如雨。弹飞如雨。传单如雨。众拳如雨。请听一听我的心脏。请给我一瓶白药片。请给我打一针。是的,报告已经草拟,明天发下去征求意见。

这能行吗?这不可能吗?他一再警告自己早已不是热情和想象的年纪。然而,与生命俱来的想象和热情,不是只能与生命俱去么?如果这一切都成为真的……不正是这一个又一个的假设成为指引他行路向前的火炬么?来以前还有点儿犹豫,有点儿打鼓,有点儿担心呢。还有点儿舍不得部长楼的那四间高分子墙纸贴面的住宅呢。真不好意思。张思远就在这里呢！张思远没有变。张思远是山里人，张思远就是自己。什么？到时间了？我马上就去。开不完的会，在睡梦里也还要开会。同志们！现在的形势很好。我们要安定团结，要进行改革，要精兵简政，官比兵多的现象再也不能继续下去了。

距　离

　　天气也欢迎张思远的重新造访。一连许多天都分外晴好。人，山，树和空气，都从容安详。冬冬陪着父亲转遍了每一块梯田，山坡，果园，菜地。高大的柿子，丰满的核桃，古怪的花椒，俏皮的山楂，风流的桃李，朴实的苹果……别来无恙。蹚过一段酸枣刺，躲避着猎獾人下的夹，他们来到育林区。五年前他们冒雨栽下的油松、马尾松和落叶松苗，已经长得超过了膝盖。自己亲手栽下的（那天手上、脸上和衣服上全是泥）松树将要久远地在这里成长壮大，将要在这一代人、这两代人、这几代人身后继续葱郁葳蕤地庇荫这块山坡。这真让人欣慰。

　　但是他和冬冬却谈不拢。这次来冬冬对他特别体谅和关心。您要锻炼身体。该休息也得休息。最好每年夏天都到海滨去一次。冬冬真是大了，懂得疼人啦。回北京吧，你完全有理由……让我们在一起，我一天天老了。冬冬的回答是意想不到的坚决：不。为什么？不为什么，我不愿意当高干子弟。这是什么意思？"高干"就不能有自己的孩子？我们为了革命，为了人民没有吝惜过生命和鲜血。张思远有点儿激动，冬冬却很平静。你们可能是崇高的和伟大的一代人，但你总该正视现实。群众舆论对高干子弟就那么不利？您别忙。我们也愿意做崇高伟大的一代人，像你们一样，做披荆斩棘的探求者、开路者、创业者。但是你们只要求我们、只允许我们做守业者，做接班人，只允许我们顶替你们的位置，要求我们走在你们的脚印上。不，那是办不到的。我已经二十七岁了，从生下来我们就受教育，听父母的话,听老师的话,听团小组长的话,听贫下中农的话,听屁大的一个什么官儿的话。现在,我们该自己教育自己了,该自己去选择自己要说的话了。

你这样说既片面又空洞。何必故作惊人之语呢?中国吃各种惊人之语的亏还不够吗?是党的政策而不是你们的惊人之语——另一种类型的假、大、空话给农民带来好处。你不是真空,中国不是真空,历史不是真空。你们不能从钻木取火开始。你们既不了解国情又不了解历史。靠你们的那些皮皮毛毛的见解只能误国误己,头破血流。人类历史是一个连续不断的过程,革命是几代人的事业。接班丝毫不意味着墨守成规,真理标准的讨论已经为发展、创造、突破扫清了道路。中国需要的是切切实实的工作而不是狂徒的自我膨胀。活到老学到老,连我也时时觉得自己需要受教育……

冬冬发现有一株山楂树上竟有五颗鲜红的果实没有被采摘走,他捡起几块石头去击落那幸存的红果。他对与父亲辩论并没有什么兴趣。最后他说:

"明天我就回县城了,我们还可以在县城谈谈,请您不要生气,我现在不那么愿意和您在一起,一个原因就是您太爱对我进行教育。妈妈在世的时候并不是这样,她用十分之九的力量照顾我,只用十分之一的力量指点我。这又有什么办法呢?她是一个弱者,而您是一个强者。我宁愿碰得头破血流也不愿依附于您。我会去看您的。今年暑假我可能就去……还不行吗?"

张思远沉默了,他转过身,凝视着对面山坡上的小松树,默默地把儿子分给他的两颗酸果放到嘴里。夕阳照耀着小松树,小松树拖下了比自身长得多的影子。

告 别

早在一九七七年,张思远便得知了秋文原来的丈夫已经死于劳改队的消息。他给秋文写去了慰问的信，由于那特殊的难知其详的"离婚"，他无法直言哀悼，只是关切地问候起居，也讲述了自己工作上、生活上、身体健康上的一些苦恼，并且表述了不被这些苦恼所压倒，而要压倒这些苦恼，一往直前、鞠躬尽瘁的心思。

他没有收到回信。这是他给秋文写的第三封信。第一封信是他刚刚回到市委以后，夹在给冬冬的信里，寥寥数语："我常常想起在山村的难忘的日子。我非常感谢您在医疗和其他方面对我的帮助。我更感谢您对冬冬的关心。祝您和您的女儿安好。"这封信也没有得到回信，只是冬冬来信时写道："秋文阿姨叫代问您好。"

第二封信是一九七六年春天，在"反击右倾翻案风"的悲剧闹剧里又要强迫张思远扮演一个罪人的角色。空气肃杀，写信也是战战兢兢的。回信马上来了，用的全是社论里可以找到出处的词语。"让我们坚信，毛主席的革命路线一定能够取得彻底的胜利！""这里的贫下中农随时准备接待您重新来进行劳动锻炼，改造世界观，""彻底的唯物主义者是无所畏惧的，共产党的哲学是斗争哲学。"张思远完全懂得这些话的意思，一想起秋文、冬冬和山村，他的心就落到了实处。

从一九七七年他就想再去看望一次秋文，他想去探求一下改变他们俩的生活、使他们俩生活在一起的可能性。秋文是他遇到的一个有点儿怪的人，一个既有松树的坚定又有柳树的灵活的人，在山村的五年，秋文要比他更强、更有力量。另外，自从他明确地坚决地表示不愿再与美兰恢复关系以后，关心他的"生活问题"、"个人问题"的人实在太多，有许多老战友特别是老战友的夫人硬把照片塞到他的手里，他不胜其烦。有一次他干脆宣布，他已经自己找好了，就在他曾经劳动过的山村，他将亲自把她带来，无劳众位费心。塞到手里的照片没有了，半信半疑的好人们一见到他就要问："什么时候？"好像在提醒他和催促他快快偿还积年老债。

"也许按照我们中国人的习惯，我早就不应该说这些了。也许，我的话会使你不高兴。但是,这话在我的心里已经好多年了。最初,我得肺炎的时候,还没有这么老,是你给了我力量,镇静和勇气。只是因为……我才把这种感情压在心底。"

"谢谢您了。"秋文这样说。真诚,又有点嘲笑。

"我还从来没见过你这样的女同志。你既清高,又随和,既泼辣,又温良,既……"

"这么说我也是高大完美,几百年出一个了?"

"请别开玩笑。"张思远的声音有点忧郁了,"而且,我觉得你了解我,也许你还喜欢我。"

秋文动了一下,躲避开张思远的目光。

"我碰到许多困难。我的脖子上套着拥脖,我还得拉套,有时候还要驾辕。遇到难题,我常想,假如你在我的身边,假如你能给我当参谋,当后台,当……不论什么,工作和生活就会容易得多了。"

"……"

"我这次来,就是为了你。你不会猜不到的,跟我走吧。你去了以后,工作由你自己挑选。还有女儿,她当然跟着我们……"

"什么我们?"秋文的声调是严厉的,"为什么我要去做你的参谋、顾问呢?为什么我要放弃我的工作、我的岗位、我的生活、我的邻居和乡亲,去跟着您当部长夫人呢?"

"……"

"瞧,您想的只有自己!官儿大的人总觉得自己比别人重要,是不是?您连一秒钟也没有想到,您可以离开北京,离开您的官职,到我身边来,做我的参谋、我的后台、我的友人。是这样吗?"

"这个方案也可以考虑。"

"可以考虑?官腔!对不起。单冲我刚才的表现,也证明我并不像您想的那么好。您的工作本来就比我的重要一百倍,一千倍。不服是不行的。我拥护您和您的同僚们。你们是国家的精华和希望。你们失去了太多的时间,我相信你们会夺回来。我祝你们成功。

我愿意和你们拉起手来。但是我不能去。我已经野惯了。部长夫人的生活会使我窒息。在那样的环境里,我找不到自己的位置。"

"那么在这里呢?你准备在这里终此一生吗?你难道和这里的环境没有距离吗?"

"更多的是融洽。所以我佩服您。您既能当副部长,又能来到山村和我们在一起。还异想天开地想把我也拉了去。而我的适应幅度可没有这么大,我就做个乡村医生吧,给山里人解除一点痛苦。别忘记我们!心上要有我们,这就什么都有了。谢谢您……"秋文的声音有点呜咽了,"我只希望您多为人民做好事,不做坏事……你们做了好事,老百姓是不会不记下的。"

张思远的喉头也哽住了。他缓缓地离去了。秋文没有送他。他长久地后悔,为什么不多看上两眼,秋文坐的结实沉重的椅子,秋文的没有上过油漆的白木桌子。她的灯,她的书,她的脸盆架,她的草帽和听诊器。这一切物品都比他幸福,这一切物品都昼夜陪伴着秋文,都和秋文在一起。

乡亲们继续招待,胃和头脑一起进行社会调查。豆腐和粉丝,果酒和老醋,全部是他们自己的副业。鲜鸡蛋、咸鸡蛋、松花蛋和臭鸡蛋,动物蛋白和零花钱都在增长。黍面油炸糕蘸蜂蜜,这是山里人最好的甜食……还有什么困难么?还有什么意见么?就是怕变。只要政策不变,只要这样搞下去,只要再不自己折腾自己,日子就步步登高。乡下的情况比原来设想的还要好些。你们快点富起来吧,我们的国家指望着你们呢!记住以往的经验教训,稳稳当当地带着我们前进吧!我们农民指望着你们呢!酒足饭饱,他们互相鼓励着。

底下便是告别了。张副部长的秘书很会办事情,在张思远悄悄地回到山村,在他重温了和饱尝了普通老百姓的好处与难处之后一周,当地领导接到了他的秘书的电话。立刻,领导人、接待人员、小汽车都来到了山村。张思远注意地环顾四周,最后他确信乡亲们对他比儿子对他更要理解,他悟到乡亲们那样亲热并不是因为不知道他官复原职而且有升迁,不是不知道他完全有可能坐上小车、带上随行人员前来,而是知道了这一切但更知道他的为人、他的本色。乡亲们对待他没有变,是因为相信他没有变。这让人感动得热泪盈眶。这使一周来的经历更具有动人的美好色彩。于是人们簇拥在一对巨石旁欢送他。别忘了我们!人们希望的不过如此。难道能够忘怀和违背这样的愿望吗?他含着泪坐到了司机旁的在当地认为是最尊贵的座位上。他的心留在了山村。他也把山村装到自己的心里,装到汽车上带走了。他一无所得?他满载而归。他丢了魂?他找到了魂。在县里与冬冬话别以后,车向省城驶去。当然,再没有排队,没有野蛮霸道的小孩子和大流氓,没有生葱味,没有令人无法安眠的大房间。我敢忘记我受到了多少照顾吗?我没有责任、没有义务让大家都过上文明和富裕的生活吗?在省城的高级宾馆住过一夜以后他上了飞机。是四个人一排的头等舱。"禁止吸烟"和"系好安全带"的字灯亮了,发动机像发了疯一样地怒吼。飞机抬头了,他们腾空而起。山村被远远地撂在后面,繁重的工作堆在前面。回去以后他面临的任务棘手而又大有可为,他什么都不怕了。穿着清洁的蓝制服、头上戴着缀有中国民航的银色鹰徽的硬壳帽子的小小的女服务员端来了香茶、夹心巧克力、胶姆糖、纪念画片和一家外商承印的附有广告的飞行时刻表。一只翅膀略略抬高,他们在转弯,达到了预定的高度。比任何一只蝴蝶都飞得高得多。发动机的声音平稳,庄重,叫人放心。机舱愈来愈热了,他旋松头顶的黑色塑料"龙头",冷空气吹到他的脸上。他隔着圆圆的舷窗长久地注视着祖国大地。他爱这阳光和阴影,轮廓和色彩十分分明的一个又一个的山岭,像是一排排裸露的核桃仁。他爱这线条齐整如棋盘格子的田园。他爱这纵横交错如蛛网的大大小小的道路。什么时候,能把我们的祖国,包括我们的山村,都放到喷气式飞机上,赋予她们以应有的前进的高速呢?难道民国十八年开始用的咸菜汤,还要继续腌下去吗?下面是云层了,白茫茫,灰蒙蒙。不管飞得多么高,它来自大地和必定回到大地。无论人还是蝴蝶，都是大地的儿子。他拧紧调节空气的旋钮，放低了椅背，他安安静静地睡着了。

桥　梁

　　他吃了一碗鸡丝汤面，一个花卷，几片火腿和几片榨菜。他伸了一个懒腰，点起一支烟，吸了几口就掐灭了。他不是诗人，他再没有时间抒情、缅怀和遐想。他必须像牛一样地、像拖拉机一样地工作。工作做好了就有了一切。他换上睡衣和拖鞋，拿起剃须刀架，打开洗澡间的顶灯和整容镜上的罩灯。他放了热水，把胡须剃了个干干净净。所有的愁雾都吞咽到肚子里而面孔在两盏灯的交映下容光焕发。他一贯如此。他往澡盆里放水，不断地用手试着水的温度。他试着哼了哼在旅途中听过的那首香港的什么"爱的寂寞"的歌曲，他哈哈大笑。他改唱起《兄妹开荒》来。他好好地洗了个澡，把一切不必要的，多余的负担都洗掉了。他坚信洗澡是快乐与健康之源。他坚信他会顽强地活下去，工作下去，直到至少家家户户都有一个洁白闪亮的澡盆。他用干毛巾揩净了身体上的水珠。顶灯与整容灯照红了他的皮肤。他还不老。他的血管里流着热和红的血液。他关掉这两个灯，来到客厅。他吸完刚才搁下的那半支烟。他打开落地式收音机，李谷一在演唱《洁白的羽毛寄深情》。他站起来，洗过澡以后人轻盈得就像蝴蝶。他轻轻走过去打开阳台的钢门。清冷的夜气扑来，他以为是来自山谷的风。他披上大衣走了出去，天上的星星和地上的灯火连接在一起。他看着这些无言的、久远的星星。他发现这些谦逊而持重的、丝毫也不与盛气凌人的新贵——碘灯和钠灯争辉的星星和山村的星星并没有两样。支持她们的是同一个天空，憧憬她们的是同一个地面。在昨天，今天和明天之间，在父与子与孙之间，在山村二郎神担过的巨石与十七层的部长楼之间，在海云的在天之灵与拴福大嫂新买的瓷碗之间，在李谷一的"洁白的羽毛"和民国十八年的咸菜汤之间，在肮脏、混乱而又辛苦经营的交通食堂和外商承印的飞行时刻表之间，在秋文的目光、冬冬的执拗、一九四九年的腰鼓、一九七六年的游行，在小石头、张指导员、张书记、老张头和张副部长之间，分明有一种联系，有一座充满光荣和陷阱的桥。这桥是存在的，这桥是生死攸关的。见证便是他的心，便是张思远自己。要使这桥坚固而又畅通无阻，他渴望着一次又一次地与海云，与秋文和冬冬，与拴福一家的相会。他期待明天，也眺望无穷。

他做了几个扩胸的动作，深深地吸了几口空气。似乎电话铃在响。他走进温暖明亮的室内，随手拉上了浅绿色的窗帘。他关掉客厅里的灯，走进装有电话的居室。他拿起电话，是部长，向他问候旅途辛苦和健康，问他："任务完成了没有？""差不多了，差不多了。"他爽朗地回答，这个脱口而出的答话恰到好处。然后部长向他叙述了一些情况，通知他后天有一个事关重大的会议，要他准备好发言。

他谢了部长，放下电话，走向写字台。最急需看的文件、信件和资料，秘书已经送到了这里。秘书开列了一个立刻要处理的事项的清单。他拿起粗大的铅笔。他开始翻阅这些材料，一下子就钻进去了。他觉得有那么多人在注视他、支持他、期待他、鞭策他。

明天他更忙。

发表于《十月》1980年第4期

杂　色

对严冬的回顾,不也正是春的赞歌吗?

这大概是这个公社的革命委员会的马厩里最寒碜的一匹马了。瞧它这个样儿吧:灰中夹杂着白,甚至还有一点褐黑的杂色,无人修剪、因而过长而且蓬草般地杂乱的鬃毛。磨烂了的、显出污黑的、令人厌恶的血迹和伤斑的脊梁。肚皮上一道道丑陋的血管,臀部的深重、粗笨因而显得格外残酷的烙印……尤其是挂在柱子上的、属于它的那副肮脏、破烂、沾满了泥巴和枯草的鞍子——胡大呀,这难道能够叫做鞍子吗? 即使你肯拿出五块钱做报酬,你也难得找到一个男孩子愿意为你把它拿走,抛到吉尔格朗山谷里去的。鞍子已经拿不成个儿了,说不定谁的手指一碰,它就会变成一洼水、一摊泥或者一缕灰烟呢。

"又有什么办法呢? 武大郎玩夜猫,什么人玩什么鸟嘛。跛驴配瞎磨,一对糟烂货噢。什么人骑什么马,什么马配什么鞍子,这不也是理所应该吗?"曹千里含笑自言自语着,又像是与这匹可怜的老马搭讪着,立在灰杂色马的近旁,拍一拍它的脖颈,又亲昵而且友好地在它的颧骨和腮上为它搔搔痒、顺顺毛。这是何等的恩典哟,换一匹别的马,一准会因为舒服和感激而摇起尾巴、晃起脑袋来的,有的马还会主动地把脸凑近你,在你的手掌上蹭过来、蹭过去,这样的马可真会拍马——不,应该叫做拍人了吧? 这是讨人欢喜的啊。

然而老马一动也不动,包括眼神。老马的眼珠子叫人想起年久污浊的两块表蒙子。难道对于它来说,抚摸和鞭打就没有什么两样吗?它可不像那匹枣红马,枣红马只有三岁口,当你骑上的时候,哪怕无意中你的皮靴后跟碰到了它的肚子,它就会马上一个激灵,一个飞跃。如果你竟敢用鞭杆戳一下它的屁股呢,它会一蹦一蹿,一冲就是一百米,把你甩到山坡上。而如果你爱抚它,亲热它,摩挲它呢,它就会得意洋洋,昂首阔步,引颈长嘶的……那么,再设想一下,如果你干脆给它一鞭子呢?当然,谁也不会有这个胆量,可是假使你硬是把它打了呢?它会抖擞红鬃,腾空而起,化作神龙吗?它会疼痛愤怒、狼奔豕突、复归山林吗?它会横冲直撞、歇斯底里,最后跌一个粉身碎骨吗?如果,它既没有化作神龙,也没有复归山林,又没有粉身碎骨,那么鞭打一次它就会迟钝一次的吧?那么,皮鞭再乘上岁月,总有一天枣红马也会像这一匹灰杂色的老马一样,萧萧然,噩噩然,吉凶不避,宠辱无惊的吧?

所以,大家都说骑这一匹灰杂色的老马最安全。是啊,当它失去了一切的时候,它却得到了安全。而有了安全就会有一切,没有了安全一切就变成了零。这可真是颠扑不破的金玉良言噢!曹千里眨一眨眼,微微一笑,摇一摇头,深深地吐了一口气,用力地又吸了一口气。经过这么一番自创的"气功"动作之后,他的自我感觉似乎颇有改善,觉得清爽了许多,而周围的一切,包括这匹老马和它的鞍子,也变得可以过得去,可以凑合,也还不赖了。

空气清凉,干草味儿和马粪味儿再加上炊烟味儿,令人依依。天已经大亮了,那个曾经带来自己的遥远的慰藉的残月正在失去自己的形体。月光是温顺的,昨夜,在月光下一切都变得模糊、含混因而接近起来,但是此刻,蓝晶晶的天空和红通通的太阳又把这个世界的所有的成就和缺陷清理出来、雕刻出来、凸现出来了。从马厩向外望去,干打垒的土墙东倒西歪,接头处裂出了愈来愈宽的缝子,有的缝子里已经长出了耐旱的、多刺的植物了——多可惜,扎根扎错了地方,生命力再强也难以成材!到处是牲畜的、人的粪便以及由于饲养人员管理不善而散落的草料,还有丢弃不用了的废木轮、绳子头、皮条、古老而又笨拙的马食槽子……至于把地上的这些乱七八糟的东西融合起来,统一起来的则是"五行"中最伟大的一"行"——土。在这个终年少雨的地方,到处是飞扬的尘土。特别是在饲养牲口的地方,地面被各种铁掌和肉蹄踩踏得松松软软,好像是铺上了厚厚的一层面粉,如果你走在上面,尘土会淹没你的脚脖子,而你的背后,则是一缕尘烟。而如果你往这样的地面上泼下一桶水呢,水立时就无影无踪,只是每一粒水珠都会砸下一个五寸深的小坑,好像霎时间出现了一个麻脸,然后一阵风过去,小坑不见了,铺在地上的,仍然只有柔软松泛的面粉一样的土。

就是这样一个地方,它美么?很难说它美。然而现在是清晨,是一天的最好的时光。清晨,从马厩的破屋顶边斜着望上去,可以看到几簇颤抖着的树叶,厚重的尘土遮盖不住它的绿色的生机。

要是曹千里早一点出来就好了,但他起床以后只顾了喝奶茶,竟喝了半个多钟点。虽然曹千里来这个公社只有三年,但他处处学着本地人的生活方式,本地人的语言、本地人的饮食。他模模糊糊地觉到,这种本地化的努力不但是改造的一个重要方面,而且是适应、生存、平衡的必需,甚至是尽可能多地获得生活乐趣的最主要的途径。他喝完了一碗奶茶以后,又把烤得黄里透红的油光光的馕饼掰成了碎块儿,一口一口地咂起馕饼的滋味来。馕吃多了口干,更想喝茶,茶喝多了澥里咣当,就更想吃馕。于是,他又加吃了一碗奶茶和几块干馕。这第二碗奶茶已经不是为了充饥,而是为了享乐了,这也可以叫做为喝奶茶而喝奶茶,为吃馕而吃馕,为艺术而艺术以及什么为活着而活着吧?

在淋漓大汗地喝了三大碗奶茶以后,曹千里来到马厩鞴马。他骑马去做什么,这是并不重要的,无非是去统计一个什么数字之类,吸引他的倒是骑马到夏牧场去本身。这是不是和伯恩施坦的鬼话有点相像呢？去它的。他不无兴致地来到马厩之后，懒洋洋的饲养员哈森巴依含混地向他问了好，说了几个字。曹千里心里有数，以他的地位他不可能有更好的马用，以他的骑技他也不敢问津，例如那一匹枣红马。毋庸置疑，他走到他的老搭档——灰杂色马的身旁，为它搔着痒痒，觉得倒也是知足者常乐。混吧，凑合吧，怎么还混不到天黑？干什么还不是挣钱养家？骑什么马还不是迈一步再迈一步？比上不足比下有余，这也是命，好死不如赖活着，赖马也比好人走得快……近年来，有那么一些本地人爱说的这些话他已经愈听愈多，愈记愈多了。这些好像有点落后的话也有好的一面，至少没有野心家的味道，没有个人英雄主义和向上爬的思想。他自以为，他已经像接受奶茶和馕、接受当地的少数民族的语言一样，接受了这种与世无争、心平气和、谦逊克制的生活哲学了。他自以为真诚地时时这样疏导着自己，安慰着自己，平衡着自己。但是，当他动手去拿起千疮百孔的鞍子的时候，他一眼瞥到了老马的脊梁上的血疤，一阵心痛使他的血往上涌了，他用当地的粗话骂了一句。世界上难道还有这样的鞍子吗？难道能够这样对待这样一匹马吗？即使对待一只老鼠也不能这样嘛，如果你竟然有时还要骑一下老鼠的话。这样的鞍子实在是对马的折磨，也是对骑这样的马的人的糟蹋！要知道，山里人是根据鞍子而不是根据服装来判断骑马者的社会地位的呀！如果鞍子坏成了这样，连换都不换，连修都不修，那么，为什么不把马宰掉吃肉呢？嗖的一声拔出刀子，向上苍喊一声"比斯敏拉——"（以真主的名义），然后白刀子进，红刀子出，热血喷溅它一大片地面，招惹来一群嗜血的乌鸦……那不也是马的正当出路吗？何况剥下皮来，买一斤酒一斤包谷面，加上硝，加上碱，鞣好了，卖到外贸收购站，每张两块一毛七分五呢！

全都乱了，全都忘了，全都顾不上了，除了权和线，线和权，夺，反夺，反反夺，反反反夺和最最最最最以外，谁能顾得上别的事情呢？谁能顾得上一匹马和它的鞍子呢？难道这个鞍子坏了会影响权和线吗？难道死一匹马有什么值得大惊小怪的吗？何况灰杂马并没有死，它活着呢！

　　算了，算了，难道我管得了这么多吗？与其发牢骚，为什么你不去修一修这个鞍具，或者制造一副新鞍具呢？我不会。不会你废什么话？你不过是一个五谷不分、四体不勤的空谈者，没说你是寄生虫还便宜了你。难道你有责任或者有能耐去发愁、去头疼、去生气、去发议论吗？你埋怨哈森巴依吗？这位老饲养员到了夏天还脱不下冬天穿上的破棉袄呢，你为什么不把你身上穿的蓝华达呢干部服脱下来送给他呢？你是一只多么渺小的蚂蚁啊！

　　当曹千里拼命地贬低自己，把自己想得、说得既渺小又卑贱的时候，他的脸上会不由自主地焕发出一种闪光的笑容，虽然闹不清这笑容是由于自满自足还是自嘲自讽。他甚至于有一点快活了，挖苦自己——如果挖苦得俏皮的话——不是比挖苦别人更多乐趣而更少风险吗？

　　他学着当地的某些带几分流里流气的青年人的样，眯起了一只眼睛，摇晃着上身，东张西望。

　　他在寻找一块破毡片，可这儿哪儿有破毡片呢？失望之中……有了，他大步跨去，走到一把丢在墙角的铡刀旁边。这把铡刀大概从一九六六年的夏天就再也没有人用过了。一九六五年"四清"的时候，推广过细草精养。可等到一九六六年的伟大运动一发生，一乱，不知怎的哈森巴依便也恢复了旧制，懒办法，抓起一捆苜蓿，连腰子都不解开，远远向牲口一抛，哎，萨拉姆，齐啦。被霉锈吞噬着锋芒，默默地闲置着、消耗着自己的钢质的铡刀，扭扭曲曲地斜躺在尘埃和草叶里。看它那个窝囊样子，你能想到它昔日的威风和锐利吗？你能想到它"刷"的一下，把一切都拦腰斩断、切个整整齐齐的嘎嘣利落的气概吗？唉，唉，就是孙悟空的如意金箍棒搁久了不用，也会变成废铁的啊！

　　但他不是来凭吊铡刀的。天若有情天亦老，人间正道是沧桑，谁知道铡刀的被买来和被遗忘是否一种天经地义的"正道"呢？反正铡刀下面还铺着一小块毡子，这是当年续草的人用它来垫地的。正是这块毡子引来了曹千里。他走过来，抻开毡子，连土也不抖落，用一种毫不怜惜的蛮横动作撕下了毡子的一角，再回到老马的身边，用这一角毡子盖到了马背的伤疤上，最后放上了那破烂不堪的鞍子。

　　曹千里把灰杂色马牵出了马号大院，不过他好像不好意思马上鞴鞍和骑上，却陪着灰杂色马漫步向村口走去。走了一百多米，他觉得双方感情更融洽了，气氛也更自然了，他才拍了拍马背，灰杂色马立刻驯服地停下了懒洋洋的步子，漠然地任曹千里紧肚带和顺后鞦。他理好了脚镫，又用皮绳把一件破棉袄绑在鞍后马胯骨上，轮到上嚼环的时候却有点犯起犹豫来！难道这样的马还需要勒嚼子吗？当然，呆会儿要走汽车拖拉机来来往往的公路，还要走狭窄崎岖的山径，以他的骑技来说，放松控制是危险的。而且按照本地人的说法，"越是老实的马越拧"，老实马拧起来比调皮的枣红马顽固得多，强有力得多，因为老实马也像老实人一样，有一个致命的弱点：心眼儿死。但他还是下定了决心：不戴嚼子！哪怕是对一匹在名单上排在末尾的、姥姥不疼、舅舅不爱的老瘦马，如果他能给予它一点破例的关怀，如果他有权表现一点点宽容，如果他有可能减轻一点它的无边无涯的痛苦，那也是十分令人安慰的啊！

　　"唉，我的朋友！唉，我的伙计！哈，你这一匹像老鼠一样胆怯，像蚂蚁一样微小，像泥塑木雕一样麻木不仁的马呀！"曹千里自言自语着，又对马絮叨着，啰嗦了半天，最后还是骑到马背上了——马总是要被人骑的嘛，这又有什么法子呢？马若无其事地迈动了它的不紧不慢的步子。曹千里的心里充溢着那么多的对马的同情，对马的怜悯，对马的爱，以至于马的蹄子每举一下，耳朵每抖一下，脊骨每动弹一下，臀部每扭一下，肚皮每收缩一下，包括老马的巨大的鼻孔每张一下、喷一下，曹千里本人的四肢、耳朵、脊背、臀、肚子乃至鼻孔也都跟随着进行同样的运动。他的每一部分器官，每一部分肌肉，都体验到了同样的力量、同样的紧张、同样的亢奋、同样的疲劳与同样的痛楚……也许，并不是他骑着马，而是马骑着他吧？也许，那迈开四蹄，在干燥的灰土和坚硬滚烫的石子上艰难地负重行进的，正是他曹千里自己吧？

好了，现在让曹千里和灰杂色马蹒蹒跚跚地走他们的路去吧。让聪明的读者和绝不会比读者更不聪明的批评家去分析这匹马的形象是不是不如人的形象鲜明而人的形象是不是不如马的形象典型以及关于马的臀部和人的面部的描写是否完整、是否体现了主流与本质、是否具有象征的意味、是否在微言大义、是否情景交融、寓情于景、一切景语皆情语、恰似"僧敲月下门""红杏枝头春意闹"和"春风又绿江南岸"去吧。让什么如果是意识流的写法作者就应该从故事里消失、如果不是意识流的写法第一场挂在墙上的枪到第四场就应该打响，还有什么写了心理活动就违背了中国气派和群众的喜闻乐见、就是走向了腐朽没落的小众化，或者越朦胧越好、越切割细碎、越乱成一团越好以及什么此风不可长、一代新潮不可不长的种种高妙的见解也尽情发表以资澄清去吧。然后，让我们静下来找个机会听一听对于曹千里的简历、政历与要害情况的扼要的介绍。

姓名：曹千里；现名、曾用名，同上。男。一九三一年十二月二十七日晨三点四十二分生于A省B专区C县D村。家庭出身：小土地出租者，父亲是老中医，母亲读书识字。（是否漏划地主？）本人成分：学生。现在文化程度：大学，书读得愈多愈蠢。汉族。行政二十三级。

一寸半身免冠照片。身高一米七二。体重五十六公斤——显然不胖。发色：黑，但已有白发十四至十六根。发型：没有及时修剪的平头，由其配偶不时用自备的推子试验整修。

面貌特征：无福的面孔，上宽下窄，后脑像长茄子。左眼比右眼略大，鼻子周正而且轮廓鲜明（唯一可取，但须注意不可因此自傲自满)。嘴大小尚一般,但笑得厉害或哀得无泪的时候嘴角略歪。

表情分类。一、通常型:谦卑,带笑,随和,漠然中仍然包藏着某种自恃。自负躲在谦卑后面,好像星星躲避在薄云的后面。二、思索型:他时有思索,并不一定必须在夜静更深之时、明窗净几之处、焚香沐浴之后。有时他正在和你说笑,正在斟酒猜拳,正在吃饭拉屎……突然,他两眼发直,对周围的一切失去了反应,又似傻呆,又似悲哀,又似苍老——皱纹刹那间布满了全脸,除去下巴依旧光滑;然后又似热情,呆滞的目光中有光、有火、有浩然之气。这种表情往往是转瞬即逝的,别人难以察觉,察觉了也可能以为他是偶犯疝气。三、快乐型或游戏型:多半是在喝了酒、吃了肉之后,天真、幽默、达观、自满自足、饶舌、欢蹦乱跳,如齐白石老人笔下的小鱼小虾。

一九三一年十二月至一九三三年二月,该曹在乃母怀里吃奶,在炕上爬,并学叫"爹""妈",学用手指在空中抓挠和用腿下蹬,学伸直脖子、伸直腰、伸直腿、站起来和走路。已经因为好无缘无故地哭而多次受到劝告、警告和打屁股处分。

一九三三年二月至一九三六年九月,在家赋闲。

一九三六年九月至一九四一年九月,不满五周岁即上小学,泡在资产阶级教育的染缸里,开始受到个人主义、个人英雄主义、名利思想、向上爬思想、白专道路思想等等的熏陶。

一九四一年九月至一九四四年九月,该曹随父、母迁至天津,并于一九四一年跳班考入初中,初时喜爱数学,后突然迷上了音乐,曾尝试作曲给同学演唱,曲词均不健康,有"青春一去不复返"之句,违背了永葆革命青春之指示。一九四四年九月,考入音乐专科学校附属中学。本来考入这个学校只需小学毕业程度,但该曹为了以音乐为途径出人头地,不顾自己已读完初中课程,降级考入音专附中,利欲熏心,司马昭之心,路人皆知。

一九四四年九月至一九四六年九月,随着日本投降后国际、国内形势的变化,开始注意政治,参加反美反蒋的学生运动,成为学生自治会的活跃分子,开始混入革命队伍。

一九四六年九月至一九四八年十一月,在音专附中,曾因在新年联欢会上演唱《兄妹开荒》与《十二把镰刀》被国民党特务机关逮捕,据查尚无动摇叛变自首表现,但不排除今后深入清理中确证其为叛徒的可能性。

一九四八年十一月,解放后即转为新民主主义青年团员,并参加南下工作团,至湖北做经济工作。一九五一年终因不安心经济工作和与领导吵架,开小差跑回天津,并因而按自动脱团处理,脱离了革命队伍。

一九五二年考入中央音乐学院,在音乐方面颇有资产阶级才能。所作曲子数度在该院举办的音乐会上上演,日益走上无标题的牙(疑是邪之误)路。一九五五年因读路翎等人的书而受到审查教育。

一九五七年在反右运动中定为"中右",写检讨七十九页,态度尚好。自音乐学院毕业后分配至郊区一中学任音乐教师。一九五八年扫"五气"中,一度被称为应该拔掉的"白旗",旋即纠正。大跃进中曾写《抗旱歌》《誓叫荒山变果园》《我就是龙王》等歌曲,并被文艺黑线所赏识。一九六〇年该曹出于个人目的自愿申请支援边疆,遂调至边疆 W 市郊区某文化馆。一九六一年因不尊重该文化馆领导被批判。一九六二年精简人事时该曹又自愿申请去小学任音乐、图画、体育和珠算教员。一九六四年"四清"中因家庭成分问题受审查,一九六五年又调往 Y 自治州 Z 市任小学教员。一九六六年被英姿飒爽、屹立在东方地平线上的革命小将们揪出,任老牌牛鬼蛇神。旋即在批判资产阶级反动路线时被平反。该曹一度参加造反队,并贴出了《我也要革命!》《我要自己解放自己》等大字报,不久,变成了逍遥派。一九七〇年,在"一打三反"与"清队"中再受审查,其结论摘要如下:

"虽有反动思想,尚无反革命行为。实属没有改造好的资产阶级知识分子,但主要仍是世界观问题。不过在运动中态度不好,没有主动地交代与检查自己的问题,尤其是拒不揭发他人的问题,但民愤不大。结论:不适于在上层建筑——无产阶级专政的工具中工作,应予调出。"

一九七一年调往 D 县待分配,四个月后分至 Q 公社插队劳动。

一九七三年就地分配至公社任文书、统计员,至今。

今是什么?

今天是一九七四年七月四日,曹千里现年四十三岁六个月零八天又五个小时四十二分。

哦,曹千里,这又有什么办法呢?他曾经热情而又单纯,聪明而又自信,任性、漫不经心,却又像一个乐观的孩子。他从来不考虑后果,想怎么说就怎么说,想怎么做就怎么做,甚至在他"开小差""自动脱团"以后,他仍然觉得自己有理,觉得自己照样可以为革命做出贡献……"原来是我错了呵!"后来他认识到了,是五年以后。然后他再毫不考虑地做第二件错事,五年之内仍然不认错……他哪里知道,他将要为他的这种性格付出什么样的代价呢?

甚至直到今天,当别人问到他的经历的时候,他还要强调说:"我是自愿到边疆来的","我是自愿到基层来的"。他甚至感到奇怪,为什么人们要用异样的眼光看着他,要用异样的表情听他叙述自己的经历呢?他的经历里,到底有什么可悲、可笑、可耻的东西呢?不是都说到边疆去光荣,到基层去光荣,和劳动人民生活在一起其乐也无穷、大道闪金光、灿烂又辉煌吗?

而且,他又偏偏碰上了这样一匹马!马呀,我对你的好心,你就一点也觉察不到吗?马的规矩,你就一点也不知道吗?如果你正在行走,如果你正在使役,如果你正在拉犁、挽车、驮人,那么,当你小便的时候你是可以停一停的,古往今来,不光是马,而且包括牛、驴、骡,哪有拉一粒粪蛋就停一次的呢?可你……是衰老吗?是孱弱吗?是怨忿吗?是懒惰吗?你现在是怎样地走走停停,停停走走,走中屡停,停多于走噢!

可曹千里又不愿意举起鞭子。放下了鞭子的骑手是软弱的,软弱的骑手要受软弱的马的欺负……这也是活该吧?

终于,他们走近塔尔河了。这河道一年中有大半年是干涸的,是什么都没有的,而现在,却正是它的黄金季节。雪水从高山上融化流泻而下,清凉,干净,急匆匆地冲着沙子,裹着草叶,叫着,跳着,撞着石头,扬起明明灭灭的浪花,展现着一条浩浩荡荡的河流的满溢的鲜活和强力,使得一望无际的灰蒙蒙的戈壁滩也喧闹起来,颤动起来了。谁知道在冷静的、沉默的石头们中间,正蕴藏着、运行着一种什么样的野性的力量呢?曹千里好像振奋了一下,老马已经深一脚、浅一脚地踏到河水里去了。只是到了水流当中以后,你才感觉到这流水有多么迅速,多么威严,多么滔滔不绝,势不可当。河水轰轰、沙沙、嘘嘘地作响,这响声充塞于寥廓的天与地之间,已经成为此时此地的惊心动魄的大自然的主旋律。老马摇晃了一下,曹千里并没有感到紧张,他又不是第一次见这河,他又不是第一次骑马过这河,但他仍然像第一次过这河一样不解地思考着同一个问题,这条河究竟在这里奔流了多少年了呢?有多少气势,多少力量,多少波涛多少浪头就这样白白地消逝在干枯的石头里呢?既没有灌溉的益处,更谈不上提供舟楫的便利,这原始的、仍然处在荒漠的襁褓里的河!你什么时候发挥出你的作用,唱出一首新歌呢?这随着季节而变化的、脾气暴躁却又永不衰老、永不停顿的河!你的耐性又能再保持多久呢?

头上是高高的、没有阴云和烟霭遮拦的白热的太阳。四周是石和沙,沙和土,土和石,稀稀落落的墨绿色的骆驼刺和芨芨草。圆圆的天和圆圆的地,一条季节河,一匹马和一个人,这究竟是什么年代?这究竟是地球的哪个角落? 文明和堕落,繁荣和萎靡,革命和动乱,正义和阴谋,标语和口号,交响乐和奏鸣曲,所有的这一切又都在哪里?在这个从洪荒时代起就是这样的地方,你又将怎样思想人生和社会上的这些麻烦和乐趣呢?

然而马怎么了？它要喝水？那就请喝吧，请。曹千里放开缰绳。老马伸开了脖子了，它的嘴已经够到水了，但它的脖子还是拼命向前延伸。它的脖子本来就长，这下子就更长了，长得已经不像一匹马，而像一种丑陋的怪物了。可这使曹千里真的有点紧张了，他觉得自己的重心也在往前倾，而前边又是无依无靠，既抓不住鬃毛又不能搂住马脖子了。于是，他夹紧了双腿，难挨地等待着老马快快把水喝完。然而马却偏偏不喝了，它伸着、探着脖子挪动了步子。难道这同一条河里的水还有什么需要选择的吗？这匹该死的马究竟嗅个什么劲儿呢？难道每一朵浪花还都有各自不同的气味吗？扑哧，马脚往前一陷，曹千里往前一晃，差点没有喊出声来，这不是成心要把你甩到水流里去吗？这究竟是安的什么心？只要掉下去就没命，水不算深，却非常急，掉下去就会冲个没影儿。水在曹千里身下流得愈加快了，浪花戏弄着、变化着耀眼的阳光，使人有点晕眩。曹千里已经决心勒紧缰绳和踢马肚子，驱赶它快一点离开这个不把牢的地方了，眼角一窥却看到了远方的雪山。雪山好像在笑他的沉不住气，雪山在阳光下发出一种青蓝色的光。曹千里终于克制住了自己，而且觉得自己未免有点可笑。喝吧，马，你就喝吧，你还要走很远很远的路，你还要驮着一个无用人的身躯，如果你借着喝水的机会想放松一下自己，想偷一下懒、趁机忘却一下背上的伤疤、忘却一下你的并不美好的生活，这不也是值得同情、在所难免的吗？喝吧，咱们试试谁更有耐心吧。

当曹千里确定了这样的认识和这样的态度以后，他就不再害怕了。天塌不下来。即使从马上落到水里，地球也照样转，这是多么透彻，真可以说是大彻大悟的真理哟！他不再觉得时间过得慢，不再觉得马喝水的声音在折磨着自己的神经了。当马喝足了水，喜悦地打了两个响鼻，抖了抖鬃，甚至试探地发出了半声嘶鸣（不知为什么刚出声就哑了回去）的时候，曹千里更是喜出望外了！看啊，它还棒着呢！

马的步子迈动得似乎略略轻快了些。不大的工夫,他们就进入了路边的最后一个农业村落了。这个村落的名称叫做"补锅匠"村,其实,现在这里并没有什么特别的需要补的锅和善于补锅的工匠。谁知道几百年甚至是更长的时间以前这里为什么会因为补锅而名扬遐迩呢?那时的锅,也是四只耳朵①吗?现在的锅和那时的锅、现在的补锅技术和那时的补锅技术相比,有什么大的变化吗?

还没进村,就看到渠水了。渠埂子上长满了杂草。大渠横在道路中间,只有那种原始的木制高轮大车才走得过。开始出现了低矮的土房子,长长短短的小烟囱,葡萄架,瓜棚,高耸的青杨树。有两只家燕在低飞,根本不避人。迎面有一堆孩子,原来他们正在围观两只正在斗架的公鸡。一只鸡是灰白芦花鸡,个儿比较大,歪着僵硬的脖子用一只眼瞪着另一只羽毛金红的、显得有点高贵和幼稚的小公鸡。两只鸡开始跳了,争着去占领俯冲的有利高度,孩子们喊叫起来。公鸡胜负未分,又有两只鸭子从渠水里游了过来,好像它们也要参加观战似的。传来了母鸡下蛋以后的咯咯咯的声音,一两声遥远的、兴致不大的狗吠和突然响起来的、吓人一跳的公驴的粗野鄙陋的叫声。一个拖着鼻涕的、浑身上下光光溜溜而又披满尘土的孩子拿着一角馕饼摇摇摆摆地走了过来,他不顾互相啄住对方的冠子不放的公鸡,却紧紧地盯着曹千里和他的马……

这幅虽然不那么富足,但仍然是亲切暖人的、和平而又快乐的图画使曹千里如释重负。不论有多少恼人的思绪,一到村里来,也就没有了。

曹千里笑着来到了供销社门市部门前。这个门市部的伸向两面的围墙和它的高高的门面上都用黄底红字写满了语录。以至于曹千里拴马的时候不得不把缰绳收得很短很短,他很怕这匹麻木不仁的马不在意碰了某个金光闪闪的大字。拴好马,他快步走上高台阶。

---

① 维吾尔谚语,"走到哪里锅也是四只耳朵",犹言"天下老鸦一般黑"。

当他走进门市部以后，暗淡的光线使他一时几乎丧失了视觉。这可真有意思，卖货的商店却搞得黑咕隆咚，黑咕隆咚的环境使人感觉好像走入了地下室，倒是挺凉快。曹千里嗅见了乡村供销点特有的煤油夹杂着烟草屑，散装白酒夹杂着不太新鲜的米醋，肥皂、香皂夹杂着布匹的染料的混合的气味。这种气味是属于一个特殊的世界，属于农村的最富裕、最闲散也最消息灵通的商业和交际的中心的。慢慢地，曹千里看得清楚一些了，很大的铺面，很大、很宽、很高的柜台，使每个顾客都觉得自己长得未免太矮小。高大的货架子上空荡荡的，商品没有摆满，装潢和色彩都相当暗淡。几年来，新的名词，新的口号，敲锣打鼓迎来的新的"喜讯"愈来愈多，商店货架子上的东西却愈来愈少了。他扫了一眼，发现某些农牧区特别需要的商品——电池、砖茶、莫合烟、条绒布、蜡烛、马灯、套鞋、短刀……倒还不少，至少比在县城的和公社的门市部为多。人民的购买力确实是提高了，人口确实是增加了，这也是无可辩驳的事实啊！

一个三十多岁的维吾尔族女售货员正在收购一个孩子的鸡蛋，她收下一个蛋，给了孩子五块不包纸的、廉价的水果糖。在这里，鸡蛋好像起着货币的流通作用，当人们需要买什么东西的时候，就从家里拿出几个鸡蛋来。孩子走了，曹千里走近女售货员，他看到了她戴着的绿底小白花点的尼龙纱巾，她的这条薄薄的纱巾比她的店铺里的一切商品都更加鲜艳辉煌，显然，这不是当地的产品，而是她托人从上海或者广州带过来的。头巾下面，同样引人注目的是两道弯弯的、墨绿色的、用"奥斯曼"草染过的眉毛，这两道眉毛使曹千里蓦然心动，这里简直是世外桃源！难道大吵大喊的浪潮就冲不掉这眉毛的深色吗？还有含笑的眼睛，还有布着细小的、可笑的纹路的玲珑的鼻子……真像是看到了昨日的梦里的一朵玫瑰……

所有这些感想不过是转瞬即逝。然而他问明了鸡蛋的收、售价钱。他确信，这里的鸡蛋实在是太便宜了，他打算回程的时候带一些蛋回去，有了蛋也就有了营养，有了健康和幸福，谁说在下面工作不好呢？谁说那匹老马不好呢？如果是那匹枣红马，不把你带的蛋全都磕出黄子来才怪。

曹千里买了一块钱的水果糖和一块钱的莫合烟丝。这才是他在这里下马的目的。作为进山三四天送给你准备叨扰的哈萨克牧人的礼物，这已经是足够的了。

当女售货员把两个用旧报纸包的圆锥形的包包（真奇怪，在这里，不论卖什么东西，不论是茶叶还是铁钉，都不包那种四折的方包，而是包装成一个上圆下尖的漏斗式的样子）递给曹千里的时候，谁知道在曹千里的意识里有没有天津的繁华的劝业场和北京的堂皇的百货大楼一闪而过呢？"不。"曹千里说。他不承认。那么，请问，当他现在只是在电影上才能看到北京的王府井大街和天津的工人文化宫的时候，当他在麦场上，在草堆旁，甚至是在墙头上或者树杈上和各个少数民族的农牧民在一起，观看这遥远的、好像是幻境一样的不可捕捉、不可挽留的城市风光的时候，就没有些微的惆怅么？

但是——曹千里争辩说，我爱边疆。我爱这广阔、粗犷、强劲的生活。那些纤细，那些淡淡的哀愁，那些主题、副题、延伸、再现和变奏，那些忧郁的、神妙的、痴诚的如泣如诉的孤芳自赏与顾影自怜……以及往日的曹千里珍爱它们胜过自己的生命的一切，已经证明是不符合这个时代的要求的了。你生活在一个严峻的时代，你不仅应该有一双庄稼汉的手，一副庄稼汉的身躯，而且应该有一颗庄稼人的纯朴的、粗粗拉拉的、完全摒弃任何敏感和多情的心。在大时代，应该用钢铁铸造自己。所以要改造。所以叫做锻炼——既锻且炼。所以，曹千里继续发挥说，我爱这匹饱经沧桑的老马，远远胜过了爱惜一只鸣叫在春天的嫩柳枝头的黄鹂，远远超过了爱惜青年时代的自己。我爱这严冷的雪山、无垠的土地、坚硬的石头、滔滔的洪水，远远胜过留恋一架钢琴、一把小提琴、一个水银灯照得纤毫毕显的演奏舞台和一个气派非凡的交响乐队。

但是，你不是也爱这个售货员吗？她用奥斯曼草把眉毛染成了墨绿色,用凤仙花把指甲和手心染成了橙红,她说话的时候细声细气,她的耳朵上有代红宝石做的耳环,她习惯地吸吮一下娇小的鼻子,露出了鼻尖上的细小的、可笑的皱纹。当她把两个圆锥形的纸包递给你,又从你的手里接过去两张一元钱的纸币的时候,她向你笑了一下。如果不是在这个边远的少数民族地区,你能够看得到这样纯净的笑容么?

一九四四年,他十三岁的时候,突然被音乐征服了。新来的一位脸上有几粒小麻子、穿一身咖啡色旧西服的音乐教员,在周末组织了一次唱片欣赏会。孩子们听了《桑塔露琪亚》《我的太阳》,德沃夏克的《新世纪交响乐》第二乐章和柴可夫斯基的《第一弦乐四重奏》的第二乐章,还有李斯特的和肖邦的作品。那天晚上,他失眠了,他醉迷了,他发狂了。他从来没有听到过,没有想到过,在人们的沉重的灰色的生活里,还能出现一个如此不同的光明而又奇妙的世界。他从来不知道人们会想象出、创造出、奏出和发出这样优美、这样动人、这样绝顶清新而又结构井然的作品。他一晚上不睡,看着月亮,试着用自己的喉咙,用自己的发声器官来模拟这些音乐和歌曲,这些音乐和歌曲他只听了一遍,便已经滞留在他的心灵里了。然而不可能,他发出来的声音完全走了调儿,走了样儿。然后他又试图不出任何声音,只是用自己的耳朵,用自己的想象去捕捉那对旋律、对节奏、对强弱和音质的记忆,去捕捉那将会绕梁不止三日的余音,他希望在冥冥之中再为他自己演奏和演唱一遍他刚刚接受了的——敞开了孩子的心扉无保留地拥抱了和容纳了的歌曲和乐曲,他也失败了。原来他既没有记住,也模拟不出、想象不出这人类的情操与智慧的极致。

现在,在一九七四年,在曹千里已经年逾不惑的时候,他已经很少很少想到这些了。即使想起来,说起来,他也只是不好意思地、淡漠而又哀伤地一笑。他常常充满自嘲意味地说:"那都是上辈子的事了……"他想起或者谈论起这些,就像是想起和谈论起另外一个人。在一个人的一生中，在方才四十多岁的年纪上，他的生活里就已经有了一个"上辈子"，他就已经能亲身体验到那种本来应该是用来验证轮回与转世的教义的所谓"隔世之感"，幸耶？不幸耶？令人叹息还是令人一笑？

后来，他成了学生运动的积极分子，成了青年团员，成了南下工作队的队员……而青年团，这是宣告新世纪的黎明的一声嘹亮纯净的圆号……他为什么不懂得珍惜这些呢？他为什么不知道自爱呢？他为什么那样散漫、那样轻狂、那样幼稚而且有那么多劣根性呢？多么迅速呀，这一切都像昙花一现一样，然后，就都成了"上辈子"的事了……他的命运的变化，开始是轻易的和急骤的，后来呢，发展却是缓慢的和漫长的，不知所终。要进行到底，要进行到底，你们要关心国家大事，要把无产阶级文化大革命进行到底……然而，你在哪儿呵，底？

他梦寐以求那伟大的崭新的乐章的开始，谁知道，他竟然是不属于这个乐章的，他是不被这个乐队所喜欢的……他是一把旧了的、断了好几根弦的提琴？他是一面破了洞、漏了气、煞风景、讨人嫌的鼓？抑或他只是落到清洁整齐的乐谱上的一滴墨、一滴污水？

二十多年了，他不断地盼望，不断地希求……然而，工宣队的一位可爱的师傅指着他说："像你这样，还不如吃饱了睡大觉，对人民的危害还少一点！谁让你领了国家发的工资去放毒的？你吃着人民的，喝着人民的，却是一脑子的斯基还有什么芬，弄出来的音乐谁都不懂，吵得人脑子疼，害了青年一代，使国家变了颜色，破坏了……"

他非常歉疚。他呆若木鸡。为了使中国得到重生，为了使人类得到一条新的通向解放和幸福的道路，也为了使他自己变成新人，这一切代价都不算太高，不算太多。看看周围吧，田里、车间里、商店里、住房里、火车和汽车里，到处都是人。人，正常的、健康的、拥挤的和成群的人。在这么多人里，有哪一个傻瓜、哪一个吃错了药的精神病患者会为五条线上的几个小小的黑蝌蚪而发高烧呢？去它的吧，音乐！滚它的蛋吧,贝多芬和柴可夫斯基！贝多芬有什么了不起,他会唱样板戏吗？还有那个姓柴的,他是红五类？

于是他赞美火车的无数个钢轮碾过钢铁的轨道的时候发出的铿锵的声响,他赞美当火车走出山洞、豁然开朗的时候汽笛所发出的激越的高音,赞美这向前、向前、只是不分昼夜地向前而把地上的一切无情地抛到远远的后面的决绝的行进。

然后,他的眼前没有火车了,他的所在地离铁路是一千公里,他拥有的是一匹疲倦的、对一切都丧失了兴趣的受了伤的马。

进山之前还有一段微乎其微的令人不快的插曲,这是因为一条瘦得让你可以数得出肋骨来的黑狗。在曹千里走出有着可爱的女售货员的供销社门市部,重新骑上马,向山脚方向走去,快要离开这个村落的时候,突然,从一座散了架的破木门后面,冲出来一条肮脏的黑狗。黑狗像发了疯一样连蹿带跳地扑向了曹千里和灰杂色马,而且发出了一种即使把别的狗吊起来用木棍挞伐也未必能发得出来的那样惨烈的叫声,这是一种变态的、非狗的、叫人听了四肢抽搐而且精神分裂的嗷嗷声,这声音和发声的本体像带着呼啸的肉弹一样射向了曹千里人和马,使曹千里觉得是挨了一刀。曹千里不是初次到牧区来,对追逐行进中的马、骆驼、驴以至自行车的无聊的狗儿们,他早已司空见惯。它们只是妒忌个儿比它们大,跑得又比它们耐久的动物,虚张声势,瞎咋唬一阵而已,没有哪匹马——包括那匹入世未深、性情冲动的枣红马——会睬它们的。狗儿们的汪汪的叫声甚至会使骑手们有点得意,有点威风,狗儿们的狂吠不正是宣告骑手的光临吗？所以不论维吾尔人、哈萨克人、塔塔尔人都知道一条共同的谚语:"尽管狗在叫,骆驼队照样行进。"但是,这次,这只瘦骨嶙峋的黑狗的干嗥竟然使形神枯槁的老马也竖了一下耳朵。

黑狗贴近了曹千里和他的马。曹千里看见了狗的稀稀落落的黑毛上的令人恶心的发绿的污秽和它的小小的通红的眼睛。是疯狗？

传播狂犬病？曹千里用膝盖夹紧了马背，用鞋跟磕了磕马肚子，想催促马快跑两步，同时非常懊悔自己没有购置一双长靴。凡存在的都是合理的，为什么本地人夏日也要穿一双长筒的皮靴呢，有它特有的防护作用啊！

然而老马并没有快跑的意思。竖完了耳朵以表明自己还存在、还活着以后，它对黑狗、对曹千里都失去了兴趣和反应能力，看样子，它宁可让狗咬出血来，也不愿意改变自己的慢条斯理的步子。而黑狗，已经毫不客气地叼住了曹千里的一只裤角，曹千里已经感觉到狗牙的撕扯了，其实，如果狗想咬，它就可以咬到曹千里的小腿，留下两个尖尖的犬齿印儿了。来边疆以后，曹千里已经被狗咬过两次了，两次都破了口子，真恨死人！曹千里又惊又怒，他大喝一声翻身下马，他准备赤手空拳与这条恶狗搏战一场了，以他当时的愤怒，不杀死这条癞皮狗，不把它撕成碎片他是绝不会罢休的。愤怒使他一反常态，变得勇武、强大、威风凛凛、气势磅礴起来。然而，就在曹千里下马的这一瞬间，那条狗尾巴一夹一溜烟似的跑掉了，既没有形迹也没有声息了，追也追不上了，找也找不着了，于是曹千里的泰山压顶式的怒吼、跳下、准备搏斗都变成了无的放矢，都变得滑稽可笑，多此一举了。

于是曹千里觉得懊恼和颓唐。女售货员的姣好的笑容所带来的熨帖，恶狗所激起的斗志，全都失去了。

开始进山。刚刚上山的时候一切似乎没有什么不同，见到的只不过是白刺草、绿刺草、红沙土和黑石头。戈壁滩光秃秃，而山坡上呢，秃秃光，同样的尘烟和干燥的风，令人嘴唇干裂，口焦舌燥。而走上坡路的马分明是大大地吃力了，它的脊背扭动得愈来愈厉害了。灰杂色老马的又一个缺点暴露出来了，一匹好的走马，哪里会这样扭来扭去呢？扭得超过了西方的扭摆舞，扭得你也跟着它扭起来了，好像腰上安装了滚珠轴承……这样骑上几个小时不是会把屁股磨个稀烂吗？幸亏曹千里不是骑马的生手了,他马上把身体的重心移到左面,用左脚踩住镫,把右脚微微抬起,做成一个偏坠和侧悬的姿势。这样,看起来曹千里随着马扭得更厉害了,大摇大摆起来了,但实际上,他的屁股已经基本悬空,脱离了与鞍桥的过分紧密的接触与摩擦,虽然左腿吃一点力,但身体的其他部分却轻松得多了。

但是,且慢！他这样倒是舒服了,但是马呢？有哪一个力学家能算出他这种邪门歪道的姿势——当然,这个姿势他也是向旁人学来的——给马增加了多少倍负载呢？这好比有两个曹千里,你在马的左边,还必须有一个虚拟的曹千里位于马的右边,然后才有平衡,才能稳定,才能前进。但是现在右边空空如也,如果这不是一匹马而是一个木架子的话,重心的偏坠一定会使它倾倒的,但是这匹马呢,它是用了多么大的力气来克服这种倾斜,并且照旧前进、照旧向上行进啊！

不声不响的,不偏不倒的,忍辱负重的马！被理所当然地轻视着,被轻而易举地折磨着和伤害着的马！曹千里想到这里连忙恢复了原来的端坐的姿势,只不过他稍稍在脚上吃了点劲,以便抬起一点屁股来。

就在这一歪一正一思一动之时,马已经把他带到了全然不同的天地里来了。移动带来的变化是叫人惊异的,会移动的物体是值得赞美的。你看,他不是来到一个小小的溪谷面前了么？迎面挂着一缕细细的、银色的瀑布,汇合到活泼跳跃的山溪里。头上有一株野生的胡杨树,小叶子长得密密实实,好像是山路的一个热心的守卫,又像是远来路边欢迎来客的一位殷勤的主人,他向你发出预告,荒凉的戈壁和光秃的山岭已经结束了,前面将是一个葱郁而又丰富的世界。脚下是茂密的、多年生的,因而绿与黄、荣与枯掺杂在一起的野草。野草中长着几株同样是野生的、枝丫歪歪扭扭地伸向天空的山丁子树,树上结满了令人一看就流口水的酸溜溜的小果子。前后路上布满了牛、马、羊的密麻麻的蹄印,象征着人和畜的密集的、群体的生活,大自然变得有生命、有活力了,空气变得潮润和清新了。尤其是那些黑褐色的、似乎能榨出水滴来的泥土和那些从泥土里挺身出来、又紧紧地卫着泥土不受洪水的冲刷的灌木,对一个在荒漠中已经度过了一个多小时的人来说更是迷人!这儿就是山中胜地!这儿就是塞外江南!这儿已经是足够优良的人类环境!曹千里拽了拽缰绳,灰杂色马马上就停下了步子。即使鲁钝如彼,来到这儿,它的自我感觉也会有些不同了吧?它不是已经轻轻地刨开了前蹄了么?

　　每次来到这儿他都要停一停,觉得自己是身在画中,觉得荒凉的戈壁和优美的小溪谷是相得益彰。觉得自己是在一个大世界中的小世界里。一幅风景画挂在画廊,当然是好看的和幸运的;如果把这幅画挂在例如——锅炉房里呢?那又会怎么样呢?如果它能不受污染,如果它能不失清新,它不是更可爱也更可贵吗?如果每个锅炉房里都挂着一幅迷人的风景画,那么锅炉房的生活不是也会轻松一些么?

　　老灰马倏地一蹿,就像突然被一个什么弹簧绷了出去一样。在蹿起的时候,马头突然用力一伸,缰绳从曹千里的手里滑脱了。曹千里完全没有弄清是出了什么事情,马一跃,又一跃,变成了三级跳远运动员,曹千里一个踉跄几乎从马背上甩了下来。他身不由己东摇西晃地随着马脱离了那风光如画的小瀑布下的山谷,马几乎是竖直地登上了一个陡坡,蹬掉了好几块石头。这时,曹千里才模模糊糊地意识到确乎是听到了某种响动。"蛇!"他想,吃了一惊,耳膜上响起了两秒钟以前就听到了的簌簌的声音。"蛇?"他喊了出来,回首向下望去,什么也看不到。"蛇。"他肯定了,但是马已经稳住了,显然已经脱离了危险区,它抽动一下肚皮,又摇摇头,好像是想对曹千里说些什么,做些解释或者表示一下歉意。它摆摆脖子,又像是催促曹千里把缰绳拾起来。这里使的马缰绳是又粗又长的,拖在地上会绊住马腿的。

　　曹千里惊魂初定。但他干脆顾不上惊了,惊还没有来得及反映出来就又过去了,马已经恢复了原状,稳定,麻木,好像什么事情也没有发生。它又垂下了头,甚至连垂首可得的碧绿的青草也引不起它的兴趣。曹千里完全不明白,像这样一匹有形无神的马架子,怎么会从山谷跑到了坡顶,而且,这中间并没有任何道路,它简直是飞上来的。这匹可怜的、羸弱的、困乏的和老迈的马呀,你当真蕴藏着那么多警觉、敏捷、勇敢和精力吗?你难道能跳跃、能飞翔吗?如果是在赛马场上,你会在欢呼狂叫之中风驰电掣吗?如果是在战场上,你会在枪林弹雨之中冲锋陷阵吗?

"让我跑一次吧!"马忽然说话了。"让我跑一次吧!"它又说,清清楚楚,声泪俱下。"我只需要一次,一次机会,让我拿出最大的力量跑一次吧!"

"让它跑!让它跑!"风说。

"我在飞!我在飞!"鹰说着,展开了自己黑褐色的翅膀。

"它能,它能……"流水诉说,好像在求情。

"让他跑!让她跑!让他飞!让她飞!让它跑!让它飞!"春雷一样的呼啸震动着山谷。

这是一篇相当乏味的小说,为此,作者谨向耐得住这样的乏味坚持读到这里的读者致以深挚的谢意。不要期待它后面会出现什么噱头,会甩出什么包袱,会有什么出人意料的结尾。他骑着马,走着,走着……这就是了。每个人和每匹马都有自己的路,它可能是艰难的,它可能是光荣的,它可能是欢乐的,它可能是惊险的。而在很多时候,它是平凡的,平淡的,平庸的。然而,它是必需的和无法避免的。而艰难与光荣,欢乐与惊险,幸福与痛苦,就在这看来平平常常的路程上……

他骑着马,走着,走着,时时要停下来,不断地遇到迎面而来的或者是从背后赶上的哈萨克牧人。其中大部分他并不太熟悉,但他们都知道他。在这个边远的地方,他作为一个来自关内而且被认为是来自北京甚至是来自"中央"的干部，是非常引人注目的。而哈萨克人又是非常多礼的，只要有一面之交，只要不是十二小时之前互相问过好，那么，不论是在什么地方偶然相遇，也要停下马来，走近，相互屈身，握手，摸脸，摸胡须，互相问询对方的身体、工作、家庭、亲属（要一一列举姓名）、房舍、草场直至马、牛、羊、骆驼和它们下的崽驹。巨细无遗，不得疏漏。所以曹千里这一段走得很慢，因为这是一段交通要道，他时时要停下来和沿路相逢的牧民们问安。而每逢这种时候，两匹马也交错在一起，马头别着马头，前腿碰着前腿，脖颈擦着脖颈，似乎彼此也在做着亲昵的表示。

这种美好的却又是千篇一律的礼节，换一个时间，也许叫曹千里觉着有些厌烦，有些浪费时间。离开小瀑布才四十多分钟，曹千里已停顿过七次了。但是，现在，在这个天翻地覆、洪水飓风的年月，在他的心灵空空荡荡，不知道何以终日的时候，这一次又一次的问好，这一遍又一遍的握手，这几乎没有受到喧嚣的、令人战栗而又眼花缭乱的外部世界的影响的哈萨克牧人的世代相传的礼节，他们的古老的人情味儿，都给了曹千里许多缓解和充实。生活，不仍然是生活吗？

而且，所有的哈萨克人都对他抱有一种意在不言中的同情和怜惜。虽然曹千里根本没有承认过，更没有吹过牛，虽然他还做过许多解释，说明他自己只是一个一般干部，他到这里来是属于正常的工作调动，出于自愿，他的日子过得很愉快，很满足……但是这里盛传着他曾经是一个"大人物"，（老天，你瞧曹千里那个样子，他像吗？）他曾经在中央工作过，（北京就是中央所在地，你否认得了吗？）由于不走运，由于出了点事情，（中国人的政治经验和政治敏感，举世无双！）他被贬到了边疆，（怎么是贬呢？上山下乡最光荣嘛！）变成了和他们差不多却又不像他们那样根深蒂固、世代相安的可怜人。在少数民族语言中，"可怜"一词充满了亲切和真诚的爱惜，却并没有轻视、小瞧的意思。他越解释他绝不是"大人物"，就越增加了他给当地人的神秘感。"反正你有事情，反正你是个倒霉蛋，反正从北京到我们这个牧业公社,绝不是一条升迁发达之路!"人们听了他的解释以后,翻一翻眼,诡谲地一笑,用表情说着上述无声的语言。

曹千里坚决否认——他害怕承认他需要某种怜惜和慰安。相反,一遇到这种事情,他就感到厌烦,觉得这种怜惜是多余的,有害的和——反动的。

好了,他长出了一口气,又是一个气功里的呼吸动作。气功万岁!

这段时时被打断的过程也过去了。曹千里和他的马离开了方才那一段连接着山区与平地、牧业队与农业队的傍山石路,进入了绿色的放牧区,走在与其说是人走出来的,不如说是由羊走出来的草间小路上了。

又是一个世界了,一个无边的大世界,到处是绒绒的绿草,起起伏伏,像是绿色的波浪。这片草地既不平坦,也不陡峭,只是缓缓的斜坡,时而上升,时而下降,马走在这里就像船走在海里。

这一大片草地是冬牧场,背风、向阳,在冬季也不会太冷。现在,牲畜已经转移到高山的夏牧场去了,冬牧场的草处于休养生息、无拘无束地尽情生长的状态,几所木房子——这是近年来开始兴建的牧民们的定居点——也空起来了,显得安谧,也显得寂寥。由于山里树木多而建筑工人少,这种木房子有一种特别原始的风貌。几棵树锯倒了,按照一定的长度锯成几截,连树皮都不用剥,圆咕隆咚地排在一起,再用粗大的蜈蚣钉把木头——应该叫做树段——钉到一块儿,立起来,这就是一面墙了,四面墙,再用同样的方法做一个大木排支撑在顶上,房子就成功了。从第一眼看到这几幢房子起,曹千里就有一种特别亲切、特别温柔而又特别庆幸的感觉。好像会见了一个失去联系多年的老友,好像找到了一件久已丢失的纪念品。他想起儿时、想起狼外婆的故事和格林的童话,想起神仙、侠客、兔子、小鱼、玻璃球、蟋蟀和木制手枪,于是……

于是,他闻见了草的香气。前后左右,都是草、草、草。草里有细小的白的、红的、黄的和紫的小花,好像绿毡子上的五彩缤纷的几个洞,又好像绿池水里的几颗星星。新鲜、浓绿而又肥厚的草发出一种叫人觉得清凉的气味,类似薄荷,又有点野芹菜的鲜味儿和野葡萄的生味儿,还有点像甘蔗,至少像晚秋的玉米秆的甘甜开胃的味儿。几种味儿混合在一起,清新、爽利,却又浓重、醉人。曹千里幸福地闭上眼睛。眼睛只要一闭上,气味就更加香甜了,世界也更加宽广如意了。

真是可笑。也许完全是无稽之谈。但是曹千里仍然闭着眼睛,闻着世界,想着神仙、侠客、兔子、小鱼、玻璃球、蟋蟀和木制手枪,用鼻子来分析生活到底是动荡不安的还是安恬闲适的、是变化无常的还是静止不动的、是充满烦恼的还是全无所谓的……马一摇一摆地、有节奏地迈着步子。曹千里一摇一摆地、有节奏地颠着身子。非常清晰地传出了马蹄声和马蹄碰到草的时候发出的沙沙声。太阳愈升愈高,已经运行到头顶上了,但是并不热。曹千里时而睁开眼睛,或者只是微微张一下眼皮,透过睫毛看看世界。一切都是老样子,起伏的绿草和绿草的起伏,远处的雪山和近处的木房子,抬起来的马腿和放下去的马腿……好像什么都停止了、凝固了,时间和空间都冻结成了一种万古不变的状态。一切都不存在了,一切又都永垂不朽……世界上只有草、草、草,马也是草,山也是草,房也是草,人也是草……人们啊,不论是上天的还是入地的,不论是被接见的还是被枪毙的,不论是乐掉了下巴的还是气成肝癌的,你们知道这片草地吗?你们为什么不到这块草地上来练练气功呢?

然而,曹千里吃了一惊。难道是天下雨了?他的脸上有点潮湿,有点淹,有点烫啊。这是什么?幻觉?梦境?错乱?病态?这分明是泪啊,是从他自己的两个眼窝里流下的两行热泪啊!

他挪动了一下,他回到了少年时代。他的舅舅,一个他不喜欢的神气活现的大学生带他去看一场他根本看不懂的、乱七八糟的电影。他肚子饿得咕咕叫了,他也想妈妈了,但是破电影老是不完。但是电影里有一个歌儿,一个他爱听的、像是小女孩子唱的哀婉的歌儿……电影散场了,舅舅带着他走在一条漫长的胡同里,他倒不饿也不怕了,但是腿走得酸酸的,一条胡同怎么比一条铁路还长呢?

他好像终于到了家,妈妈给他做的是羊肉杂面汤,汤里放了辣椒和许多醋,吃得他身上暖起来,吃得他头上冒出了汗。屋子也亮起来了,灯下,他和他最要好的一个同学——一个鬈头发的混血儿一起下陆军战棋,他多么想用工兵去挖对方的地雷和用炸弹去炸对方的总司令啊,那将是世界上多么惬意的事啊!然而,又错了,他的工兵撞在了排长身上,他的炸弹被对方的连长拼下去了。然而,他仍然满怀希望,下次,还有下次嘛。等到下一次,他就要料事如神,势如破竹了……

还是少年时代,$(a+b)$乘上$(a-b)$,怎么就恰恰等于a^2-b^2,不多又不少呢?而直角三角形的勾的平方加股的平方等于弦的平方,这又是怎样伟大的和谐和神妙的平衡啊!再者,让我们做一支曲子、指挥一个合唱队来赞美各种点、线、面、体的至美至善至精的关系吧!我们的理性,我们的每一个小学生和初中生的石板、石笔、铅笔、圆规和直尺,不就是这个宇宙的完美与合理的证明吗?难道我们不应该终其一生来证明、来实现这个宇宙的完美与合乎理性吗?难道我们不应该不仅用计算和推理,而且用小号的冲动、琵琶的机巧、小提琴的委婉与马头琴的苍凉,用这些众多的、微妙的线与点的会合、面与体的旋转去创造一个更加完美和合乎理性的世界吗?

然后他长大了,超越这一切的是威严的时代的主旋:革命。复杂啊,怎么愈来愈复杂,愈来愈摸不着头脑了呢?开始的时候不是很好吗?

然而,即使一切都翻了个个儿,再翻了个个儿,即使天变成了折叠伞而地球变成了踢来踢去的足球,这儿仍然有这么大、这么绿、这么温厚而又慷慨无私的草地。曹千里深信,草是有生命的,山是有生命的,大地是有生命的,这生命是不会灭绝的,这生命的力量是不可阻挡的，是终究会发挥出来、创造出奇迹来的。他个人的生命可以是短暂的，可以真正是无聊的和无用的，但是祖国的每一寸土地的生命是永存的。什么时候，什么时候啊？

草的海。绿色和芳香的海。人们告诉过他，融化就是幸福，那就融化在草的海里，为草的海再增添一点绿色的芬芳吧！草海就像母亲的胸膛，而每一根小草都有顽强的根，坚挺的茎和朴质的叶。而一月份到八月份，立秋以后，正像俗话说的："立秋十八晌，寸草也结籽"，所有的草都要拼命结出果实，繁衍生命。每根草都珍惜夏天，珍惜阳光，急急忙忙，争分夺秒地生长，然后毫无怨言地迎接冰霜和雪花，承担一个漫长的冬天。而在冬天，在它已经枯萎、已经失去了青春的活力和形体以后，它仍然要献出自身，把它贮存的养料供给过冬的牧群。而且，严寒与冰雪之中，它仍然保存着它的微小而又强大的根，不管它怎样被践踏、被芟割、被闲置和被破坏，但是只要春天一到来，在雪还没有化尽、云雀还没有唱歌、燕子还没有归来的时候，它又快快乐乐地钻出头来了，这又是怎样的砍不尽、戕不绝的生机！

曹千里睁开了眼睛，舒了舒喉咙，唱了一首少数民族的歌曲，述说一个人寻找了一辈子，都没有找到自己的花儿一样的情人。这是他从街头醉汉的夜半高歌中学来的。这是一首曾经叫他落泪的歌曲，落泪之后他又惶惶不安，为自己的感情不健康而深感愧怍。但是，草地鼓起了他的勇气，平息了他的忐忑，他大声唱完了，觉得很痛快，觉得并没有什么灾难会因为这首歌曲而降临。他骑着灰杂色马平稳地行走，就像乘着一叶扁舟在草海里漂浮。"人生在世不称意，明朝散发弄扁舟"，连李白的诗也冒出来了，曹千里更感觉到了个人的渺小，觉到了那一时的意气、一时的声威、一时的荣辱的微不足道。

不知道是否已经过了很久，抑或只是刹那间？若有若无地吹起了温暖的风。这风使得垂挂在空中的、不知从哪儿生出的一道银亮的游丝飘摇起来了，这是一道多么细微的游丝啊！可此刻，偌大的天和地，就靠它连接。它摆得更高了，像闪烁的光线，曹千里注视着它，喜悦着,微笑着。

不知道又过了多少时间,又是一阵风,游丝不见了,脸上感到的是一丝凉意,曹千里不由得四处张望了一下,他的目光一下子被遥远的高天的西北角上的一抹黑色吸住了。

不至于吧?不至于吧?阳光还是这样明亮,天气还是这样晴和,绿草还是这样浓艳而心境又是这样安详。仔细看看,那儿真的是有点发黑吗?哪里?哪里看得见?恐怕是因为太阳太好,才使你眼前出现了看见黑影的错觉吧?

然而你的这种善良的愿望立刻就被否定了。像一滴墨汁在清水里迅速蔓延和散开一样,那一抹黑一忽儿工夫就扩大成一片了,西北角的天空已经被黑云封住了,而正北方,又出现了那种灰白灰白的,迷蒙蒙却又有点发亮的云——那儿已经下雨了。

怎么办呢?也许云和雨会放过这里,绕过这里,远远扫过?迂回而过?

但他已经不能不相信了,乌云正在像海潮一样全线向这一面推进,连老马也抬起了头,感受了一下天气的变化。糟糕,冬牧场的居民点——原始的木房子已经过去了,而离夏牧场呢,还有至少两个半小时的路程。这里没有躲雨的地方,曹千里下意识地摸了一下绑在马鞍子后面的破棉袄。

风愈吹愈强劲、愈吹愈寒冷了,简直是深秋的,扫除落叶的风。曹千里打了一个寒战,似乎转眼间草原上已经换了一个季节。他立刻抽出棉袄,穿到身上。在左胳臂向袖子里伸的时候稍稍急了点,结果"刺啦"一声,左腋下已经开绽的地方撕成了一个大口子。这件衣服在城市必然会让人想起解放前的叫花子,但在这里,却是出门人的宝贝。"现在就靠你了!"曹千里对破棉袄说。

黑云已经布满了四分之一的天空。黑云覆盖的那一面的草地,连草的颜色都变了,深重、沉郁,甚至有点阴森了,好像是戴上了墨镜去看那边,而摘下了墨镜看这边似的。相形之下,这边的晴朗的太阳下的草地也不再是绿色的了，它变成金色的了。一边是褐黑色的，另一边是金黄色的，而褐黑色正在扩展，金黄色正在收缩。黑云的云头飞快地伸长、铺开、推移，曹千里恍恍惚惚听到了来自许多不同的方向的雨声，从远方的已经被灰云吞没了的山头上，时而有电光闪来，然后，过了很久，才传来隆隆的雷吼。

曹千里觉得自己变成了一只被追逐、被包围、被赶得走投无路的猎物，在位于天涯海角、宇宙的边缘的这样一个丘陵草原，他找不到一个同伴、一间房子、一棵大树和哪怕是一个山洞地穴。他无处躲藏，无法逃避，简直像是被胡大抛到了这个莽莽苍苍的地方。

好糊涂的，好一匹不中用的马呀！不仅它的鬃毛，而且它全身的毛都被风吹得飘扬起来、竖直起来了。它似乎也已经感觉到了寒冷，但它没有棉袄好穿，它神经质地不住地抽动着脊背和肚皮，让骑乘它的人很不舒服、不忍心。然而它仍旧不紧不慢地迈动着它的步子，没有一点变化。你就不兴紧走两步吗？

"然而紧走两步又怎么样呢？"马回答说，它歪了歪头，"难道我能帮助你躲过这一场又一场的草原上的暴风雨吗？难道在一眼望不见边的草原上，我们能寻找到丝毫的保护吗？让雨淋一淋又有什么不好呢？在那个肮脏和窄小的马厩里，雨水不是照样会透过房顶的烂泥和茅草漏到我的身上吗？而那是泥水、脏水，还不如这来自高天的豪雨呢！要不，我能这样脏吗？"

他描写马说话，这使我十分惊异，但我暂时不准备发表评论，因为他还有待于写出更加成熟的作品。向您致敬了，谢谢您！

听到了愈来愈近的沙沙声。这不像雨声，而是更像同时撕裂一千匹布，或是同时射出一千支箭，或者干脆是同时打开一千口沸腾着的开水锅的声音。天更黑了，阴影吞噬着地面和山峰。风呜呜地打着转，吹得草七倒八歪。一个大的闪电，望不到头的草地变成了惨白色。一声劈天砸地的炸雷，曹千里一下子就陷入到狂乱的打击之中去了,不知是什么东西忽然蒙头盖脸地打来。开始他以为是石子,甚至以为是枪林弹雨,他受到了猝不及防的袭击。他随即看清了这亮晶晶的、有拇指肚那么大的"子弹"乃是一些个冰球,是雹子!好一场大雹子!霎时间草地上已经铺了一层冰雹,冰雹在闪亮,在滚动,在抖落,在消失。他的头、背、胳膊也被冰雹打了个不亦乐乎,他不由得用手捂住头,标准的抱头鼠窜的姿势,这可是要打破脑袋的呀!噢,马脖子上也出现了冰雹啦,多么威风的草原的天空!他觉得狼狈万分,却又渐渐觉得有趣,归根结底,人生一世,你又能有几次机会亲身去领教这草原的冰雹呢?

冰雹下了足足有两分钟,曹千里只觉得是在经历一个特异的、不平凡的时代,既像是庄严的试炼,又像是轻松的挑逗;既像是老天爷的疯狂,又像是吊儿郎当;既像是由于无聊而穷折腾,又像是摆架子、装腔作势借以吓人。哭笑不得,五味俱全,毕竟难得而且壮观……

然后,这个时代结束了,是叫人放心的,等待已久的正正经经的雨。雨总不会砸破脑袋,也不会毁坏庄稼。大雨落在草地上,迷迷蒙蒙,像是升起了一片片烟雾。立刻,曹千里和他的马都湿透了。雨顺着头发,顺着眉毛和耳朵,顺着脖领子往胸、背、腹部流泻,冰凉冰凉。破棉袄也变得湿漉漉,沉甸甸的了。这种浇透一切的大雨终于解除了曹千里的一切思想负担。如果是小雨,他还要揪紧领子,缩起头,还要想办法不让雨水进入贴肤的衣服里层,现在倒好了,避也无益,防也白搭,只好放心大胆,随它便。就算冷水浴好了!就算是天浴好了!这不是很畅快吗?哈哈哈,他想高歌,想龙吟虎啸,但嘴刚要张就流进雨水去了,他急忙噗噗地向外啐着雨水,并且笑出了声。

马毛全湿了,湿了以后,便变成了一缕一缕的,像是毛巾或者奖旗的穗,雨水顺着一根一根的穗流淌,更显得丑陋、不成体统、不成其为一匹马了。

又是一个突然,就像交响乐队的指挥用手在空中一抓一样,一切戛然而止,干净利落。东南角的天空还有些乌乌涂涂,但世界已经是明亮耀目的了。蔚蓝的天空经过一番冲洗,更加蔚蓝蔚蓝的了。而草上的水珠和带着水迹的绿草,更是妩媚娇妍,仪态万方,一切都上了色,打磨出光泽……

太阳一露头季节就又变回来了,草原上的天气就是这样变幻莫测的。老马全身冒着热气,好像刚刚从蒸笼里出锅。曹千里也开始冒气了,脖子上氤氲缭绕。经过了洗礼格外精神的草地也开始冒气了,而当马蹄从草丛中扬起的时候,还有一些水花随着马蹄飞溅出来。

但是他身上却更冷了。只有头顶和领口那儿热呼呼。身上太湿了,这要受病的呀!于是他开始解扣子,脱衣服,先脱下棉衣,顺好,搭在鞍子前面,再解衬衫,最后连背心也脱下来了。还不行,腰胯仍然被水渍着,于是他两腿吃力,站在马镫上,脱掉长裤,只剩下了一条裤衩和一双破皮鞋了。他露出了他的虽然不壮,但也还健康,虽然不美,但也还正常,虽然不年轻,但也并没有衰老的身体。转眼之间,四十余年矣!曹千里想象着自己在襁褓中的样子,终于,一天一天,一步一步长到眼下这么一个规模,俗话说,二十三,蹿一蹿,也不过长上二十三年,二十三以后呢?那就是二十年如一日了——无善可陈!它受之于父母,生长于祖国,现在,暴露在光天化日之中、山岭草原之上了……不管怎么说,心、肝、脾、胃、肾、头、颈、手、足、身,它也长得要啥有啥,不缺不短,曹千里呀曹千里,你这一百多斤,难道就是为的吃饭的么?

日光迅速地暖遍了他的全身,雨后的和风抚摸着他,马蹄溅起的水花偶尔落在他的小腿上。他是多么的惬意啊!这种快乐,他想,这不是比指挥一个交响乐队,比完成一部新的作品更自由、更无拘无束也更纯真么?如果他是音乐学院的教授,乐团的指挥或是从什么什么文工团——现在叫做宣传队了——领工资的作曲家,他能享受这种野人式的快乐吗?他能赤条条地骑着马,在阳光下面,在辽阔的草原上漫游行进吗?说到底,到底有多少人需要交响乐呢?没有交响

192

乐,他不是过得更好,人民也过得更好吗?感谢这时代的风云和生活的巨浪吧,它无情地抛弃了一切多余的东西,但它也创造了新的许多,许多……

　　他开始觉得有点不舒服了,有一点晕。是晒的?刚晒了没有多大一会儿。于是他披上一件衬衫,披上,也就干了。不行,更晕了,于是他又穿上了裤子,裤子比较湿,就穿在腿上让它内外夹攻,干得更快一些吧。但他更晕了,不但晕,而且心里发慌,普罗柯菲耶夫哪一年逝世的?哈萨克人喜欢不喜欢罗密欧吃烧饼?思绪全乱了。刚才想什么来着?吃烧饼,为什么吃烧饼,如果现在有两个烧饼……

　　他恍然。饿!饿了!原来已经是饿过了劲了。天早已过午了,冰雹和阵雨使胃不敢贸然发出自己的信号,现在呢,风吹雨淋却起了促进消化的作用。他早就总结出来了,只要一进山,一进草原,胃口就奇好,好像取掉了原来堵在胃里的棉花套子,好像用通条捅透了的火炉子……但是,煤块呢?

　　等到曹千里明确了这个饿字,所有的饿的征兆就一起扑了上来,压倒了他。胳臂发软,腿发酸,头晕目眩,心慌意乱,气喘不上来,眼睛里冒金星,接着从胃里涌出了一股又苦又咸又涩又酸的液体,一直涌到了嘴里,比吃什么药都难忍……

　　该死的字典编纂者!他怎么收进了一个"饿"字!如果没有这个饿字,生活会多么美好!

　　估计差了。原先以为,到了午饭时间他就可以赶到一个叫做"独一松"的地方,那儿有一户牧民的毡房,他可以到那里喝点茶,吃点东西,补充休整好了再走的。谁知道,唉,这匹不争气的马,磨磨蹭蹭,直到现在,"独一松"还不见影子呢。

　　唉,唉,这可怎么说啊?人是铁,饭是钢,一顿不吃饿得慌,可怜的人啊,你硬是每一顿都想吃,而且想吃饱啊!这些年,他愈是下到基层,愈是认识到人必须吃饭这样一个伟大的、有时候又是令人沮丧的真理。人饿了，就直不起腰，抬不起头来呀！有多少人，为吃一口饭而劳碌终身，而去忍受那么多本来不应该忍受的痛楚和侮辱。多少人劳碌终身，又忍受了一切，却仍然没有吃得很饱呀！于是，每一顿饭都给他带来感激和欣喜，总是有愈来愈多的人不愁吃了噢，他想起了解放前他在街头看见的饿死的人的佝偻的手……他开始明白，为什么这些信仰伊斯兰教的少数民族同胞，每吃一次饭都要赞美一次安拉了。

马，你不知道我们都已经饿了么？你就不知道，早一点到达"独一松"，你也可以卸下鞍子，自由自在地饱餐一顿肥美的绿草吗？

然而，马又能怎么样呢？它反正早已经是被看扁了。而且，又怎么能一切全怪马儿呢？他早上出门就晚了，路上又买东西，又碰见一个又一个握手施礼的老乡，又是风，又是雨，又是雷，又是毒蛇，上坡和下坡，还有背上的伤……像蚂蚁一样渺小的曹千里骑着比老鼠还要渺小的一匹马，又能如何？

如果有那么一天，每一个人都愿意、都敢于宣布自己是伟大的，或者可能是伟大的，或者是愿意变得伟大；如果在这一天所有的马都能够宣称自己是一匹骏马、千里马，或者将要成为匹骏马，那不好么？

然而，千真万确的是，遗憾的是，一切伟人与骏马都必须吃饭（草）……

难受了一会儿，现在倒好点儿了，嘴里的那酸、苦、咸、涩的味儿淡一些了，不觉得有什么饿，相反，倒觉得胃口挺满、挺堵、挺实，好像是吃得过多，有点存食。心里也不慌了，无甚感觉。你瞧，饥饿也是可以克服的。天下没有克服不了的事情。所谓饿，其实是一种条件反射，到了时间，就会分泌胃液，而过了时间呢，胃液也就干了。一切不舒服原来都是胃液在捣乱。念两条语录，把这个饿劲儿顶过去吧，他想，只是脑筋集中不起来。近年来，他愈来愈觉得脑筋不好使、不集中、在退化了，有时候和妻子谈着谈着话却听不懂妻子在说什么，也忘了自己在谈什么。现在，就是再让他去作曲，他其实也是什么也作不出来了。他脑子里空空如也。前几年有人批他是"寄生虫"，那就是蛔虫、绦虫、小线虫什么的。他不是真的变成了寄生虫了么？

他不可能把思想集中到某一点上，他只是随着马背一颠、一颠，于是山也一颠、一颠，草也一颠、一颠，整个世界都像漂在水上，一颠、一颠，波动着。而他呢，好像被捆在了马背上，他想挣脱，想奋起，想一跳三尺，想大喊大叫，但是他没有那个力气，而他的每一个细胞，每一滴血液，每一根神经和每一个器官，都在傻里傻气地、欲罢不能地一颠、一颠、一颠……

不饿了，不饿了，但是更晕了，就像是晕船的那种晕，想吐，又吐不出来，肚子里扎扎啰啰，"下定决心……"

然后这种晕的感觉也渐渐消失了，只剩下了疲倦，困得睁不开眼睛，疲倦从四肢钻到了肉皮里、骨髓里，霎时间，他的肢体，他的骨骼，都软绵绵、轻飘飘的了，这是不是就叫做"失重"呢？我处于失重状态了吗？曹千里想，心里似乎倒明白了些。只是觉得头顶的太阳更热了，好像在用火烤着自己的脊背。草的颜色也变重了，怎么显得挺假？好像是舞台上的低劣的布景。雨后的蒸发也很讨厌，潮热逼迫得人喘不上气来。他脑门子上沁满了汗珠，一阵风吹过又觉得凉飕飕的，脊椎骨冒凉气，后背收缩，想打个喷嚏却打不出来，怎么他哆嗦起来了，热和冷他也分辨不出了么？

呵，那久已逝去的青春的岁月，那时候，每一阵风都给你以抚慰，每一滴水都给你以滋润，每一片云都给你以幻惑，每一座山都给你以力量。那时候，每一首歌曲都使你落泪，每一面红旗都使你沸腾，每一声军号都在召唤着你，每一个人你都觉得可亲、可爱，而每一天、每一个时刻，你都觉得像欢乐光明的节日！

经过了一阵饿又一阵满，一阵满又一阵饿，一阵失重又一阵沉重，一阵沉重又一阵失重，不知道是过了半个小时还是半个世纪，伟大坚强的老马终于把他驮到了那个叫做"独一松"的地方。在山顶的乱石当中,在根本没有土、没有水,也没有其他植物的地方,果然有一株雪松。不知道它已经长了多少年了,反正它瘦小扭歪,孤苦伶仃,无依无靠。从高矮来说,远看你还以为是一棵树苗,稍近一点,你就会看到它那干裂的树皮,吃力地拧着身躯的树干,处处显示出在干石头中扎根生长的艰难。有时候,曹千里看到这样的老小树怦然心动,怆然泪下。有时候,他又觉得视野之内唯一的这一株高踞山顶的树,还真有点睥睨万物,傲然不群的风节。至少,它是一个天然的路标,远来的旅客会从这里找到通向自己要去的牧场的路。而就在这个山脚下面,是一座孤零零的哈萨克毡房,一对没有儿女的老人住在这里,一方面照料着为数不多的病弱的羊只,更主要地为牧业大队起着一个驿站的作用,曹千里一看到这独一株松树和独一座毡房,如释重负,"终于到了!"他长出了一口气。

离毡房还有相当的距离,他就下了马,应该让老马打个尖了。也真难得,不套笼嘴,不套嚼环,而且到处是鲜草,它居然忠于职守,只知赶路,不知左右逢源。为了怕马受凉,他没有给马卸鞍子,但他也没有按照惯例给马上绊子。这儿对正在骑乘的间歇的马,都是用短绳把前蹄绊住,这样,马既可自由吃草,又因为四腿三蹄,走起来一蹦一蹦,不会跑远。但曹千里对于这匹马是完全信任、完全放心的。他拍拍马的屁股,示意它可以自由了,便走了开去。走出几步,一回头,果然灰马已经大口大口地吃起草来了,曹千里更感到欣慰了。

然后,他东张西望,去寻找一根棍子,这是为了防狗。哈萨克的牧羊犬可不像那个村子的乱吠的黑狗,牧人养狗的目的是防狼,都是些高大、剽悍、凶狠,比狼还要厉害的狗。对这样的狗是必须认真对付的。但他还没等到找到棍子,就听到了一声低沉的狗吠。

这是一只白狗,只有在左脊背处有一个小小的黑斑,它从毡房旁边缓缓地走了过来,离曹千里大约还有五六米远,站住了,用阴沉的、严厉的狗眼看着曹千里这个陌生人,但是并没有扑过来的意思。

曹千里握紧拳头,蹲裆骑马式站好,用同样阴沉和严厉的目光看着狗,做好了迎战的准备。他知道,现在已经没有退路了,只要他表现出些许的畏缩,狗就会判定你不是好人而一跃扑上来。"阿帕!"他用少数民族语言叫了一声:"老妈妈!"狗也随着他的叫声发出了第一声响亮而短促的吠叫。

真得佩服哈萨克老妇人的耳力,只一声她就听见了,慢吞吞地走出毡房,喝退了狗。当然,曹千里不用怕什么了,他大大方方地走了过去,并且按照惯例把自己的马向老妇人一指,自然,主人会帮助照料这匹马并在一刻钟以后卸掉它仍然驮着的鞍子的。

曹千里向女主人施完礼后,低头走进虽然有点破旧,但仍然很有色彩、花花绿绿的毡房。毡房里热气熏人,银白色的铜茶炊里火还没有熄。整个毡房内部的地上,都铺着花毡子,毡子上面放着一面大大的饭单,饭单上摆着几个茶碗,围坐着三个老头子。四壁上挂着、插着、别着的东西更是琳琅满目,既有皮鞭和未经鞣制的、带着刺鼻的腥味儿的生羊皮、割草的大芟镰,也有皮口袋、擀面杖、木盆,还有花绸、头巾、帽子、被面,不知何年何月的一个奖状……而在正面最显眼的地方,是一幅毛主席像,主席像下面是四本书皮红光闪闪、用彩绸带绑起来的"红宝书",虽然,曹千里知道,这个毡房的主人并不识字,但是有了这几本书,大家都觉得踏实许多。于是,曹千里作为最尊贵的客人,被让到最靠近红宝书的地方坐下了。

三个老头子都是客人,主人老汉出去放牧了,没有回来。老妇人请曹千里坐好后,拿来一个又厚又重的小花瓷碗,给他倒上奶茶,显然,老头子们已经坐了不短的时间了,茶因为一次又一次地兑水,已经没有什么颜色和滋味了,这样,兑进去的奶也是微乎其微,而饭单上竟没有其他的食物。曹千里喝了一口奶茶,等待老妇人拿点馕饼或是包尔沙克(一种油炸的面食)来,等了半天不见动静,而由于喝下了几口茶,由于有茶的味儿,奶的味儿,盐的味儿,水的味儿(水里还有点柴灰的味儿)的挑逗与刺激,一阵奇饿又压了上来。他觉得自己已经不存在了,只剩下一张张大了的嘴和一个空空洞洞的胃……但仍然不见有任何东西可以填补空洞。回头找一找,老妇人已经不在了,大概是为那匹老马卸鞍子去了吧?这回马可是比人强喽,马大概已经饱餐上了吧?

"这儿……没有馕了么?"他干脆直截了当地向三位客人提出了问题。

"你还没有吃饭吧?肚子饿了么?喂,可怜的人!"一个把胡须修剪得圆圆的白发老牧人回答说,"她(女主人)正在和面,准备打新馕呢,至于原来剩下的那一点点嘛,我们已经吃得差不多了……"他一面说着,一面用那沾满了泥土的暴露着青筋的手,哆哆嗦嗦地在饭单上摸来摸去,提一提这边,又拉一拉那边,最后聚拢起不够一口吃的馕渣儿,捧起来,放到了曹千里手里。然后,他又伸手摸自己的腰围,好不容易从褡裢里摸出半块白里透黑、黑里透绿的酪干——这里的俗话叫做奶疙瘩——"来,吃吧,吃吧!"他关切地对曹千里说。其他两个老人也都叹着气,表示同情、遗憾和毫无办法。

曹千里接受了老人的盛情,先把手里的馕渣扔到奶茶里,又把半块陈年老奶疙瘩放到口边,咬了一下,纹丝不动,反作用力差点没把牙给崩了。真是钢铁一样的食品!他只好把奶疙瘩也放到碗里了。

女主人重新回到了毡房。曹千里顾不得许多了,他叫了一声"老妈妈",直言说:"我实在是非常非常的饿了,您能给我点什么充饥的东西吗?如果没有馕,您就给我一点炒糜子米,或者熟肉干,或者干脆来半碗奶油、半碗蜂蜜什么的,都行啊!"

"我的可怜的孩子!"女主人这样叫了一声,倒好像曹千里不是四十一岁而是一十四岁似的,"可真不巧,你怎么这么不走运?我这儿,我这儿又有什么能吃的呢?连几块酸奶疙瘩也被过路的兽医要走了,蜂蜜、酥油,都给了汽车司机了。……兽医,你知道吗?我的孩子!他们要什么我们就给什么的……然后他就会给你开一个证明,证明哪一头黑羊已经病重,没办法活了,那我们就可以把它宰杀吃掉了……我们就是靠这种办法多弄一点肉吃的……汽车司机呢,那就更不用说了,他们来到牧区,就像胡大来到人间一样……可是你吃点什么呢?饿可是很糟糕的呀!要不你先睡一觉吧,来,我给你抱出枕头来……等睡醒,我的新馕就打得了,老头子也会赶着奶牛回来了,牛奶也就有了……"

曹千里谢绝了老妈妈的好意,他还要赶路呢。再说,那半块钢铁般坚硬的奶疙瘩,已经被他终于弄到了肚里,说也怪,立刻就好过了一点。

"有了,有了!"老妈妈的脸上显出了惊喜的表情,而且嗓音一下子提高了许多,"有马奶子,你喝吗?你喝点马奶子吧,不好吗?"

"好!好!"曹千里连忙点头,马奶还不好?喝了马奶,一头小驹可以长成高头大马,高蛋白食品嘛,何况人呢?小小如曹千里,他的要求,他的需要量,还比不上一匹马呀。

老妈妈开始动手了,她从毡房的支柱上解下了装马奶的羊皮口袋,放在手里揉来揉去,等揉得均匀了,她搬来一个大洗脸盆(汉族人管它叫洗脸盆,但这个盆在这儿可不是洗脸,而是装吃食用的),然后,她拔起用来堵袋口的一个用玉米芯做的塞子,汩汩地把马奶子倒满了盆。当她把大奶盆搬到饭单上的时候,四位客人都活跃起来了。"听说革委会发了通知,不让喝马奶了呢。"一位老头子说。"我不信。我不管。我不知道。"另一位老头子满不在乎地回答。

没有人对这种关于政策的讨论感兴趣,他们从女主人手里接过大碗,开始喝起来了。这种马奶是经过发酵的,很酸,很稀,有点腥,又有点酒的香味和辣味。曹千里给自己倒满了一碗以后,咕嘟咕嘟像喝凉水一样地喝起来了,顾不上品尝它的滋味是好还是坏了。他的这种喝法立即受到了三位老牧人的称赞,"好样的小伙子!你看他喝起马奶子,真像咱们哈萨克人呢!"他们当着曹千里的面,交口称赞着,竖着大拇指。

老牧人的夸奖使曹千里来了劲儿,他咕嘟咕嘟连喝了三大碗,喝得连气也喘不上来了。他分辨不出任何滋味,也不想分辨,他只是吞

199

咽着,吞咽着,什么也不看,什么也不想地喝着,又不像是喝,而像是一种滑溜溜、凉丝丝的东西(一种活的东西)正在顺着他的口腔、食道自动下行,欲罢不能。

"可真喝了个痛快!"他自言自语,眼睛都憋红了。也就是在这个时候,他开始觉得有点不对劲。一下,嘴里翻上来一口马奶,又苦又辣,又一下,他几乎把从胃里逆行冲出来的马奶吐了出去。天啊,我这是做了些什么啊?难道可以空着肚子连喝三大碗马奶吗?每一碗都在一公斤半以上,三碗就是五公斤,也就是十斤了!啊哟,可千万不要吐出来。马奶子是助消化的,就像是豆汁,就像是啤酒,就像是酵母,就像是胃蛋白酶或者胰酶。人们说,吃肉吃多了,再喝点酸马奶,那是最好不过了。可曹千里倒好,他现在肚子里空空如也,他现在是唱的"空肚计",他根本没有货色可资消化,又哪里会需要什么"助"呢?这么多酸马奶子喝下去了,可叫它去分解什么,溶化什么,吸收什么,输送走什么又排泄掉什么呢?难道去消化自己的肠胃吗?这消化力倒真强,赶明儿上医院一看,胃已经没有了,胃被消化、吸收、排泄掉了,自己把自己吃掉、消化掉再拉掉,这又是什么滋味呢?

果然,他的胃一阵痉挛,火辣辣地剧痛,似乎胃正在被揉搓,被浸泡,被拉过来又扯过去。好像他的胃变成了一件待洗的脏背心,先泡在热水里,又泡在碱水里,又泡在洗衣粉溶液里,然后上搓板搓,上洗衣石用棒捶打……这就叫做自己消化自己哟!

他痛得面无人色,眉毛直跳。幸好,几个老牧民没有再注意他,他们自己也正喝得不亦乐乎。

曹千里挪动了一下身体,他本以为改变一下姿势可以减轻一点痛苦,缓和一下肚内的局势。谁料想刚把身子向左一偏,就觉得有许多液体在胃里向左一涌,向左一坠。然后他向右一偏,立刻,液体涌向了右方,胃明显地向右一沉。胃变成了苦于负荷的口袋了!往后仰一下试试,稍稍好一点,但好像有什么东西压迫着、阻挡着呼吸,喘不上气来。往前,更不行了,现在只要用一个小指在肚子上压一下马奶就会从口、鼻、七窍喷射出来。天啊,我要完了……

也就是在这个时候,出现了一丝转机,一丝光亮,一丝希望。这是一种轻微的晕眩,一种摇摇摆摆的感觉,从胃里慢慢地向上转移。这和骑在马上饿得发晕时的感觉颇有不同,那时的晕是一阵心慌,而这时的晕却是一种安宁的信息,是肠胃的痛苦的减轻。也许这痛苦只减轻了百分之一个单位(如果痛苦也有计量单位的话),然而他已经敏感到了,他已经听见了自己的心跳,感到了自己的体温,觉得自己的灵魂、自己的生命仍然是在自己的躯壳里边。于是,他笑了:我说过的啊,天无绝人之路,有道是山穷水尽疑无路,柳暗花明又一村。郭建光在《沙家浜》里道白,念语录说:"有利的情况和主动的恢复,往往产生于再坚持一下的努力"——然后郭建光提高十六度用假嗓念道:"之——中!"

心慢慢定住了,头却更晕了,这就是酒,酒的妙用!人们不是把酸马奶又叫做马奶酒吗?马奶里产生了酒精,酒精开始发挥作用了,身上有点飘飘然,有点软,但并不酸痛,而且最主要的是,肠胃也渐渐风平浪静了。

一阵清风吹遍了他的全身,好像是酣睡以后睁开了眼睛,好像是儿时的一个伴侣拿着小手枪来叫他去玩,好像他看见了他的共命运的妻子的目光,而且他忽然想默念两句词:

日出江花红胜火,春来江水绿如蓝,能不忆江南?

他自己都感到了自己脸上的笑容了。这久违了的轻松的、单纯的、信任的笑容。他觉得自己正在从老鼠变做一只燕子,变做一条鱼了。他正在展开翅膀,他正在穿过碧波,如歌的慢板,然后是小步舞曲……

瞧,我已经不饿了。瞧,我是多么清醒啊!

三个老头子也已经喝饱了马奶子,他们在满足地咂着嘴唇,摸着胡子。但是大盆里还有一点残余,他们齐声向曹千里劝道:"请吧!

你是小伙子嘛!"

我们的像燕子一样轻盈,像鱼儿一样自由的小伙子没有推辞,他把盆端起来,把剩奶倒到自己碗里,毫不勉强地把它喝下去了。他开始出汗了——不是冷汗虚汗,而是温暖的和健康的人所能出的洁白而光亮的汗水。

> 君不见黄河之水天上来,奔流到海不复回
> ……………

莫非他已经踌躇意满了吗?只因为差点把自己撑死的四海碗酸马奶?这可真有趣。就像贝多芬的交响乐,雍容华贵、富丽堂皇、饱满丰厚、英勇崇高?还是像柴可夫斯基,深沉委婉、丝丝入扣?

李白在醉后宣告:

> 天生我材必有用,千金散尽还复来
> ……………

而可爱的林黛玉在《咏香》诗里说:

> 焦首朝朝还暮暮,煎心日日复年年
> ……………

"给我一个冬不拉!"他向主人索要。主人将信将疑地,好奇地把冬不拉给了他。他拧紧了弦,乒乒乓乓地弹起来了。来公社三年了,他从来没有动过任何乐器,一切乐器都是和他的过去连着的,而他追求的是彻底埋葬他的过去。甚至于慢慢地他自己也相信了,他已经不爱音乐也不会搞音乐了,他已经分辨不出旋律和节奏,认不出五线谱了,他只觉得茫然。

然而,一接过这破旧的冬不拉,他就弹出了调子。这是一首叫做《初春》的冬不拉乐曲,还是在一九六六年以前,他听过两次,不知道为什么他想起了它。一面凭记忆,一面对记不住的段落给以即兴的修正和补充,他弹起来了,弹得老妈妈和三位老牧人都听呆了,他根

本没想到,来客竟是一位乐师!

然后他唱起来了。他唱了青春,唱了生活,唱了大海,唱了呼啸的风,唱了打铁的手,也唱了姑娘的眼睛。

……曹千里完全不记得他是怎样离开这座毡房的了。他只是不断地提醒着自己,他没有醉,他非常清醒,特别是他的一双眼睛,看什么都分外鲜明、清晰,好像是用水把一切洗了又洗。他看见了哈萨克老妈妈和三位萍水相逢的老牧人眼睛上的泪光。他们四个人一起走出毡房,恭恭敬敬地送他。他们还说了许多热情和友好的话,他不记得自己回答了什么,但他记得自己是彬彬有礼的,完全符合对一个晚辈的礼节的要求。

他走出毡房之后一眼就看到了外面的光亮光亮的碧空,娇嫩、多汁、透明的蓝天上有两片薄云在飘。而高山的雪冠洁白炫目,洁白中又有一道一道清晰的褐紫色的线条——那大概是无雪的山谷,一切都那么有层次,像刀刻出来的一样。

他甚至看见了山谷中的几丛云杉树。他觉得他看见了哈萨克小孩子爬在树梢上撅柴火。山里有黄羊吗?野鹿、獐和狼?有一个哈萨克大汉骑着马去追逐一只狼,竟然徒手捉住了狼,把狼夹在了自己的腋下——夹死了! 就是这样的人民,但是他们爱音乐,爱冬不拉,爱唱歌,许多毡房里都有乐器,有留声机,唱匣子……

许是雪山看久了,他的眼睛里出现了一块又一块亮得发黑的斑点,以致他看草地也看成一块黑、一块黄、一块绿,斑斑斓斓的了。但是他的视力很好,他没醉,不信,他看得清楚每一株形状不同、姿势不同、颜色也各异的草。草在动,草在摇,草在互相挨近,低语,抚爱。草也爱听音乐,爱唱歌的吧? 是有风么? 他怎么觉不到?

他一下盯住了毡房前的拴马桩,并且看个不住。一匹大马,被绳索吊起来,说是吊起来吧,又略略挨一点地,然后任凭人们的摆布,说抬蹄就抬蹄,说钉掌就钉掌,这可真是个了不起的、有用的桩架啊!

他奇怪，为什么这桩子看着愈来愈小呢，还有点弯弯曲曲……他走上一步，打算扶正这根桩子，用力推，用力拉，都不影响木桩分毫，木桩呆呆木木地，一动也不动。他却看见了一个大大的黑蜘蛛，细长的、弓起来的八条腿。蜘蛛可是益虫，向益虫致敬！同时在这一刹那他感到无比的幸福，他竟然不是蜘蛛，不是蚂蚁，不是老鼠，他是一个人，一个堂堂正正的中国人！他有幸作为一个人，一个二十世纪的人来到这个世界，来到中国的这一块奇妙的土地上。他有幸作为一个人，有苦恼、有疑惑、有期待也有希望，又会哭、又会笑、又会唱。他能感知这一切，思索这一切和记住这一切，这难道不是一个奇迹吗？这难道不值得赞美和感谢吗？

并不是每一种元素，每一个个体都有这样的幸运。同样的碳元素，存在在这根木桩子上和存在他的细胞里就会发挥不同的作用。这根桩子也是有用的，然而它不会呼吸，不会做梦，不会叹气也不会同情任何一匹无辜的马，甚至它都不想立得更直一些。立得更直一些不是会更好一些吗？一个点和一个面的最短的距离，乃是从这个点向这个平面所做的垂线……他还没忘记数学呢！他可没有醉，他想连着做五道数学题，但是他要走了，他已经饱了，至少，他已经不饿了，那可以使小小的马驹长成千里马的马奶子，难道不能使他变得强壮和生气勃勃吗？但是，他的马呢？

他寻找着。他没有给马下绊子。他相信它是不会乱跑的，这是一匹安分守己的、不和谁过不去的、沉默而又自重的马。这是他的朋友。他看到了：就在那儿呢！离这儿大概有个四五百米。他模仿着哈萨克牧人打了一个唿哨。过去，他总是学不像，可今天，倒真像那么回事。那匹马立刻就抬起头来了，向他张望了。他的目力可真好，隔得这么远，而且天空和雪山晃着他的眼睛，他却看清了马的耳朵的颤抖和鼻孔的翕动。可爱的老马，你听到了我在叫你吗？你是多么聪明而又多么善良啊！看啊，灰杂色的老马踏着绿草正在一步一步向他走来，这简直是一个有价值的镜头，这简直是一幅画。在空荡的、起伏不平的草原上,一匹神骏,一匹龙种,一匹真正的千里马正在向你走来。它原来是那样俊美、强健、威风!它的腿是长长的,踝骨是粗大的,它的后蹄总是踩在前蹄留下的蹄印的前面,它高扬着那骄傲的头颅,抖动着那优美的鬃毛,它迈步又从容、又威武、又大方,它终于来了,来了,身上分明发着光……

　　终于,曹千里骑着这匹马唱起来了。他的嘹亮的歌声震动着山谷。歌声振奋了老马,老马奔跑起来了。它四蹄腾空,如风,如电。好像一头鲸鱼在发光的海浪里游泳,被征服的海洋被从中间划开,恭恭敬敬地从两端向后退去。好像一枚火箭在发光的天空运行,群星在列队欢呼,舞蹈。眼前是一道又一道的光柱,白光,红光,蓝光,绿光,青光,黄光,彩色的光柱照耀着绚丽的、千变万化的世界。耳边是一阵阵的风的呼啸,山风,海风,高原的风和高空的风,还有万千生物的呼啸,虎与狮,豹与猿……而且,正是在跑起来以后,马变得平稳了,马背平稳得像是安乐椅,它所有的那些毛病也都没有了,前进,向前,只知道飞快地向前……

　　即使以后,在今天,在八十年代,在那些年发生的事情又变成了永不复返(一定!)的"上辈子"以后,在曹千里扑到了渴望已久的新的春天里以后,在他真正地和大家一道开始奋飞起来以后,他永远记得这一匹马,这一片草地,这一天路程。他记得在奔跑的时候所见的那绚丽多彩的一片光辉。他怀念这一切,他充满了由衷的谢忱。

1980年9月至10月写于美国衣阿华城五月花公寓
——时应邀参加"国际写作计划"
1981年2月回国后略加修改并誊清
发表于《收获》1981年第3期

如歌的行板

一

　　据说,每个人都有自己的一颗星星,这颗星在高天、在深夜、在黎明时候向着你微笑,向着你眨眼,向着你发射并接受你所发射的电波,和你一起饱尝忧患、痛苦、犹豫、欢欣、幸福和解脱。而当你阖眼离去的时候,这颗星星就会划破夜空,穿过大气,炽热、燃烧、发光、耀眼、飘然陨落。

　　茫茫的天空啊,哪一颗星才是属于我的呢?红的?黄的?蓝的?明的?暗的?闪烁的?沉寂的?汇集在银河里的?被乌云遮盖着的?

　　据说,每个男孩子都有自己的姑娘,而每个姑娘都有自己的男孩子。从襁褓里,你们实际上已经相依为命,互通声息。虽然你们相隔万里,虽然你们各自有着自己的运行轨道,但是你们不是已经多次在梦里、诗里、哭里、笑里、歌曲里、小说里、书和日记本里相会过吗?其实她(他)一直没有离开你!你们的相会便是证据。不论你们是一见钟情还是两小无猜,不论你们最初是无心还是有意,是纯洁的友谊还是火一样的爱恋,也不论此后命运将怎样折磨你们、考验你们和抚慰你们,你终将会明白,只是因为有了她(他),你才成了你。只是因为有了你,他(她)才成了他(她)自己。

　　茫茫的人海呀,亲爱的姑娘你在哪里?你是像百合花一样纯洁么？你是像野鹿一样伶俐么？你是像山间的小溪一样清澈见底？还是像河岸的篝火一样炽热？

你在哪里等着我呢？在渔船上打鱼？在矿井里采矿？在荒山野岭里勘查？在国外的舞台上演出？还是在敌后，你们所在的那个城市还没有解放，国民党反动派正进行疯狂的搜捕？等待着我吧，让我的爱情永远护佑着你！

是的，每个人都有自己的星、自己的爱、自己的歌曲和乐章、自己的树、自己的时辰和自己的城市。还有自己的年龄，正是在这个年龄，你突然发现了，或者重新发现了星、爱人、诗篇与乐章、花草树木、城市和乡村的生活、世界和你自己。

二

那时候我们是多么年轻啊，我们快乐而自由，庄严而又诚笃。正像一首苏联电影歌曲所唱的：

唱一个歌吧，快乐的风啊，
快乐的风啊，快乐的风啊，
歌随着风吹遍了海洋和山岭，
全世界的人们都同我们一起唱。

如果当青春在你的身上觉醒的时候，也就是说照镜子的时候你看到了出现在你唇边的第一圈小黑胡子，而你上臂的紧绷绷的肌肉像小耗子一样地移来窜去，并且当丁香花开放的时候你愿意多看它一眼，当大雨泻地的时候你感到了前所未有的清新，而且你买了你生平的第一把梳子，试图去多少地调理一下你那马鬃似的头发……是的，如果当青春到来，打开了你的眼睛使你眼界大开，打开了你的心灵使你愿意拥抱这整个的世界的时候正逢革命的高潮、革命的胜利、革命的凯歌行进，正逢衰老的祖国突然恢复了青春，正逢已经霉锈和停摆了的钟表突然按照每秒钟三千转的速度加速旋转，那么，我敢说，从周口店的北京猿人到亿万斯年以后的可以轻易地离开我们的小小的地球，到别的星系、别的空间去做客的未来人，在这无数个一代又一代人中间，你是幸福的一代！你是令人——前人和后人羡慕的一代！你的人生是骄傲的，饱满的和没有遗憾的。

三

我们的青春是和我们的共和国的第一面五星红旗一起升起在天安门广场的蓝天之上的。"我们万众一心，冒着敌人的炮火前进！前进！前进！进！"铜管乐队奏出的悲壮的国歌使全广场的一半人落了泪。大概是由于第一次组织这样大规模的集会吧，那一天我在广场执行任务整整七个小时。有许多工人、干部、学生、解放军战士，会前四个小时就到了广场，在指定地点等待，而会后离去也用了两个多小时。说实在的，我们根本无法看清毛主席、朱德、刘少奇、宋庆龄和周总理，我们也没有听清毛主席的湖南味儿非常重的讲话。我不知道广场上放了十几个还是几十个高音喇叭，与你距离不等的喇叭传出来的声音不是同时到达你的耳鼓传导到你的中枢神经上的，你听到的声音是接踵而来的一串，像是一台大规模的轮唱，"中华中华中华中华中华……国国国国国国国……"当毛主席说到"中华人民共和国"，你听到耳朵里的时候便是上述那个样子，当然也有人听成了"人民人民人民……共和共和共和……"然而，我们已经用我们的全部器官和心智、头脑和感觉，倾听了和感受了毛主席的那一句话：中国人民站起来了！站起来了，站起来了，站起来了，一直到今天，到二十世纪的八十年代，这带着湖南腔的拉长了声音的"站起来了"，四个字仍然在大气层和外层空间回响，一声跟着一声，像连珠炮似的发射着的火箭，永无止息。

请原谅我的不逊。当礼炮轰鸣，当铜管乐队奏起《义勇军进行曲》,当美丽的五星红旗升起,我想到,这面旗帜是千万先烈和亿万人们的共同努力才使它飘扬起来的,而其中就有我。一个十七岁的孩子的也许是太微小的力量,不管多么小,它不是零,它大于零,与零相比它是无限大。我完全有理由、有资格、有权利说,这是我的旗帜,这是我的祖国,我的党,我的军队,我的胜利。

我名叫周克,原名周耀祖,一九四八年四月一到河北省泊镇解放区就改掉了那个封建冬烘的名字,而换上了这个带点"洋"味儿的新式的名字。我敢保证,到了解放区把自己的名字改成"克"的男同志就和"文化大革命"中起名叫做"红"的女孩子一样多。我觉得这个"克"字还有苏联十月革命和卫国战争的影响,虽然我并不知道有哪个早期的苏联革命家名叫什么什么克,到解放区的时候我只知道苏联有个地名是"斯摩棱斯克"。噢,我真糊涂,我们的众多的"克"当然不是来自"斯摩棱斯克"而是来自一个闪电惊雷一样的名词——布尔什维克!

日本投降的那一年我十三岁,刚刚完成了初中一年级的学业,由于思想左倾,立即参加了反美反蒋的革命的学生运动。当时叫"学潮",确实是潮水一样的波澜壮阔,势不可挡。十四岁,我参加了党领导的青年外围组织。十六岁,高中一年级,在竞选中我以压倒优势击败了对手——由学生中的国民党特务和走狗、由三青团员们提出的候选人,当选为学生自治会主席。我所领导的自治会,立刻成了对国民党反动派与反动的学校当局进行合法斗争的战斗哨所。同年,我成为地下党的一个候补党员。在全国革命高潮的推动下,我和一些进步同学是太激动了,和我单线联系的那位党的地下工作者也是太激动了,他同意了我们排练解放区的一些文艺节目:《兄妹开荒》《十二把镰刀》《夫妻识字》,准备拿到学生自治会举办的周末联欢会上去演出,我也准备上台表演独唱《黄河颂》。结果,演出前一天学校被包围,十七位中学生被逮捕,我在同学们的掩护下冒死跳楼逃跑。经过党组织安排,我化装通过了封锁线,来到解放区,不久,成为华北人民革命大学的学生。

三个月的革命大学的课程，我觉得我已经掌握了人生、社会、宇宙、救国、救民的全部真理，星夜在广场上听大课，飞蛾和小虫围满了汽灯，最后灯都没法点燃了，就在月光和星光下扯着喉咙讲课。猴子变人，五种生产方式，新民主主义革命的三大法宝，生产力决定生产关系，遵义会议结束了王明路线，物质第一性精神第二性，矛盾统一律、质量互变律和否定之否定律，运动战的十大原则和共产党员的修养，所有这些最正确最科学最新鲜最有味、无坚不摧无攻不克无往不胜放之四海而皆准的革命道理，我就是在星月辉映的田野上全部吸收、全部接受、全部融化为我的热血、我的神经和我的呼吸的。我检讨了我的个人英雄主义、个人主义、自由主义、温情主义、虚荣心、片面性、盲动性、小资产阶级知识分子的罄竹难书的成千种劣根性，我成为一个真正的特殊材料制成的无产阶级先锋队的十七岁的战士，一个新的、绝非周耀祖的周克了。

还有另外两位"克"，他们也和我一样地如饥似渴地学习着革命的道理，如火如荼地燃烧着战斗的火焰，当时在班上，我们是最积极的，在全校也是有名的三个"克"。我当然是"小克"了，但又有人说我有点"小老头"的劲儿，我很严肃，又爱思考，不论对自己的还是对别人的非无产阶级的思想念头、一言一行，我绝不放过。"大克"是金克，他来自天津的南开大学，入学时只是外围组织的成员，还不是党员。头发自然鬈曲，肩膀宽阔有力，所以，他的面孔虽然不漂亮（特别是那一双小三角眼），但整个的轮廓让人觉得挺帅，挺带劲。他喜欢文艺，班上的壁报是他负责办的。他最佩服季米特洛夫，他希望自己成为一个季米特洛夫式的坚强的、富有大智大勇的革命家。为了这，他结合写学习小结，认真地、痛苦地进行思想斗争，挖自己的错误思想的历史根源和阶级根源，彻夜不眠地写上厚厚的一沓子检查。在提高到原则高度进行分析方面，我常常与他交谈，我们互相帮助，似乎我帮助他要更多一些。他对我痛苦地承认，他忌妒过同班的另一个"克"——柳克之被选为党支部委员。我立刻给他指出来,这不是一般的小资产阶级思想而是剥削阶级意识,地主、资产阶级的思想。这种思想如果不批狠批痛,彻底克服,就会被敌人所利用,最后使他变成革命的叛徒。他非常信服地听了我的话,羞愧和痛心使他两眼含泪,满脸通红,他紧紧握着我的手,感谢我对他的帮助与阶级友爱。而在他毕业前夕,他被通过入党的时候,我也兴奋得流出了热泪。

我们当中年龄最大的"老克"是柳克,其实他只比金克大一岁,比我大四岁。他原来是保定南面一个县城的师范学校教员,高个儿,背微微有点驼,从一九四六年他就是地下党员了,他沉默寡言,说话慢条斯理,因此给人一种成熟、稳重、老练、可靠的印象。那时候在我们学校里,大家其实是信奉"说好话是银子,不说话是金子"这样一个西方箴言的。讷讷者比起叽里呱啦者,给上下左右的印象不知要好多少,"无产"多少。

那时候,我们之间是怎样的一种革命情谊,阶级友爱啊!马雅可夫斯基在一首诗里曾经写道:

公社
　　我的一切
　　　　都是
你的
　　除了
　　　　牙刷

而我们呢,连牙刷都可以共用一个,这不是做作,也不是笑话。八十年代的今天,当我们回忆起这些的时候,作为一个文明人,我们也许会感到生理的反感。但是,当时我们是怎样地忘掉了"小我",唾弃了"小我",就像一滴水珠,是怎样欢乐地汇合到了大洋里呀!我们厌恶一切种类的自私自利,津贴费和毛线背心,都可以不分彼此。把自己的钱、物给别人用和用别人的钱、物，比各人用各人自己的钱物有意义也有趣味得多！那时候我们每个月的津贴费折合到现今的钱，还不到六块钱！我们在财产上是贫困的，是一无所有的——这正是我们的骄傲，然而在精神上，在友爱上，我们感到了真正的富足。有一天柳克刚开始刷牙，"喀吧"，他的牙刷柄断了。我立刻把我用过的牙刷洗了洗，递给了他……平等、无私，天下为公，人人为我，我为人人，水滴融入大海，胸怀坦荡，将心比心，关心别人比关心自己为重，无事不可对人谈……所有这一些，都具有怎样奇异的吸引人、提高人、征服人的力量！它具有怎样奇妙的、绚丽辉煌的光彩！那时候并没有宣传学雷锋，但是，那时候到处都是雷锋，那是净化灵魂、塑造雷锋的年代呀！

四

革命大学毕业以后我被分配到公安部门工作。我为自己树立了一个榜样——捷尔任斯基，那是苏联十月革命以后"契卡"（肃反委员会）的负责人。在一些苏联小说里，我看到过对于契卡和捷尔任斯基的描写。

北京和平解放，我们三个"克"随着人民解放军的"平警"部队入了城。柳克担任了党务工作的一个重要部门的副处长，金克在报社当起了编辑。而我，便以小小的捷尔任斯基式的热情投入了解放初期的繁忙的公安工作。一九五〇年四月，电车公司（那时候当然是有轨电车了）为五一节出车百辆正干得热火朝天，结果，国民党特务一把火把电车场给烧了，这是我们的工作没有做好呀，多么严重的教训！一九五一年国庆前，意大利人李安东和日本人山口隆一计划在国庆节时炮轰天安门城楼，他们的罪恶的黑手还没有举起来，就被我们的无产阶级专政的铁钳钳住了，真是漂亮的一仗！一九五一年的大张旗鼓的镇压反革命运动中，我们的铁拳击向了形形色色的敌人——潜伏特务、汉奸、恶霸、土匪、还乡团、血债累累的屠杀人民的刽子手……伸张正义,雷霆万钧!还有刑事案件的侦破,还有群众保卫工作与节日保卫工作,还有取缔一贯道、九宫道和打击披着宗教外衣的反革命分子……解放初期的年头,我究竟睡过几个整觉,吃过几顿消停饭呢?有一天深夜我去调查一个情况,等调查完了,天也快亮了,我骑着一辆东德出品的钻石牌自行车往机关走,骑在车上,我竟然睡着了,脚还在蹬,身子摇摇晃晃,大脑却停止了活动,周围是一片褐黑色的虚空,耳边响起了一片轻微的淅淅沥沥声,好像是蒙蒙的秋雨洒落在成堆的黄叶上。摇摇晃晃,摇摇晃晃,刹那间我以为我是掉在水里呢,被浪头举起来又冲下去。怎么了,大浪……我睁开眼,砰,我摔倒在路上。幸好,黎明时分,街上没有什么车辆。倒在地上,摔疼了我的胯骨,但是,我也惊醒过来了,哈哈大笑,觉得自己真有点"伟大",精神也来了,疲劳也消失了,新的一天也开始了。而新的一天,等待着我这个小捷尔任斯基的是双倍于前一天的重要和繁忙的工作呀!

　　伟大的中华呀,自从黄河发源于青海的巴颜喀喇山北麓,自从黄帝轩辕氏驾着指南车在大雾中与作恶多端的蚩尤氏酣战,自从河出图,洛出书,文王演周易而孔丘修春秋,在你的漫长的、悠远的历史上,究竟有几遭像二十世纪五十年代初期那样,年轻有为,充溢活力,万众一心,蓬勃向上呢?解放军进城了,几天的时间便清除了大街小巷几年来积下的腐臭的垃圾;没有中断一分钟而是立即保证了电力供应,使常年被停电所苦的人民笑逐颜开;清理了交通,拆除了"剿匪"的"国军"在城市上遍设的、象征着失败和灭亡的乌龟壳式的碉堡,修补了所有损坏了的路面和桥梁。然后,立即在东单广场(原来,国民党将领把那里修成机场,准备负隅顽抗)修建各部的办公大楼和体育场;立即疏浚三海并在什刹海建成了全市历史上第一个向市民开放的游泳池;新街口和交道口,这两个贫瘠萧条的地方也出现了崭新的电影院,而在那里放映的再不是《僵尸复活》或者《出水芙蓉》，而是《桥》《光芒万丈》《列宁在十月》与《攻克柏林》。东郊的工业区、西郊的高等学校区像变魔术一样从无到有，每一个脚手架、每一台塔式起重机与混凝土搅拌机都在歌唱：

  火车在飞奔，
  车轮在歌唱，
  装载着木材和食粮，
  运到矿山和工厂，
  我们要和时间赛跑！
  我们要和时间赛跑！

  而我们公安工作者，就像一面面强大的盾牌，保证着速度、效率、建设、赛跑，保证着中华民族的复兴，"东亚病夫"的崛起，中华人民共和国的旭日东升、大江出峡似的青春。

五

  在和时间赛跑的兴奋之中，在繁忙的、紧张的、忘我的、狂热的工作、会议、思考、奔跑之中，在一个接着一个的战斗，用布尔什维克主义的精神改造世界和改造自己的非凡努力之中，在值班和简报，侦查和破获，党小组会和科务会议之中，我迎来了一九五一年，迎来了我生命的第十九个年头！

  这是一个发现世界与发现自己的年岁！这是一个在迅跑当中忽而向世界投去了热情的一瞥的年岁！这是一个一下子把所有的爱，所有的情，所有的诗，所有的歌，所有的花朵，流水，绿树，雄鹰，鲸鱼，白帆，神话和眼泪都集中到自己的心里、脑里、每一粒细胞里的年岁！

  我宁可不要所有的光荣、幸福、财富，我要十九岁！

  那天到报社去有事，金克留住了我。一九五一年，我们还是供给制，金克却已经是薪金制了，他成了我心目中的"老财"，每次见面都要共一共他的产。他请我吃了卤煮火烧、酱肝卤鸡，又要我到他的房间里欣赏音乐。他买了一个半新的东洋造留声机。到今天我仍然能记起那机子的天蓝色的外壳，那是不是一层漆布呢？有一股淡淡的腻子的气味。打开盖，菊花瓣一样的唱机头闪闪发光。我们先听了郭兰英唱的《东北风》和《绣金匾》，又听了《红绸舞曲》与《西藏舞曲》——"我们来庆贺呀，你们来庆贺呀"。然后，他拿来了从国际书店买来的苏联唱片，头一个听的是聂恰耶夫演唱的《列宁山》。这时天已经黑了，我们拉开了灯，我听得高兴极了，这些歌都是我熟悉的。我看了看他的表，我还可以再逗留二十分钟。我说："给我听一段最好的音乐吧！"

"最好的？"金克想了一下，他的眉毛向上微微一挑，他的小小的、有点三角形的眼睛里放出了奇异的、似乎透露了心灵的什么秘密的光。他搬开那些不要的堆在上面的唱片，拿起了一张比一般唱片要大的唱片，黑黑的纹面闪耀着灯光，圆心说明部分不是红色而是蓝色的，他把它放在唱盘上，唱片比唱盘还要大出一圈来，他说："你一定知道这个调。"他小心翼翼地换了唱针，轻轻地把机头放在了唱片的边缘，传出了轻微的"沙沙"声。

我至今说不清楚，这四把提琴的声音是怎样钻进我的心里去的。我总觉得它们并没有经过我的耳朵，没有经过空气振动、耳膜、听觉神经、大脑这样一个呆板机械、漫长复杂的过程。不知不觉，从第一声起，我的灵魂就沐浴在、融合在那从容宁静的弦乐里了。甚至那也不是音乐，不是声音，不是小提琴和中音提琴，更不是留声机和唱片，那是另一个弥漫在宇宙中的灵魂，她欲说还休，轻柔克制，不慌不忙，杳无形迹地在向你问候，与你低语，她在抚慰着匆忙的、辛劳的、严峻的、也许可以说是粗暴的你的额头。

门"吱"的一声响了，我根本没有注意，我好像连呼吸都停止了，只是在体验着、共鸣着、感受着，我不知道我是谁，我也不知道我在做什么，我也不知道我是在什么地方。

等到音乐完了的时候我才注意到,我们的屋子里出现了第三个人:那是和我们都有一面之交的萧铃,养蜂夹道女子中学的团总支书记,由于我在公安局里兼任团支部的工作,我们在新民主主义青年团(那时候还没有叫共青团呢!)的会议上见过面。她自我介绍的时候,特别强调她的名字是铃铛的铃,而不是侧玉旁的"玲"。这也给我留下了印象。她穿着一件洁白的衬衫,两条宽宽的带子搭在肩上的蓝色的裙子。当时,我们管这种女学生的装束叫做"卓娅服"。我们看过电影《丹娘》,我们都熟悉和敬爱这位英勇的共青团员,电影里,中学时代的卓娅,穿的就是这种服装。萧铃的头发,却不像卓娅剪得那么短,而是圆圆的,包住了整个的头颅的短发,只是在右侧用一截天蓝色的毛线绳扎起了一绺。她的身材适中,孩子气的圆脸上的那个庄严的鼻子和饱满的小嘴给人留下特别亲切的印象。衬衫的白领翻开来,露出了她的瘦削的脖子和尖尖的锁骨,更使你觉得她是那样圣洁、质朴。她向我们笑了一下,那是真正同志式的,比亲人还亲的最善良也最信赖的笑,她说:"我送完了稿子,从这里走过。这音乐太好听了,我就进来了。这是什么音乐?"

这样熟悉的旋律她竟然不知道,霎时间我都有点看不起她了。但是,不,正规地说,这究竟是什么歌呢?上初中的时候音乐老师教给过我们唱过一首这样的歌:

青的绿草地上,傍晚是谁走来?
慢步无声,身穿灰衣徘徊
…………

当时老师就说,这是柴可夫斯基的一个曲子,歌词是中国人后配上去的。我只记得,这个歌儿的节奏变了好几次,一会儿一个 5/4 的音符,好别扭呀,但唱起来却很自然,这也是怪事。但是,我能告诉萧铃什么呢?我能告诉她这是《睡之歌》《梦之歌》或者这是《青的绿草地上》吗?

"再听一遍吧,再听一遍!"我不礼貌地转过了头,向金克说。我有点恼羞成怒,因为我也说不清这首乐曲的名称。弦乐又响起来了,我关上了灯,屋里并没有完全黑,仍然有各种各样的亮光透进屋里。真是奇怪,熄灯以后,同样的音乐怎么显得这样强大了呢!这是一种征服一切的音乐,我战栗了,我的战栗正像琴弦的战栗一样,发出的是同样强大的音响。

"第一弦乐四重奏第二乐章,柴可夫斯基作曲,这个乐章一般被称为《如歌的行板》。"

金克说,并没有专门对着萧铃,他的声音为什么变了?那样低沉,那样徐缓,也是徐缓如歌,如歌的行板。

黑暗和微光中,行板如歌中,我们三个人都笑了。

六

多咪咪多发咪,来拉梭来多梭……

一粒什么样的种子,在我心灵的一个不被注意的小角落,悄悄地发芽……

十九岁!十九岁!十九岁!青春!青春!青春!

即使我为了任务,为了赶路而疾驶如飞,我还是要时而停下来,看看北京城,看看夏天的槐树,看看故宫的角楼、紫禁城的墙角下和砖缝里长出的许多青草。一队队穿着和萧铃一样的白衬衫,系着红领巾的少先队员打着星星火炬的旗帜走过,蓝天上有白鸽飞翔,我想起毕加索画的和平鸽和保卫和平的签名,我想起那首歌:《王大妈要和平》……

即使我为了任务,为了斗争在节假日加班加点,早晨睁开眼的时候我还是要多听一耳朵小鸟的啁啾。"又是假日了。"我这样想而且觉得心波荡漾,又有多少中学生到北海去划船呢?又有多少大学生到颐和园内的谐趣园去欣赏曲廊圆荷,白桥绿树,青蛙黄鸟?又有多少个音乐会、联欢会、茶话会在举行?欢声笑语,歌舞匆匆?但那不是我的,那还不是我的。也许人们会了解我吧,会了解我们吧?我们从小就那么严肃,我们没有童年和少年,腐败的旧中国,万恶的国民党剥夺了我们的童年和少年,在别的孩子爬树上房、摸鱼打鸟的年纪,我就已经是一个忧国忧民、牺牲自我的革命者了。这是我的光荣,也是——能不能这样说呢?这样说是不是小资产阶级的呢——我的痛苦。

即使为了破案,为了打击敌人而开夜车到深夜,即使我的生活里已经充满了战斗的激情,冷静的筹划,反复的较量,我还是要在睡前看一看布满繁星的天空。无端的遐想,朦胧的愿望,纷乱的感受就像这满天的照耀你的星斗,就像这被星斗击穿了的广大的天空。难道我能够相信地球只是这繁星当中的一个不起眼的、小小的、只知道机械地和刻板地自转着和公转着的石头一样的冷酷和沉默的球儿吗?难道我能够相信,所有这些看着我,看着我们,看着地上的战斗和生活的发光的小家伙们都是一些没有生命、没有头脑的庞然大物,自顾自地、毫厘不差地在它们的轨道上做着那毫无用意的运行、燃烧、裂变、沉寂、冷却而最终趋于消亡吗?为了什么,为了什么呢?我看到了这一切,感知到了这一切,虚无缥缈……

充实中有虚无缥缈,飞驰中有暂停,挥汗如雨中有漫游者的潇洒,酣战中有向着花朵的微笑,地覆天翻中有万古长青、兼收并蓄的生活、青春、十九岁,多咪咪多发咪……

这是罪过吗?这是恶?这是"灵魂深处的小资产阶级的王国"?这是非革命的,与革命毫不相干的甚至妨碍革命的吗?

来拉梭来多梭……

不,不会是这样的。革命的目的是把人民,把人的心灵、生活从奴役、偏见和愚昧中解放出来。加班加点者有权休息,务实者有权遐想,解放了的、摆脱了剥削压迫欺凌的人们才能懂得那弦乐四重奏第二乐章的纯洁与美丽。

我干脆把那留声机和那唱片从金克那里要了过来了,让那个"老财"再去买一套去吧,金克二话没说就把东西给了我。只是在我的单身宿舍里,在夜晚,当我关掉灯,谛听那如歌的行板的时候,我才想起金克,并且对着本属于他的、在黑暗中发着光、上上下下地起伏着的唱机头小声说:"谢谢,大克!"而且我想起了萧铃,想起了她那饱满的嘴唇和轻信的笑容。那天在金克房间里,听这个行板听得她流出了泪。她说:"真不知道世界上有这么好的……"她的话没有说完,不知道她是说这么好的音乐,这么好的音乐家,这么好的唱片还是这么好的留声机?

我读过高尔基的《忆列宁》,列宁听了贝多芬的《热情奏鸣曲》以后曾经说过一段话,列宁的感想和萧铃这个女孩子的感想也许差不多?

不知道萧铃有多大了,看样子她也许并不比我小许多。然而,我是以一种成人看待孩子的眼光看待她的。我们的习惯是看一个人要看党龄而不是看年龄。我已经是一个老干部、老公安工作者、老布尔什维克了,而她,还在上中学、坐在小小的课桌前抄笔记呢。

她听得到吗?当我放起多咪咪多发咪的时候,她在做什么?上晚自习?开团总支委员会?到锅炉房去倒一杯开水?在盥洗室洗手绢?她听得到吗?

每当听这个唱片的时候,我便想起金克,想起萧铃,想起许多好的人和好的事。当然,我也想起柳克,想起他的断了半截的牙刷和我们一起学习的《论共产党员的修养》。我还常常想起我的母亲,在我的幼年,她因病故去,她现在在天上?在那星与星之间的不发光的夜空里?小时候我摔过一个跤,头上肿起了老大的一个包,母亲揉着包,往我的头上吹气。母亲口中的气吹到我的额头上,果然,额头不疼了。

七

"我觉得你的感情不够健康,听音乐就听音乐吧,为什么把灯熄了呢?"

"我觉得你应该对自己要求得更加严格,彻底改造掉小资产阶级的情调。"

"你可以想想,如果是一个血统产业工人,或者是杨白劳那样的贫农,他们会这样听音乐吗?"

"柴可夫斯基是什么人呢?他是旧俄的一位音乐家,他不是无产阶级,他不是工、农、兵。"

"而且我觉得周克有时候有点精神恍惚,不够专心,那次,他把简报上的人名弄错了……"

在党小组会上,同志们提出了对我的这样一些批评。我低着头,红着脸,往小本上记录着这些批评的意见,虚心接受,虚心接受!

这是多么令人懊恼呀,你犯了错误,你弄不清这到底是什么错误,反正你做错了,你弄糟了一些事情,你惹得你所亲近、你所敬爱的一些同志、战友对你不满,有些人甚至是很生气,他们都爱你,关心你,愿意帮助你,然而你出了纰漏,你叫人失望了。而这一切,恰恰发生在你觉得生活是这样的可爱,人们是这样的可爱,好人是这样的多和这样的好,因此你下决心拼命做好一切应做的事情、下决心用你的行为来使生活从美好变得更美好,使好人高兴、满意,使你脸上增光,使你不负疚于关心你的战友和同志的时候!恰恰发生在你恨不得把自己的心掏出来,献给党,献给光明正义的事业,献给你的同志们的时候!

好比是当头一棒!

第二天中午,柳克来了。我们已经有一年多没见了,都忙,然而我总是觉得我们心连着心,并肩战斗,虽然是在不同的岗位上。这就是生活在社会主义国家的最大的快乐,你和他都不是孤立的。入城以来,他变得更加沉稳和成熟了,朴素的布料衣服,一尘不染,连每个衣扣的四个孔的排列,也都是整齐的,缝扣子的线纹,是互相平行的。他稍稍胖了一点,脸孔显得方正,微驼的背显得谦逊,有涵养,厚嘴唇显得诚实、可靠。见面就是正题,他问我:"工作得可好?思想修养也有进步吧?"

我把头一天晚上在党小组会上所受到的批评告诉他了。

他点点头,放低声音,劝告我说:"你要注意呀,小克!这不是一个理论的问题,而是一个情感的问题,从小资产阶级的知识分子,变成真正的工农大众,大众化的感情,大众化的爱好,这是一个痛苦的、长期的过程。这又是一个本能的问题。"看到我脸上疑惑不解的神色,他解释说,"就是说阶级本能啊,屁股坐到什么地方啊,要用我们的鼻子闻一闻,这是一股什么气味呢?资产阶级的腐蚀,可是无孔不入的呀!要警惕呀!人是会变的,革命的,也会变成不革命、反革命的呀……"

我惶惑了,连柳克也是这样说了,而且问题提得更加尖锐,这刺痛了我。为什么,凭什么,我究竟怎么了?他们即使没有上过音乐课,不知道俄国有个柴可夫斯基,也不喜欢大提琴、中音提琴和小提琴也罢,但是他们难道不知道中央人民广播电台和北京人民广播电台吗?那难道不是中共中央和中共北京市委所领导的电台吗?那两个电台的三套不同的广播节目,不是都播送过贝多芬和莫扎特、舒曼和舒伯特、莫索尔斯基和柴可夫斯基的作品吗?不是也播放过第一弦乐四重奏的第二乐章吗?不是还播放过什么《悲怆交响乐》《梦幻曲》《风流寡妇》圆舞曲吗?这些曲子的名目,不是更加小资产乃至大资产吗?我只不过是没有更多的时间去仔细地听它们就是了。有时候我边吃饭边听音乐,有时候我睡前、睡意蒙眬中听到了对面的楼房里传出来的音乐,有时候我骑自行车经过交通电料器材门市部的时候听到里面试放的音乐,这又怎么会不革命,反革命呢?

但我努力控制自己，说服自己。不管怎么说，这不是工农大众的感情，工农大众的趣味。而且，我的那些遐想，我的那些在生活中漫游的体验里包含着神秘、脆弱、多感，再下去就会是伤感，而这不正是知识分子的空虚性动摇性的表现吗？无产阶级，永远是光明的、乐观的、坚强的、确定的，不论何时何地何事，即使在告别人世的时候，他们对事业的未来充满了自信。生活的意义是斗争，斗争的意义是胜利，从胜利走向胜利，失去的是锁链而得到的是全世界……难道我不应该锻炼自己，使自己成为一个磐石一样坚定、钢铁一样强固、火炬一样熊熊燃烧的人吗？多愁善感，无病呻吟，故作高深，故作多情，这与无产阶级究竟有什么共同之处呢？

刺痛了，这说明打中了要害，这正是我转变、进步、改造的重要的契机。

"对。"我终于诚心诚意地低下了头。

"加油吧。"柳克拍着我的肩膀，"你这样年轻，应该进步得更快一些！"然后他告诉我，这个星期六他结婚，她是一个烈士的女儿，他当处长的那个处的一个干事，"表现很好，是个不错的同志。"他介绍他的未婚妻说。

我跳起来向他祝贺，他笑着止住了我："个人问题嘛，解决了就对了，我们没有那么多恋爱呀，情书呀，好了呀，坏了呀，变着法儿折磨对方。"他挥挥手，然后问起我学习《联共（布）党史简明教程》的心得。

八

这天晚上会散得早，当我从会议室里走出来的时候正碰上两位客人来找我，他们一个是金克，一个是萧铃。看到他们两个在一起，我心头一动。萧铃仍然穿着那一套"卓娅服"，然而系起那一绺头发的不是毛线绳，而是一截杏黄色的丝带，显得更加俏皮。见面以后，她先说:"我去找金克同志听唱片,他说,在你这儿。恰好,我正要到你们局借民警制服,七一的时候我们的学生剧团要演一个话剧,剧里有一个角色是人民警察。我就请金克同志陪我到这里来了。周克同志,可以借我们一套制服吗?我带着介绍信呢!……"

"当然可以喽!"我立即替她办好了借制服的事,然后请他们来到我的宿舍。我是没有喝茶的习惯的,有买茶的钱我宁可买冰棍,屋里没有茶叶,这使我觉得有点对不起萧铃。幸好,还有几块冰糖,是前几天我因为哑嗓子而买来吃着"去火"用的。我给他们各倒了一杯冰糖开水,问起学校里的课程和工作。

萧铃说:"这次的七一庆祝会上,我们要进行一个动员,从此以后,我们的主要任务要从民主改革转移到课堂教学上去。学生的主要任务是上学,我也要抠一抠数理化了,再也不开那么多会,做那么多社会工作了。"

我点点头,想起了毛主席在《论人民民主专政》中的一句话:严重的经济建设任务摆在我们面前。我们熟悉的东西有些快要闲起来了,我们不熟悉的东西正在强迫我们去做。我感到了历史的脚步在前进,但我又感到有点留恋,有点不安,快要闲起来了,抠数理化,这对于我们,究竟意味着什么呢?

"来,给我们放唱片吧,别忘了我们是来听音乐的呀!"见我沉默不语,萧铃说。很难分清她是在说话还是在微笑,她是一个话里有笑,笑里有话的人。如果她对你说话,那就等于对你微笑。

"可是,不过,这……那……"我嗫嚅而且尴尬,不知为什么,经过思想斗争好不容易想通了和接受了的那些道理,我却无法用我自己的嘴讲给萧铃和金克听。他们追问我是怎么回事,我结结巴巴,嘴里含着热茄子,终于把在党小组会上所受到的批评和柳克对我的帮助给他们讲了一遍,讲得那样艰难痛苦,真好像牵着一匹骆驼穿过针眼。

金克深深地皱起了眉头。萧铃却开心地笑了,她提高了声音说:

"什么乱七八糟的!好听的音乐,就爱听嘛,这是当然的喽。哪儿那么多毛病!"她笑的时候眼睛眯起来了,嘴角咧开了,脸上还出现了一些细小的皱纹,真是孩子一样简单的头脑,孩子一样天真的笑容啊!她未免太不懂事了吧。

"这简直是愚蠢!"金克却激动起来,他激动的样子使我想起他在革命大学学习的时候是怎样激动地检查自己的思想。他站起来,做着手势说:"他们的意见与马列主义是毫无共同之处的,列宁在《共青团的任务》一书里,是怎么样教导我们的?马克思和恩格斯又是怎么样对待人类的文化遗产、怎么样对待艺术的?马克思称赞古典的艺术的永恒魅力,这难道是小资产么?胡扯!现在我们面临的任务是建设,建设新生活,培养全面发展的新人。他们却像斯大林说的那样,只要人们去进行'骑兵式的冲锋'。他们的精神状态停留在供给制、游击队、军事共产主义上,这样下去,他们就会落后于生活,成为生活的绊脚石……而新与旧的斗争,正是新社会的主要矛盾……"

"不要给我们讲社论了。"萧铃向他请求说。然后,她打开了唱机,装上了摇把,开始上发条。

"我不喜欢柳克同志的这种枯燥、教条、精神贫乏和自以为是!尽管我们曾经有过很好的友谊,但是时代变了,光凭他的资格,光凭他战争年代的那些优点:听话、踏实、说一不二、艰苦朴素……是建设不起新生活来的。你看过那个话剧《曙光照耀着莫斯科》吗?还有电影《幸福的生活》,柳克同志的思想水平,实际还不如那个保守落后的集体农庄主席吴雅……"金克说。

多咪咪多发咪——提琴响了。

金克把声音压得更低了:"你读过加里宁的《论共产主义教育》吧,那上面也讲得很好……"

来梭梭多发咪——开始了变奏和延伸。萧铃用左手的食指点了点自己的嘴,示意我们不要说话。然而,我已经听不出多少味儿来了,而且,我相信金克也没有听好,他为什么那样激动?为什么那样激烈地抨击柳克同志?我本以为,我们三个克还会像三年前一样地团结友爱,亲密无间呢。大克和老克,谁的对?老克的道理好像更实在,而大克的道理似乎更充分,旁征博引,但是引的都是苏联的情况啊,我们毕竟是中国……

咪梭拉多,梭拉多咪,西多咪梭……

提琴的声音盘旋着向高处攀登,萧铃的样子就像随着声音飞旋而上一样。她完全没有听到我们的谈话,那使我们两个困扰的事情对她几乎是毫无影响。音乐止息了,萧铃长出了一口气,好像才从那紧张的攀登当中歇息下来。"好听极了!谢谢!"她说,然后她走了,她要金克留下多坐一会儿。然而她走了以后,金克也是心神不定的了。我建议什么时候找柳克一起谈一谈,金克笑了,他说:"有机会就谈吧,又不是什么大不了的事。"

这天晚上我睡得很不好,虽然不是什么大不了的事,然而,我们的友谊似乎发生了裂痕,而且,到这一天为止,我始终认为在共产党人中间,在无产阶级的革命同志之间存在着的单一的、确定的、明朗的观点和道理,似乎也发生了一点点裂痕。谁是?谁非?谁革命?谁不革命?我判断不出来,而且好像也不应该做这样的判断。那么,世界上难道可以有两个真理?共产党人和革命同志,难道可以各执己见,各行其是?党小组会上的诚恳而尖锐的批评难道可以不理不睬?而柴可夫斯基的弦乐曲难道可以和《东方红》《咱们工人有力量》《中国人民志愿军战歌》并行不悖,平分秋色?老克的老成、大克的渊博和萧铃的单纯,难道我都同样珍贵?

翻过来,掉过去,辗转反侧,这是我最最讨厌的不健康里的不健康——失眠!如果这个时候,青的绿草地上真的走来一位飘飘的睡神,穿着灰衣徘徊,那该有多好啊!不,那不是睡神,那是萧铃的笑容。为什么,这笑容却使我有那么一点点担忧呢?她太单纯,太没有自我保护了啊!十九岁,十九岁!

九

睡着以后,我听到了柴可夫斯基的音乐,如歌的行板,从头至尾,完整无缺。醒来以后,我甚至记得每一个细节,每一个细小的和声,装饰音,强和弱的变化。那是我醒着的时候从来没有听出来过,没有注意过,更没有保持过什么记忆的。

醒来了,月光把槐树叶子的黑影洒到了我的房间,我回味着这乐章,清晰,迷人,丝丝入扣。我从来没有听过这样成功的演奏。

这是什么?是梦?没有任何形象,没有看到任何东西,没有任何经历、遭遇、故事、恐惧或者快乐。没有自己,没有躯体、五官、感觉、情绪。没有世界,没有任何固体、液体、气体、色彩、环境、空间、物质。

只有音乐,只有行板如歌,这是非人力所能演奏,也非人耳所能听到的音乐。

这样的音乐是不是一生只能听一次?

在往后的年代,在飞速的旋转,急剧的浮现,不断的困惑与不断的亢奋之中,我曾经怀着一个隐秘的愿望。也许,哪一天,当我睡下以后,我能再听一次这非人间的乐曲?

不,它只有一次。

谢谢了,为了这一次,我谢谢你!

十

好像是一只蝉。蜕去了一层壳,蝉变得轻盈、鲜明、响亮了,当然,它自己并不知道这一层蝉壳是怎么样蜕下去的,它也不可能知道蜕掉一层蝉壳意味着什么。

当新的一天开始的时候,我觉得生活里并没有那么多困扰。老克、大克和我这个小克,萧铃和她的微笑,那些批评我小资产的和表扬我忠诚积极的领导同志们,都是可爱的、可亲的和可以信赖的。连我的那张掉了漆、裂了缝子的办公桌,也是会说话的和有生命的。早上它欢迎我从事庄严的工作,晚上它记得我的辛苦劳顿,而中午,它希望我多喝一碗高粱米粥和多吃一个馒头!熬高粱米粥的大师傅老李呀,东北人,大个子,说话挑着尾音,脾气暴,跟我吵过嘴,但我也发现他是那样耿直、干活不辞劳苦,他给全局的干部做饭,然而他自己没吃过一顿安生饭。

"你为什么那样高兴?"有人问我。

我是特别高兴么?那就太好了,不但我,还有你和他,还有我们大家,都应该高高兴兴。当人们有这种高高兴兴的心绪的时候,即使是不小心摔跤碰破了头,即使是受了凉发烧到三十九度,即使是因为丢失保密笔记本而在党内受到劝告处分(上星期我们科刚有这么一个倒霉的同志遭到了这样的事),也不会颓丧愁闷的。好像喝了什么快乐的酒浆,好像生活里的一切都在按照快乐的羊皮鼓的鼓点儿行进。

三天之后是星期天,黄昏的时候我接到了一个电话。"我是萧铃呀。"当电话耳机里传出她的第一句话的时候,我有点迟疑,发怔,怎么在电话里她的声音是这样沉稳、安详、低沉,根本不是她那种活泼明快如铜铃的腔调。"有个事想和你聊聊,你有时间么?"她说。这时我仿佛听出一点来了,是她,说话的时候带着笑意。

我们约定了一个对两个人都方便的地方:铁狮子胡同东口。解放前,这条大胡同的东北角是一个钢骨水泥的碉堡,现在,这个碉堡已经拆除了。这个胡同过往的行人车辆不太多,路旁的密密的洋槐,已经把树冠互相搭接起来了,显得宁静清幽。我完全想不到她要找我谈什么,我也没有去胡猜乱想,同志嘛,总应该多谈谈心,何况我建议在铁狮子胡同,在这样一个美丽的地方!可惜我平常没有足够的时间,否则,我最愿意和同志谈心,谈啊谈啊,都把自己的心袒露出来,都把自己的快乐、苦恼、难题说出来,共同承担,共同解决,互相帮助,互相促进,彼此提意见……哪怕互相批评得很尖锐,哪怕严厉的批评使我们掉了泪,我们感到的是真正的革命友谊,真正的政治上的温暖。何况和萧铃这样的同志谈话,那是多么令人愉快的呀!

我就这样想着,来到了铁狮子胡同东口的一棵大槐树下面,萧铃正在那儿等着呢。她穿着一身学生蓝的制服,素朴中又显出鲜丽,但是她的眉头是紧蹙的。她的紧蹙眉头使我吃惊,使我不安,但她蹙起眉头以后,显得更加孩子气了,简直像个洋娃娃,我几乎想笑了。

"让我们往前走一走。"她指着这被洋槐遮起来的、显得深邃了的胡同说,她的声音里包含着一种激动。"我觉得挺对不起的。"她又说,面孔愈发严肃了,我也不想笑了。"但我实在没有办法,我也不知道和谁说好。请你告诉我,如果一个人,伤害了别人,她能算好心吗?"

"伤害?怎么伤害?"我糊涂了,我甚至想到了"伤害"这个专门名词在政治工作、公安工作中的意义,而且完全不明白这与萧铃会有什么关系。

"请你想一想,告诉我,如果确实是伤害了别人,打击了一个好人,那么,她本人还算不算好心的呢?"

"我不知道你是指什么,什么样的伤害、打击……"我回答说,为我的鲁钝而抱歉,我答得结结巴巴。

"或者能说是无心的吗?"她又问,"你完全不是成心的,不是有意的,但是,你会使别人非常痛苦……"暮色中我看不清她的脸,但是我觉得,泪水已经涌出了她的眼睛。

"为什么要使别人痛苦呢?如果是我们自己的同志,如果是好人,我们应该使他们快乐!普通一兵马特洛索夫说得好,一个人生活的目的是为了使别人生活得更美好!"我也莫名其妙地有些激动了,只是在说完这句话的时候,我恍惚得到了点什么,而且已经意识到自己说的是一派蠢话了。

"但那是办不到的啊!"她停住了脚,正面看着我,"这能怨我吗?

这能怨我吗?"我觉得,她已经哭出来了。她把身子略略靠到了一株树上,用勉强可以听出的、更像自言自语的声音说:"是我不对吗?是我轻浮,不谨慎,不庄重?我真难过!当我听到一个人是共产党员的时候,当我知道一个人是革命干部或者是解放军的时候,我觉得他们都是最可爱的人,最可亲的人。我就是这样待人接物的,不论对你还是对金克还是对我们学校新派去的校长——一个剪着短发,打着裹腿的老革命,我都是这样的,这是我的错吗?也许真的应该检查一下自己……"

我无言了,我已经理解得差不多了。

然后,她掏出了一个信封,她说那是金克给她的一封信,她完全没有想到,她很不安,她不能……她希望我把这封信还给金克。

对于一个青年人,这是一种多么强烈的波动啊,连我这个第三者都觉得有点晕眩了。我心乱如麻,酸甜苦咸辣齐上心头,我好像更加觉得萧铃纯真、善良、可爱。我有一点怨金克:大克呀,你好像一团火,我知道你,但你不应该这样使萧铃苦恼呀!你不应该把火烧到萧铃身上去呀!你怎么能这样随便地打破一个女中学生的平静呢?

第一次扮演这样的角色,我怎么办呢?但是我感谢萧铃对我的信任,我应该努力减轻她感情上的负担。我慌乱地、无力地却又是啰里啰嗦地劝解着她,我说这完全不怨她,我说她对待同志热情是优点而绝不是缺点,我说这样的事必须双方自愿,(我好像挺内行呢!)因此,任何一方不自愿都不必为此感到歉疚,因为,她无需乎承担什么义务,她并不负债。我说人和人的关系归根结底是一个阶级关系,在我们之间,阶级友爱高于一切,我们大家都是同志,我们正在为共同的目标而与旧世界作殊死的斗争,在斗争中,我们不惜用自己的生命来保卫自己的阶级兄弟。譬如在朝鲜,如果美国飞机来轰炸,我们都宁愿为掩护同志而牺牲自己……我讲得这样真诚却又这样拙劣而且教条,好像我的嘴巴里长的并不是自己的舌头。我真恨我自己,为什么没有背下一首诗来,一首适用于目前萧铃的这种状况的诗呢?现在,给她读四句诗也许比说四十句话更有用,"两岸猿声啼不住"当然不行,"大堰河,我的保姆"也文不对题,"假如生活欺骗了你,不要悲伤,不要心急……"有一点点意思了,不,也不行,生活什么时候欺骗过萧铃呢?生活是属于萧铃、属于我们这些年轻的革命者的。我嗳嗳嚅嚅,竟急出了一身大汗,连头发也乍起来了。

谁知道呢?哎,少女的脾气,少女的心!萧铃破涕为笑了,而且笑出了声。

我以为是我的说服劝慰起了作用,不禁十分欣慰。

"往回走吧。"她建议说。走在路上,她又笑了。

"笑什么?"我问了一句。

"笑你说话的神气,多像个小大人!"

什么?这叫什么?难道她,一个小小的中学女生,却笑话我,一个老革命、一个职业革命家、一个饶有经验的"契卡"工作人员是什么"小大人"?

我皱起了眉头,转过脸去,用沉默表示我的恼怒。

萧铃可能是自知失言了吧,她也好久没有说话,等走出了铁狮子胡同,她友好地建议说:"你不渴吗?让我们一起去喝一杯酸梅汤吧。"

我点点头,陪她走到北新桥附近的一家冷食店。冷食店的门口挂着用彩色的珠子穿成的帘子,冷食店里也是荧光灯照明,当时这种灯管还不普遍,与普通灯泡的黄光相比,这种青白的灯光,使我觉得很高级。我们大模大样地找了一张桌子坐在一边,要了两杯冰镇桂花酸梅汤。那种香甜和顺畅,喝起来感到的那种舒适和满足,恐怕也正像十九岁的心绪一样,是人生难以重复出现的了。最大的遗憾是,我因为换衣服,竟没有带够钱,结果,我这位老革命、老干部、饶有经验的公安工作者,却不得不让一位尚无任何收入、经济上也尚未独立的中学女生请客,羞得我满面通红。一连许多天,我都觉得别别扭扭,甚至许多年以后了,只要一回想起来,我就遗憾得拧自己的腮帮子。对不起了,萧铃!

萧铃在临分手的时候告诉我,由于她的父母已经调往南方工作,暑假以后,她就要转学离开北京了,也可能这是最后一次见面了。

"是永别了呢?还是再见呢?"她问,她的眼睛在黑夜中闪着光。

十九岁的少女啊,人间的精灵!你一会儿一个样子,一会儿一个消息,一会儿一个新变化、新情况,我的心完全乱了啊!

"为什么是永别呢?再见,我们一定会再见面的。"

"可我的功课愈来愈忙了呵!"

"那就……将来吧。两年以后,我们再见面,让我们一起欣赏柴可夫斯基的如歌的行板,你说对吗?"我不知道我为什么忽然想到了柴可夫斯基,就像柴可夫斯基也成了我们的朋友,也成了我们的同志似的。

她笑了,像一个老练的工作干部,她和我握了握手,然后,她往北,我往南,各自走上自己的归程了。

路上,借着路灯的昏黄的光亮,我读了一下金克给萧铃写的信。读别人的信,这大概是不应该的,但是当时我认为我完全有权读这封信,既然我们是那样要好的同志,而且既然萧铃把这个事告诉了我,委托我代她退还信,我总该弄清是怎么回事。模模糊糊地我才看了几句,我的天!大克实在是太激动了,他用了一些多么强烈的字眼!什么"你像闪电一样照亮了我的生命",什么"我全心全意地想着你",什么"你给了我翻山倒海的力量",还有什么"在推倒了上帝之后,人就是上帝,在推倒了君王之后,人就是君王,幸福应该属于我们,我们应该得到幸福,这就像雷雨属于夏天而雪花属于冬天一样的确定无疑……"他的强烈的、简直是不可抗拒的激情震撼着我,天啊,我怎么把这封信退还给他呢?我又怎么能不完成萧铃的嘱托呢?我忍心去充当扑灭大克的火一样炽热和忘我的爱的角色么?我能坐视大克的这种蛮横的、狂暴的爱去扰乱一个十九岁的中学女生的单纯美妙的生活么?乱啊,乱啊,我的心都乱成一团了,我既愿意为他们祝福,又愿意赶快把他们分开,一刀两断,绝不粘连……

然而,对于一个十九岁的布尔什维克来说,世界上并不存在困难,大而至于国际形势、柏林问题、华沙条约与北大西洋公约的对垒、朝鲜战争以及镇压反革命分子;小而至于年轻人的感情的纠葛,这一切都是可以用党的原则、党的智慧和党的意志来解决的。而在党员们中间,我们更可以用党性、用人和人之间的大公无私至纯至善的真情来处理一切麻烦。我坚决相信,在好人们当中,在共产党员们当中,一切缺陷都能得到弥补,一切创伤都能痊愈,一切纷乱都会平息,大家都会最后笼罩在一种光明、圣洁、温暖的情怀里。于是,我做出了一件事后看来是不可思议的蠢事,我把大克给萧铃的信寄给了老克,让老克把信还给大克并"做一些善后思想工作"。这是我的原词,一个十九岁的官僚的批转附言。

十一

如果说生活是无始无终、滔滔不绝、时聚时分的一条河流,我们每一个人就像河上的一叶扁舟。肉体是我们的船身,意志是我们的马达,而判断,那就是舵了。命运呢?那时而驯顺温柔、时而狂暴凶恶、时而庄重有定、时而荒唐无稽的命运呢,不正是那时而湍急、时而平稳、时而一泻千里、时而盘旋无路的河水本身吗?

在这变化多端的河流上驶船是不容易的,许多人在经过几个小小的回合以后便不再努力,他们把小船交给了河道,交给了流体力学的确定的法则和地形的莫测的变化。但是我的性格并不是这样,我蔑视河水,我不但要驾船,而且要治水!我当然是我自己的船长,我要亲自掌舵。虽然,我可能急躁以至轻率,因为我不是一个经验丰富的、历经风浪礁石的水手,当我接到这只船的时候,我好比只是一个光着屁股的孩子,和任何别人一样,我不可能在学通了水性、风向、地理和造船以后再开航启碇。所以,我可能屡犯错误乃至触礁沉船,但我绝不优柔寡断,绝不患得患失、不三不四,也绝不吃后悔药,自怨自艾、自叹自怜。该讲的时候讲,该撤的时候撤,该拐弯的时候拐弯。

一九五二年,我搞了一个急转弯:考大学,学土木建筑工程。

我的决定使好几个同事目瞪口呆,他们劝我慎重考虑,因为领导已经呈报提拔我担任二科的副科长。他们告诉我,尽管高等学校准备招收一部分调干生,但报名投考的主要是那些做辅助工作的,或者因为某种原因(例如政治历史问题)不适宜再在机关工作下去的人。像我这样,正处于进步很快(这里的进步是可以做升迁解的)和大有可为的时候,放弃了副科长的前程而与一帮子小青年们一起去投考大学,这实在是不可思议。

但是我主意已定。我想起了解放前我爱唱的一个学生歌曲,当然是进步的学生运动歌曲(这里的进步是做革命、左倾解),歌名叫做《我们永远战斗在最前线》,这个题目本身已经够使我激动和神往的了。战斗在最前线,而且是永远!对于一个共产党员来说,还有什么比这更加光荣,更加豪迈,更加迷人呢?解放初期,我站在镇压反革命、巩固人民民主专政的最前线。但是,就在那个时候毛主席已经告诉我们:"我们熟悉的东西有些快要闲起来了,我们不熟悉的东西正在强迫我们去做。"毛主席在一九四七年"七一"前夕发表的《论人民民主专政》里的这一段话,使我充满了历史感、自豪感,但也已经引起了我的一丝惆怅。公安工作,镇压反革命的工作,会不会属于那个"快要闲起来了的"东西呢?当然,那时候我来不及正视和保持自己的惆怅,各种待办的案件没有丝毫的"快要闲起来"的味道。

到了一九五二年,那早已种下的惆怅的种子就变得令我难以忍受了。第一个五年计划的大规模、有计划、按比例的建设开始了,团中央发出了"向科学进军"的号召,而反革命案与刑事案的发案率却大大减少了,例行的机关事务显得愈来愈单调和重复。另一边,大学的年轻人的向科学进军的生活和各个建筑工地上的脚手架像五颜六色的图画一样吸引着我。少年时候学习过的各种科目的功课和那个时候做发明家、做祖国的建设者的愿望都在我的心头复活了。我要考大学，学建筑工程。在历史的转变关头我是敢于做出决断、做出转变的，过去如此，现在和将来仍是如此。做出决定以后我就一往直前，义无反顾。

我的决定受到了差不多所有人的反对。柳克批评我说："你的思想太不实际！"他的批评没有能说服我，自从那次听唱片的事件之后，我好像增加了一点独立的思考。

只有金克完全支持我的行动，他发表了一番见解："我们共产党员应该考虑一下，究竟是为党工作，还是靠党吃饭？事实上，不是确有那么一些人打着为党工作的旗号，实际上却只是靠党吃饭吗？不学习文化，不学习科学，不学习经济工作，这样的人究竟能为党做多少事情？却又以党的名义得到了多少报酬呢？"

我模模糊糊地感到，金克的情绪有点不大对头。在五十年代，我对谁的哪一句话"对头"，哪一句话"不对头"，反映是很敏锐的。但他讲的意思，我当时以为是正确的。而且我牢牢地记住了他的话——这该死的记忆力呀！

由于我的坚决申请，在许多同志的遗憾、困惑、不满的眼光中，我考取了工科大学。契卡和捷尔任斯基的时代飞一样地过去了。现在吸引我的是工地上的灯光、起重机、卷扬机和混凝土搅拌机，石灰水与油漆的芬芳，夜班与在蓝天白云下挥汗的高空作业。然后，是平地而起的高楼大厦，纪念碑与纪念塔，展览馆与剧场。为了永远战斗在最前线的光荣，我放弃了在革命和人生道路上已经得到的一切，从零做起，跻身于一帮世事未谙、只知道几何三角代数的学生娃娃里。

从一九四八年离开中学，到一九五二年回到大学，整整经过了四年的非学生生活。当然，中间也上过一次大学——人民革命大学，但那完全是另一种性质的学校。现在，我又回到了六个人一间房的学生宿舍，回到了被电铃和课程表所支配的生活，回到了教室、饭厅、操场、宿舍之间的奔忙，回到劳碌的、紧张的、目标明确而又疑难重重的听课、记笔记、质疑、作业的满载超轴的生活里来了。在我的大学生活的最初一个月,有时候我竟然忘记了那四年的"契卡"生活。我好像从来没有离开过学校,我是一个青年,我是一个学生,好像压根儿便是这样,我的学业从来没有中断过似的。

但是内心深处我却无比骄傲。当男生宿舍里为了瓜分某个人偷偷藏起来准备吃独食的花生米而闹成一团,又叫又笑又抢又吵又挖苦又骂又跳,最后因为花生米呛在气管里,使一个同学咳得眼珠外凸、几乎憋出意外来的时候,我既参加到这笑闹的人群里,又好像可以随时抽出身来离群独处,俯瞰这些大个子的孩子。呵,你们真幸福!呵,你们还在继续着你们的天真而美妙的童年!呵,多么幼稚,多么简单!你们知道吗?如果没有我们的严肃而又悲壮的努力,如果没有我们战胜了那些吃人的魔鬼而如今又夙夜匪懈地保护着你们的安宁,你们哪里会有这种平静而幸福的大学生活?

我俯视我的同学,我的同龄人,并投以亲切欣慰、悲天悯人的微笑。祝福你们!为了你们!爱你们!我过去曾经为了你们而献身,今后,仍然要为了你们而献出自己!

十二

但是,那四年的革命生活到哪里去了?

那凯歌行进、悲壮激越的日子!马克思说,革命时期,一天等于二十年!四年,又等于多少年呢?那是一个伟大的时代!

在我工作过的公安机关,一天等于二十年的时期已经过去了。现在是,一天只等于一天,有时候由于拖拉,也许两天才等于一天。例行公事的会议、千篇一律的公文、衙门作风,不是在开始悄悄地消磨革命的锐气了吗?而且那些老同志们一个个娶妻生子,成家立业,锅碗瓢盆,尿布草纸……你去找谁一道回忆地下斗争,初入解放区的惊喜,胜利入城……呢?革命已经是日常的、司空见惯的事情了。每一个拖着鼻涕、打着小算盘、嘴里说得好听，实际上自私自利的人都成了革命者。这可不像解放前，这可不像地下，那时候革命才是真正神圣的、危险的、只有少数人干得了的事业。再说，金克和柳克，大克和老克以及我这个小克，已经分道扬镳了。三个人再聚一聚吗？不，他们俩并没有这个要求和这个时间，我呢，我也知道即使聚在一起也无法再现那种团结起来到明天的肝肠俱热的友谊了！

周围的同学们呢，他们哪里懂得，他们怎么可能懂得？

我好像丢失了什么最宝贵的东西。我在追寻，我在追忆，我在苦苦地思念。我痴情地在每一个尚未入睡或者半途醒来的夜晚，为自己细细地、苦苦地描绘那四年的最崇高最动人的经验，我唱起那四年当中最爱唱的歌，满眼含泪。谁能理解我？谁能分享我的思念和深情？谁能证明我在那四年的存在呢？

白天，我欢乐地、活跃地投向生活。除了上课学习以外，我担任了原团总支的书记和党支部的委员。院和系的领导同志、教师、政治辅导员和同学，都称赞我是一个年轻的老革命，受到过多年的革命锻炼的青年人，我走到哪里都受到同龄人们的敬佩、羡慕和关注。但是，他们不知道我的怀念和追寻，他们不可能进入我内心世界的里层。

我的灵魂打开了自己的门户，我的灵魂在虚位以待。

谁？

谁是我的源泉和我的见证？我的太阳和我的卫星？我的光辉和我的映像？我的火和我的歌声？

多咪咪多发咪……

十三

萧铃！萧铃！萧——铃——

这似乎有一点神奇，从一年多以前在铁狮子胡同东口见面、在北新桥分手以来,我再没有得到过她的任何信息。她说过,她要离开北京,到南方去了,我甚至没有问她是去哪里。南方,对于北方人来说,可能是昆明重庆,可能是广州汉口,也可能是福州或者苏杭。总之,是一个更温暖、更美丽、更阳光灿烂的地方。她去了么?她在那里好么?她再没有受到过任何打扰么?

一年来,我没有怎么想到过她,即使看到金克的时候,我们也从来没有提到过她,我们好像有一种默契,都不提她,否则,那会是一种亵渎。何况,我已经用"做一些善后思想工作""批转"了金克给萧铃的信,我已经用熟练的公文语言完成了萧铃对我的嘱托。

一年多来,我再也没有听过那《如歌的行板》。金克的留声机还在我这里,有几次我想听这个唱片,把唱片拿到手里往转盘上放的时候,临时又换成了《三十里铺》和《春节序曲》。我宁愿听《防旱抗旱,人定胜天》和《反对细菌战》的齐唱,也不愿意随随便便地去造访柴可夫斯基的弦乐四重奏……不,那是不能漫不经心地,只是解闷儿似的去随便听的。那里面包含的东西太多,太浓,太醇,因而变得有点苦味了……我躲闪着,我封闭着,我……期待着。

不是突然降下的风暴,不是突然点燃的烈火,不,那是像小草一样悄悄地从地皮下面发出绿芽来的,那是像春雨一样默默地滋润着干燥的土地的,那是像月光一样隔着窗子凝视着你熟睡的面庞的,那是像烟雾一样偷偷从门户的缝隙溜进了你的屋子里的。

在一九五二年考入大学以后,在秋风终于吹散了暑热,文香果、水蜜桃与酸槟子大量上市,晚香玉与鸡冠花盛开,而夜晚听得见嘀嘀哩哩的秋虫鸣啼的时候,萧铃来了,慢步无声,走过青的绿草地和远的青山顶,身穿灰衣徘徊。

"你好?"

"你好!"

"你在哪里?"

"我在你的心里。"

"你没有忘记我?"

"我和你在一起。"

"你知道吗?我又当起学生来了。我才知道,我上大学,原来是为了你。"

"'她的一双秀眼,温柔美丽如水……她名叫梦,她名叫睡'。"

"你说什么?"

"不知道是谁给配的歌词。你喝不喝酸梅汤?加了糖桂花的,一千块钱一杯……"

"我没带零钱……"我羞愧得几乎落泪。

"你说话,就像个小大人儿似的。"

……

从此,我想着萧铃是和我在一起。我们在同一个星球,同一个时代,同一块土地,同一个伟大的党,伟大的事业里边。我们第一次见面是在新民主主义青年团区委员会的会议上。作为养蜂夹道女子中学的团总支负责人,她汇报说,她们学校已经有四百五十多名学生报名要求去朝鲜,当志愿军。那天她非常严肃,她穿着系腰带的列宁服,头发剪得短短的,活像老区的妇女运动干部。只是她的北京话说得太流利,口齿太清楚,样子也太郑重,因而显示出了稚嫩。我不知道我的根据是什么,但我总觉得,解放前夕和解放初期,女学生比男学生更多更快地追求进步,追求革命。而她们的迅速的革命化似乎也给革命增加了新的圣洁的光和色。我听着她的发言,注视着她的面孔,我发现,她的额头,左眉心上有一块小小的疤痕,那是怎么回事?跌跤摔伤过?还是挨过殴打?我,我怎么对她了解得那么少?

只记得在散会的时候,我们共同推着自行车走出了团区委的大门,她说了一句:"哟,后胎跑气了!"她是自言自语吗?她是对我说话吗?反正我是回了话的,我说:"还有气呢,凑合着骑吧。"我为什么不去借一个打气筒子,为她给那辆破旧的绿色女车的后轮胎打上气呢?

第二次是在金克那里……

第三次是在我那里……

一切都是多么清晰！她穿什么衣服，她的面容，她的举止，她的声音，她的眉毛的一挑一挑和手指的一动一动，她的嘴角和她的耳朵，一切原来都清楚地保留在我的记忆里，我不记得当时怎么特别观察过她呀！不知不觉之中，我的心灵的底片已经感光了，直到一年多以后，它开始显影了，纤毫毕见，色彩分明。

然后是铁狮子胡同的会面。金克给她写信的事她为什么要找我？有意？无心？偶然？巧合？那她为什么不找别人？

萧铃啊，你还记得我吗？每天早晨太阳升起来的时候，你可把你的好意的祝福委托阳光捎给我？每天晚上星光灿烂的时候，那向着我注视的南边的亮星，可是反射着你的温柔美丽如水的目光？秋天南飞的燕子啊，它们可是去你现在居住的地方？那一夜一夜不停地奏鸣的秋虫啊，它们可是在表达你的衷肠？永别还是再见？当然是再见了。什么时候再见呢？

我时而想着她。我只是想着这些罢了，我不知道她的地址。当然可以打听到她的去向的。但是不，任何打听都是多余的。也许打听到地址以后可以给她写一封信？然而任何信件也不能表达，却只能败坏我的思绪。想着吧，想着吧，当上自习的时候和开支委会的时候，当跳高的标杆又往上提了两厘米和主持团日活动的时候，当夜晚来临、华灯初上和季节更迭、风雨交加的时候，我温习着有关她的一切，记忆和遐想，明暗和旋律，她和我，一代少年布尔什维克和我们自己。能这样想的人多么有福。

我希望着，我相信着，我迎接着。

十四

是海还是天？梦还是真？"契卡"工作人员还是翩翩少年？

是预兆的应验、命运的魔法、心电感应，还是共同的经历、共同的心愿、同声共振共鸣的物理学的法则，还是偶然中的必然？

　　就像燕子一定会遇到屋檐，海浪一定会遇到礁石，丁香一定会遇到春雨，风一定会遇到帆？

　　我们也一定会相遇的。

　　时隔二十八年，在一九八一年的今天，当我回首往事，我仍然感到无比惊异。我不能不睁大我的眼睛：究竟是一种什么样的力量，使得一九五三年的夏天的相遇这样完美、这样周密、这样稀奇。这是经过了谁的精心设计？

　　表面上这一切都充满了偶然，改变其中的任何一个因子都是可能的，而任何一个细小的因子的更动都会使得事情完全变成另外的样子。然而事实上，这一切都是注定了的，天铸地就了的，安排妥帖了的。

　　这是我一生中唯一的，永不再现了的欢乐的暑假。一九五三年，我的大学生活的第一个暑期到来了。我充满了幸福的预感，这一年的小豆冰棍特别香甜，这一年的夏季有几个电影院和剧场安装了冷气设备，这一年全体干部都定了级，改成了工资制。我一直是过供给制生活的，据说由于我不在职，这次改工资制，我吃了一两级的亏，然而，谁又有那个低级趣味去过问这些事呢？当七十多万块钱的工资发到手里的时候，我觉得我简直成了富翁！从此，走到大街上吃零块西瓜、买汽水，再不用斟酌再三了，甚至饭馆里四千多块钱一盘的木樨肉、七千多块钱一盘的红烧黄鱼，对于我来说，也完全不是奢侈了。

　　学期结束，榕花树盛开着淡红色的毛茸茸的花。传来了消息，全国学联在北戴河组织大学生海滨夏令营，我们学院可以有两名最优秀的学生参加。不论是老师、同学们还是我自己，都认为理所当然地我应该是这两个中的一个。既感到自己是群众中的一分子，又感到自己明显地优越于别人，这是一种什么样的幸运儿的自我感觉呀！如果我的心是一个酒杯，那么，这种感觉就像甜美的葡萄酒浆，酒浆已经倒满了雕花的高脚玻璃杯,并且不断地从杯中涌起、外溢、爆裂着雪白的泡沫。我敢于向全中国全世界宣告,我是最幸福的人。青年,大学生,老革命,共产党员,还有什么人能把这几样最美好的身份集于一身呢?

每当回忆起这一年的暑假我就感到眼前是一片光辉。那是我平生第一次,也是至今唯一的一次见到海,海给我的最强烈的印象不是她的巨大、她的动荡、她的威严或者她的神秘,而是她的光明,充塞在宇宙当中的、使万物浑然一体地被照亮的光明。我说不清那是太阳照在大海上反射出来万道金蛇似的光,还是月亮铺洒下的扇面形的碎银点点的光,以及阴天的时候无法分辨地连成了一片的海与天的灰蒙蒙的光,还是在无月的夜,星辰和渔火、航标灯和岸边的灯光混合在一起的安详的光。我只觉得一切都闪闪发亮,明朗而不炫耀,流动而不迷乱。

全国八个大城市的所谓最优秀的大学生聚集在那里,我们自身,不也是发光的吗?到达海滨的第三天的晚上,我们的夏令营举行第一次文艺晚会。学生们自己搞晚会,服装、灯光、音响,全是一塌糊涂。由于扩音器坏了又修,好了又坏,晚会拖了四十分钟才开始。我们在那个简陋的俱乐部里出的汗,比在期终考试的考场上出得还多。化装就更混乱,跳舞的女生把脸蛋涂得红如醉酒,演唱曲艺节目的男生拒绝化装,站在水银灯下面白色里透青,一脸的肃杀。还有更多的演员,把脸蛋抹得红白相映、鲜明焕发,对比之下,脖子是白中有绿,胳臂是白中有灰,这种不协调甚至会使你感觉到是把一个娇美的年轻人的面庞,安装到了一个已经失去了人色的尸体上面。

没有人挑剔这些,大自然的光辉和我们内心的光辉照耀着这个晚会,我们只知道欢笑、鼓掌,衷心赞美每一个演员、每一个节目,不但满意于演出中的某些"成功",而且连每一个差错都给我们以愉快,每一个洋相都给我们以喜悦。

总算有了一个堪称专业水平的节目了,这是华东音乐学院的四个女学生表演的弦乐四重奏。她们四个人都梳着长辫子,而且都显出一种冷漠的、毫无生气的表情。我沉浸在自己的无边的欢乐之中,以至于一时间甚至没有听出来这四个(请原谅我)其貌不扬而又呆板的女学生是在演奏什么。

"周克,你听啊!"

一声微弱而美好的呼唤。我蓦地一惊,我发现了萧铃!她坐在离我很远很远,靠近窗子的地方。与此同时,我发现了,四个梳长辫子的姑娘演奏的不是别的,而是我最熟悉的柴可夫斯基的乐章。四个姑娘容光焕发,她们沉醉在音乐里了!

"周克,你好!"

萧铃的声音溶解在大提琴的乐声里了。那令人落泪的温暖体贴而又羞怯的问候啊!

当这个节目结束,容易满足的观众这次是真的激动起来了,以三倍热烈的掌声向她们致谢。

我转过头去看那个窗口,萧铃不在了。

我顾不得向周围的新朋友做任何解释,更不管晚会下面将怎样进行,急急忙忙地站起身,挤着钻着走出了俱乐部的大门。在海边的一块巨大的岩石上,我追到了萧铃。

"这是真的吗?"我问。

"当然了,你早说过的。"她拉住了我的手。

"我说过?"我困惑了。

"瞧你这记性!"她笑了(两年多没有见了,仍然是这样亲切、质朴),"你不是说过吗,两年以后,我们一起听音乐……"

一下子全想起来了,我狂喜地说:"是啊是啊,我说的怎么会那么准呢? 这是真的?"

"你说呢? 在我来北戴河海滨的时候,我就知道,我们会见面的。"

"你为什么认为我会来这里呢？难道大学生的夏令营还要邀请公安局的干部参加吗？"

"你已经不是公安局的工作人员了，你是建筑工程学院的学生。瞧，你这不是戴着校徽了吗？"（她一点也不惊奇，好像我们从来没有分过手，好像已经有人向她做过详细的介绍似的。）

"你忙？"

"嗯。"

"你好？"

"你不是在看着我吗？我当然好。"又是一阵金铃般的笑声。

是的，我在看着她，被天上的月亮和海里的月亮同时照耀着的她，她的眼睛里，包含着这两个月亮。她穿着浅色的、带蓝色的小花点的连衣裙，显示出她的姣好的身材。她的圆润的嘴角，含笑的脸庞，仍然是那样天真而又爽朗。

"你在大厅里，向我说话了吗？"我问起了她。

"那怎么说呢？有那么多人，隔着那么远！"她惊奇地说。

"但是我先看见了你。"她补充说，"我心里在对你说话，我想说的。"

"你想说什么了？你想说什么了？"我激动起来，抓住了她的手，"你知道么，我听见你的话了，我是听到你的话才转过头去，才看见你，才注意到那支曲子的。"

"你听见了什么呢？"她也感兴趣起来。

"我听见了你的声音，虽然很弱很弱。是你说：'周克，你听啊！'后来你又说：'周克，你好！'"

"那就是我说的！那就是我在心里想而没有说出口的呀！你怎么听到了呢？"

"真神！真神！怎么听到了呢？"我们同时说，我们问天，我们问海，我们听到了潮水的欢笑的喧哗。

243

十五

在那个难忘的夏天,在北戴河海滨,我们一起说了许多话。

"我特别怀念解放前地下时候,还有解放初期在一起斗争过的同志们。"我说。

"我也是一样。"她说。

"现在,这一批同志还留在学校上学的已经不多了,他们都先后离开了学校,充当各方面的工作干部去了。而现在的学生,大多是一些没有多少革命经历的人。"她说,颇有感慨。

"是啊,我也是这样想。"我说,"所以,我又回来当学生了,我想,萧铃现在是大学生了,我也应该是大学生。"

"这么说,你上大学还是为了我呢,是吗?"

"也可以这么说。"

"那可真谢谢你!"

"可我还要谢谢你呢!"

"为什么?"她不解地问。

是啊,为什么?为什么要谢她,而她又为什么要谢我呢?难道只有弄明白了为什么,才能感谢吗?难道那说不清为什么的,对于人、对于同志、对于祖国、对于生活、对于海浪朝日和清风的感谢,不正是最幸福也最美好的心绪吗?谢谢,这才是真正的人的语言!让我们对比一下:一九五三年到处说着"谢谢"的时候和——例如——一九六七年到处骂着"滚他妈的蛋"的时候的不同吧!

萧铃那时是在南京的一所师范大学学中文,她比我高一个年级。她问我,爱不爱读屈原的诗,前一年,世界和平理事会决定纪念的文化名人里就有屈原。我很惭愧地表示抱歉,扔了好几年、现在要重新捡起高等数学、测量绘图、工程地质、材料力学和外语,我最近又以学生党员的代表的身份被选为校党委的委员,还要做系里边和班里边的党团工作。此外,还要学时事政治、参加劳卫制锻炼,而且,不知有多少要求进步的同学等着与我谈话……总之,我太忙了,我没有时间。

她笑了,告诉我说,屈原的诗里有四句是这样的:

何昔日之芳草兮,今直为此萧艾也!
岂其有他故兮,莫好修之害也!

她非常激动,她说,她非常担心我们这些从少年时代便参加了党所领导的革命斗争的"芳草",会在和平环境里慢慢地庸俗起来,慢慢地淡漠了自己的革命豪情,消磨了自己的革命锐气,变成随波逐流的市侩,变成自私自利的"萧艾"。"岂其有他故兮,莫好修之害也!"——这哪里有什么别的原因呢?是没有好好地进行思想修养的恶果呀!

我不知道她的解说符合不符合屈原的原意,反正,她的话句句字字说到我的心里。我无言,我点头,我轻轻唱起了学生运动歌曲和《我们是民主青年》,后一首歌是我在人民革命大学期间最爱唱的。

我们有好几次在一起游泳。她的蛙泳游得很纯熟,我游起来有点手忙脚乱,但是我胆大、顽强,即使气喘得像老牛一样哞哞地震动着海面,即使心跳得像拖拉机的点了火的引擎,我也能紧跟着萧铃游出去,穷追不舍。有一次我们游出防鲨网很远,一直游到一艘小小的渔船旁边,渔民把我们拉上了船,让我们在船上休息一会儿。我上船以后喘气的声音是那样大,惹得渔民哈哈笑。渔民给了我们几斤螃蟹,我尽管技术不佳,还是拿着螃蟹游了回来。

一起风浪,萧铃就害怕了,她站在靠岸浅水处,逡巡不前,一个大浪打得她歪倒在水里,大叫起来。我却不管不顾、向着浪游去,又得意洋洋地回过头招呼萧铃。浪打过来,我嘴里充满了比咸菜汤还咸的海水味儿,虽然我不记得自己呛过水。我只觉得,海有着无限的自由,而我也有着无限的力量和勇敢。

即使在海滨夏令营里,我也要参加什么领导骨干的会、安排活动的会、保证安全的会,我还要和各种人谈话。积极、进步、工作、宣传群众与组织群众、把青年团结在党和团组织的周围,正是这样的灵魂灌输到游泳、散步、联欢和说笑里,于是,我们的夏令营生活就成为有意义的了。

这次在夏令营里与萧铃的会面使我们的感情一下子变得那样深,虽然我们并没有用过爱呀情呀那一类的字眼。只是在夏令营结束前夕,我对萧铃说:

"给我写信吧,我怕接不到你的信也许我会……"

"你会怎么样?"她的目光里似乎隐含着一丝狡猾。

"我会哭的!"我说,半是玩笑,半是认真。

"至于么?"多么狡猾的问题!

我严肃了,我说:"为什么只有见到你,我才觉得我是完整的周克呢?对于一些人,我是明天的建筑师。对于其他一些人,我是昨天的同事。对于另一些人呢,我是今天的团总支书记和同班同系的大学生……他们只了解我的一点、一斑、一部分,所以有许多话,我找不着人说。只有你,只有你一个人,才了解我的这一面和那一面,我的过去、现在和未来……"

"你怎么那么爱分析?"她问。

后来她给我写信,称呼我"爱分析的人"。

我思索了好久,当我给她写信的时候,大胆地称呼她"知道我的一切的人"。

十六

然而,知道一切是不可能的。人类不知有多少次以为自己可以预见未来了,但是多少次都失望了。令人沮丧的是,我们这一代人也并没有例外。

因为,水比船强。

有时候我想,我和萧铃的预见,我们的预言的准确性在海滨重逢这一件事上已经发挥到了极致,因而,我们在这方面的可能性差不多已经支取和使用穷尽了,此后发生的事情已经是我们所想不到也不可能想到的了。

一九五五年,我大学三年级的时候,随着对胡风集团的批判,全面展开了肃清反革命分子的斗争。我被任命为系肃反领导五人小组的副组长。运动一开展,我实际上中断了学业,夜以继日地投入到这样一场惊心动魄的运动里去了。紧接着,又是复查,又是善后,又是贯彻知识分子政策。所有这些事情,似乎都离不开我。前三年已经有这样的情况了:我离开了公安局是来上学的,但是,每星期几乎有三分之一的时间要用在党、团、政治工作上。肃反一开始,我又怎么能埋头读书呢?肃清反革命,这是我的老本行呀。

本来我以为运动一过我就可以回到班上听课去的,咬咬牙,在功课好的同学们的帮助之下,我也许还可以跟班学下去。但是,一经离开课堂,经手肃反这一类的工作,再回去就是不可能的了。我必须承认,我自己也已经不那么想再回去了。三年的工科大学生生活,死的建筑材料和运算公式,并不是不令人寂寞的。倒是在人的工作、在政治运动里,我得到了更好的发挥和满足。

有时候我想起柳克对我的劝告来了,一九五二年,当我告诉他我准备去考大学的时候,他不以为然地摇着头,语重心长地对我说:"小克,你不是一般的学生娃娃,思想应该更实际一些呀!"

实际一些,实际一些,是不是"实际"证明了他确实是比我更实际呢?在当了三年大学生之后,"实际"不是已经证明了,与其去与钢筋混凝土打交道,还不如去做人的工作,去领导人、教育人、审查人更适合我一些吗?

但是渤海的光辉仍然照耀着我的生活。不论是在背诵死板的数字还是在审视活人的档案,也不论我有多么忙碌、疲倦,我只盼望着一样东西——萧铃的信。有时候接连好多天没有收到她的信,我心神不安,我垂头丧气,甚至觉得好像是自己做了什么错事,挺不起胸、抬不起头。而这时候,一个小小的信封,两行娟秀的字迹,就会一下子给我的每一个细胞注入许多活力。"白日放歌须纵酒,青春做伴好还乡。即从巴峡穿巫峡,便下襄阳向洛阳。"我念起杜甫的这几句诗,虽然杜诗里所描写的心绪和我收到萧铃的信的时候的心绪可以说是风马牛毫不相及。

一九五六年,萧铃大学毕业了。一九五七年新年,我借出差之便到南京去看她,我们终于商定,把她的工作调到北京来,然后,我们结婚。

为什么我们会这样幸福?我问她,为什么所有的好事都落到了我的头上?

"我们就应该幸福。"她回答我说,"难道我们不应该幸福吗?"

而我在想,杜甫的四句诗是太不够了,可以表达我们的欢乐和饱满的幸福的诗句还没有创造出来。

十七

于是我们来到了一九五七年的夏天——历史的奇观:辩证法的发展,否定之否定的迂回。《这是为什么》的警号,《工人说话了》的声威。运筹帷幄和呼风唤雨的大手笔。一小撮的丑态——哗众取宠的大放厥词,一夜之间变成捶胸顿足的自打嘴巴。还有各式各样的波涛和浪花:真义愤与假积极,认真斗争与虚与委蛇,深受教育与故作姿态,大义灭亲与卖友求荣……政治、斗争、敌人、策略、多数、分化、从宽、从严、外调、攻心……树欲静而风不止。我们所熟悉的东西并没有快要闲起来,需要的正是驾轻就熟、精益求精、乘胜前进、更上一层楼!

我成了系里的五人小组的组长,不是副组长,因为上次的组长已经被揪了出来。我曾有过犹豫,我曾有过惶惑不安乃至反感,为什么头一天还在一起开会、讨论、提意见的同志,第二天"揪出来"以后就要当做敌人来揭发、批判、孤立、喊口号、攻心、划清界限?但是斗争的规律是,只要你一参加斗争,哪怕是不情愿地、不明确地、不自觉地参加了一下斗争,洪流就会把你远远地推向前去。我参加一个批判会,开始的时候我对那个被批判的人还有点同情、有点为他抱委屈。开会十分钟,有一位大嗓门的同学大喊了一声:"老实点!"另一个嗓门大的同学又喊了一声:"敌人不投降,就叫他灭亡!"两声大喝改变了会场的整个气氛,主持会议的我也紧张起来了,眼睛里似乎在冒火。我感到了一切愤怒的生理征兆:心跳加剧了,体温增高了,肌肉收缩了——显然,肾上腺激素在大量分泌。这时一个女生起立发言了,她并没有揭发被批判者的任何具体材料,她只是回忆自己的祖母在旧社会所受的苦。她的祖母被人贩子拐卖过三次,后来发了疯,把衣服撕成一条一缕的,而且疯病犯起来,几乎把她的父亲掐死。这位女同学声泪俱下,她的发言打动了与会所有师生的心,那是五十年代,二十多岁的人都记得暗无天日的旧社会,各人都有自己的不幸的记忆,连地主出身的同学也想起了罪恶的家庭出身给自己带来的压力和痛苦,所以大家都流了泪,都义愤填膺。而那位被批判的可怜虫在听到了两声大喝和一番摧肝裂胆的忆苦思甜以后,他的头低得更低了,他的小腿开始哆嗦,一副萎缩、卑贱、狡猾、下作、可耻、可恶的样子。一副毒蛇、癞皮狗、魑魅的样子。这时候并不需要什么"上挂下联",并不需要那位痛哭流涕的女同学说什么"就是他(那位倒霉鬼)想让我们受二茬罪!"或者"就是他说今不如昔!"反正大家都已经认识到,使同学们气愤的,是他!使这位女同学的父亲几乎在儿时就被疯妈妈掐死的,是他!使女生的祖母沦落他乡,备受蹂躏的,是他!使同学们不得不停下课来,耽误了宝贵的学习时间、妨碍了向科学进军、妨碍了祖国建设、妨碍了毕业设计、妨碍了正在热恋的男女同学周末去看彩色故事片的,也是他!而且,连他自己也显然是承认了,这一切灾难都是他造成的,他口齿含混地流着泪说:"我有罪!我有罪!"

"说!你有什么罪?"这次是我带头喊起来了。

"说!说!说!"大家都喊起来了,像怒涛、像狂风、像爆炸。

他支支吾吾,他说不清楚,他藏头露尾,他欲盖弥彰,他负隅顽抗,他怎么这么坏呀!我真想上去……

已经有好几个学生冲上去了,有人推了他,有人指他的鼻子,有人给他一拳,有人扬起了巴掌……

我好容易制止了殴打,但我也已经气愤得咬牙切齿,我算认清了他的真面目!我算是睁开了眼睛!右派分子就是这样丑恶、狰狞而又巧妙地伪装自己!伪装得很深很深!骗了很多人!我甚至还怜悯过他!真是,对敌人怜悯,就是对人民残忍!费厄泼赖绝对不能实行!我受到的教育太大了!

于是我真正地积极起来、紧张起来、动员起来了:我成了真正的反右的积极分子、冲锋陷阵的勇士、铁面无私的领导人,原则、义愤和压倒一切的气势的化身。

就在这个时候我接到了柳克的电话,柳克找我去,和我商量关于金克的事。

报纸上已经开始了对于金克的一些文章的批评,批评的声调不高也不低,我由于忙得不可开交,没顾上关心他的事。

"金克的问题很严重。"柳克踱着步子,用低沉的声音告诉我,并且给我看了一批关于金克的打印材料。由于报社反右的任务重,柳克临时调到那儿抓运动去了。"我想他的问题并不是偶然的,从在革命大学……"他回顾了一些旧事,说明金克是怎样的狂热、傲上、散漫、情调不对头,"终于,一步又一步,愈走愈远,他已经滑到反党的泥坑里了。"过了一会儿,他又补充了一句:"真让人痛心啊!"

什么?金克?严重?痛心?我的头有点发昏……真是深刻的革命,深刻的运动啊!我说:"是啊,历史是无情的!这是多么深刻啊!"

柳克停下来,缓缓地划火柴、吸烟。他穿着一身洗得很干净,洗后又烫得很平整的旧华达呢布制服,袖口、肘部和膝部都显得有些发白,厚布底圆口布鞋,已经是一副非常从容而又干练的老同志的样子了。他和我说话也已经有那种经过深思熟虑的、做结论的、不容置疑的口气了,但态度还亲切。由于缺少睡眠,他的眼皮发青,眼角的皱纹也特别明显,这更增加了他的庄重和严峻,更显得可敬了。

"周克,我想起了一个事情。"他走近我,直视着我的眼睛,我觉得他这时的样子不只像平常那样像我的兄长,简直可以说,他的目光、他的样子、他的语调好像是一个庄严的父亲。他说:"我想起了五一年你让我退给他的那封信,他写给一个女学生的。他的某些反党的观点,在那封信上就有苗头……"

"什么?"

"什么?"他反问说,"你不记得?你没看出来?你政治上太不敏锐了!说得严重一点,这简直是……"他有点不高兴,离我远了一点,坐到了沙发上,他继续说:"我当时就觉得气味不对!什么'人就是上帝',什么'人就是君王',这是打出来的什么旗号呢,他到底要干什么呢……"

"我想起来了,想起来了!"

"是啊!我当时就批评了他,他不接受。太狂妄了!这样狂妄下去还了得!"

我连连点头,一面看着那些打印材料,我已经确信,金克确实是问题严重了。

"让我们找他来谈一谈!"我说,"我们要尽力帮助他呀!"

"晚了,晚了!"柳克摇摇头,"他走得太远了。你看看,他竟然说什么外行领导不了内行,这样的话跟什么样的人的话一样呢?现在,群众正在批判他、帮助他,组织上正在批判他、帮助他,我们私人找他谈谈,这算是什么性质、什么目的、能起什么作用呢?不,现在帮助他的最好的方法,就是帮助组织把他的问题搞清楚。小克,你写份材料吧,好好想想,那封信里的问题,还有其他接触中他所流露的思想,不论老的、新的、轻的、重的,都写出来,这样,大家才好帮助他呀!"

我立即答应了。写个材料,让组织掌握情况,为了从政治上帮助自己的一个老友、一个同志,这是无可怀疑的天经地义。

我不愿意详细地回忆我写这个材料的情况,不管多么艰难,不管内心深处孕育着怎样的矛盾和风暴,也不管在写完之后我几次想把这材料撕个粉碎,反正我写了,我的记忆力很好,我把一切堪称"问题"的问题和一切写的当时也认为未必是问题的问题都写上了。把有关柴可夫斯基的乐曲的谈论也写上了。把我在考大学前夕和他谈话,他谈的那段关于"靠党吃饭"的话也写上了。写好以后,我想起了萧铃。"她同意我写这些东西么?"我想。但我无法和她商量,她不在我的身边。

不,她不会同意的。连金克写给她的求爱的信上的话都写上了,这将把她置于何种地位呢?我这算是写了一份什么样的材料呢?难道我不了解金克吗?难道柳克不了解金克吗?难道萧铃会愿意莫名其妙地牵连到这样一份材料、这样一场斗争里去吗?万一这次"帮助"会把金克帮助到地狱里去呢?

但是不对,我心中的另一个声音强有力地争辩说,萧铃首先也是一个革命者、一个党员,她和我一样地诚实、坦白、勇敢、忠诚。和对党的感情相比较,一切个人的感情都是渺小的、微不足道的。如果和党的原则相违背,这样的感情甚至是丑恶的、卑鄙的、耻辱的。

为什么我犹犹豫豫呢?为什么我这样不安?为什么我充满了不祥的预感?

这正证明这是一场思想斗争。反右派斗争不仅要批判一批右派,而且要教育、挽救一大批好人。这说明我们正面临着思想的一个"龙门",跳得过去跳不过去?跳不过去,自己在政治上便也从此堕落下去、蜕化变质、堕入深渊。跳过去,和党一条心,便会神清气爽,斗志昂扬。

我当然要跳过去……但是萧铃……和萧铃一起跳过去……

我没有犹豫很久,次日一早,柳克便派运动办公室的工作人员来取材料了。十五分钟后,我主持我们学院的又一场批判大会。

三天以后,报纸上登出了题为《剥掉金克的画皮》的报道,其中一部分内容,正是我所揭发的。

萧铃来了一个长途电话,她问:"这是怎么回事?"

我的回答很简单:"金克有问题。"

"里面有的话是他给我的信里写到的,而那封信……"

"是的,是我提供了这些情况。"我打断了她的话,我知道,长途电话是按分钟计费的。

"你怎么能这样?"

"你怎么能这样问? 我们要……"

电话中断了。

然后是一封又一封痛苦而又愤怒的质问信。这一切更加激怒了我。斗争的严酷更证明了斗争的伟大,斗争的艰苦更证明了斗争的神圣。我四面受敌,本校的、社会的、内心的,来自被批判的"右派"的敌意和来自不怀好意的"左派"们的审察和疑惑的目光。(有几位左派,他们还想揪一揪我呢。)一不做,二不休;或者是披荆斩棘、决然向前,或者是停顿彷徨,被冲倒、被淹没。根据金克已经定性为敌人这一新的发展,我考虑的是怎样进行进一步的揭发。而在与萧铃的通信当中,我们双方用的词句都愈来愈尖锐了……

于是……

无序号的篇章

后来呢?

我不愿意再写下去了。我希望翻过这些书页。我更不希望年轻人去注视这些篇章。这毕竟只是历史的插曲。让我们从现在开始，从头开始。现在已经是一九八一年了，已经过去了二十四年。那时候刚刚出生的婴儿，现在已经在谈情说爱了。他们将会有他们这一代人的生活、斗争、爱情和音乐，他们将会有他们这一代人的错误和光荣。

你说什么错误？

是的，一个时代有一个时代的光荣，一个时代有一个时代的错误。

那么你的错误呢？

太多的激情。

你后悔了？

不。我从来没有后悔。即使生活可以重新开始，只要是同样的条件，我只能做出同样的选择。选择革命的道路是不容易的，不仅因为革命有形形色色的、凶恶和狡猾的敌人，还因为革命是太激动人心的事情，革命是威严至猛的狂风暴雨、电闪雷鸣，革命在一年之内所要变革的，超过了历史发展平常时期的几十年、几百年甚至上千年。太激动、太威严又太迅速的变革之中，人们不可能不出错。

这么说，这一切都是不可避免的？包括你和萧铃的破裂？萧铃和你生活在同一个时代，还有金克，但你们走的路并不同。这说明，你当时并不是不可能稍稍冷静一些。本来你可以对金克稍微实事求是一点，本来你更可以不必连萧铃也要检举一番。你简直就是发了疯……

不。历史的必然性并不能保证道路的一致性。我之为我，正像萧铃之为萧铃。

实际上你当时有个人目的。为了保全自己，为了显示自己。

这是一种以成败论人的无聊的评述。我用不着忏悔，用不着对自己进行心理分析。在五十年代，我真诚而且正直。我用不着为我的真诚和正直而忏悔。

历史就像元素周期表,你可以熟悉它或者不熟悉它,理解它或者不理解它,但是你无法喜欢它或者不喜欢它。

不。历史不像元素周期表而像乐谱。五条线,一排高高低低的蛤蟆蝌蚪,这本身是平静的。但如果你把它的调子唱出来,如果你表现出它的旋律、节拍、配器,那就会惊天地而泣鬼神……

还是不必那么惊和那么泣吧,我们惊得、泣得都已经够多的了。

二十四年……

是的,让我把二十四年的事像流水账一样地捋一捋。

一九五八年,萧铃终于和我彻底破裂了,她在金克最困难的时候到了他的身边,不久,他们结婚了。

一九五九年,我到一个山区去出差。在火车站上,我看到了萧铃送金克上车。金克破衣烂衫,低头无语。萧铃是那样地关心他、鼓励他。这场面使我战栗了。

我在一九六二年结婚了。我做了一件很对不起人的事,因为,我并没有剩下多少感情给我新婚的妻子玉莲。因而,当一九六七年我被隔离以后,她离开了我,我认为她是完全正当的。

有什么办法呢?我的忠诚和我的爱,在政治上和爱情上的天真,理想主义,所有这些,都留给了、献给了金子般的五十年代。

金子一样的?包括一九五七年么?

当然。在一九五七年,被批判使人觉得是灵魂在净化,痛苦使人觉得崇高,严酷无情是为了更重要也更伟大得多的战斗。

所以不惜和萧铃分手?

是的,那时候我觉得我和萧铃的分手就像保尔·柯察金和冬妮亚分手一样。保尔在修铁路的时候最后一次碰见了冬妮亚,他骂冬妮亚浑身散发着布尔乔亚的臭气,而在一九五七年十月,我最后一次和专程赶到北京来的萧铃谈话的时候,我说的是:"想不到你政治上如此堕落!"

太可笑……

胡说！有哪一个发了疯的人敢说我们可笑？有哪一个酒囊饭袋公子哥儿寄生虫敢嘲笑我们？就是我们这些可笑的人推翻了帝国主义、封建主义和官僚资本主义三座大山，改变了中国的历史，揩干了千千万万个喜儿和祥林嫂的眼泪，让千千万万个奴隶站了起来。在从事翻天覆地的大事业之前我们谁也没有上过训练班，我们谁也不老练。

难道萧铃的离去没有使你流泪么？

不，当时我没有流泪。流泪是在一九六三年。一九六三年的初冬，我当时已经担任了学院的党委副书记，为了看望一个我们学校的有病的学生，我来到了安定医院。在安定医院的候诊室里，我看到萧铃了。

啊！

她躺在长椅上，身上盖着一条毛毯。她的身边有一个年龄不大的姑娘，后来才知道那是她的邻居。她非常衰弱，眼睛半睁着，眼珠一动也不动。以她那瘦弱的样子我是很难认出她来的，但她不停地喃喃发着声音，那声音我是太熟悉了，也许只有我才能理解那是什么声音。

什么声音？

那是微弱的叹息，那又是深情的召唤。她喉咙里发出来的正是一个乐曲的主旋，正是那《如歌的行板》，不时中断，不时重复，不时走失，不时叫着"爱分析的人，你好"！只有我从嘴唇的翕动上分辨出了这句话。接着，她又说："金克，我爱的不是你，是爱分析的人……"这声音虽然微弱，却是清晰确定的……

她在召唤？

她在召唤我，我泪如雨下。这意外的会面冲决了我的全部堤防。我叫她的名字，她直勾勾地看着我，却看不见我，更认不出我是谁。她也向着我说话，却只是说她自己的话。忽然，她又喊了一句："你不要打我！"

小姑娘问我是谁,我说是老同学。小姑娘说她是因为挨了她丈夫——就是金克的打才犯病的……

可恶!

金克喝醉了酒,打了萧铃。到了集合时间,他把萧铃交付给邻居小姑娘,自己结束休假回到劳动和改造的农场去了。小姑娘叫了出租汽车,把萧铃送到了医院。

我问了她们的住址,又留下我的住址和电话,我告诉小姑娘有事可以找我,因为我还有事,匆匆地离去了。

第二天我给医院打电话,医院回答萧铃只是一时的癔症发作,给了一点药,打发回家休息去了,没有多大要紧。

我想去看看萧铃,临行却又犹豫。我们都已经有家室了,何况金克是那样的处境,又不在家。一个多月以后,我下决心去看她,却只见到了那个小姑娘。小姑娘告诉我,她已经搬走了。

以后再也没有见到她!

是的!

真惨!

不,这也是代价。为了中国,为了人民。李大钊、瞿秋白、方志敏献出了他们的生命,而我只是献出了……在战斗中,有人死在敌人的子弹下面,有人死在自己阵营内飞出来的流弹下面。你能说后面的人不是烈士吗?而你聪明的,不是只有在战斗已经结束,硝烟已经散尽,敌人已经缴械,战场已经清理干净,甚至战场上已经开满鲜花的时候,你这个聪明的圣人才在那里指手画脚,评头论足,用比诸葛亮还高明的预见、比华罗庚还精细的计算,指出某一枪打偏了,某一炮打早了,某一刺刀是白费力气,而冲锋号是吹早或是吹晚了一秒钟吗?不是还有一些更加聪明的混蛋,躺在前战场的草坪上,一面吃着面包夹香肠,一面嘲笑前人在这样美丽的郊野打仗拼命纯粹是傻瓜疯子么?

所以你……

所以我只在一九六三年流过一次泪,而且只对萧铃一个人。至于历史,至于对前辈和后辈,我过去是挺着胸站立着,今后仍然是挺着胸站立着。

那么教训呢?

我只请你看一看我们这一代每个人脸上的皱纹。

一

一九八一年,当我五十岁的时候,让我们从一开始。

匆匆翻过那历史的篇章吧,那是匆匆度过的年华。

除去皱纹和白发以外,五十岁和十五岁的差别并不像原来想的那样巨大。在一九四六年想象一九八一年,会觉得不可思议;在一九八一年想象一九四六年,会觉得不过如此。

我活着、工作着,经历了不过如此的风云变幻。在经过巨大的震荡之后,该平反的平反,该改正的改正,该上天堂的上天堂,该下地狱的下地狱,该追悼的追悼,该庆功的庆功,该种菜的有自留地,该延长劳动时间的有加班费。大家一致认为,学生应该上学,牛可以吃草,生活应该逐步提高,理发可以照镜子,谈恋爱的时候可以并肩挽手,上班的时候应该干活,饭后可以听轻音乐,说了话应该兑现,过马路的时候见了红灯应该暂停。(一九六六年曾经有红卫兵建议,红是革命的颜色,见红而停是不对的,应该倒转过来,见红而进,见绿而停。为此,公安、交通部门还进行了认真的研究,后来由总理亲自向小将们做了解释。)

这就是说,经过一番大的震荡和摇摆之后,各安其位,各得其所,世上万物各自回到了他们的部位和轨道,按照牛顿的力学的古老的定律,互相吸引,正常运行;按照罗蒙诺索夫的定律,物质和能量守恒。

八月的下半月,细雨蒙蒙,校园里满地落叶,凉风吹来,让人觉得秋已提前到来。

我正在我的房间里摆弄学院里的一位助教代我买的高档录音机,门铃响了:原来,柳克来了。

柳克也有了不少变化。十年动乱当中,他的一嘴牙齿全掉了,据说是由于隔离审查期间营养不良脱落的,但也有几颗牙齿是被奋起的千钧棒打掉的。和从前相比,他的话多得多了,也随和得多了。

细雨淋淋,烧酒半斤,他提出了他的要求。我打开了那瓶四川泸州老窖的"特曲",又从新添置的电冰箱里拿出了一只酱鸡。正因为我是一个人过日子,所以提前实现着"现代化"。

喝着酒,啃着鸡腿,听着淅淅沥沥的雨声和时而传来的因为天气转凉而显得有点凄然的蛙鸣声,他给我介绍他最近去美国访问的见闻。"我见了金克。"他说。

"唔。"我放到唇边的酒杯停了半秒钟,然后一杯酒下肚。这是一个并不那么愉快的题目。一九七八年以来,柳克就致力于金克一九五七年问题的解决,正像当初致力于揭发批判他一样。因此,早在一九七八年底,可以说是全国第一批,金克的问题得到了彻底的改正。但是不久,我就听说他们全家到美国定居去了。金克的母亲和一个弟弟在美国芝加哥市。这消息使我颇觉怅然,因为我连一句告别的话也没有听到。继而一想,我又有什么权利要求人家向我告别呢,在他一生的坎坷里,我并没有伸出过援救之手。而且,今天的青年人如果知道了当时的情况,是不是会讽刺我,诅咒我,说我是"打小报告""落井下石"以至于"卖友求荣"呢?

一九七八年秋天,我曾经到金克和萧铃所在的Z市去看望过他们一次。粉碎"四人帮"以后,我打听到了他们的下落。当中央关于改正一九五七年错划的右派分子的问题的文件下达以后,我决定拜访他们一次。去以前,我想了很多,我准备只做很少的检讨和解释,我准备听取他们的各种抱怨和讥讽,我的目的是为了今后,是为了拨乱反正。当然,也是为了友谊。当我想到和萧铃重新见面的情景的时候,我的心跳了,我的眼睛灼热了。

　　但是我们见面的情景很平常。我敲他们的门的时候萧铃正在和她的两个孩子一起包饺子,她的手上、围裙上乃至眉毛上,都沾着面粉。屋里布满着葱姜、酱油和肉馅的气味,金克没有参加包饺子,他在里屋的躺椅上,半躺着吸烟。没有费两秒钟,他们就认出了我,我也认出了他们,这使我深信小说和戏剧里那种两个人物分手十几年以后见了面就互不相识的描写纯粹是胡说八道。他们没有欢呼,没有大叫,没有爱爱仇仇怨怨。他们请我到里屋去坐而且给我倒茶水,倒像是我们一直没有中断过来往。我偷眼看萧铃,她头发白了很多,但并没显得憔悴,说笑的神态比原来倒是爽朗了许多,只是在回答我的问话的时候,她总是先"噢"一下,噢的声音拉得又很长,显得有点多余,有点不自然——而且不知为什么,这"噢"里似乎有一种伤感。

　　金克吸烟比说话更多,他带着一种漠然的、无可无不可的神情。我劝他写一个申诉,他摇摇头,表示不感兴趣。我说:"这件事情,我和柳克都有责任,我们谈起来都觉得很痛心……"他摆摆手,不许我继续说下去,眼睛看着天花板,问我:"前门大街六必居的酱菜还是装篓子卖吗?"我给他讲述革命大学的老战友的一些近况,有的升了官,有的那几年被打成了残废,有的死了老婆又新结了婚,他打了一个大哈欠,用手捂住嘴向我道了一句:"对不……""起"字还没有说出口,又是一个汹涌澎湃的哈欠,他涨得满面通红,流出了可笑可怜的泪水。

　　我们互相询问一些情况,这使我们感觉到我们相距是多么远,一切都要从 A、B、C 问起。"我记得你现在是四十……"金克向我伸出了手指,为了套近乎,表示我们是互相知道年龄的——原来我们彼此的了解只剩下年龄了! 而他对我的年龄也没说对,他少算了一岁! 然后他问我这些年在哪里啦,"文化革命"开始的时候是不是"够呛"啦,哪一年结的婚,对方的姓名、年龄、籍贯、工作单位啦,有没有孩子和孩子的情况啦,上过没上过"五七干校",还是下放过农村、插过队、落过户啦,以及现在工作忙不忙、现在做工作不太好做吧之类的话。我也得用差不多的问题问他。金克没有掩饰他的厌烦,他说,来的老朋友一见面都是问这些问题,他真想写一个"书面交代"散发一下。

我没有提那次在安定医院的见面,萧铃的样子是健康的,谈起往事她并没有什么悲悲切切或者恼怒怨愤之情。至于说到Z城来,她的兴致还很高,给我介绍Z城的小吃、土产,学Z城的方言,她甚至说,她觉得那些一辈子没出过大城市的城圈并因而得意洋洋的人实在是可怜。"那不等于把自己装到匣子里了吗?"她问。在说这个话的时候,她的眉毛挑了起来,脸上又显出了那种天真的、不设防的表情。当然,这只是一瞬间的事。也许她看到了我刹那间的突然回忆起往事来的那种激动的神色了吧?她立即垂下了眼帘,我也应付似的、机械地干笑了一声。

而且我不知道这是一种什么心理,我没有告诉他们我现在只有一个人。我介绍了玉莲,就好像她仍然和我在一起似的。但是孩子,我编不出来,我说我没有孩子。萧铃又"噢"了一声,唯"噢"而已。金克却干脆说,没有孩子也好,清静,整齐,有利于学习和搞事业,不必为子女而走后门、拉关系……从全国来说,你这也是对节制人口做出了……他的话没有说完,因为萧铃打断了他,问他记不记得他们的老二所在的那所中学的电话号码。

在这一次访问以后,我感到的不是重新找到了他们,接上了线;相反,我觉得是失去了他们,断了线。我们分明已经变得陌生了,这其实是不必难过的。即使是亲兄弟吧,离开了四分之一个世纪,谁又能了解谁,谁又能眷恋谁呢?

这以后又听到了他们全家去国外的消息,我知道,申请移居国外的人,是党员都要退党,是团员都要退团的,这使我觉到了刹那间的恐怖。"何昔日之芳草兮,今直为此萧艾也!"我想起了萧铃教给我的屈原的诗。"岂其有他故兮……"不,我不能判明此故还是"他故"，当然是有他故的，有许许多多"他故"的呀！

从此，鸟入山林，鱼归大海，你走你的阳关道，我走我的独木桥，藕全断，丝不连，我突然觉到了轻松。我甚至模糊地意识到，也许我真的有可能重建自己的家庭，自己的个人生活了。

一九八一年八月，这个细雨绵绵的夜晚，当柳克呷着酒、啃着鸡腿，向我谈在美国见到金克的情景的时候，我摆出的只不过是一副听海外奇闻——天方夜谭的劲儿。

二

柳克对我说，他有点肺气肿的症状了，说话有点上气不接下气。

"……我在威斯康星州的旅馆刚住下来，便接到金克的电话。他的第一句话是：'老克同志，你猜我是谁？'我上哪里猜去？我怎么想得到美国有人知道我是'老克'同志？等他报了姓名以后，我吃了一惊，我的天，怎么是他？你不是不当中国人了么？你不是不干共产党了么？我还算是你的哪一家的'老克同志'？

"他要求和我见面，我态度有点冷淡。我说我没有时间，第二天一切活动都已经排得满满的了，从早晨八点到夜晚十一点。第三天一早六点四十二分，我就要飞往东海岸去了。但他建议第二天一早七点钟到旅馆来和我见面，我当然不能拒绝了。

"害得我觉也没睡好。六点多钟我就起床，梳洗、打扮，毕竟是在外国，穿着应该整齐一些。不到七点金克就到了，你猜他是什么样子？

"他穿一身白西服，戴一副大金属框架的眼镜，最奇特的是他的头发，在国内他还没有秃顶吧？七八年你见他那一次他秃顶了吗？"

"不，没有。"我回答。

"然而这回他完全秃了顶。"柳克继续说，"大概是让美国计司给烧的吧？美国有一种计司可真臭！简直像王致和的臭豆腐！金克的头顶溜光溜光,叫做光可鉴人,但是他的头颅的后方下半部,脑勺以下的部分却还有又黑又密的头发,那头发又留得很长,几乎盖住了整个脖子,可真是洋相,走在街上面对面我也不敢认他!

"然而一开口,他还是他。他一口一个老克同志,比在国内还近乎。他是半夜三点钟从芝加哥动身的,开了三个多小时的车,中途还加过一次油,在加油站吃了一点点心,为看我他还真够热情。

"他的样子有点洋了,看穿衣服也还过得去,和国内时候比他大概算是阔多了,他有汽车,也学会了开汽车啦。在美国和别人比,他大概混得并不怎么样。他能干什么呢?他有什么作为呢?

"对于他自己的生活,他吞吞吐吐。他说,他的弟弟在芝加哥的唐人街开一家餐馆,他帮他弟弟'做些事情'。在海外,中国人不说'工作',而是说'做事情'的。在餐馆里做事情,他能做什么事情呢?端盘子吗?他太老了,美国饭馆里端盘子的不是妙龄女郎就是小白脸男士,他那个秃顶,不会把顾客吓跑的吧?记账,按计算器?还是洗盘子呢?洗盘子倒是有机器,但仍然需要大量的人工,先得把盘子上的剩饭剩菜全部清理干净,然后要一个一个整整齐齐地码在机器上,弄不好,盘子就会撞碎的。

"他好像很难过,我也觉得很难过。他革了多半辈子命,当然,他倒霉,也可以说是他让人家革了多半辈子命。反正不管是革人家的命还是被人家革命吧,他这么个人难道能和中国、和革命分开吗?到了大洋彼岸他算什么呢?他说他已经领到了'绿卡',就是说可以长期居留。居留下来干什么呢?来一个不多,走一个不少,谁也不需要他,谁也用不着他。"

"他这样说么?"我问道。

柳克答道:"不一定是原话了,他好像不好意思向我诉苦。他只是说:'能见到你们,我还好过一些,不然,可真难呀!'他还说:'生活还可以,就是孤独,比在国内戴上帽子还孤独。'他说这话的时候,下眼泡显得发黑,还有点肿,医学上好像是说,那是胆固醇斑点,你听说过吗?"

"后来呢?"我问。

"后来他就走了呗。临走,他说他有一个要求,我还当是有什么事呢,他只是要求我们给他写信罢了——包括我和你。他还要求,我们给他写信的时候照旧称呼他'大克',我只不过是开了个玩笑,我说,该称呼你'金先生'了,他却变了颜色,说是如果连我都这样称呼他,他就想服用氰化钾了……"

"那他为什么不回来呢?中国又没说不要他!"我问。

"谁知道?你给我倒杯茶吧。再喝酒,我就回不去了。"

我去烧水,沏茶,然后只不过是随口问了一句:"萧铃呢?你没见到萧铃吗?或者是该称呼什么金太太了吧?"

柳克瞪大了眼睛,怪吓人的,他敲响了桌子,"什么?你不知道?你可真是个不可救药的死官僚主义者!你怎么这么不了解下情!做官当老爷脱离实际,要都像你这样,党风哪一年才能得到端正!"

"怎么回事?怎么回事?"我连连发问。

柳克用筷子戳着桌子,好像击节似的一字一顿地告诉我说:

"萧、铃、根、本、就、没、去!她还在Z城!她和金克离婚了!"

"什么?"我喊了起来。

"你连这都不知道?你这个小克简直比我老克还老朽昏聩!就为了萧铃不愿意离开祖国、离开党,他们离了婚。她一个人带着两个孩子,仍然住在Z城。"过了一会儿,他叹口气补充说:"听说她和大克压根儿感情就不太好。"

我一杯又一杯地喝下了醇香的特曲酒,多么苦的酒啊!

"我走了。"柳克站起身来,拍拍我的肩膀,摇摇我的手,"给你留下几盘录音磁带,我带回来的,都是古典的。我可受不了那种酒吧间里的大喊大叫,那种跟宰猪差不多的叫喊……"他笑了,微有醉意,恰到好处。他取下了他的米黄色的风雨衣,穿上,系扣,不慌不忙。

我撑开雨伞把他送到了校门口,往回走的时候觉得雨并不大,打着伞怪别扭的。于是,我收拢了伞,甩一甩,挟在了腋下。小雨淋到我的脸上,我觉得很舒服。

可能是由于小雨一激,小风一吹,酒劲上来了,回到屋里,我有点晕晕乎乎的。杯盘碗筷我也懒得收拾,明天再说吧,只是金克的命运和萧铃的命运都使我非常不安,如坐针毡。我为什么竟以为萧铃也随金克出走了,变成"金太太"了呢?萧铃难道是那样的人吗?事隔快三十年,还是多么不了解人,不了解萧铃啊!

我想平稳一下自己,生活真是让人头晕目眩!青蛙还叫个什么呢,一场秋雨一场寒,十场秋雨穿上棉,你还有多大叫头呢?电话,现在来电话干什么?是的,是我,明天去市委开会,早上八点半钟,对,我知道了,已经通知了派车,那好。

我拿起了柳克送给我的盒式录音带,上面写着的全是英文,有 C 还有 L,当然也有 h 和 r,我把磁带装到录音机上,按下写着"play"的键盘,柔美的音乐开始响起来了……

三

周克,周克,周克!

萧铃在海里奔跑,向我伸着双臂,呼叫着我的名字。

周克,你一点也不了解我!周克,你一点也不关心我!

萧铃穿着系两根宽带子的"卓娅服",像雾、像影、像浪花里的虹,一个又一个的大浪把我们阻隔。

啊——啊——啊——

是乌鸦?青蛙?海狗?汽车喇叭?

深夜,高速公路上的孤独的车,秃顶,长发,白色西服,氰化钾药瓶……芝加哥的中国餐馆,我所没见过的芝加哥的唐人街啊,你是什么样子呢?

玉莲的皱着双眉的脸。我好像就没有正面看过你一眼。人们都说，你也是美丽的，为人也不错。而且，我知道，你爱我。这是多么不公平啊，我！

萧铃！萧铃！萧铃！

什么都知道的人，你到底知道了些什么呀？那站在城墙上、屋顶上、山头上、码头上、礁石上、十字路口上向着天空、田地、大海、落日、远去的轮船和过往的车辆呼唤着你的名字的，不正是我吗？不论是醒着、睡着、忙着、闲着、好着、病着，这些年来，我不都是在呼唤你吗？你破坏了我的幸福，你毁了我的一生，你占据了我的全部灵魂，然而，你头也不回地走去了，任凭我在后面追赶，呼唤。一九五七年、一九五八年，我还希望能追上你，能解释，能说服你。那时候为了革命的原则我们可以移山倒海！没有这股子劲，热劲、傻劲、狂劲，能够有革命，有翻天覆地么？你为什么不了解我？你为什么竟然可以做出那样偏执的、难以思议的举动？你带走了我的青春、幻想、爱，还有乐曲……当我听到你和金克结婚的消息的时候，我把那张具有魔法一般的力量的唱片连同那东洋造留声机砸了……我举起黑光闪闪的唱片，叭的一声，赛璐珞的唱片摔了个粉碎，到后来，到红卫兵到处砸唱片的时候，我竟以为，是我的砸唱片的举动引发了它们的诞生。

红旗。庄严的行进。成群的和平鸽。喷气式飞机编队飞行。青松。覆盖在革命者身上的镰刀斧头旗帜。立——正！敬——礼！

匆匆。春、夏、秋、冬像走马灯一样旋转。开会、动员、表决心、喊口号。铁路、公路、桥梁。匍匐前进。凯旋门和乐队。向天空鸣枪。白色的花圈。白发苍苍的母亲！

我永远不离开母亲！我永远不能对母亲背过脸去！

是谁在高喊？是谁在长歌当哭？是谁这样庄严地挺立着，风吹动着她的花白的头发？

那不是什么母亲，那正是我的朋友，我的同志萧铃啊，她还是一样的年轻，照着她的脸庞的是海里和天边的两个月亮，在她的身后是北京的天安门，是南京的玄武湖，是Z城郊外的稻田，是渤海湾的波光……

她挺立着。秃顶的金克正在离开她。我看到了金克在和她争辩,在向她哀求……然而,她仍然挺立着。我看到了被批得"体无完肤"的"右派分子"金克拿起了安眠药瓶。然而就在这个时候,萧铃来了,萧铃拥抱着他,给丧失了生活信念的他以新的生命。但是这次,她却没有办法帮助他了,他抛弃了萧铃,抛弃了家乡……

不。是萧铃终于抛弃了他。萧铃挺立着,仍然只是她自己。

然后一切都退去了,像海水退潮一样退去了,消失了,冲淡了。

只有一个声音。

一个亲切的、熟悉的、胆小的声音。这是安定医院的候诊室。是萧铃在哼吟那属于我们的乐曲。

四

从屋檐上淌下来的积水,一滴,一滴……

多咪咪多发咪……

是它?是她?

久违了的弦乐四重奏啊,原来是你!

我本以为,今生再也听不到你的声息。我早已经埋葬了你,我一次又一次地埋葬过你。后来,我甚至恨过你。我的生活不幸福,我的家庭不幸福,我不能回答玉莲的爱,我们没有孩子,我以为,这都是由于你。我一遍又一遍地诅咒你。

该死的音乐啊,这魔鬼的把戏!这害人的东西!它使你变得温柔、多情、富于幻想,以为生活是那样的透明和美丽。然而生活是严酷的,生活是无情的,生活像坚硬的石头、石头的坚硬。如果没有这该死的乐曲,也许你会愿意陪伴着石头度日,如果没有小提琴和中音提琴,你也许以为敲敲石头便是世上最好的乐曲。

我们经过了那样严酷的暴风。在那样的风暴中,你徐缓的歌,也许比不上一只蚊子的呻吟。我真诚地想过:永别了,过去！永别了,柴可夫斯基！

但是,你又来了,历尽磨难,别来无恙。一样的梭咪拉咪,一样的梭拉多咪。你没有变,也没有老,你仍然行走在青的绿草地上,慢步无声,一双秀眼如水般的美丽。

不,这又明明已经不是你。为什么,为什么我们之间好像隔着一层墙壁？

我站起身,推开门,看着积水里反射着的残云和星光。雨后的空气是多么香甜。然后我走到写字台前,呆呆地看着摆在案头的录音机。是了,我刚才睡着了,嘴里还有酒气。是了,正在旋转着的是柳克从国外给我带来的录音磁带,录音机是高档货,能自动改变旋转的方向。刚才在我睡去的时候,A面的乐曲已经放完了,现在向相反方向旋转,放出的是B面的曲子。在这一面,恰恰就有我的老朋友、老冤家、我的青春的见证和伴侣。

等这个曲子结束,我停了机,取下了磁带。勉强忍住头疼,在台灯下面,我找到了一行英文字:柴可夫斯基作,第一弦乐四重奏第二乐章,哥伦比亚管弦乐队演奏。

我重新听了一遍。是的,不错,与我听惯了的五十年代的苏联唱片不同。美国乐队的演奏似乎更轻快,更圆熟也更华丽。那提琴的声音好像是洗过、过滤过的,在这四重奏里我似乎看到了涓涓的流水。

而那张五十年代的唱片却像风。吹过辽阔的原野的风,像诉说又像叹息的风。它充满了疑惑,它在问:"我是这样的吗？可以是这样的吗？"

是美国人的演奏不适合我的口味了吗？是我已经老了、麻木了、疲惫了吗？怎么这久违了的乐曲已经失去了那征服一切、渗透一切的神秘的力量,它已经不能使我敞开心扉、忘记一切、如醉如痴？

但它毕竟是我的老朋友,它好像比原来更年轻、更俏皮、更美好了,它包含着我的太多的秘密。

也许我不会像过去那样傻呆呆地流着泪去听它了,但是毕竟它唤起了我少年时代的柔情。真希望能出现奇迹。在这少年时代的乐曲声中,我们的血又热了起来,我们的眼睛又亮了起来,我们的心跳又加快了……我走到门口,低声说:"请进来吧,萧铃同志!"

五

终于,我的愿望实现了,当然,并不是当天晚上。那种海滨相遇的奇迹,是再也不会发生了。

昨天,我得知萧铃以一个先进教师的身份到北京来出席一次会议。我把她请到我住的地方来,怀着巨大的期待,请她和我一起听那《如歌的行板》。

我目不转睛地看着她,似乎我的未来的一切,就取决于哥伦比亚乐队的演奏。

我惊奇了,我失望了,我灰心了。萧铃出奇地宁静,她微笑着,平静得像风暴中的一块石头。

养蜂夹道女子中学的萧铃啊,你在哪里?

铁狮子胡同口的萧铃啊,你在哪里?

渤海海滨的萧铃啊,你在哪里?

安定医院候诊室里的得了病的萧铃啊,你在哪里?

莫非你真的变了吗?变成了一块坚硬的石头?

她好像看出了点什么。听完乐曲以后,她平静地说:"你说奇怪不奇怪,这段音乐好像不像从前那么好听了。"

"为什么?"我的问题是悲惨的。

"为什么呢?"她拢了拢自己的花白的头发,"它好像已经没有那么大的力量了。是的,它缺了点东西。"

"呵,呵。"我点点头,"我觉得也是这样的。这是美国的乐队演奏的。你知道，美国只有二百年的历史，美国人总是有点飘浮……"

"不。"这回她是愉快地笑了，"责任并不在美国人。问题是我们已经大大的不同了。现在，仅仅听这种透明而又单纯的音乐，是太不够了啊。我们需要新的乐章，比起贝多芬的第九交响乐，它应该更加雄浑、有力、丰富、深沉……你说是吗？"

我们需要新的乐章，她说的是我们，万岁！我怎么能说不是呢？她说得多好啊！

她走了。果然，她说得对，我愈听愈觉得不满足了，我期待着我们的新乐章，新乐章的序曲不是已经开始了吗？

但是我仍然要告诉年轻的朋友们说，这《如歌的行板》，毕竟是一支非常好的、非常奇妙的乐曲。

发表于《东方》1981年第3期

湖　光

一

　　所有这些不可思议的、令人无法相信的事情都发生了,结束了,过去了。而世界却还是这样,无动于衷。

　　他已经六十七岁了,这是真的吗?他的少年时代在哪儿?青年时代在哪儿?壮年时代又在哪儿?他甚至没有放过一次风筝,捉着线,在郊外的青青春草上奔跑,让和风把他的目光、他的精力和他的心愿飘飘摇摇送上明亮灼目的天空,而他大叫、大笑、大闹,像一个真正健康和勇敢的男孩子。他没有上过一次墙头、房顶、树杈,哪怕挂破了衣衫让妈妈打一顿,哪怕被毛毛虫的有毒的纤维刺个鼻红脸肿。儿童,那就是说应该像松鼠一样灵活,像豹子一样无畏。他只是用瑟缩的小手捧着一块烤白薯,边走边吃去上学,他只是听妈妈讲过几百遍亘古如此的狼装成外婆、傻女婿无意中把丈母娘比拟成了老母猪,诚实的哥哥吃了料豆儿以后放出来的屁可以把衣裳熏得喷喷香的故事,他只是每过一次年就放一次花炮,过完了年就盼着下一个年……于是乎,他已经不再是男孩子了。

　　"九一八"的炮声使这个十五岁的孩子变成了忧国忧民、热血沸腾的志士。忧患的中华啊,你催熟了多少孩子的心灵!在民族解放战争和人民革命战争的硝烟里,人们是不重视、不注意自己的年龄的,十三岁的小鬼完全可以和八十三岁的爱国老翁一起千古永垂。

那时候威胁一个老者和一个孩子的生命的同样是阶级的与民族的敌人而不是死神,而一九四九年的全国解放又使他沉浸在一种"我们永远年轻""我们永远胜利""我们永远凯歌行进"的兴奋里。不是吗,那时候革命队伍里能被称为"老"的林伯渠、吴玉章、徐特立、谢觉哉,也不过六十挂零,用现在的眼光看,也正年轻呢,我们的革命大军曾经是一支多么年轻的队伍!

在五岁的时候他当然不懂得五岁的珍贵,在十九岁的时候他也顾不得十九岁的迷人,在他三十五岁的时候(一九四九年)他以为他们永远不老,在他五十二岁的时候——五十二岁的欢蹦乱跳的小伙子啊!他开始接受"无产阶级文化大革命"的审查与考验,"我们应当相信群众,我们应当相信党",两个相信支持着他与时间比赛耐心,他为自己每挨过了一天而感到高兴。他希望时间过得更快一些,希望这沉重而又莫名其妙的日子快点过去。然后是一九七六年的胜利的十月,他们都一跃而起,一下子年轻了十年,秀梅甚至买了一件新的花面小棉袄。"我们都还年轻",阔别十几年他第一次重新看到郭兰英演的白毛女的时候,他兴奋地对坐在他的右侧的秀梅,又对坐在他的左侧的主任夫妇说。

然后,他像一枚炮弹一样按照抛物线在时间的大海里飞行,他现在暂时落到了,不,应该说是路过着一个点:六十七。

如果不是秀梅的突然"去了",六十七并不是一个可以触目惊心的数字。秀梅比他小六岁,由于身材纤瘦,看背影也许我觉得她风华正茂,鹅蛋脸上亮着两只黑白分明的眼睛。最惊人的是她年过六十了,远看还是一头黑发。她又爱说爱笑,嗓子尖尖的。这样,人人都说她身体好,不显老。何况她长着一个红扑扑的脸,健康的假象!其实,那正是血压高、微血管破裂的一种面容,可怎么就没想到呢?

她要强,用他的话说,是"死要强",连生病都觉得不好意思。明明衣服穿得少,她有点打哆嗦,但是当回答别人的关切的问询的时候她只会说:"不冷。"明明耽搁了一顿饭,但是她总是说:"不饿。"明明她已经抬不起眼来了,额头出着冷汗,但她要努力笑着告诉关心她的人:"不累。"而不论领导给她分配什么任务,她总是回答:"没困难。""没问题。"

但是在那十年,人们为了生存不能不有一点狡猾。好人与坏人的界限不在于有没有狡猾而在于把狡猾用在什么地方。用狡猾去整人,这是坏人。用狡猾以求自保,这是很自然的事。用狡猾去躲避极左的锋芒,保护同志,保护朋友,保护好人——这是美德。如果一个人在会后与知己一起大骂江青而在会上振振有词地念报纸"批邓",只有不可救药的呆鸟或者干脆是"四人帮"的爪牙才责备这样的人是"两面派"。

秀梅糟就糟在不会狡猾上。她在一个京剧团里担任领导,这个剧团成了江青的"点"。不久,传出了江青的话:"陈秀梅对我是有刻骨仇恨的……"

底下的事是一片空白。就连李振中她也不告诉。"没有什么。"她淡淡地一笑,"我这不是很好吗?连头发还是黑黑的呢!"李振中知道,遇有白头发,她总是偷偷地拔掉。他曾经含蓄地建议她最好不要拔,遇有白发可以去染黑,她笑起来:"染头发,那不又骗人又骗自己么?"

在她因为头疼而被迫躺了两天以后,李振中强迫她去看了医生。而且不顾秀梅的反对,他放下了重要的工作陪她一起去找一个最著名的医院的最著名的内科主任。主任医师留学德国、秃顶、矮胖子、彬彬有礼。他不为所动地听着他们两个人的互相矛盾的叙述。说他们互相矛盾,是因为振中似乎试图把病情渲染得严重一些而秀梅却尽力轻描淡写。

医心如水。在柏林留过学的医生微笑得彬彬有礼。他从容冷静地为秀梅检查身体。李振中对他有一点点不满,看他那个样子,不像在检查一个人而像是在检查一台铣床。粉碎"四人帮"和官复原职以来,李振中已经习惯于人们都用明显的热情殷勤来对待他了。

273

但是，在检查结束的时候老头儿有点激动，说话都有点结巴了。他说秀梅的健康状况是不好的，特别是血压、舒张压和收缩压竟是如此之靠近，这不是好兆头。他建议秀梅立即离开工作，去疗养。

偏偏从医院走出来的时候秀梅自我感觉很好。她硬是把汽车打发走了，她要走路。她咯咯笑着对振中说："甭听他的，他是按德国标准来看中国人，喝洋墨水喝得娇嫩了。新三年，旧三年，缝缝补补又三年，这是说的衣服。而咱们人呢？好十年，病十年，凑凑合合又十年。我还有三十年呢！我还要看看四个现代化的实现呢！关心关心你自己吧，瞧你胃疼起来那个可怜相！"

两个人争了半天，最后她勉强答应，秋天，她将去南方一个疗养地。

这是去年，也就是一九八〇年七月的事。到十一月，她果真到从化温泉去了。"住疗养院可真寂寞，我觉得我的头昏目眩的症状反倒加重了，最多再坚持一个月，不，二十天，我就回家……"她来信说。

李振中去了一个电话，劝她安心在疗养地"修心养性"。但是没有等到二十天，他接到了电话：秀梅发作了脑溢血，已经昏迷不醒。

秀梅是看了江青咆哮法庭的电视片以后发了病的。她沉睡着，样子并不痛苦，脸红扑扑的，光看外形还以为是喝了酒。只是呼吸的声气太粗。昏迷的第三天她完全不能吞咽任何食物了，于是医护人员给她鼻子里插管子，实行鼻饲，真是活受罪！振中心疼得眼泪汪汪的。第五天，她忽然有那么一点清醒，她睁开了眼，却无法知道她是否看见了或认出了振中。她甚至举起手来，示意要人给她拿掉塞在鼻子里的皮管子。皮管子取下来了，经验丰富的护士长告诉李振中这是最后诀别的机会，李振中目不转睛地看着她，轻轻地，试探地叫着：

"秀梅！"

秀梅战栗了一下，李振中是从自己手中的秀梅的手的抖动上觉察到她的战栗的。

"李教员!"她叫了一声,声音好像来自墙那面的隔壁房间。

李——教——员! 这是叫他! 他已经快四十年没有听到过这个称呼了。而且,他立即意识到,从此,再没有人叫他李教员,甚至也不会有多少人知道,更不会有几个人记得,他刚到部队的时候,是兼任过部队的文化教员了。

泪水蒙住了他的眼睛。

"长江是很长的吗?"秀梅的微弱的,只有他才听得到,才听得懂的声音。

"是的,很长,很长……"他回答,只有他才会回答。

沉默,闭上了眼。

难道秀梅就这样去了吗? 他想喊,想叫,想唤醒他,又觉得不应该打扰她,不应该增添她的已经够多了的痛苦。

"振中,"不知道过了多久,她又睁开了眼睛了,而且显然认出了他,"水——干了,把你抛下了,对不起你……"一滴水珠出现在秀梅的眼角上,只有一滴。

"不,长江的水是不会干涸的,长江的水很多很多,水流很长很长,你放心吧……"

"没有孩子……"秀梅痛苦地呻吟着。李振中知道,这是秀梅的隐痛。

"有的,有的呀……"他说的时候倒不是专指他们所抱养过的三个孩子:战争中的孤儿,两个女儿,一个儿子,都已经长大自立了。他说"有的",这是因为他从来没有觉得自己因没有孩子而孤独,而且,他觉得秀梅绝对不应该为这个而苦恼,为这个而责备自己。这是多么傻气呀!

"李——教——员!"

这声音是太微弱了,以至于他怀疑起来,是她真的又叫了他一声吗? 是他自以为她又多叫了一声吗? 是的,她又在方才那一声以后,多叫了一声李教员。她对他的好处是太多了,而哪怕仅只为了这多加上去的一声李教员,他也希望在一万次来世里报答她。

他握着她的手,直到她永远地去了。

二

连秀梅离去、他已经六十七、他进医院割去了五分之四的胃、一个月以前他前往医院与他的一个老上级的遗体告别并且出席了追悼会……这样的事情都发生了,但世界却无动于衷。世界并没有因而变得苍老或者憔悴,春光并没有因而变得暗淡或者寒冷,六和塔并没有因而倾斜或者崩塌,这实在是一件了不起的好事情。

当他欣赏着钱塘江边的著名的古塔——六和塔,更是欣赏着这些熙熙攘攘的欣赏古塔的游客的时候,他想起这一切,并且感到高兴。

快乐的欣赏者——游客,似乎比欣赏的客体——塔更值得欣赏。一群戴着鲜红的领巾的少先队员叽叽喳喳地向着六和塔跑,他们的江南口音使李振中觉得新鲜而且有趣。南方话似乎比北方话娇媚一些。是不是南方人的嗓音比北方人更清亮呢?这里的风沙和灰尘比北方少得多得多啊!一位穿得笔挺笔挺,戴着"中国旅行社"的圆徽章的导游员,手提半导体扩音喇叭,正在用铿锵有力的广东话向来自港澳的观光客人们介绍塔、江和大桥。女孩子们一天比一天敢于打扮了,打扮得愈来愈漂亮了。有一种胸前系着飘带的衣衫,看来正在时髦起来。一位崭新的制服穿得严严实实,风纪扣也扣得紧紧绷绷的解放军小战士——其实不小,当年他那个连队里的战士,平均年龄恐怕还没有这位同志大呢——非常认真地拿着一张导游图,边走边看,还不时向人提出问题,倒像他不是来游玩,而是来进行科学考察似的。

有两位面目和服装极其相似,像孪生姐妹一样的妇女引起了许多人的注意。她们粗眉大眼,皮肤赤黑,头上戴着印花布头巾,头巾在头上围成一个圆环,却把乌黑的发髻和上面插着的闪闪发亮的银头饰裸露了出来。她们上身穿着鲜亮亮的竹布褂,下身围着带荷叶边的黑围裙,脚蹬经过美化的光面猪皮模压平底鞋。这种鞋价廉物美,不分男女。她们身上各自挎了一个样子相当时兴的人造革提包。李振中听人说过,这是当地农村妇女的颇为典型的装束,身上挎的包,本来应该是黄布袋——香袋,是为了膜拜佛像的时候进香用的。香袋换成了人造革提包,绣花鞋换成了锃亮的猪皮鞋,农民也参加了观光旅游的行列。这是近年来,不,应该说是几千年来从没有过的新鲜事。报纸上刊登过,天津郊区的两个农民,落实农业政策以后收入大幅度提高,攒了不少钱,他们坐飞机到北京去游玩了五天呢。李振中眯眯地笑了。

在浙江杭州的钱塘江边,六和塔下,也正像在别的地方一样,这儿也有这么一些令人提防又令人退避三舍的小子。他们穿着用各种马马虎虎的料子做成的并不合身、哐里哐荡、毫无线条轮廓和式样可言的西服,打着色彩全不调和、皱皱巴巴的领带,腿没有那么长却偏偏要穿上一条裤腿长长的、其实并不合格的喇叭裤。还都戴着一副好像儿童玩具一样的粗劣的太阳镜。有几副墨镜上贴着商标,以表示这几副是货真价实的香港货。镜片上贴商标这种登峰造极的愚蠢、浅薄、无知,简直达到了令人作呕的地步,已经受到了来自各方,包括来自国外的朋友的批评、指责、嘲笑。《北京晚报》为此发表过不止一篇文章,指责和挖苦这种蠢事。这样一挖苦,倒也有效,在北京已经不多见了。可这里和江南的许多地方仍然在以此为荣,方兴未艾。

也真不辞劳苦!有人提着四个喇叭的立体声收录两用机游山,机子是好的,放出来的是那种香港三等歌星演唱的,矫揉造作的,千篇一律的,连伴奏也是轻佻而且油腔滑调的歌曲。

再听听他们那些不堪入耳的粗话吧,横冲直撞的举止,骂骂咧咧的言语,流里流气的神情,蛮横、火气十足、一触即发的"临战姿态",这是一种什么样的惩罚,什么样的羞耻啊?难道他们对真正的人类的文化瑰宝、真正的音乐、真正的文明竟然全然不知,甚至连一点点渴望和追求都没有吗?

"兄弟,上吧!"一位须眉皆白,腰板挺直的老者招呼着神思恍惚的李振中。李振中定了定神。和眼前这位像寿星老一样长着又长又白的眉毛的老者相比,他当然只是后生晚辈了。也许和他相比,他自己仍然是个小伙子吧?老者以为他在犹豫,以为他在望塔之高而兴叹呢。

他点点头,却没有挪动脚步。上呢?不上呢?上得去吗?上不去?

因为半年前他刚刚开过刀。秀梅去世不久,他的胃溃疡症状大大地严重了,不但疼痛难忍,无法吃东西,而且大口吐起血来。医生认为应该立刻做手术,他镇静地表示全听医生的安排。秀梅的去世并没有使他痛不欲生,这一点他自己没有估计到。他本以为秀梅的先他而去是绝对无法忍受的,与其一个活下来,他宁愿与秀梅一起走。但在秀梅安葬以后,他感到的是一种前所未有的平静。好像是一艘卸空了货物的轮船,而海上的风也止息了,它毫无负载,只是随着水波轻轻地摇动。好像是一株深秋的树,它已经落下了大多树叶,然而还有几片变得像朝霞一样红的,最大、最美也最顽强的叶子,连同它的刚劲有力的枝干,在秋日的阳光下,仍然从容安详地挺立着。在这个时候,那对于春天的小鸟,花絮和嫩条,对于夏天的雷雨,浓阴和扩张性的生长,以及它同草、同野灌木林、同山鸡和狐狸的友谊的回忆都已经是不必要的了,那仅有的几片红叶,已经足够纪念那些春花、那些夏季的雷霆闪电和那些亲爱的有生命的朋友了。

秀梅的故去使他觉得好像洗完了一个冷水浴,洗的时候他打战,打得牙齿咯咯地响。彻入骨髓的寒冷使他先是要跳起来,继而两眼发黑……然后他出浴了,他身上的水汽和寒气消失了,他的眼睛好像特别清明,而他的头脑也好像特别冷静了。一切都看得清清楚楚,明明白白,实实在在。好像不仅是他,而且是整个世界,一切人和物,一切事都刚刚用冷水洗了个干干净净。

所以,当医生诊断他必须立即做切胃的大手术,并且明确地告诉他,他的胃壁很可能已经发生了恶变的时候,他神态安详,谈笑自若。他告诉医生,对于他这样一个经受过长期的铁与血的考验的共产党员,一个老革命者,一个负责干部,完全不必遮遮掩掩,吞吞吐吐。生老病死,这都是正常的事。当他躺在手术车上,被推向手术室的时候,他自己都奇怪为什么他没有任何的紧张和痛苦。倒是前两年,他常常为自己艰苦奋斗终生,但还没有看到祖国的真正繁荣富强而抱憾。前两年,当他发现自己的视力越来越不行,在菜馆里,竟分不清菜单哪一端是上,哪一端是下,以至于看菜单的时候拿倒了,以至于服务员怀疑他是不是文盲的时候;当他发现自己常常词不达意,把张三叫成李四,把报纸叫成文件,把柜子叫成匣子的时候;当他发现自己有时候健忘得出奇,看一篇简报,看完最后一段却忘记了前一段,甚至发着发着言却忘记了自己要说什么的时候,他也曾十分焦急和悲哀。但是,当医生数着"一、二、三"让他闻麻药的时候,他却觉得心如明镜。每个人都有这一关的,我并没有懈怠苟且、蹉跎彷徨,是我自己选择了唯一可能的最正确也最现实的革命的道路,我把自己的一生献给它了,我并没有吝惜过自己。然而中国还贫穷落后,生活里还有许多不如意的事情……这已经是以后的事了。

麻药的吸入使他脑子里嗡了一声,好像浑身每一根神经都变成了小提琴的弦,这些根弦同时被一把威严的大弓拉响了,嗡——他睡了。

醒来以后除了医生和护士他还看到了他的秘书,他所在单位的正职主任、他的大儿子和大女儿。年龄比较小的那个女儿在部队,没有能赶来。他觉得软弱和疲乏。他觉得他的亲人,他的同事和他的朋友都已经做好了他再也不睁开眼睛的准备。他感到,尽管他们非常爱他、关心他，盼望他康复并且准备为他的康复而采取一切必要的措施，但如果他不再醒转，如果他就此长眠，也同样是一件顺理成章的不难接受的事实。他干脆闭上眼睛休息，用疲乏的笑容来报答他们的关切和探视。他感谢他们，同时他也知道，不仅他们，就连著名的内科专家与外科专家，药剂师，麻醉师和护士长，在那个威严的弓弦面前，也都是无能为力的。

　　结果他恢复得很快，很好。手术后的检查证明，胃壁细胞的癌变征兆还不明显，更绝无扩散发展之虞。手术做得彻底，杜绝了后患。高级干部的病房条件绝佳，而他又毫无精神负担，不恐惧，不忧愁，不挂牵，不缠绵，更不歇斯底里。"您是一个模范病号。"医生对他说，而且预言他还可以再正常工作五至七年。

　　但他在手术后刚刚能起床活动以后做的第一件事便是第二次写申请退休的报告。一九七九年底他已经递过一次这样的报告，那时候他痛感他担任副主任的这个委员会及其所属机构"官"太多，有的司、局、处甚至已经达到了官比兵多的地步，三个处长管一个干事，三个处长在一起扯皮、踢皮球、画圈，而一个干事实际上在掌管着一切。这简直是笑话、奇谈，又分明是改革起来还相当费力的现实。他参加过他这个系统的一次科学家的大会，在会上发言的首长和专家当中，竟有半数以上是年老体弱、需要广播员代念稿子的。有将近十分之一的人，是需要搀扶才能行动，或者干脆是坐在轮椅里推着进来的。

　　他觉得他应该带头把班交给年富力强的同志。他写了退休申请，阻力比预想的大得多。有人认为他申请退休是因为他和第一把手不团结或者是因为他想取第一把手之位而代之。有人认为他才六十五岁就申请退休是故意将比他年龄大得多、身体也更差一些的同志的军。还有人认为他写报告申请退休是闹待遇的一种手段。尤其令人哭笑不得的是，正是那些用小人之心度他、在背后窃窃私语、散布了大量客观上是挑拨他和第一把手的关系的流言蜚语的家伙，偏偏来看望他，表示关心他，而且似乎是很有分寸地来劝解他，应该胸怀宽阔、宰相肚里能撑船,不必计较第一把手的言语作风上的一些小毛病。"我们说过,老李是个厚道人嘛。"这些家伙笑嘻嘻地说,好像完全站在他这一边,顾全大局,息事宁人。而他们讨好他,同情他,实际上是心怀叵测地硬把他推到一个既成事实的矛盾之中。

但是他现在有了更充足的理由。虽然他觉得遗憾,为什么非得身体垮了,病倒了甚至在开了追悼会之后才把接力棒传下去呢?森林的更新不是这样,远在老树采伐完之前新苗就成长起来了,这样的树林才不会灭绝,这样的树林才能永远欣欣向荣,在这样的树林里才会永远听到鸟儿的歌唱,而从这样的树林里,才会源源不绝地运送出建造高楼大厦、桌椅板凳的木材。"世界是你们的,也是我们的,但归根结底是你们的。"他应该退居二线了。

退休仍然没有批下来,但同意了"易地休养"。不批准他也已经不在"职"上了,他可没有在医院里办公指挥的习惯。终于,在身体健康状况进一步好转以后,他开始能够实现他的夙愿了。他将漫游一下祖国的大好河山,同时边住休养所、边写回忆录。

于是,一九八一年的草长莺啼的盛春时节,他出现在钱塘江边的六和塔下了。

上不上?他问自己,同时他回想起白眉毛的老者在动员他上去的时候说的一句话,那好像是说什么来着?什么意思?噢,他是这样说的:"上去吧,上一回就少一回了。"

上一回就少一回,不仅对于老年人是真理,但只有老年人才会这样考虑问题。有点悲凉,但更加弥足珍贵。让我们设想一下吧,如果生命是无限的,如果每个人都能在亿万斯年之后活无限多个亿万斯年,如果每个人都可以上无数次六和塔,那么,生命又有什么价值呢?上六和塔又有什么意义呢?

然而生命是有限的,完全可以说是短促的。对于李振中,已经不是上一回就少一回的问题了,而是,只此一回,一就是一切,而这次不上,就只能是零了。

当他加入到上塔的人流里，走进那虽然有电灯照明，和塔外的晴天白日相比仍然显得黑乎乎的梯道上，感到一种摩肩比踵、闹闹嚷嚷、又潮又热的浪潮的时候；当他爬了半天，已经气喘吁吁、汗流浃背仍然看不到任何光亮的时候，他有点怀疑爬上塔去的决定是不是明智了。他背后的一个小伙子，一直把手搭在他的肩上，紧紧地挤着他，他想躲也躲不开，而对面又不断有下塔的人碰撞着他。梯道本来就很窄。他觉得已经爬了好多阶了，仍然没到，怎么可能爬到第七层上（从外面数，也就是第十三层了）去呢？看来自己的尝试是太冒进了，只求达到第一层，就这一回吧……就在他这样想的时候，只觉得眼前一亮，地面平展而又宽阔起来，第一层到了。

一个个的方窗，每个窗都是一幅层次分明、秀美丰富而又明朗妍丽的风景画。一对青年男女并肩在那里眼看钱塘江，好像是一幅逆光摄影的深情而又幽雅的照片。"太好了！"李振中听到他们在热烈地赞叹，然后他们缓步离开了，换另一个窗口，从另一个角度去看风景去了。李振中补上了他们的位置，他走近了窗口，看到了塔外的大千世界。雄浑的钱塘江好像离他更近了，江水一泻千里，大桥从容坚实。当然，比起那似乎是横空出世的、高悬在祖国大地之上的南京长江大桥来，这桥的气魄是差远了，但这毕竟是我国工程师和工人自己建造的第一座现代化大桥，开始修这个桥的时候他李振中才只有一岁，历史是不能割断的呀！

八角形的塔，从八个不同的方位看出去，他看到一套既有区别又互相连续的图画。山那一面也使他惊叹，多么葱郁茂盛的树木，为青山穿上了多么温厚的衣衫！槭树的叶子红如云霞，樟树的叶子亮晶晶，罗汉松的叶子深重肥厚，梧桐的叶子才刚刚伸开懒腰。这样繁密又这样亲密无间，这样充实又这样挺拔参差，利用着每个平方厘米的山地和天空……最后，这一切都溶成了一种流动、鲜活、蓬勃的绿色，这绿色如海、如潮，托着他、抚慰着他。

原来他并没有疲劳，美好而又清亮的世界提起了他的精神。他想谛听一下自己的心跳、呼吸、血液循环、细胞的收缩、分裂、渗透、新陈代谢。他好像听见了一声报告:"报告首长,您的一切零件运转正常!"他笑了。他继续攀登,他觉得加入到一支熙熙攘攘的攀登队伍里是一件妙不可言的事情,即使这支队伍里有那么几个他看着不顺眼的小伙子,这毕竟是一支令他羡慕的充满活力、热情而又有点傻气的队伍。原来,越往上走,每层和每层之间的距离就越短。他爬到了第二层,从塔外数,也就是第四层了。既然不太费力就爬上来了,那么,还可以继续爬。爬了看,看了高兴,高兴了再爬。"欲穷千里目,更上一层楼",他悟到这两句是全部唐诗,不,是全部中华民族的诗章中的精华。更上一层的结果是到了第三层,到了三层以后更上一层就是四层。与我们的纠缠不清的,整天提高却未必真正提高了的许多狗扯羊肠子的事情相比,更上一层又一层的加法是多么简明而又富有吸引力!他上到了最高层——从内部数是七层而从外面看是第十三层了——一览江南春色!

他和那些年轻的朋友们一起怀着自豪的心情眺望。他觉得那几个太阳镜上贴着商标的人也未必一定像自己想的那样讨厌,他们上到高处来当然不是为了将眼镜倒手转卖,而是为了和李振中一样地赞赏祖国的江山。曲折的、之字形的钱塘江,像被天公大笔一挥,拐了两个挺拔遒劲的弯子,而当阴历八月十六日来潮的时候,这条江将变得怎样的雄伟!嫩绿色的水稻秧田和绒毯一样的冬麦田,整整齐齐,像画好了的棋盘。一辆小小的、玩具一样的火车在隆隆地开行,它喷出来的烟雾在晴空下迅速地生长、膨胀而后消融散失。奇怪,为什么上到最高层反倒觉得离大地更近了呢?莫非塔不是向上、向云天缥缈的上空,而是向大地、向纵横阡陌的农田、向农田里的一头犄角弯曲的水牛、向波纹清晰的江涛、向坚定沉着的大桥、向工厂的烟囱、向每一株植根于大地的绿树,以至向每一株小小的野花野草伸展而去的么?李振中觉得自己已经扑到了江水上、大桥上、水牛上和小草上了,他的细胞、他的分子、他的爱与思念已经渗透到、分散到祖国

283

大地的一土一石、一草一木上去了。

这就是我们的土地,我的土地。而我们的天空也不是虚无缥缈的,不仅有鸟雀的飞翔,而且有喷气式战斗机的巡弋。连喷气发动机的隆隆声也显得那样悦耳、亲切、恰到好处。塔的建造已经有一千多年的历史了,污蔑方腊领导农民起义的石碑,所谓"镇潮"的既有崇拜自然的迷信又有征服自然的愿望的孩子气的说法,鲁智深在这个塔里坐化圆寂的故事,所有这一切,都发生在李振中出世的远远以前。而山、而江水的存在就更悠远、无法想象的、非人类的心智所能模拟的悠远。那么,在李振中离去以后,这塔、这桥、这树、这些他所喜欢的和不喜欢的年轻人将存留下来,有些甚至是纹丝不动地存留下来,江水将依然流转,青山将依然碧绿,古塔将依然雄踞,而青年人将依然唱歌、打扮、恋爱……祖国和人民,将依然演出一个又一个的英雄的和不那么英雄的故事,这不也就是确定无疑的了么?

一种难以描述的清明豁朗的情绪洗涤着李振中的身心。他,还有秀梅,不但生活了,而且感受了,奋斗了。他来到六和塔上,不但看到了现在的钱塘江沿岸的富饶美丽,而且看到了在他和秀梅之前和之后的富饶美丽的钱塘江沿岸。他看到了现在,也看到了过去和未来。他看到的是永不消失却又永不停顿的——永远。

"老头儿,你也上来了?你可真棒!"一声响亮的呼唤使他从如醉如痴之中醒转过来。年轻女子的焕发的笑脸、反射着蓝天的光芒的眼睛、纯洁玲珑的牙齿和伸向他的热情友好的小手,使他立刻摆脱了"老头儿"这种不够尊敬的称呼引起的刹那不快,他的手和她的手握在一起了,年轻人的幸福和兴奋似乎通过她的手也传给了他些许。然后,他又和这个女子的宽肩膀的新婚丈夫紧紧地握了手。

"想不到在这儿碰上您了!"那女子抢着说,咯咯地笑着,好像在塔上碰到李振中是一件非常逗人喜乐的事情。"您怎么上来的?汽车开不上来,该不是有人抬上来或者背上来的吧?"女子一边说一边用眼睛四下踅摸,好像当真要找出背着李振中上塔的人。

李振中一笑,用笑容来回答年轻人貌似嘲弄的赞许,这就够了。然后他问两个年轻人:"你们什么时候到的?""刚刚。"仍然是女子回答,"我们是从苏州坐船来的,在运河上走了一夜,在月光里面行船,美极了!"

"你们打算在杭州玩几天?"

"两天或者三天,我们的假期有限,回程的时候,我们还要坐海船呢!"

"那你们有住的地方了么?"李振中知道在这个旅游盛季,这里的住处是很难找的。

"是啊,我说你,"女子对她的丈夫说,"咱们住到什么地方去呢?"

这个话题似乎触到了男青年的某一根神经,"我一直主张先解决了住处再玩,可你,什么都不管不顾!"男青年埋怨说,他的埋怨里仍然充满了温柔的爱惜,"连吃不吃饭你也不在乎!"他又补充说。

"没事,我们有福,你放心吧,"她转身又对李振中说,"我称呼您老头儿您不生气吧?要不我称呼您'首长同志'……"

"什么首长?"李振中把手一挥。

"您当我看不出来吗?就您刚才往下看的时候背着手的那个样,您至少也是司、局长,弄不好了还没准是部长呢,反正您不是副总理……"

"丽君!"男青年制止她。

她满不在乎地笑着,继续对李振中说:"怎么样?我的眼力不差吧?那您呢?您住在什么地方呢?"

"荣光宾馆。"

"荣光宾馆。"这个叫做丽君的女青年重复了一下,"晚上要是没处去了,我们就去找您?"

"丽君!"男青年大声叫道。

"没什么,他会有办法的。而且他是一个心眼儿好的人,你没看出来吗？"

　　李振中有点高兴，他喜欢丽君的亲切随意的态度，又有点不喜欢她的饶舌，他含含糊糊地应了一下，便与他们分手了。

三

　　也许根本谈不上什么相识，这一对年轻人、一对新婚夫妇却从开始便给李振中留下了很深的印象。他觉得，在二十天以前，他的生活的新时期——也就是在秀梅去世、他自己也得了大病、动了手术以后，在他离开领导职务，开始他的一边休养一边思考和回忆自己的战斗生涯的日子的时候，碰到这样一对青年人，是一个可喜的经验，是一件颇有意味的、并非纯属偶然的事情。

　　二十天前，他从北方的一个城市上车，上车不久就到了吃晚饭的时刻。"首长，请到餐车去吃饭吧！"一位面皮白净、梳着两根辫子的女服务员怯生生地对他说。他微笑着点了点头，既感到了一种满足，一种受尊敬的快意，又觉得有一点不安，火车里谈什么首长不首长？而且，他现在只是一个安度晚年的老人……就这样，他缓缓地走到了餐车，在一个铺着洁白的桌布、摆着一盆翠绿色的垂盆草的餐桌前坐下来。饭桌上方悬挂着一幅镶在镜框里的彩色照片，拍摄的是黄山云雾。他要了一瓶啤酒、一碟咸水鸭、一盘虾仁豌豆，还有一个榨菜汤。他自得其乐地把啤酒倒到玻璃杯子里，欣赏着酒从玻璃瓶口流出来时发出的咚咚声和泡沫爆裂时的嘶嘶声，欣赏着金色的酒液和雪白的泡沫。他不由得抬眼看看窗外，欣赏着在薄暮的金辉中飞驰而过的村庄田地。他看到了一些用蓝颜色做底色的画在靠近铁路的居民的房屋后墙上的广告。这些广告当中，最多的是宣传一种叫做芭蕾牌的珍珠霜的，这是一种他不熟悉的护肤品，但是现在他知道了。由此可见，铁路两旁的画在房屋后墙上的广告还是大有效力的。他联想到少年时候坐火车时常常看到的仁丹和虎牌万金油广告，那时候他对一切类型的广告,对一切类型的商业和商人都非常反感。本来以为共产党、社会主义是与任何商业广告无缘的,现在看来,事情竟不能那么绝对化。他呷了一口酒,很惊异于自己的好兴致和好胃口。他吃了一口鸭块,鸭块肥而不腻,紧而不老,也是上好的。但他下咽以后稍稍觉得有点分量、有点胀。他这才想到,毕竟是割掉了五分之四的胃了。这时候,鲜绿的豌豆与粉红色的虾仁,油汪汪亮光光地端上来了,他发现,这次自己是"冒进"了,要这么多菜,高指标,可胃又那么小,怎么完成呢?也许,他只应该要一碗阳春面最多加两个荷包蛋的吧?

但老吃这种流食半流食又使他感到不过瘾,他已经有好几个月净吃稀粥烂饭,藕粉汤面了。可见,即使是安排一个人的饭食,想做到不左不右,恰到好处,也是不易的啊!

从餐车的另一端入口,进来了一对青年男女,他们的到来使李振中蓦然心动。因为这时在餐车上就餐的全是软席卧铺车厢里的乘客,全是一些头发花白或者银白或者秃顶、满脸皱纹、行动缓慢、不慌不忙的人。而这两个青年似乎小跑着笑着带着风进了餐车。他们先站在入口处巡视了一下,在他们看着各个座位的同时吸引了来自各个座位的目光,人们也在看着他们。最难得的是在旅途中他们穿得那样合身、崭新、干净、齐整,没有一点"征尘"。好像他们刚刚洗过澡,刚刚理过发,刚刚从美容室、化妆室里走出来似的。女青年的乌黑丰厚的头发上系着一根天蓝色的丝带,她的并不十分美丽的、有点长方形的脸上敷了薄薄的香粉,显得白嫩嫩的,这也不同寻常。她的窈窕的灰色的春秋两用衣的胸口,别着一个用珍珠的代用品做的花篮形的胸饰,胸饰发着光,但是她的脸孔更是充溢着幸福的、青春的光辉。这光辉使每一个注视她的人都觉得自己的心似乎被照耀得明亮了。男青年穿着一件土黄色的尼龙线针织上衣,显出他的健壮的肌肉和身材。与女青年相比,他显得个子矮了一些,只是当他们站得很近的时候他才显出比她略高那么一点点,但是他的粗眉大眼宽下巴宽肩膀，他的凸起的上臂和胸脯，却说明他是一个强者，是她的不可侵犯的保护人。

这一对青年打量完了整个餐车以后，便向李振中这边走来，坐到了李振中的对面。也就是这个时候，那个白净面皮、梳辫子的女服务员过来了。她问："你们是哪个车厢的？"

男青年没有立即回答这个李振中听起来有点奇怪的问题，这样的问题，本来是适合于乘务警察在查票时问，而不适合于餐车服务员在卖饭时间的。过了一会儿，男青年才用沉着的声音说："要两瓶啤酒，一盘冷拼。"

"你们是哪个车厢的？"女服务员提高了声音，丝毫也不怯生生，而是有点不耐烦了。

"为什么你要问我们是哪个车厢的呢？"男青年反问道。

"现在只给软席车厢的旅客开饭，硬席车厢的旅客的晚饭已经开过了，刚才不是把装在饭盒里的盖浇饭用小车推到各车厢里去了么？"

"怎么样？"男青年对女青年说，"肯定会是这样的，我知道，你却不信。怎么样？"听男青年的口气，倒是欣慰多于烦闷。

"为什么要这样呢？"女青年仍然是喜悦的温柔的，她与男青年津津有味地讨论起来，却不管服务员的存在。她说："难道吃饭也要分软硬席么？软席和硬席的区别，本来只是坐席和铺位的差别，为什么要把这种差别扩大到各个方面去呢？候车室不一样，受到的照顾不一样，连吃饭也不准一样……"

"这是制度！"梳辫子的服务员绷起了脸，说话斩钉截铁。

"咱们走吧。"男青年站了起来。

"别忙。"女青年仍然是和颜悦色的，看来，她处在这样一种状况，不论发生什么事也无法驱除她的快活，"师傅，我跟您研究研究，铁路运行的规章制度我也懂，您别拿制度两字吓唬我们。您把软席和硬席分得这么清，这是不是有点不利于安定团结？您别忙，我还没说完呢,再说,我们俩情况特殊……"

"废这些话干什么?"男青年的音调里流露出痛苦来了。

"不要紧,我试过的,十个人里头至少有七个半是通情达理的,是愿意帮助别人的。我是一个乐观主义者,所以活着才是值得的。现在我可以告诉您,餐车的服务员同志,我们是昨天结的婚,就是说旅行结婚,难道我们不应该吃得好一点吗?难道你好意思用盖浇饭来给我们贺喜吗?"

好像是一颗小小的炸弹,不,更正确地说,是一枚炮仗,一串礼花,在这节精致典雅的餐车车厢里爆开了,所有的正在吃饭的老年人都放下了筷子,转过了头,而服务员陷入了完全的尴尬中。那个女青年的大胆和顽强冲破了她用"制度"两个字建立起来的坚固防线,而女青年关于旅行结婚的毫无顾忌的宣告,竟使她满脸通红,低下了头来。(她还是未婚的吧?)

"让他们在这儿吃吧!"另一个桌上的一位戴着黑框花镜的老太太说。"在这儿吃吧!""来来来,一起吃吧!""恭喜恭喜,在这儿吃吧!"整个餐车的客人们都纷纷说话了,显然,这一对青年人的幸福感染了大家,获得了大家的好感。服务员嗫嚅着说:"等我问一下领导去。"

服务员走了,女青年边笑边说:"我说过了吧,她也会是个好心眼儿的人,可就是什么事都要找领导,赶明儿打一个喷嚏也得事先请示领导。"一句话说得全餐车的人大笑起来。

领导——餐车主任出来了,他是一个说话胶东口音的态度和善的中年人。他询问年轻人愿意吃什么口味的菜和喝不喝茅台酒或者五粮液,他表示可以专门为他们做几个特级菜——例如清蒸鲥鱼。他吹嘘说,这个菜本来是为部长以上的首长和大使以上的外宾准备的。"这么说,新婚的意义相当于当部长了?"女青年插话说,又一次使大家哄笑起来。然后,餐车主任向大家解释说:"我们也是没有办法啊!满载超员,如果所有的旅客都到餐车来吃炒菜,就会挤个一团糟,你们这些老同志也就没法踏踏实实地吃饭了……"

"为什么不可以再加一个餐车呢?"有人问。

"加一个餐车就会挤掉一节客车,旅客不就更坐不上车了么?总而言之中国人口是太多了,或者咱们一块吃大锅饭,一块挤,或者只好分别对待一下……其实,软席的旅客开完晚饭,我们马上卖夜宵,那是不分软硬席,大家谁花钱谁就来吃。不过,那个时候人一多,菜的质量就不能保证了……也难啊!好好好,这就拿酒来……"

这真是一顿奇妙的,成功的晚餐。成功的烹调,成功的讨论,成功的气氛。这顿饭成了一次真正的喜宴,虽然酒肉不像在萃华楼那么丰盛,却是另有风味。火车在前进,车轮在敲击,汽笛在欢呼喝彩。车窗前迎面飞跑过来的一株株的树,就好比给新郎新娘献的花束。李振中向这二位祝了酒,如同祝福自己的子女。这一对新人在餐车里就像两朵红花长在灌木丛里,既耀眼又提神。又像是一块欢乐的酵母放到了糯米团里,于是糯米变得柔软了,甘甜了,渗出酒浆来了,醉人而且暖人。李振中坐在微微摇摆的软椅上,觉得怪有意思,觉得幸福不但是一种快乐,而且是一种本领,一种力量。他多么希望秀梅也坐在他的身边,同她一道向这一对工人祝酒啊!谈话中他已经知道了这一对都是从来没有见过黄河,更没有见过长江和大海的工人。他们各自曾在内蒙古和黑龙江插队接受再教育,一九七七年才先后"办"回来。他们这次结婚旅行的路线是南京——无锡——苏州——杭州——上海——济南——青岛,然后坐海船去塘沽,最后回到北京。他们现在还没有拿定主意的是完成了旅行结婚以后回到厂里是否还要请各位师傅大吃大嚼一顿。

李振中听着他们的交谈,看着他们大胆的亲昵的举止,心里想的却是秀梅,秀梅和他所经历的战斗的年代。他永远忘不了一九四二年春天他和秀梅在边区的窑洞里举行的婚礼。满炕的枣、花生、栗子,而政委竟在他们的结婚仪式上讲了四十多分钟的苏联卫国战争和中国抗日战争的形势,讲了斯大林格勒、列宁格勒、反扫荡和《论持久战》。农村的早（枣）生（花生）利子（栗子）的旧俗和革命的硝烟味儿结合在一起。他奇怪他的政委为什么那一天讲得那么好，真是身在土屋，放眼中国，放眼世界，未出"陇中"而定天下。而所有来贺喜的同志和老乡也都像秀梅和他一样津津有味地，大有教益地聆听着政委的形势报告。他也奇怪，为什么秀梅听报告时表情是那样迷人，脸庞是那样美丽，使他的心狂跳起来。秀梅那一天美得使李振中崇拜倾倒，使李振中觉得无比自豪。虽然秀梅那一天只穿着一身肥大的草绿色旧军服，头发也剪到了耳朵梢以上。结婚第二天他们就开拔了，这也是一种"旅行"结婚！深夜过河，需要涉水，他和秀梅手拉着手，走到河中间，冰冷刺骨的河水没过了腹部，四下里都是哗哗哗的水声。而星光下的水就像大海一样浩瀚无际，神秘莫测。"小心！"他说了一句，话没落音秀梅就一个趔趄，只是由于他死死抓住了秀梅的手，又忙过去搂住她的腰，她才没被水冲倒。秀梅站直了腰，却咯咯地笑了起来。为这笑，秀梅在党小组上检讨了自己"行军途中不够严肃，影响不好"。而他，也每每得意地提起这件事，吹嘘说是他在新婚第二天救了秀梅的命……背着枪支，随着队伍，没日没夜，涉水跋山的"旅行"结婚呀，你已经永远地过去了么？你快要被人们忘记了么？

是的，一切都是瞬息，一切都会过去，而一切又都是那么分明而庄严。当他赶上秀梅，一同去到那从容肃穆的永恒里，当这一对新婚夫妇也到了他这样的年纪的时候，那时候的年轻人将要怎样举行自己的婚礼呢？现实的盈满的幸福，不会使他们忘记过去吧？但是又有谁能保证他们会永远记住自己呢！又有哪一代能有把握让后代永远不忘呢？也许我们只是希望他们不要忘记得太快？也许更重要的是把我们的奋斗成果，我们所创造的一切留给他们？要知道，包括那第三代和以后的无穷代的新婚夫妇，他们也会过去的。展现在未来人面前的这一切将只是最冷静的两个大字——

四

历史。

是的,一切都将凝聚在历史里,在历史面前接受审判和选择,在历史的长河里获得永远的生命。

所以,写回忆录是一件至为重大的事情。从餐车吃饭回来,李振中陷入深深的回忆和思索里。他想起他的父亲,一个读书识字的地主,在当时的穷乡僻壤,那是一个曾被视为洪水猛兽的思想激进的人物。在他父亲年轻的时候,他写过《天足论》这样一篇文章,反对妇女裹小脚,并且自己出钱刻印了二百余份在乡间散发。为了使他的小妹妹,也就是李振中的小姑姑不要缠足,他和他的母亲也就是李振中的奶奶吵了三天三夜。一些关心世道人心的士绅挑唆老奶奶到官府告他的忤逆。另一些有实力的卫道士则组织了"义士"把他截在路上痛打了个鼻青脸肿。而李振中的小姑姑因为哥哥不准她缠足,要毁掉她的一生,使她变成大脚的母妖怪而几乎悬梁自尽。就是这样一位青年时代富有变革精神的父亲,后来成了人民民主革命的死敌,成了李振中走向革命道路的主要绊脚石。一听到共产党、唯物主义、赤俄,老人家就气得发昏发抖,老人家还曾经不断地给北洋军阀的大帅们和"国民政府"上书言事,进"诛心之术",要求对鲁迅等一大批左翼作家学者格杀勿论。"中华文明就要败坏在你们这一代无知小儿手里!"只要一闭上眼,李振中就能看到他那夯起来的三绺胡须,他那从宽大的绸袖口里伸出来的青筋暴露的威吓的手,而他那愤怒、沙哑、专横的声音似乎也仍然在空气里震响。

李振中的父亲有两样爱好:吃和听地方戏。当一个什锦火锅端到桌面上的时候,当酒杯斟满了白干的时候,老人家喜悦得鼻涕眼泪都流出来了。他喜欢吃滚烫滚烫的食物,吃的时候嘴唇和舌头发出"啧,啧""唧,唧"的声音,而且烫得不断地哈着气。吃饭以后,就会又累又满足地大声喘息,他最得意的是打一个饱嗝,打嗝的酒食之气冲得声带振动,发出一种类似公鸡打鸣的放肆的声音,震动屋宇,心旷神怡。而地方戏呢,他最喜欢的是听那胡琴拉的过门儿。夏天,斜靠在躺椅上,上身只穿一件破背心,下身一条旧绸裤,手里拿着一把有前清最末一批中举的一位举人题字的折扇,听过门听得摇头摆尾,脚还不住地打着拍子。有时候,他自己也用嘶哑的声音随着哼一哼:"有老身,在二堂,用目观看,只见得,跪着那,美貌婵娟……"

历史所蕴藏、所酝酿的革命的要求,历史所呈现的对于用革命手段来改造社会的渴望,是无所不包、无所不在而又无可抗拒的。就像夏天的干旱渴望着暴雨,不仅龟裂的土地、干涸的河床、满山的树木和遍地的庄稼,而且每一只燕子、每一株小草、每一条吐着舌头的狗、每一只夯起毛来的鸡,都在呼唤着倾盆大雨,威严而又磅礴的雨!在李振中的少年——青年时代,不仅工人运动和学生运动,不仅日本侵略、国民党政府卖国、不抵抗和中华民族在"最危险的时候"掀起的救亡浪潮,甚至不仅仅是在青年们中间传阅的马克思主义书籍——马克思、恩格斯的《共产党宣言》与毛泽东的《中国革命和中国共产党》,以及《钢铁是怎样炼成的》《士敏土》以及《西行漫记》和《战斗的中国》——在推动着一代青年的革命化;也不仅国民党官员的贪污腐化、骄奢淫逸和社会上的啼饥号寒、弱肉强食引发了年轻的李振中推倒这一切,改变这一切,打它个落花流水,让鲜红的太阳照遍全球的革命怒火。就连李振中的老父亲所喜爱的火锅和胡琴也时时提醒着李振中,刺激着李振中的神经,激励着李振中去做一个叛逆者、战斗者。火锅本身就像一个脑满肠肥、愚蠢保守、和广大贫苦人民处于对立状态的蛮横而又自私的大肚子。而胡琴拉出的单调、寂寞、常年不变、空虚陈腐而又轻佻浅薄的调子也正是发了霉的、长了锈的、抛了锚的、撒了气的旧生活的象征。

正在生活的全部内容和全部形式教育着和塑造着李振中。在参加抗日救亡的学生运动,遭受到水龙头与大刀背的袭击的时候他并不是共产党员,也不是民族解放先锋队的队员,然而他还是被抓进班房关了将近一个月。在人满为患的监狱里,他结识了他的革命的领路人、他的入党介绍人、后来英勇牺牲了的烈士松梧。而秀梅,就是松梧的妹妹。监狱里的短短的二十六天,他完成了现今不知需要多少年才能完成得了的党课学习和接受完了培养审查。出狱后不久,他成了一个候补党员,一个远比现在经过十二次党课教育、十二次写申请表、十二次个别谈话和经过十二道审批手续才批下来了的新入党的预备党员更够味儿的党员。至少那时候他不曾为了入党而沾沾自喜,为了入党而请一次客,为了入党而讨好某一个人,为了入党而做一个谨小慎微的君子。那时候他也不懂得"入党做官"这四个字和"党票"这两个字。相反,他那个时候一腔热血,只想着冲锋、献身,以及在刑场上、战场上的光荣牺牲。是的,在他入党的时候,他已经准备好了在敌人的枪口面前唱起《国际歌》:

> 起来,饥寒交迫的奴隶,
> 起来,全世界的罪人!

现在,又有哪个新党员会这样准备呢?他又有什么理由、有什么根据要求现在的新党员做好这样的现实准备呢?

他从软软的卧铺上坐了起来,用手指理了理头发,推开包厢的门,走到通道上,放下会自动弹起来的小塑料板,坐到玻璃窗边。他看着暗夜中拉成一道道光流的灯火、树和房的黑影,觉得自己刚才的思路中出现了一种不太对头的东西。在苦难中向强大的黑暗势力浴血斗争的英勇悲壮精神当然是激励人的,然而这种斗争的目的,只能是消除黑暗势力,消除痛苦。值得赞赏,值得留恋,值得惋惜的绝不是黑暗和苦难本身,更不能人为地去找假想的敌人去斗和找本来可以不吃的苦来吃。此一时也,彼一时也,发展得慢也罢,我们的生活旋律毕竟不是父亲所沉醉的那种万古不变的单一的胡琴拉出来的戏曲过门。那一对旅行结婚的青年男女也许不可能重新体验他所体验过的在监狱里接受党的知识的教育的时候的激动。这又有什么所遗憾的呢？他们是新的一代人啊，他们会获得属于他们这一代人的庄严的体验的，这毫无疑问。

"他们应该比我们更幸福。否则，我们的受苦和奋斗又是为了什么呢？你说对吗？"

他看着黑黢黢的窗玻璃，看着无边的田野，看着秀梅的有点模糊的却仍然是亲切和沉静的脸。

五

第二天上午八点多钟车过南京大桥。大桥修建起来已经十多年了，旅客们仍然颇有些激动。"快到了，快到了！""那儿就是，那儿是引桥，你看不见？"就连软席车厢里的外国客人和归国侨胞也都探头眺望，互相打问。

红日高悬，大江东去，汽笛长鸣，钢轮铿锵。河滩上的庄稼和树木，由于距离桥面遥远，显得像沙盘模型一样矮小而历历在目。对岸驶来的汽车、火车也因南北距离的遥远，显得像一个个飞速移动的黑点。李振中看着这个庞然大桥离自己越来越近，不禁又高兴又惭愧。幸亏有这样一座大桥，否则人们在大江南北一走，一看，一切名胜建筑、碑铭文物、亭台楼阁、花草树木、菩萨罗汉……全都是老祖宗留下的，不是秦汉，也是六朝，不是宋元，也是明清的人民的劳动和智慧的结晶，人们是不是会追问后人给如此美丽的锦绣江山究竟增添了什么呢？当然，这些园林山水、亭台楼阁，曾经不在人民手里，而那些压迫人民的外国的和中国的达官贵人寄生虫刽子手，曾经在祖国的大地上作威作福，正是我们，用鲜血和头颅的代价夺回了这一切，人民是不会忘记我们的战斗的。但是，我们毕竟应该为祖国大地留下更多更美好的东西。但愿我们的党，我们的祖国从此安定团结，繁荣富强，能够集中精力搞出更多的大桥、大路、大楼、大企业，用社会主义的大厦来装点我们的江山!

　　过大桥不一会儿,就是南京站了,李振中看到那一对新婚男女轻快地从车上跳下了站台,和许多萍水相逢的旅客挥手告别,转身向出站口走去。他们各提着一个大旅行包,女青年挎着一个小巧的提包。旅行包与提包也像他们本人一样清洁而又明快。李振中一直目送他们汇合到人流中,走出了车站,消失了形影。然后,他微笑着忘记了他们,或者说是把他们贮存到他的记忆的一个小小的角落里去了。

　　谁想得到呢,二十天后,在杭州钱塘江畔的古老的六和塔上,他们又见面了。按照老说法,真有缘啊,这是一种什么缘呢?

　　从六和塔走下来,坐上车,没有三分钟便到了虎跑公园。根据说明,相传这里早先并没有泉,性空和尚梦见白须老人向他吐露天机,第二天他看见了老虎,老虎跑地(恐怕应该是刨地吧?古代不用这个刨字,而用跑字)做泉,涌出了这个所谓"天下第三泉"的泉水。倒挺谦虚,不搞顶峰论,不搞老子天下第一,而是甘居第三。

　　这里也是游人如蚁,如赶庙会。许多农民打扮的人在兜售他们自己土法炮制的茶叶,许多真行家和假行家在充当义务导游,给初次观光的游客做着大同小异、真讹参半的介绍解说。在那个相传出现过老虎的山头,现在做了一只假虎。从雕塑艺术的眼光来看,这只虎实在是拙劣极了,找一个稍为机灵一点的小孩子用黄泥捏,也会捏得比它有生气、有趣味。但是游人们在这里要求的不是艺术雕塑,而是古老的传说的实打实的物证。如果这里不摆这么一个大小、形体、颜色和动物园的老虎毫无二致的死虎、假虎,那么就无法证明这里是虎跑,群众就通不过。正因为如此,围着这只死虎,竟然排起了一圈又一圈的可怕的长队,等着骑到老虎身上照一张相。

　　喝茶的地方也是座无虚席。虎跑水,龙井茶,号称双绝嘛。一切公共场所,不论是公园体育场、电影院百货店、火车站轮船码头、山峰海滨,到处都是人,人,人,男男女女,老老少少,你拥我挤,你推我搡,难解难分。尽管这人流有时会给人以狭窄、压迫之感,甚或也蕴藏着某种所谓人口爆炸的危险,但这毕竟是生活提高,情绪轻松舒畅的一种标志。"四人帮"不被粉碎,那么多冤、假、错案不平反,不改正,能有这么多人在各处玩吗?在旧社会,当人们挣扎在死亡线上的时候,当内忧外患天灾人祸一起压到中国人民的头上的时候,能有这么多人在各处玩吗?这么说来,这种旅游的热潮正是新的历史时期的新事物,正是具有划时代意义的新潮流哩!

纲上得还蛮高的哟!他一面等着一位看样子即将结束饮茶的顾客腾出他的座位,一面自言自语。这大概也是当领导的习惯,革命家的习惯。一切从政治上着眼,不论是一项措施,一篇文章,一首歌曲,也不论是养花、卖豆腐、结婚、生孩子,一切的一切,似乎只有具有了某种政治意义才有了存在的价值。不是提出过为革命而××××的口号吗?为革命而种田,为革命而卖货,为革命而打乒乓球,只有把乒乓球当做蒋介石或者杜勒斯的脑袋来抽杀才会有力……这样推衍下去,行吗?

喝完茶的单身客人立起来了,他向李振中笑了笑,那笑容好像是说:"对不起,让你久等了。"李振中也向他笑了笑,这笑容好像是说:"谢谢了,瞧你把座位让给了我!"两个人的笑容的刹那交流,却使双方都愉快了一会儿。

马上过来了一个小伙子,十分殷勤地收拾用过的茶杯,询问李振中的需要。小伙子袖口上别着一个写着"服务"两个大红字的袖标,衣襟上却戴着杭州市第四十二中学的校徽。初时李振中还有点为虎跑茶社服务人员工作态度之好而欣喜,继而明白了这是学生们利用假日学雷锋,做好事,帮助一到假日就忙得不可开交、照顾不过来的服务人员。他高兴地向小伙子道了谢,说明了自己所需要的茶水的类别,并且交了钱。

小伙子给他端茶去了,他继续想,恐怕同样需要强调一下政治对于生活的依赖。如果政治脱离了生活,如果我们的政治活动不能从各方面推动生活的前进,使生活一天一天更加美好,使虎跑水更清而龙井茶更鲜,使更多的工人和农民、使那些世世代代生活在底层的劳动者能有更多的机会、更舒适的环境去品尝沁人心脾的龙井、去欣赏祖国的大好河山,那么,这又会是一种什么样的政治呢?

他呷了一口茶,果然与众不同,喝这里的茶就好像在清水里洗一个澡一样,里里外外都显得透亮,文绉绉的话怎么说来着,对,就叫做"玲珑剔透"。

他轻轻吹开了浮在杯子里水面上的淡绿色的两瓣一芽的茶叶,大大地喝了一口,有点涩,更觉得醇厚,尤其是香。嘴里有一种甘甜、惬意、顺畅的感觉,他甚至觉得这种感觉已经经过食道传达到了他那只剩下五分之一的胃了。这种感觉开始抚慰着、滋养着他。

他又喝了几口,额头上沁出汗珠,身心都觉得爽快,好像身体上增加了许多畅通的管道,头脑清醒多了。登六和塔的疲劳已经完全消除了,甚至肉体上有一种得意洋洋的感觉。也许,在他的面前,还有好长一段生活的路。主任是这样说的:"好好休息,希望你尽早回到工作岗位上,你还年轻嘛!"

六十七岁还年轻?当然,比七十六岁的年轻。但是他不想再回到领导岗位上去了,哪怕医学上出现了奇迹,给他换上了一个合金钢制作的胃。

问题不在于胃,而在于他不愿意终身不离开领导岗位。为什么不让那些比他精力更充沛、更富有雄心勃勃的进取精神的同志早一点进入阵地呢?离职半年多,他尝到了许多甜头,不仅能休息、能思考、能漫游,而且,更主要的是,他能独自一个人以老百姓的身份汇入到人群、人流、人海里。一个为人民鞠躬尽瘁、奋斗了一生的共产党员,难道没有权利在人民当中安度晚年,和人民一起共享自己的奋斗果实,和人民一起判断自己这样的"勤务员"们的服务的长短得失吗?他不仅有这个权利,而且有这个强烈的愿望啊。

在工作岗位上他能这样出来吗?前呼后拥,陪同携带,即使是走一走玩一玩也要浩浩荡荡,本来中国人就是多嘛!而且还有许多机灵鬼围着你转,名义上说是照顾你协助你,其实是想从你的言谈话语中摸到一点来自上面的动态、风向、精神、小道消息。更坏一点,这些包围着你的人其实是想借助你的资格、地位、人望去抬高自己,为自身捞油水。那样的话,你自己会食不甘味寝不安席不说,你没法接近人民,没法了解人民的情绪和脉搏,没法直接在人民群众中进行宣传鼓动和组织工作。而这,本来是共产党的看家本领啊!当然,那样的话,你也就不了解普通人是怎样度假日,怎样排队照相,特别是,在茶座附近烧烟煤有多么煞风景,多么可恶!

开水锅炉就在李振中的座椅旁边的一个棚子下边。现在吹风机起动了,吹出了滚滚浓烟,铁烟囱又太短,浓烟从烟囱口冒出来,像一团团的毒气,浮在游客们的头顶上。遇到风向一变,浓烟毒气便压了下来,笼罩了每个人,笼罩了龙井茶青瓷杯,笼罩了乳黄色的藤桌藤椅。李振中呛得咳嗽起来,"双绝"茶水所引起的好兴致一下子就被破坏了。

不过,即使有浓烟败兴,也还是好的。到处走走、看看、谈谈、坐坐,不带任务、不抱成见、不需要为论点而搜集仅是为论据而被利用的事实,超脱一点,冷静一点,这不是很好吗?为什么非得老、病了、动了大手术了,才有这样的机会呢?如果许多和自己一样的干部不是数十年如一日地陷在没完没了的会议、文件、报告、卷宗里,如果大家能适当地轮休,当"勤务员"的时候也尽可能多地去体验一下主人们的生活,不是也能更多地了解一些实际情况,提供一些在做出判断和决策之前考虑问题的不同的角度,提供一些新的补充,从而避免很多差池吗?而我们自己呢,也就有更多的时间去读书、旅行、看病、思考、写文章,身体就会更健康,寿命就会更久长,知识就会更丰富,胸怀就会更开阔,从而也就会有更高的领导水平呀!

如果是那样的话,秀梅也许早就去检查和治疗自己的疾病去了。她不该死,她还该活着呀!我们夫妻一世,竟没有松下心来,一起在美丽的祖国大地上走一走,竟没有一起在山脚树下泉边喝一喝茶,哪怕茶里混杂了刺鼻的烟气也罢!

六

"唉呀呀呀,李主任啊,我的好主任呀,这不是你吗?真想不到哇,踏破铁鞋无觅处呀,得来全不费功夫呀!"

李振中还没有来得及定睛看清来的人是谁,就被这像瀑布一样倾泻而下的友好问候给没了顶。他好不容易才弄清楚,这是小张,他的老部下张勤。说是小张,这也是四十年前的称呼了,那时候他只是八路军的一个通讯员小鬼。而现在,在李振中的心目中,他仍然是小张——是一个老小张喽!

眼下站在他面前的张勤,当然已经不是四十年前那个打着裹腿,精瘦精瘦,以至连小号军衣也穿不起来的小鬼了!那时他左挎一个背包,右挎一个行军壶,腰里还揣着两颗土造手榴弹呢!也不是五十年代给他送红枣的那个担任县委书记的小张了。那时候他常常熬夜,眼睛通红,一支香烟没有吸完就用另一支接上。他现在头发稀疏,叫人想起解放前的漫画毛三爷,腆着圆圆的肚子,挥动着肥厚有力的小手掌。岁月是怎样地改变着人啊!他穿着一件月白色的衬衫和一条笔挺笔挺的银灰色派力司裤子。他的服装比一般人要早出一个节气,给人一种老来俏,健康而又轻松的印象。尤其是他的脸膛,黑里透红,显得吃得足,睡得足,精神足,活力足。只是他那种热情、殷勤,有点吹牛冒泡,有点不拘小节和啰里啰嗦,又确实是精明强干、肯干会干的劲儿,仍然带着他所熟悉的小张的影子。

"老首长,你病得好了么?听说你有点欠安,咳,咳,这可不行啊!您看,我们这不是还欢蹦乱跳的嘛!还不到躺下的时候啊!可是不能老哇,不敢老哇!咳,咳。"说到这儿他放低了声音,摇摇头,又长叹了一声,问道:"我为秀梅大姐发的唁电你收到了吧?你可别骂我忘恩负义!我是应该去一趟参加追悼会的呀!离不开,离不开,我总是一天到晚忙于事务,忙得连放屁的工夫都没有哇!"在一连串成龙配套的致意之后,他坐了下来,手一招服务员就给他送茶来了,送得特别快。他打开茶碗盖,滚烫的茶水他咕咚咕咚牛饮一样地喝了半杯。他这种喝热水的本事也使李振中想起往日的小通讯员来了,他从来都是这样忙忙碌碌,连喝水也像在急于奔命似的。然后,他回答李振中对他的情况的询问说:

"我算是一事无成的万金油干部哩!自打解放以来,宣传部长、组织部长、供销社主任、交通局长、师范学院的党委书记……反正是除了妇联主任以外,我什么工作都干过。这不是,又分派我抓旅游了。"

"那好嘛。也是当今的热门……"李振中笑着说。

"什么热门?真正有根底的不愿意干啊。人家愿意分管个干部、人事、劳资,抓不住人权就抓财权,分管个工商、物资、财贸什么的。我有什么办法呢?不怕首长看不起,其实不说你也知道,七七年还让我在大会上'说清楚'呢!谁让我七一年以后当了几年'新生的红色政权'的办事组长!说清楚就说清楚吧,愈说愈清楚!咱们张勤同志,除了跑腿搞汽车调司机修缮办公楼家属院,整人害人缺德的事,咱们一件也没干过!打小报告、效忠拍马的信,咱们一封也没写过!不错,直属机关'批邓'大会上我也发了言了,可那是念报哇,拿出来查一查,那里头没有一个字儿一个逗号儿姓张哇!"

"教训总是有一些的嘛。"李振中和颜悦色地,但也是严肃地打断了他的话,"政治上糊里糊涂,混到连标点符号都得从报纸上抄的份儿上,也叫人难过,叫人痛心嘛。"他摇摇头。

张勤连连点头,"当然当然,我完全接受你的批评,我也痛心呀!想不到打跑了日本老蒋,这事情还愈来愈复杂了!就我那两下子,人、刀、尺、手和打、倒、帝、国、主、义,还是跟你学的呢,今天这样说明天那样说,我能分辨得清吗?我只有犯错误的份儿!'认真读书','提高识别……能力',认真读书还好办,就是这个识别,实在是难啊！就咱们中国的这些事，马克思再世也没有灵丹妙药！"

李振中听着他的白话，一边笑着一边想着他的种种弱点！好吃、好吹，偶尔还有一点小小不言的风流韵事。那还是在战争当中，他就整天为了吃老乡的鸡、摸了文工团哪个女同志的手这样的事写检讨。说到他不整人害人，李振中完全相信，张勤还有个大优点，分配给他什么工作他都努力去干，干一行爱一行，而且苦干实干加巧干，他还都能干得不错。不管嘴上发多少牢骚，说多少怪话，实际上他爱每一样工作。这甚至使李振中想起他对女人的态度来，每个女人对于张勤都是有可取之处，有点吸引力的。甚至公认实在不好奉承的女人，到了张勤嘴里，他也会说："人家的头发，长得可黑哩！""看背影，也还苗条伶俐哩！"

"其实呢，思想实际一点，辨别是非也不难，"张勤把椅子拉近一点，凑过来说，"我算是上够了当了，愈是花言巧语，天花乱坠，说得死人活过来、公鸡能下蛋的那些东西，愈不是真理！就说农业政策吧，哪个对，老百姓都能辨别清楚！为什么我们辨不清呢？中国人能干得很啊！刚刚两年，政策上了轨道，立刻猪肉也多了，鸡蛋也吃不完了，你没有到农村去看看吧？多少家在那儿盖新房呀，还有盖两层楼、三层楼的呢。现在这儿农村的人，就没有几个愿意上城市的。"

李振中点点头，他很高兴，农村形势确实比原来估计的发展得要更快、更好一些。

"抓旅游就抓旅游吧，这工作可重要哩！"张勤继续说，"要我说，这就是这儿的纲！像这样的地方，走遍全世界你找不着第二份！去年我跟着代表团出国考察，咱不否认，欧洲就是弄得漂亮，什么大理石宫殿啦，哥特式尖顶啦，草坪、花坛、雕像、喷水池啦，古色古香的灯柱啦……特别是那些游乐设施，比咱们强老鼻子啦。可他们根本不懂得搞园林哪，就咱们一个亭子，一道长廊，一座假山，一座石桥，那就算是镇住啦！咱们的湖山实在是太美了！抓旅游可不是光为了赚钱，这里既有经济，也有政治，也有精神文明，还有爱国主义和国际主义!这工作做好了,商业服务、外事统战、卫生出版、青年就业,以及美术建筑歌舞文史……五讲四美、货币回笼,全上去了!可过去咱们脑筋怎么那么死呢?专拉硬屎,守着摇钱树喝西北风!这不是,还来了个'破四旧',把祖宗留下来的佛像古坟也给砸了,结果时到今日,再花上成十上百万的人民币去修复,唉,唉,提不得呀……算了算了,不发牢骚了,反正现在是骂娘的人太多,实际干的人太少!"

"你就在实际干嘛!像你这样的万金油还真是宝贝呢!"李振中不无羡慕地赞美说。不管有多少弱点和庸俗,张勤毕竟是一个跟着生活潮流前进的、精神饱满的实干家。他一边说不发牢骚,一边也不断地说着一些难听的话。但他的情绪是欢快的,直抒胸臆,百无禁忌,这里是包含着一种舒畅满意之情的。而对昨天的某些失误的痛加针砭,虽然带着一点痛,也像拆掉线、抖掉坏死的皮肤一样痛快。痛快痛快,既痛且快也!张勤喝完了一杯茶,续上热水,咕嘟咕嘟又喝了大半杯。

"你不怕烫吗?"李振中问。

"烫吗?是的是的,有点烫有点烫。顾不得哟!这个茶社也得改善,锅炉修得这么近,污染空气,岂有此理!"

"咱们需要改善的地方,实在是太多了噢!"李振中不无感慨地说,"不过我奇怪的是,你居然坐了这么长时间没有吸烟!"

"吸烟?早忘了!我还要再活二十年看看现代化呢!咱们干什么都喜欢个咯嘣脆,不是说戒烟好吗,那咱们说戒就再也不吸一口,经得住一切考验!哈哈哈……"

"老主任,我不陪你了。"张勤站起身,掏出一块雪白的手绢擦了擦头顶的汗,已经抬脚要走了,忽然又俯下了身,"老李,你刚才说你住在荣光是吧?那么住在秀园里的那位于维琳同志你也认识吧?"

李振中点点头,"在老区我们就有过一面之交的。"他说。

"请你帮帮忙吧。"张勤又坐了下来,露出一种哭笑不得的样子,"你知道,你们宾馆和这个园子,已经交给旅游部门了,可这位于大姐硬是住在园子里不肯搬出来。秀园已经卖票了,她还在里头住家,于己于人都很不便。再说,她住的那五间房子,是要改成小卖部和冷饮部的,她占着不走,使国家受到不少的损失。我们动员她搬家,她骂街,还到处告状,骂我们是洋奴卖国贼奸商市侩外带修正主义资本主义,帽子还真叫全乎!……你能不能旁敲侧击地点一点她?你资格比她老,官儿比她大,你说话她也许还能听进去一两句……"

"她不就是本地的干部吗?为什么没有房子,要住到秀园里?"

"她原来的住房在那十年让别人占了,七七年落实政策回来,她能闹哇,她的特点你还不知道吗?什么都争,职务、级别、汽车、上报、上电视镜头、宴会茶会招待外宾,她样样都亲自出马去争、去夺!为了房子她给中央写信,给省委、市委、地委写信,找第一书记又哭又喊,也不知怎么的临时叫她搬到秀园去啦。她当然满意喽。本来说是让她先住到荣光宾馆的,她说她不能住楼,上电梯会引起子宫脱垂心肌梗死……后来又给她分过两次房子,她两次看了都嫌不满意……"张勤大概是看到李振中的皱起的眉头了,他连忙改口说:"算了算了,你还是休养吧,这些没头没脑的事不管也罢。反正胳臂扭不过大腿,党中央带的头,七九年就把北戴河的房子交给旅游局了,现在又有了《准则》……我只是怕这位奶奶自己出丑!给咱们党出丑!"

张勤匆匆地走了,他走的时候,李振中才注意到,茶室另一角还有两个人在等着他,显然是他的部下喽。张勤到这里来当然不是为了喝龙井,他是有工作的。但是这个一辈子忙忙碌碌、没少挨过骂的可爱的"万金油",还是拿出来差不多一个钟头的时间陪他说话。老战友的情谊,就像陈年老酒,放的日子愈久,就愈醇厚啊!

可于维琳呢?在老区她不是挺疯、挺冲、挺活泼的吗?现在变了吗?

他摇摇头,觉得有点迷惑。

一阵风,吹来树叶的清香,还吹来一串鸟鸣。这大概是年老、精神不够用的表现吧,怎么这么半天没注意这清幽的山林呢?当他思考、遐想、与人交谈或者办理什么事情的时候,他常常忘记了自己是在什么地方,周围是什么样的环境。在这里已经坐了不短的时间了,怎么就一直没有发现树叶的提神的芳香和小鸟的委婉的啼啭呢?

他摇摇头,闭了一会儿眼,觉得稍有疲劳。张勤的到来不仅带来了回忆,而且带来了一种世俗的、甘甜的、有活力的却也是不能免俗的气息。匆忙的、麻烦的、乱哄哄的生活和工作。到处充满了矛盾、抱怨、责难、纠纷。到处充满了新的进展和新的场面。即使是退到第二线来了也罢,即使是处在湖光、山色、鸟鸣、树香当中疗养身心、安度晚年也罢,党的工作、人民的生活、尘世间的艰难困苦,仍然叫他牵肠挂肚啊!

七

午饭以后,李振中在床上躺了很长的时间,他始终没有弄清自己到底是否睡着了一会儿。老年人的午睡是一种金不换的享受,他的眼前一会儿是湖光闪烁,一会儿是垂柳飘拂,一会儿是层峦叠嶂,一会儿是杜鹃花红,一会儿是辽阔的江天,一会儿是团团的浓烟。而最后,这一切都退去了,散去了,遥远了,淡薄了,他好像是在飞机上,起飞五分钟以后或者着陆五分钟之前,他好像是在屹立着,生长着,探求着的古老的塔上,他在天空,居高临下,看着祖国的永恒的大地。

由于天气有点热,睡前他打开了隔音性能良好的窗户和阳台的铁门,于是乎听到了在正常情况下不会听到的那么多喧嚣。奇怪,正是躺在床上,疲劳,似睡非睡的时候,耳朵才特别好使,听觉神经才不受干扰地接受着、传导着空气振动的诸种信号。小孩子叫闹的声音,很远,很远,他们在玩耍,他们在欢呼,欢呼完了又在争,又在嚷,又在哭,又在叫,哭完了又在玩耍,在欢呼。李振中听到了他们在叫什么和笑什么,那是一些非常有趣的,叫人觉得从里往外暖和的话。李振中试图把它们记下来,当时觉得听得清清楚楚,而且确实是一字不落地记下来了。小孩子的声音之外,最响的好像是建筑工地敲打铁板的声音。工人们中午也在干活,加上时断时续的各样型号不同的汽车的鸣笛声,和来自更远的地方的火车声,组成了一种永不止息的劳动的旋律。当你想到中国人确实很勤劳,确实有许多人在扎扎实实地干活,你觉得比较放心了。有点心痛,终于还是熨帖。电话铃响了,隔壁房间还是服务台?有人接电话了,喂了几下又换成了哈啰,是外国人打来的,头顶上的上一层房间的客人大概是拉动了椅子,这是一种刺耳的噪音,使李振中闻到了一股麻药味。笑声,是谁在笑呢?年轻人在笑,年老而健康活跃的人在笑,李振中也想笑,他笑得很好,只是无声。沙——哗——是洗碗?是瀑布?是往澡盆里放水?是蹚水过河还是在"五七干校"值夜班时给冬麦浇水?嗡——嗡——嗡,不是蜜蜂,是摩托车,不是摩托车,是飞机,军用飞机,不时有军用飞机在这个美丽的、清明的但也是充满了潜在的冲突和危险的天空盘旋。你好,飞行员!鸟又叫了,孩子又闹了,在缠磨妈妈,电话铃又响了,汽车轮子又转了,年轻人又笑了,然后,这一切都安静了,绝对的没有声音。

李——教——员!

我在这儿呢!他大声回答,或者自以为是大声回答。咚、咚、咚,门在响。初时他觉得这响声非常之大,大得似乎是来了强盗,他迷糊了一下,终于弄清楚是服务员在敲门。他起来,开开门,服务员送来了放在漆盘里的一碗藕粉和两块蜂糕,这是宾馆为照顾他的胃病而特意加的一道下午点心。他看看表,果然,已经三点了。

吃过点心,他拼命回忆刚才午睡中听到的儿童们的欢声笑语。他们说了些什么呢?当时不是记得清清楚楚吗?怎么现在连一个字也想不起来?休息了片刻以后,他开始写回忆录。根据一些知识渊博的老朋友的建议,他是用毛笔来写的,这样可以凝神静气,摒除杂念,对人体起一种类似气功的医疗作用。就在这一笔一画、一撇一捺之中，他回到了抗日战争前夕的年代，学生救亡运动的高潮中。"我的家在东北松花江上，那里有森林煤矿……"他写下了流着泪唱这支歌儿的情形，写下了抵制日货的搜查、焚烧、凛冽的寒风中嘶哑着嗓子的宣传。他写到了他十七岁，在一次救亡演讲会上写血书的情形。革命激动着青年的情感，而没有年轻人的激情也就不会有革命！等打走了日本鬼子，一切就会美妙了！等打败了蒋介石遭殃军，一切就会美妙了！等斗垮了右派，扫净了骄、娇、官、暮、怨五气，一切就会美妙了！等苦战三年，超英赶美，改变了面貌，一切就会美妙了！等做到了四清，搞完了社会主义教育运动，一切就会清了，好了，完满了！中国人民就是这样战斗过来的，激情创造了地覆天翻的业绩，过分的激动也使我们做了不少蠢事，终于，进入了一个新的历史时期了。

一个半小时到了，李振中已经写酸了腕子，按照时间表，他盖上砚台，洗净了笔，插进笔帽，把毛笔放到新购置的一个色彩淡雅，节环凸出的竹笔筒里。"俱往矣！"他不自觉地吟了这么一句，他想起了毛主席当年咏雪的《沁园春》，现在，他老人家也静静地躺在纪念堂的水晶棺材里了。

门把手吱扭一响，竟使专心地沉浸在自己的思绪里的李振中吓得发起抖来。有那么十分之一秒钟，他完全不明白究竟发生了什么事情，只觉得一声怪响，有个东西生硬而残酷地从背后朝他猛地一击，他一个趔趄，由于掌握不住平衡，一下摔倒在地上，两眼漆黑，心脏也停止了跳动。他终于站起来，站稳了，却原来就在自己的房间，坐在案头，心狂跳个不住，看到房门被打开了，像消防队员救火似的冲进来一个人，定睛一看，用了半秒钟，他才分辨出，来人正是张勤上午提到过的于维琳。

于维琳老大姐，今年六十八，比李振中大一岁。高高的个子，背不驼，腰不弯。扁平的脸，布满了比蛛网还密的皱纹。这种皱纹，仿佛不是由于劳累、由于风霜、由于思考或者由于感情的冲击再加上岁月所刻出来的，像是由于经常喝苦药水、由于吃东西的时候咬了舌头这一类生理上的痛楚才挤出来的。她眼睛挺大，但眼珠有些呆滞。灰白的头发整整齐齐地梳在耳后，加上一身灰色毛涤制服，老远一看就是个庄严的和令人起敬的老干部。如果不是她说话的时候声音有点颤颤巍巍的劲儿，而且常常前言不搭后语、张冠李戴，她的外形也还算得上老当益壮。

"文化大革命"以前，她担任过宣传部门的领导，粉碎"四人帮"以后，先是让她到一个局当局长，她没有去，说那是给她降了级，她要求上级向她说明她到底犯了什么错误而受到降职处分。后来又把她安排到政协的领导岗位，她去了，但提起来也是悻悻然，"谁不知道他们排挤我？把我架空？明升暗降？"她曾经这样对李振中说。

李振中来这里二十天，和这位老太太交谈得还算比较多的。当谈起战争年代，谈起拿着马扎听大课，谈起向俘虏喊话、政治攻势，谈起毛泽东、周恩来、刘少奇他们在延安窑洞里的生活，谈起支援前线的担架队，甚至谈起"三查三整"中的一些可笑的过激的做法的时候，他们都觉得那么亲切，那么令人留恋。"这一辈子再也过不上那样的日子喽，虽然吃着小米，穿着粗布，上有飞机轰炸，下有包围扫荡，但是我们的革命队伍是多么团结、友爱、真诚相助！"他们说。不只是他们这一辈子吧，就连下一代，下几代人，也难以体会这种崇高和激越的、充满了献身精神的革命家的生活了！

"就说聚餐吧，"于维琳曾经这样对李振中说，"哪一年新年和春节，或者是开了什么英模会，大家能不在一起吃一顿呢？哪里有个人开伙的呢？从司令员到小鬼，大家围着一口锅，一边吃，一边说，一边笑，庆祝胜利呀，活捉王耀武呀，解放济南府呀，扭秧歌呀，打腰鼓呀……可现在呢？上班各忙各的事，下班各回各的家，你现在还能搞得起来那样的一次聚餐吗？现在也有请客，不是我求你，就是你求我，互相借助，托人办事……"

她又说："就说这些青年吧，我们年轻的时候什么样？救国救民,出生入死,抛头颅,洒热血,长征两万五,党让干什么就干什么,对党忠心不二。可现在的年轻人呢?光知道钱,知道讨老公老婆,做大衣柜买录音机,调皮捣蛋造反有理,解放思想都解放到圈外头去了!"

她还说:"你不想想文艺吗?我们那时候是怎么搞文艺的?抓了一大批俘虏,团政治部主任找我去了,'小于呀,闹个剧本吧,给俘虏们演演戏,进行进行阶级教育啊!'我说:'好,保证完成任务!'一个晚上,戏编出来了,地主逼债,贫农跳河,一个上午,戏排好了。下午先演戏,戏还没演完底下观众就哭开了,散了戏接着就是诉苦会,到晚上再做一个钟头的报告,紧接着,百分之九十的俘虏参加了中国人民解放军,第三天早晨掉转枪口就打老蒋……可现在呢?现在的文艺是什么东西?光知道恋爱、拥抱、亲嘴,唱给边防战士的歌儿,边防战士受得了吗?一听腿就软了,还怎么驻守边防?揭露阴暗,悲剧结尾,看完了叫人想上吊,不上吊也得出家,做和尚。这倒好,连西方自由世界的臭的烂的意识流都学过来了,写的小说东一句西一句,我拿右手的二拇指的指头肚按着铅字,一个字一个字,一个标点又一个标点地看,看得头发晕,血压上升,还是看不懂。连我搞了一辈子文艺工作的都看不懂,工农兵还怎么看?要不是我的手指头按得紧,那一个个的铅字说不定会成了精,跳出来,吃人!"

每逢于维琳发牢骚,李振中就微笑着,点着头,又摇摇头。他听得不太清楚,这也是老年人的一种状态吧,别人和他说话的时候,如果说得太长、太多、太快或者不太有条理,他就只能听到一大堆声音在耳朵边响。有时候他看到对方嘴一开一合,舌头翻滚屈伸,牙齿白黄明暗,脸上的肌肉一张一弛,却明白不了意思。当对方说第二句话的时候,第一句话滞留在耳底的声音才传达到大脑管语言的部分,这些声音信号才被赋予一定的意义。然后等对方讲第三句话的时候,他再考虑第二句的诸个音素,"翻译"成什么意思。这样,就影响了他及时地、全部地听懂别人的话。于大姐所说的当然还是引起了他的许多共鸣,怀旧部分他们有共同语言,对当前现实的许多批评也符合他的心思,可以说,于维琳的许多意见都是有道理的,正确的。有少数话她可能说得过头了一点,但也不足为奇,发牢骚嘛!七十年代末和八十年代初的中国,发牢骚已经成了习惯,成了癖,成了日常需要,如果一个人不发牢骚,岂不证明任何人都不欠他的,他的境遇不需要任何改善,而他自己也是既无贡献也无委屈,既无功劳又无苦劳和疲劳么?那不是很不光彩么?不发牢骚,吃了的猪头肉怎么消化,喝了的茶水怎么吸收,太阳怎样落山,而日子又怎样一天又一天地过去呢?

当然,某些时候李振中也似乎想过,她怎么能住在秀园里边的五间非常"高级"的房子里?除了住在豪华的房子里回忆光荣的过去和抨击"时弊",她每天在做些什么?她在为什么而忧虑、操心?他弄不大清楚。他只是浅浅地一想,一笔带过,他当然不想介入当地的什么事情,他既没有那么长的手也没有那么强的好奇心。

但是眼下,把他吓了一跳的、像救火的消防队员一样冲进来的于维琳的表情显然和上述平日那种优哉游哉的怀旧清谈不同。她满脸通红,嘴巴抿得紧紧的,而脸上的表情,应该说是柳眉倒竖,杏眼圆睁。虽然这八个字显得稚嫩了一些,但实在找不着更合适的形容,况且连我们的祖先也没研制出来形容老年妇女的怒容的传神的套语来。

她一屁股坐到沙发上,下巴颤抖着,皱纹也显得特别深,特别灰暗,半晌说不出话来。

"怎么了?于大姐,您不要激动呀!"

"我说老李,我们该说话了,不能不说话了,我说,我们这个世道到底是怎么了?"

于维琳语出惊人,李振中目瞪口呆。

"你说说,我们辛辛苦苦地干了一辈子革命,就落得这样的下场吗?"

李振中不但目瞪口呆,而且几乎心惊胆战了。他连忙问:"出了什么事情?你是从哪儿来?"

"我从纪律检查委员会来!"

"怎么,有什么麻烦吗?你慢慢说。"李振中一面给她倒水递水,一面稍稍放心了些。纪律检查委员会,原来如此,刚才还以为真的是天塌了呢。难道张勤为腾房子的事找到纪律检查委员会去了?有那个必要吗?难道纪律检查委员会动员她退休了?这也不可能,这不属于纪律检查的范围。那又是为了什么呢?

于维琳呷了几口水,脸上的红色略略淡了些,她说:"不是他们找我的麻烦,是我去告状去了,我把那个什么张书记告了!'四人帮'的爪牙,修正主义的先锋!他到底要把秀园弄成什么样子?秀园这是一般的公园吗?一九六三年中央领导××同志来这里的时候住过,六五年××同志和××同志来这里的时候在这里吃过饭。七六年×××同志到这里来的时候也到秀园来过。这是一个有历史意义、有政治意义的地方,怎么好拿来卖钱卖票?这倒好,开放了一个半月,什么流氓、阿飞、老反革命、资本家,还有从国外回来的逃亡地主还乡团,都来了!有随地吐痰的,有攀折花木的,有扔石头打鸟的,有往水池子里扔苹果皮糖纸的,有涂写'到此一游'的。就说一进门用石头子铺的那条花甬路吧,没事谁都用脚踢一踢小石头,没有二十天石头摆出来的花纹就破坏了。连'听松书房'窗户外头的铜挂钩都要每个人摸一摸,手贱!结果在窗台上划出来一圈深深的印子。这两天天暖了,游人更多了,更不像话了。有用树叶子冒充茶叶在那里卖给外乡人的,有用鸡蛋和螺蛳、蛤蜊倒换票证的,有卖走私货、卖赃物的,有伴着港台歌曲跳摇摆舞的,有说粗话、骂大街甚至动手打架的……还有些个很不正经的女人涂胭脂抹粉,戴着项链、耳环,打着花尼龙伞,干脆是在那里卖俏,干脆是在那里勾引男人,说不定是暗娼,是卖淫呢!"

"你说得太过分了!"李振中和蔼地告诫她。

"一点也不过分！"于维琳提高了声音，声带也抖得更厉害了，"我还没说那些外国人呢，一个个西服革履，趾高气扬，咱们的陪同人员尽是一副寒酸相。在中国的国土上，可中国人处处避让他们，好饭尽着他们吃，好旅馆尽着他们住，好车好船尽着他们坐。园里就剩我这一户老同志了，还非得挤对我，叫我搬走。看看秀园变成什么样子了，我们对得起先烈之灵吗？国家的颜色正在变，我痛心！老李，你告诉我，这到底是怎么一回事呀？"

"你说得不对吧？"李振中摇一摇头，"虽然你说的许多现象都是事实，但是你为当前的社会生活勾出来的一幅画，实在是太片面、太可怕了。秀园开放，对于密切和群众的关系，是一件大好事。最近我也去过，根本不像你所说的那样糟呀，多给群众开放一个园子，这是做了好事嘛，解放三十年来，正是现在各项政策上了轨道，这些改革是好的。你不应该言过其实，否定一切。而且，我为你想，也觉得你搬出去为好。住在公园里，这叫什么话！"

"老李，你说什么呀？"于维琳睁大了眼睛，看着李振中，像看一个陌生人。她激动了，掏出了手帕，擦着眼角的泪水，她悲伤地说："老李，你怎么不明白？我不能搬，不能让，寸土不让！让一步就会步步退让的。昨天云芳芳到我家来了，你知道云芳芳吧，她是我的老战友啦！她到了我这儿，说着说着就哭了，她哭了一大场。不让她上台了，她不老哇，她比我还小十岁呢。在老区她有多红火呀，这位领导接见，那位领导请吃饭，另一位领导上台跟她握手呀！五十年代出国，在世界青年联欢节上还得过好几个奖呀！可现在呢，现在硬是不让她演戏呀！现在走红的尽是一些什么人呢？洋不洋，土不土，根本没有受过正规的声乐训练，又不是科班出身，老区的传统他们一点儿也不懂，连延安窑洞的门是朝南还是朝北，她们也说不出来啊！就仗着年轻，就仗着头发蓬松，细皮白肉，脸蛋光滑，眉呀眼呀的水灵呀！"

于维琳索性哭起来了，悲悲切切，十分伤心。李振中鼻子也酸了,他说不出的难过。他为于维琳难过,青春这么快就离开了她。她当年也是怀着浪漫主义的热情走进了革命的队伍,她原来也是做文艺工作的,当过什么秧歌队长呢。他听说过,她十七岁上中学的时候,她爸爸要把她嫁给一个国民党军官,她小小年纪,勇敢地逃婚逃到了根据地。战斗中她坚定而且勇敢,身上有一个枪眼。她的婚姻生活也是不幸的,她的第一个丈夫是随军医生,据说是一个风度翩翩的英俊青年,结婚才一个月,他就英勇地牺牲了。她写过一篇在当时是小有名气的文章纪念他,登在解放区的颜色发绿的报纸上。她的第二个丈夫是一位大人物,于维琳至今仍然很愿意谈论他,而且提起他来总是用一种尊敬和自豪的口气免姓称他为"××同志"。但他们俩感情不和,就在全国解放前夕,组织上终于批准他们离婚了。她现在哀哀地哭着,满肚子牢骚、怨气,在生活的变化面前充满了狐疑、不平、恼怒和无能为力的痛苦。本来就显得衰老的脸部的线条,由于哭泣而变得扭曲了,这样她就显得更丑也更虚弱了。她掏出了手绢擦完眼泪又擦鼻涕,擦完鼻涕又擦眼泪……啊,在她的身上,还能看出那个毅然出走,与家庭决裂的小姑娘、那个在枪林弹雨中英勇进击的女战士、那个腰里缠着红绸子扭秧歌的热情之花和那个亲手埋葬了自己的新婚丈夫的庄严的妻子吗?

别梦依稀咒逝川!这该死的老啊,为什么人要老呢?谁又能不老呢?逝者如斯夫,不舍昼夜!他们已经度过许多的昼夜了,在战斗中,在激动中,在神圣而又艰难的时刻,已经有许多的昼夜来了,又去了,一去不复返了。不知不觉,还觉得自己并不老呢,还想不通、想不到、无法相信老字与自己联系起来呢……忽然,朝如青丝暮成雪!

还不仅是暮成雪呢,秀梅竟先他而去了。秀梅爱吃干炸丸子,爱吃烤成金黄色的馒头片和米饭的锅巴。秀梅常给他烙一种三角形的饼,把面团擀薄,撒上盐、抹上油、用力划开一道,一层一层地翻过去,再一擀,就成了一张三角形的、多层次的饼。再没有什么别人会烙这样的饼了!秀梅最爱唱一首陕西的民歌,延水浊,延水清,情郎哥哥去当兵。当兵要当抗日军,不是那好铁不打钉。她唱起来是那样甜,那样纯真,像一个天真的姑娘,也像姑娘那样腼腆。结婚好多年了,她总是不好意思当着他的面大声唱歌,她总说自己唱得不好。其实,她唱得实在是好呀。现在已经没有人会唱这样的歌了。

是的,现在的青年已经不大喜欢云芳芳的充满泥土气息的信天游了!那和黄土高原,和清清的河水,和包着羊肚子手巾的农民,和独轮小推车,和遍地的枣树和石榴连着的信天游!对面价山沟流河水,横山里下来些游击队。哪怕只是想一想,只是心里头无声地唱一唱这两句词,他就热泪盈眶了。他为云芳芳难过,云芳芳比于维琳小十岁,这么说,她也五十八岁了,在舞台上,她能和十八的、二十八的竞争吗?

他更为那些只知道李谷一、朱逢博和苏小明,只知道电吉他、电子琴、气声的年轻人难过。那个气声可真要命啊,一边唱一边喘,那天听广播事业局的一位负责干部说,说是有的女广播员也要吸收"气声"的发声方法了,用气声报告战斗的号令,我的老天爷!那些在十年动乱里被污染了心灵的年轻人啊,他们轻佻地把一切优秀的、革命的、民族的、大众的东西全抛弃了,全不信了……

怎么办呢?怎么办呢?难道他也要像于维琳一样对生活的潮流怨气冲天,向隅而泣吗?难道他也会像于维琳一样变成生活的诽谤者吗?

不,他不能这样,他深深地知道,正是现在的党中央,总结了三十余年的经验,制定了比较成熟、比较符合客观规律、已经给各方面的人民带来了实际的好处的一系列方针政策。经过了一场骇人听闻的洗劫,我们又面临着一系列方针、政策、措施的大改革,大江大河,浊流澎湃,怎么可能不呈现一点混乱呢?怎么可能像瓶装蒸馏水一样纯净呢?又怎么能看到这些就觉得漆黑一团,恨不得时光倒流呢?又焉能知道,老人们看不惯的东西,是不是包含着一些新的变革,一些合理的东西呢?以不变应万变,又怎么能行得通、行得长远呢?我们的眼光究竟是只盯着过去,还是同时盯着现在和未来呢?

八

"我们是老了。可这是没有办法的事。在我们慢慢地老了、去了的同时,新的人会成长起来,新的生活会建设起来,当然,我们又不敢称老,因为还有许多重要的事情要做。我们应该给年轻人多留下点东西,多留下点财富,多留下点智慧,更要留下表率、榜样……"等于维琳终于平静下来,而且为自己的失言和失态有些不好意思的时候,李振中缓缓地、和解地说。

"什么年轻人?"于维琳又激动起来了,"就现在的年轻人吗?他们能接班吗?我还要看一看呢!"

李振中觉得她的论调有点不可理解。你可以喜欢或者不喜欢年轻人,但未来的世界是属于他们的,这却是无可怀疑的、不以任何人的意志为转移的事实。我们只有努力把"班"交给最好的人,交得更及时、更妥善一点的义务,却不必怀疑这样的事情本身。

"哼,今天要不是为了年轻人,我也不至于气成这个样子。气也把我气死了!"

李振中用疑问的眼光看着她。

"现在的社会风气实在是坏透了!"于维琳叹着气说,"我从纪律检查委员会回来,只见湖边的长椅上坐着一男一女,大白天,女的就躺在了男的身上,男的还用手摸着女的的头发,真是看不下去呀!我走近咳嗽了一声,他们置之不理,就像没有我这个人一样。我走到他们跟前,他们照常不管不顾,连眼皮都不抬一抬。我实在忍不下去了,我说了一句:'下流!不像话!'那个男的倒没说什么,那个女的躺在那里还骂我……"

"她骂你?她骂你什么了?"李振中不明白这位大姐为什么要去管这样的事。

于维琳犹犹豫豫，拿不定主意，但最后终于还是告诉李振中："那女的躺在那儿，用两只眼睛瞪着我说：'你是不是有病啊？'你说说，对现在的年轻人还有什么办法！"

李振中皱起眉，低下头，想笑，又想哭。"咳，咳，这些事何必当真呢。"他有气无力地、不知所云地劝说道。他小心翼翼地陪着她下了楼，谢绝了到她那里去"吃一碗虾仁汤面"的邀请。然后，他到食堂里去用饭。他要了一杯所谓干葡萄酒，不甜的，有一股子酸苦的味道，喝着特别开胃。爱吃甜食，那多半是小孩子们的口味呀。

不知道是一种什么样的记忆滞留作用，整个晚饭期间，于大姐的形象一直活动在他眼前，倒像是他们一起在"共进晚餐"似的。于大姐的下眼皮有点松垮下垂，她的两腮上，有两道弯曲的纹路，情绪不好的时候这纹路就显得更长、更深。而她的嘴呢，不知为什么，有时候说得激动了就要往回嘬一嘬，显得瘪瘪的。难道人老了就会这样吗，愤愤不平，自艾自怜，用往日的光荣的经历来否定当今的一切世事人情，她确实是正确地指出了一些"时弊"，却又像没有教养的孩子一样赤裸裸地自私。

不。秀梅临到了也没有这样叽里咕噜过。秀梅看问题并不精明，也缺乏远见。但她始终充满了爱，爱生活、爱工作、爱她周围的同志、爱年轻人。她始终有那么一种天真的信任："一切都会好的。"她爱说。她相信一切都会好的，就像相信冬天之后必然是春天，花谢了树叶就会繁密起来。甚至在她病重的时候，她也没有叫过什么苦，她临终的时候神态也是安详的。

只是现在，李振中才愈来愈搞清楚了秀梅的最可爱之处是什么地方。本来爱情是无法解释也无需解释的，因为爱情不是代数方程。但是，于大姐的形象像背景一样烘托出秀梅来了，清晰而且凸出，像浮雕。秀梅是一个心平气和的大孩子，她从来不怨气冲天。也许她的毛病是太胆小了，甚至她连大声唱完一首歌的信心都没有……呵，为什么，当她活着的时候，他没有把这些看法告诉她呢？他们两个都那么忙,即使一个周末的晚上空下来在一起,他们谈的也都是一些严肃的话题:"没想到纳赛尔还真敢干,一举收回苏伊士运河!""以色列这个国家不大呀,怎么打起仗来那么凶呢?""《人民日报》也登广告了,招募引水员,去埃及,顶替英法籍引水员撤走以后留下的空缺。""可惜,当年咱们没有学过水运领航。""怎么,你想去埃及?""当然,哪儿人民在受苦、在斗争,我就想到哪儿去,何况埃及的战略地位是那样重要,地处亚非欧三大洲连接的地方。如果苏伊士运河卡断,欧亚大陆之间的海运交通就必须绕道好望角……"他记起五十年代的那个晚上来了,那时候他们是多么忙啊,同在一个城市,却难得在一起吃一顿晚饭,看一个电影,甚至大年初一的饺子也不能保证一定能踏踏实实地在一起消受。一九五二年的春节不就是这样吗?大年初一召集了党组的紧急会议,布置"三反""五反",分指标,每个单位要抓出多少个"老虎",那是幼稚的做法吗?那时候就出现了冤假错案,但是纠正得很快、很彻底,而且反贪污是一件大得人心的事情。现在呢,各单位贪污和变相贪污的情况恐怕比那时候有过之而无不及吧?

一九五六年十二月的那个周末是多么难忘!他们俩都在家,而且没有人来电话,没有来访,没有待阅待批的文件,没有待起草的请示、汇报、简报、总结,那一晚上是完全属于他们两个人的。那时候他们年富力强,他四十二岁,秀梅还不到四十,真是黄金的时代,黄金的年龄啊!然而,他们谈了一晚上埃及、中东、苏伊士。他现在都有点迷惑了,果真埃及的事情是那么重要,与他们的爱情、他们的家庭那么息息相关吗?

吃罢晚饭以后,李振中拿起一根牙签剔着牙,慢悠悠地走出了宾馆。经过了几块麦田,吸吮着由庄稼的芳香、粪肥的淡臭和湖山的清雅之气混合组成的空气,穿过一条柏油路,绕过了一个交通岗,越过花港公园的旁门,他来到了苏堤之上。西湖的似乎是与众不同的垂柳,在夕阳的余晖之中显得更加纤细、柔顺、沉默。那软弱而又情意深长的摇摆,那丰盈而又迷茫怅惘的身姿,那鲜活而又如醉如痴的风度,使李振中想起人类自身的无尽的和无力的、永远得不到充分的发扬和补偿的热情,想起生活中许多微小而又亲切的、不论什么样的仁人志士、英雄豪杰也难以完全摆脱的情感的波流来了。只要人类没有灭绝,就总会有那么一些垂柳的纤细的枝条摇摆依依,欲倾诉而无言,也总会有这样明澈的湖水,从蓝绿变成灿黄,从灿黄变成橙红,而后黄褐,而后黑紫,而后在夜幕中含笑欲语,闪着那只有从情人的眼睛上才能看得到的柔波万种。

这也是一种重负,美的重负。这种西湖所独有的温柔缱绻的美、端庄宁静的美、散漫惆怅的美,开始的时候压得李振中有点喘不过气来。对于他这样一个把毕生献给了血与火交织成的革命事业的老共产党员,对于一个在奋起抗争、奔走呼号、枪林弹雨、戎马倥偬、翻天覆地的斗争中度过了自己的一生,在生活道路上历经艰险、热情、胜利、挫折、光荣和痛苦的老干部来说,这风光甚至是格格不入的。"我不是一个悠闲的人,我从来没有多少闲情逸致啊!"开始到杭州的时候,他曾经这样自言自语。

他觉得这很有趣,他和杭州的西湖相处,似乎经历了一个过程,就像是一个人会见了失落多年的亲戚。他们从来没有在一起生活过,他们走在街上交臂而过也是互不相识的,但是如今他们已经确认了彼此的血与肉的关系,他们曾经有一点陌生,但终于唤醒了那种不可分离的、先验的感情基因,又像是一个人被介绍去"搞对象",这也使人别扭,甚至使人觉得格格不入,他们相互试探着,但终于成功了,慢慢相爱起来。李振中和西子湖之间也是这样,既是先验的,又是小心地培养起来的。他是慢慢地接受了这种美的。他一生中已经走过不少地方,大兴安岭的松涛,渤海上的红日,高山上的盐湖,虎踞龙盘的长城……他都在匆匆中收入自己的眼底了。而这还是第一次以老病之身,来到这样一个恬雅秀美的地方。我们辽阔广大的祖国呀,要有同样广大而美好的心灵,才容纳得下你的千娇百媚和千姿百态呀!

开始的时候,他对这统治着西湖的夜晚的爱神也是不习惯的。暮色一落下来,在湖滨,在沿湖北路、西路和南路,在西泠桥和孤山,在白堤,特别是在幽静深远的苏堤,到处是成双结队的情侣。有多少人就会有多少爱情,中国当然是世界上最富有爱情的国家了。有时候他散步当中无意中闯到一对紧紧依偎着的情侣面前,那种过分甜蜜的场面使他加快了步子。他赶紧离开,找一块离水面很近很近的平石头坐下来。他去看夜色、星光、湖水、山影和隐隐约约的城市,他分明觉得,这一切里都有爱神在微笑。他知道,他不管怎样躲避,就在他身旁不远的地方,在树下和水旁,在木靠背椅子和草地上,在桥栏杆前和亭子下边,到处都是相爱的青年男女。尽管青春和爱情对于他来说已经是过往的烟云了,但他仍然感到一种深深的眷恋,一种幸福的甚至有点骄傲的心绪,一种父辈的对于年轻人的祝福之情。虽然,他有点老了,生活,还是年轻的啊!西子湖,还是年轻的啊!祖国的湖山的青春,是永恒不灭的啊!还有什么比这样的感受更使人觉得暖呼呼的呢?

他想,这个世界正因为是这样的,所以才是可爱的,它奔流不已,常自更新。人类正是因为有生老病死,有火葬场和产科病房,有养老院和托儿所,有追悼会和婚礼,有婴儿奶瓶和老人的痰盂,有新长出的乳牙和拔掉的龋齿,有鲜花,有落叶,有春夏秋冬,冬之后又是春,春之后又是夏,夏之后又是秋,而秋之后又是冬……才有流动和变化,才有令人爱恋的生活。

他有时候也感到羡慕年轻人,羡慕他们的活力、他们的笑声。他们有时候显得有点尖酸刻薄、目中无人了,因为他们觉得世界需要由他们来安排。正是因为不断地有新的人来到这个世界上,正是因为不断地有天真的人,幼稚的人,对什么都好奇、对什么都不满足、对什么都想试一试的人来到人们中间,生活才有了希望。原来年轻人有这样多!在苏堤的夜晚,他特别强烈地感觉到这一点。

但是,这些沉浸在甜蜜的热吻里的年轻人,他们懂得他们明天将挑起怎样沉重的担子吗?他们懂得生活和斗争的艰辛,懂得李振中这一代人用鲜血、生命、眼泪和汗水换来的经验的珍贵吗?他们不会把先辈留下的革命成果付诸东流吗?他真想和他们谈一谈,真想像三十年代末期那样,到年轻人当中去宣传鼓动、大声疾呼……他毕竟还活着,毕竟是一匹识途的老马,责任、责任、责任是比山还要重,比水还要久长的啊!

真是有趣,当他作为一个休养员来到这美丽幽静的地方,当他从容地欣赏着半个月亮从杭州市的楼顶上升向天空,欣赏着最初的几只小蛙的啼鸣,欣赏着舢板运动员的长桨打破了湖面的平静,欣赏着居高临下、旁若无人地从桥头冲下来的一辆载着笑声的自行车的时候……他心潮汹涌,想的竟都是国家大事。

九

他醒来了。

你好,早晨。你好,新的一天。对于他,这所余无多的每一天都是分外光明和十倍的可贵的。你好,宾馆的这个清静的房间!你好,窗户和窗帘!让我把窗帘拉开,把窗户打开,喔,雨!滴滴答答,答答滴滴。伸出手去,接一接来自天空的雨脚:你们给大地带来了清新的气息。还有石阶上流水的声音,从楼顶上延伸下来的排水管正在泄水。你好,春雨!你好,春雨中的碧桃!对着窗户,正是两株相依相伴的碧桃,在雨中,她们出脱得更加鲜艳明丽,楚楚动人。这两株碧桃为什么花开得这样久长呢?现在已经过了碧桃开花的季节了啊。楼下来来往往的人都打着伞,那把黑底红花纹的小伞是多么美丽!时代不同了,雨伞也轻巧漂亮多了,过去,李振中用惯了的是那种厚重的杏黄油布伞。你好,一柄又一柄的雨伞!一辆汽车发动了马达,鸣了一下笛,转过头,开走了,它的后轮溅起了水花。你好,汽车,你好,水花!

他哼哼着那些当年曾经使他热血沸腾的革命歌曲,铺床,穿衣,打扫,盥洗。这每一件琐事都是有趣的,都充满了生的欢愉。他做了几个下蹲和起立的动作,姿势很不合格,腰和腿已经有点闹分散主义,不听指挥了。他扶着床歇息了一会儿。由于雨天天凉,他又给自己加了一件线背心,嘲笑着自己的娇气,对自己的身体说:"帮帮忙吧,我还有一个五年计划!五年以后,请便,请!我也就不受你的制喽!"

他为自己的"致身体呼吁书"而笑出了声。边笑边下了楼梯。他听到了在这个宾馆里很少听到的年轻人的说话声。他紧走两步,远远地看到了两次不期而遇的那一对新婚男女。

那个叫丽君的女青年穿着一件半透明的塑料雨衣。透过雨衣,竹布褂子和蓝劳动布裤子都显得亮晶晶的。一双半高勒拉链肉色雨鞋,也显得相宜而又神气。男青年拿着黑绸伞,光着脚穿了一双宽带凉鞋。与李振中相反,雨天,他反而穿得少了,短袖腈纶衣和短裤,大概是为了行动利索,少沾雨。他们用有点凉又有点湿的手与李振中相握。李振中注意到他们的下眼皮有点发青——那是夜间没有睡好的征候。"你们住在哪儿了?昨天晚上没有来找我吧?"他问。

"我们吗?"女青年向男青年使了一个眼色,"我们也住在rong光宾馆。"她笑了起来。

"你们也住在这儿?多少号房间?"李振中有点惊异了。

"不是荣光宾馆,是rong光浴池!"女青年笑得更开心了。

"是面容的容,容光。每个铺七角钱,还好。在这个旅游盛季,能住进澡堂子也算不错了。"

李振中的眼睛突然热了一下。应该让年轻人住得更好一点,应该有更多的旅馆、饭店、住宅……中国的青年哪一点不如外国人,为什么他们不应该过更好一点的生活呢?

他克制住了自己瞬间的心情波动,没有让年轻人觉察出来。他热情地邀请青年人和他一起去吃早餐。他们爽快地答应了。

321

但是到了饭厅以后，他们从提包里拿出了在早市上买的十个茶鸡蛋和五个糯米粽子，粽子个儿很大，比北方的大多了。他们需要李振中款待的，不过是两杯红茶罢了。

"玩得好么？"李振中询问。

"我跟您这么说，"丽君回答，"这回出来，我思想上还是高了一块呢。"

"什么？"李振中感兴趣了。

"原来，我们只是想玩玩就是了。由于我们的经历，我们对政治不感兴趣。做一件轻闲的工作，多挣点钱，有一个小家庭，这就是全部了……"

"不见得。"男青年反驳说。

"他比我志气大，我只是说我自己。"丽君接着说，"可这回呢，我看了长江，我看了大桥，我看了八百里太湖，我看了虎丘塔和拙政园，又看了西湖……祖先给我们留下的河山实在是太美了！中国实在是太美了！需要我们做的事情实在是太多了……到处又还是那样的贫穷……穷，穷，为什么穷字注定要写在中国人的头上！"

"美丽的河山，勤劳的人民，巨大的差距和严重的责任。这就是我的印象。"男青年总结说。

"你们说得太好了！你们应该比我们这一代人更强！"李振中兴奋地说，"那么今天呢，你们今天的计划呢？"

"我们想请你和我们一起去游秀园。"两个人几乎是齐声说。

"什么？下着雨！"李振中有点惊奇了。

"下着雨才好玩么！'山色空蒙雨亦奇'嘛！您想，咱们能有多少次机会冒着雨游玩呢？雨天玩，不是比晴天玩更稀罕，更有意思么？"丽君说。

于是，李振中也拿来了伞，然后，他随着他们走出去了。

秀园是李振中到达这里的第三天才正式开放的。过去，秀园和荣光宾馆是连在一起的，只有住宾馆的客人才能到园里游玩，一般游客是进不来的。而宾馆的客人,能游览参观的又不过是园里的西北部分,东南的园中之园,被称做"鸳鸯院"的,对住得进宾馆的已经比较高贵的客人们也是封闭的。其实,那个"鸳鸯院"无非就是设备高级一些,曾经住过一些国家级的首脑人物和外国元首罢了。于是秀园,特别是秀园里的那个"鸳鸯院",由于很少有人进去过,便变成了高深莫测的地方。据说在一九六七年,当时的"中央文革"有几位"首长"住了进去,住进去以前,把整个宾馆都腾空了,而且四下里设了岗,行人从二十米开外经过如果放慢了脚步就会受到催促,如果东张西望了一下就会受到呵斥,如果停下来盯着秀园这个方位就会受到盘查……无怪乎李振中刚到这里的时候,人们提起"鸳鸯院",还要放低声音,还露出一种神秘的表情呢!

开放的头几天游人就像赶庙会一样,大家很兴奋也很好奇,及至看完了反倒觉得不过如此。早先传出来的里头如何豪华,设有多少机关……原来都是言过其词!

当然,这样一来宾馆的客人游起秀园来就不那么惬意了。早先,"闲杂人等"一律进不来,能进去游玩的都是经过选择的,进得去的人不但可以在一个优雅清静的环境里安然踱步,从容赏玩,而且心理上还会得到一种满足。一种高人一等的优越感会使人气度更加雍容,举止更加优雅。现在一开放呢,涌进来群众、涌进来生动活泼的欢声笑语的同时也涌进来喧嚣,甚至夹杂着某些混乱,像于维琳大姐所说的,踢掉了甬路上的石砌花纹图案,踏坏了草坪,弄脏了池水,弄坏了窗棂,甚至于还有在园内打架的、骂人甚至随地小便的……这都是事实。但是,李振中认为,所有这些问题都只能在开放中培养群众的主人翁意识,慢慢求得解决,退回去,关起门来,只能造成更坏的后果。

大而至于路线方针、农业政策、文化政策、干部政策,小而至于秀园开放、每张门票五分甚至雨中游人也不少,都说明了生活在前进,在变化,它惊扰了某些人的习以为常的秩序,但它不应该也不可能后退。当李振中从口袋里掏出钱来购买门票的时候,他坚定地这样想。

雨改变着秀园的情调。西北方向的云雾之中，是水墨画似的远山。这在园林建筑中颇被称道的"借"来的景，和云、和雨、和灰蒙蒙的雾气已经互相融合、互相渗透、互相伸延、浑然一体了。它好像不再是坚硬和高耸的山，它梦境般的温柔、圆润并且缥缈。池水被春雨挑逗得难以自持，到处是斑斑点点、圆圆线线、棱棱道道、摇摇荡荡。而不论是弯曲的石桥、神采飞扬的亭檐、千姿百态的太湖石，还是欣欣向荣的老竹新笋、精雕细刻的窗廊，都被雨水浇湿了，浇亮了，都从春雨中汲取了活力。而从它们身上点点滴滴地淌下来的水珠，更增加了一种动感，好像正是竹子和石头自身，用时而下落的水滴表达着它们在春天的感受。原来，这微风中的春雨，正是天地万物在春天使用的一种特殊的语言。

各式各样的伞。人是不甘寂寞的啊！他们要与花草树木争春。不知道为什么穿起衣服来还有点观望，有点羞答答。大家都在试探地、谨慎地改善着自己的穿着。但是打起伞来，就大胆多了。那水灵灵的杏黄色、粉红色、雪青色和天蓝色的伞，一会儿在露天处支撑开，一会儿到了廊子或者亭子底下收拢起，一会儿旋转着甩出了水珠，一会儿举起来为同伴遮雨，真像是五颜六色、时而展翅、时而收敛的蝴蝶。雨铺染着山光水色，雨也丰富了游览的内容。赏雨、踏雨、说雨、玩雨、避雨……都带来了许多活泼泼的趣味。真想不到，雨天出来有这么好玩，这该感谢这两位青年呢。

有一个小女孩子，她没有带任何雨具，满不在乎地在雨中跑跑跳跳，吸引了许多游客的注意。"您看她玩得多痛快呀，这才叫会玩的人呢！"丽君对李振中说。就在这个时候刮起了一阵风，风把雨脚吹斜了，雨丝洒到了正在亭子下面的他们三个人的身上和脸上，给他们以冰凉的爱抚。"您别冻着！"丽君把李振中拉向里面，三个人不约而同地笑了起来。那个自得其乐的女孩子也紧走了两步，来到亭子下面，又是拧头发上的水，又是掏出手绢擦脸，她已经完全是一个落汤鸡，一个快乐的落汤鸡了。

"太凉,你会生病的!"丽君对她说。她好像很喜欢和陌生人说话。

"不,我从小就淋惯了雨的。"那女孩子用江南口音回答。

李振中想,与她相比,丽君又算是比较老成、比较拘谨的城里人了。年轻人总会给生活带来一些热力、一些花样的,为什么于维琳不肯出来看一看呢?如果她看到了这么多快乐的游人,快乐的青年,难道她就不觉得快乐吗?为什么她总要怀念紧闭着秀园的月亮门的日子呢?其实,在那样的日子,她于维琳也是住不进去的啊!

他向两位青年建议说:"到前面拐一个弯,我带你们到一个地方坐一坐好不好?"

"坐坐?是茶社么?冲一碗西湖白莲藕粉?"

"不是茶社。有一位老大姐暂时住在这里,我们去看看她,把她找出来一起玩吧。至于藕粉,我想她也是有的吧。"李振中解释说。

青年人同意了。走过一个小木桥,绕过几个假山石,他们沿着一道花墙走了一段,前面是一片竹林。竹林里的一个垃圾箱非常刺目,里面有烂菜叶子、鱼头、鸡蛋壳、螺蛳壳和碎纸屑。雨水一淋,更加是狼藉不堪。这就是于维琳的垃圾箱。有几株粗大的竹子上本来贴着好几张"游人止步"的招贴,由于雨水,也被冲刷得蜷曲起来或者落到了地上。这之后,才见到那一排五间房子。房子已经老旧了,但透过斑驳脱落的油漆,还能看到原来的一些对联、匾额、诗文的痕迹。它曾经保有过不少的古老的书香气吧?现在居然成了住宅,而再过不久,按照张勤的计划,这里大概要卖雪糕、冰淇淋、可口可乐和柠檬汽水了。这可真有意思。

李振中这样想着,敲响了第一间房门。

"这儿是私人住家,不是公园!"里面传出了于维琳的没有好气的声音。

"喝,我就是来找私人的嘛……"李振中笑了。

"哪一位?"

"我说于大姐,快开门吧,我是老李啊,还带着两位客人呢。"

这样自报家门以后,门才咿咿呀呀地打开了。

见到李振中后面有年轻人,于维琳先是一怔,继而叠声说"欢迎",把他们让到了会客的房间。"想不到下着雨你会到秀园来,是陪这两位青年同志来的么,他们是谁的孩子?"她说"谁"的时候,向李振中瞟了一眼,颇有点意味深长。

"呵,是的,我们一起来玩一玩……"

于维琳转而去注意年轻人了,就在丽君脱下了雨衣,坐端正,把头发往后一甩,抬起头来以后,遇到了于维琳的注视的目光。丽君先是微微一笑,但笑容还没有充分展开,却突然受到了梗阻,她半笑不笑地定在那里了,而眼睛也越睁越大了。

于维琳本来也是和善地笑着的,这笑容也慢慢地消失了,突然,她像被火烫了一下。她转身低声问李振中:

"她、她是谁的孩子?"

她放低了声音,虽然明明这声音照样会被丽君听见。

李振中这才明白了于维琳的"谁"字的意思,她显然是误会了,以为他所以冒雨陪二位青年出游,肯定是由于这青年来历非凡。李振中付之一笑,回答说:

"谁也不是啊,我们只是偶然碰到的就是了。"

没等李振中说完,于维琳已经板起了脸,她用质问的口气问丽君:"昨天下午四点十五分,你们是不是在那个长椅上……"

"就是我们。"丽君回答,直视着于维琳。

"我……我……我不欢迎你们!"于维琳气得哆嗦了,她转过身,把脊背给了客人们。

李振中一惊,站了起来。

丽君倒稳定了,她看了爱人一眼,一笑,又向李振中一笑。她挥了一下右手,像驱赶什么小虫似的,把雨衣搭在了左臂上,又用右臂挎住她的新婚丈夫,不慌不忙地向外走。

李振中向前攆了一步,又回过头来问于维琳:"于大姐,这到底是怎么回事?"

"骂我有病的,就是他们!"

丽君已经走到了门口,听到这话,回转脸说:"您不要说'他们',只是我一个人,而且我看我说得没有错。"

"丽君!"男青年叫了她一声。

"再见!"她向李振中摇了摇手。

于维琳颓然坐到了铺着丝绵坐垫的藤椅上。

李振中非常尴尬。本来,他的最初反应毋宁说是更多地站在年轻人这一边的。但丽君出门前的答话,特别是关于"说得没错"的重申,使李振中觉得恼怒而且伤心。为什么要这样放肆,无礼?从年龄来说,于维琳差不多可以做他们的祖母,难道能对一个老人这样说话吗?而且,她难道不应该考虑一下,这是他李振中的老战友吗?

他怀着真诚的同情和无比歉疚的心情向于维琳说:"真对不起,这实在是没有想到。我本以为他们还不错呢。其实我们只是在火车上……"他叙述了他与这二位年轻的朋友的相识的经过,并再一次地道歉。

于维琳一边听一边评论说:"这怎么能怨你呢?你又不是故意的。我就看不惯这些年轻人!你比我水平高哇,可是同志啊,我要实话对你说呀,你在中央机关工作久了,你不太了解这些实际问题了吧?现在什么样的人都有啊,你可要注意呢。他们怎么会跑到荣光宾馆去找你的?那儿住的可都是领导同志啊!什么?你连他们的名字都不知道?什么?女的名字叫丽君,听这个名字就不好嘛!请你考虑一下,我们要不要和有关方面打个招呼呢……"

李振中心里乱糟糟的。他又进入了那种只听得见发音却听不懂语义的状况了。他似乎有一点瞌睡,有一点头晕。于维琳的声音顽强地在他的耳边震响,整个世界随着这些杂乱的、破碎的、断续的声音旋转,明明暗暗,隐隐现现。大江东去,一桥飞架,惊雷闪电,晓风残月,青松翠竹,鲲鹏展翅,不需放屁。青年男女拥抱在一起。我撂倒一个俘虏一个,缴获了几支美国枪……李振中身子一软,从座椅上溜下去了。于维琳惊叫了起来。

十

李振中被送到附近的一个空军部队医院去了。救护车走到半路上他就醒过来了,他看见了医生、护士,还看见了张勤和于维琳,这两位冤家为抢救他暂时坐到一起来了。他感谢他们,除了疲倦,他并没有其他不适的感觉。倒是入院后那一套科学缜密、洞察一切的检查把他折腾得几乎再昏了过去。透视、心电图、脑电图、超声波查肝,又是扎耳朵验血,又是用小木槌敲胫骨,还要验大小便,为了挤出大小便来他出了一身虚汗。没查出什么毛病之后,医生拿手电照他的瞳仁。他声明说:"我神经正常。"正赶上他咳嗽了一声,医生干脆诊断为"上呼吸道感染"。张勤和于维琳都对医生十分不满,但李振中自知身体并没有什么大变化,便劝告他们不要继续追究,医生建议他住在医院,以便继续观察。

李振中在医院里住了半个多月,依医生的意见,在没有查出上次晕倒的病因以前是不能出院的。当地的一些领导同志也都来看他,并且认为他的突然晕倒潜藏着极大的危险,说明他已经不能独立活动了,建议他接一个孩子来陪他。他所属的那个机构的领导人打来了三次电话。但他认为不会有什么大问题,硬是出了院。无论如何,这是一个信号,看来那一天登六和塔是冒失了一点。但他反过来又想,这不更加证明他登六和塔是正确的么?机不可失,时不再来,如果那次不去,不是永远去不了了么?

他回到荣光宾馆的时候发现于维琳已经从秀园搬走了。他们又见过一次面,于维琳情绪似乎好多了,她邀请李振中去她的新居吃虾仁面。

究竟是谁做的工作他不清楚。当然,她也再没有提过丽君的事情。李振中知道,那一对青年工人早已离开了这个地方,回到了自己的工厂。他们对祖国山河的热爱和责任感,推动了他们的工作和学习了吗?他们在争分夺秒,日夜奋战着吗?还是依然故我,又要做轻松的工作,又要多挣钱呢?

"俱往矣,数风流人物,还看今朝!"毛主席的这两句词可是千古不易的真理!愈是年老和身体不好,愈是沉浸在对过往的峥嵘岁月的回顾之中,他就愈愿意接近青年、了解青年。然而,这是不容易的,不仅像于维琳那样接近不了青年,就是自己也不可能和青年生活在一起了。他们出来旅游是住七毛钱一个晚上的澡堂子的。(据说,住澡堂子还是"高级"的,许多青年人出来旅游是住车站码头桥洞,甚至露宿街头的。)以他的身体,他能去住一个晚上澡堂子么?

已经是夏季了,荷叶团团,柳丝拂水,湖山更加浓艳妩媚了。天再热一点,李振中准备去大连。那里海军基地的一个老战友,一再来信邀请他去。或者是去昆明?那里也有老熟人邀请他。面对日新月异而又青春永驻的河山和一代一代地成长起来、开始富裕起来、发出自己的声音的年轻人,李振中对自己的老病不无伤感。但他仍然忍不住设想,二十年后,三十年后,五十年后的中国是什么样子呢?世界是什么样子呢?那时的年轻人,将穿着什么式样的服装,唱起什么样的歌儿,留起什么样的发式呢?如果杭州市也盖起了钢骨玻璃结构的摩天大楼,白娘子的传说和岳武穆的故事,还能像现在这样打动人心吗?西子湖的古老娴静的情调,究竟能保持多久呢?再往下,我们的国家,我们的生活,又会怎么样发展下去、变化下去呢?在这迅速的发展和变化之中,什么才是真正的永恒呢?

他真想知道啊!他真想知道啊!

附注:本文人物、故事及秀园种种,纯系虚构,与某一省、市毫不相干。

发表于《当代》1981年第6期

相 见 时 难

相见时难别亦难,东风无力百花残。
春蚕到死丝方尽,蜡炬成灰泪始干。
晓镜但愁云鬓改,夜吟应觉月光寒。
蓬山此去无多路,青鸟殷勤为探看。

——李商隐《无题》

需要一个提纲。

世界最大的航空港之一——芝加哥机场。名目繁多的航空公司,各霸一方而又联营。荧光屏幕上密密麻麻的飞机起飞时刻表和飞机抵达时刻表,绿光闪耀。候机室里的茶,咖啡,可口可乐,橙汁,番茄汁,三明治,热狗,汉堡包,意大利煎饼,生菜沙拉,熏鱼,金发的白人与银发的黑人,巴黎香水与南非豆蔻,登机前的长吻。女士们,先生们,飞行号数633……

还有一张半裸的女人像,背景是阳光灿烂的海水浴场,画在半透明的塑料板上,灯光从后面照射过来,显得就像是真正的太阳在照耀。下面是几个大字:你去过佛罗里达吗?

北京——北平。从太平仓绕一个小胡同,黑漆门上的对联:物华天宝,人杰地灵。就在平则门里,就在沟沿,就在南砖塔胡同的拐弯处。两块大石头墩子,一棵老槐树,夏天的吊死鬼——槐蚕。雨后,

蜗牛爬过以后,从墙根上向上延伸着白沫似的轨迹。孩子们唱着:

水牛儿,水牛儿,
先出犄角(啊)后出头(唉)
你爹,你妈,
给你买烧羊骨头(啊)烧羊肉(唉)

一串干枯了的眼泪,已经蒸发了的悲哀。

追悼会和欢迎会。宴会和联欢会。鸡尾酒会和夜总会。默哀,握手,致词,举杯,奏乐,唱歌:Home,sweet home(甜蜜的家庭)。夏天最后一株玫瑰。玫瑰玫瑰我爱你。你不要走。快乐的寡妇。我是天空里的一片云。怒吼吧,黄河。团结就是力量。山上的荒地是什么人来开?一条大河波浪宽……阿里路亚!阿里路亚!

有点像电影——有点不妙。云淡风轻近午天。人之出(初),狗咬猪。《369画报》。你有外币吗?你还认得我吗?

你还认得我吗?

一

又迷了路了,又误了点了。当她全神贯注的时候,似乎比精神恍惚的时候还辨别不出东、南、西、北。从一个月以前她就每天找出来看这一张飞机票。早一点订票,来回票,票价要便宜百分之十五。她本来以为自己会把这张票丢失的,结果,票倒没有丢,只是为了一时的冲动,突发的灵感,出发前三个小时她突然驾车到了唐人街。她要买一个香袋,就像三十二年前她丢失的那一个。她说不清她为什么要这样做。这里,人们都相信柏格森和弗洛伊德,相信本能和潜意识——带一点神秘又带一点粗鲁,相信偶然、自发过程、那不可理解的也完全没有必要去加以探求解释的荒谬性。只有荒谬的一切才是正常的，自由的与美好的。正像相信鬼就有鬼一样，当她信服了这样的理论以后，她的生活里果然全然是荒谬了。

所以她忽然驾车到唐人街去买那明知既不需要买又买不到的东西。所以她失望地——或者全然不是失望地，而是意料之中地在回转途中走岔了路，她找不到能通到高速公路的路口了。等上了高速公路，她又找不到出口。然后她得到了一张因为违反交通规则而缴纳罚金的通知单，这儿叫做"票子"的。然后她到家的时候离飞机起飞时间只剩下了四十分钟。然后她叫了一辆计程车（就是出租汽车），恰好汽车司机是一个走路都不灵便的、不知已经退休了几十年的老头子，如果由她自己开车，甚至走错了路也比坐他的车好一些。而且老头子正热心地听一场州际的美国式足球——橄榄球比赛实况。汽车里也是那种铺天盖地的尖叫、鼓掌和口哨。所以老头对于交通的阻塞，对于佩玉可能赶不上去香港的班机毫不在乎。也许他毋宁多停一停，即使开行也是蜗牛速度。这样，他将更能听清楚是哪一位全身披挂的、八十年代的骑士把另一位好汉撞得骨折，至少是脱臼。

当然她早已习惯了这些，华美的汽车流和要命的交通阻塞，足球赛和脱臼，迷路和误点。但是这一次的误点却是她无法忍受的，就像无法忍受在脸上长出一个瘤子。由于误机她又在芝加哥多住了一天，这一天是多余的，计划之外的，无用的和败坏情绪的。这本身就是一个瘤子。该叫做时间瘤还是生命瘤？

她一分钟又一分钟地等待着这个瘤子的清除，百无聊赖。她甚至怀疑自己此行到底有多少意义，唯一拴着她的心的她的亲爱的老父亲已经死去，或者按照国内那个治丧委员会的说法，叫做"含冤去世"。离别了三十二年，中断通信联系已有三十年（自从朝鲜战争以后，她就不再与父亲通信了），她可以想象她这个女儿的存在并没有给父亲带来任何安慰和快乐，而是相反，那一定是苦恼、麻烦，也许是灾难。也许这"含冤去世"里的"冤"，正包括着她的干系呢?

人死如灯灭,如烟消,如云散。即使亲自去请教让·保罗·萨特或者罗马教皇,也理解不了死,这只是因为,人人都对死理解得十分清楚——包括一只猫或者一个幼儿,它和他或她也知道死是什么。死是虚空,是另一个我们永远无法交流任何信息的并不存在的世界。又都不甘心、不情愿它的虚空,又留下了许多许多的事,许多的书信,许多的真的和假的悲哀,真的和假的怀念。于是她突然收到了来自北京——北平的信。她不习惯于说北京,不是由于台北的政治影响,她早在少女时代就已经对国民党绝望了。如果没有那荒谬的迷失和误点……还提这些干什么呢?她之所以总喜欢说北平,是因为她只有北平,她没有北京。

她离开那个有着古老的前门楼子的、灰蒙蒙的城市的时候,她离开那个人们一说话就是"您哪,您哪"的、多礼的文化故都的时候,那只是北平。而北京,一九四九年的十月及以后是不属于她的。她没有北京,她又失去了北平。

然而北京在找她,北京找到了她,北京邀请她,召唤她去,去参加她含冤去世的父亲的葬礼。这葬礼也误点了,误了十三年。

那封信封的左上角上打印着 P. R. C. (中华人民共和国的英文缩写)的信是这样写的:

蓝佩玉女士:

　　正如您已经知道的,令尊蓝立文教授已于一九六七年十二月二十四日含冤去世。现在,对于他的一切污蔑不实之词已经推倒,他已经完全、彻底地恢复了名誉。我们怀着沉痛怀念的心情,正在筹备蓝立文教授的治丧事宜。您是蓝教授的直系亲属,我们恳切地邀请您前来出席令尊的追悼会,往返旅费及在华住宿费用,将由我们支付。我们还将提供您大约一个月时间的方便,您可以在中国旅行、参观和探亲访友。

　　请尽早赐复,并将您的愿望、要求、建议告知我们,以便及早安排。

　　顺致

最良好的祝愿！

蓝立文教授治丧委员会筹备组

1979.3.12.北京

　　这是三十多年以来她收到的第一封来自故国故乡的官方的信。她毫不怀疑这是官方，因为既是委员会，又是筹备组，具有相当的结构。语气是恳切的、感人的，条件是优厚的。然而"在华"这两个字和最后祝愿的外交辞令仍然刺痛了她。在华，在华，什么叫在华呢？甚至在合众国移民局办理入籍手续，回答那些礼貌的却又是完全讨厌的、使她内心里暗暗流泪的询问，然后做出"归化"的保证的时候，她也没有想到过自己已经不是中国人了。幼年时候，她已经懂得用"中国人"来自勉和勉励别人，用"不是中国人"来谴责乃至辱骂别人了。她听见过在劝架的时候，麒麟阁的老板说："都是中国人嘛，不要伤了和气。"她也听见过油盐店的小伙计低声骂一个已经走远了的市井无赖："不是中国人！"现在……她不愿想下去了。

　　但是她没有犹豫。素日，为每一顿饭吃煎鸡蛋还是吃火腿，喝茶还是喝咖啡，以及喝咖啡的时候到底要不要加糖和奶粉都要犹豫不决、考虑再三的蓝佩玉，当天晚上就给这个委员会的筹备组写了回信。她当然要去参加追悼会，她当然要"在华"逗留一个月——但她并无亲友一定要访问，她希望尽可能多地看一看中国。她考虑了一会儿，又在"中国"前面加上"我的"两字。

　　她必须回去追悼他的慈爱的父亲，不幸的父亲，在她满十周岁的时候给过她一个香袋的父亲。

　　而且她还要追悼——她自己，她自己的昨天，昨天的蓝佩玉。那唯一分明地活着的，实实在在的丽贞女中高中女生蓝佩玉。

二

一九四八年的北平。

报纸上登载着"平汉路沿线战况吃紧"、"冀东战况吃紧"、"银根奇紧"的消息和"征美貌女友"、"征夫"以及"专治肾虚肾寒"的春药广告。大街上人人惊恐不安,每一个还没有买到窝头和大饼的人都在担心五分钟后食品价格将再度飞涨,每一个手里捏着油条和烤白薯的人都必须警惕对面来的抢匪会从你的手中把到了口边的食物抢去。叮叮当当的有轨电车四周都"挂"着人。而这些人当中,包含着那么多土匪、扒手、特务、人贩子。每个稍作打扮的女人都可能是娼妓。每个扶竿而行的盲人都可能兼营倒卖海洛因和吗啡……

人人都觉得活不下去了,人人都在等待着地覆天翻的变化,怀着希望、焦虑、兴奋或者恐惧……

混乱的岁月,颓败的生活,黄金的年华,火红的青春……十九岁的佩玉啊,谁知道你这个经常穿着竹布裇和黑裙子、短头发、大眼睛、大脑门儿的姑娘的胸膛里,蕴藏着多少热情和幻想呢?从被欺凌的山羊、机敏的小白兔、愁苦的卖火柴的小女孩、终于得到了幸福的灰姑娘和白雪公主到花木兰、圣女贞德和女侠秋瑾;从《可怜的秋香》《葡萄仙子》到《叫我如何不想他》和《天伦歌》,再到《跌倒算什么》和《团结就是力量》;从《爱的教育》到《钢铁是怎样炼成的》;从基督教徒到差不多是民主青年联盟的盟员,她还清清楚楚地记住自己的心路历程呢。

那时的北平是地狱,但是她的心里有一个天堂。她和她的思想左倾的女同学们喜欢唱:

　　山那边呀好地方,
　　一片稻田黄又黄,
　　大家唱歌来耕地呀,

再也没人做牛羊。

天堂暗淡了，火一样的姑娘迷失了，而最后，不，还不是最后呢，后来，她死在青天白日旗下的第一模范监狱。

难道这一切只是因为北平有个罗圈胡同吗？

三

在那个像瘤子一样多余出来的等待飞机的白天里，她有点心灰意懒。她一刹那间想去退票，不管承受什么样的经济的和信用的损失。无论如何，在这个自由得可怕的国家里她还拥有任性的自由，折磨自己、与自己作对的自由和时时刻刻感到自己是不知道在做什么、不知道为什么做并为此发出叹息和诅咒、为此做出一些自己也无法理解的事情的自由。如果航空公司的营业部就在她住所隔壁，她肯定是已经这样做了。她之终于并没有这样做只是因为懒得再去精神恍惚地驾驶汽车，不愿意把自己的躯壳和运动交给一个愚蠢而又煞有介事的汽车流。这里人人都在疲于奔命。这种庄严而又无聊的匆忙的天性其实在蚂蚁身上已经充分地表露了。

而且由于一种惰性，她已经买了票了，通知那个遥远而又陌生的"筹备组"了。已经做过的事情会继续规定你做什么和不做什么。昨天往往成为今天的主宰，今天往往难于摆脱昨天的行为、趋势、债务的约束。

她没有吃晚饭，只是打开了一包炸玉米粉片，并且给自己调了一杯吉姆莱特酒。放了杜松子酒和苏打水以后，她捏起一片柠檬往里挤进去几滴汁液。本来在吃完炸玉米粉片和喝完吉姆莱特酒以后，她还想给自己削一个苹果，但是她想起妇女杂志上的警告，水果含糖量是相当高的，吃了同样能使人发胖，她觉得一阵轻微的反胃，就不再吃什么了。

她破例打开了电视机。她一向是把这里的电视节目抨击得一文不值的,像大多数知识分子一样。而且她想,她大概已经有差不多一年没有看过任何电视节目了,因为,正像她的朋友们所说的,看那种节目是对于一个成人的智力的污辱。

C.B.S.,哥伦比亚广播公司的节目。电影《大下巴的鲨鱼》,鲨鱼把人、把船、把码头建筑、把什么什么都吞掉了。上好的色彩,上好的摄影和特技,上好的演员,上好的大众传播技术和只有不折不扣的白痴才会感兴趣的内容。

每十几分钟一次广告,化妆品和化妆品,食物和食物。一个大的饼干盒,砰的一声爆炸了,从里面走出来一列手挽着手的青年男女。他们健康、美貌、奔放、无忧无虑。他们用甜美和谐的嗓音唱道:"饼干,饼干,真香,真甜!饼干,饼干,真甜,真香!"小乐队伴奏,第一流的提琴。然后是热奶油浇在意大利式煎饼上。田野上、大厅里、森林里、饭桌上、男的、女的、老的、少的,每个人都在大咦大嚼意大利式煎饼,然后每个人用右手的拇指和食指做一个 O 的形状,以示 OK——顶好。每人都冒出一股吃饱喝足了的傻气,并配以无伴奏合唱——当然是歌唱意大利饼。

人吃完了鲨鱼吃。鲨鱼吃完了人吃。不仅鲨鱼的下巴是大的,人的下巴也不小。

然后是一种牌号的牛仔裤。白色、黑色、黄色和棕色皮肤的女人都穿起了这种善于突出臀部的裤子,每个女人都用臀部对着你笑,走起来了,扭起来了,扭得不能自已了,像是上足了弦。北平土话管这个叫什么来着?对,叫做"犯了机器"。真是精辟的语言,一针见血,入木三分,余味无穷。

人扭完了鲨鱼扭。鲨鱼扭完了人扭。不仅人和臀犯了机器,一切的一切都在犯机器……

不过这一回她没有生气,没有牢骚。不论是被鲨鱼吃掉的人,藏在饼干盒里的人,打手语 OK 的人还是扭得你头晕的人,都是一些多么单纯可爱的大孩子!他们看来都生长发育得很好,满心快活地扮演着影片——广告需要他们扮演的角色,而且,他们会为这种扮演而得到美元,会感到自己是在出风头。她始终觉得金钱这个词——英文读作"蒙列"的——的读法特别有趣。"蒙"的音总是既有力而又短促、坚决、干脆、响亮,但是,不论是从英文字母的拼缀当中还是从国际音标的注音当中,她找不出相应的读法。

她有点羡慕起这些讨人喜欢的美国大孩子来了!如果她年轻一点,她不是也应该去试一试运气,去屏幕上吃一吃或者扭一扭吗?这不就是生活,就是幸福吗?生活只不过是生活,幸福只不过是幸福罢了。这里的朋友们告诉她,不能到生活之外去找生活,不能到幸福之外找幸福。他们可真实惠!

然而她不能。

……她睡得还不错,梦是甜的。她回到了童年,回到了她常去买文具的麒麟阁。她清清楚楚地看到了麒麟阁高高的石台阶,那台阶是那样之高,她小时候总觉得麒麟阁是开设在半山坡上。而房子又是那么狭长,堆积的白报纸、橡皮纸、牛皮纸、马粪纸、电光纸和糊墙纸、糊顶棚纸似乎就顶在她的头上,而且随时会崩塌下来,压在她这位常常光顾的小顾客身上。

"掌柜的您……"

她听到了自己的声音,七岁的、八岁的和八岁半的,那声音使她喜悦、感动,温柔地睁开了眼睛。甜甜的梦流下了一丝丝苦味儿。

她拉开窗帘,阳光明亮。她走出门,没有一丝风。在初冬的芝加哥难得有这样的天气,这是一个好兆头。她想,也许不让她昨天起飞,正是对她有利的天意。命该如此,一切的一切不都是这样吗?谁知道什么是好?坏?利?害?

诸事顺遂。西尔斯摩天大楼在晴空中辉耀。老远就可以看见飞机一架又一架地起飞,一架又一架地降落,平稳、准确、谨严。时间富富有余,她中途停车用一美元买了十二枚又大(比北平的大得多)又热的糖炒栗子。她想起了在她儿时流传甚广却查无实据的关于把糖炒栗子读成糖炒票子的故事,老师、亲友和同学都说有一个傻孩子以为钞票炒一炒会更好花,但她对于到底是否真的有这样一个傻子颇感疑惑。卖栗子的老头儿是个戴着可笑的灰软帽的犹太人,连同他身后的一家鲜花店和一家鞋店的橱窗和门面都给人一种活生生的感觉。

通过机场安全检查的时候,警报器响了起来。她从大衣里掏出了钥匙、指甲刀和所有的硬币,她被认为消除了危险性了。然后她还要当着检查人员的面按一下她的提包里放着的照相机的快门,以证明那不是一枚炸弹。她笑了一下,检查人员也笑了一下。这些公众场合的工作人员都笑得很有分寸,而且美。

飞机上坐着各种肤色、各种服饰的乘客,说着各种语言和各种腔调的英语。为她们这边厢乘客送饮料的空中小姐是一位黑白混血儿,她有一种特殊的热烘烘的标致,尤其是那厚嘴唇和洁白的牙齿非常迷人。蓝佩玉在洗手间里照了照镜子,梳了梳头,轻扑了几下粉,又描了描眉毛,涂了涂口红。有点憔悴,但是仍然比同龄的欧洲血统女人显得年轻。又能年轻到哪里去呢?五十岁毕竟是五十岁,如果有孩子的话她早该做祖母了。她没有甘心,她安慰自己,高级化妆品和衣饰,保健与美容按摩及旋水浴,染发剂,还有近乎残酷的、终于已经被她习惯了的种种减肥措施,不可能完全没有效果。她依稀看见了佩玉·蓝,那个在少女的蓝佩玉夭折以后渐渐成熟的、忧郁而又不乏美国式的灵活的、玩世不恭而又不乏野性的女人。随着光阴的流逝,随着先是与她的丈夫泰勒感情不和,接着又是泰勒死于车祸,这个女人的一切女性的魅力渐渐变成了遗迹,变成了往日的一段回忆。而且她觉察到,一旦佩玉·蓝变成记忆以后,也许会沉到比蓝佩玉更远更黑的海水里。

但她还是打起了精神,五十岁的女人固然不如四十岁的女人,但总还比六十岁的女人强。她回到座位,各个舷窗已经拉上了塑料遮光板。机舱内正放映电影,影片描写的是歌星洛兹的一生。卑微的出身,艰难的历程,红极一时的成功与悲惨的结局。既是生活,又是公式。中国现在正在做什么呢?她的表仍然指示着美国中西部时间,应该怎么换算来着?平常她倒清清楚楚,在寓所里失眠的时候她能清清楚楚地想象出故乡的同胞正在吃午饭。炸酱面还是锅贴?现在当真用得着换算时间了,她却糊涂了。

天黑了。开始了短促的夜。波音747正在向日出的方向疾飞。她假寐了一会儿,希望着能够再登上一次小小的麒麟阁文具店,沟沿路西。她想买一本红模子,上面印着"一去二三里,烟村四五家……"轰轰轰轰,喷气发动机不时闪着光,照耀着神秘和巨大的机翼。大概有九千米的高度吧?好像已经离开了地球,离开了美国或者中国,太平洋或者大陆。这架飞机不会从此遁入太空、失去自己的踪影吗?上、下、左、右是绝对的黑暗与虚空。中间是一架亮闪闪的、有人、有吃、有橙红色的地毯、有座位也有音乐的飞机。

机翼猛然剧烈地颤抖起来了。蓝佩玉听到了舷窗的有机玻璃的琮琮声,而后她也打起颤来了,因为整个机舱的座位都在战栗。她当然没有惊恐,这对惯于旅行的她当然也不是新的经验,但她仍然有一点不安,她默祷祝愿这气流的冲击赶快过去,而且,她越发意识到自己是空中疾行的一粒毫无作为的微尘。她只能听凭她以外的力量和时运的支配,她有点沮丧,有点想笑却笑不出来。

四

这是一个非常偏僻的火车小站,不仅地图上,而且连那些相当详尽完备的火车时刻表上,你也找不到它的名字。每天上、下行各有一次慢车在这里停两分钟,其他的东来西往的客车,在接到信号以后气也不喘地从这里风驰电掣而过。旅客们看不清这个倏地一闪就不见了的火车站,火车站上的人也看不清那些高速运行的旅客。夜间,快车和特快列车经过的时候,只像是一道光龙呼啸而来,等你听到了声音,发光的龙已经走远了,倒是那呼啸的声音还停留在耳际。

所以这一天,一九七九年九月二十七日,这个小站的站台上聚集了那么多人,使小站的职工大为惊奇兴奋。他们纷纷伸头探脑,打问:"你们是送谁?今天有谁要在这里上车?"

翁式含也感到完全意外,他甚至有点惶恐,这算是干什么?兴师动众,还来了一辆卡车,他们哪儿找来的卡车?再加上拉他、他的妻子、一个小儿子和一些行李物品的胶皮轱辘马车,以及零散地前来的人骑的摩托车、自行车、马和驴……这简直像是个什么集会游行,当然了,倒不会是什么闹事。

尤其使他感到狼狈的是这些送行的人,大人和小人,汉民和回民,男人和女人,戴眼镜、戴手表和胸前插着钢笔的三样俱全的人和只有两样、只有一样、一样也没有以至连袜子也没穿的人,送行的时候都不空着手。大蒜,红枣,石榴,白兰瓜,烙饼卷煎鸡蛋,手工自制的挑花小台布,自己打磨出来的紫石砚、印章石和小石猴,塑料绳编的金鱼,用丝线刺绣缝制和缠编的香袋……最要命的是送给他五岁的儿子的两件礼物:一个阔口罐头瓶里装着玉带河水,河里的一绺水草,河里的三条小鱼。一个早先大概是放过豆瓣辣酱的小陶罐,罐子里装着玉带河岸的泥土,两粒青豆,一位雄赳赳的斗士——褐头、黑翅、头上的触须像京剧英雄的翎子一样威风的蟋蟀。

"哦,不行不行不行,实在不行,我实在是拿不了,谢谢啦,不行不行……"翁式含大概在这个站台上说了几百个"不行"啦,送的人却不理睬他。翁式含手忙脚乱,应接不暇。本来嘛,就那已经托运走的两个木箱子、三个纸箱子、一个柳条包,再加上现在手里提着的一个皮箱、两个帆布箱、两个旅行包,再加上三个手提包就已经使他精疲力尽了。十年前下放到这儿来的时候东西没有这么多,十年了,破破烂烂,却是家大业大了啊!

火车就要开行了。翁式含催促帮他重新解包、打包、收纳这些馈赠的朋友们下车。他看着这些更加凸胀的包包和终于装不进包包

341

里、堆放在行李架上、铺位下面的这些怕压、易碎、不耐潮又不得倒置的礼品，想出了一句俏皮话。他说：

"你们看啊，我简直像个刮地皮的赃官啦！"

说完了他自己先笑起来，然而他的笑声立即止住了，他看到了回转过身来的送行的友人们眼中的泪花。

玉带河，玉带河，你这个地图上找不到的小地方！是什么样的缘分，使你这条虽然小却哺育过难以计数的世代农民的河流又哺育了翁式含一家十年！整整三千六百多个日夜！是福，是祸？灾难，幸运？迫害，机遇？生命的虚掷，生命的充实？值得咒诅的和永远眷恋的？

火车起动了。小站平平稳稳地退后了。送行的友人们、学生们和学生家长们退后了。有的孩子追着火车跑了几步，扬着手，也终于退后了。看看他们那皴裂的小手，你能不掉泪吗？

于是妻赵韵哭出了声。再——见！——她喊着。火车已经开走老远了，伸出老长的脖子也看不清送行的人了，她还在摇着纱巾。

韵！他似出声似无声地叫着，抓住了妻的手。

十年来，当夏天漏雨、冬天进风、春天的泥泞动不动就把雨靴紧紧吸住的时候；当柴烟和煤烟熏红了妻的眼睛，而锅里、瓶罐里、碗里又没有一点点或者糖或者糕点或者肉或者鸡蛋之类的什么的时候；当节假日他们无处可走，没有剧院、公园、展览和哪怕是一个像点样的书店可去，而与家中的老人通一次信来回就要十五到二十天的时候；总之，当他看到比他小十岁的妻的脸上出现了那种凄然的苦笑、那种把一声长叹咽下去以后的安宁和顺从的时候，他不是也这样似有声似无声地呼唤着她，抓住她的手，用眼睛搜索她的眼睛里的不平和忧愁，而且用眼睛慰问她吗？他是在无声地说着"你受苦了"，而赵韵也就会在一刹那间用心灵的光辉驱散脸孔上的乌云，她的眼睛也会回答："我愿意！"十多年来，赵韵不正是用"我愿意"这三个大字来回答来自各方（包括最初曾经来自翁式含自己）的对于他们的爱情、婚姻的怀疑和非议,也回答命运的一切荒谬的挑衅和调侃吗?

但是,到了一九七九年的春天,她坐不住了。"咱们什么时候回北京啊?"她的一切快乐的和不那么快乐的闲言碎语,她的深情的和有点怨意的眼光,她对时事、对全国落实干部政策、知识分子政策、对北京来的一切印刷品、信函和包裹的特别热烈的关心里,她的说出来的和没有说出来的话语里,不都包含着这个心愿,这个问句吗?如今真的离开玉带河了,向北京驶去了,路上的一切桥梁都会是稳固的,一切隧道都会是畅通的,最快乐的重逢,和亲人、和那么多老战友、老同学,和他与她的出生的地方——北京的重新团聚在等待着他们。人生又能有几次这种幸福,这种神采飞扬的时刻,这种终于度过了严冬又来到了暖人的春光里的欢欣?可韵啊,你为什么当真哭成了这个样子?

"这么多好人……"赵韵向他哭诉着,不顾同车厢的其他乘客惊奇的目光。

呜——哐嘁、哐嘁、哐嘁,树、电线杆,屋顶烟囱里冒出的温暖而又芳香的炊烟,收割着庄稼的、正在袒露着自己的胸怀的……

　　不论哪一块土地上,
　　都生活着许多好人!

熟读唐诗却又缺乏诗才的五十岁的翁式含,有多少次想写一首诗,来回来去,他得到的只有这么两句。十年前,当他带着"叛嫌""特嫌""走资派错误""××矛盾按××××矛盾处理"这样一些古怪的标签和说明书"光荣"地下放到这里的时候,他是沉默的。先是和社员们一起锄了一个夏天的玉米和豌豆,他的饭量增加了,手指头变粗了,脸孔、肩头和脊背脱了一层皮又长出了一层晒不透的皮。有一次在远山的梯田上劳动的时候碰到了大雷雨,他被浇成了落汤鸡,从此以后,农民们对他似乎变得亲近了。后来他被"提拔"到本地小学的戴帽式中学班里代课,教语文、数学、理化和音乐。在全国都大张挞伐"师道尊严"的时候,玉带河小地方的农民和基层干部却恪守着尊师重道的老礼儿,而且当地人显然已经认定了翁式含一家是好人、是负屈含冤的,他们在意的是活人而不是标签和说明书。

从此,他不再是玉带河一个陌生的来客。尤其使他觉得奇怪的是,他和赵韵结婚那么多年没有孩子,却在来玉带河的第五年,也是他们婚后的第十个年头得到了一个活泼、伶俐、脸蛋红扑扑的儿子!赵韵坐月子的时候,乡亲们给他们送来了上千个鸡蛋,上百斤小米,而当时,正是生产凋敝、市场萧条、连养鸡养鸭都要受限制的时候!

无论怎么说,十年的玉带河边的生活是结束了。他的生命里那四十岁至五十岁的一个应该是既强健又成熟、既开花又结果的阶段是结束了。炕上铺着席,头顶的椽子与檩木上面也是苇席的房屋;带棱带角、砌、抹得像艺术品一样精致的炉灶;中间挖下去、左右各有一个侧室的地下工事——白薯窖和菜窖;冬天充满了煤烟,由于玻璃损坏糊上了报纸而显得采光严重不足的教室;夏收期间师生们在一起一边磨镰刀一边闲谈的情景,总之,这个村庄连同它的诚实,它的人情味,它的闲言碎语与少见多怪,它的又怯又硬又亲热的乡音,它的又好发火又能忍耐的性格,正在离他、离他的妻子和儿子而去。也许是望眼欲穿的这一天到来了,也许是度日如年的岁月逝去了,这本来是大好事。但是火车站送别的场面强烈地震撼了他,妻子的眼泪、送行的孩子们的小手强烈地震撼了他,他觉得他正在失去什么。

这是一次真正沉重的别离。

今生难再——呜——他喃喃地自言自语了这么四个字,每一秒钟,每一分钟,他都离开玉带河越来越远了,离开耳顺之年以前的他自己越来越远了。

"爸爸!"儿子在欢呼。

小小的玉带河边的蟋蟀,不甘心自己的声音被钢轮撞击钢轨的声音所淹没,它正在振起双翅,在嘈杂的汽笛、机车和车轮声中,发出自己清脆甘甜的嚁嚁声。

五

好像是一条干涸了许久的河,河水没有了,裸露出来的只有沙石的丑陋和寂寥。突然,春已归来,春回大地,那歌唱着、叫嚷着、嬉戏着奔涌而来的是浩荡的清流。河里又有了水了!于是有了浪花,有了波纹,有了先知冷暖的白鸭,有了用石片打水漂儿的孩子,有了小船,有了鱼虾,有了虫,有了蜻蜓,有了吃鱼的水鸟,有了岸边的垂柳,有了提水灌溉的水车,有了一边踩着水车一边说笑、调情的青年男女……如果所有这些,都发生在一个短短的时间里,这不是使得河床自身也会感到惊异吗?

翁式含和赵韵回到了北京,回到了他们原先的工作岗位。所有的轮子全面运转,所有的渠道全面流通。转关系、报户口、领粮食和副食供应本子,外加托老朋友办的为照顾他这个刚刚落实政策归来的迁回户而发给他的双人床票、大衣柜票、折叠桌椅票——简直像是新结婚。还有补发的十年工资的存折,穷惯了的人一下子领那么多钱似乎有点不好意思,甚至觉得好像是突然捡到一个大钱包。倒是赵韵当仁不让,而且立即制定了既宏伟又合理的采购计划,付诸实施。

久旱逢甘雨,他乡遇故知,洞房花烛夜,落实政策时!

除了第三句与他的年龄不太相称——但与领到了家具票一事颇为贴切——以外,这被篡改了一句的诗倒是相当传神。

一通百通,一利百利,只要一张薄纸,便有回春之力!

他终于把第三句改成了"分到房子日"。有许多比他地位高、影响大的同志落实政策回来了,却没有住的地方,只好暂时呆在招待所,诸多不便。而他们却一来就赶上了分房子,于是乎看房子、办手续、搬家。新建成的公寓楼,到处是灰土,清扫了五天,用秃了一个拖把。于是乎门庭若市,老同学、老战友、老同事、老邻居、近亲远亲旁亲,川流不息,和拖把同时买进来的半斤香片茶叶也只逗留了一个星期。亲戚和朋友们似乎都比他要求严格一些,对于他已经如此满意的住房提出了上五十条缺陷和近二十条加以改进的建议,使他头晕目眩。

大城市里生,大城市里长,既有学问,又有党龄和革命经历,跑过许多地方,更在五十年代初访问过苏联和东德的翁式含,在回北京的头几天竟然对家里的煤气管道、自来水管道、暖气管道及马路上划分机动车与非机动车行道的白色虚线发生了兴趣,觉得这和人行道上的方格洋灰砖、大路上的雨水泄水池、理发馆里的头油香味和自行车铺门口的压缩空气泵一样,都很了不起。在玉带河,骑车的人都自备打气筒,正像北京的人,看电视的都自备有天线。

他的这点不失童心的兴趣很快就被扫荡得无踪无影。任务越来越重,头绪越来越多,人越来越忙,他再没有闲情逸致去做自我心理分析。百废待兴,报到以后"翁"字后面就出现了职衔,职衔后面便是扯不完的皮、操不完的心、开不完的会、还不完的债。经过多次"谈判",他与领导达成协议,两年以后解除他的行政工作,专门去搞他所喜爱的哲学史的研究。"但是现在不行。"领导说,"只有你这个老领导上台才能服人,才能把这个研究机构重新抓起来。再说,只有这样做才能体现加在你自己头上的种种诬蔑不实之词,确实已经统统推倒了。"

于是一切活着的人都向他伸手,死了的人也通过活着的人向他伸出手来,要平反决定,要公开恢复名誉,要追悼,要花圈和见报,要子女和家属的城市户口,要抚恤和理所当然的照顾,要遗作的精装本……

于是有了庄严的哀思和终于长长地吁出来了的一口浊气,补流的眼泪、补奏的哀乐、补放大的遗像,与家属补握的同情加痛惜的手,补写的挽联、挽诗,补……

需要补的东西怎么这么多,这么多啊!一九七九年是一个追悼年,追悼那刚刚被平反的,平反那早就该追悼了的。中国在追悼和平反中静默、沉思,抖掉落在身上的过往的灰尘,获得着新的生命。只有那用完了收到筐里以便下次再用的胸前佩戴的小白花,那是娴静和永恒的、默默无言的慰安。

"老翁啊,我们要去看看你啊!"京华大学的党委副书记孙润成给他打电话,他立即意识到,这是为了蓝立文的事。

"我们已经收到了蓝老的女儿佩玉·蓝的电报,她下星期二到北京,参加她父亲的追悼会。"孙润成说来就来了,他做出一个与翁式含促膝谈心的姿势。

"什么?蓝佩玉要回来?她还活着?"

"活着!好像混得还不错呢。又是博士又是教授的,还担任一个基金会的董事……借她这次回国的机会,我们希望和她酝酿一下派留学生的事。"

"噢。茶有点凉了,要不要我给你换一下?"

"不,茶很好。当然,我们还要请你协助。去做做佩玉·蓝的工作吧,当然由你去最适合。"看到翁式含皱起的眉头以后,孙润成又补充了一句:"总该去看看老相识嘛!"

霎时间翁式含有点目瞪口呆。他注视着孙润成,黑框眼镜下的笑眯眯的眼睛、白胖的面孔,小而厚的、使人联想起狗熊的手,正在剥一块咖啡糖的包装纸。和善、天真、亲昵,既是真正的知己老友,又是一心为公。

深红色的糖纸剥下来了,然后撕掉里面一层白蜡纸,蜡纸被撕的时候发出一声尖利的噪音。

"说!你和蓝佩玉是什么关系?为什么她在五〇年还写信问候你?"

"我看你早就和蓝佩玉勾结起来了,叛变革命,出卖组织,里通外国,充当帝国主义的代理人……"

那坐在桌子后面拍桌子,痛斥,不时又跳起来挥拳头的知情的老战友啊,当真就是你吗?

孙润成把咖啡糖放到嘴里,咯吱咯吱地用牙齿嚼了起来。糖块太大了——这是一种老牌子的,实惠而又有点笨拙的糖,打从三十年前,这个糖的包装、形状和滋味就是这个样子。唾液与融化了的糖液混合起来,从孙润成的嘴角流了出来。

"星期二下午,从广州起飞的飞机,要晚上七点多钟到。你能够和我们一起去一下机场吗?给她一个意外的欢迎,希望她踏上北京的第一分钟,就感觉到温暖、亲切、关怀……"

"我不去,我没有时间……我并不想见她。"翁式含听到了自己的冷冷的声音。怎么会这样冷呢?"春天的花是多么的香……"即使是庸俗和卑微的流行歌曲也罢,即使是已经否定了、已经厌恶了、已经批判了也罢,但那声音——他的和她的声音不是曾经分明地按照同一个频率振响在大气层中吗?

"我知道,你很忙,要把'四人帮'造成的损失夺回来嘛!而且……"孙润成把剩下的糖的硬核咯楞一下吞了下去。他可能噎了一下,脸上显出了短暂的痛苦的表情。他借着这个表情低声说:"这方面,我过去也说过一些过头的话,错话,违心的话……我们都是老同志了,你还不理解吗?"

是的。翁式含还能再说什么呢?他连忙摆手,示意孙润成不要再说下去,并且不住嘴地劝慰孙润成:"没事,没事,当时有当时的情况嘛……"

"你是不是还有点保守啊?"孙润成带着宽容甚至几分怜悯的口气说,"像佩玉·蓝这样的海外关系,目前不但不会给你带来任何麻烦,恰恰相反,好处还多得很呢……对,我们不谈个人的利害,你总会懂得党的团结海外华人的政策,建立反对霸权主义的国际统一战线的政策,他们会成为友谊的桥梁……"

"好吧,我同意在她来了之后去看看她。"

"那就对了,那就对了,到时候我们会派汽车来接你……再有一个事,我们也要征求你的意见,你说,让不让杜艳来参加这个追悼会……"

"当然要啦,杜艳不来还行?……"翁式含的反应很简单。

"是这样。杜艳在蓝老自杀以后不到两个月就改嫁了,这个情况你当然也了解。这还不是主要的,我们又不要求她当什么节妇烈女,她再嫁八个人也是她自己的事情。问题是,越来越多的人反映,蓝老自杀的直接原因正是杜艳……你知道,蓝老有个堂姐,今年已经八十一岁了,她托人给我们捎信,如果杜艳来到这个追悼会上,她就要拼老命。当然,她不可能是杜艳的对手,像杜艳那样的女人,确实比原子弹还厉害。还有蓝老的那两个莫逆之交,邵老和吴老,他们颤颤巍巍亲自来到校党委。他们说,只要有杜艳,他们这些蓝老的老朋友就都不肯出席这个追悼会了……"

翁式含半天没有言语,他能说什么呢?但是孙润成非要听他的意见,这倒是真诚的,因为这确实是一个棘手的问题。

"说服,说服他们吧……无论如何,法律上和事实上,杜艳曾经是蓝老的老婆。蓝老已经去世了,在死者面前,我们又能说些什么呢?折腾他的家庭的那些丑闻,对死者也不尊重。杜艳的事情大家都那么说,但毕竟没有确凿的凭据……"

"你能这样表示就太好了,我们只能借重你老兄了,看你是不是也帮我们做点工作,无论如何,把追悼会圆圆满满地开下来,把外宾送走,然后看他们愿意打官司还是骂架,留到下一步!"

孙润成满意地告辞了。翁式含却觉得非常疲劳,他不满意他自己。难以摆脱的姓蓝的这一家啊,本来以为有了今年年初的详明的正式组织结论,蓝家的阴影再也不会侵入到他的生活中来了呢。蓝佩玉要回来?她现在是什么?美籍华人?多么陌生而且令人觉得似乎有点文理不通的字眼。这个名词是二十世纪六十年代才创造出来的吧？《辞源》《辞海》上，是没有这样的名词的吧？她为什么没有来？害怕了？动摇了？叛变了？那几个中学的进步组织的破坏，到底是不是与她有关？她回北京来，难道只是为了参加一个迟了的追悼？听孙润成的口气，好像我们派留学生还要借助于这位动摇逃走了的女士的帮助呢……多么不公正的历史，简直像一个恶狠狠的玩笑……

还有杜艳，听说她曾经是一个风流的少妇，否则，妻子死了以后已经过惯了多年独身生活的蓝立文教授是不会陷入她的网的。但为什么只要一想到杜艳，出现在翁式含头脑里的便是一个雄化了的运动员的形象呢？在一张外国的体育画报上，他看到过奥林匹克女子标枪冠军的一张照片，当然，这是五十年代的事。他清清楚楚地看到了，这位世界女冠军的上唇上，长着一圈密密的小黑胡子。当然，杜艳并没有长胡子，只是她的上唇的汗毛比一般女子要浓重一些。长的样子，也丝毫不像那位欧洲女大力士。再说，杜艳根本就没搞过体育，但是不知道怎么搞的，一提到杜艳他就想起那位女子标枪冠军来……

"你又发什么愣呢？现在还有什么叫人出神的事么？"

每次他愣神，总是被赵韵发现。这是他的一个毛病。本来，即使是在最困难的处境下面，他也是乐观的，有说有笑的，非常随和、非常容易和周围的人打成一片的。他从来没有那种自视清高的孤独感。但是，十年来，在他的那种乐天知命的、非常适应的甚至看来是轻松愉快的生活当中，当送走了客人，当批改完了农村的孩子匆匆写就的作业，当搞完了家务以后，他会突然现出一种如悲如痴的呆呆的神情。用赵韵的语言来说，那神情就像越剧影片《红楼梦》上贾宝玉听说林妹妹要回苏州以后的表情。那是一种迷惘，一种深重的痛苦。每遇到这种时候，赵韵就要设法把他拉回到现实当中来，不让他一个人遐想，用日常生活中的无数琐屑的事情来温暖他的心。自从一九七八年以来，翁式含的脸上一直再没有出现过这种神情，即使深思、考虑问题的时候他的脸上流露着的也只是智慧的光彩和愈来愈多的自信。但是今天,孙润成走了以后,赵韵又发现了她丈夫这种使她难过的神情,她不由得心里一沉。

"不,没有什么。"大概只用了一秒钟,翁式含便对自己进行了调整。他微微一笑,"咱们喝杯茶吧。"

"这么晚,喝茶?"

"我还不想睡。你呢?你知道……噢,你没有听见我们说话。我和你说过的蓝佩玉要回来了,下礼拜开她的父亲的追悼会。"

"我再给你说说蓝佩玉的事情吧,你想听吗?"当新茶沏好了端来以后,翁式含问他的妻子。

赵韵只是哼了一声。

六

翁式含从来不愿意怀旧,不愿意谈过去的事。过去,那是褪了色的,泄了气的,泼出去了的。而一次又一次的审查、怀疑、挑剔,更是折磨得他一提起过去就咬牙切齿,就灰心丧气,就烦躁,就疲倦,就起鸡皮疙瘩。

现在算起来,那应该是一九三六年。他七岁,却硬是考不上他所向往的师范大学附属小学,虽然他答对了一切关于数字、关于颜色、关于长短远近方位……的询问。从大人们和别的孩子们的议论中,他已经清清楚楚地知道了原因:因为他们家穷,他是个衣衫褴褛的穷孩子。

他爸爸原来在煤铺里当写账先生,在一次事故中,他被驮煤的骆驼踏伤,右腿有点残废,后来被煤厂的掌柜的给辞了。虽然爸爸长期找不到固定的职业,却一直背着"煤黑子"的名声。说来也怪,可能因为在煤厂做事太久了,煤的黑分子已经通过皮肤和毛孔浸润到皮下去了,因此,不论是用皂角还是用猪胰子球怎么洗,爸爸的脸仍然是黑的。

一家七口人,翁式含有两个姐姐两个哥哥,他是最小的,行五。因为小,又因为聪明,受到父母和兄姐的偏爱和特殊待遇,他们全家那另外比他大的六口人都抱着牺牲自己、成全小五儿的决心,一定要供着式含上学,上好学校,光宗耀祖。但是,刚一到学龄就碰了壁。他羡慕地站在师大附小门口,看着放学归家的孩子们。邻居的一个女孩子认出了他,说起了他的小名,她说:"哟,那不是小五儿吗?"

他的这个小名儿使这些穿戴整齐、背着书包的天之骄子们哄然大笑,他们立刻喊起了一个童谣:

小五儿,小六儿,
鼻涕疙瘩炒豆儿,
你一碗儿,我一碗儿,
气得小五儿白瞪眼儿。

是的,小五儿白瞪眼,因为他被排斥在小学的大门之外。四十余年以后,翁式含回忆起这天真烂漫、像一群小麻雀一样的孩子们叽叽喳喳地叫喊出来的童谣的时候,他当然不认为这些孩子有任何恶意,他们只是觉得好玩罢了,他们只是很愿意笑,很愿意叫,很愿意闹就是了。但是,甚至在四十三年以后,他仍然感觉得到这首当时是深深地伤害了他的儿歌所留给他的余痛。甚至天真无邪的孩子也能够在不知不觉之中伤害人,这不是令人惊异的吗?

那一年没有考上理想的小学,但他和他的父亲还没有死心,第二年又考了一次,那时他已经会写好多字了,他的智力显然比同龄的一般儿童更发达。但是,这一年应考的孩子的家长里有几位达官贵人,看到一个一跛一拐的煤黑子带着儿子来到他们的队伍里,深为不满。他们撂下了几句话,翁式含又"落第"了。

再说,父亲失去固定的工作与薪金以后,母亲只好出去帮工,给人做"老妈子"。作为"老妈子"的儿子,他似乎从低处又向低处降了一层。

于是,他只好去上阜成门脸儿的一个三流学校。学校乱七八糟,上课的时候教室里一片混乱,调皮的学生踩在课桌上互相追逐和打斗,但是他努力学习。

那个叫过他"小五儿"的邻居小姑娘没有兄弟姐妹,孤孤单单。有一次,她和小五儿、小五儿的姐姐一起玩踢毽,却被她的多病的妈妈叫走了。走开以后,她妈妈弯下腰小声对小姑娘说:"你干吗要跟野孩子一块玩?"

又一次扎心的侮辱。为什么要说他是野孩子?难道他上了学,也仍然比别的孩子低一等吗?

他恨这个女孩子,恨她们一家。

这个女孩子就是从前的蓝佩玉,如今的大洋那边的佩玉·蓝。

他们两家住的房子属于一个房东。翁式含住的是外院的终年不见太阳的南房,蓝家住的是里院高台上的四间正房,坐北朝南。里院有一架藤萝,有两株无花果。春天开紫花的时候里院里充满了清香。但是翁式含是被父母嘱咐过,绝不可以随便进里院的。"如果你进里院去,人家丢了东西就会赖你。"这样的社会推理,对于穷人的孩子是不难被理解的。

最使翁式含痛恨的除了"小五儿"的童谣和"野孩子"的帽子之外,还有那里院的四间正房的门框上悬挂着的一个圆镜子。这个圆镜子,高高在上,放出邪光,通过里院的垂花门,照到翁家住的下房的窗子上。翁家父母相当认真地研究过不止一次,是不是这道镜子的邪光破坏了他们的家运?他们无缘无故地在门楣上方悬挂一面镜子干什么?照妖,妖在哪里?这样一照又会把妖赶到哪里去?辟邪,邪在哪里?这样一辟又会把邪送到哪里去?为什么翁家的日子愈过愈艰难?贫病交加?为什么老三老是长针眼而老四老是烂嘴角?为什么父亲好不容易买来的一条鱼还被猫儿叼走了?为什么煤球炉子突然散了架?恐怕都与那面镜子有关系。翁家的亲友也完全赞成这样的结论,显然,这块别有用心的镜子破坏了翁家的风水。

但是他们不知道怎么办好。父亲曾经尝试着去谈判,谦卑而又执拗地提出了自己的要求,请蓝立文先生把那面镜子摘掉。得了博士学位从法国归来的蓝立文只报之以轻蔑的一笑。他说:"这面镜子是原来就有的,是房东挂在这儿的,我们没有权利也没有义务去动它。是这样,对于这面镜子,我们不负任何责任。"说完,博士回转了头,根本不再搭理这种中国的土产愚民。

翁式含却有自己的主意。他终于等到了一个机会。有一天,里院的父女三口都出门了,一个老妈子也上街买菜去了,八岁的小五儿攥着一块鸽子蛋大的石块走进了里院廊下。他的心怦怦跳着。他看准了一石块就砸到了镜子上,哗啦,镜子成了碎片,他感到了一阵狂喜。对于他的有生以来的第一次革命行动,他做到了守口如瓶。即使他最要好的哥哥姐姐向他查问,他也是装聋作哑。翁家的人很担忧,怕引起什么纠纷,但又暗暗高兴。蓝家的人毫无反应。看来是真的,他们不屑过问这种事。这倒使翁式含对于蓝佩玉和她的父母印象稍微好了一些。

然而,蓝家门楣上的镜子的破碎并没有使翁家的运道发生什么新的转机,他们每况愈下了。比式含只大一岁的,按大排行被称为四姐的秀玲就在这一年冬天突然因猩红热而死去。式含全家眼睁睁看着他最亲爱的姐姐生病,病重,病危,死去,硬是没有钱送她进医院。这之后,他们搬走了,他们住进一个更寒碜但房价也相对便宜一点的地方。

然后十几年过去了,翁家与蓝家已经彼此忘却了。一九四七年,翁式含考上了北京大学。他没有忘记向那歧视他的社会报复,他用十年时间学完了别的孩子用十二年才学得完的中小学课程。当然,更主要的是他从上高中就与党的华北局城工部所领导的北平的地下党组织建立了经常的联系。而在高中二年级,他还不满十八岁的时候,他已经成为一个英勇无畏的共产党员了。

就在他入大学后不久,一次,在几个大学的学生自治会联合举办的营火晚会上,他碰到了蓝佩玉。当时,像学生自治会这样的组织和学生们的联欢、文娱活动,已经完全是在地下党员和进步同学的掌握之下进行的了。国民党、三青团声名狼藉,在青年学生中毫无市场,这种学生活动都具有一种反蒋反美的革命色彩。所以,蓝佩玉也参加了这样的活动,让翁式含很有一些惊异。

"你姓翁吗?"一位被营火照红了脸的、亭亭玉立的大姑娘忽然向翁式含发问。

女孩子梳着短头发,穿着竹布褂、黑裙子,胸前佩戴着"北平丽贞女中"的校徽。她似乎是完全陌生的,翁式含感到茫然。

"我看着就像你——你还像小时候那么样严肃。"她顿了一顿,"你是不是有两个哥,两个姐,就是说,你行五,小五儿,你想起来了吧!"

"原来是你!像你这样的娇小姐为什么也到这里来了?"当然,这后面的话并没有说出声。

"我早就对国民党不满意了,我的思想左倾!"蓝佩玉的这种轻率的言语和冒失的举止使翁式含吓了一跳。她实在不像一个郑重地追求真理、倾向革命的学生。当然,更不像一个为了试探他而故意给自己涂上红颜色的特务。

从此,他们又有了联系。蓝佩玉对于翁式含两次跳级提前上了大学十分钦佩。她了解翁式含的家庭和童年,她知道能有今天的学业成绩需要翁式含具备多少智慧和毅力,而蓝佩玉正醉心于阅读一切与革命有关的文艺书籍和小册子。她喜欢看《钢铁是怎样炼成的》,但也许更喜欢看《夜未央》。她看史沫特莱的《战斗的中国》、黄炎培的《延安归来》,也看英国费边社会主义者描写苏联的文章。她同样津津有味地看那不分青红皂白,把共产党和国民党一锅煮,放在一起骂娘的什么《太平洋月刊》。她喜欢唱聂耳、冼星海的歌曲,但同样也爱唱流行歌曲当中稍微雅一点的《蔷薇蔷薇处处开》。她尤其爱唱那个"春天的花是多么的香,秋天的月是多么的亮……"

　　翁式含曾经试图帮助蓝佩玉提高政治觉悟。他给她讲,《夜未央》所宣扬的那种与敌人同归于尽的恐怖行为(加上由自己的恋人发出信号这样一个浪漫透顶的情节)并不是无产阶级的革命思想,而只是一种小资产阶级的虚无主义。英国费边社会主义集团,属于一种社会民主主义思潮,是站在布尔什维主义的对立面的。蓝佩玉眨着眼睛,很有兴趣地听着这些政治问题,然后她咯咯地笑起来,"嚯,你可真能说!"她笑得如同天使,"反正我爱看《夜未央》,我看保尔·柯察金也不见得不受《夜未央》的影响……我本来就是小资产阶级嘛!"

　　蓝佩玉的不讲论理的论证,不讲逻辑的逻辑,特别是她的神态和笑容,使翁式含惶惑了。

　　而且他终于和蓝佩玉一起唱起来:

> 春天的花是多么的香,
> 秋天的月是多么的亮,
> 少年的我是多么的快乐,
> 美丽的她不知怎么样?

　　他的嗓音是低沉的,好像一架残破而伤感的风琴。蓝佩玉的歌声却是欢快的,好像一只小号。无怪乎这个歌听起来并没有那种流行歌曲的做作与轻狂,她的毫无矫饰的声音里带着一种儿童的天真。

　　唱完这支歌,翁式含暗自觉得有点惭愧。身为地下党员,怎么好唱这种"小资产阶级"的歌儿呢? 于是,他又带头唱起《我们是熔铁匠》来。

　　那次唱歌,是在前门外的大观楼电影院看完《八千里路云和月》之后。初冬,下午五点多钟,西北风吹得尘土和黄叶在街道上飞旋,吹得商店字号的幌子摇摇摆摆,顶着风蹬三轮的人弯着腰与风搏斗,那姿势像是拉纤的纤夫。有一个女疯乞丐突然跪在马路中间哭了起来,有几个小孩子大喊:"疯子!疯子!"乞丐突然跳起来向小孩子扑去,传来了小孩子尖叫和大笑的声音。有一家写着"牺牲血本大甩卖"字样的绸布店内传来了淫荡的歌曲《三轮车上的小姐》。一家饭馆的门口贴着五个大字"内有女招待"。

他们有点饿了。翁式含建议去吃荞面饸饹,蓝佩玉建议去喝豆汁。然而他们既没有吃成荞面也没有喝成豆汁,路过一个糕点铺的时候里面传来了糖炒栗子的香味。他们商量了一下就走进去了,他们一人要了一碗桂花茶汤,又要了一大把栗子。翁式含又说起了那个老掉了牙的糖炒栗子的故事,蓝佩玉不信。

他们只在一起吃过一次东西、唱过一次歌、看过一次电影,在那一九四七年十一月的中旬。

你们为什么在一起吃栗子?

你们为什么在一起唱歌?

你们为什么在一起看电影?

你们为什么是一丘之貉?

一九六六年以来,他曾多次面临这样的追问,其中包括他的可爱的朋友、圆圆滚滚而又精明强干的孙润成同志的追问。他从检讨自己的小资产阶级情调到承认自己灵魂深处有一个小资产阶级的王国,到后来又干脆承认是一个资产阶级的王国——在那些年,资字前面的小字被一风吹给吹掉了——但是仍然不成。他们究竟希望得到什么样的答复呢?

可我为什么要回答这样的为什么呢?

他沉默了。他变成了"态度不好""从严"的样板。由于"从严"而得到了"从宽"——"敌我矛盾"而按"人民内部矛盾处理",还不够宽吗?

在生活的长河当中,在时光的长河当中,他本来应该把这一切淡忘了的。不是吗,他竭尽全力也想不起蓝佩玉的模样来了,他想不起那一天她穿的是什么衣服、什么鞋子。在汹涌奔腾的大时代的激流当中，他们的相会和分离并不是一朵引人注目的浪花。"我是天空里的一片云，偶尔投影到你的波心。"他想起了蓝佩玉爱唱的另一首歌，歌词是徐志摩的诗。自从一九四八年三月那次失信和突然不辞而别之后，他对蓝佩玉只有怀疑、轻蔑、厌恶乃至仇恨。他之所以念念不忘地记住了这次看电影、唱歌、吃栗子，只是为了回答那些义正词严的为什么。

他终于再不用回答这些为什么了。

佩玉·蓝即将到达！

"这究竟是为什么呢？"三十二年后的这个夜晚，一九七九年十月，他们刚刚回北京不久，赵韵再一次听完了他的追述以后，问道，"为什么要邀请她回来，还算外宾？你的被捕和以后的种种厄运，不正是由于她的出卖吗？"

"我是说，我们当时分析有这种可能，并没有足够的证据。至于现在，时过境迁，更难作出判断来了。"翁式含打断了赵韵的话。

赵韵放下了手里正在钉的扣子，由于不小心，针扎疼了她的手指。她提高了声音，并且不自觉地敲响了桌子：

"我们姑且不说她是特务或者叛徒。然而她跑了，至少她是背叛了她自己，她的信仰、她的理想、她的情感。她离开了祖国，投靠到当时中华人民共和国的敌人那里去了。我冤枉了她了吗？你坚持革命，你受到了没完没了的审查。她跑了，现在却大摇大摆地回来……"

"怎么能够这样相提并论……"

"对，我比错了，可你得让我说完。那些'文化大革命'当中往外跑的，不是都受到了严厉的制裁了吗？如果这些人算叛国投敌，她算不算呢？难道我们要和她握手言欢吗？我真讨厌他们！像蓝佩玉这样的人，他们回来就觉得不难为情吗？"

翁式含笑了。他点点头，而且吐了一口气。"睡吧。"他柔声说。

七

"哪儿去了?"

"什么哪儿去了?"

"你说什么哪儿去了?"

"我哪儿知道你说什么哪儿去了?"

"你怎么会不知道我说什么哪儿去了?"

"你怎么会知道我一定知道你说什么哪儿去了?"

这不是宝塔诗,不是绕口令,不是五岁的小孩儿斗嘴,也不是练造句。这是晚饭以后杜艳和她的丈夫——第三个丈夫会话的一种常有的格式,一种特殊的含情带俏、似嗔非怒的文体。但是今天,杜艳浑身的肌肉绷得有点紧,她嗓门洪亮地喝了一声:

"少装糊涂!"

大头,秃顶,笑嘻嘻的样子像个弥勒佛的陈金才抬头看了杜艳一眼,是不是真急了呢?又有什么可急的呢?他委实没有什么"哪儿去了"的事情可说啊。要说从前嘛,他还是蛮风流的,都说前妻死是他气的。胡说,众人之口,如辣椒如小刀如砒霜如氰化钾。谁让前妻是那么个痨病壳子呢?他们一起生了四个儿女,他哪儿有一点对不起她?关于杜艳,也有不少流言蜚语,要听那些闲话,杜艳可是真正的白虎星。不知为什么,这反倒增加了杜艳在他心目中的魅力,我就爱杜艳这个泼辣风骚劲儿!人家说她丑了,愈变愈丑了,可丑得强壮,丑得有劲,丑得可爱。"按老年间的话,你克夫,我克妻。干脆咱们俩一块儿过,看谁克得过谁!"这是一九六八年,经朋友介绍,鳏夫寡妇在一起搞了一个月的对象,一起看过一次电影,逛过一次公园,吃过四次饭馆(都是陈金才大大方方地掏钱)以后,陈金才发表向杜艳开门见山的求爱的别具一格的致词。

"我得考虑考虑。"杜艳挪了挪身子,拉开一点距离,态度是端庄的,"你知道我已经结过两次婚了,头一次结婚的时候我还不满十八岁,嫁了个木头墩子——比木头墩子多两只眼睛。第二次嫁了个糟老头子,这不刚去见阎王爷去了。我不是乱七八糟的人,我一步一个脚印,肚子没病不怕吃冷瓜,欢迎你调查。我只是为了幸福,我要真正的幸福,我为什么不能幸福?我的能力和胆量也不一定就比江青同志差……哼,还可以,你倒没有吓趴下。如果第三次结婚,我可是沙锅砸蒜,就这一锤子买卖了。不论嫁给什么人,我会豁出命去服侍他,可他也得听我的,听我的没错儿!我没生过孩子,娘家的七姑八姨全死得光光的了,我没有私心。只要有一个疼我敬我的人,我死心塌地跟他过一辈子。为了他,我可以上刀山,下油锅!我可以给他打洗脚水,倒尿盆子!可有一条,他得跟我一个心!不能有别的心!我可是占地方!我不是省油的灯!"

"真够意思!"陈金才竖起了大拇指,"我就喜欢你这个爽快劲儿!我那个死鬼硬是十棍子打不出一个响屁!我从前有过一点不检点,那是因为我在家里什么也得不到。我官儿不大,可是有实权;钱不多,可是有方便;个儿不高,可有的是精、气、神;文化不高,可大批判发起言来我也是一套一套。依我的看法,女人就好比二锅头酒,愈烈愈香,愈呛嗓子愈可口。俗话说没有金刚钻就别揽瓷器活儿,我看中了,我娶定了,一切条件由你!"

经过这么一番感天泣地、推心置腹的"换文"之后,他们结合了。必须说,他们生活得幸福而且饱满。在国民经济濒于崩溃边缘的那些年份,幸福不幸福首先要看餐桌。而由于陈金才在五金交电二级站当采购员(这就是他说的"不大"的"官儿"),许多人求他帮忙办事,所以,即使最困难的时候,他们的饭桌上也有起码三个肉菜,一瓶最低也是纯高粱做的酒。他们抽的最次的烟是"前门"和"光荣"。(杜艳偶然也吸一支烟,但从来不当着人。她用一种托着盘子的手势夹着烟,样子也很让陈金才满意。)比餐桌更重要的是他们的感情,凭良心说他们彼此满意,忠贞不贰,鱼水和谐。他们各自用自己的行动洗刷了旧日的恶名,简直像是在努力竞选"五好妻子"与"样板丈夫"。当然,他们也不乏口角,发展得严重的时候彼此也恶言相加,但是,他们都心怀豁达,吵完了就好,好了就忘了吵。"吵",在他们的婚后生活中不过是酸辣汤里的胡椒面儿,不过是点缀晴空、转瞬即逝的一片阴云。

最近,陈金才却微微有点不安。这是因为,随着"四人帮"垮台以后落实政策的春风,已故的蓝立文教授在十年动乱中失落的财产被陆续找了回来,并发还给了教授财产的唯一继承人、当时教授的夫人、现在陈金才的老婆杜艳。到底有多少财产,陈金才不知其详。像陈金才这样一个能人,一个堂堂丈夫,一个靠本事吃饭的男子,当然绝无染指沾光之心,他也不屑于去问。即使杜艳追着他向他汇报此事,他也一定伸出双手把两只耳朵堵上。但是杜艳向他闪烁其词,使他有些伤心。杜艳的这种遮遮掩掩的姿态显然破坏了他们在结婚时达成的相待以诚、相待以一片赤心的保证。国庆节那天杜艳突然拿出一件呢子大衣,说是给他买的,为了叫他高兴。这本来是很感人的爱情,陈金才却并不领情。他抱着狐疑的目光审视了这件大衣:确实是新买的,有百货大楼的货签与收据为证。再说,他早就想有一件呢大衣了,而这件大衣肥瘦、大小都正合身,杜艳可真会买东西!但是,他知道光凭他们两个人的收入和储蓄固然也可以买不止一件大衣,但杜艳绝不会把钱用在这上面。那么,这件大衣用的肯定是杜艳继承她"糟老头子"的钱。从原则上,他并不排斥这样做,他的自尊心还没有强到这种病态的程度。使他气恼的是,杜艳事先不与他商量,事后又不向他说明,把他瞒在鼓里,使他处于一个接受妻子的任意施舍的卑微的地位。这使他愈看这件漂亮的呢大衣,脸色愈加难看起来。

杜艳当然是一片好心。她期待的是这意料之外的厚礼能收到一种爆炸性的、惊喜交加的效果。她最近的心情很好。她当初第一次结婚是由于年幼无知,第二次结婚是图蓝立文的身份和金钱。第三次她才懂得了,要钱,要地位,但更要人。只有钱和地位而没有可心的人的婚姻,使她尝够了酸果。现在呢,天可怜见,她继承了蓝立文的金钱,又得到了陈金才这么个人,真是福星双照,鸿运兼得!总算熬出了头!她甚至在朋友们中间公开推广过她的经验:"任何事情都不是一次能办好的,为什么结婚只结一次呢?我以为,有这么三几次,才能成功!"她的话引起了许多快意的笑声。这就是她的性格,她的可爱之处。她深有自知之明。她知道她学不来那种酸溜溜的温文尔雅,她便有意无意地卖弄她的率真。有人说她坏,有人说她傻,有人说她丑,但是,她有她的美学标准。她知道她的坏也是一种魅力,她的傻是另一种聪明,而她的某些言语和行为在某些人眼中的丑,说不定是美的另一种风貌。她我行我素,虽然常常自怨自艾,却又常常自满自足。她不和陈金才谈有关继承前夫的遗产的话题,因为她觉得这不是一个有情有义有风趣的话题。她觉得她说这些,无异于一种对她现在死心塌地跟着的陈金才的炫耀,也就成了一种侮辱。而且,女人的本能使她认为男人如果知道了老婆有了很多钱而且这些钱是准备为他花的就会变懒、变坏、变"修",而最后,就要变心。但她真心真意要贴补金才,不但给他买大衣,而且准备给他买参茸大补酒。她以为她的一片爱心、痴心、善心将会得到丈夫的欢心,得到百倍的恩爱。谁想到,陈金才吊起了脸,狗脸,半天没有说话。杜艳"砰"地砸碎了一个酒杯,伤感备至地哭泣了起来。

　　这是一个星期以前发生的事,也是婚后生活中最严重的一次冲突。当然,这件事已经过去了,虽然,他们相互争了好几天,彼此都说了一些煎炒烹炸的话。开始的争执有点怒气冲冲,恨不得用舌头将对方处决。不知怎么的这种荒诞派杂文体的对话慢慢带上了文字游戏的性质。本来嘛,他们一不爱听音乐,二不爱下象棋,杜艳没有孩子,陈金才的孩子都大了,他们都敌视杜艳,差不多从来不登他们的门。再说国家安定团结,不搞运动,用不着晚上加班写检讨、写揭发材料、绞脑汁以求自保。这样,拌嘴便成了他们主要的业余文体生活,拌嘴有时候比拌小葱、拌香椿还有滋味儿。呢大衣事件就是这样解决的,他们一起骂,一起讽刺挖苦,一起冷笑,一起热笑,终于搂在了一起。

但毕竟刚刚有过这样一回一度形势险恶的矛盾,所以,当杜艳厉声呵斥他"少装糊涂"以后,陈金才抬头看了老婆一眼:难道当真急了?

"我们五点半下班,我六点十分就到了家了,你说我上哪儿去了?汽车那么挤,要不是我练过点站桩功……"

"谁问你了?我问的是钱,三十块!"

陈金才这才恍然大悟,原来中午拿回来的工资少了三十块钱,他咯咯笑了起来,说:"你抓得也太紧了!"

"太紧?是为我自己么?"

那倒是。陈金才明白,杜艳垄断财权的目的确实不是为了营私,而是为了防止资金外流,防止他把钱给了他和前妻生养的、已经都能独立谋生了的孩子。陈金才赶紧解释道:

"唉唉唉,你想到哪里去了?你怎么忘了上礼拜我带回来的茅台酒、牡丹烟了?怎么拿来好酒好烟的时候你不说什么,一给钱你就急了?这是扣的烟、酒钱,三十一块四毛七分。你还是不够精明,没算上那一块四毛七!"

杜艳撇了撇嘴,一场风波算是平息了,但她还是贬了贬陈金才:"我还当是有多大本事呢,掏钱买酒,有个人形的谁不会?"

"哼,你净想着白吃呢,想得美!"

关系渐趋和谐,言语渐趋活泼。正当陈金才想乘胜前进,讲几个大荤大素的笑话以利于消化方才吃多了的焦熘肉片的时候,门声响了,有客。

是京华大学党委副书记孙润成。他不苟言笑,架子十足地走进来,往沙发上一坐,开门见山地说:"蓝老的追悼会已经确定了时间,下星期一下午三点半在八宝山革命公墓。"

陈金才起身回避到另一间房里去了,孙润成进门以后只是向他微微地点了点头,然后再不看他,使他觉得有一种压力。

"我提的那两个问题呢?"杜艳警惕起来了,她已经感到自己的肾上腺激素开始大量分泌。

"我们研究过了,"孙润成的腔调傲慢而又专横,他显然是有所准备的。他采取的是先发制人、以势压人的手段,"抚恤金按国务院规定,一分钱也不能增加。悼词提受到迫害,含冤去世,这是符合实际情况的;不能说是迫害而死,更用不着提什么株连家属——就是你。又不是追悼你。"

"你这是什么话?你就是'四人帮!'你们这样的态度,我不参加追悼会……"杜艳炸了,声泪俱下。

陈金才在另一间屋里,听到杜艳的哭声,不知道是出来好还是不出来好。他知道,为追悼会的事京华大学已经来了好几次人了,每次都是点头哈腰而来,被杜艳大大数落一顿,垂头丧气而去。今天来的人恐怕是大官,劲儿就不一样,陈金才想。

孙润成丝毫不为所动,他反而放低了声音,一字一顿地说:"那随便,为了让你参加追悼会,我们做了不少说服工作。你应该清楚蓝老去世的情况,比我更清楚……"

"你呢?你没有批判老头子吗?你没有跳得高高的?"杜艳准备和孙润成进行白刃战了。

"是的,工作组来的时候我发过一次言,但是很快我也被揪出来了。蓝老自杀是在他放出来以后,而那时我还关在牛棚里。这些用不着在这里谈,你有意见可以上告。下星期一下午两点半我们派车来接你,去不去,你自己定。"

什么?他们竟敢不要家属参加而开追悼会?我跟他们拼了,我……

"顺便告诉你,蓝老的女儿明天到达北京,她从美国回来。"

孙润成说到这里就要起身。杜艳听了这个消息吃了一惊。当然,她没有见过这个"女儿",她也不愿意听老头子提这个女儿,但是她知道这一回事。明天就回来?想不到!从美国?

"你说是从美国?"她下意识地重复了一句。

"是的,她在芝加哥。"

"几点的飞机?"

"晚上九点四十六分。"

"我要去接。我要去机场……无论如何,我是她的母亲,我是她的亲属。你们都知道,我没有孩子,她就是我的孩子。"

连一向对自己的精明强悍、能攻善守充满自信的孙润成也不能不佩服杜艳反应之快,转弯之快,起动与刹车之快。只是一刹那,刚刚听到了"美国"两个字,杜艳的肾上腺激素倒流,脉搏舒缓了、舵位改变了,甚至她的脸上出现了非常人情味的表情,忧戚、怀念、温情。

"可以。"孙润成当机立断。然后他们说定了去机场的办法。

孙润成走了,他只用了二十分钟,完成了他手下的工作人员多少个小时没有完成的任务。坐在奔驰小汽车里,他点起一支香烟。也许我是太厉害了吧?我常常充当那种恶人的角色,我知道,许多人对我仍然是耿耿于怀,在"文化大革命"当中,我确是有缺点。又何止是我?骂就骂吧,怨就怨吧,我必须这样。谁让世界上有杜艳这样的人呢?是的,我有善,有微笑,但是我必须有一点恶,有牙齿,才能生活,才能工作。她对接蓝佩玉怎么这么有兴趣?她要干什么?得和翁式含打个招呼,注意一下。翁式含确实是个好人,但是有点呆。都不呆了也不好,如果都和我一样精明,生活不是太紧张了么?

八

这里就是北京吗?

说也怪,进入中国大陆不过才两天,她已经觉得北京这个称呼比北平更顺口、更合理了。在报纸上,在广播和电视里,在飞机和火车时刻表上，在人们的口头上，只有北京，没有北平。北平已经没有了，死了？去了？消失溶化了？包括外国人，他们现在也遵照中华人民共和国的规定，用和汉语拼音一致的拉丁字母来拼写北京了。不仅北平没有了，Peking 也没有了，只有 Beijing。

一样的空气，一样的她自己带来的法国香水的气味。这种气味总是让人想到人体，好像已经成了人体的气味的一部分。不，这里要淡得多。

一样的早晨八点半钟，在她把日历表拨快了十五个小时以后。当然，如果不管日子，只管钟点，也可以说这里与美国西海岸只差九个小时。西海岸与东海岸的时差是三个小时，这么说，相当于从旧金山到纽约的距离的三倍，不算远。唐人街的华人们组织起来，每星期天给自己的孩子教授两个小时的中文。是的，那些 A.B.C.（"在美出生的华人"的英文缩写，目前带有几分调笑之意）在学校里只能学到英语。自编、自写、自己复印的中文课本里有这样一课，题目是《中国比月亮远》，内容说一个中国孩子说中国比月亮远，因为他看得见月亮，却看不见中国。这个说法太悲观了。不，中国不比月亮远。中国比月亮近多了。

她盖着中国的棉被，中国的棉被拥抱着、抚摸着她这个中国女人的身体。当棉被吻着她全身的时候，她差点掉了泪，简直比第一次委身给泰勒的时候还要激动。在美国，人们只盖毛毯，还有被单，当然还有登山运动员和流浪汉的鸭绒睡袋。那儿没有宽宽大大、暖暖和和、厚厚软软的棉被，中国有。

我已经在北京安然地睡过了第一个夜晚，这个念头使她有点得意。她跳下床，穿着拖鞋去拉开窗帘，阳光把这个比美国的一般旅舍高大却也比美国的旅舍单调和简陋的房间照得通明。只有太阳是公正的，照耀着北美大陆和中国大陆的是同一个太阳。由于缺乏装饰而显得太白的墙上，挂着一幅长长的镜框，这富于立体感的山水叫什么？对，昨天晚上她问过侍应生——不，这里叫服务员，那是贝雕。

怎么她过去在北平从来没见过呢,难道这是共产党人的新创造?

初冬的清冷的空气,使她接连打了两个喷嚏,室内的温度显然在华氏七十度以下。没有空调设备,她无法自己调节温度和通过电离子发生器净化空气。她赶紧回到床上去穿衣服,并且按照她一向的习惯,这时候顺手打开了床头柜上的半导体收音机。

"请听广东音乐《雨打芭蕉》。"只一声她就震颤了,不是提琴,不是吉他,不是巴松,不是定音鼓。她已经说不出这些乐器的名称了,然而,她没有忘,她知道它们,她记得它们,她似乎能演奏它们。朴素,清凉,鲜明,秀丽。不是闹翻天的迪斯科,不是热乎乎的摇滚乐,也不是娇声嗲气的除了爱情还是爱情的呻吟挑逗。她已经很久没有接触过这样的曲调了,但那曲调仍然和她连着心,连着每一个细胞。她的每一个细胞都和这曲调共振,每个细胞里都升起了最隐秘的忧烦和最微小的舒适。雨打芭蕉,四个字的结构是多么简洁、整齐、优雅,像一幅画,像一首诗,又分明是充满风骨和神韵的音响……中国呀,你怎么这么深邃,这么神秘?

我的,我的,我的。这芭蕉上的雨滴,每一滴都是我的呀!

而你又是寒碜的。地毯已经褪尽了一切色泽,电灯灯伞、灯泡、开关以至电话等等的式样都那样单调而且古老。卫生间只在一早一晚供应热水,头一天在北京她就洗不上她所习惯的清晨的澡。

早餐桌上她结识了一个高个子的男子,和她一样的美籍华人,那人拼命留住了自己的并没有多少根的胡子,大鬓角,戴着一副镜框粗大得吓人的眼镜,右手食指上还有一枚坚硬得可以当武器用的戒指。他穿着一身看起来非常豪华,但在美国只有圣诞节礼品的推销员才会穿的西服。他自称率领了一个代表团前来,头一天刚刚受过一个"中共"高级官员的接见。"你是说中国?"蓝佩玉纠正他,那人又以保险公司的雇员的标准姿势耸了耸肩。然后,他开始用混杂着洋泾浜英语的美国英语大骂起中国的一切来。

"请原谅,我不觉得你谈的对于我来说是有趣的。"蓝佩玉毫不客气地打断了他。

高个小胡子"团长"既没表示惊讶,更没表示不快,他只是彬彬有礼地一笑,从尖刻放肆的言谈一下子变成了宽宏雅静的微笑,这表情也恰恰像一个费了九牛二虎之力却没有把丝袜子推销出去的推销员对待高贵任性的女顾客的态度。这使蓝佩玉觉得有点开心。

她回到自己的房间,离约会的时间还有二十五分钟,她打开收音机,调来调去,没有音乐了,在她听来,都是一些她所一贯不喜欢的政治宣传节目。但她也奇怪,这么大的一个国家,一个在她的记忆里是住满了散漫的、自顾自的、不讲公德、缺乏社会意识的中国人的国家,现在怎么有了这么多共同语言,一套一套的——"实现四个现代化""实践是检验真理的标准""坚持四项基本原则",铿锵震耳。男女广播员的音调里丝毫没有那种她已经听惯了的肉麻兮兮的劲儿,当然,也没有相互间的打情骂俏。这是一种每个字、每个辅音和元音都吐得清清楚楚的诵读,使她觉得有点振奋,又有点陌生,又有点严冷。人们当真也可以这样说话,当真也可以这样生活么?

翁式含就是这样生活过来的吧?小五儿怎么样了呢?(她笑了。)一个显赫的中共官员?一个严冷的铁人?一个终于软化了的、不那么好斗了的布尔什维克?一下子隔绝了那么多年!时间就是流水,中国的和希腊的古圣先贤早就发出了这样的慨叹。现在轮到她的渺小的心灵来承受这种窒息人的悲哀了,时间简直是瀑布!当你还没有揉醒惺忪的双眼的时候,三十多年已经冲刷过去了,那分离了她和父亲、她和同学、她和小五儿、她和北平——她真想再喝一次豆汁,只要一次——她和中国的三十多年的光阴啊!

昨天晚上到达宾馆以后,接待她的孙先生交给她一张纸,写着的是她在京期间的活动日程。"您同意吗?您有什么意见、建议和要求?我们可以遵照您的意见修改这些日程,我们尽力满足您的一切要求,我们希望您在中国过得愉快而且有收获。"孙先生说,露出了白白的牙齿,词令和神态使她想起出没于联合国大厦的外交官员。

可我只是来哭我的爸爸,我并不负有任何使命,我和白宫、国务院、五角大楼和中央情报局可是没有什么来往。为什么要事先把日程排好呢?再征求意见,我又能说什么呢?我是土生土长的京油子啊,就让我自己在北京跑一跑,不行吗?不安全?惹麻烦?我会受不了我的同胞和我的祖国?好在还有几个上午的空闲。

但是必须谨慎从事,这是在完全不同的情况下第一次在中国本土和中国官员打交道。"我本来也是你们的人啊!"一到广州就有这样一句话憋在肚子里,但是,她说不出来,多么没有价值的话!所以她没有提任何意见,"好的。"她点点头,也在学着做一个外交官。

"明天上午没有安排什么活动,您刚来,休息休息吧。"休息?今天晚上难道不休息吗?在飞机上难道没休息?怎么只要一换个地方就得休息?在广州人们也是一见面就劝她:"休息,休息……"

"如果您不反对,您的老朋友、老邻居翁式含先生打算来看看您。明天上午十点,好吗?"

翁式含!他还活着!他在!他是我的老朋友,老邻居!是的是的,他现在在哪儿,是什么样子?那可真好,"噢,那太好了!"

只是在孙先生走了以后,她才皱了皱眉头。连翁式含是我的老邻居他都知道,他是干什么的?他要干什么?翁式含是或者不是我的老邻居、老朋友,有什么要紧?他为什么要说这件事?难道他们已经研究分析过我了?为了什么?统战?友谊?政治审查?翁式含也是和他一样的共产党人?外交官?是老邻居老朋友之间神圣的私人会见吗?还是官方会见?

然而我太累了,神经末梢有点过敏。管那么多做什么。访旧,这不正是此行的主要目标吗?毕竟我也是中国人,我爱中国,我曾经向往过共产主义、共产党。毕竟翁式含曾经是小五儿啊!真可怜,他考不上师大附小。我们又将会面了,简直是戏剧性的场面。而我已经厌倦了,对于一切戏剧。

门响了,他不知道门铃,而是大声敲着门,敲门的声音这样大,多不礼貌！离约定的时间还有六分钟呢，这在美国是完全不可以的。中国，我的傻乎乎的中国！蓝佩玉尽量镇定住自己，而且下意识地抿了一下自己的眼角，"请进！"她一面说一面迎向门去。

门开了，她一怔。哪里有什么翁式含，只见是一个黑瘦而又结实的高个儿女人，大而厚的嘴唇显示着一种男性的勇敢和精力充沛，手提着一个大圆兜向她走来。"佩玉！"她大声叫道，好像向一百米以外呼喊。

这是杜艳女士，她的继母。昨天晚上在机场相遇的时候她们没有来得及说什么话，到了宾馆，她就走了。她挺着胸，气宇轩昂，像一只公鸡，虽然瘦却很健康。她的脸上并没有忧戚的表情，好像有几次她要说话，后来没有说，不知道是由于追悼前的哀思还是由于被孙先生他们抢过了话头。

杜艳叫了一声就搂住了蓝佩玉的脖子，她那个被戏称为"马桶包"的圆兜兜还提在手上，一摆一摆地击打着蓝佩玉的腰。"苦哇！"她带着哭音，喃喃地叫了一声，终于放开了惶惶不安的蓝佩玉，自己找着了沙发，悲悲切切、抽抽搭搭地坐了下来，一面诉说，一面从眼角打量屋内的陈设。

"阿——姨。"蓝佩玉慌乱中选择了这样一个称呼，手足无措，不知道是应该劝慰还是应该共同洒泪。

"你就叫我杜艳好了，我打问过了，美国人互相都是叫名字，这很好，我喜欢这规矩。要不你就叫我陈太太好了，我又结婚已经十多年了，我先生姓陈。你不会怪我的，你们的思想都是非常解放的。可你怎么不坐？坐，坐，我有许多话要说，我没想到我能在北京见到你，我没想到你万里迢迢（她读成"招"）还来给你父亲上坟，还来看望我们这些土豹（包）子。不管怎么说，我就是再改嫁八个男人，我和老头子也是夫妻一场。你知道我们一起受了多少罪！我们是一九五三年结婚的，那时候我才二十四岁，那时候我还能游泳，能从一米高的跳板上往游泳池里跳水呢！现在我的腰坏了，骨质增生，椎间盘突出……那时候老头儿四十八,是我的两倍,看着可比四十八还老。我就图他这个人,书呆子,别的事什么也不管,我给他吃什么他就吃什么,从来不顶撞我,我也心疼他。听说他打光棍已经打了四年了,吃食堂,吃饭馆,我认识他的时候他的袜子露着脚后跟,他的衣服上有菜汤的鹅涟(北京土话:污痕)。他孤孤单单,无依无靠,他又脱离生活,不会生活,就连娶我他也下不了决心,自己做不了自己的主,最后是我拿的主意,我把我自己先给了他……一直到他死,我伺候了他十四年,蓝小姐,你知道这是怎么样的十四年啊!"

　　杜艳真的哭了。十四年,又是一个错误的十四年啊,在第一个错误的九年之后。现在,这十四年的付出,终将得到一点酬答,一点代价了吧?看,亭亭玉立的美国人佩玉·蓝不就在自己的面前吗?她的身上发出了只有外宾身上才有的香气,她的脖子上有一条金项链,她的眼睛上涂着蓝眼圈,她的两只手上有三只戒指,她的高领羊毛衫是那样合体,连她的腿也像外宾的腿了,真闹不清是人家的长筒无跟丝袜子好还是大腿长得好,如果我在美国,不是腿也不会比她差吗?当年就是靠这一双腿把老头子抓到手心里的。再看看人家鞋面上的那朵黑花吧,像蝴蝶,那厚厚的平中有高的鞋底。可惜比我的脚大概是小两号,要不然,真想跟她讨一双皮鞋,可这又忙什么呢,只要认上了这一门亲戚……噢,认一个美籍华人的亲戚,可胜过工资提三级呀,这可是时代的新潮流哟,谁说我笨,粗俗?该死的老头子和他接触的那一拨穷酸知识分子,既不会杀猪,又不会打立柜,还臭美呢,还瞧不起我呢,好像我不配嫁给那个糟老头子一样,真是糟蹋了我自己十四年时光,还不如嫁一个屠夫,至少夫唱妇随多吃几顿沙锅白肉……老头子欠下的债,让丫头慢慢地替他偿还吧,反正我是思想解放了,美国,美国,美国,我也知道那是天堂一样的地方!

　　蓝佩玉也掉了泪了,这是踏上中国大陆以后第一次落泪。那久已磨钝了的思念老父的痛苦,那已经泯灭了的独生女儿的孝心,如今又像针扎火燎一样地折磨着她!她走了一年以后,母亲便因肺结核而逝去了,她在旧金山的唐人街,还隔着太平洋为母亲做了一次道场呢。那由披着袈裟的和尚敲着木鱼诵念的佛经,是她迄今为止听过的最伟大、最激动人心的语言。她当时就想回大陆来,照顾她的在生活上像孩子一样无能的父亲……该死的美国国务院,当时为回大陆的留学生制造了那么多障碍,加上她刚刚在美国站住脚,学业才刚刚开始,她又怕回来说不清她的失信、她的动摇、她的出走,也许,那些狂热的革命党人会把她看做一个叛徒、一个变节者,会把她撕个粉碎……真可怕呀,在她爸爸过着孤苦伶仃的日子的时候,一个美国式的佩玉·蓝和留着小胡子、镶着金牙的泰勒同居了。泰勒活泼得就像马戏团的小丑,他们的家庭也许更像诙谐剧的表演场,如果这也是爱情,也是幸福的话,叽叽喳喳的麻雀应该是一切生灵中的爱情的典范了……又有什么办法呢,她是一个弱者,她是一个女人,她受不住泰勒身上那种浅薄而又眼花缭乱的诱人的魅力。就像小时候吃酱油瓜子儿一样,她爸爸告诉她,连老师都告诫她不要再吃瓜子儿了,她的两颗上门齿都因为嗑瓜子儿磨出了缺口,吃瓜子儿吃得口焦舌燥,烂嘴角,口腔里起泡,但她始终没有摆脱得了瓜子儿。同样,她也摆脱不了泰勒的男性的刺激,他胸口上那一撮黑毛……然而,在她依偎在泰勒的胸口上的时候,爸爸正在受苦呢!他的衣服上的菜汤的鹅涎,那本来应该是由佩玉来洗的啊!

  谢谢这位阿姨吧,尽管她的言语有一点粗俗,说不定智力发育上也有一些可疑的地方,但是,毕竟是她十四年与爸爸朝夕相处,同床共枕,二十四岁到三十八岁,她把她一生中最好的年华给了爸爸……而且她直爽得多么可爱,在美国是不乏这样的人的,想不到赤色的中国也还有这样的人。赤化,赤化,大概不会像我当初读《钢铁是怎样炼成的》的时候想象的那样容易吧?

  "佩玉,你今年有多大了?你比我小几岁?"哭声刚刚停止,杜艳的目光移动到蓝佩玉的脸上了。这些美籍华人的岁数可真叫人纳闷呀!

蓝佩玉对这突然的发问有点迷惘,在美国,这是一个相当无礼的问题。这儿是中国,她提醒自己。随着这一提醒,许多事情都好办了。"五十岁整。我是一九二九年生人。"她努力笑着回答。

"什么?"杜艳好像很意外,而且来了兴趣,"你是几月几号的生日?"她穷追不舍。

"我只知道阴历。五月端午,吃粽子的那一天!"

"你比我还大一个月零十好几天呢!"杜艳叫了起来,好像发现了什么新大陆,"唉哟哟、唉呀呀、啧啧啧……"一连串感叹词,"真是条件不一样哟!享福的和受罪的可实在是不能比呀!真是一个天上,一个地下!我也是五十岁,我比你还小一点,你看看我这个老帮菜德行,皮不像皮,肉不像肉,走到街上谁能不说我像你的老大姐!"

真诚,谁不喜欢真诚呢?但如果是真诚的丑陋,丑陋的真诚呢?如果真诚得厚颜,真诚得做作,真诚得过分,真诚得虚伪起来了呢?也许,竟是她蓝佩玉太"中国式"了,也许,她的血液里早已浸透了孔孟之道,三从四德?三十多年的"西化",泰勒太太的身份,居然没有改变她那种崇尚贞淑娴秀的秉性?这位论辈分是她的继母的女性的谈吐,怎么使她招架不住了呢?真是翻天覆地的变化呀,中国开放得比美国——至少比美国的唐人街厉害得多呢!

救命的门铃声响起来了,快站立起来,快走出去开门,否则这位年龄比她小一个月又十多天的继母说不定……可这又怕什么呢?在纽约的时代广场,在百老汇的第四十二街,我什么没见过……可悲!

门开了。他们面对着面站在那里,一个在门外,一个在门里。

忽然,他们离得是这样近了,可以看得见彼此的头发、皮肤、黑眼珠、黑眼珠里的瞳仁、瞳仁里的自己。

忽然,他们离得那样远了,地球的这一面和那一面,大洋的这一岸和那一岸,历史的这一端和那一端,国际政治、国内政治阵营的这一边和那一边。

就是他,三十三年去也,故人无恙!花白的头发下面,仍然是那宽大的额头,由于严肃而在眼角、包括内眼角与鼻梁相接的地方出现了太深的皱纹的眼睛。眼睛是不会老的,黑白分明。正是这黑白分明的眼睛和略略翘起的嘴角,使这张严峻的面孔上流露出了温暖。整个身材比三十三年前结实多了。由于脸长,下巴长,又由于颧骨凸出,所以他显得精悍。其实,他的肚子已经略略挺起来了,他已经早就到了发胖的中年年龄。洗得干干净净的蓝制服和一双旧黑皮鞋表现着三十三年前那样的朴素和清高,解开了的领钩和上衣最靠上的一个扣子和露出来的灰白色的衬衫硬领,又显现出三十三年前所没有的一种随意、轻松,甚至是潇洒。无论如何,比她想象中的翁式含还要好一点,还没有老迈到那种地步。岁月好像对这个人一直是有情的,而人世的沧桑浮沉,竟也不像传闻的或设想的那样可怕。

　　他是稳定的。他迅速地打量了蓝佩玉一下,异国的装束和不无亲切的轮廓,精心的打扮和遮掩不住的韶华已逝的征兆,目光中的没有变的骄傲任性和新添的散乱悲凉,像同时刮过来的几股方向不同的风,吹得翁式含微微有点心乱,但他还是稳住了。他一笑,伸出了自己的粗大的手。他稳稳地问道:"你好!"

　　"式含!"她叫起来了。她的嘴唇稍微有点哆嗦。她叫着翁式含的名字,她多么希望翁式含也叫她一声"佩玉"啊,但是翁式含又重复了一句,仍然是:"你好!"

　　于是,细小的、冰凉的、有点僵硬的戴戒指的手,握在了显然被十年的农村生活磨砺得更加有力的手里了。紧紧的一握,多有劲,在美国,没有人这样和她握手的。可是只是一瞬间,他松开了手。

　　"总算又见面了。"翁式含说,这是一句平静而有感情的话,包含着遗憾,也包含着无可奈何中的自慰,蓝佩玉一时竟觉得说不出话来了。

　　"你……简直就没有变!"她断断续续地、急躁地说,"即使走在街上,我也能认出你来!"

　　"真的?那怎么可能……"

"是的。现在我才知道那些小说、电影上写的什么十年不见就谁也不认识谁了,什么多少年不见就形同陌路了,全是假的,编的……"蓝佩玉中止了自己的多少有点莫名其妙的话。

"可我大概不会一眼把你认出来。当然,现在认出来了。你可好?来到北京,还习惯吗?"

距离。时间和空间的有弹性的距离。好像电影摄影机,推向前去了,又拉向后去了,焦距还有待调整,对不准。站得近近的,彼此可以听见呼吸,却看不清。你是谁?你可还是原来的式含、佩玉吗?你可还是那邻居的小伙子、娇姑娘?我们究竟是朋友?敌人?统战与被统战?悠久的友谊?多年的猜忌、对立?刚刚搭起的桥梁?我们可当真曾经相识?现在互不相识了?又相识了?任务?客套?真情?外交?

多么尴尬呀,他们究竟有什么话可说?那主宰着他们的过去的,不是仍然主宰着他们的现在吗?

"你们怎么站在那里?来呀,来呀,坐呀!老翁,你也来了?早听说你回来了,官复原职,你又是做官的人啦,真怕你不认咱们这老百姓啊!"杜艳迎了过去,以主人的姿态接待着他们。

"杜艳同志,你好,我还没有来得及去看你。"

"什么同志不同志的,多肉麻!"杜艳向翁式含甩了这么一句,却转过脸看蓝佩玉的反应。她期待着惊喜和赞许,她将以一种惊人的激进和开放的面貌出现在佩玉·蓝女士面前。别瞧不起人,别以为中国人思想赶不上潮流,她杜艳如今也已经是时代新潮的弄潮儿了。

可惜,蓝佩玉竟没有注意她的这一句为她而说的话,她忙着给他们拿糖果、倒茶水去了。

标枪冠军,在她来说甚至像是无意的。可怎么一下子就变成了这样的腔调?

"这巧克力一点也不好吃,我还以为美国的糖有多好!全是薄荷味儿,像仁丹,像清凉油。这个也不好,怎么是桂皮味儿?哈哈哈,又不是炖连皮五花肉,放桂皮干什么?美国人喜欢吃这个,真笑死人,哈哈哈……嗯,这个可真好,瞧人家这咖啡,一冲就化,而且比中国咖啡颜色黑,好像放了糖似的。这是什么?这叫什么豆儿?又酥,又细,又圆,又大,什么,出产在夏威夷?夏威夷在哪儿?是不是在日本?嗯,我要留几个,我要给我先生带一点。我说得对吧?是叫先生吧?我就讨厌这个爱人,啥爱人?说不定是仇人呢!都老婆子了还爱人?不结婚叫爱人,养了八个孩子了还叫爱人,真叫人说不出口……"杜艳声音洪亮,口若悬河,吃得又快又多。蓝佩玉笑了。

"你可别笑话我,我说佩玉,我就是这样说话,直来直去,我们是土豹子!哟,你怎么不吃不喝?老翁,这么蔫蔫的?我们可没让你受气!哈哈哈……对了,你们是老相识,我知道的……老头儿也说过的,瞧我这记性,我怎么又全忘了?你们是怎么认识的?从小就认识?在哪儿?你们原来是什么关系?"

翁式含尽可能礼貌地作了回答,他甚至对蓝佩玉有点不满意了。既然事先约好了我来看你,为什么又请了这样一位人物,一位横行天下的标枪选手,看你那样子,倒像是听得津津有味,你不觉得丢脸,可我觉得丢脸。他转过头尽量不看杜艳,问蓝佩玉:

"怎么样?回来还习惯吧?追悼会什么时候开,定下来了吧?"

"依我说,追悼会就先甭给他开。"杜艳又把话接了过去,"就那么稀里糊涂地把老头儿给折磨死了,现在又想起开追悼会来了,没那么便宜的事儿。佩玉,我们要谈判!你知道,我和你爸爸受了多少苦,多少罪!我们打扫厕所,我们扫楼道,我们倒垃圾,连到食堂里去打饭,卖饭的都要骂我们。给别人盛菜的时候盛肉丝、肉片,给我们盛菜的时候专挑菜帮子!同样是二两一个的馒头,专给我们挑碱大的,或者是掉了汽水儿①的,或者是掉了皮儿的,还说我们是牛鬼蛇神,是黑帮,是反动权威,而我,就成了黑帮的臭老婆……"

---

① 指蒸馒头时笼屉帽上滴下的蒸馏水。

"我觉得对不起你,对不起你的父亲,我没有能尽到力量去保护他,安慰他,减轻他的痛苦……"翁式含说,他打断了杜艳的话。

"别说漂亮话了,让你翁式含去保护他?"杜艳粗暴地打断了他,却又是向着他的口气,"就拿老翁来说吧,堂堂的老革命,地下党员,硬被说成了叛徒、走资派,轰到农村去,一去就是十年,人生能有几个十年?你说中国的事有什么办法说?简直都提不得!"

蓝佩玉又是摇头又是点头,似乎意在表示对杜艳的话的同意,对翁式含的遭遇的同情。忽然她一震,她问翁式含:"为什么说你是叛徒?是不是'剿匪'总司令部也抓了你?"

翁式含淡淡地一笑,一半像冷笑。"我不想谈我自己的事情。"他的话里明显地流露着恼怒,"据我所知,蓝教授挨整主要是从一九六六年七月至十月,工作组在的那段时期,那时候我并没有事情,我有责任保护蓝教授。我曾经去看过他,他的情绪还好。当时全国有那么一股子热劲,他还说什么这场革命是太深刻了,他要好好地革自己的命。十月以后,批倒了工作组,大大减轻了对蓝教授的压力……谁想得到,他在六七年十二月突然自杀了。"这时他抬起头,看了杜艳一眼。他的目光只和杜艳的目光在一瞬间相撞,杜艳立刻躲开了他。他放松一点口气,缓缓地说:"这太不幸了,我们有责任……所以要公开承认,要平反,要汲取这些血的教训……"

沉默了几秒钟。

"对不起,我要走了,你们坐吧。"翁式含站了起来,向杜艳也招了一下手。"这是我的电话和住址,我已经知道了这里的电话,让我们再联系吧。"他把写着自己的电话和住址的字条递给了蓝佩玉。

蓝佩玉送了出来,不理会翁式含的劝阻,一直陪他下了楼,走到了前厅。她走路的姿势袅袅婷婷,是有点不一样了。她说:

"真抱歉,我不知道她来。我们本来应该好好谈一谈的。"

"等几天吧,我们还有的是时间。"翁式含的笑是宽厚的。

"不,我们没有多少时间。三十多年以来,我们这才第一次见面,而且,我们的谈话并没有开始,"看到翁式含在打量她,她连忙解释说,"我不太了解国内的情况,很对不起。只是我有一些话想对你说,有一些问题,我想问你。当然,你有保持沉默的权利,倘若我问得不对的话。我不知道你是不是有时间,也不知道我的打搅会不会给你带来什么不方便,乃至政治上的或是司法上的麻烦……"

翁式含笑出了声,为什么话要说得这样紧张呢?那种过分紧张的年代已经过去了嘛。他用自己的坦然的笑容和眉毛的扬起,消除了她的一部分紧张。他说:"好的。我晚上会给你打电话的。你有什么事尽管说,来到这儿,我们总应该尽地主之谊……"

"那我谢谢了……我想,我只希望你能陪我再走一趟南砖塔胡同,我们当年做邻居的那个院子。也许那个胡同,那个院子早已不存在了,那你就领我在那块地上走一走,看一看……"蓝佩玉没有能够说下去,她为自己的软弱感到羞愧。

"那好,我也好久好久没到那边去了,我们晚上电话里确定吧。再见。"

蓝佩玉拖着疲乏的步子回到了房间。杜艳正在欣赏她床头摆着的一种樟脑制剂,那是在她发作鼻炎、鼻子不通的时候,用来闻一闻的。

"这是什么?"杜艳兴致勃勃地问,当着主人的面,打开了黑色的塑料盒,拿出了那光润冷香的嗅用药栓。蓝佩玉解答以后她又要求给她讲解英语说明书,而且问这种药英文名字叫什么。蓝佩玉告诉了她,她似乎想学一下舌,但舌头却发不出那几个音。"英文这个玩意儿可真别扭!说起来多拗口,听起来多啰嗦!"说完,她把药栓抹在了自己鼻孔下面,大失所望地说,"敢情就是这个。"

"你拿去吧,遇到鼻子不通的时候还有点用。"蓝佩玉说得无精打采。

"这个小盒儿还不错。"杜艳说着把药栓揣到口袋里,"怎么,那个翁式含走了么?你都看到了吧?这就是中国的凡是派,僵化,教条……"

蓝佩玉不懂得什么叫"凡是派",僵化、教条这样的词给她的印象也很浅。她看了看沙发桌上的糖果,薄荷味儿的巧克力和桂皮味儿的糖,已经都吃光了,更不要说夏威夷的干果了。

九

翁式含整整一天都觉得郁郁闷闷,肝部有点发胀,莫非肝炎又犯了,赵韵劝他去检查一下身体,他始终舍不得花时间。什么叫肝炎,什么叫转氨酶?什么叫板蓝根注射剂?什么叫查肝功,超声波检查?在他的身上存在着一种根深蒂固的对于现代医学的怀疑,谁让他是由"气得干瞪眼"的小五儿发展成这里的支部书记的?开了一下午的支委会,研究了十一个问题,除了发展党员、加一次政治学习、给××、×××各三十块钱的生活补助费以外,其它什么也定不下来。有好几个占着茅坑不拉屎的干部,还有一个搅屎棍式的人物,调走,调走,从他没有来以前就说调走,可就是调不走。经费……为买一台复印机的事他已经写了三次报告,打了八次电话。政治学习,学国庆三十周年的讲话,上级规定了时间,还要考勤,统计出席人数。真是奇怪,这是个研究机构,绝大多数是知识分子,而且许多人堪称高级知识分子,大家搞的是社会科学,对当前的时事政策等都十分重视,因为,党的政策、中央的精神与他们的事业、他们的身家性命生死攸关。他自己就是这样,九月三十日晚上听讲话的全文广播两次,十月一日早晨又听了一次,等报纸来了,他不但精读了两遍,还用红铅笔密密麻麻地在上面又是画圈又是拉线。别人也差不多。大家还都自动地议论,说这个讲话好,澄清了许多问题。难道这些都不算学习吗?非得坐在一块儿,像文盲似的听一个有阅读能力的人读,凑钟点、交差吗?为什么搞出一个好好的文件,却不相信大家能自动去学习,不用一套形式主义的办法搞得你生厌就不罢休呢?

改革,需要改革的上层建筑实在太多了,不可能一下子做完。做急了,上下左右都通不过。马上见效的倒是机关食堂,他复职以后总算抓出了一点成绩。中午吃饭是五样菜,最贵的是干烧鱼,其次是爆羊肉,其次是素丸子,最便宜的是醋烹豆芽。食堂还专门为回家吃饭的同志准备了便于携带的大饼。什么叫公平?他满足了炊事员的要求,降低了他们在伙房吃饭的缴费标准,又规定了奖励办法。在"吃"上,炊事员显然享有"特权",但这调动了他们的积极性。开支委会的时候一个打字员和一个管理员大吵大闹地闯进来了,是因为背后传闲话造成的纠纷。中国是五千年的文明古国,可都到哪里去了呢,文明?

女子标枪选手的形象一整天都在他的眼前晃悠。他知道杜艳原来在一个招待所当服务员。五十年代,有一次学术会议是在那个招待所举行的。刚刚离婚的杜艳和丧妻多年的蓝立文在那里相识了。许多人都反对这个婚事,认为两个人不论是年龄、志趣、教养和性格方面相差都过于悬殊。蓝立文要娶一个二十几岁的女服务员的消息同样也使翁式含吃了一惊,但他支持了这个婚事。既然人家自己愿意,别人为什么要说三道四呢?那时杜艳给人的印象并不坏,大胆、质朴、麻利,颇有几分劳动人民的气质。后来,特别是从一九五七年以后,知识分子愈来愈吃不开了。蓝立文搞的那一套社会学,更被目为废物,寄生虫,吃闲饭的。随之传来了他们夫妻纷争的种种消息,什么在王府井大街厮掳起来呀,什么一碗稀粥泼到了蓝立文的脸上造成了严重烫伤呀,什么半夜里喊叫得四邻不安,还到了派出所呀……几近丑闻,实在没有什么听头,没有什么说头,也不必要记在心里。等到"文化大革命"以后传来的说法就可怕了,什么蓝立文挨完了批斗回家杜艳不给他开门,什么她打了蓝立文嘴巴,踢了蓝立文屁股,什么做出好菜来不准蓝立文吃,只准蓝立文吃"忆苦饭",传得很多。由于说得太玄乎,翁式含并没有完全相信,"清官难断家务事",这是他衷心信奉的一条普遍真理。后来又传出了蓝立文的自杀与当天晚上杜艳的大闹有关的说法,由于事关重大而又查无实据,每逢别人谈到这个话题,翁式含都加以劝阻乃至制止,连他的妻子赵韵这样说,他也不允许。赵韵说过:

"这是明摆着的事,那天晚上她又哭又叫又砸东西,街坊四邻都听见了的,蓝老就出去了,一夜没回。第二天一看,他已经跳什刹海了……"

"可不能这样说。如果不是'四人帮'的迫害,也许这个家庭本来可以少一点苦恼。那些年,人人憋着一股邪气儿呀,简直神经都不正常了。我相信,如果从心理学、精神病学的角度来研究一下某些事件,也许会得出很有意思的结论。至于杜艳,不过是个普普通通的人物。她丈夫行时的时候,她高兴,她丈夫倒霉的时候,她就怒气冲天,这不能算罪过。至于别的,没有真凭实据,只是根据几个道听途说的传闻就进行分析,作出推论,那可是会冤枉人的啊!我背了快十年的冤案了,我现在倒是很欣赏'无罪推断'这样一个思想,就是说,没有确凿的证据,我们只能认定人们是无辜的。"

他的大道理说服了赵韵。那天,他们研讨了好一会儿无罪推断的问题。

可是今天,上唇有着浓重的汗毛的,在他的印象里颇像那个女子标枪手的杜艳,却枪枪刺到了他的心上。杜艳到底做了什么呢?她不喜欢翁式含当着"美籍华人"的面叫她"同志"了;她努力学着人家把爱人叫成"先生"和"太太",并且极力贬低"爱人"这个称呼;她在蓝佩玉面前可怜巴巴地诉苦,而且颇表友谊地替翁式含诉苦……这又违反了哪一条法规,哪一条纪律了呢?作为学术问题,杜艳的意见也未尝不反映一定的道理。人人叫同志,阿猫阿狗,上厕所或者吃酒,都称呼同志,这种做法是怎样地损害了"同志"这个词儿的庄严、认真、宝贵呀!爱人这个词儿分不清婚前婚后,也有缺点。但是当时,老解放区夫妻相互称呼的这种叫法,却一扫中国在婚姻关系上的腐朽封建观念。比起"先生""太太""掌柜的""做饭的""当家的"

"孩儿他爹"来说，这是一个进步的字眼。它破天荒第一次告诉中国人，夫妻关系是一种爱的关系，夫应该爱妻，妻应该爱夫，否则又怎么能叫爱人呢？真快啊，女子标枪手！士别三日，刮目相看，难道解放区的一套、共产党的一套都不灵了吗？

对于那些两三年以前还衷心歌颂伟大、表示自己"无限忠于"，一九七六年九月还曾经哭得死去活来，而如今一张嘴就要骂骂咧咧地抨击一番"老人家"的人，他也同样地反感。轻佻！轻率！轻浮！轻贱！

蓝立文教授的自杀是一件沉痛的事。每个人回想起刚刚过去的那十年，都会充满愤懑和痛苦，每个人都有权利表达这种愤懑和痛苦。但为什么那么急着、夸张着向蓝佩玉诉苦呢？是诉苦还是表功？女子标枪手的话是一种什么样的气味儿呀！杜艳还介绍他，介绍翁式含是怎样遭受迫害的。难道他翁式含需要蓝佩玉的同情和怜悯？他的脸红了。他，一个堂堂正正的共产党员，一个爱国者，一个忠于自己的理想并且三十多年来与人民一起付出了超人的劳动的中国人，哪怕他肚子里有一千条意见，有一万条不满，他也不能觍着脸向佩玉·蓝诉苦啊！诉中国的苦？诉共产党的苦？诉自己的苦？向美籍华人？看看杜艳同志那副摇尾巴的样子……怪不得中午的干烧鱼——这本来是他最爱吃的菜——吃着叫人恶心，连现在打一个嗝都充满了浊臭之气！

而且他毫无办法。他不能制止杜艳。他不愿与杜艳争执，当着蓝佩玉的面。他不想向孙润成汇报（现在杜艳的铁饭碗也在京华大学），他讨厌把什么事都报告给上级，特别是孙润成这样的上级，除非杜艳当真是违反了国法。他又无法容忍杜艳的谈吐，甚至在蓝佩玉面前批"四人帮"，批得过了头他也觉得脸红。"四人帮"毕竟是我们的土产国货，又不是美帝国主义派遣空降下来的。

晚上回家一开门，孩子先跑出来了，跳着、叫着："爸爸来了！爸爸来了！"像是报告什么大喜讯。接着是赵韵的喜气盈盈的笑脸"快来看,快来看!"她招着手,迫不及待,倒使翁式含一霎间有点糊涂。

"瞧你这个人,不但不能给我帮忙,而且连这么大的事都忘了!"

原来是——彩色电视接收机!十四英寸的,国产,金星牌。买进口的还是国产的,他们是经过一番讨论的。翁式含提出,连解放前的爱国青年都掀起过轰轰烈烈的提倡国货的热潮,为什么现在人们倒一心倾倒于进口货呢?赵韵接受了他的意见,买回来了,安装好了。正式节目还没有开始,现在是电工技术讲座,讲课的老师态度认真,眼睛圆瞪,嗓子嘶哑。翁式含想起自己九年教师生涯来了。他稍稍熨帖了一些,总是有许多人在脚踏实地地做一些有益的事情。由于是头一次自己家里有了彩色电视,甚至晚饭都从简了,他们各自拿上几个包子,一边吃,一边看。连调试图和 CCTV 四个字母也是鲜艳的、丰富多彩的。连广告也是好看的,标志着生产的发展、工作重点的转移。赵韵不停地动动这个键又拧拧那个键,一会儿把羊角天线拉长,一会儿又缩短,一会儿又转一转方向。他和儿子都认为调得够好了,但赵韵不答应,总想再动一动,弄得再好一些,好像这一拧一转一押一推之中含有无限的乐趣。这天晚上,过得很有节日气氛。

但是赵韵还是看出了翁式含的情绪的异常。躺下以后,她略带嗔怨地说:"你怎么了?愁眉苦脸。人家这么高兴……你也不问问,这么大的电视机是怎么搬上楼来的……"

翁式含把上午在蓝佩玉那里的情况讲给了赵韵。

"我当什么事呢?就这个啊!"赵韵笑了起来,"树林大了,什么样的鸟都有。咱们这位杜艳老大姐,你就当她是一只聒聒鸡好了,为这样的人也发愁的话,好人都愁死了!"

多么奇怪,不论什么难题,只要和赵韵一说,再经过赵韵一劝,马上就变得轻松多了。

"好人应该比坏人更大度,更从容不迫,更有自信也更能坚持到底。有杜艳……你说什么来着,他愿意人家管她叫太太?有杜太太……噢,陈太太这样的人也好,免得你们听到的都是清一色的拥护、赞成……"赵韵又说。

翁式含简直想鼓掌。是的,久旱逢甘雨,落实政策时,但不能忘了这么多难题。

"可那位佩玉·蓝,假洋鬼子呢?"赵韵边问边笑了起来。

"她倒没有什么假洋鬼子的劲儿。说真的,我觉得她说不定……有她的苦处。今天见了她我还真有点激动,毕竟是故人啊!"

"也是,离乡背井的。"赵韵沉默了。

翁式含这才想到,忘记与蓝佩玉通电话了。

十

电话没有来。整整等了一个晚上,一直到十二点钟了,她还以为,那电话是会来的。电话铃真的响了,"式含吗?"她抓起话筒就说。结果,是错了号。

隔膜和提防。往事是一些曝了光的底片,只剩下了一片花白。美国人是匆匆的,翁式含也是匆匆的。很明显,上午他来了,一面和她谈着话,一面还惦记着别的事——这个国家的、这个城市的、属于他的事。他是这里的。而且是"官儿"。而且是党员。她和一位真正的中共党员握了手,如果在五十年代,如果是在麦卡锡法案、塔虎脱法案掀起的反共歇斯底里时期,这可真够吓人的。连查理·卓别林,连哈佛大学的汉学权威、她的老师费正清博士都受到非美活动调查委员会的传讯。

他没有与她通电话。他不想和她深谈。他不想和她一起访旧。他不想恢复旧谊。那距离对于泛美航空公司的波音747来说,也许不远,但是,对于她和他来说,太远了,已经无法弥合。

访旧,怀旧,叙旧谊,这是一种享受。只有癌症晚期患者才迷恋这种享受。世界上本来有过许多癌症患者,但他们很快就让出了自己的位置,让给了那些健康的人。显然,翁式含并没有长癌。

为什么杜艳闯了进来呢？要不，也许他们能够谈得更多一点。怎么能事先不约会就闯进来，而且谈吐那样放肆呢？无怪乎西方有人说中国没有 privacy（隐私）的观念，不懂得尊重人的独处，不懂得保护私人领地的神圣不可侵犯。

不管他。明天上午她就要去南砖塔胡同。为什么？不为什么。新泽西州赛橄榄球的时候，有一个青年突然端起冲锋枪向运动员和裁判扫射。纽约地下铁道当列车驶近的时候，一个青年突然把前面的人推到了铁轨上。英国的一篇名家小说描写一个少年玩了一次捉迷藏就吓死了。一位现代派的诗人的诗集里一半是空白页，还有一张纸只印一个字母 W，然后下一页是最大号的字母依次缩小，直到字母小得像袖珍本《圣经》上那样，谁能知道这是为什么？

为什么生？为什么死？为什么出走？为什么回来？为什么"中国比月亮远"？为什么雨不打芭蕉了？溴剂开始起作用。

十一

就是这儿吗？对，不必往前送了。我要看一看，这里我很熟，羊肉胡同，礼路胡同，帅府胡同，报子胡同，后两条胡同中间还插着那只有西口没有东口的小绒线胡同。可怜的小胡同啊，可怜的童年，可怜的祖国！

牌楼没有了，所以只叫西四，不叫四牌楼。为什么把牌楼拆了呢？我梦里还梦见过这牌楼。纽约有一位老教授，叫李平怀，那是一个顽固的反共分子，可一提起北平来他就掉泪。只有谈北平的时候他们才有共同语言。他们谈白塔寺的卖布头的吆喝，他们谈提着马灯卖羊头肉的人能够把肉切得比纸还薄，似乎都透明了，他们谈白云观的金钱眼，厂甸的大糖葫芦，王致和的臭豆腐，豆汁张的豆汁，撒胡椒盐的大芸豆用一块白布拧成饼，五龙亭的小窝头其实并不是栗子面做的。他们还谈刘宝泉的大西厢"崔莺莺得了不大点儿的病"，曹宝禄的单弦"卸职入深山，闷来时抚琴饮酒……"。虽然他们的政治见解大相径庭，然而他们爱听彼此的京腔京音。他们也谈过西四牌楼，谈过夏日雨后，蝙蝠、蜻蜓、燕子和萤火虫都围着牌楼飞。

然而，牌楼早已拆去了。只有人，骑自行车的、坐公共汽车和无轨电车的和步行的人。都是些健康的，穿着整洁的，不相识的人。三十三年前的那些个伤兵，那些个乞丐，那些个瘪三；那些个跛脚的，瞎眼的，浑身补丁和破洞、冬天穿着单衣簌簌发抖的，斜着眼、流着唾涎、神经有病的，长着粗脖子、长着脓包烂疮、长着癞痢头而又浑身是泥垢和恶臭的人们，都没有了。向东，朝西，南来，北往，黑压压的一片，一个也不认识，却又都那么亲切，毕竟是一条根，一根藤，一块土上的啊。

慢慢走，慢慢走，黑压压的一片，一不小心，就会你碰着我，我挤着你，谁也不理会，似乎这是正常的。在美国，人和人是绝对不能碰撞——接触的，哪怕最无意中的最轻微的相触，都要煞有介事地互道"请原谅"。人海嘛，中共著名的"人海战术"嘛，让西方世界头痛欲裂的"人海战术"啊！

然而她是一滴和整个大海合不到一起的油。属于她的牌楼，竖挂着的商店的布幌子，摊贩，烤白薯的泥炉子，洋车，又黑又酸的杏干糖，都没有了。这儿本来是一个土膏店，土膏店旁边是一个当铺，巨大的悬垂着的菱形木牌上，是黑漆写的颜体字："當"……这儿本来有一排广告：寿星牌生乳灵，骆驼牌爱耳染色，生化牌滴滴涕。这些也都没有了。这儿，对，就是这儿，有一个小小的门脸儿，并排买东西的只能站三个人。柜台后面经常站着的是一个侏儒，三十岁的男人的脸和不足十三岁的个头儿。他的小铺子卖红皮的炒花生米和紫皮的五香花生米，上"劳作"课用的电光纸，铅笔和转笔刀，石板和石笔，冬天卖过冻柿子。最难理解的是这个似乎是以小学生为顾客的店铺却出售打开包儿的、可以零根买的高等纸烟。她们女生常常窃窃私语，议论这个侏儒。她们说他半夜时会突然长大，比常人还高出半头去。她们说他会念咒,一念咒就会穿过墙壁,钻到地底,或者飞上白塔寺的塔尖。她们都怕他,但又都喜欢到这个小店里来买东西。记得有一次她到小铺里来买花生米的时候,小矮子让她伸出两手捧着,装满了,他叹了口气,说:"你的手太小了,要不,我还可以再给你抓一点儿。"小矮子也没有了。这间房子也找不到了。而且,她甚至觉得,除了她以外,这个世界上再不会有人记得这个小矮子了。

也许,这个小矮子还活着?他该有七十多岁了。也许,只有他还记得那个用一双小手捧着花生米的小姑娘?哪怕这里只有一个人记得我也好啊。

泪水往外涌了,又退了。泪水也像潮水,一涨,一落,一高,一低。

然而我认得这些胡同。这些胡同并没有改变。你就是全改了名字,什么西四头条、二条、三条、四条……也罢。不就是这间房子的临街的低矮的后窗吗?这儿原来住的是一家日本人,她看见过这个日本女人穿着木屐给客人鞠躬九十度。这一家有一个收音机,那时,收音机还是奢侈品。她放学的时候常常经过这个窗口,停下脚步,听一听收音机放送的带着震耳的嗡音的流行歌曲。李丽华唱的《千里送京娘》的插曲她是在这儿听的,周璇唱的《五月的风》,也是在这儿听到的。后来她们家也买了一个再生式无线电话匣子,有一天她正津津有味地听林默予主演的话剧《魂归离恨天》,突然停电了,她急得像热锅上的蚂蚁。忽然,她想起了一个主意。她跑出来,一口气跑到了这个窗口,果然,这边离街近,没有停电,她就那样站在人家的窗口,继续听含混不清的《魂归离恨天》,还没有听到十分钟,叭,那一家把收音机关上了,她哭出了声。

继续走,继续走,像一个梦游者,像是承担不了这么多回忆和遗忘,以及那无法不面对、不确认的消失,永远的消失之后的虚空。看这两个匆匆地走着路的女孩子,她们的年龄和我当年走在这儿的时候有点相仿。她们旁若无人地大声说着话。"没事儿!""怎么这样儿?"她们的北京话调调儿也和过去不一样了。更活泼,也更嗲了。

蓝佩玉所熟悉的北京话是另一种味儿，"您吃了吗？""我偏过了。""您上街？""我遛弯儿。"那是一种带有古老的旗人的礼节和传统的土味儿的京腔。

没有变，没有变。仍然有许许多多的东西没有变，就像三十年前，五十年前，或者更早以前一样。就说这个既向阳又避风的墙角吧，呵，我记得真清楚。真奇怪，两边的灰瓦顶房子都拆掉了，修起了六层高的居民楼。然而这一面的墙却还是原来的，两面墙不在一条直线上，形成了一个直角。冬天，小学生们多喜欢在这里晒太阳！那时候，学校教室和家里的取暖设备都很差劲，这冬天向阳的一角，是多么可爱，诱人！然而，她也难得在这里晒太阳，因为经常是一拨男孩子，是小五儿、小六儿这样的一些"野孩子"，霸占着这块暖地方。他们在这里玩，在这里"挤老米"。他们喊着："挤呀，挤呀，挤老米呀……"他们在一起乱压乱挤，于是"挤老米"变成了"压摞摞"。为什么从小就把他们看成"野孩子"？他们有的人本来并不野，但是歧视和种种其他的不公正使他们变得野了，"他们粗暴了，或者将要粗暴了……"这是鲁迅先生的话。

在大洋那边她也曾多次回忆这温暖的一角，这"挤老米"的情景。在和泰勒新婚的那个晚上，她忽然自思自想，考证起"挤老米"的出处来。日伪时期，"协和语"里是把美国叫做"米国"的，挤老米莫非是反映了中国孩子们一种自发的反美情绪，抑或是由于日本人的挑动？如今，不是"挤老米"，而是她和"老米"挤在一起，她已经是美国人了，她自己也变成了"老米"。那么，中国的那些当年的野孩子们呢？她觉得有成十成百的野孩子向她挤来，她发起抖来了。泰勒睡得正酣，伸着胳臂劈着腿，快意、疲劳。

十二

她是怎么来到这里的？这就和她怎样去到美洲大陆一样迷迷糊

糊。究竟是一种什么样的冥冥中的力量主宰着她呢？亲切的侏儒，温暖的墙角，爸爸给她买的香袋，泰勒胸前的一撮黑毛？她常常有一种迷失感，不知道方位，不知道道路的选择，不知道时间，不知道蓝佩玉或者佩玉·蓝究竟是谁和究竟要去向何方和正走在何处。有时，像是犯了一种病，一开车她就迷路。在周详完备的美国人必备的交通图面前，她觉得自己是一个白痴。泰勒称她是一个善于迷失方位的人。泰勒曾经问她：

"你一点儿也没有方位感，却怎么来到了合众国？"

"正是因为我一点儿也没有方位感，我才来到了阿美利坚。"

她的回答富有美国式的机智和幽默。泰勒哈哈大笑，笑声震动了屋宇。机智能够给泰勒极大的满足，他想不到再穷根究底。

机智和幽默能够回答泰勒，却回答不了她自己。笑声下面是深深的凄楚。

在走过了那个矮小的后窗，又走过了那个温暖的墙角之后，在那个给她抓花生米的可爱的小矮子和衣冠楚楚的纽约教授李平怀出现在她脑海里，互相冲突、互相缠绕、互相交融之后，那种熟悉的老病，那种迷失了方位的又苦又甜的感觉复发了。她睁大了眼睛，看着一切，想起了一切，又忘却了一切。她把自己交给了腿，把腿交给了冥冥。没有听完的话剧，没有找到的牌楼，没有接到的电话，没有"野孩子"的街。

然而她分明来到了，径直找到了自己的家。深红色的油漆门，门上残破的兽头和铜环。南砖塔胡同甲14号，如今胡同的名称和号数都改了，然而，我认识它！

因为有这株槐树，三十多年来，它的风姿如旧，如同昨日。它叫做中国槐，用中国来命名，像中国一样古老、巨大、枝叶纷披、朴素。为了保护这棵树，围着它砌起了一个不高的方形的土台。土台也还在呢，还是原来的大小，当然，经过了几次修葺，石灰水的白色仍然保持着新鲜。找到了这棵树就找到了她的童年，她的妈妈，她的爸爸。

吊在槐树上的青虫,满地槐花。多雨的日子里,蜗牛爬过留下的白迹。围着槐树逮着玩,跳房子,老鹰抓小鸡,抓(读 chuǎ)子儿,拍皮球:

> 一个毽儿,踢两半儿,
> 打花鼓,绕花线儿,
> 里踢,外拐,
> 八仙,过海,
> 九十九,一百。

这个童谣字面上说的是踢毽,其实说的是拍皮球。一个皮球,既用手拍,又用脚轻轻一踩,左腿完了右腿,然后是两腿,迈过来再跨过去,拍球当中人还要旋转三百六十度,这都是她的拿手好戏。可这又有什么可骄傲的呢?无非是她玩得好一些,动作轻巧一些,爸爸又给她买了一个新的"永"字牌皮球,她就神气起来了。小朋友们来找她,她挑剔、拿糖,跟这个玩,不跟那个玩,玩得正高兴的时候她把球收走了。慢慢地,谁也不来找她了,虽然她有崭新的皮球,虽然她有拍球的最佳技术,然而,她没有朋友,她尝到了孤独的苦味儿。生活之所以令人眷恋,不就是因为它总是包容着友情的温暖吗,朋友啊朋友,在容颜未改的中国槐树下,我的朋友在哪里?

"阿姨,您找谁?您找我奶奶吗?"一个胖胖的小姑娘从敞着的深红色油漆的门里走了出来,她已经看了蓝佩玉一会儿了。她穿着小小的橘黄毛线衣,紫灯芯绒裤子,梳着两个抓鬏。黑眼珠滴溜滴溜的,很有精神。

阿姨和您,这久违了的故国的亲热和文明!

她随着小女孩走进了院子。她大吃一惊,原先的幽雅而又有些败落的院子如今变得这样拥挤而且热闹。原来隔开里院和外院、蓝家和翁家的那一道墙和破旧的垂花门已经拆掉了,变成了一个大院。院中间是一个自来水龙头,洋灰水池子。四面都盖起了新房,房子挨着房子,房子外面又加盖了、套上了简易的小房子。多少家？数门,至少有七家住在这里了,左一道铁丝,右一道废电线,上一道麻绳,下一道竹竿,全是为晾衣服用的。各家房前,还有装垃圾的木箱、装泔水的铁筒、扫把、簸箕、蜂窝煤和煤气罐并存。屋顶上有讲究的亮晶晶的鱼骨天线和自制的瘦骨伶仃的几根筋似的电视机天线。不知道是谁家的收音机正在播送相声,哄堂大笑。"我说您甭介啦！""我这儿都一个马趴啦！"这声调,这语气,才真有点老北京的味道。笑声,却比从前敞亮、开放得多。

是这儿？

是这儿。不仅因为有门上的兽头和铜环,不仅因为有门前的大槐树。也不仅因为院里还有一个藤萝架,这是仅有的见证了。她一进到这个院里,这里的土地,这里的空气,这里的太阳、风,这里的砖头瓦块、石阶、木门,都有那么一股子热乎乎的味儿,都有那么一种揪人的心、勾人的魂、叫人心疼、叫人不平、叫人喜、叫人爱的味儿。

"您找人吗？"最先出来的是一个白了头发的老太太。她打量着蓝佩玉,问得犹犹豫豫。她是从北面那高出来的正房里出来的,那就是原先蓝佩玉和她的父母居住的地方。几扇大玻璃明晃晃的,从前可没有这么多玻璃,那时候主要靠糊窗户纸。窗棂倒是挺秀气,像一种典雅的图案。窗户纸也是从麒麟阁买的,叫做"东方纸",还有一种便宜一点的,叫做"猫头纸"。买东西的时候先要招呼一声："掌柜的……"

"啊,我来看一看,大婶。"蓝佩玉好像有点难于出口,"您知道,大婶,三十多年以前,我住在这里,就是这儿,就您住的这儿。您瞧这个石头台阶,还和我在的时候一模一样呢。那时候没有这么多房子,分两个院,外院只有三间南房,里院是四间北房,两间东房。那时候院里没有自来水,没有阴沟,只有阳沟……"

"掌柜的……"她叫得多么好听啊,她这样叫过麒麟阁的老板,一个白胡子老头儿。她在那里买红模子纸,买毛笔,买粘笔头的松香，买"五百斤油"牌和"金不换"牌的墨，也买过窗户纸。

"那时候也没有这么多玻璃……"她继续说。一个中年妇女出来了，又一个穿着运动衫、披着人造革面夹克的小伙子出来了，又一个老太太，又一个拿着剥开了皮的香蕉的男孩子。她的到来已经吸引了全院，人们开始有点纳闷，有点好奇，及至听她说了几句，大家都笑起来了。

"就是就是，早先这儿就是有一个垂花门……"

"雨水从洞（阳沟眼）里往外流，小猫也常从洞里钻进钻出。有一天晚上，还进来一只黄鼬呢！"

"藤萝架是原来的，藤萝可不是原来的啦，后栽的。那年盖房，小工把灰水泼到藤萝根上，这不是，给烧死了，后来我们又栽的。"

老太太和她的街坊们你一言我一语，小伙子好像听故事。他说："马上就要搬家了。"看看不只蓝佩玉，别人也有迷惑的表情，他解释说，"这小院没有前途。那天房管局的人来过了，说话这房子就要拆了，住大楼。"他的报道使街坊们兴奋了起来。

"您这是从哪儿来？您老没来了吧？听您刚才叫'大婶'，现在不兴了。要不您叫'大娘'，要不您叫'大嫂'，就是不叫大婶啦。"

"从……外国？"

"外国？哪个国？"小伙子的眼睛亮了起来。

"……美国。"她好像有点羞。

小伙子的眼睛更亮了。他打量着蓝佩玉，忽然，目光变得冷淡了。"您这是……探亲？旅游？还来到这小胡同？"好像在责备她。

两位老太太听到美国以后却点了点头："真不近啊！大老远的，您还找了来。屋里坐，喝碗茶吧……我们也算您的前后街坊喽。再说，下回您再来。保不齐这个院就拆了呢！"

老人家是真诚的。对，不是大婶，只能说是大嫂了。转眼之间，蓝佩玉不也要变成这样老态龙钟吗？"谢谢，好的。"她进了屋，老太太一家住的是原先四间中的两间，又把其中一间隔了开来，变成两小一大,一明两暗。就是这里,就是这里,我原来就住在这里,三扇铺板,床头上有周曼华和白云的照片。就在这里,她看见了,在她五岁生日,爸爸给她买的一串香袋,上面是一个虎头,前额上绣着一个王字,然后是金丝线缠的纸粽子,然后是一个蓝缎子缝制的小元宝,再往下是鲜红的春桃,长长的穗,香料用的是中药,当然,不是巴黎香水。

爸爸……她伸出了小手。

小玉……爸爸张开了胳臂。

我找到了。没有了。"请用点茶。""谢谢您啦。""您看这个叶子怎么样?现在好茶可难买了。现在的人就是这样,有好的就不要赖的……"

茉莉花茶,老北京,在旗?她没好意思问。香袋是没有的。拥挤的小屋里摆设得相当殷实。高高低低的木器家具,好像还散发着清漆味儿。沙发轻便而又实用,折叠椅和躺椅都是鲜亮的。酒柜里摆着泸州特曲和中国红葡萄酒,落地式台灯的灯罩上有好莱坞影星的剧照。墙角的三角几上有一缸金鱼。

是的,老太太说,她的儿子在饮食服务公司,她的儿媳妇在中医医院,蓝佩玉是第一次听到这样的名称。这是她们的家,不是蓝佩玉的家。蓝佩玉已经远走了,她不再是这个狭小的却也是生气勃勃的房间的主人了。

下次我就不再来了……

十三

当蓝佩玉离开三十多年以前她曾经居住过,现在已经和她毫无瓜葛,她只能以被打量、被礼貌地招待却也被不无疑惑地询问的陌生人的身份出现的这个院落的时候,她有点黯然神伤。下了台阶了,走过老架新藤,走过晾衣服的竹竿,走过自来水龙头……不会再来了,再来,这个小院也不会存在了。永别了,我的南砖塔胡同甲14号,本来是早已经永别过了的。道了永别之后,又何必再来?已经死了的人又何必复活?幸亏世界上从没有真正的复活,不管埋葬的时候有多么悲伤,复活其实是多余的、尴尬的、不自然的。逝者的本分是在坟墓里安息,宁静无语。

但毕竟是来了,找到了。小胡同是平静的。槐树是平静的。院落是平静的。她也该平静下来了吧?她还要什么?

她的步子稳定了一些,方位感慢慢恢复了。她踏出了红漆门,一抬头,槐树下站着一个人。

"蓝女士,你果然在这里,你找到了?这不就是原来那棵槐树吗?"

"是的是的,你还记得这棵树?请你不要叫我蓝女士。行吗?"

"真对不起。昨天晚上忘了给你打电话了。等想起来的时候,已经晚了。上午我去了宾馆,说是你叫了出租汽车到西四来了,我想,你大概是一个人到这里来了。"

"对不起,我……有点性急了。你呢,你常常来这里吗?"

"一次也没有来过。说起来,我们家搬走,比你们更早,我与甲14号分别的时间,比你还要更长久一些。"

"可你就在北京啊!"

"是的,正因为就在北京,我想不起要来。倒是前几年在乡下的时候,在一条叫做玉带河的小河边的土屋里,我梦见过几次南砖塔胡同。我的爸爸,那个——煤黑子,跛着腿,领着我从胡同东口走过来。走啊,走啊,走了半天,走不到家。我说:'要是能把胡同砍去一截就好了。'这是真的,小时候,我真的这样对爸爸说过的。"

"你当真做过这样的梦?真的?"蓝佩玉一下子变得活跃起来,问"真的"的时候,她的姿态像一个天真纯洁的少女,她的声音也特别温柔动人。"我也梦见过南砖塔胡同,梦见爸爸领着我走。可我没有希望把胡同砍去一截,那个胡同是太短了,那个梦是太短了,刚走,就到了头儿了……我是在密执安湖边做这个梦的。"她的声音放低了,而且,随着她的嫣然一笑,她的眼角上显出了那样密如蛛网的皱纹。尤其是她的脖子,与那副精心修饰过的面孔相比较,她的脖子显得那样消瘦、松弛、粗糙、苍老,那种灰青的肤色甚至使人想到死尸。有两道筋,在说话的时候不停地抽动,也叫人看起来很不受用。

然而蓝佩玉是快活多了。看,翁式含还是赶来了,早上,她想得多了。而且,随着翁式含的到来,南砖塔胡同甲14号也从梦里、雾里、泪光的反射里脱身出来了,它变得分明、坚实,因而更加亲切了。

因为有了见证,她蓝佩玉在南砖塔胡同、在中国存在的见证。

人的存在是需要证明的,人生需要见证。无法被证明的人生和存在,其真实性是可疑的,其价值是可疑的。那是一种无法忍受的不幸。每个人生活在自己的神圣的 privacy 里,你无法为你的生存,为你的焦虑、劳作、痛苦、欲望和爱情(不仅仅是对异性)的意义获得任何证明。

一个人是一,但是两个人却远远多于一加一。1可以写作1^n,虽然是1、2、3、4也要写作2^n、3^n、4^n,这里,n 是正整数。

于是,她变成向导了,因为她早来了十五分钟。他们重新到院里看了看,互相说起了许多童年的有趣的事情,有一些是原先就知道的,有一些则像是为时过晚的情报交换,然而他们都听得懂,一说就全明白。哪一个墙角摆过夹竹桃,哪一根柱子上挂过蝈蝈笼子——多么玲珑的笼子,人们说紫禁城角楼的修建就是参照了蝈蝈笼子的结构艺术呢,哪一块地面曾经堆过一个大雪人儿,当然是小五儿堆的,佩玉也曾看着这雪人儿流连不舍。还有这个院子以外的许多事——"国语"课的头几课:"天亮了。弟弟妹妹快起来。姊姊说,太阳升起来了。"15号院里的一个"六指",比他们稍大一点的一个男孩子,看武侠小说入了迷,见人就喊"着镖!""看剑!"一年四季,走街串巷的小贩,他们的吆喝各有风格,有板有眼。哪一个吆喝得最好听? 卖扒糕的? 卖小金鱼的? 卖"赛梨""辣来换"的水萝卜的? 还是推着水车，用木笞送水的山东汉子？卖酱油、醋的油盐店？敲着锣、耍猴、耍狗的河南游民？给幼小的翁式含带来生活的保证也带来耻辱的摇煤球的场院？……

"变了，变了，简直都认不出来了。"蓝佩玉说。

"太慢了，太慢了，这儿的发展速度，实在是太慢了。"而翁式含说。

他们为彼此心情的不同而互相触动了一下。翁式含说："我希望你下次来的时候，这里能出现一个崭新的面貌。"

"可这儿的人们的生活已经提高多了，他们都很健康。你想想我们那个时候，街上有多少跛子、瞎子、痴子，还有冬天穿着破单衣服、露着肉的要饭花子。"

"那当然。否则我们又是为了什么奋斗，流血，流汗泥？"

"我有一个问题，不知道你会不会介意。"蓝佩玉停住了脚，她直视着翁式含。

"请问吧，我听着呢。"

"经过了这么多年……你现在还坚持你当年给我讲过的那些革命理想吗？就是在你打算介绍我参加革命青年组织的时候。我糊涂，我软弱，我在罗圈胡同里迷了路……不知道你相信不相信，我仍然崇拜你们，佩服你们。二万五千里长征……我先不谈我自己……一直到'文化大革命'之前我还曾经为大陆上发生的事情辩护……这些失误，使我受不了。为什么会发生这样的事情？难道人性真是恶的，即使你们已经做了非凡的努力……西方有一种观点，认为七十年代是理想主义破灭的十年，不论什么主义，都没有达到自己预期的目标，大家都变得实际一些了……是这样的吗？你呢？还有年轻人呢？他们也同样珍视你们这一辈和更上一辈人的革命理想吗？"

他们两个人都有点战栗了。

这是打出火星的一击。这是一个严肃的挑战。翁式含现在充分自觉地意识到了，这正是他觉得与蓝佩玉的相见很不轻松的原因所在。

他不想给她一个泛泛的回答,不想回避,不想使用外交辞令;更不想顺水推舟,迎合她,软化自己的政治立场。

她为什么敢于提出这样一个大胆的问题?难道她,一个逃兵,一个自己的信仰上的变节者,一个几十年来没有对祖国、对祖国的多灾多难的人民尽过一点义务的"美籍华人",却有资格来向他提出问题吗?正是他和他的同志们流血、流汗,忍受一切磨难,以超人的意志、勤奋、毅力和牺牲精神,改变了中国的历史,把中国从上到下从里到外翻了一个个儿。为有牺牲多壮志,敢教日月换新天!你芝加哥的和纽约的,旧金山的和洛杉矶的美籍华人都加在一起,能懂得这两句诗的含义吗?

但是她提出了这样的问题了,无非是因为我们刚刚遭受了重大的挫折。这该死的林彪、江青、张春桥、黄永胜……

如果没有这些挫折和失误,如果我们的建设速度比现在更快得多,如果我们已经实际地创造出了让全世界惊叹和羡慕的物质文明和精神文明,如果我们一个个像凯歌伴奏声中的全胜将军,那么,看看这些飘零海外的孤雁是怎样回到她们的故土吧。应该流泪,应该悔恨,应该接受自己内心的和祖国的道义的审判——当然不妨同时有热情的礼遇——的,不正是他们自己吗?

然而蓝佩玉是真诚的。她不是那种忘乎所以、指手画脚的假洋鬼子。她又说话了:

"对不起。我知道这样的话也许不应该由我来问。但是,不管我自己陷于什么状况,我一直爱着中国。所以,我觉得我有道理对你们抱有最良好的祝愿。我恨'四人帮',我恨你们失误,我恨那把我父亲逼死的做法。这两年不断地有人回来,他们回到美国以后告诉我,说是你们当中有的人泄气了,还有些年轻人一心想到外国去,这使我震惊,也使我痛苦。我有时想,你们为什么不宣传美国是纸老虎了?宣传纸老虎的时候我觉得我再也难见你们了,但是我倒觉得好受一些,毕竟有一种志气……"

　　冷静下来想一想吧,蓝佩玉说得对。当然问题不在于宣传,而且国际形势有了完全不同的变化。不论这些年翁式含自己挨了多少整,作为执政的中国共产党的一员,他有义务接受蓝佩玉的挑战,他有义务做出回答,不仅用言词,而且用事实,不仅用过去和现在,而且用未来。

　　"我可以这样说,佩玉。"翁式含笑了一下,一瞬间内心已经经历了一个大翻腾,"我们的理想已经实现了一半,那就是'翻天'。我们已经把天翻过来了,我们改变了中国的历史,我们把旧中国搞了个底朝天……然而旧中国的历史也向我们报复了,最腐朽的东西打扮成最革命的样子出现在那沉重的十年里……另一半理想就是'覆地',改变我们贫穷和落后的面貌,我们做到的还不那么叫人满意。有什么办法呢?这不容易,而且有挫折,有困难。但是我们奋斗着、干着,三十二年前奋斗着,现在仍然奋斗着。希望现在比过去更聪明,也可以说更实际一些。为了我们的理想,整个中华民族的理想,包括一代又一代……"

　　"如果真是像你说的那样,我倒还好受些。当然,我本身就是自相矛盾。也许我们都是自相矛盾……我们这些美籍华人,一见到国内有些人一个劲地往外跑,我们就生气。"

　　"噢?"翁式含笑了,轻松了一些。

　　"我还要跟你说,那一天是我晚了点,又迷了路。我走进罗圈胡同,转了向了,等我走到阜成门脸儿,已经过了约会时间两个钟头了……后来我又到处找你,结果被当做嫌疑犯……"

　　他们都知道这个"那一天"。然而翁式含却没有在意去听。现在说这些又有什么意义呢,时过境迁,今非昔比,如今,你是拿着美利坚合众国的护照的佩玉·蓝女士。难道还有什么旧账和旧日的恩怨要讲?难道这是一份需要补充、需要结论的档案?对于已经注销了的档案,任何解释和补充,不都是多余的,也许是不那么礼貌的吗?

"对,对。不必谈这些了吧。各有各的路,我们总算相见了,而且在这棵大槐树底下,早先这儿还有个老鸹窝呢。怎么样?你该回去了吗?要不要我帮你叫出租汽车?"

十四

一个永远无法补救的失约。无法弥合的隔膜。他连听也不要听。她仍然急欲表白。

那一天,说的是一九四八年三月三十日,像昨天一样清晰。

随着中国人民革命战争从战略防御阶段转入战略反攻,随着东北、华北、西北、华东和华中各个战场上解放军的节节胜利和国民党统治区以学生运动为先驱的民主运动的蓬勃发展,中国革命的形势,处于夺取全面胜利的决战前夜。北平的地下党组织,决定乘着这种有利的形势,扩大组织——包括党的外围组织,团结更多的同情者,蓄积力量,准备迎接最后的决战。

也就是在这个时候,丽贞女中高中三年级的学生,以蓝佩玉和她的几个同在基督教团契的最要好的"干姊妹"为首,掀起了一场与不学无术、侮辱女生人格的国民党特务、流氓训育主任的斗争。高三学生罢课三天,联名写了请愿书。

这当然是一场正义的斗争,但是它打乱了党的部署,暴露了进步学生的力量,完全违背了当时地下党组织积蓄力量、发展组织、麻痹敌人的总方针,使当时丽贞女中(这本来是一个非常保守的教会学校)仅有的一个地下党员陷于左右为难的被动地位。

党的学生工作委员会研究了这个问题,并根据汇报,找到了翁式含,研究了蓝佩玉的情况,决定立即发展蓝佩玉参加党的外围组织,把蓝佩玉的反对学校反动当局的自发活动纳入党的领导之下。

几个人的意见并不完全一致,翁式含颇费踌躇,他汇报了蓝佩玉的娇生惯养的童年,任性的小姐脾气,浓厚的小资产阶级意识,政治上的幼稚、不稳定,甚至有点赶时髦……他觉得,作为一个进步关系,蓝佩玉对我党是有利的,发展她参加外围组织,有些冒险。

多数人主张发展蓝佩玉。他们指出,革命的洪流正在吸引着成千上万有良知、有正义感的青年。革命的组织化本身,就是对于小资产阶级的自由散漫的最有力的改造。根据不止一个渠道取得的材料证明,蓝佩玉倾心革命、追求进步盖有年矣,是真诚的。如果不是她的那些毛病,说不定早介绍她入党了。而现在,不过是发展她参加党的外围组织,而且并不明说这个组织是在党的组织领导之下的,只说是一批左派学生的组织。为了防止敌人破坏,这种组织又用着互不相同的名义进行活动,这是万无一失的。尤其是,革命形势的迅猛发展和丽贞女中斗争的实际需要已经说明,发展蓝佩玉已是刻不容缓的事情。

有一名学委委员,丽贞女中学生工作的校外联系人,当时是以商人身份作掩护的地下党的工作人员,提出了一个问题:蓝佩玉可能不可能是打着红旗反红旗的特务?她标榜革命,乱斗乱闹,可能正是设下的吸引党的工作人员的陷阱。提出这个问题的工作人员,是并没有见过蓝佩玉的孙润成。

翁式含否定了这种看法。根据他对蓝佩玉的了解,你可以指出蓝佩玉有一百条缺点一千条毛病,但是你不应该怀疑蓝佩玉的真诚。这个问题的提出,使翁式含觉得有点过分。当然,地下工作的严酷条件使他不能不佩服孙润成的高度警觉,并且愈发觉得应该慎重从事。

最后决定,先由翁式含试着与蓝佩玉谈一次话,要谈组织问题,要讲清楚在当前白色恐怖的情况下参加组织应有的决心、气节、牺牲精神。如果蓝佩玉的态度很坚决、很积极,立即将蓝佩玉的关系转到孙润成那里,由孙润成再进行必要的考察、了解、教育和指导。同时,翁式含与蓝佩玉脱钩,不再发生横的联系。如果蓝佩玉做出了恐惧、犹豫的反应,立即把话收回,除了向她提出保密的要求和告诫并做一些善后开导以外,同样也和她脱钩,不再与她联系。

三月二十七日,翁式含约会蓝佩玉在北海公园后门见面。进公园以后,他们在太液池旁,扶着铁栏杆,看着春意萌动的、才解冻不久的湖水和垂柳上的新芽,开始了这一次严肃的而且无论结果如何将是他们之间最后一次的谈话。早春季节的黄昏,北海公园的游人很少,他们的低声谈话,是不会被人听到的。这姿态有点像谈情说爱呢,翁式含想到这里,苦笑了。

蓝佩玉心怦怦地跳,翁式含的不寻常的激动与克制的神态使她想到了那对于少女来说最神秘也最强烈的冲击。说老实话,在这以前,他们的交往倒并没有引起蓝佩玉的什么遐想,她只是很佩服这位意志坚强、出身低贱的老邻居就是了。再说,虽然他们年龄相当,但她总觉得和他在一起是和一个大哥哥在一起,他显然比她严肃、懂事得多。

当他谈完了准备介绍她参加一个革命青年的自发的(他说是自发的)行动组织以后,原来如此!她叹了一口气,兴奋和失望,热情(政治上的)与冷漠(感情上的)同时攫住了她。她眼睛发亮,却又咬了一下嘴唇。

"当然,不参加也没有关系。我不过是听说有这样一个组织,几个年轻人自己……"

翁式含的并不老练的狡猾刺伤了蓝佩玉,她掉了泪。她说:"你不要瞒着我。我知道你瞧不起我,因为你比我更'普罗'。我早就看出来了,你是有组织的、有使命的,而我呢,只配看几本纸上谈兵的小说……难道我就看不出来这个社会、这个政权已经腐烂了、解体了,而一切希望是在那边(那边是指解放区)吗?我当然希望参加组织,其实我早就向你做过这样的表示,可你根本没有把我放在眼里……"

翁式含想起来了,看完高尔基的《母亲》以后,蓝佩玉说过:"我也想到工厂里去,发动工人罢工,撒传单,游行……我真想参加一个赤色的工会……"是的,翁式含当时只是一笑置之,脱离开脚底下的位置而空想一套革命活动,这又有什么价值呢?

蓝佩玉问:"你这个组织和共产党有联络吗?有联络,我就参加,没有联络,我凭什么参加他的?我还想和我的几个干姊妹成立一个斗争小组呢,请你也参加,好吗?"

翁式含被蓝佩玉的眼泪和质问搞得有点慌乱。他好不容易既保守了目前还不能不对蓝佩玉保守的秘密,又做出了有力的暗示和保证——他介绍她参加的民主青年联盟并不是没有来头、没有分量的。

"那你是这个组织的吗?你是它的领导人吧?如果你领导我,我就参加。我一定听你的。"

又是纠缠不清!翁式含又是耐心地、郑重地做了说明。当蓝佩玉弄清这将是翁式含和她的最后一次见面、最后一次谈话的时候,她庄严起来了。她皱起了眉头,然后,她决绝地看着翁式含,断然回答:

"我参加。我愿意把自己献给革命。"

翁式含刚一说到考验、危险,就被蓝佩玉打断了,"当然,我懂,我想过了,我愿意。"她说,她的声音发抖了。

"我不需要你马上做出答复。我请你再考虑三天,把一切可能都考虑一遍。三天以后,如果你仍然像现在一样的坚决,请你在三月三十日下午两点到阜成门门脸儿路北,那儿有一位刘复元先生等着你,他手里拿着一张《世界日报》。你走过去问:'你是刘老师吗?'他回答:'你是小杨吧?'……"

蓝佩玉打岔道:"我怎么是小杨?"

翁式含不管她,继续说:"然后你说:'是李大哥叫我来的。'他说:'李大嫂让我问你好。'然后,你们就可以接上关系了。从此以后,那位刘老师便是你的领导人了……"

蓝佩玉问:"为什么说李大哥?你不是姓翁吗?不是你叫我去的吗?李大嫂又是谁?你——结婚了……"

"那是暗号。如果三天之内你改变了主意,你不愿意冒这样的危险参加组织,你只消给我打一个电话或者给我写一个字条,说是你不能去红楼影院看电影了。我们仍然是朋友,当然,你不要把这话说出去。"

仍然是朋友!仍然是朋友!仍然是朋友!

我没说出去!我没说出去!我没说出去!

经过这样一个黄昏,蓝佩玉本来应该大大地成长起来、成熟起来,即使不能从此成为一个顶天立地的革命家,也总该从此变得谨慎庄重起来。但是,此后的三天,成为自觉的革命队伍的一员的巨大希望却被那隐蔽的、夭折的、还没有发芽就被遗忘了的失望所冲淡了。三天时间,她变得更加懒散,急躁,喜怒无常。她们家养着五条小金鱼,素常都是由她来换水、喂鱼虫的,偏偏这一天她爸爸对金鱼来了兴趣,看到鱼缸里的水太脏了,便换了一次水,又撒上一点鱼食。第三天的中午,离翁式含给她指定的与那位神秘的"刘老师"会面的时间还有三个小时,一条鱼死了,翻起了白肚皮。经过查问,知道是爸爸给换了水还喂了食,蓝佩玉和最疼爱她的爸爸闹了起来。赌着气,说了许多伤人的话,使蓝立文气得发昏。

午饭以后,她躲在自己房间的一角,意识到离那个开始她的人生的新纪元的时刻已经近了,她对自己为了一件与革命毫不相干的小事而乱发脾气深为愧悔。到爸爸那儿去道歉,那是不必要的,爸爸早已就、今后也会永远地原谅她的一切过失,但她自己有点心神不定。为了转移一下注意力,稳定一下情绪,她随手抄起一本徐讦著的《吉卜赛的诱惑》。软绵绵的情调,带几分挑逗的描写和伤感而又流畅的语言一下子吸引了她。她看着书,又抬头看表,谁知道,表就在这个时候停了。荒谬,存在的荒谬,生活的荒谬,偶然性的荒谬……她被一本荒谬的书吸引住了,等到她终于明白过来的时候,时间已经是两点二十分,已经过了约会时间二十分钟了……

她疯一样地跑了出去,为了抄近路,她跑进了从未走过的一条斜么阡儿的小胡同,以为可以斜插过去。谁知,进去以后,绕不出来了,再一看,原来这是"罗圈胡同"。转了半天,转出来了,她却转了向,向相反方向跑起来了……等到最后,她到达阜成门脸儿约定地点的时候,已经是三点半钟了。

当然,刘老师没有影儿了。从此,她失去了革命,革命也抛弃了她。

那时,蓝佩玉立刻给翁式含挂电话,电话不通。她准备到北大红楼去,走到丁字街,却正逢戒严,接着刮起了北京春季有名的所谓"下黄土"的狂风。飞沙走石,天昏地暗,狂暴的西北风把内蒙古的黄土卷扬起来,撒向了北平,要把北平掩埋掉。蓝佩玉只好迷迷糊糊、窝窝囊囊地回了家。

第二天,三月三十一日上午佩玉去丽贞女中上学。当天有英语考试,她考得一塌糊涂。下午,再打电话,回答是不在,而且接电话的人一再盘问她是哪里,她是谁,和翁式含什么关系,找翁式含什么事情。她坐1路公共汽车到了沙滩,到了北大红楼,从教室、自习室、图书馆、孑民图书馆(学生自治会办的进步图书馆)一直找到宿舍、饭厅,找不到翁式含。第三天,四月一日,她又去,仍然找不到,而且所有她认识的翁式含的同学都神色惶惶,像躲避瘟疫一样地躲避她。

第四天,四月二日晚间,她冒着社会秩序混乱对一个少女的强大威胁去到北大,找不到,又去到翁式含的家。翁式含的姐姐以明显的敌意和一问三不知的对答接待了她,她姐姐甚至说:"你找翁式含吗?我还要问你呢?"她莫知就里,只得告辞。转身走出去没有十步,听见翁式含的姐姐往地上啐唾沫,而且她含含糊糊地听到了两个字:"特务!"她好像掉到了冰水里。

她还没有走出胡同,就被人捂上了眼睛,扭住了胳膊,戴上了手铐。

原来,三月三十日晚上当时北平的"华北剿匪总司令部"开始了以"肃清匪谍"为名的镇压学生运动的大逮捕,全市第一批被捕的大学生中就有翁式含。鉴于翁式含言行一贯比较谨慎而在这以前并没有发现他有什么暴露,加上蓝佩玉不辞而失约,地下党的有关干部认为蓝佩玉出卖翁式含的嫌疑极大。孙润成(刘复元老师)如约在三月三十日下午差一分两点手执《世界日报》到达了阜成门脸儿,等到了两点过十分,未见来人。他匆匆离去,但并未走远。他在白塔寺一带逡巡,看着向阜成门方向走的人当中有没有长相像蓝佩玉的女学生,没有看到。三十五分钟以后,两点四十五分,孙润成重新手执《世界日报》出现在阜成门的指定地点,这次他只停留了五分钟,就向西北方向的农家走去。三点整,他还抱着一线希望,以为也许是蓝佩玉记差了一小时,他又拿着报纸慢步踱向阜成门,一个女学生也没有,倒是有两个形迹可疑的家伙在那里晃荡。"出了问题!"孙润成一惊,他镇静住自己,不敢恋栈,不敢东张西望,迈着稳健的步伐,目不斜视地进城去了。说是目不斜视,其实他已经迅疾地扫视了一下他们约定的地点,当然,绝无任何女学生的踪迹。

　　翁式含的被捕敲起了警钟。地下党组织实行了紧急的应变措施。其中一条,就是要防范和甩掉具有重大嫌疑的蓝佩玉。他们辗转把这个情况适当透露给了翁式含的姐姐。翁式含的姐姐本来对蓝家的印象就不好,听到她弟弟被捕以后更是对蓝佩玉咬牙切齿,同时深深责怨她的弟弟不该与这样的布尔乔亚女性来往。那时,姐姐在被服厂,也已经是党的外围组织的成员了。

　　和蓝佩玉差不多同时被捕的还有她的一个"干姊妹",所以逮捕她们是因为反训育主任的事件。但蓝佩玉又加上了一项嫌疑,她与翁式含"似有共谋不轨"之情。只一次七小时的疲劳审讯就摧毁了蓝佩玉的一切壮志雄心。她害怕,她受不了,她觉得她要发疯。一次认真的命还没有革就成了阶下囚,成了任人凌辱、任人折磨、任人宰割的羔羊。这种彻头彻尾的荒谬使她厌恶一切。她厌恶国民党,也厌恶共产党,厌恶镇压,也厌恶革命。她只想尽快回到爸爸身边,只想看护自己的小金鱼和玩赏爸爸给她买的各种玩具和装饰品。于是,她哭泣着向国民党法官求情。她声明她是一个留法的大学教授的独生女,她是一位知书识礼的小姐,她参加过一些学生活动,读过一些左派书刊，只是为了烦闷和赶时髦。她反对训育主任只是由于任性和耍脾气，她无意反对"蒋大总统"和"政府"，她压根儿对政治就没有兴趣，今后也再不参加政治活动。她甚至想出了一个有力的证明，她会唱周璇、白光、陈云裳、顾兰君唱过的所有流行歌曲。她最爱看的是徐讦的小说，有一本《吉卜赛的诱惑》还在她的床头，中间折了一个角，她正看到那里。"早点把我放回去，让我接着看完那本书吧！"她说，楚楚动人，她以为她在耍手段，其实，至少有一半是真诚。

法官表示相信她的解释，"但是你和翁式含是怎么回事呢？翁式含已经供认，他是共党间谍……"

蓝佩玉吓坏了，但她死咬住一点，宁死也绝不能出卖翁式含。她大概做不成一个革命者了，但她死也不做叛徒、特务，她要施展一切手段混过去这一关。爸爸，爸爸，她只要爸爸。

求生的本能和做人的基本道德双重压力压得她忘记了羞耻。她毫不犹豫地"供"述，她和翁式含的来往完全是单相思的爱情关系。"我们没有谈过政治，我们是老邻居，我爱上了他的苦学与仪表。我追求他，他躲。我非要嫁给他，而且要求三个月以后订婚，他不同意，我不死心，所以就到处找他。"

蓝佩玉同时为她的那个干姊妹辩护。她说她们都是基督教徒，与共产党毫不相干。三天以后，她们两个都被释放了，当然是由于蓝立文教授和那位同学的家长的奔走，也由于蓝佩玉的供词确实有鼻子有眼，似是诚实可信。

出狱以后蓝佩玉在家里憋了一个月，不但看完了《吉卜赛的诱惑》，而且看了《风萧萧》《鬼恋》《一个精神病患者的悲歌》，看完这些又看了《飘》，看完《飘》便看张恨水、刘云若的言情小说……完了！我完了！她明白，她骗国民党法官的那些所谓供词正在变成铁的真实。那个大胆的、进取的、热血沸腾的蓝佩玉，已经死在七小时审讯里了——多么脆弱的一根小草！剩下的只能是一个百无聊赖的、腻腻歪歪混日子的娇小姐——寄生虫——幽灵。她已经决心自杀,她甚至写了《绝命书》的第一行字:"别了,爸爸……"但是她下不去手。

就在这时,蓝立文收到了自己在美国任教的老友的来信,说是已经为蓝佩玉接洽好了赴美留学的种种事宜,希望蓝佩玉迅速动身赴美去找他。爸爸欣喜若狂,如同绝处逢生。佩玉不愿意去,不愿意离开爸爸,不愿意离开北平,不愿意到一个帮助反动派屠杀中国人民的帝国主义国家求学。她去了,那岂不是把自己和那些因为刻骨仇视中国人民的革命事业而又无法抗拒、不得不逃亡美国的反动分子等同起来了吗?现在完全不是一个求学的问题,而是在热火狂飙的大时代站在方生的一边还是站在将死的一边的问题。虽然她心里乱糟糟、脑子里装满了徐讦和张恨水,她仍然对这样一个举动的政治意义清清楚楚,心如明镜。爸爸对国民党极端失望,与女儿同样寄希望于共产党。但是蓝立文认为,佩玉已经"进去"过一遭了,叫做"有前科",国民党特务宪兵警察肯定会随时来骚扰,同时她出狱后没有一个同学来看她,说明她同样已经失去了左翼学生们的信任。这样郁郁闷闷地呆下去,或者是发神经病,或者是重进国民党的监狱,或者是受到左翼学生们的怀疑、冷落、孤立乃至难以设想的严酷打击,没有一条是生路。不如先去美国学点本事,如果共产党取胜(这已经是可以预料的事了)以后确是建国有方,他会写信叫女儿回来。如果共产党搞得不好,他想办法与佩玉的母亲去美国一家团聚。

说得也是。蓝佩玉无可无不可。头一天她还在神往苏菲亚、保尔·柯察金,头一天还在唱"跌倒算什么",现在却投入了紧张的准备工作,马上就要投入中国人民的头号敌人美国的怀抱。

为了筹措路费,爸爸变卖了家中所有值钱的东西。妈妈卧床不起,她只求佩玉平安出走。"我每天都在给你祷告。"她说。她是一个虔诚的教徒。"我们信的是耶稣基督,但是,我们毕竟是中国人。到美国以后,如果听到我老了的消息,还是给我烧一次纸钱吧……也不枉我生养你一场。我的魂儿在中国这边,也会心满意足了……"

大哭一场，又一场。慢性病使妈妈多年来照管不了佩玉，爸爸分担着妈妈的责任，但妈妈诀别的言词仍然是这样悲凄。再哭一场吧，故家故国，生离死别。上飞机以后，她看着渐渐远去的破旧的北平的灰蒙蒙的瓦顶，哭得几乎晕了过去。为什么人生要有这样的痛苦？为什么中国人要受这样严格的考验？为什么十九岁的一个中国姑娘要承受这么多政治的、道德的和情感的重担？一个美国女人，只要长得还不错，只要有身材，胸围、腰围和臀围"三围"大致够标准，那么她哭、她闹、她叫、她唱（唱也是叫，像洛兹那样）、她卖弄风情、她勾引成十成百的男人轮着睡觉、她喝香槟、她刮子宫、她千方百计地化妆、减肥、挑选首饰和胸罩、她经常找精神分析医生、声称自己患了忧郁症，然后她养狗、她侍候丈夫（如果她最终还是结了婚）、她侍候孩子、她喝苏格兰威士忌和法国白兰地。当然，她也要嫉妒、要竞争、要发歇斯底里、要请律师打婚姻和遗产的官司，不管怎么说，她有权利就这样、就这样作为一个渺小的雌兽，享受着用蔑视为女人赢得的特权度过她的一生。她们永远不会了解蓝佩玉的内心，永远不会了解中国人。而蓝佩玉即使变成了风骚的、一度得意的、既有博士学位又有男人环绕着的佩玉·蓝，她仍然保留着这东方人的无法解脱的执拗的痛苦。也许某些美国人看来，理想、原则、正义和终极目标这些过于古典的观念还不如紧身衫、口红、可口可乐、摇摆舞、性刺激乃至吸毒更要紧也更实惠。但是有什么办法呢，蓝佩玉不能。一个失去了理想的人并不等于忘记了理想，恰恰相反，理想因为失去了而更加迷人百倍。她不满足于仅仅是活着，哪怕活得还算温饱、放肆、快活。正像一个失去了一生中仅有一次的爱情的人，并不会忘记爱情，她不会为胸前的一撮黑毛而满足，更不会将对于失去的爱情的眷恋寄托于纽约百老汇四十二街红灯区出卖的模拟生殖器。

　　所以她回来了，她一定要寻找机会向翁式含把忍了三十多年的话吐出来。三十多年，这话她没有向任何人说过，也不可能说。对她最亲爱的爸爸，她也没谈翁式含介绍她参加民主青年联盟的事情。

她害怕万一她爸爸也受到迫害和审讯,会把翁式含的事情说出去。她离开北平的时候完全不了解翁式含的情况,不了解学生运动的任何情况。只是在三十二年以后听杜艳说翁式含曾经被诬为叛徒之后,她的担了三十多年的心才恍惚得到证实:"原来你也被捕了!天!"已经不需要呼天了,时过境迁。

但是她要说:"我是弱者,一切折磨和痛苦都是理所当然,我无怨。但是我要说明,我没有出卖你,没有出卖刘老师,没有出卖阜成门,没有出卖组织。我走投无路,哪怕得不到同情,但也绝不应该受到怀疑和仇恨……"

翁式含不愿意听她的表白的话,往者已矣。蓝佩玉哪里知道她的误点和迷路给翁式含带来了多少麻烦!一九四八年三月三十日晚上,他已经得知了蓝佩玉失约的消息,他不由得有一点紧张。尽管他对蓝佩玉的自信是有所了解的,但是当时的斗争环境是那样残酷,疯狂的镇压、屠杀正在进行,夜夜有警车的警笛,天天有秘密处决、暗杀、搜查、灌辣椒水、上老虎凳。还有一种对"共党"实行的刑罚,使翁式含想起来就不寒而栗,那是把人的脖颈划一个十字,灌上水银,活活剥下全皮。他不能掉以轻心,在殊死的阶级搏斗当中,善良——天真——轻信,往往意味着事实上的叛卖。

翁式含按照孙润成转来的信息准备立即转移,先隐蔽起来,弄清蓝佩玉的情况后再回北大不迟。当天晚上九点钟,他扛着一个柳条包走出了学校,才走出去两个胡同,他就被逮捕了。本来国民党对进学校抓人还有所顾忌,那样往往会激起大的学潮,就连技术上也不容易,像北大、清华、师大进步力量比较强的这样一些学校,往往特务一进门就被辨认出来,立刻一呼百应,人人喊打,而把他们准备猎逐的进步学生隐藏在学生群中。这倒好,翁式含等于把自己送到了虎口里。

翁式含在狱中坚强不屈,但是他无法驱散把自己的被捕与蓝佩玉的失约联系起来的念头,这使他颇为沮丧。经过了几次审讯,反倒被翁式含摸到了底，法官并没明掌握他的真实身份，说到底只是觉得他形迹可疑。当法官最后提到蓝佩玉的名字的时候翁式含感到浑身一震，但接着他听到了问话："是不是你操纵蓝佩玉反对学校师长和政府当局？"他反倒放了心。等法官要他说出与蓝佩玉的关系的时候，他不假思索地编造道："她看言情小说入了迷，她追我。"简直是天衣无缝的默契。

正因为如此，拖了两个月以后翁式含也就糊里糊涂地放出来了。又经过了一个月的考察，他与地下党重新接上了关系，那时蓝佩玉已经离开了中国。仅仅这个行动已经令翁式含发指，为他所不齿。革了一阵子假命，终于暴露出了她那布尔乔亚的真面目。他不再认为有为蓝佩玉开脱、辩护的必要。叛徒！细节弄不清也不妨碍叛徒这个总的印象结论。

谁知道解放以后这两个字的阴影几度笼罩在他自己的头上。到了"文化大革命"，那真是皆大欢喜，他是叛徒（而且与美国特务蓝佩玉有无法调查的关系），丽贞女中那位一九四八年的唯一地下党员也被说成了叛徒（她只是在戒严时被盘查过一小时），蓝佩玉的那位干姊妹、和她一同反训育主任又一同被捕的基督教徒也被说成了叛徒（是指叛了耶稣？如果是指叛了共产党，那么她当时根本与共产党毫无关系……），结果吓得神经错乱了，据说直到一九七八年每天还要请罪八九次。孙润成也一度被说成是叛徒，但他没被捕过，就立即改称他是假党员。不知他使出了什么解数（看样子与他大力揭发了翁式含一贯与美国特务蓝佩玉勾结的有根有据有添油加醋的"铁的事实"关系极大），到一九六七年就"解放"了，"结合"了，批判起翁式含外加蓝立文来了。当然，显然，那时他就既不"假"也不"叛"了。

翁式含有的是原因不愿意、没有兴趣听蓝佩玉扯这个陈谷子烂芝麻死老鼠似的话题。

蓝佩玉却从翁式含的态度里感到了伤害。他不信任我。他不信任我并没有做过任何反共、反华、对不起故国故家故人的事情。他丝毫也不理解一个弱者在那种可怕的处境下的千悲万苦。他仍然持重、自信、含蓄、谦逊,这正是我最敬重他的。但是为什么他对我说话这样谨慎,是提防,还是因为他对党承担义务,他的一言一动都必须符合文件指令?按杜艳所说,三十年来他并不得意,既然如此,他说起话来为什么不能摆脱"官方发言人"的腔调?然而,他是沉着、自尊、自信的,但愿中国人都能这样。

蓝佩玉还感到了翁式含的冷淡后面的潜台词:"我们没有谈具体的政治历史问题的基础,因为你现在根本就不是中国人。"是的,她现在并没有被"审查"的权利,没有谈清事实真相的权利。为什么他们把国籍问题看得这样重啊?他们哪里懂得游子的心,弱者的泪,海外华人对于祖国的关注、忧虑和祈祷?他们是否自认为有权利剥夺我们爱中国的权利?

出租汽车叫来了,翁式含送蓝佩玉上了车。"你呢?"蓝佩玉问。"我去坐无轨电车。"翁式含答。出租汽车的发动机已经响起来了。

汽车开了。她又说了一句话,汽车司机反应过来以后踩住了刹车,但她摆了摆手,不必再谈了。那边驰来了一辆拥挤的无轨电车,翁式含正在转过身去。看着这电车,她心中蓦然一动。她想起了南砖塔胡同甲 14 号蓝家的高石阶上的四间北房和翁家在外院的三间低矮的南房,她想起了"考"不上小学的小五儿看着她们的放学队伍的时候眼睛里流露出的羡慕、怨恨和惆怅……在那辆拥挤的无轨电车上,也许有不止一个翁式含这样的把自己的大半生已经献给了革命的人。他们穿着单调的蓝色或者灰色,质地最好的也不过是涤卡的制服,服装没有任何线条,蹬着布鞋或者式样陈旧的皮鞋,过着在某些美国人看来也许是禁欲主义的生活。而她呢,她这个内心空虚、一生空虚、愧对祖国的人,享受着"外宾"的优厚礼遇。过去,他们之间的距离也许可以用阶级、阶层来解释。那么现在呢?他们在财产、生活享受方面的距离不是缩小了而是更大了,仅仅是因为国籍?是好客的古风还是实用主义？他能不看重国籍吗？他能不更加骄傲吗？他们能没有隔膜吗？为什么庄严工作、历经磨难、任劳任怨、节衣缩食的中国人还是这样穷，还是这样穷啊！她真想大叫一声，荒谬啊！

十五

杜艳在蓝佩玉到来的第二天上午，拜访完蓝佩玉，拿着蓝佩玉的有助于鼻子通畅的药栓回家以后，慢慢觉得不是滋味起来。

第一，眼前利益。她是蓝佩玉在国内最亲最亲的人，直系亲属。佩玉是死鬼的掌上明珠，她是死鬼的怀中肉。她是老婆，又是老妈子，又是厨子，又是护士。一个女儿所能做的，一个妻子所能做的，她全做了。一个女儿或者一个妻子不能做的，她也做了。难道蓝佩玉不觉得她亲？难道蓝佩玉不知道感谢她？如果蓝佩玉通人性，那么，作为在美国享尽人间荣华富贵、发尽洋财，如今从穿戴打扮到身上的气味都比中国人高一等的衣锦荣归的蓝佩玉，应该怎样报答她呢？她难道不应该拔下一根毛，送她一个钻石戒指，一个二十四英寸彩色电视机，或者一个电冰箱，至少是一台进口的洗衣机加烘干机吗？退一万步讲，也应该是一台自动调距离、带闪光、带望远镜头和广角镜头的照相机加几身衣料或者几个袖珍电子计算器呀！抑或是手表？雷达牌还是精工牌？这些东西在美国听说是遍地都是，从蓝佩玉一个月的薪金里抽出二十分之一来就够她受用一个相当长的历史时期了。她怎么连一点预告、暗示都没有？肉头，铁公鸡！肉头，铁公鸡？等一等。不能等，机不可失，时不再来。她只在北京呆一个星期。你不张口我张口，你不伸手我伸手。软怕硬、硬怕横、脸皮薄的怕脸皮厚，你是堂堂的美国贵妇人，我是一穷二白的女光棍！

第二，中程利益。既然蓝佩玉是蓝立文的亲女儿，而蓝立文又是她的亲丈夫，那么，她杜艳从此便取得了侨眷的身份。不，比侨眷还高一点,因为蓝佩玉不仅是"侨",人家是老美的国民!那么我就是"美眷"。那么,也可以说,我也有一半,或者至少有五分之一的"外宾"行市,理当受到种种优待,有孩子应该优先上大学,可惜没养。能不能以"美眷"的身份申请一处大一点的房子呢?是啊,现在加上陈先生和他的前窝子女,二七得九,九二十一,我们是十一口人了,十一口人只住着二十五平方米房子,国际影响该有多么不好,还有买豆腐、买排骨,对侨眷美眷就没有什么照顾吗?从此与蓝佩玉贴得紧紧的,抱住这只大腿,截长补短地来点侨汇外汇,洋玩意稀罕物儿,也让那些瞧不起自己的穷酸臭们瞧瞧!

第三,远程利益。她杜艳要上美国!入籍倒不一定,她听不懂那踢里秃噜的英文,她不喝牛奶,不吃牛肉,不喝马尿似的洋酒,而且她看到那些金发碧眼、白皮肤青血管、高鼻子瘪嘴唇的洋鬼子总觉得发憷而且讨厌,还不如看西郊动物园的猴儿鸟儿舒坦,但她知道那是一个黄金世界。说是说那里腐朽,可实际还得巴结人家,要不洋人在中国为什么处处高人一等?腐朽?我就图这个腐朽!我就想腐朽一下!我无党无派,没爹没妈,绝儿绝女,但我还有一百一十八斤的净重,连骨肉!如果能上美国腐朽上一年半载再回来,也不枉人生一世!可蓝立文这个洋闺女怎么连半点表示都没有?一点不讲道德!美国人讲实利,那也行,我杜艳一辈子不做坑人的事,如果你接我去美国,我给你做饭洗衣擦桌子,不要或者少要工钱,最后还是你赚!

第四,政治。我杜艳不是白薯,不是傻帽儿,不是二百五!死鬼老头子讲的话叫什么来着?对,大智若鱼,怎么会大智若黄花鱼呢?带鱼?哈哈哈哈哈,是愚傻的愚。对,我看着是愚,实际上是鱼!透着精的精子实际上是傻子,透着傻的精子其实才是真精!我不读报不开会不听广播也照样懂得时事政治,美国人能喜欢共产党?正统派?没门儿!他们恨不得你共产党明天就垮台。看准了这一点,我就给她来一个民间在野,自由突破,个性解放,领导世界新潮流,誉满全球!我嘴上跑舌头,信口民主,肚子里,有数呢!既要讨美籍华人的欢心,又不能真让共产党抓住辫子,给我小鞋!可蓝佩玉的反应为什么不热烈呢?她难道不为共产党中国有我这样开通的女性而感到欢欣鼓舞吗?她不信任我?她看不起我?

第五,有小人!去年年三十晚上老陈买的现成的馅,肉馅买现成的倒也罢了,还买了菜馅,我当时就说不好。三十晚上剁饺子馅是剁小人,都现成了,不剁了,小人就得志了……可不是,今年就是犯小人,前天为买鸭蛋还跟售货员打了一架。蓝佩玉好好的,还跟我一块儿掉了泪,真是一见面就投合。怎么下楼送了一趟姓翁的回来就耷拉下脸来了呢?送我一个鼻通药栓,这不是欺负人吗?同仁堂的避瘟散不比这个好?对,对,这是美国的,苍蝇蚊子都是肉。问题是姓翁的不识抬举,你他妈的倒积极了,下放你十年!当初怎么没当现行反革命枪毙了你!小小一个弼马温,倒摆出一副官僚架子。三个月以前还榜大地呢,现在说话倒向着姓官的,正眼都不看我一眼,你神气个屁!对,对,对!准是这个小子趁着蓝佩玉送他下楼的机会,对蓝佩玉给我下了眼药水儿!

五大问题的逻辑推理加上意识流动,杜艳的头脑、嗅觉和第六感觉都找到了同样的关键。她又犯了小人——翁式含!秃子脑袋上的虱子,明摆着。下楼以前,热如春风,再上楼以后,冷若冰霜!好你个姓翁的!

杜艳心正不怕影儿斜。她问心无愧!她和老头子吵嘴是事实,可打是疼骂是爱,不打不骂拿脚踹!最初几年,她对蓝立文可是够意思!由于蓝立文的关系,她不再当招待员,成了大学教务处的一名干部,社会地位显著提高!然后她开始接触了上流社会:教授、院长、书记、政协委员、统战部长。她的穿戴举止言谈神态,都努力向教授级升格。她勉强着自己酸了好几年!就这样她还是时有露怯,或者是念了白字儿,或者是赴宴吃饭时嘴吧唧吧唧的生响,或者是讲了类似关公战秦琼的故事,而使得老头子皱眉、老头子周围那些酸秀才和酸秀才娘子窃笑。好窝火!就这样盼来了五七、五八年,她算是看够了酸秀才出丑。丑态百出,不如屎蛋!屎蛋还能上到地里,长狗尿苔!老头子也唉声叹气,惴惴不安。她杜艳当时是怎么样的?小馄饨捏薄皮,大米粥就苤蓝丝,伺候得一百一!

……后来,后来,后来愈看蓝立文愈窝囊废,寄生虫!他不会和面,不会炒鸡蛋,不会切肉,不会腌雪里蕻,不会钉扣子,不会做活儿,买现成的东西他也不会买,买回来他也不会穿!说老实话,他五十多的人了不会系裤子。一到冬天,系住了罩裤掉了棉裤,系住了棉裤又掉了衬裤!他只知道整天看书写字,又是洋文又是中文,又是卡片又是笔记本。倒好,既没有人请他上课,写出文章来也没地方登,稿子一篇接一篇地退回来,放在抽屉里占地方,招虫儿,还不让她杜艳动!

也行,就算你一分钱稿费也挣不上,还倒赔了许多钱买纸,我杜艳也不拦你,你挣的你花,谁让你这个废物一个月有二百多块钱的高薪呢。社会主义可真好说话,不劳而食!你学术上没有成就,你那个学问压根儿就是没用的废品,倒贴钱没人要。可你总还是个男人,是丈夫!你不会顾家,你不会陪我打百分、争上游,连叫你看电影你都就地十八蹭,连说话你都不会说个家长里短,一张嘴就是费尔巴哈。有一次杜艳抗议说:"你别老说巴哈了,你干脆给我讲讲哈巴好不好?你养过哈巴狗吗?"这是多么风趣,多么有情有义!你猜老绝户头子说什么,他眉头一皱:"太庸俗!"什么年月了,还酸?杜艳不由得把蓝立文一推,蓝立文一个趔趄,又被杜艳揪住了领口。蓝立文的脸上现出了惊恐的神色,原来就这点成色!从此杜艳的形象日益高大,蓝立文的形象日渐萎缩,从此杜艳也就打破了禁区,敢于向蓝立文动脚动手了。

等"文化大革命"一开始就更不用说了,蓝立文那副背时的样子真是叫人看起来恶心!是蓝立文这个老色鬼骗取了她的青春年华!是蓝立文这个老废物毁坏了她的全部幸福!是蓝立文这么个老不死的死缠着她,碍手碍脚,推又推不走,卖又卖不出!当然,她也站在了革命群众一边,对这样的牛鬼蛇神无法温、良、恭、俭、让……都是情理中事，谁看着不忿儿，给你这么个丈夫伺候伺候看！六六年底以后，批了工作组，老头子倒成了逍遥派了，没事儿了，整天窝在家里更是顺（读 shún，晦气之意）得慌。六七年十二月二十四日，蓝立文居然来了劲，找出了几本幸存的洋书又看上了，又写上了，嘴里还哼哼唧唧，好像吃了耗子药。杜艳叫他到卫生间里洗脚，叫了四遍他没有应一声。简直是复了辟，翻了天！杜艳一把抓过他正在写的笔记，嚓、嚓、嚓，撕烂了，又点起一把火。杜艳入睡以后半夜醒来过一次，睁开眼，蓝立文不在床上，也不在屋里。出了事？杜艳一个激灵，一阵恐怖，咬咬牙，干老娘屁事！睡着了。第二天天大亮了，她才被敲门的声音震醒：蓝立文已经"自绝于人民"。

  第一批来吊丧的人当中就有翁式含。他吊着长脸，拧着眉头，盘问杜艳关于蓝立文的死情，当时就引起了杜艳的反感：你管得着吗？

  一九六七年底，那时翁式含自己是"半托"的牛鬼蛇神，白天进"牛棚"，夜晚可以自由回家，头衔是叛徒、特务的严重嫌疑再加"走资派"。翁式含脸上有一股装模作样的劲儿，使杜艳特别反感。你明明叛、特、走俱全，是下九流的革命对象，偏偏还道貌岸然，假道学，做出一副高尚伟大、堂堂正正、革命动力、革命者、革命家的熊样子。谁不知道你在五五年就受过审查，谁不知道你混了几十年才行政十四级，根本不够坐软卧、坐小车、看保健医疗的条件？谁不知道像你这样的人，正是这次无产阶级"文化大革命"的重点？你牛什么？你哪一点比我无产阶级革命造反派杜艳强？

  反感，一种本能的和刻骨的反感渗透在杜艳的每一个细胞里。孙润成对杜艳的态度也是不好的，但杜艳倒还稍微"服气"一点。人家孙润成至少算司局长一级的领导，人家有实权，人家总是不倒，而且总是受重用。人家总算有做官的命，有做官的权、威、资历。像孙润成这样的人，老远一看，就知道是官儿来了。看不见不要紧，隔着一扇门一听到他那雄浑而又缓慢的说话声音，也知道来历不凡。可翁式含呢？和孙润成走在一块儿谁能不把翁式含看成跟班儿的？脑袋不圆不方,走路一颠一颠,眉头常皱,你算哪个庙里的和尚?像这样一个常常挨整的人却摆出一副"誓死捍卫"的样子,如果不是骨头出奇的贱就是做假,纯粹装洋蒜!

尤其使杜艳一想起来几乎气得闭过气去的是在蓝佩玉面前。杜艳说:"就拿老翁来说吧,堂堂的老革命……你说中国的事有什么办法呢?"这明明是帮着翁式含说话,给蓝佩玉一个好印象,使蓝佩玉知道翁式含和她爸爸一样也是被迫害的,把翁式含看成自己人。这明摆着是套近乎吧?可姓翁的不识抬举,给脸不要脸,从鼻子眼里冷笑,拿腔拿调,倒装了个匀实!紧接着跟蓝佩玉下楼,乘机给我加了话点儿。他准是说是我把老头子气死的,胡说,造谣,可耻!明明是他害死的!对,谁要说是我气死的,就一准是他害死的!

这个结论使杜艳愈发义愤填膺。她回到家,见到陈金才,先把翁式含骂了一顿,结果,陈金才不感兴趣,心不在焉。她骂翁式含,陈金才却念念叨叨说中午买猪头肉售货员少找了他四分钱,等他下午想起来以后再去索要,售货员赖账,不肯给他。

"可恶!可恶!现在的售货员,统统应该枪毙!"

"别说这四分钱了行不行,我给你四分!"杜艳愤怒地打断了他,"咱们商量商量怎么样招待一下从美国来的蓝佩玉女士好不好?"

"什么女事男事,有我的什么事?我又不认识她。"

杜艳气得跺脚:"你怎么这么土鳖呀!真是狗肉包子上不得台盘……人家是美国人,现在认识一个美国人赛过连和三番满贯……这又是咱们名正言顺的亲戚,你哪儿来的那么些个封建意识?就别说别的,你就把人家请到家来,你也瞧瞧,瞧瞧人家那打扮,人家那衣裳,人家那模样,实际比我还大一个多月呢,可长得倒像三十岁的媳妇……"

杜艳还是能抓得住要害的,批加诱,总算说通了。舍不得孩子打不得狼,他们计划好好摆一桌宴席,由陈金才马上行动起来,跑点山珍海味,由杜艳负责去请一位身为市政协委员的一级厨师,届时前来掌勺。

第二天上午，她在班上露了一个面就溜了出去。她来到宾馆，听说蓝佩玉出去了，翁式含来过，好像也随后赶出去了。杜艳更火了，原来如此！原来你也是上赶着蓝佩玉，背着人，鬼鬼祟祟，你鬼什么？走到宾馆门口，正碰到大学外事组的一个新参加工作的小伙子小张，他是来与蓝佩玉联系下午和晚上的活动的。"不在。"杜艳摇摇手，挡住了。"上哪里去了？"小张问。"谁知道，翁式含也去了。他们到哪里去，咱们怎么知道。"杜艳噘起了嘴。小张眨眨眼，莫名其妙。"哼，我现在才知道，是谁害死了我们老头子。"小张更莫名其妙了，他说："怎么了？不是自杀？是被害？""就是翁式含！翁式含写过对我们老头子的揭发材料，军宣队给老头子加温，老头子受不了了……"杜艳信手拈来，却又无一字无出处。翁式含几度被"勒令"写过关于蓝氏父女的材料，这是事实，而且大字报上说过他"千方百计地掩护美国特务"。军宣队曾经用"翁式含已经揭发了"这样的话压蓝立文揭发女儿，这也是事实，但那是一九六七年五月的事，离蓝立文自杀足有半年多时间。

小张听了这话，摸不着头脑，只好点点头。

我就是这样：人敬我一尺，我敬人一丈。人欺我一寸，我欺你老少三辈儿！杜艳想着自己的处世待人学，觉得理由从来没有像这次这样充足，意气从来没有像这次这样兴旺。被侮辱与被损害的委屈、复仇的快感、必胜的信心，从气急败坏到从容镇定，最后，她得意洋洋。

十六

蓝立文教授追悼会开过了。《光明日报》用一角地位发了消息："……在'四人帮'迫害下含冤去世……决心化悲痛为力量……"End(完结)！

对于蓝佩玉来说,这甚至是过于隆重了。使她悲哀的是回来不久,她就觉得"含冤去世"这四个字也算不得刺激了,不止一个"含冤去世"。她曾经以为她自己,一个大时代的弱者,从精神上说,是在美国"含冤去世"了的。但是她仍然知道有一种光明,一种力量,一种希望,那是在中国。不管别人把中国骂成什么样子,也不管她不可能完全不受美国的反共反华的宣传的影响,她可从来没有估计到会有那么多当真的"含冤去世"发生!她宁愿自己含冤去世一百次,也不愿意新中国有一个含冤去世啊!

悼词并不是没有感情,蓝佩玉哭了,杜艳则在她的身旁嚎啕大哭。有些好话似乎说得太过,又是爱国啦,又是贡献啦,又是著名啦,真不知道为什么人死以后对他的褒奖就会这样慷慨。尤其使蓝佩玉不舒服的是追悼会后的大吃大喝,就是欢迎远道而来的客人,著名的(难道也要给我开追悼会了?)美籍华裔学者蓝佩玉博士。一遍又一遍的敬酒仪式,似乎不站起来,不碰响了就不够礼貌,但蓝佩玉实在不想站起来,也不想与一个个陌生人各自把酒杯碰得当当响——又不是招待外国君王。还有即席讲话,声称要促进中美两国人民的友谊和友好往来。同桌吃饭的九个中国人能不能代表九亿中国人民,蓝佩玉不敢下断语。她可以清楚无误地确认的是,她自己绝对代表不了美国人,既代表不了华尔街的老板也代表不了黑人、失业工人、女权主义者、嬉皮士和至今崇拜江青的极左派分子。"我在美国的地位未必比杜艳女士在中国的地位高",她想声明,却说不出来,因为以孙润成为首的东道主俨然将她当做世界上最强大最阔绰的资本主义国家的代表人物。一共吃了八个热菜、一瓶茅台、一瓶中国红葡萄、十四瓶五星啤酒和六瓶橘子汽水,桌上杯盘狼藉,剩余很多。没有一个人把剩菜装起来带走——真阔气,比美国人还牛皮。当她想到这一切支付将要用宴请她这位美籍华人的名义入到账上的时候,她简直吃不下去了。她有什么权利再次向中国支取?是为了安慰她失去了父亲?显然她父亲的价值要超过这一顿饭不知多少,而且,这毕竟不是一回事。那么，怎么解释这次令人消化不良的吃喝呢？

隆重地请她到学院里作了一次演讲。她本来要用中文讲的，但是孙润成坚持希望她用英语讲。用英语讲在美国汉学家们是怎样研究中国的古典文学的，真是没有多大价值。好几个须发皆白的老教授、老专家也毕恭毕敬地来听她的讲演，这甚至使她自我感觉是做了一件类似行骗的不光彩的事。当一位主持会议的老教授介绍她是"文学博士、东方学博士"的时候，台底下居然出现了啧啧声和羡慕的目光。她离开讲稿，在正式开讲之前说：

"刚才关于我的介绍，我想是说得太过分了。一个中国人到美国去研究中国文学并且得到了博士学位，这并不是多么可以称道的事情。在美国，博士是很多的。我给你们举一个例子，过去，中国人在美国多半是开饭馆或洗衣店的，而现在，多数在美国的中国人是求学的、在大学或科学研究机构做事的。所以许多美国人，一见到中国人就称'博士'，不管你是不是真的博士。其实，是中国过去没有搞学位制，否则，在座的各位先生，各位女士，恐怕早就是，或者即将是比我更有成就的博士了！"

她这段话引起了笑声，好像她是在巧言令色，好像是她在糊弄小孩子。

使她高兴的是学生的提问。她只讲了三十分钟，她以为她已经讲得够多了。她说，下面的时间用来提出和解答问题。立刻飞来了一大堆条子。主持会议的人似乎对她的这种讲演方法觉得有点难办，老教授现出举措不安的样子，特别是当她念了一个中文条子以后。那个条子说："作为一个美籍华人，请你回答，你爱美国还是爱中国？"对于这样的问题，她并没有感到不安，但会议的主持者的样子却像是吃了一只苍蝇。孙润成在旁边大声插嘴说，"这样的问题可以不回答。"但是蓝佩玉回答了，她说：

"我爱中国，但是我缺少爱的勇气。我不那么喜欢美国，但是我离不开它。"她又补充了一句，"至少是现在。"

听众没有听清她的补充,她的补充的话淹没在掌声中了。为什么鼓掌呢?她的回答远远不是明快的和漂亮的。

在北京的逗留当中,有一些小事非常吸引她的注意,其中一项是听北京人说话。当她站在楼道里因为要出门而锁门,或者刚刚返回,把钥匙伸到锁孔里开门的时候,她常常多耗一会儿,竖起耳朵来听服务台的女服务员们的闲谈。偷听别人的谈话,这本来是不那么礼貌、文明的,但她实在爱听,"大夜班""小夜班""正常班",这些字眼儿她过去从来没听见过。"跟得紧""积极""落后""小报告""挨整",这些政治色彩浓厚的词也很新鲜。一个梳小辫子的女服务员可以一边摆着头一边噘着嘴说:"纯粹是'四人帮'极左路线的流毒!"而在美国,一个老牌政客在发表竞选演说的时候也很少使用这种鲜明的、强烈的、高浓度的政治词语。

走在街上她也喜欢听人说话,特别是年轻人、特别是女孩子们说话。置身于周围响着轻松自如的北京话的环境当中,这真是享受。和三十多年前相比,现在的北京话已经不那么"油",也不那么"土"了。"您哪,您哪",人们说得并不多,过去爱把"好"说成"棒"、"帅",现在很少有人说了。过去人们同意的时候爱说"好哩","哩"读成 lèi,而且拉得很长;而当人们表示否定,表示根本不可能或者绝对不愿意的时候爱说"姥姥!"或者"姥——喽哇!"现在也听不见人说了。还有蓝佩玉十来岁的时候,她们这些小姑娘不高兴的时候常用的万能怨语"德性!"和然后紧接着的"你德性好!""比你好点儿!""你才德性呢……"也听不到了。另一方面,现在的北京女孩子表达不满的时候说的"什么事儿啊?"("事儿"总是拉得很长)和"你有病啦?"也是蓝佩玉在旧日的北平从来没有听到过的。

总的印象是,北京话变得更温柔、更富有表现力了。声调变化,字音轻重,拉长缩短,非常立体。倒是在相声中蓝佩玉可以重温到那老一点的北京味儿,那京油子的幽默。

"我说二大妈您这个大小子可怎么话儿说的呢?"

"我说他大爷您就包涵着点儿吧。"

"好劲!"

"嚯,还亏呢……不怕倒了牙!"

蓝佩玉不敢再听下去了,不管相声说的是什么,仅仅这熟悉透了的腔调就够她哭一鼻子的了。

蓝佩玉坐过一次无轨电车,103路。她一上车就有人给她让座,使她十分不好意思。她十分有兴致地听着售票员催下车的乘客打开月票,"打开票啦打开票啦下车的同志请您打开票啦!"售票员一口气不知道要说多少次"打开票"。从前她在的时候只有有限的几辆叮当作响的有轨电车,车内车外都是人,车外的叫做"买了挂票",卖票的(那时候还没有售票员这种正规的称呼)像一条鳝鱼一样在人群当中钻过来挤过去。现在的售票员高高在上多神气,只是没有人理睬她的不厌其烦的"打开票啦"的号召。售票员也报复了一下,她眼睛不看任何人,用一种天真无邪的讲故事者的态度向全体乘客诉说:

"怎么说了这么半天听不见呀,耳朵落家了是怎么着?"

许多人小声笑了,蓝佩玉却大笑起来,这是她来北京后的第一次大笑。一想到这种既辛辣又朴实的幽默她就高兴,她为她的北京同乡的语言艺术感到骄傲,中午饭她多吃了半个花卷。

还有一项难忘的经历是喝豆汁。她向大学负责与她联络的工作人员小张提出来,"到什么地方能喝到豆汁?"小张翻了翻眼,他表示,他从来没有喝过"那个玩意儿",也没见过卖的。这使蓝佩玉大吃一惊,北京人而不喝豆汁,那还能算北京人吗?隔了一天,小张认真负责地向她报告说,他已经做了广泛的侦察,截至目前,发现了一家,在崇文门外蒜市口。

蓝佩玉和小张来到了蒜市口。没有要汽车,他们是借了两辆自行车骑过来的。为了蓝佩玉骑车能不能保证安全,小张颇费踌躇。由于蓝佩玉再三坚持,小张才答应他们可以"偷偷地"骑一次车,不要让别人知道,免得小张会受到责备——说他不注意维护"外宾"的安全。

在北京的比解放前拥挤了五倍的大街上骑自行车给蓝佩玉带来了一点类似节日的情绪。她把她自己汇入到北京的人流里去了,健康、朴素、幽默,多少仍然有点"贫"劲儿的北京人。公共汽车和自行车都太多,而且谁也不让谁,北京人就是在这种条件下行路的,倒有股子热气。"即使被轧死我也是心甘情愿的。"她想。她想到小张以安全为理由对她的骑车出游而持的异议,她真想找一个律师预先立下遗嘱。如果她在北京骑车发生了交通事故,请不要追究任何人的法律的或者行政的或者任何方面的责任。

崇文门内外大变样了,特别是前三门一带的道路和高层居民楼,已经完全失去了原来的护城河、顺城街、城根儿的样子。比西四那边变化大多了。

豆汁本身使蓝佩玉有点失望。梦魂萦绕了多年的豆汁,喝到口里也不过如此。辣咸菜似乎也没有原来切得细,也没有原来香了,而且豆汁铺里没有套环(炸焦圈)。在蓝佩玉那个时候,豆汁和套环本来是不可分的。显然,豆汁在衰落。

"不好喝。"小张直截了当,"不如去喝酸牛奶。"

是的,豆汁衰落了,酸牛奶普及了。约斤卖大眼窝头的摊贩呢?更没有了,谁吃那个去?连肉丝炒饼、烩饼也没人吃了,何况素炒素烩?爱吃什么?四川饭店,烤鸭店,萃华楼,东来顺,您瞧瞧那些个人去吧,哪儿的菜贵哪儿的人多。

但我总算赶上喝豆汁了。留几家豆汁铺吧,北京! 回到美国以后,我可有得向李平怀吹的了。我喝了北京的豆汁! 我不说豆汁的味儿不如我的记忆中的好了,我也不说辣咸菜不如早先细了,他不会理会酸牛奶不酸牛奶的,他如果知道了豆汁在衰落也会借题发挥地唱一阵反共的咏叹调儿。咏叹调儿也唱不多久了,总有一天,除非他明天得癌,他也会来到蒜市口喝一碗豆汁的。

蒜市口的豆汁铺会等着他的。除了蓝佩玉一位女性和小张一位小伙子以外，同时在这里喝豆汁的四个人都是留着大光头的老头儿。蓝佩玉和他们搭讪了几句，靠她的老牌京腔，她受到了四个老头儿的且惊且喜的欢迎。那四个人都是退休工人，有两个是最早拉洋车、后来蹬三轮、最后在运输社蹬平板车拉货的，有一个最初拉排子车、后来在车站"扛大个"、一九四九年以后成了火车站的正式搬运工人，第四个看着文弱一点的则是干了一辈子勤杂工。他们四个领着退休金，安度晚年，每天近午凑到这里喝豆汁，每天下午还要到龙潭湖新开辟的书室听连阔成的女儿连丽如说评书《东汉演义》。遇到下雨阴天，他们还要凑到一起喝两盅，"二锅头"是太一般了，"什么好喝喝什么，只要买得着。"他们总结说。

"家里坐会儿去！"分手的时候他们对蓝佩玉说。虽然他们并没有给蓝佩玉留下"家里"的地址，因此"坐会儿去"云云近于空洞的客套，但是，蓝佩玉仍然感觉到了无比温暖，毕竟生活里并不仅仅有冷漠、竞争、怀疑和残酷……她想。

而北京又是个做梦的地方。蓝佩玉简直不明白，为什么在北京找到了那么多梦。《雨打芭蕉》在梦里时而变成《F调旋律》，时而变成《沉思》。飘落的黄叶明明来自纽约公园的枫树林，秋雨潇潇，路灯昏黄，游客歇息的长椅漆成超现实主义的图案，到头来却又变成一架藤萝。在藤萝的紫色的花瓣里拌上冰糖，做成一个圆饼。她还回到儿时，和女友们一起玩"求人"的游戏。一方唱：

我们要求一个人，我们要求一个人。

另一方答：

你们要求什么人？你们……

……手拉手，向相反的方向拉。胳臂是不是拉断了？她吓了一跳。在梦里，她分明看清了和她一起做游戏的女伴的脸孔、服装，辨认出了她们，记起了她们的姓名。"我全想起来了，我全记着呢！"她在梦里欢呼。醒来呢？只有一团雾，像是在洛杉矶的上空，像是重庆。

她不明白那些撕裂了她的生活和神经的彼此对立的一切是怎样在北京的梦中得到交织、交融和交错的。明明是误入了一个阴暗的女同性恋者的酒吧，奇形怪状，"迪斯科"乐声震耳，电子单人游戏设备上放出各色的灯光信号和爆出电火花，她却吃着芸豆卷、爱窝窝、驴打滚儿和水萝卜。

大部分梦是无国籍的，无所谓"美籍华梦"。她梦见一只猫钻到她的被窝里。她梦见她铲掉一个土堆，土堆是一群大黑蚁的巢。她梦见她在风里游泳，在笼子里飞翔。她梦见自己的出殡，黑纱、白花、木鱼、教堂的钟和十字架。她梦见她在一个山洞里，紧抵着洞口的一块石板，防备一个大下巴的怪兽。最后，她从山洞出来了，她看见了驮煤的骆驼。

又怎么能说真的没有国籍呢，猫和骆驼都是中国的。美国的那种吃罐头食品的庞然大猫只能引起她的厌恶。而大下巴的怪兽，显然来自太平洋和大西洋的那边。

她梦见过两次翁式含，一次在小胡同里，一次在战场上，翁式含的脸上流着血。在北京住下来以后，渐渐地，她从旁人的口里多知道了一些翁式含的遭遇，特别是他在十年当中所受到的不公正待遇。杜艳又来找过她，预约要好好请她去家里吃一顿饭。她送给杜艳一块用首饰做表链的瑞士新型女表。杜艳告诉蓝佩玉，正是翁式含在一九六七年写了关于她的父亲和她的揭发材料，造成了蓝立文的自杀身亡。杜艳说得有鼻子有眼，有根有据。蓝佩玉惶惑了。她并没有把翁式含看成一个凶手或坏人。她只是想，假如杜艳说的是真的，那么这又是为了什么呢？为什么在翁式含用青春的热情和无畏的献身精神为之奋斗的目标胜利实现之后，他却受到那样的对待呢？

她急躁了。她希望深谈。来一趟北京，她要尽最大的努力多弄清一些事情。她不满足于仅仅把她当做一个外宾、一个学者或者一

个游客。她给翁式含写了一封信,信上说:

……听到了一些关于你的事情。真的吗?

我之所以苦,是因为我背离了自己的理想。北京话叫——活该!

你呢?你难道为忠于你的理想、为理想的胜利实现而受苦吗?为什么?

如果我问了不该问的话,你尽可以行使沉默的权利。但我希望你慷慨地再拿出一点时间,和你小时候的邻居、现在变得这样疏远和隔膜了的我谈谈……为了友谊——如果它还存在的话,也为了回美国后能更好地回答那些亲台湾的先生们的哇哩哇啦……他们对中国的事可幸灾乐祸呢!

她立即接到了翁式含的电话,邀请她在隔天以后的晚上到他家里去吃饺子。那天晚上本来安排了看京剧的,但蓝佩玉更热心于与翁式含的交谈,她不准备去人民剧场了。他们说定了。"我爱人也很愿意见你。"他在电话中说。

十七

离开南砖塔胡同旧门牌甲 14 号门前的槐树以后,翁式含一直觉得不大平静。问题不仅仅在于蓝佩玉向他提出了一个政治问题。蓝佩玉的到来,蓝佩玉在北京的存在,他与蓝佩玉的重新会面,这对于他来说,是一个严肃的事情。

也许现在的和未来的愈来愈精明的同胞会嘲笑这种观念,但是翁式含始终认为自己是一个职业革命家、一个政治工作者。他把自己献给了政治,却不是通常意味上的政治家。他充满政治热情,却不懂政治艺术,他不圆熟、不灵活、不安心于实用主义的权衡挑拣。

政治对于他来说,是一件激动人心的事情。是一切观念——伦理的、美学的、哲学的、科学的——中最高的观念,是一切感情——私人的、朋友的、阶级的与社会的——中最强烈的感情,因为政治关系着的是亿万人民的命运,是祖国、世界的命运。

入党的时候他掉过泪。出狱以后接上关系的时候他掉过泪。北平的解放军入城时他掉过泪。解放军缴获的每一辆美式坦克对于他来说不仅是武器,而且是千千万万戴着手铐的奴隶、千千万万在敌人的刑场上唱起《国际歌》的烈士的心。

担任党支部书记以后,和申请入党的同志谈话的时候他激动过。一九六九年被确定为什么什么矛盾什么什么处理,开除党籍,一抹到底的时候他哭了。一九七五年他为"三项指示为纲"激动过,虽然他那时已经"削官为民"。

一九七六年的十月,一九七八年的三中全会,一九七九年的平反……叫人激动的事情太多了……

现在他总算进入一个"安定团结"的生活时期了,不但和别人相处可以安定团结了,他更应该自己与自己安定团结。恢复党籍、官复原职、补发工资、调回北京、搬入新居,他和全国人民一样,进入了新的历史发展时期。在这个新的时期,对外采取开放的政策,要调动一切积极因素,团结一切可以团结的力量,组成反对霸权主义的国际统一战线,促进我国的四化建设和台湾的回归祖国……

这一切从政策上,乃至从理论上加以理解掌握,于他并不困难。他解说这些也可以滚瓜烂熟、高屋建瓴,但他毕竟与他的老战友孙润成不同,孙润成搞政治靠两条,意志加机敏。他可以按照上级的意图一分钟以前把一个同志说成"敌人",一分钟之后又把一个"敌人"说成朋友,因此,不管谁掌权,孙润成最终总是被欣赏、被器重,最后变成了得力的、不可或缺的一员。当然,遇到政治变动的时候,例如"无产阶级文化大革命"的开始和刚刚粉碎"四人帮"以后,他都曾一度处境不大美妙,上下左右对他都有些不那么好的看法,但他都能化险为夷,化被动为主动,以自己紧紧跟上的坚决和转变的迅速来摆脱困境,以自己的卓有成效的工作重新取得或者更多地取得上级的青睐。

然而翁式含不同。对于他来说,观点和政策、策略的转变往往伴随着内心世界的冲突和某种痛苦,哪怕是最好的、最必要的转变。

他迂吗?他老大了还有孩子气吗?

所以,在几次运动的批判会上,他硬是发不成慷慨激昂的言,他不会奉命愤怒,要愤怒,就得是真愤怒……同样,他也做不得假检讨。检讨是一件沉重的和沉痛的事情,没真感到沉重和沉痛,他不做检讨,哪怕被认为是态度不好,被当成从重从严的典型。

在爱情上他也认真得要命,所以拖了很久才结婚。多少人给他介绍过对象,多少人一边骂一边发誓再不管给他介绍对象。他终于找到了赵韵,赵韵能和他并肩承受一切。她曾经向全世界宣布过:"我愿意……"所以,他也愿意。

在一九七九年,美籍华人的到来是一件时髦的事情。香水和细高跟,领带和大框眼镜,洋名词和洋货物,新鲜有趣,有吸引力。许多人拥上去了,以为去和这些洋同胞握个手、照个相、吃个饭、交换个纪念品是一种荣耀,至少是一种新的经验。对另外一些人,这只是一件外事工作,至于这位"外宾"是华裔还是美裔,是来自东欧还是北美,是天鹅还是癞蛤蟆,并不重要。

但是对于翁式含,蓝佩玉不是外国的官方代表,她是一个活生生的人,一个在少年时代和他打过交道,他讨厌过,他羡慕过,他轻视过,他也曾经对之有过好感和某种期待的人,一个一直在敌、友、我三者之间荡来荡去的人,又是一个女人,一个他从童年到少年、到青年,从无知的孩子到纯真热烈的共产党人的见证。

本来是两个点,虽然在同一个红漆院门之内,这两个点各有自己不同的位置与延伸。一九四七年、四八年,这两条延伸线交汇了,似乎能向同一个方向发展了,突然,两条线背道而驰,再无相交的可能了。然而,历史的空间改变了直线的某些性质,它们重又相聚了。

特别在解放以后,回顾蓝佩玉的出走,翁式含愈发感到失望、愤怒、轻蔑。他的这种几近仇恨的感情是认真的。她入了美国籍,而不论在解放战争当中还是抗美援朝战争当中,美国都是翁式含和他的同志的头号敌人。他仇视、鄙视、蔑视美国,这也是认真的,这更增加了他对蓝佩玉的恶感。但尽管如此,他认为断言蓝佩玉就是叛卖、就是为"华北剿匪总司令部"效了劳,仍然根据不足。你说蓝佩玉很有嫌疑,有百分之六十至八十的嫌疑也行,但是你不能武断地说她就是特务。他和孙润成的分歧就在这里,与美国特务、与叛徒划不清界限的罪名几度在他的头顶上隐隐现现,而孙润成则是一贯立场坚定。他满可以像孙润成一样骂一通,取得主动,反正这也并不影响他对蓝佩玉总的否定态度,反正这只是谈他的"认识",这不是能够强加于人的判决,甚至算不上缺席判决。但是他不能。他相信毛主席的话,共产党靠科学吃饭,靠实事求是吃饭,不靠吓唬人吃饭。虽然都是政治上的死刑,该枪毙一次就不必枪毙三次,该捅一刀就决不搞千刀万剐。

对于孙润成来说,从千刀万剐到握手言欢不过是一分钟的事。对于杜艳,只看谁的腿粗。对于翁式含,从一刀到一笑却是一部历史,一部纷杂的、需要梳理的历史。

共产党人是这样一种英雄的称号,她要求的几乎是超人的意志和品质。她来自社会的最低层,忍受着与抵抗着千年、百年的剥夺、压迫,忍受着与抵抗着任何其他的党派没有忍受和抵抗过的诽谤、咒骂、侮辱和屠杀。成千吨的污水泼过来以后,她绽开了鲜红的莲花。在风雨交加的暗夜里,她放射着新世纪的曙光。她坚如钢铁,柔可绕指,一只手擦干了千万个世代受欺凌的母亲和孩子的眼泪,另一只手挥剑讨伐那些嗜血的毒蛇猛兽。为了人类,为了全世界饥寒交迫的奴隶,他们甘愿赴汤蹈火。……正是这样一种信念,一种悲壮神圣的献身热情,支持着翁式含度过了一九四九年以前的和以后的一切艰难险阻,和人民群众一起,任劳任怨,改地换天,创造了少有的业绩,也吃了少有的苦头。这种自己的命运与自己心爱的党的命运难解难分地纠缠在一起、扭结在一起的感觉,帮助他经过了一个又一个的考验,而当考验过去、阴云散开的时候,回顾过去,苦变成了甜,考验变成了充实、骄矜和胜利的欢欣。

这种自豪和自信的另一面当然是对于逃兵的蔑视,更不要说对变节者、叛徒了。一端是英雄,一端是蛆虫。毫不含糊。英雄和蛆虫难以握手言欢,更无法打成一片。

不是说外交,翁式含当然不反对在外交工作中与任何王公贵族酋长皇帝打交道。但是蓝佩玉的意义要超过这些,蓝佩玉的挑战要深刻得多。

可以找到使方向截然相反的两条线相汇合的一些理由。时间。法律上有起诉和不予追究的时限规定。既成事实。他们已经生活在两个世界。不能用这个世界的价值标准去衡量另一个世界。麻烦是另一个世界的价值标准却在影响着这个世界里的某些人。

回北京以后,他看到过一份材料,上面说,在某个大学的一次学习会上,有一名大学生说:"还不如当初不抗日呢,就做日本的殖民地吧,说不定比现在更现代化也更富裕。"

他几乎闭过气去。问题不在于十亿人当中出现了一个信口雌黄的小傻瓜。问题在于,这事发生在一九七九年,中华人民共和国成立三十周年的时候。而即使大汉奸汪精卫和陈公博,当年也不敢公然发表这样的言论。

这不可能不和一个又一个的蓝佩玉或者比蓝佩玉更恶意的人的归来有关系。蓝佩玉是和我们一样的人,他们生根于我们脚下的这块土地上。他们一回来,就和这块土地发生了千丝万缕的联系。从表面上看,对他们待若上宾,他们的"身价"似乎反而超过了在这块土地上辛勤劳作、付出牺牲的人。而这一代现今五十岁左右的人,凡是有头脑、有才能、有热情的,无不倾心于革命,他们是绝不会在革命的高潮中去国的。能够单纯责备年轻人从中得出了荒谬的结论了吗?

他在心中,已经和蓝佩玉谈了一百次话。

蓝:你们受苦了。

翁:没什么。是我们自己决定选择了革命的道路。除此没有别的路。

蓝:然而这代价是可怕的。

翁:怕的人请走开。历史不会因为害怕付出代价而停止向前进的运动。如果不付出代价,如果所有的聪明的人、有文化的人都像你们,中华民族的命运才可怕呢。

蓝:然而并不能说都是前进的运动。例如,"文化大革命"。

翁:这个,我和你一样痛心。也许我有理由比你更痛心。

蓝:历史愚弄了你们,也愚弄了人民。

翁:我们已经给历史做了手术。继一九四九年以后,这又是一次大手术,不但割除了毒瘤,而且要运用一切物理的、化学的和其他(包括气功)的手段追踪和消灭顺着淋巴腺有可能扩散出去了的恶变细胞,这方面,我们的成果是巨大的。

蓝:然而这是令人沮丧的。一九四九年以后,你们又遭到了这样巨大的挫折。

翁:您可以沮丧。您有沮丧权。但是我没有沮丧权,因为我是现今的中国的主人。在中国,有远比沮丧更为重要的事情要做。

蓝:谁能担保你们不再重蹈覆辙呢?林彪和江青毕竟不是台湾空投过来的。也不是来自帝国主义、霸权主义的间谍机关。

翁:当然。包括台湾当局人士也好,美籍华人也好,倒是出自我们的土地。我们正在做出实际的努力,而不是空洞的担保。也许这本身就是有意义的,我们认识到了中国的五千年的痼疾。

蓝:瞧,你说了,五千年的痼疾,多可悲!

翁：还有五千年的光荣。治疗痼疾正是为了维护和发展她的光荣。这为什么是可悲的？

蓝：说得很好，但是实效不能说已经叫人满意了。你们向人民应允了许多，三十多年过去了，还有许多没有做到。

翁：是的，建设新中国原来比推翻旧中国困难得多。我们原来对这一点估计不足，而对自己的力量估计过高了。

蓝：现在又估计过低了，我是说有的人。他们这样热衷于往外跑，超过了当年我那个时候。

翁：很可惜。但我仍然相信中华民族的自信心与内聚力。就拿你来说吧，你当真以为你的情况是令人羡慕的吗？你当真以为你走的道路是令人羡慕吗？

蓝：事实上，已经有人在羡慕我了。因为我有美金、别墅，还有汽车……

翁：如果人们要的只是这些，那就根本不会有中国革命，不会有新中国，不会有中国人民自己的生活意义和使命。

　　……翁式含一次又一次地在内心里与蓝佩玉进行友好的或是激烈的讨论，每一次讨论他都取得了完全的胜利。但是，不论是在追悼会上还是在南砖塔胡同，当他看到蓝佩玉这个活人的时候，他又觉得不那么心安理得。挫折、失误和发展的缓慢，使他感到了沉重的压力。事实上，蓝佩玉并没有发出什么尖锐的责难，更没有恶意的挑衅。如果真是挑衅，他倒有一千个理由一千种论据进行断然的反击。但是，与蓝佩玉共同看着蓝立文教授的骨灰匣（那里面并没有真正的骨灰，一九六七年十二月，杜艳甚至于不去收尸。那是最近平反以后，才烧了些教授的遗物，作为骨灰贮放到那里），他能心安吗？和蓝佩玉共同走在拥挤的、三十年如一日的狭小的胡同里，他能安心吗？他能不奋发猛省，努力工作吗？

　　正是因为他无法完全摆脱这种难受的情绪，又绝不能让这种情绪（更不要说那种卑劣无耻的对社会主义事业动摇叛卖以取悦于人的情绪了)压倒自己,所以他假想了无数次与蓝佩玉的谈话。那其实是他自己和自己的谈话。蓝佩玉是一个严重的挑战。他必须面对这个挑战,记住这个挑战,回答这个挑战。

就冲这一点,对外开放的政策也是很有好处的,当然利大于弊。

他接到了蓝佩玉的短笺。她执着地要求再往深里谈。一次谈得很深是困难的。但是她说了,她同样有爱国的权利。权利是相同的,义务和责任却大不一样,翁式含苦笑了。她要爱中国,那就好好地在芝加哥爱吧,他呢,需要的是在中国干。

风风雨雨四十年,苦也罢,甜也罢,公正也罢,不公正也罢,有旧谊也罢,有旧怨也罢,他们又相会了。超人是没有的,英雄也是人,而弱者,也毕竟不是蛆虫。英雄和蛆虫是没有办法对话的。一个爱国的中国人和另一个爱国的中国人却会渐渐找到一些共同语言。历史不是可以一笔勾销的,但历史只是历史。

他发出了"吃饺子"的邀请。除了饺子,赵韵还用糖醋、花椒油腌了一碟藕片,用一个大水萝卜削成了四朵小花和一朵大花,炒了一盘虾仁。根据翁式含的回忆所提供的关于蓝佩玉口味的线索,他们还讨换了一点现时愈来愈稀罕了的麻豆腐。

就在约定"吃饺子"这一天的上午十一点,距离他们约定的时间还有六个小时,他在机关办公室接到了一个电话。

"我是杜艳。"声音很大,翁式含不由得把耳机拿开了一些,这样,全办公室的工作人员差不多都可以听到杜艳的话。"你今天晚上要请佩玉吃饭是不?这个事我不知道,刚才我问了一下,孙书记也不知道。我现在在宾馆,对,就在佩玉那里。你看是这样子,佩玉是我的直系亲属啊,这个当然啦,也用不着说。她还没到我们那儿去吃过饭呢,怎么能先到你那儿……"她的声音颤抖了,显然是来了气,"干脆说吧,今儿晚上她不到你那里去了。是的,我们已经商量好了。今儿晚上她到我们家去……"

"可是……"翁式含大感不解,不知道杜艳的这一番气得发颤的话到底是对着什么、为着什么。

"没有什么可是的。"杜艳打断了翁式含的话,"你要是愿意对佩玉有什么表示也可以用别的办法,请客可以上萃华楼,一顿饺子也太给咱们北京人丢脸了。我反正通知你了,我和佩玉已经说好了,她晚上到我那儿去。你要是愿意去,你也可以去嘛,你去了不过是多添一双筷子,哈哈哈……"杜艳笑起来了,笑得翁式含身上起鸡皮疙瘩。"你要是瞧不起我,就甭来。我是谁也不求,谁也不怕。怎么样,你来不来?"

翁式含挂上了电话。

究竟是哪儿来的这么一盆污水呢?难道他可以解释说,不是他要请,而是蓝佩玉要谈吗?难道他可以辩论说,吃饺子并不等于慢待,更不等于吝啬吗?蓝佩玉呢?他又怎么和蓝佩玉联系呢?问问是怎么回事,这不等于和杜艳展开一场争夺战吗,你说恶心不恶心?就这样随它去吧,又实在莫名其妙,简直是侮辱……

就在他七窍生烟、无法可想的时候,又来了一个电话。

"我是老孙。你最近不忙吗?什么事?是这个样子嘛。我说老翁啊,这些事情你也很熟悉嘛。你知道,这次蓝佩玉女士来参加追悼会,是学校方面的客人喽。这些事其实我也没怎么管,会太多呀,千头万绪呀……你看这个这个呀,蓝佩玉的活动是我们的外事组安排的,今天晚上本来安排了看京戏。听说你要举行家庭宴会呀,那也很好呀,你最好和我们打个招呼呀,我没有什么呀,做具体工作的同志会有意见的呀……怎么样,你和蓝佩玉谈得还好吧?要多做点工作喽……"

哭笑不得。又是啊又是呀。问题的实质是,这里也有个"权"。孙润成早在提醒翁式含,接待蓝佩玉权在他那里。最初是你找的我呀,我本来也准备就有关的情况和你交换交换看法的,可这么一套假熟人真官腔究竟有什么必要?难道到了一九七九年我还是托儿所的小孩子,需要你这位阿姨随时拍拍脑袋,教训教训……孙润成这种永远正确、永远需要他来教导别人的自信,究竟是怎样形成的呢?

蓝佩玉,蓝佩玉……她快要离开北京了吧?外地转完了还回不回京?让她多接触一点中国的实际吧,是褒是贬那是她的事情。本来也不是非得我谈不可。让她从她随便遇到的每个工人、农民、少先队员、老革命家那里询问她所想知道的一切吧。就是从杜艳那里也行,既然我们有这样的土特产,又何必藏着掖着呢?还不仅如此,杜艳这样的人物的肆无忌惮,实际上给我们的工作提出了新的信号、新的课题。

恰好下午传来消息,原定次日去石家庄出差的他这个机构的另一位领导人突然病倒了,流行性感冒又到了流行的季节。他决定,自己去,第二天就走,他受不了围绕着蓝佩玉的污浊的空气。

他打了个电话给宾馆服务台,请他们转告,他有急事离京,来不及告别了。"后会有期。"他说。

暴怒以后,他感到深深的遗憾。杜艳不过是杜艳,孙润成只不过是孙润成罢了。而和蓝佩玉的讨论,本来是一件非常有意义的事情,是不应该回避的。防范得太多,反而是一种怯懦。

"可以冷静一点了吧?"他问他自己。他拿出一张纸,准备给蓝佩玉留一封信。

十八

蓝佩玉吃完早饭就下了楼。遵照她自己的意愿,今天是她一个人去游颐和园,不要人倍伴。就在她抬腿上车的时候,黑瘦黑瘦的杜艳满面红光地跑了过来。她穿着一件短呢大衣,有一种喜盈盈的样子。

"唉呀呀太好了你就在这儿!"一见蓝佩玉她就大声说笑起来,震动着初冬的清冷的空气。"熊掌找到了,甲鱼——就是王八也找到了!你可真有口福!这么多年了,我们没吃到的东西,一下子全有了,还是你的命大哟!这两天把我急坏了,总算找全了!特级厨师也找到了!还有陪客——她马上就要去美国了……就这么着,下午五点我来接你……你中午可少吃点,留着点肚子,可说准了啊!"

蓝佩玉糊涂了,这是怎么回事呢?看杜艳那口气,好像她们早已约定好了似的。她怎么不记得呢?近年来她是够健忘的了,包括一些约会她也忘记过,并因而得罪了不止一个人。这次,是不是她忘记了与杜艳的约会而答应了去翁式含那里吃饺子呢?她搜索枯肠,不,没有说过具体时间,尽管杜艳也表示过几次要招待她吃一次饭。

"对不起,晚上我有约会。明天去你那儿,可以吗?"

"什么约会?你到哪里去?"

"噢,"蓝佩玉淡淡地一笑,"到一个朋友家去。"

"哪个朋友?是不是翁式含?"杜艳穷追不舍。

蓝佩玉只好点点头。

"哎呀呀,你到他那儿去干什么,那个人最不怎么样了。咱们早就说了嘛,你还能不到我那儿去一下吗?早就想请你了,可我们实在寒碜哪,穷得将将能穿上裤子,拿什么招待你?你这是出国留洋,山珍海味都吃腻了的人……"

"我明天去,好吗?"蓝佩玉习惯地用英语说了一句"请原谅",打断了杜艳的话。

"明天怎么行?厨师、陪客,人家都没有时间啊……"

"可我们原来并没有说好时间。"蓝佩玉不得不耐心地说一些毫无价值的话,"我答应了翁式含。"

"那……"杜艳的眼珠略略一转,脸上又堆满了笑容,"好吧好吧,你先上车吧。去哪儿?颐和园,冬天去颐和园有什么意思……"

蓝佩玉上了车。

在三十一年前的北平,蓝佩玉曾经多次去过颐和园。高小以后,几乎每年春假学校都要组织去颐和园的。在蓝佩玉的印象里,那是一个遥远、空旷,有点荒凉又有点神秘的美的地方。小孩子们去春游,总是提心吊胆,怕迷了路,怕错过了集合离园上车的时间,就回不了家了。有一次蓝佩玉来,上了一次厕所,找不到队伍了,把她吓得哪儿也不敢去,在大门口和正殿附近徘徊,一直等到下午同学们转回来。那时的游人很少,走到后山、后湖,经常是连个人影都没有,一想起慈禧太后、光绪皇帝、珍妃和李莲英的那些故事,蓝佩玉就觉得压抑。由于每次来的时间都短,所以虽然来过多次,她却只熟悉长廊,西头再加上石舫,东头再加上谐趣园……是不是那时候眼睛不好呢?她总觉得颐和园太大,看不过来……也看不清楚。

但是今天清清楚楚。难得的好天,太阳一出来,就不再像冬天了。柳树的叶子最顽强,还没有怎么落呢!就是冬天,颐和园也有这么多游客,这使蓝佩玉颇为吃惊。但她还是找到了几处比较清静的地方,既忆旧貌,又览新容,非常惬意。光绪十八年修建的景福阁是慈禧赏雨和赏月的地方,视野特别开阔,十七孔桥、龙王庙、南湖,都在眼底。奇怪,过去来过多少次颐和园,那时候更习惯地是说来万寿山,怎么没到这么个好地方来过呢?

谐趣园本来是她最喜爱也最熟悉的地方,但这次也有新的发现。原来,东南角上那个小巧玲珑的白桥叫做"知鱼桥",这可真会起名字,用的是庄子和惠施观鱼的典故。他们早就提出了关于隔膜、相知、认同和主观的感觉与客观的对象之间是否存在一个不可逾越的屏障的问题,一个康德式的问题。聪明的中国人,了不起的中国人和可怜的中国人!中国人的这种神秘的智慧到底将怎样开花结果,在二十世纪和二十一世纪变成实际的、大规模的飞跃发展呢?

迷人的庄子!迷人的知鱼桥!迷人的对联"月波潋滟金为色,风籁玲琮石有声"!迷人的殿堂!迷人的池水渐渐枯去的荷塘!迷人的园中之园,画中之画,迷人的古老、颓败、诗意和生趣盎然!

今天是蓝佩玉回国以后最高兴的一天。也可能是近几年来她最高兴的一天。她的心就像初冬晴日下的昆明湖,平静、明亮、没有任何春夏的芜杂,也不是严冬的冷酷,尽管也有几处薄薄的冰凌了,然而它更像春天。是不是大自然一定要经历几个月的严冬呢？她有点怀疑，她不希望要西北风、寒冷和冻僵了的鸟雀。看看这初冬的晴日，不是让人抱有希望，叶落以后不一定是冰霜，却可能紧接着蓓蕾和新的嫩芽吗？

不要凝结了，昆明湖！

只要"我"能知"鱼"，而"子"能知"我"。即使庄子不能在论辩中战胜惠施，也还是用快乐的、宽容的、善知的目光注视着那些水中的鱼吧！至于鱼，它们不但注视着神秘深邃的庄周，也同样友善地、期待地注视着挑剔乖张的惠施呢！

在听鹂馆吃过午饭，又在知春亭祝祷了一回春天以后，蓝佩玉怀着一种快乐的预感走上了回程。回宾馆还可以休息一个小时，然后她就去翁式含的家。她将从在知鱼桥有感说起，不管要不要听，她要把她的话说出来，关于一九四八年命运的捉弄，关于三十年的隔膜和痛苦，爱和怨，惭愧和责难……

"翁同志来电话说，他要到石家庄去了，来不及和您告别。他要我们转告您，后会有期。"服务员在蓝佩玉到服务台取房门钥匙的时候，彬彬有礼地站了起来，向蓝佩玉传达说。

蓝佩玉猝不及防，懵了。

翁式含一下子又变得那样遥远了。戒心？厌烦？压力？永远难消的敌意？没有办法搭起的桥？官方的干预？政治的原因？她并没有纠缠任何人。那为什么不辞而别呢？约好了临时变卦。总应该尊重别人，这也是文明人的行为规范……

没有敲门就进来了，是杜艳。"太好了，你回来了，走吧，和翁式含已经说好了，今儿晚上他到我们那儿去……"

"翁式含到你那里？"

"反正我请了他了，去不去是他自己的事，我从来不勉强别人。我是个直肠子，从来不像他那么心眼多，弯弯绕，一个人好像长着几个脑子……咱们走吧，都在等着你……"

"翁式含……"蓝佩玉仍然呆呆地重复着。

"翁式含会到我那儿去的,他答应了的。走吧走吧……"杜艳几乎要上来拉蓝佩玉了。

"这到底是怎么回事?你见到翁式含了?你们怎么联系的?"蓝佩玉的话里已经流露出了愠怒,而且,她自以为,她说得已经够强硬的了。

杜艳却咯咯地笑了起来,"走吧。"她挽上了蓝佩玉的手,"老翁自己也讲了,他没准备好,几个饺子拿不出手来,他会到我那儿去的,他会去的……"

往后的事有点像梦游。蓝佩玉好像是注定了要常常丧失自己的意志、方向感和选择能力。她还没有弄清是怎么回事,已经与杜艳下得楼来了。杜艳和服务员、和门岗愉快地打着招呼,像是熟人。一辆汽车已经停在那里,不是宾馆的,而是杜艳通过她的丈夫陈金才找的。她们上了车,下来,还没进屋,杜艳先诅咒一通住居条件的恶劣:

"有什么办法呢?我们就住在鸽子笼里头。要让你笑话了,我想在美国,就是猪圈也比我们的房子强,就是厕所也比我们的卧室漂亮……听说在美国拉了屎是不用擦屁股的,它会自动洗干净、擦干和喷上香水,是这样的吧?"

类似的问题还有不少,蓝佩玉难以置评和回答。进屋了,除了打扮得像新姑爷似的陈金才以外,还有两位陪客,是一对中年夫妇。"他们马上就要出国去了,说不定你们将来会在美国见面呢!"这是杜艳的介绍词。

"噢,噢……"蓝佩玉只能噢,她不以为一见面就谈将要到哪里去是适宜的。但那对夫妇马上抢着做了自我介绍。费了半天劲,总算听明白了,原来他们有一个独生女儿,会跳芭蕾舞,会打篮球,认识了一位香港男同胞——是银行大亨?卖T恤衫的小贩还是拆白党?他们没有说——很快就要结婚了,婚后,据说就要把他们的女儿带到香港去。这就是这二位老大不小的男女的即将出国、赴美的全部内容。他们高高兴兴地拿出女儿和未来的女婿的彩色照片给蓝佩玉看,坚信蓝佩玉一定会对这些感兴趣并且分享他们的喜悦。

奏乐。台湾歌星凤飞飞唱四十年代的旧流行歌曲,加上打击乐器,突出节奏。演唱上采取大舌头一顿一挫一下滑的办法,于是变成了现代的夜总会歌曲。从杜艳夫妇毕恭毕敬地一旁侍立,和"即将出国"的一对男女得意洋洋而又十分内行地掌握着录音机的按钮、换带事宜的情况看来,录音机是属于后一对夫妇的。

玫瑰玫瑰我爱你。桃花江是美人窝。何日君再来。五月的风。漂洋过海卖哟杂货。三轮车上的小姐真美丽。北平,一九四八年、四七年、四六年,司令:傅作义,市长:何思源还是熊斌?①

甚至在美国她也没有认真听过凤飞飞的唱歌……历史是割不断的,又在这间屋子里连上了。

什锦冷荤大拼盘,生菜沙拉,原来是中西合璧。干一杯,欢迎远道而来的客人。可是贵客呀,真想不到您还能到我们这种地方来!为了您的健康和幸福!你看,她多漂亮,多年轻,只像三十多岁,不,只像二十多岁?其实她比我还大一个多月呢!人比人,气死人,你不服行吗?谁说我不服了?你能不承认美国的月亮更圆吗?

再干一杯,一只白鸡。听说美国鸡多——你们听说的有关美国的事可真不少!听说从一个鸡蛋,到孵出小鸡来,到长大,到宰杀,到拔毛除脏,到做熟,到端上来(倒还没说吃掉),已经全部自动化了,这边是鸡蛋,那边一按电钮:是卤煮鸡,还是椒麻白鸡?

鲍鱼。这可是好东西,装鲍鱼的蛤壳在灯光下闪着紫光。你是哪儿弄到的鲍鱼?凤飞飞的主人问鲍鱼的主人。岂止鲍鱼,还有甲鱼——王八肉呢!我不顾了,我豁出去了,我拼了老命了,我倾家荡产了,我把裤子卖了……为了招待客人,为了招待亲人,我什么都不

---

① 国民党统治时期,在北平设立了"华北剿匪总司令部",由傅作义任总司令。熊斌和何思源都曾担任过当时的北平市市长。

要了。我这个人就是这样,我要跟你好,恨不得把腰花掏出来炒着炸着喂着你吃!要是别人,窝头还没有呢!

再干一杯,为了我们都能够在美国见面!包括"陈先生"。佩玉啊,你可别忘了我们陈先生啊,他为了找鲍鱼和甲鱼,跑得屁颠儿屁颠儿的呀!让我们也有一天开开洋荤吧!他可以给你当听差!

就是嘛,你们可以去探亲嘛。你们什么时候去?明年三月还是五月?夏天?热?美国怎么会热呢?到处都是空调,想多热就多热,想多凉就多凉。凤飞飞的主人提醒说。

酒过三巡,慢慢舒畅起来。蓝佩玉也不再感到有什么被强加意志之处了,翁式含没来就没来吧,这儿是另一种气氛。两对夫妇无话不谈,争着抢着向她介绍情况:政治、经济、社会、婚姻、性。凡是派、文革派、实践派、解放派、风派。地下刊物、高干子弟和走私集团。山头、宗派和司令部。三个图章不如一个老乡。一个户口可以卖一千到三千块。给编辑送尼龙袜子就可以当作家——报上登的。到妇产医院刮子宫的百分之六十是中学生。有一个唱戏的有时候是男,有时候是女。只要能出一趟国,把大腿上的肉割成块卖也可以……原来,在这里,在这酒席上,把一切面纱、头巾乃至裤衩都撕下来了,只剩下了赤裸裸的灵魂……

杯盘狼藉。剩下了百分之八十,还在往上端。盘子叠到盘子上,碗叠到碗上。汤流到菜里,酒流到汤里,菜出溜到桌子上……莫非为了准备这顿丰盛的吃喝,杜艳真的卖了裤子?

水果,茶,跳舞。一定要让蓝佩玉教一教我们摇摆舞。陈先生就是老封建,可我们都会扭。

在杜艳家里前后竟呆了六个半小时。临行的时候杜艳直截了当地提出了要求:总要给她买一个彩色电视机,这是最最最起码的,这毫不费力,听说在国外有几十块钱就够。我不要太大的,二十四英寸就行。在北京买还是在外国买好运来?要不你把外币给我们,陈先生有办法。

……似乎都是题中之义,似乎又有点荒唐,蓝佩玉回到宾馆,心里七上八下。洗过澡,喝过茶,听听收音机,心却总是安定不下来。这是坦率吗?是的,杜艳有杜艳可爱的地方。从她那里倒是听到了不少的事情,这远比从别人那里听到的多。也可怜!这是"解放"吗?我倒觉得,更确切的说法是——解体!不是有点可怕吗?
　　那是什么?床头放着一个信封。谁来过了?是翁式含!

佩玉:
　　不能送你了,非常抱歉。这次见到你身体健康,平安归来,我是很高兴的。有些话,慢慢地谈吧。我们总会找得着机会的。比如说,通信。你没有忘记我的住址吧?
　　录一首李商隐的诗,预祝旅行愉快。
　　从来系日乏长绳,水去云回恨不胜,
　　欲就麻姑买沧海,一杯春露冷如冰。

你的老朋友
即时

　　毛笔字,行书,中国人。过去的事情是不可挽回的,谁也没有拴得住太阳的长绳啊!但是不妨喝一杯清冷的春露,有了春露还怕没有沧海和桑田吗?这在翁式含身上,倒是一种新的、清凉的调子。至于蓝佩玉呢?不要说冷如冰的露,就是热如汤的雨也难以给她多少滋润了。不是吗,她一回大陆,首先涌向她的与其说是冷如冰的春露,不如说是热烘烘的污水,这究竟是一种什么样的磁力线作用、什么样的流体效应呢?如果她的吸引力主要是对于杜艳他们的,那不是太悲惨了么?

十九

　　要一个什么样的结尾?现实主义的?传统的?大团圆的?加虚

点的？民族形式的？为意识流争专利权的？荒诞派的？象征的？成功的？失败的？典型的？本质的？像孙悟空一样撒一泡尿,自以为是创新,却逃不出如来佛的手心的？

入乡随俗。蓝佩玉离京前夕,决心不管什么美国式的 privacy——独处的不可侵犯,贸然去敲一敲翁式含家的门。

楼道里没有灯,但却更好地把城市的灯光引到了楼里。橘黄色的大街上的灯,淡紫色的小胡同里的灯,稀稀落落的霓虹灯和枯燥呆板、毫无人情味的交通红绿灯,都隔着窗子向翁家的房门眨眼。还有灯影的出现、推移和消失,那是汽车和电车上的灯。蓝佩玉在这种微弱的、五颜六色的灯光照耀下辨认了房门号,敲门。没有动静。再敲门,仍然没有动静。大声敲门。反正我来了,冷如冰也罢。门开了。站在那里的是一个身材不算高、剪着短发、穿着蓝色毛线衫和褐色涤纶裤子的女人。她的样子使蓝佩玉想起了女学生。显然,这个人被蓝佩玉的打扮——高领羊毛衫,大斗篷似的墨西哥式披肩,墨绿毛料喇叭裤和高跟鞋,吓了一跳,但她立刻就恍然了。

"您是——蓝、佩、玉同志！"

她说话的声音是清脆的,像小学生回答问题一样认真。而且称呼了一声"同志"。她忽然脸红了,也许是无心失言,然而还是有一丝暖流泛过了蓝佩玉的心。也奇怪,在美国,听说"共产党国家"是人们互称同志,总觉得有点不可思议,有点矫情,有点拉长了脸的味道。回来不算久,她居然也高兴别人这样叫她了。

"我很对不起,我知道翁式含——同志大概不在家……"

她的解释和抱歉似乎并不是很有意义的,因为赵韵已经在请她进屋。"我是赵韵。您请屋里坐？为什么昨天晚上您没来？我把饺子馅也拌好了,几个小菜也做好了,式含说,您不来了……"

"我……"蓝佩玉无话可答,她能把责任推给别人吗？当然,杜艳也是好意,多么热情、开朗的杜艳啊！跟她要东西,也是人之常情。可是……

她们来到一间卧室兼书房兼会客室的房间里，日光灯是明亮的，有一个男孩正坐在桌前看画书。有一个穿着一身黑棉衣棉裤的老头，正坐在一个崭新的却是简易的沙发上喝着茶。他看着蓝佩玉，显出了惊奇和不安的神色。

她被礼让坐到另一个沙发上。她刚要和主人，和这个满脸皱纹的老人寒暄，眼睛却落到了对面墙上，那儿挂着的不是别的，正是一串香袋呀！久违了的香袋，你在这里？

"式含一早就走了，本来是另一个同志去石家庄的，那个同志得了流行感冒。"赵韵的话语使她把目光从香袋上移开。"他自己去石家庄了，大概得十天。他昨天很晚了给你送去了一封信，说是没见着你。照他的嘱咐，我今天白天给你打过几次电话，问问你在北京还有什么要办的事没有，可你不在宾馆……"

"是的，我一天都在外边。"

"这位大哥是玉带河公社的社员，来北京看病来了。我和式含在玉带河村，住的就是他们家的房子……"

"你们在乡下很久吗？"

"也不算久。十年！"

"你们吃苦了！"蓝佩玉摇了摇头。

"嗯？"赵韵轻轻笑了起来。她对那个老农民说："您说也真是，我们回来吧，都说我跟着式含吃了苦了。叫我怎么说呢？苦也有一点，甜也不老少。跟着式含，我们在玉带河认识了那么多人。刚去的时候举目无亲，临走的时候随便推推哪家的门都可以进去吃饭，进去歇响。蓝佩玉女士，您可不知道，我们临走的时候，小小的车站挤满了人，都是送我们的，比送任何大官人都多……乡亲们哭了，我也哭了，真是一家人，心连着心啊。还有我们小宝，也是在那儿生的，那儿的水土多好！当然回北京也很好，他们说式含是叛徒，这太冤枉人！可这冤枉的事儿总是长久不了。我想起玉带河来，我从来没觉得怎么苦。大哥您记得那年大年三十，咱们一起吃大枣，包饺子，沏叶子茶吗？你们世世代代在那里,苦,又苦什么呢？"

"咱们是老农嘛,惯了。"老人慈祥地笑了,"你这位,也是咱们中国人？"听了蓝佩玉的道地的北京话以后,他似乎一下子觉得放心和亲近了许多。

"当然,我是,我是中国人。您听我说话呀！我现在在美国。"

"在美国？哎哟,大老远的,多不容易。你家几口人？"

"就我一个。"蓝佩玉力求轻松地笑了,但还有点儿凄然。

"一个人上那么老远干吗？你回来吧！现在农村里也好了——要不然我哪儿来的钱上北京看病？哪儿都好了。"老人单刀直入没有任何拐弯。

"她在美国,有工作。"赵韵替她解释。

"工作"是个神圣的字眼,老人听了听,没话说了,他有点不好意思。人家有工作却要让人家回家,这大概不太合适吧。

她们闲谈,介绍各自的生活,当然都只是片言只语,想到哪儿说到哪儿,别人也很难从这一两句话里得到什么印象。不知怎么的,赵韵一见面就给了蓝佩玉极大的好感。和她在一起,比和翁式含在一起还要自如得多,虽然她称了一次同志之后又改成了拗口的女士。她那种明朗的心境,明朗的神情,对人的明朗的态度,都使人觉得轻松。和她谈话,好像是听一段莫扎特的乐曲,清新,干净。

然而蓝佩玉的心却时时被挂在墙上的那一串香袋所吸引。她终于克制不住,也顾不得那种斯文举止的礼节要求。她走到了墙边,盯视起香袋来。橙黄色的丝绳,鲜红色的丝穗,用绿丝线和土黄色的绸布缝起的虎王——黑色的"王"字、黑丝线和白丝线绣成的眼睛、红丝线绣成的可笑的三角形的鼻子和与虎的身份颇不相称的"樱桃小口"、乳白色的珠子,用五色丝线和金色的电光纸叠成的粽子。她是阴历五月初五生人。在美国,她年年要千方百计到唐人街去吃粽子,去插艾叶,去买雄黄酒。在美国,可怜的华人们是这样顽强地保持自己的老传统、老习惯。这种保持旧俗的顽强精神超过了身在中国的同胞。他们生怕自己的文化、语言、风俗、民族性的消亡,他们并不希望被白人所同化。粽子下面,隔着又一个珠子的是红绸子里的一个元宝,最下面是蓝底雪青色花绸布裹的一个寿桃。这些小玩意里面都包裹着中药里面的芳香剂。爸爸当年给她的时候,当然是为了吉祥,为了辟邪,为了对独女的最良好的祝愿。桃是代表长寿,元宝是代表财富,虎头是代表勇敢和威风吧?那么粽子呢?代表食品?还是代表民族精神?像屈原一样忠于自己的国家?由于太喜爱它了,蓝佩玉一直把它放在自己的床头。一九四八年匆匆去国,她本来记得是把香袋装在了上衣口袋里的,上飞机以后,她发现,没有香袋了。是落在哪个皮箱或者包裹里了吗?她到处找,到了美国都半年了,她还存在着希望,以为有一天打开一个提包或者拿出一件外衣,哟,那个香袋原来在这里呢!

然而没有,香袋不见了,爸爸的钟爱和祝福,少女时期的证物不见了。幸福、威风和民族精神,不见了。

那是一个什么样的香袋呢?也有一个虎头?对,有一个虎头,老虎是善良的女儿的保护神。也是这样的大小、形状、颜色和质料吗?粽子好像没有这样五颜六色,是一根金色的线,但是这根线本身颜色是有深有浅,缠出粽子来色彩就有变化了……珠子,不像这样的银色,而是绿色的……

"这是玉带河的农民的女儿送给我们的。"看到蓝佩玉似乎对香袋感兴趣,赵韵介绍说,"式含在那里搞了九年教学……"

"现在他们还想翁老师呢……"

"呵,呵。"

"您如果喜欢,就把这个香袋拿去!"赵韵上前把香袋摘了下来。

"不,不,不要。你们这是有纪念意义的……"

蓝佩玉推辞了,她没有把香袋拿走。就让这香袋悬挂在翁家的墙壁上吧,这就够了。

二十天以后,当她乘坐着"日航"的飞机,离开上海,向东京(回程她准备借道东京,换乘去旧金山的飞机)飞去的时候,她似乎有点后悔。为什么不把那个香袋拿上呢?赵韵是真诚的。送她走的时候赵韵还告诉她:"开始,我对于你们这些美籍华人的回来可反感了,后来才……"这是真的,也是对的。那种一点也不反感,一下子就凑上来,把她们仰视为美利坚合众国的代表的人,倒给人一种政治变色龙的感觉。

　　人总是有一点虚伪的,抑或是应有的克制?所以她没有把香袋接过来。她已经带上了不少的中国纪念品:西安仿制的唐三彩陶马、北京景泰蓝,宜兴紫砂壶,惠山泥人,苏州的刺绣和檀香扇,杭州的绸伞……她还买了许多风景画片、各式各样的邮票,中国在邮票的花色品种和印制的严肃精良上,远远比美国强。她——实在抱歉,因为这是违反中国当局的规定的——还偷偷带出了三枚有着中华人民共和国国徽图案的中国硬币——五分、二分和一分,也只是为了做纪念。她从中国得到的太多了。而她献给中国的只有一颗破碎的心……然而她仍然没有忘记那个香袋……

　　来去匆匆。本来是来去匆匆,在中国的时候还觉得时间蛮充裕呢。北京,西安,郑州,南京,无锡,苏州,杭州,上海,她走了这么几个城市,有多少遗憾,就有多少满足;有多少失却,就有多少寻找,而找到了多少便又失去了多少;有多少伤感,就有多少挂牵,就有多少缠着人、抓着人、叫你放心不下,叫你充满等待和期望,叫你不能不打起精神活下去的力量。这就是中国。她的已经失去了和刚刚得到了的中国。

　　真是深不见底!愈走,她愈觉得中国伟大,深邃,痛苦!而她简直是无话可说。回想在美国的李平怀式的遗老的怀恋和咒骂,或者是更多的一些洋场恶少(就像她在北京遇到的那位小胡子"团长")用刚刚学到手的一点点可怜的西方名词、西方眼光所做的关于中国的肤浅、片面的判断和指责,实在连瞎子摸象都比不上,根本还不沾边呢。在西安附近,她看了半坡村先人遗址和正在整理的秦始皇墓俑。这种悠远的历史使她匍匐、使她惊叹、使她喘不过气来。在杭州，正在修复的岳王庙也使她颤抖。南宋末年发生的事情，至今还激动着中国人的心。有叶剑英的题匾，有千千万万游人对于秦桧夫妇和另外两个奸臣（那种三男一女的摆法很容易使人联想到"四人帮"）的唾骂。在这里，她碰到了一位有一面之交的来自华盛顿的美国记者。美国记者被这种场面惊呆了，他问蓝佩玉："中国人为什么会有这样长久的爱和恨？难道直到今天他们还为宋朝的事情发怒吗？"他得出结论说："中国人太可怕了。"

能对他讲些什么呢？他怎么能理解中国人的忠、奸、正、邪、善、恶的观念呢？他怎么能理解岳飞、文天祥、史可法一直到秋瑾和刘胡兰呢？在南京的雨花台，她看到了那么多被枪杀的共产党人、非党左翼人士的照片、遗物、遗书、血衣……和每个人的简历。那都是一些和她同时代的人。她看着他们的服装、容貌、气质，她觉得好像见到了自己的老同学，老朋友。如果一九四八年三月在阜成门附近她见到了刘老师，如果她走了一条强者的道路，也许有一种可能，她的照片会列在这里？她会用她的永远的十九岁的、二十岁的微笑注视着中国大地？

甚至红卫兵运动在她的心目里也不仅仅是一个闹剧。开始的时期，那是正剧。那不也都是一些十九岁左右的或者比十九岁还要小许多的青年吗？她能给华盛顿的那位二十八岁的记者把这些事情讲清楚吗？这些美国青年当然也有热情，表现在橄榄球场、夜总会、跳摇摆舞的酒吧和愤世嫉俗的嬉皮士活动上，或者表现为严肃得近乎凶狠的生存竞争。他们充满了活力，也充满了危机感，缔造着并且埋怨着和咒骂着那个令人晕眩的暴发国家。中国的对于岳飞的爱、不平、热泪和对于秦桧的恨、愤懑、唾弃，对于这位二十八岁的美国人来说，不是偏执得近于愚傻、古老得近乎荒诞吗？

他们一起到西湖边的龙井去喝茶。这位记者抨击说，在中国，一切事情都是没有效率的。他说，他到了台湾，要见蒋经国，第二天就见到了,然而在中国大陆,他为了会见某个人也许要等一个月到半年。

"那当然了。"蓝佩玉边笑边说,"蒋经国听说美国记者要找他能不受宠若惊,赶紧迎驾?台湾报纸自己都承认美中建交以后他们成了'弃妇'。至于在这里,那些著名的大记者还是常常有机会见到中国的领导人的。比如说斯诺、赖斯顿……"说得那个稚气未脱的记者只能咽口水。蓝佩玉很开心。尽管她自己也为大陆上的缺乏效率所苦,她还是不能容忍外国人不分青红皂白地乱指责一气。她的回答很有力,她对自己感到满意。

在从西安到郑州的火车上,她曾和一个"三八红旗包乘组"的列车长交谈。梳小辫子、个子不高的列车长姑娘,尽管嗓子都哑了,然而口若悬河,对答如流。从国际、国内、三中全会、四项原则到每一节列车的卫生和开水、餐饭供应,她都了如指掌,有自己的看法,有自己的主意。她能如此迅速地从政治上分析和解答问题,她能把乌合之众的旅客组织起来在途中互相照顾帮助,而且说快板、唱歌、表演节目。这样的人到美国去真应该参加议员的竞选,蓝佩玉想。

然而,在各地的一些宴会、欢迎会上,她又碰到一些拿着讲稿硬是念不成句子的官员——应该叫做干部吧?请那位列车长来讲话、来担任领导职务,会不会对中国更有利呢?

最为难堪的是当她享受到远远高于当地居民的"外宾"优待的时候,几乎到哪里都有外宾专用的喝咖啡、吃饭、休息的地方,有外宾专用的旅舍、交通工具、商店。大部分居民抱着一种"非礼勿视"的态度头也不回地从这些地方走过。但她也看到过种种类似看什么珍禽与异兽似的盯着"外宾"们的目光,有好奇,有羡慕,有自卑,也有令人打冷战的敌意和仇恨。有许多可敬的外宾,他们带来了一些新鲜的东西。但也确实有这么一类人,他们是来骗中国的,自称是什么专家,自称是什么组织的会长、副会长、总干事,自称是什么代表团,实际上,在他们各自的国家里,他们只是一些可怜的无赖,他们是到中国来捞取政治资本，甚至是捞取经济上的好处。他们只能给中国带来污染，为什么中国人还那么毕恭毕敬地接待他们呢？

在上海，她和一位混血儿小姐发生了争论。那位小姐的父亲原来是国民党统治时期上海的一个特务机关的负责人，她的母亲是一位白俄。混血儿小姐骂道："原来那么繁华、那么富足的上海被共产党弄成了这么一副灰溜溜的样子。"

蓝佩玉立刻反唇相讥："对于您和您的一家，旧上海可能是天堂。而对于大多数中国人民，旧上海是地狱。您要不要我给您介绍几个旧上海地狱生活的片断？假如您喜欢……"

混血儿小姐目瞪口呆。她看着蓝佩玉，好像看着一个怪物。"辩论"胜利了，蓝佩玉自己又暗暗苦笑。

在中国，历史学是压倒一切的，许多学科都应该算成历史学的分支。在她参观旅游的时候，地理的知识和印象完全从属于历史。在无锡，宽广的太湖和几个庭园是这样使蓝佩玉倾心，因为这儿充满了西施、范蠡、勾践、伍子胥、夫差的故事。当春秋战国时期中国人耽于政治谋略、政治艺术的时候，美洲澳洲不要说了，就是欧洲也还那么荒凉，还是蛮荒世界！然而现在西欧、北美、大洋洲人们的生活水平已经大大提高了，他们显然有高得多的物质文明。游历完美丽宽阔的太湖以后她穿过无锡市的大街，看到这个中等城市的一些居民的一间间黝暗的居室，门开在临街，挂一个布帘挡挡行人的视线。她看得到布帘后面的面盆架、洗衣盆、小板凳、煤球炉、泡菜罐、盐巴罐。她看得见门口的亘古如一的马桶。她看得见每户伸出来的竹竿，竹竿上晾着衬衫、裤衩、洗得褪了色的上衣和婴儿用的尿褯子。简直像难民……她心酸了。

当然还有南京大桥，有江南造船厂，有曹杨新村，有各地的并非虚夸的生产发展数字。但她忘不掉这竹竿上的褯子和布帘后的小炉子。她联想起在美国自己的空旷的寓所。地毯。大沙发和安乐椅。墙壁上悬挂着的成套的装饰彩碟。厨房里的各种格子。书房和客房。各种灯和灯旁边的装饰片。壁橱里悬挂着上百件衣服。白得耀眼的浴室……这样宽敞的房子里却只生活着她一个人。她常常呆坐,常常迷惘,常常感到孤独。有时候她从楼窗里望出去,她只想看到一个活人在地上走。但是不,她看不到一个活人,只有汽车,汽车,还是风驰电掣的汽车。无怪乎西方世界出现了"反汽车"的示威。当然,罪过不应由汽车承当。她也已经惯了,她并不希望有人来,打破她的独处。她并不欢迎客人,不欢迎任何人的侵犯。不止一个人是像她这样生活的。荒谬!荒谬的历史!荒谬的世界!荒谬的真实。她坐在日航班机上,谢绝了笑容可掬的空中小姐端来的软饮料,闭上了眼睛。她知道她经常靠咒骂荒谬度日。奇怪的是,这次的老一套的感慨好像并不像以往那样沉重和难以忍耐。故国的那种集体的、稠密的、拥挤的和经常碰撞的生活,好像给她留下了点什么,改变了她一点什么。她想着翁式含和赵韵那狭小而温暖的房子。

子非鱼,安知鱼之乐?

子非我,安知我不知鱼之乐?

她睡了。"中国!"蒙眬中,她喃喃地说。

发表于《十月》1982年第2期

莫 须 有 事 件

——荒唐的游戏

难道就不能把小说写得更像小说一些吗？难道你自己也不得不承认已经陷入了某种创作的危机吗？比如对这莫须有的白羊市，为什么不去描写它初冬清晨时分的薄雾，在雾中亮着的汽车前灯和在汽车流中穿行的自行车，交通警打着手势，有一辆小汽车挂着深色的窗帘，汽车上的收录两用机正在播送日本影片《人证》的主题歌，"Mama yah, do you remember……"而汽车上坐着的是一位银发老人与一位混血儿姑娘；或者干脆写夏日黄昏的大雷雨，雷雨过后针叶树的芳香，深夜，雨水已经从路旁的泄水口散尽了，针叶树下的一对终于愈合了伤痕的青年男女正在谈论明天；明天会给他和她带来什么呢？让读者去猜想，去争辩……小说就是应该表现这种爱与美，这种人性与人情的波光摇曳、心弦震颤和那令人心悸而又令人神往的古老的歌。至少，也应该写一写莫须有的主人公周丽珠的眼睛。眼睛是灵魂的窗户，何等的深刻！她的下眼皮是青色的。她的睫毛是长长的，她的黑色的眸子反映着世界的五光十色却也流露着她那疲倦中的兴致——好奇心和忙碌中的天真，她常常把眼睛睁大，因为这世上还有那么多好的和不那么好的事情她不懂。还有她的丈夫，至少应该起一个不俗、略有寓意却又不致被一眼看穿的名字。他应该叫史成，不，他可以叫刘哲，或者干脆叫王平？他应该是瘦削的，却也不妨是微胖的，他应该是中等身材，也不妨高一点或低一点，反正高不要高成穆铁柱,低也不要低成武大郎。武大郎的低,是不可更易的,但你能说准他是一米五还是一米四八?就以人人钟爱、人人景仰、人人爱不释手、博大精微崇高幽深的《红楼梦》为例,你可说得准黛玉和宝钗的身高与体重?名著果真是字字如山之不可移易吗?算了,不要讨论了,这种讨论只能说是大不敬,只能说是恶劣、顽劣,也许还有拙劣和愚昧无知。艺术的确定性或许与不确定性相反相成,但艺术是神圣的、庄严的、不可侵犯的,因而是只能惊叹和膜拜却不能讨论更不能调侃的。还是关心一下这篇东西吧,本来这个故事——这篇小说应该围绕着周丽珠与史成(或刘哲、或王平)的感情线索而开展,王大壮应该写出一点深度,她和他对于王大壮的莫须有行为产生了不同的评价,这尽管没有影响他们的工作、学习、吃、喝、拉、撒、睡与夫妻生活,但他们之间好像发生了什么,又好像没有发生什么,他们的神经末梢受到神秘的一拂。当然,他们的神经末梢应该是足够纤细、足够神妙的,于是这里就会出现一篇真正的脉脉含情的故事,既甜蜜又委婉、又惆怅、又温馨……梨花院落溶溶月,柳絮池塘淡淡风,莫可奈何花落去,似曾相识燕无踪。于是,从青春期到更年期的女读者都会为此篇而落泪,尺素鲛绡劳惠赠,为她哪得不伤悲?

但是不,我不想在这里写一篇小说,我只是叙述一个与艺术毫不相干的事件,是呆板的报道,是调查报告汇编,又是荒唐的戏谑。满纸荒唐言,一笔糊涂账,都云谑近虐,谁解象中相?

又:本文假托医界,实与医界风马牛不相及也。

一

X省的省城是白羊市。白羊市四周农村,则属于白羊县。白羊县并不归白羊市领导,而是归大白河专区。大白河专区与白羊市同属一个级别,由省委和省政府领导。大白河专区首脑机关的所在地在大白河镇,距离白羊市六十六公里。

白羊县没有自己的县城，它的首脑机关以及邮电、外贸、粮食、农机、农技、文教、卫生、交通、商业、工业、人民武装、体育……各部门，以及各部门下属的部分重要单位，设在白羊市东山区的东北角。

三十六岁的女医生周丽珠，家住白羊市西山区，人则属于白羊县医院。她的丈夫，工作是在大白河专署，每逢星期六、节假日回家，休息完了就走。他们住的房子，产权属于大白河专署驻白羊市办事处。

对那些个文学家，你不服气也不行。周丽珠的命运便是文学威力的证明。周丽珠在上海医科大学上学的时候，学的是医疗系皮肤病专业。县医院门诊只分内、外、小儿三科，除去内科，包括眼、耳鼻喉、口腔、皮肤泌尿……只要是成人的病，全看外科。外科医生周丽珠，近几年来对于此地多发的脚癣（俗称脚气，为了增加生活气息，以下统称脚气）悉心治疗，多方试验，采取理疗、化疗、精神疗、体育疗、食物疗的综合疗法，效果颇佳，结果一传十，十传百，甚至有人从毗邻的 L 省和 N 省跑到这儿来看病。这个消息传到了适在省城采访的全国有名的小说家赵震宇耳朵里，引起了小说家的兴趣。经过几次令周丽珠精疲力竭小腿肚子抽筋的谈话，一篇题为《征服》的报告文学赫然登载在《M 日报》上，《健康报》首先转载，接着《人民日报》在加上"本报有删节"的说明以后也予以转载，然后是《新华文摘》和《文摘报》……

周丽珠一下子成了名人，被选拔为外科副主任、医院副院长、县政协委员、专区团委委员、省妇联常委、省青联常委、全国皮肤、泌尿病医疗学会理事……看样子，各种头衔纷至沓来的势头方兴未艾。

周丽珠很高兴，很惶恐也很疲劳。许多多年无往来的亲戚朋友同学以及亲戚朋友同学的亲戚朋友同学，带着烂脚丫来看她，使她从早到晚不得安生。她虽然自费买了一些外用药品放在家里以慰来者，却无法在家里进行综合治疗，因此，她只能答应代来者挂号。现在在她名下挂号，可不是件容易的事。干脆说吧，大白河专区以及白羊市，各色人等的社会地位，可以以能不能被她看脚丫子划线。有地位、有本事、有门路的可尊敬者,那是挂得上周丽珠的脚气号的,反之就硬是挂不上。这也是必须承认的社会差别之一。

但挂号权归挂号室,周丽珠为了满足找上家门的亲朋……不得不那么理直气壮地每天从挂号室挖出三个号来,放在家里备用。作为礼尚往来,有时下班以后挂号室的小刘直接把某个并未挂号的烂脚丫者领入周医生的诊室,当然,周丽珠是不能拒绝的。

周丽珠的名誉地位愈来愈膨胀,医疗效果却每况愈下。本来嘛,她只是试验。民间传说却更加神乎其神,说什么脚丫子经过她的治疗,不但永不痒烂,而且形体可以由丑变美,气味可以由不雅变雅,如入芝兰玫瑰之室。

与此同时,她的体重由九十八市斤减到了九十三斤六两。

二

一九八一年九月十四日晚上,周丽珠家的门乒乓作响,她以为又是治脚气的,便把门推开,做出笑容。因为《征服》一文里有这样几句话:

> ……周丽珠是病人的天使,她从来不知道疲劳,她的笑容征服了病魔,也征服了病人的心,解除了病人的痛苦。那是生的召唤,那是人的温暖……

来人其貌不扬,男,四十来岁,中高身材,眼珠子有点外凸,光着脚丫子穿着一双猪皮鞋。光脚而来并不足奇,因为闹脚气的人总是怕捂。来人自我介绍说:"我叫王大壮,是卫生部门的,咱们是同行。是大白河办事处的老刘,你们医院挂号室的小刘,和您小时候的同院街坊老柳介绍我来的。"说着,他拿出了二刘一柳的一共三封信。

三封信都写得很简单,大意是现在我的友人王大壮同志前去访你,请热情接待帮助。看完,周丽珠不敢怠慢,赶紧请教贵干。

"是这样,《人民保健》——这是北京出的刊物喽,约我写一篇关于周医生的特写,我得来麻烦麻烦您,采访个三五次,每次一两个小时,您可得多帮忙啊,哈哈哈,您抽烟……不抽?好习惯!"

王大壮点起了烟,拿出了自来水笔和笔记本,刚要写字,发现钢笔没有水,于是周丽珠给他找墨水,偏偏自己家的墨水瓶被猫打翻了,于是又去邻居家找墨水,鸡飞狗跳,折腾了十五分钟。

王大壮又点起一支烟,劣质烟熏得周丽珠透不过气。王大壮说:"请把您的事迹说一说吧。"

周丽珠说:"我没有什么可说的了,我的事都登在赵震宇的那篇《征服》里了,您就不用写了……"

王大壮说:"我们不管赵震宇,各有各的买卖,你就说吧。"

周丽珠说:"我说什么?"

王大壮说:"就说说您怎么发明无痛磨牙拔牙接牙法吧。"

周丽珠吓了一跳,什么无痛磨牙?拔牙?接牙?"您是不是找错了人了?"她问。她即使真的是天使,也无法再保持那温暖亲切神秘的微笑了。

"那您是干什么的?您是医生吧?"王大壮问。

周丽珠气得真想立时把他轰出去,但想起了二刘一柳,不能轰。她压住火,尽量用接近天使的声调说:"既然您连我是干什么的都不知道,何必还来采访我呢?"

"怎么能不知道?"王大壮哈哈一笑,态度自若,好像是周丽珠的亲哥哥,"你是四远驰名的大大夫嘛!说老实话,这也是个任务,中央的陈部长,省里的邵厅长,专区的关局长,都说过的,我们的典型人物典型事迹都外流了,都让那个老赵——其实老赵我们也认识,他爱人比他大两岁,是河北宛平人——写去了,那怎么行?邵厅长让他的老二执笔给我写了封信,'老王啊,这点小事就交给你办了',老二他老子发了话了,还有问题吗?您就说吧!不用顾虑,不用怕重复,您给老赵来来去去怎么说的,再给我说一遍就行……"

终于，考虑到二刘一柳的面子，考虑到各方对她寄予的厚望，考虑到丈夫的告诫："人家愈捧你，你愈要谦虚，要注意群众关系。哪怕地上的一块瓦片，墙上的一根钉子，都要注意团结，都是离不了的。"她勉勉强强谈了一些，谈后坚决表示，不必再来第二次采访了。

三

北京《人民保健》月刊的副主编，收到了他的一个老友转来的王大壮写的题为《医疗战线一朵浪花》的稿子，作者附言说，这篇稿子是周丽珠医生找了他，请他写的。因为她现在在政协担任要职，比较忙，有些个话要向全国发言，所以委托他写下这篇文章。

副主编看完，文章写得糟不说，而且对周丽珠吹捧得没边没沿儿，荒唐得很，当然就把稿子扔进了字纸篓。一星期以后，在展览馆，他恰巧碰见了前来北京开会的他的老相识邵厅长，把这个情况告诉了邵厅长，"恐怕对周丽珠还要注点意，年轻轻的，捧得太高，没有好处。"他说。

邵厅长回到白羊市，约见周丽珠，嘘寒问暖以后，友善地提醒说："你要注意呢，不要骄傲呢，有一点反映呢。"

周丽珠一惊，不知道自己做了什么错事。她想问一问，又不便启齿，因为邵厅长已经把谈话转到了正面鼓励方面："好好干！要靠你们搞'四化'！靠你们接班！"诸如此类。周丽珠想起王大壮，想问问邵厅长的二儿子是不是给王大壮写过信，也不便问。等厅长谈完，她表示感谢领导的关心，自己一定要克服缺点，继续前进，然后，快快地回到了家。

四

又过了四个月，一九八二年三月的一个星期天，周丽珠夫妇刚起床,有人敲门,是王大壮。

王大壮的样子颇有些踌躇满志,笑嘻嘻,干干净净的蓝涤卡干部服,过滤嘴凤凰烟,只不过胡子茬子又稀又长,那样子比第一次来还惹人不喜欢。

"小周啊,这次找你可是个大事!"王大壮不但俨然老熟人,而且俨然老大哥的口气,"咱们要成立一个机构,组织起来,叫做'脚癣牙病治疗研究培训联合团',我们准备请你担任第三副团长、研究生导师和第一期班主任,再过两天咱们就登报,发消息,正式成立,招收研究生……"

周丽珠几乎不相信自己的耳朵,她像是乡下佬看见了宇宙飞船,摸不着头脑,她连忙问:

"什么?什么?什么?脚癣牙病联合培训?什么来着?治疗脚气研究拔牙还'团'?"

王大壮做了一个手势,示意她少安毋躁,听他慢慢讲。

可能周丽珠表示惊诧的声音大了一点,她的爱人推门过来看了看,王大壮连忙站起来与他亲热地握手,递烟,并给他划火。丈夫看了看,并无异常情况,便退了出去。他也惯了,丽珠这两年不知走什么运,总是宾客不断。

王大壮一边噗噗地喷着烟,一边旁若无人地讲解说:"咱们这可不是瞎闹,咱们这是官办的,有领导有组织有计划有系统,你看!"说着,他从手提包里拿出了好几个公用信封,他指着印在每个信封右下角的铅字说:"M省卫生厅,对,还有这个,中华医学会M省分会,还有,这是大白河专区文教处,这是白羊县传染病院,这是省医药公司二级站牙痛水厂,这些单位大力支持。咱们这个机构,名誉团长是邵厅长,团长是咱们医学会的会长郑右铭,第一副团长是咱们医学会的副会长、中医保健所所长南长山,第二副团长是留日的口腔科博士贾三峰,第三副团长就是你了。你是后起之秀,提拔中青年干部也是现在的精神。你这个副团长其实什么事都不用管,一个礼拜抽一个晚上,你去介绍介绍,操作操作,表演表演……你听我说完,不好操作?没关系,那就不用操作。不好表演?没关系,那就不给他表演。介绍也不好介绍?不介绍也行。你就去讲讲,随便说,讲什么都行,站着比划着说也行,坐着不动说也行,讲脚丫子,讲牙口,从下到上,都行。那没错,你放心,没的讲了和大家见见面,鼓励鼓励,提倡提倡,心得体会,个人意见,哎……随便参考,没事!咱们还讲好了,只要你去一次,可长可短,人到了就算一次,去一次是三十块零五分!"

王大壮说得唾沫乱喷,说累了,自己站起来洗玻璃杯,给自己倒水。

"我还是不明白,这个'团'到底是什么性质?到底是由哪儿领导?由哪儿经办?"周丽珠问。

"性质就是那个联合性质嘛。医疗嘛,治病嘛,研究嘛,科研嘛,还有培训嘛,培训出来可以上公社卫生所,也可以上街道红医站嘛。现在这个知识青年,待业青年,一听说,一定会踊跃报名。至于这个这个这个,这个主办,我刚才说了,是那些个大单位支持的,除了名誉团长、团长、副团长,咱们还有十三个顾问,他们是诸再尚、林又钦、施银炎……"他报的这些名字,囊括了M省的全部名医。

"他们都是顾问?他们知道是怎么回事吗?他们同意当顾问吗?"

"当然联系同意了,当——然!"他把"当"字拉得很长、很重,"我这是刚从诸再尚诸老师家里来,诸老师的三儿媳妇给我沏的茶,真正苏州碧螺春,三十四块钱一两的……"

"三十四块钱一两?"

"三十四块钱?对了对了,是一斤。你知道诸老师的三儿媳妇吧?不知道?哎呀呀,很有名的芭蕾舞演员啊!"

"那么你呢?你到底在哪儿工作?谁让你办那个什么团?你在团里干什么?"周丽珠不得不问清楚。

"我是跑腿的呗!这个这个,陈部长邵厅长,他们是赞成的,邵厅长说：'那是好事情的喽！'他是四川人哩！我工作在卫生部门……"

"什么卫生部门？"

"这个这个，城关公社卫生院啊……"

"你是医生？"

"不瞒你说，咱们没学过医，咱们是在办公室管行政。公社党委是同意的，这是介绍信……我们可不是非法组织，我一见面就对你说了，我们这是官方办的……"

周丽珠越听越糊涂，她说："我得请示一下我们医院领导……"

"你们医院领导？你说的是谁？支部书记老左？院长老沈？人事干部小崔？我都跟他们说过了。你看，这儿还有左书记批的条子呢。"

果然，找出了一张信纸，上面是左书记的字："周医生，王大壮同志前来洽谈成立培训团并请你担任领导职务事宜，此事属于业务活动，请你们二人协商酌定吧。此致敬礼。"

"怎么会是由城关公社来办呢？"周丽珠仍然想不通。

"卫生厅没有力量嘛！邵厅长跟我说过，现在不是一个萝卜一个坑，而是两三个坑才一个小萝卜哟！而且没有地方，借我们城关公社的地方。你知道那个俱乐部吧？造价比西山电影院低百分之四十，建筑质量可比西山电影院还强得多！那就是我给跑的腿，跑断了腿了，一分钱好处没落着，为人民服务嘛，倒贴！言归正传，咱们这个联合团，由我们城关公社党委副书记黎乐天担任办公室主任，办公室副主任是真正办事的，就一个人，就是我。你放心了吧？就这样吧，就这样定吧……"

虽然上次来访留下的恶劣印象记忆犹新，虽然此人的整个言谈话语进退举止都让周丽珠不喜欢，而且，这个人是一个毫无掩饰的、一眼可以看穿的小小招摇撞骗者，但是，听到了那么多大单位的名称和那么多领导同志以及前辈名医的名字，听到了副团长、研究生导师、班主任的头衔和每去一次三十元零五分的报酬,她有点心动。一星期去一次,一个月四个星期,那就是说一个月可以有一百二十多块钱的额外收入,这可不是一笔小数字!她是一九六九年的大学毕业生,八〇年提了一级,每月工资刚刚六十四元。她几乎答应了,虽然她讨厌他的胡吹冒泡,他的见面自来熟,他的那种与医疗、与科研、与培训格格不入的瞎糊弄的劲儿。就在这时,她听到了"办公室副主任就是我"这么几个字,这几个字引起了她更大的怀疑和不满,于是,她皱起了眉头。

周丽珠说:"不,我现在不能答应你。我还得考虑考虑,请示请示,商量商量……"

"好说好说。"王大壮站起身来,欢快地笑着,带着一副大功告成的神情,"下月一号咱们就在城关公社开成立大会,邵厅长、郑会长、南所长还有那十几位老师、大夫、教授、洋博士,那是肯定参加、没有疑问的。我现在是等省委主管文教卫生的张书记的话,他要在成立大会上讲话,张书记的秘书小杜同志告诉我,张书记已经同意去讲话了。咱们这个成立大会上,还要请报社、电台、电视台的记者参加。你没有问题,小周,你是我们这个团的台柱子,你是模范人物嘛,又是青年嘛,年富力强,又红又专,前程无量……咦,咱们妹夫呢?兄弟,我走了……以后,我们要常来常往了……"

"我还没想好……"

"没有问题,没有问题,一定会搞好的,一定会搞好的。"

送走了客人以后,周丽珠对丈夫把事情说了一遍。"这个人看着可实在不地道……"她评论说。

丈夫想了想说:"摸不清,难说,也许真有点来头,这样的人也多。现在不像从前,什么事都是通过组织系统办,现在,要调动两个积极性。有些个领导干部也是这样,要做什么,先通过某个人吹吹风,听听反应。你要死按组织手续办,也不行。有些事也不需要那么多官僚手续。摸不清,难说。"

五

第二天，周丽珠上班以后先去党支部，人们告诉她左书记不在，下午就要带一个人到上海出差去了。然后，她去找沈院长，沈院长还没来，她等了一会儿才见到，这时门诊时间已经到了，她慌里慌张地说了一下情况。沈院长冷冷地说："既然左书记已经批了条子了，又有那么多大人物支持，还找我干什么？"沈院长原来是内科医士，"文化大革命"中提上来的，一九七七年"揭、批、查"当中支部曾经让他"说清楚"，他一直有些不快，现在对左书记采取井水不犯河水、对工作采取多一事不如少一事的态度。

正在周丽珠不得要领的时候，电话铃响了，沈院长拿起电话："喂，我是，噢，诸老，您好吧，什么？问我们的小周知道不知道组织研究培训团的事，好，好，小周就在这里，你等一等……"他把电话交给了周丽珠。

周丽珠不知从何说起，诸再尚七十八岁了，说话又是上海口音——他是为了支援M省在五十年代从上海来到白羊市来的。周丽珠说了半天看来诸老只听清了两点，"噢，你见过这个人？是的，他到我这里来，左书记不同意？噢，没有不同意。好的，好的……"（以下听不清）诸再尚把电话挂上了，周丽珠连忙告辞。沈院长说："我正要找你呢。"说着，拿出一个大信封，从信封里掏出一个打印的通知：

白羊县医院负责同志：
　　订于三月三十一日召开皮肤、泌尿科病综合治疗临床经验交流会，会期十天。地点：兰州市五华山饭店。特请你处周丽珠同志参加，一切费用由会议报销。请予准假并帮助该同志准备发言书面材料为荷。
　　　　　　　　　　　　　　　　大会筹备处（章）

沈院长通知说:"今天明天,你再看两天门诊,从大后天起,在家准备。"

六

在兰州开会虽然只有十天,加上会前报到,预备会和会后的参观游览招待社交采购诸项活动,再加上一来一去路上的时间,周丽珠整整有三个星期不在白羊市。回到工作岗位以后,她本来准备原原本本地向各上级有关部门汇报一番的,但看来上级部门都在忙自己的事情,无暇顾及她在外地出差的情况,见到她的领导同志都与她握手,向她道辛苦,关心地告诉她:"休息休息吧,休息休息……"却不准备听取她的汇报。她已不是小孩子了,主要应该是自己管理自己,自己对自己负责,不汇报就不汇报吧。

回家第二天,还没起床,爱人忽然想起,问她:"你知道了吧?你又升官了,副团长、导师和主任……"

周丽珠一怔,爱人爬起来拿来一份白羊市市一级的周三刊十六开小报《白羊报》,在广告栏里她读到:

为培养医学人才,促进保健,攀登科学高峰,经省卫生厅,省医疗防治学会,省皮肤、泌尿病研究所,大白河专区文教处、卫生处,大白河专区体委,省医药器材公司二级站,县卫生局,县传染病院,县医院联合同意支持鼓励,由中华人民共和国M省大白河专区白羊县城关公社干河子大队主办,特成立脚癣牙病治疗研究培训联合团,特请本省名医名博士名教授名人诸再尚、林又钦、施银炎、周丽珠任顾问,诸、林、施、周、商、卓、樊、夏……任导师,林、周、王大壮任第一期主任……

欢迎报名参加。日期……地点:城关公社干河子大队。

活动内容:名医表演,名医学术交流,放幻灯,临床实验,文艺报道,联欢聚餐,领导同志接见等。

本团酌收报名费、学杂费、活动费，请准备。

在本团研究治疗实践有成绩者，将向劳动人事卫生部门推荐。

"怎么回事？怎么回事？"看完，周丽珠觉得糊里糊涂，便问她的爱人，"这到底算是个什么东西呢？脚气和拔牙，挨得上吗？联合团，这个名称也不对劲呀，上次王大壮来，说是厅长担任团长，会长所长他们担任副团长，为什么不登报？广告，这种事登广告干什么？报名，什么人来报名呢？我，我没说我同意呀！我告诉王大壮，我还要考虑考虑呀……"

"谁知道是怎么回事？反正又不光是你一个人，看看别人怎么说吧……现在呀，你要有本事什么都搞得起来。我们大白河有一位照相的，过去谁也不知道他，最近人家到峨眉山开会去了，人家现在是摄影家协会的会员了！还有什么各种学会，研究会，讲习会，函授大学，刊授大学……名堂多着呢！"

"可这个团，特别是这个办事的人，实在差一点……"

"那我就不敢说了，随他去吧，看看是怎么回事吧……要是真的去一次就给三十块零五分，我倒是欢迎……我们专区的干部，家家都有了落地式台灯了，就咱们家没有，你去上一次，咱们就一个落地台灯，你发啥愁呢？"

爱人说得有理，发啥愁呢？既不是地下刊物，也不是不同政见者，更不是求仙扶乩迷信，无非是组织些人讲讲医药卫生，确实这也还得算是攀登科学高峰，至于具体办事的人……唉，看吧。

于是周丽珠就没有过问这件事。过了一个星期，一天早上，她上班去得早了一些，挂号室的小刘，那位三十一岁的男同志叫住了她。小刘的样子非常激动，由于激动，说话显得口齿不清，而且有点结巴。

"周医生，这件事我实在对不住您！我可得告诉您！我可不能瞒着您！我可不能眼看着您受骗、上当、挨涮！我可不能……"

几句话说得周丽珠吓了一跳。

"等中午我再跟您说,在这儿说不方便,排队等着挂号的人已经不少了。"

究竟出了什么事?请他给自己留几个号的事一直妥妥帖帖。莫非这个事让人家告到省纪律检查委员会或者中纪委去了?现在正在大张旗鼓地抓打击经济领域的犯罪……不,不至于,算不上的……可也难说,邵厅长上次就说过骄傲的问题,还说什么有反映,可这又和小刘有什么相干?他怎么紧张得都结巴了?

这一上午,周丽珠觉得有点毛毛咕咕,中午她顾不上吃饭,走出门诊室就去挂号处。小刘一口气告诉她:

"全赖我没有经验,我现在才知道,王大壮是个骗子!跟李万铭一样!跟陈梦猇一样!我原来也不认识这个人,是别人的介绍,八一年八月才第一次和他见面。他显得挺热心,又能吹,说是能帮助我找木料打家具,还能找洋灰把我们家三间屋子的地重新修整一遍,还帮我弟弟介绍对象。总而言之,可上七天揽星,可下大洋捉蟹,活活一个万事通!我信了他,他提出来要我介绍他去拜访你,说是要写你的特写——他跟你怎么说的?《人民保健》?跟《人民保健》有什么关系?人家《人民保健》根本不可能约他写稿,他还是从我嘴里知道的《人民保健》。他对我说现在周丽珠红得发紫,写一篇她的特写就能扬名。他说他要写了给《人民日报》,我说给《人民日报》投稿发表太难,不如给《人民保健》,专业对口。他还说什么写好了署我们俩的名,也怪我自己虚荣,没有当时就板起脸来把他训一顿轰走。等他写完稿子我才明白他的目的,原来他署我的名是为了让我拿上稿子到县卫生局盖一个章,以为盖了章稿子就能发表。我一看,他的文章写的非驴非马,不三不四,便拒绝署名,也没有答应给他去盖章。他当时因为还有求于我,所以仍然是和颜悦色,热心帮忙,说实话也确实帮我办了几件事——可我也没少帮他,看病、拿药直到开病假条,哪件事我没帮他办?又过了半个月,他找我喝酒,说写稿子是小打小闹,没多大出息,要在 M 省的卫生医药界打天下。先说是要办业余医科大学，我说那玩意不是我们这样的人办得了的，他说我外行，他说有本事的人不算有本事，能联络有本事的人，能利用有本事的人才算有本事，说到最后，确定名义是这个联合团。他还说什么成立起来我是办公室主任，他当我的助手，担任办公室副主任。我就信以为真，给他介绍了好几位名医，当然，他还有别的关系，他自己也认识几个人。谁知道三弄两弄，十几个医生家他都跑遍了，医学会的介绍信他也弄到手了，从此他就不见面了。我还有三十五块钱在他手里，是托他从城关公社买果酱罐头的。城关公社的白羊牌果酱罐头质量还真不错，听说广交会上还有白羊果酱呢！本来他说可以按处理价格给我买的。我也吃不了那么多，也是受人之托。谁知道，不见面了，连《白羊报》上登广告的事我也不知道。我一看《白羊报》，心想，有诈！不是说我是办公室主任嘛，怎么把我甩到一边了呢？我给他写信，他也不理。我气极了，昨天到城关公社干河子大队找到了他，你猜怎么着……"说到这里，小刘气得瑟瑟发起抖来，脸也红了，气也粗了，眼泪在眼圈里转悠。他发了一下狠，继续说："王大壮这个家伙简直像个恶狼，翻脸不认人！衣裳也新了，人也阔了，跟我摆起架子来了，拉长着声对我说：情况发展了，你参加我们的团不适合。他说联合团里都是些个头面人物，除了名医、名人，就是领导干部，还说什么：要你一个挂号的干吗？要都是些个挂号的、记账的、抓药的、看门的来办团，谁还舍得花十四块九毛九来报名参加？"

"十四块九毛九？"

"你不知道？一个报名的是十四块九毛九，第一期招收了五百个人，光报名费就收了七千多块，可不是吗，王大壮现在都穿上毛哔叽面、美丽绸里子的夹中山服了！你说可气不可气，他说看熟人的面子，我如果愿意到团里来听名医讲课看名医表演，他可以少收九毛八，只收我十四块零一分！还说这是特别优待，给我点特权！他就是这样，用完了你，立时蹬，蹬掉了你，还要弄你，吃杏不吐核，吃粽子不剥皮。我问他那买罐头的三十五块，他翻了脸，硬说上次给我弄的五夹板我没给够钱,用这三十五块钱顶了还欠他一块一毛二分五厘呢!上次弄五夹板,算价是算得便宜,我当时提出来了,要多给他点钱,他不要——他当时正用得着我呀!事情过去了,他又扣我的钱,有这么办事的吗?自己吐出来,自己又咽进去,这算人吗?周医生,对不起,我气极了,说话粗,这不是人,这是个恶狼呀!"

周丽珠完全呆了,由于突然的刺激,她的牙床在咯咯地发颤,后脊背冒冷气,手心和脚心冒冷汗。要说她这一代人经历的事并不少,停课闹革命,在天安门广场流着热泪接受检阅,戴上红袖章抡起皮带打牛鬼蛇神。别人打的时候她也是手心脚心冒汗,她觉得自己没有出息,她总是下不去手。然后轮到了小将犯错误,包括下不去手的她。实际上只念了两年医学院,她被宣布已经毕业,贯彻"七·二六指示"下农村。她看过四遍"优秀"电影《春苗》,每次看都受感动、受教育,虽然这种感动与教育跟现实生活不沾边。她在农村受到了许多与电影给她的截然不同的教育,她也懂得了搞好关系的重要,她也懂得了逆来顺受或者委曲求全,有些时候,她甚至学会了察言观色。但她做这一些,还是很有限度的,只是在为了一个合理合法的目的——例如希望获得一个专业对口的工作——的时候,她才间或容许自己采取一些也许不那么合理、也许虽然说不上不合理但实在是不理想的手段。当她成为县医院的外科医生,当她结了婚而且终于得到了两间房子,当历史的新时期开始以后,她专心致志地研究的是脚丫子和手指缝,是致癣疾的真菌,是安息香酸、松根油和糠馏油,是感染破伤风、丹毒的预防,以及其他一切偏方验方。突然而来的荣誉曾经使她惶惑,但在这些社会交际活动中她大都只需要扮演一个随大流的谦虚安详的角色,这难不住她,她感到困难的只是她没有足够的时间和精力完成各方对她的期待和要求。在她的潜意识里,这种种荣誉头衔和高级社会活动仍然使她舒服。包括刚刚被白羊小报的广告栏加冕的副会长、导师、主任,她的内心反应也是怀疑与舒适各半,也许舒适是占百分之五十一。

但是小刘的一席话使她发抖,她从来还没有直接面对过如此邪恶的人与人的关系。与敌人拼刺刀这并不可怕,这是光明正大的厮杀。红卫兵打人在某种意义上也不这样可怕,这毕竟是转瞬即逝的一时狂热。小刘的话的可怕之处在于它翻开了某些人的和平的、正常的、日常的、普通的、充满人情味的而且似乎是不能没有的友谊关系的里子。化装成美女的狼比山林里的狼可怕,当你弄不清究竟是狼化装成了美女抑或美女也可以成为狼抑或某个美女与狼本来就是一回事的时候就更加可怕。任何人不会因为在菜田边的粪池里发现蝇的幼虫而晕倒。但如果是在某一家饭桌上,如果饭桌上铺着洁白的台布,如果台布上摆着的是景德镇出品的细瓷花碗,如果小碗里端来的是晶莹剔透的冰花雪耳,如果当你拿起小匙一搅的时候突然看到了晶莹剔透的底层的大尾巴蛆,再一搅蛆又没了,又变成了味美色亮的冰花雪耳,当人下咽的时候忽然又变成了蛆虫……我的天,你还能保持神经的平衡吗?你的前庭器官还能正常调节吗?你的内分泌还能正常渗透吗?你的消化器官——你能不呕吐吗?

小刘继续说:"周医生,我对不起你,我不该把这么个人介绍给你。我还要告诉你,对不起,这个人在前十几年因为流氓行为被劳改过,他并不是正式的国家干部。你知道公社自己是有一部分财政收入的,他是公社自己养的、应该说是临时雇的办事人员。他有一个哥哥是因为抢劫杀人而被枪毙了的。我不能再瞒着您,我过去是不该,我没有把这些情况告诉您……"

小刘,小小的小刘,比周丽珠小五岁,却有这么多心计的小刘啊!

"这回我把一切都告诉您了,我还要告诉诸老、林老、施老……您再也不要接待他了,他再到您家去您就把他轰走,不走可以报告公安局,公民的住宅不得任意侵犯,这是宪法。哼哼,你王大壮休要得意!你以为你可以把我一脚蹬开吗?你算瞎了狗眼!"

小刘愤怒了,周丽珠恶心了,她觉得很不舒服。

周丽珠不知道这一天是怎样度过的。她给丈夫打了一个长途电话:"有急事,快回来!"这种事她过去是从来不干的,她是一位先进人物,先进人物的各个方面都应该成为表率,经得起检验,她绝不像夫妻分居两地而又相距很近的一些其他女人那样,动不动就把丈夫叫回来。但这次她打了电话,她觉得方寸已乱。

七

"啊?什么?真的?喝!真够呛!真缺德!唉!什么事啊!太过分了!这不恶心人吗?哪有这样的?嘻……"虽然丈夫听的时候反应也很强烈,而且不乏惊叹词和不住地摇着头,但丈夫还是比周丽珠冷静得多,而且,听他的口气,他多少有些抱怨不该给他打长途电话。

"原来如此!我还当是家里着了火,门被撬,塌了房或者出了车祸呢!我正赶着整理一份汇报材料啊……后天就是星期六,我就会回来……"

但是,周丽珠等不及。

丈夫回来了,说:"这事你那么着急干什么?又不是你干的!王大壮这个人不地道,我们早就看出来了,成立的这个联合团不伦不类,也是事实。可这是你的责任吗?不错,他这是卖野人头,卖你们几位名医的名声,谁让你出了名呢?出了名就会被这样一些事找上门来!收钱是收得多了一点,你们出名,他出力跑腿,领导机关出公章,群众出钱,这也算合作喽!向劳动部门推荐也许是瞎话,也许不是瞎话,谁知道姓王的这个人能不能和劳动部门拉上点关系?现在这么多待业青年,这么多人爱医学,学医学,这是好事,不是坏事。他们出十几块钱,见见这些个名人名医,也不能说冤枉!八〇年有那么一个省从北京请了几位青年作家去旅游,走到哪儿讲到哪儿,一张讲座票,卖一块钱呢!既节约国家开支,又有利于作家出去转转,又满足了文学青年的兴趣要求,你能说这是坏事?"

"可那是组织办的,王大壮是私人,是买空卖空,是骗子……"周丽珠争辩说。

"不要无限上纲,还是要与人为善!"丈夫微微一笑,把自己的手放在周丽珠手背上,"就算小刘说的句句都是事实,王大壮也算不上违法行骗。王大壮只不过是吹牛冒泡,拉拉扯扯,不正之风罢了。不能正己,焉能正人?我们在小刘那儿扣挂号的号儿,这就对吗?还不是为了我们的那些关系?省、专区、县、公社,衣、食、住、行、水、电,看电影、听戏……谁没有几个熟人?没有熟人你活得了吗?就说咱们家这个十二英寸电视机,谁帮咱买的?为什么比市价便宜三十四块?你一个月挣几个三十四块?当然,我们不干王大壮那种事,我同意,他已经处于骗子的边缘了,可以算骗子,也可以不算骗子,叫做可划可不划的一律不划,还是不要叫人家骗子吧……"

"不行,我不卖!穷要穷得有志气,我不卖自己的名字!周丽珠三个字,不能交给王大壮这样的人做转手买卖!他为什么在广告里不登那些个领导干部的名字,光登我们几个医生的名字?他就是看准了我们没有权,又分散,好欺负!到时候他又拿着我们的名字做本钱去找领导,拿着领导的名字和单位的名字做本钱找我们,拿着我们大家的名字去骗群众,拿着群众……"

"你说的这些可能都是事实,但又怎么样呢?现在一些人办事就是这样。当然,群众花了十几块钱,不光是看人头,总还可以学到一些治脚气和虫吃牙的知识嘛,普及医学,医学和群众相结合,不坏嘛。你们也不是白出名,这种事一办,你们会更有名,而且去一趟有三十块零五分嘛。领导单位也没吃亏,说不定写总结的时候还能带上一笔,贯彻防治脚病口腔病的群众路线,临床实践与科研、科研与科学、脚与牙相结合,这也是成绩嘛!王大壮人家也是出了力,跑了腿嘛!说实话,若不是王大壮这样的厚脸皮,这样的万事通,而是由别人、比如说交给你去办,由卫生厅下公文任命你负责,一切手续俱全,不收十四块九毛九,只收一块四毛一,你办得起来吗?你组织得成吗？你说王大壮不好,换谁呢？"

"我没听说过这种逻辑！"周丽珠竟然拍响了桌子,这是结婚七年以来她第一次对爱人拍桌子,丁零咣当,茶碗茶碟跳起舞来。爱人愣了,好像在看一个陌生人;周丽珠也怔住了,她觉得自己变得陌生起来,她自己也不明白,为什么会动感情到这种样子。

"反正我不能让王大壮牵着鼻子走！"周丽珠几乎是声泪俱下,"反正我不能这么没志气,没骨头,我不能在这种歪风邪气面前低头缴械！"她流出了眼泪。

丈夫站起身来,拿起一个刚才跳起老高但侥幸并未摔坏的茶碗,给周丽珠沏了一碗蜂蜜水,他放低声音,和解地说：

"丽珠！何必生这么大气！我没志气,我没骨头,可我们也是正直地做人！我是六二年困难时期的大学毕业生,在上大学的时候就老实做人,从大城市分到了大白河,整材料、写总结、搞四清、下干校,让干什么就干什么,让写什么就写什么,结婚七年了还是分居两地,毕业二十年了还是挣六十四块,我们没有非分之想,我们没有非法之念！近几年我们的处境已经有了很大的改善,我相信今后会愈来愈好。你就更不用说了,你治病,你研究,你介绍经验,接见记者,恨不能把全部业余时间也都用在工作上,你管的事已经太多、太多了。有一个作风不正的小骗子——就算他是骗子吧——在那里跳腾,又怎么样？他并没有触犯法律,他并没有妨碍治安,他并没有破坏'四化',也许客观上多多少少还干了点好事,即使干了坏事也不能由你我负责,天下应该的事多着哪,不应该的事也多着哪,你管得了吗？你管得过来吗？当然,我们也盼望着社会风气的根本好转,但今天还不那么好,我们又能怎么样呢？你看你看……你看每月二十几号你就要发脾气,你自己也掌握着点儿嘛……"

这最后一句话更加无比地激怒了周丽珠,"胡说！你侮辱人！"她喊起来,手一挥,把蜂蜜水碗拂到了地上,咣啷,细瓷碗砸碎了,热水烫着了周丽珠的手和丈夫的脚,她哭起来了。

正在哭叫狼狈之际，传来重重的敲门声，还有"周医生！"的呼喊，恰恰是王大壮的声音。

丈夫做了一个手势，让脸上泪迹斑斑的周丽珠躲入了另一间屋，他去开门。

精神状态的变化甚至能改变人的形体。王大壮这次可说是焕然一新，即使最不喜欢他的人也不能不刮目相看。他不仅衣服笔挺，而且容光焕发，胡须刮得干干净净，而且穿着尼龙丝袜，穿着溜光的皮鞋，而且——最惊人的，他显得个子也高了，过去听说过人逢喜事精神爽，可没听说过人逢喜事个子高呀！而且，连说话的声调也有些不同了，多少像是有点教养了。

"周医生不在家？好，好。不必倒茶了，我坐不住，司机在外面等着我，一晚上我得跑六七家，里里外外就靠我一个人。我来送请柬，后天下午一点半，在城关公社俱乐部，举行成立大会。请周医生准备好，我们派车来接，我们希望周医生发个言，讲点什么都行，她是个女的，又年轻，讲讲话有代表性，这是要上电视荧光屏的，哈哈，可隆重啦！"

周丽珠忍无可忍，她从里屋闯了出来。

"噢？你在家？那太好了，你听见了吧？后天下午一点半，准时开始……"

"王大壮同志，我先要问问你，我压根儿就没同意参加你搞的这个所谓联合团，你怎么把我的名字写了上去？"

"你没说不同意啊！你只是说要问问领导。你们的上一级、上两级、上三级领导我都问过啦，都同意呀，我们是合法的呀。我们有邵厅长……"王大壮又开始甩他的长长的名单。

"反正我没说过我参加，多大的领导、多老的前辈也不能替代我做主，我没有同意你就把我的名字往广告里登，这就是冒用我的名义！我不会去的！"

王大壮的眉毛跳了一下，一霎时他的脸上显出了与他的崭新的装备颇不相称的一种被人抓住了手的小偷儿似的可怜相,他看了一下周丽珠,又看了一下周丽珠的爱人,稳住了自己。

"哎呀,周医生,我给您打了好几次电话呀,听说您到外地开会去啦。这方面我确实有做得疏忽的地方,我检讨,今后改正。可您也得支持咱们的工作呀!现在做工作有多难,你知道吗?我把腿都跑断了!这不是我的私事啊!您知道群众的要求有多么迫切,热情有多高!《白羊报》上登出来以后,半夜三点就排起了队,要求报名。收足了五百人,还有三百多人站在城关公社不走,没有办法,我给他们发了票,答应他们第二期优先招收。人家是冲着我姓王的来的?当然不是,我就是长出三只犄角也没人来看。人家要看的,人家崇拜的,威信高的是你们!千不该万不该,您看在这五百人加三百人整整八百人的面子上,还是来吧!这么多人愿意学医,这坏吗?您如果晾了台,这八百人该多败兴……还有诸老师,还有邵厅长,还有专区文教处,还有公社……鱼帮水,水帮鱼,谁离得开谁呀?周医生,我站起来,给您鞠个大躬,算是赔了不是。后天下午一点半,您准时在家,我们来上海牌小轿车接您,我做事向来对得起朋友……"

听他讲到那八百人,周丽珠本来略略有点为难,但是就像厚扑粉遮不住脸黑一样,王大壮一张嘴那种低下的市侩味儿就流露出来了,上海牌小轿车云云,更给周丽珠一种受辱的感觉,她压住气,问:

"好,你先回答我几个问题。脚癣牙病,研究培训,这到底算是个什么名称?讲得通吗?连得上吗?"

"这个,反正……"

"你再告诉我,你们的活动日程是什么,科研课题是什么,培训计划与教学大纲是什么?"

"这个,反正……"

"好,我再问你,医疗工作是一件很严肃的事情,没有一定的知识基础,学医行医就是冒险,甚至于是庸医杀人,你这种登广告招学员的事算什么?你这五百人什么条件?他们的学历,年龄,品行,你了解多少？"

"这个这个您听我说，您明白，我是外行，我说不上来，我要是内行，我要有您那两下子，我一个人就可以办它一所医科大学、一所附属医院、外带一个研究院！正因为我不摸门，我白薯，我才到处求爷爷告奶奶。"王大壮站了起来，解开了上衣第一第二两颗纽扣，抬起一条腿踩在周丽珠家的凳子上，和刚进屋时姿态大不相同，"这不是，我求到你周大夫名下了！咱们干脆明说，您不相信我，您瞧不起我，就因为我是个公社的人，如果我领薪在部里、厅里、局里，如果我是个局长、处长、哪怕是科长，那个，我要找您您说不定多高兴呢！可您要知道，我虽说啥长也不是，我干的是给局长、处长、科长们贴金的事，也是给你们老几位大大夫扬名的事，我哪一条对不起您了？我自己落了仨啦还是落了俩啦？还是那句话，我请您后天下午一点半出席大会，您坐主席台，您讲话，我们在台底下给您鼓掌，您上报、上电视。我走了，南所长那里我约好的是八点，已经过了二十分钟了……"

王大壮走了，周丽珠觉得十分疲劳，脑子里似乎是一团糨糊。

又有人来敲门，是他们的同院邻居，电工李师傅。城市生活，谁家都离不开电，修电门、装插座、拉电线、换保险丝……周丽珠也没少麻烦过李师傅，所以一见李师傅来，周丽珠夫妇不敢怠慢，连忙沏茶递烟，热情招待。周丽珠的爱人更觉欣喜，心想李师傅一来，丽珠的脸上笑容可掬，也就把晚上那些叫人不痛快的破事岔开了。

李师傅今晚兴致很好，从新上市的黄花鱼谈到即将举行的马德里足球赛，从白羊市的2路公共汽车上抓到一个小偷谈到凤凰牌电风扇要降价，并且自告奋勇愿替医生家选购一台，当然，如果医生愿意买的话。最后说到本题，他有两个拜把子的弟兄，各有一儿一女在家待业，两个年轻人听说成立了脚癣牙病联合团，都赶着去报名参加，结果去晚了，不但没报上第一期，连第二期的票也没领上。李师傅说："我是夸了口，这点事包在我身上，周医生是我的老熟人，我们过得着,别说你这儿有两个人,你有十个人有周医生一句话也能进得去,我老李这点面子还是有的啊,哈哈哈哈……"

"我跟您说,李师傅,这个联合团可是靠不住,我对它意见正大着哩!"周丽珠向李师傅说明联合团的情况,但李师傅的脸渐渐拉长了,然后鼻孔似乎堵塞了,出气进气的时候发出一种嗡音,而最后,这种嗡音变成"哼哼"——冷笑了。

"哼哼,这个联合团这么糟糕?参加的人都缺心眼?我跟我的哥儿们确实是缺心眼,要不怎么来麻烦您来啦?回见!"

李师傅拂袖欲去,周丽珠夫妇慌忙解释——再解释也没用了,恼了。很简单,人家来是托你办事,办或者不办,你的权利。不办就说不办,用不着恶心人家。如果说联合团是个骗局,周瑜打黄盖,有愿意打的,有愿意挨的,人家愿意受骗与你经办人无干。而且,不可能是骗局,《白羊报》上登的,上千人去报了名,那么多大单位支持的。你不愿意帮忙,趁早说不管,何必把人家联合团猛糟践一通呢?

周丽珠的爱人气急败坏地声明,只要李师傅的弟兄的子弟要加入,他负责给办理,明天晚上给回话。

李师傅走了以后,两口子又争上了:

"你给办?"

"我给办。我不能己求人的时候朝前,人求己的时候朝后。"

"你上哪儿办去?"

"我去求王大壮。不行我可以提一听强化麦乳精……"

周丽珠的手又向一只茶碗挥去,但激动中她毕竟保持着理智,如果把两只碗都砸掉,这个经济损失不是那么容易挽回的。她终于没有砸第二只碗,这是文明人的理性的胜利。

八

周丽珠没有砸碗,但她站起身来推门走了出去,把瞠目结舌的丈夫丢在家里。

时间已是晚八点半了，她先找了医院的左书记。左书记原来在一个公社担任书记，五年前因患关节炎要求调回城市，分到医院任职。年老体弱以后，便渐渐有一种多一事不如少一事的作风，他告诉周丽珠：

"我原来也不认识王大壮，是挂号室的小刘介绍给我的，还说这个人如何之能干，如何之热心。王大壮和我说，组织这个联合团，是陈部长最早直接向你们几位名医提出来的，说是你们都很赞成。特别说到你，说是你最积极，准备拿出五分之一的时间抓这个联合团，通过这个团把脚气病防治提高到新阶段，可是你有顾虑，不愿意和我谈，怕我本位主义，不支持你。哎呀，周医生，咱们这种芝麻官难做呀！像你这样的大菩萨不是咱们县医院这座小庙管得了的呀！大作家赵震宇的文章上了《人民日报》，我这个芝麻官吓了一跳呀，幸好，还没有指责我们支部。以后，中央的报刊找你，省里找你，专区找你，又是什么学会研究会找你，我哪一次不支持呢？什么医学研究，什么皮肤病，我是满外行哟，现在又落实知识分子政策，你又是外科副主任，应该有职有权，所以我写那个条子表示一切由你们做主。谁知道这个人是这样子？原来，他是打着你们的旗号来唬我，又打着我们一些人的旗号去唬你们。这就很不好嘛！我赞成你的态度，要揭穿他的手段！可这个事牵扯面太大，省卫生厅区文教处，这可不是我管得了的呀！"

已经是晚九点半了，她去到邵厅长家里。邵厅长立时发了火：

"岂有此理！怎么能够盗用省卫生厅的名义？这个《白羊报》也是拆烂污嘛，这么多单位的名义能够随便登广告吗？我只见过他一次，他说要邀请几位名医到城关公社讲学和交流经验。我说，那是好的喽！再没说第二句话，怎么变成了我支持他？我是名誉会长？更是胡说八道！我的二儿子给他写信？不可能的。一定要彻查！要严肃处理！要批评城关公社党委！"

邵厅长的态度使周丽珠很受鼓舞,她觉得痛快,觉得自己变得强大,也更加相信自己的斗争的正义性和必要性了。斗争,这是一种多么神圣的冲动,多么迷人的活动,又是一种多么激发人的力量、振奋人的精神的壮举啊!在她的青年时代,斗争这个词被用得滥、用得邪了,人们变得害怕斗争、厌恶斗争了,于是,近几年,这个词被何等地冷落了啊!为什么人们不敢为维护真理而斗争呢?特别是她当了模范人物以后,她被作家描写为"天使"之后,她从早到晚都要做出一副圣徒的样子,她必须讨好上下左右一切人,她努力满足着一切合理的与不合理的要求,她时时克制着自己的喜怒哀乐,她已经憋了多大的火了!最后,竟然被王大壮这样一位无赖,这样一位混混儿,这样一位不学无术、俗鄙不堪、拉拉扯扯、吹吹拍拍的小人当猴耍,她受不了!她不要三十块零五分,零六分也不行!她不要副团长,正团长又怎么样?她也不要上主席台和上海牌,躺在主席台上或坐在丰田牌里又怎么样?王大壮的主席台与上海牌,值几分几厘?她终于爆发了,她的洁身自好终于变成了行动,刚一行动,刚一找到邵厅长就把王大壮揭穿了一大半,原来不堪一击!王大壮利用的无非是这些医生的分散、专于业务、不愿得罪人的好好先生的老九性格!他利用的无非是厅长与医生,厅与所与会与局与处与各种委员会的互不通气的状况,气一通,王大壮就会现形!真好啊,斗争!只是在斗争中,周丽珠才确认自己并不是受气的小媳妇,她是顶天立地的公民、干部、医生,她凛然不可侵犯。她与邵厅长告辞以后从楼梯上下来时,有一种从所未有的雄赳赳的自我感觉。

在楼梯口,她碰到了省团委书记陈树本。陈树本刚满四十岁,升任团委书记只有半年,虽然他是青年组织的领导人,而且已逾不惑,但因为省团委书记算是厅局级干部,他的年龄就十分引人注目。他好像一只小鸟置身于苍鹰之中,又像一匹马驹行进于骆驼队里,显得稚嫩,显得少壮,显得与众不同。

陈树本问他的部下——周丽珠是团委委员——这么晚到这边来

干啥,在团委会上没发过一次言的周丽珠今夜似乎变得健谈起来,她向与此事毫不相干的陈树本讲了一下王大壮的事情,而且,即使站在楼道口简述一下过程,她仍然流露了极为激愤的情绪。陈树本对这件事很有兴趣,发表评论说:

"我看这件事很典型,值得解剖。首先是我们的法律不完备,没有教育法,没有结社法,没有任何对收费团体的审查和限制。其次,他利用了我们机构重叠,而有些群众急需的事却没有人办的情况,你不办,他办。还有,这些年有各种不正之风,许多事情都不按正常组织手续,大家也习以为常。我看这正是软弱涣散的典型,你把它揭出来,很好,下次团委开会,请你讲一讲……"

团委书记的概括给周丽珠的斗争增添了一层理论色彩,她觉得自己已经出了不少的气,便高高兴兴踏上最后一班公共汽车回到家里。她爱人不知道她到哪里去了,急得如热锅上的蚂蚁,见她终于回来了,而且面部肌肉比出门以前大为放松,便放了心,这一夜,过得还算融洽。

九

第二天是星期五,离"联合团"的正式成立只有一天了。上午七时五十二分,周丽珠到达县医院,映入她的眼帘的是刚刚送到的《M日报》上的一条新闻,新闻登在第二版的显著位置,标题是:"攀登医学高峰,加强防病治病的群众路线",新闻的导语是:"在……精神照耀下,在省卫生厅、区文教处……的大力支持下,白羊市脚癣牙病防治研究培训联合团即将成立",报道最后,括弧里印着赫然三个大字:王大壮。

撂下报纸,周丽珠拨通电话找名医诸再尚,由于诸老耳背口音又不清,她找来了诸老的三儿媳妇——就是王大壮挂在嘴上的芭蕾舞演员,电话里澄清的第一个事实是:不但三儿媳妇不曾给王大壮沏过三十四块钱一斤的碧螺春,而且他们家压根儿就没买过这么贵的茶叶,而且,白羊市已经有五年没有进过这种货了——三儿媳妇的哥哥是茶庄经理,她完全门清。仅此一端,王大壮的嘴脸就暴露出来了。

但有一条在电话里讨论不清,诸再尚老医生坚持说正是由于周丽珠的首肯与率先参加他才同意了为"联合团"作顾问的,这究竟是指去兰州前的那一次口音不清的通电话还是另有所指,或者干脆是王大壮又利用周丽珠的名义去唬了老医生,问不清楚。反正老医生对周丽珠不满,甚至说:"你现在是红人啊!你这么出尔反尔,叫我这个老昏聩可怎么好?"

(周丽珠的名字竟有这样大的威力,这对于周丽珠自己,是个触目惊心的新发现。)

没法说。但诸老最后表示:"既然如此,我就不去了。"

八点二十一分,左书记来到周丽珠的门诊室,通知周丽珠,下午四点去卫生厅开会,邵厅长亲自主持,要查一查"联合团"的事。"我们两个人都去。"一边说,他一边摇着头。

周丽珠心里蓦然一动:"会查出个什么结果来呢?彻底拆他的台?我为什么要拆他的台呢?我和他无仇无冤,我只是没有办法容忍他那种作风。我何必生这么大气呢?"

八点三十二分,她爱人来了电话:"丽珠,你一定要三思而言,适可而止。宁得罪十个君子,不可结怨一个小人!别人是不会这样对你说的,我不能不说。拆台,汇报,告状,这种事没人待见了,这是极左!"

周丽珠竟然和"极左"两个字联在了一起,而且被丈夫勾勒了一幅无事生非的图形,她觉得哭笑不得。她想起了最近流行起来的一个名词:"事儿妈",专指那种在领导面前播弄是非的女同志。难道我成了"事儿妈"?她咧了咧嘴。

九点十分,挂号室的小刘来了,递给周丽珠一塑料袋八角大料。前许久许久了,不知是怎么一次偶然的机会,她曾说起这种炖猪肉不可或缺的调料颇难买到，说完，她早就忘了。谁想得到，小刘今天竟然送了来，而且是急急地送了来，没等到下班。

难道有什么用意吗？好像有一根细细的针，从耳后插到周丽珠的神经纤维里。

十点，口腔科名医，六十五岁的施银炎来了电话："听说，你对这个'联合团'有意见，是吗？"

问题的提法和口气，使周丽珠觉得如同吃下一只苍蝇，她结结巴巴地说："不是我有什么意见……"

"那么说你没意见？"口腔科名医是有名的倔老头，他不等周丽珠再说话，便抱怨道："一人一个主意，一会儿一个章程，你们到底谁说了算？怎么那么多事儿？让我听谁的？你现在可真拿事！"

周丽珠想起了前几个月的传言，说是施老对她一下子获得那么多头衔颇有意见，特别是全国皮肤病医疗学会理事一衔，据说曾经使施老大发雷霆。施医生行医五十年了，半个世纪以来补牙、拔牙、镶牙不可计数，却在全国口腔医学会的理事选举中落选，这使周丽珠也颇觉不平。但她从来不相信施老对她本人有什么不满，第一，施老是前辈，是她的老师、父执，一贯作风是雍容、恬淡、清高、超脱，德高望重，学深意平，岂能嫉妒她一个毛丫头？她与施老不属一个量级，她从来没有胆敢与施老比量，即使她再连升三级，工资也达不到施老的工资的二分之一，她算老几？引动施老的肝火，她配吗？第二，她从来没张罗过什么头衔。听人说，给个职称头衔叫做"安排"，这么说，没有头衔的人就是没有被安排，她实在无法理解这种词语，无法理解未得安排者嗷嗷待哺之饥渴状。她想，她不过是个治脚气的医生，即使给她封成超级泰斗，其头衔对患者的烂脚丫子也无补，不但治不了溃烂和金色葡萄球菌感染，也治不了难挨的湿痒。有些脚气病患者，一进她的诊室就招来苍蝇，苍蝇围着烂脚丫飞，轰都轰不走，这时候医生自称得到了足够的"安排"，又有什么用？还不如一包硼酸滑石粉。她曾经把这种想法告诉爱人，说："谁爱争这个安排谁就争去吧,我才不稀罕呢。"爱人慌忙告诫她:"出去千万别这么说,你如果这么说,大家会认为你不知好歹,而且会说你得了便宜卖乖。"

后来使她惶惑的是,自命"才不稀罕"的她,有时在这种"安排"中也感到一种下意识的沾沾自喜。王大壮的武器不仅有各种招牌、各种大人物的名字和各种关系,也不仅有三十块零五分,而且,显然他的武器包括他封与的、实际上是一钱不值的各种头衔。连自己也觉得被"安排"得过分了,因而时觉惭愧的周丽珠开始时也没觉得王大壮封的野鸡头衔讨厌,何况亟待"安排"者呢?

而今天的这个施老的电话,更使她如坐针毡。电话里的几句话后面,似乎有一套酸溜溜的潜台词。

十点五十二分,又一个电话把她从病人面前叫开,原来打电话的是省卫生学校的袁校长,袁校长和周丽珠的爱人有点七拐八弯的亲戚关系,周丽珠一般称她"三姨"。

"丽珠吗?我是三姨,我这里有几个同事的孩子要参加那个你当主任的联合团,你给我要三个名额怎么样?我一切费用照交,分文不短……"

什么?堂堂的卫生学校校长也要托她的人情帮同事的孩子入联合团?她的同事肯定也是有文化、有医学知识的人喽,难道他们竟看不出这个团的拆烂污性质?

汲取了得罪李师傅的教训,她吞吞吐吐在电话里解释了一下,说是这个团很不正规、很不理想,无课题、无计划、无可靠的办事人员,她自己是被强加的,她认为不如不去的好。她说得理不直气不壮,像是自己有什么短处攥在别人手里。

"我知道,我知道。"三姨还好,没火,"他们那三个孩子没地方去呀,怕呆在家里学坏、出事。不正规,正是不正规咱们才有进去的可能啊,正规学校,正规科研单位,有课题、有计划、有资料、有器械、有党政业务班子……那敢情好,咱们同事那考不上大学的孩子进得去吗?他们爹妈说了,就算跑几趟连根汗毛都没学着,也比呆在家里起腻强！花十四块九毛九,值！"

袁校长性格果断,她打断周丽珠的嗫嗫嚅嚅,斩钉截铁道:"你就不用说了,这些情况你不说我也理解,你给我报三个名吧,明天下午成立大会对不对？我让那三个孩子带上钱到城关公社俱乐部找你去！就这样！"咣,电话挂了。

周丽珠傻了。

一上午没有看好病,白衣天使变成了吊丧脸,而且心不在焉。一位病人气呼呼地在意见簿上写下了如下的话:

"盛名之下,其实难副,信哉斯言！慕名而来,败兴而去,如此草菅脚缝,岂敢再来？推其由,骄傲使人落后乎？压根儿就是吹起来的乎？周医生,吾为汝不取,吾为汝冷汗浃背矣！"

这是自从周丽珠参加工作以来第一次受到病人如此严厉的批评。

中午十二点四十七分,晚下班四十五分钟的周丽珠来到食堂,打算向正在收拾碗筷的炊事员打点冷饭,省卫生厅办公室主任牛小欣和保卫科干事吕勇来了,说是有要事找周丽珠。周丽珠放下尚未盛饭的空碗,跟着他们俩往左书记的办公室走。牛小欣和吕勇看她拿着空碗,以为她是吃完了洗了碗要走,说了声:"吃完了？那我们来得正好。"

牛小欣的另一个兼职是中华医学会 M 省分会秘书长,一身二任,都是"实权派"。谁都知道,他办事干练,是邵厅长的红人、接班人,卫生厅的头号骨干。吕勇的样子也是英气勃勃,眼观六路,耳听八方,绝非庸碌之辈。

两个人公事公办,开门见山,无寒暄客套,也谢绝了倒茶点烟。(冲这一条周丽珠也拥护牛小欣接班。)牛小欣用语简练地说:

"昨晚上你找过厅长以后,厅长把这件任务交给了我们俩。我们跑了一上午,情况基本摸清了。"

"王大壮不学无术,很不可靠。他一九六四年因为聚赌曾经被拘留并且强制劳动两个月,此事已经过去了,不好再揪住不放。他的一个本家哥被镇压还是六十年代初期的事,与本人关系不大,也可以不必谈它。"

周丽珠想:是我在搞血统论?揪住不放?

左书记连连点头,上级机关的人说话,他总是点头不迭的。

"城关公社党委对王大壮基本上是满意的。成立联合团的事公社党委是知道的,他们本来怀疑王大壮能否搞得起来,及至真正搞起来了,他们觉得惊喜。至于医学的事,他们也外行,提不出什么意见,也没发现什么问题——还没成立嘛,哪儿那么多问题?"

周丽珠想,好一个外行加基本满意!

"上级号召广开财路,又号召向科学进军。目前城关公社除了搞副业生产以外,还搞了烹调训练班,缝纫训练班,汽车拖拉机驾驶训练班。另外干河子大队编写刻印高校入学考试题详解,一块五毛一份,赚了不少钱。公社党委认为,最有成绩的是王大壮的联合团,请到了那么多名医,得到了那么多领导机关支持,声势这么大,而且,第一期报名五百人,收了七千四百九十五元,第二期先预收三百人的报名费四千四百九十七元,共收一万一千九百九十二元,王大壮全部交给了大队和公社,大队和公社按什么比例分成,那就不是我们要问的了。

"《白羊报》登广告并无差失。王大壮今年一月份就拿去了广告,《白羊报》广告部认为,涉及这么多单位和名人,必须严肃对待。王大壮是带着公社的介绍信去的,《白羊报》广告部指出光有公社介绍信不行,必须有厅、局一级的单位具函证明。半个月以前,王大壮是拿着正式介绍信去的,我们到《白羊报》广告部看了这封信。"

可能牛小欣说得有点累,吕勇接过话头说:

"信封是卫生厅的。信笺是卫生厅公函用笺。公章是中华医学会M分会的章子,内容是广告所述基本属实,请《白羊报》准予刊登。"

什么？这也来基本属实？周丽珠真想为"基本"一哭！

"开信的情况比较复杂。"牛小欣继续说，同时不得不略事调整他的海明威体——电报体的文体，"据管医学分会印章的小朱说，是她先接到了施银炎施医生的电话，说是有这么个联合团，要普及医学科研治疗，应该支持。接着，王大壮来了，好像过去小朱也认识王大壮，王大壮急着请小朱盖章，可当时我不在，只有医学分会的郑会长在，她便去请示了郑会长，郑会长说：可以可以。据说郑会长的绰号叫可以可以，他的口头语就这样。就这样盖的章。今天我见到郑会长，说起王大壮吹吹拍拍的情况，郑会长说他完全不记得盖章的事。那么，有四种可能：一、小朱并未请示他，而向我们说假话，说请示了。二、小朱确实请示了，郑会长当时心不在焉，只是无意识地说了句口头语，而小朱就当真了，当然现在也记不清了。三、小朱认真请示了，郑会长认真回答了，但如今确实忘了。四、郑会长根本没忘，怕负责任，硬说忘了。你知道咱们这个医学分会，本来就是个空架子，会长也只是荣誉职务，按说盖章开信之类的事应该通过我的，如今对王大壮又有反映，郑会长不愿对这件事负责。"

周丽珠乱了。当听到冷静分析某人——尤其是某个熟人、某个头面人物——说谎作假的可能性的时候，她就浑身起鸡皮疙瘩，愤怒得心律也失常了。

"至于各位医生同志，王大壮是一一走访，一一征得了同意的。他们开头都是推辞、客气、礼让，建议他找别人，最后都点了头。"

"但是我始终没有同意呀！"周丽珠忍不住打断了牛主任、牛秘书长的话。

"是的，你是例外。"

我成了例外？

"群众报名的情况非常热烈。"

"厅长的二儿子邵大山同志那里我也了解了，这个事情我在这里说一下就行了，你们不要外传……"

左书记连忙点头如捣蒜,看到牛小欣的疑惑的眼光,又连忙摇头如拨浪鼓。

"邵大山同志与王大壮确实相识,两个人有来往——互通有无,但基本上是合法的。邵大山同志说他向厅长游说过联合团的事,意在争取厅里的支持,厅长未置可否。王大壮把厅长和大山同志挂在嘴边,也可以说是到处招摇撞骗,这使大山很生气,他表示今后要提高警惕,少和这种作风不正的人来往。"

一上午了解了这么多情况,不能不让人佩服。

"县委和专区委教处、卫生处都回答说是耳闻此事,不知其详。他们认为有省里管,又纯属业务活动,所以没有过问,今后也不准备过问。"

"可广告上用了他们的名义!"周丽珠指出,语调里有点痛心。左书记看了她一眼,暗示她不要再插嘴,应该好好听下去。

"有更大的单位在前面,所以他们不在意。现在有一些事是联合举办,联合通知,例如刚刚发出的关于'五一'前大扫除的通知就是十一个单位联合发出的,单位愈多,就愈等于没有单位了。"牛小欣也忍不住发了一点议论。

"情况就是这些吧?"牛小欣问吕勇,吕勇没表态,左书记连忙点头,并且说:"对,对,对!"

"我把这些情况向厅长汇报了。我的意见是:一、王大壮作风不正,很不可靠。二、成立联合团基本合法,不是非法组织。三、成立联合团受群众欢迎,是好事,不是坏事。四、如果还没捅出去,本应做好计划,充分研究,配备上得力干部再开始联合团的成立和活动,但现在,影响已经出去了,群众已经来了,可以说是万事俱备,只差开成立大会了,如果我们取缔,禁止……不好。五、关键一步是医学分会盖章,但这个事是糊涂账,追下去,只能制造郑会长、小朱、施医生、我以及你之间的矛盾。"

"还有和我的矛盾?"周丽珠惊呼。

牛小欣犹豫了一下,立即下了决心,"好吧,你是个模范人物,我不必瞒你,我相信你会正确对待。施医生对这件事的看法与你不同,他认为你是小题大做——鸡蛋里挑骨头。这牵扯到对老、中知识分子的团结问题,也牵扯到新起的模范人物如何对待前辈的问题,我们要顾全大局,以团结为重,以群众影响为重。如果我们针锋相对地与王大壮这个团体斗下去,把它搞垮,只能让各单位丢脸,医生专家丢脸,激化许多人与人之间、这个单位与那个单位之间的矛盾。尤其是,我们无法向群众交代,我们会引起这八百人的不满。群众会质问我们,我们这些医务部门和医务工作者究竟是干什么吃的?你把王大壮骂一顿也无法平息群众对我们的愤怒。同时,我们也无法向省委、向上级交代。"

事物是复杂的,水平愈高的人愈懂得这种复杂,而周丽珠是太嫩、太嫩了啊。

"我的建议是这样子,第一,下午邵厅长原订要开的小会暂缓举行。第二,建议县委和公社党委加强对这个联合团的检查督促领导。最好换掉王大壮,选派更得力的干部具体负责。我们卫生厅和医学分会与县委公社党委只有配合关系,我们只能建议,听不听在人家。第三,既然用了我们的名义,我们有权要求城关公社补送一份开展活动的计划来,我们补一下审批手续。第四,只准收这八百人,不得再扩大、延长。第五,医生同志们去不去,不做统一规定。这些意见,厅长、郑会长是原则上同意的,现在就看你的了。"

"好,好,好!"左书记连说三个好字,他终于放了心。"你呢?"他问周丽珠。

就看我的了?我成了什么人?周丽珠一阵晕眩。

"周医生,你怎么了?"

饥饿,疲劳,混乱。

"快休息休息吧!"

"没什么,没什么。"她的声音像哼哼着的蚊子。

十

星期六下午一点三十分,脚癣牙病治疗研究培训联合团成立大会在城关公社俱乐部隆重举行。卫生厅的干预反而提高了这个会的规格,县委领导本来对这个事不闻不问的,经卫生厅打招呼,派一位副县长来参加会。这样,公社党委一、二、三把手都出席了会。

邵厅长虽然全部接受了牛小欣的合理化建议,但对王大壮滥用和冒用他和他家老二的名义进行活动十分恼怒,他直接打电话给公社书记,说:"这个人很不正派呀,希望你们换一个人啊!"

公社书记回答:"我们这儿没有人。你如果愿意从省上派一个同志下来抓抓,我们欢迎。"一句话顶了回去。

王大壮在星期六上午到卫生厅,请邵厅长出席成立大会,邵厅长根本不予接见。

但是中午传来了消息,说是来自北京部里的一位德高望重的巡视员、邵厅长的老师和老上级准备参加王大壮的会。巡视员说:"我就是要参加。医学科学院开会请我,我还不去呢!正因为是在公社开,正因为是由公社小小人物搞起来的,正因为学员都是没受过正规医学教育的年轻人,我非去不可!"

巡视员的秘书把这个消息透露给了邵厅长,邵厅长只好一跺脚:"我也去!"

巡视员在会上做了热情的讲话,讲完话提前退场,随之,邵厅长也走了。但二位大人物的光临已经为联合团增色。

王大壮并没有在台底下鼓掌,而是在台上主持会,俨然头面人物矣。

十三位名医到了十二位。诸再尚老先生听了周丽珠的话本来拒绝去会上的,后来三儿媳妇传来了最新情报,说是北京来的巡视员与邵厅长都要去参加会,诸老临时要车,迟到了半个小时。他见到邵厅长第一句话就是:"你们把周丽珠捧坏了!这个人是非太多!"由于他坐在主席台上,面前有扩音话筒,这声音传了出去。与会的近一半人听清了他的话。

周丽珠的缺席引人注目。她终于接受了丈夫的意见,没说别的,只说是因为身体不好,头一天刚刚晕厥,很难出席,以一副太极拳向王大壮请了病假。

李师傅的两个名额、三姨的三个名额,都是交给丈夫办的,都办成了。丈夫是否提了强化麦乳精给王大壮送礼,周丽珠无力过问。反正,这样一来,牛小欣提的最低限度的"制裁措施"之一——不得再发展扩大,也被周丽珠破坏了。这传出去,周丽珠能不加倍地挨骂吗?

挂号室的小刘栽了,他写了一个报告,请求调到兽医站去。

《人民保健》杂志聘请王大壮担任他们杂志的特约通讯员,发给王大壮一个特约通讯员证,天蓝色塑料皮小本本,十分精美。王大壮揣上这个证,出入各医院、各有关单位和各名医之家,更自如,也更神气了。

传出来一个消息:王大壮即将转为国家正式干部,即将调入县卫生局任某科科长。

周丽珠渐渐被冷落了,成绩上不去,病人有反映,团结搞不好,老医生有意见。她开始体会到冷落的一切好处,她的日子好像好过多了。但冷落毕竟是冷落,她还年轻,她远远没有达到那种心如古井的境界。

随着社会地位的提高,王大壮似乎也确实体面些了,过去他看起来老不像是从正路来的,但最近许多人都看着他"像"了。本来嘛,王侯将相,宁有种乎?其实"像"与"不像",主要在于自信,一个充满自信而且处境愈来愈好的人,干什么像什么。

十一

周丽珠的名声渐趋下降,王大壮也就不再登门骚扰了。从此,周丽珠在施、诸众位老前辈眼睛里,也不那么讨厌了。

周丽珠有可能更专心致志地研究她的对于脚气的综合治疗。静下来,她时而想起这件事,一个虎头蛇尾的斗争,一个不了了之的公案,一首渐弱的小插曲。她严格地内省,自己也承认"成立大会"的前两天,她是过于激动了,说不定确实与月底例假日子快到了有点关系。同时,她的"斗争"有着先天的弱点:如果不是小刘的突然"揭发",她也会混进去而不知自拔的。这正是使她觉得可怕之处。她翻来覆去地想,仍然觉得是非本来是明白的,像初等数学一样明了。她之所以斗争了一下,只是由于一种最初等最浅显明了的是非之心。没有是非之心,还能有精神文明吗?即使她的过于激动有点生理或病理原因,但整个说来,当然那绝对不是一场莫名其妙的神经质——歇斯底里。

而且,也与小刘的一塑料袋八角大料无关。

她不怕把这一袋大料揭发出来。她渴望把每天要的三个号,把低于市价三十四块钱买了一台电视机,把她自己的一切不良行为揭到光天化日之下。因为,她坚决希望弄清是非。她不怕见阳光。正因为事情已经过去了,她更加想从纯理论的意义上分析一下此事的是非,她决不想伤害任何人。而且在她冷静下来以后,她真想找个机会请王大壮谈谈自己的道理。

她愿集中精力研究脚丫。但她不能忘记这件旧事,更不能接受这件旧事的逻辑,所以她有时候还转一转这件小事的念头,想来也是出于一种社会学和伦理学的求知欲。人生活在地球上,地球上有办不完的事,但人们有时候还想问一问天上的星星之间的事。虽然你并不是天文学家,但你某些时候可能有接近天文学家的研究星星的兴趣。

　　星星的位置是确定的,有规律的,是非的界限也是分明的。如果你真想弄清星星的位置与是非的界限,其实并不难,一点都不难,但一定要出以公心,去掉私心杂念,而且,要召唤斗争的勇气。

发表于《上海文学》1982 年第 11 期